SANTO GUERREIRO

Outras obras do autor publicadas pela Verus

A Batalha do Apocalipse:
Da Queda dos Anjos ao Crepúsculo do Mundo

Filhos do Éden:
Livro 1 — Herdeiros de Atlântida

Filhos do Éden:
Livro 2 — Anjos da Morte

Filhos do Éden:
Livro 3 — Paraíso Perdido

Filhos do Éden:
Universo Expandido

Santo Guerreiro:
Roma Invicta

Santo Guerreiro:
Ventos do Norte

EDUARDO SPOHR

SANTO GUERREIRO

O IMPÉRIO DO LESTE

1ª edição

Rio de Janeiro-RJ / São Paulo-SP, 2025

VERUS EDITORA

Diagramação
Abreu's System

Capa
André S. Tavares da Silva

Imagem da capa
Predrag Todorovic, *St. Georg*

Mapas
Marcelo Amaral
www.paladinopirata.com.br

ISBN: 978-65-5924-371-6

Verus Editora Ltda.
Rua Argentina, 171, São Cristóvão, Rio de Janeiro/RJ, 20921-380
www.veruseditora.com.br

CIP-BRASIL. CATALOGAÇÃO NA PUBLICAÇÃO
SINDICATO NACIONAL DOS EDITORES DE LIVROS, RJ

S749s

Spohr, Eduardo, 1976-
Santo guerreiro : o império do leste / Eduardo Spohr. – 1. ed. – Rio de Janeiro : Campinas [SP] : Verus, 2025.
(Santo guerreiro ; 3)

Sequência de: Santo guerreiro : ventos do norte
ISBN 978-65-5924-371-6

1. Jorge, Santo, m. 303 - Ficção. 2. Ficção brasileira. I. Título. II. Série.

CDD: B869.3
CDU: 82-3(81)

25-96457

Meri Gleice Rodrigues de Souza – Bibliotecária – CRB-7/6439

Revisado conforme o novo acordo ortográfico.

Se queres a paz, prepara-te para a guerra.

Antigo provérbio romano

SUMÁRIO

TERCEIRO TOMO — O DESERTO

QUARTO TOMO — PALESTINA

QUINTO TOMO — GUERRA CONTRA O OCIDENTE

SEXTO TOMO — O MARTÍRIO

CALEDÔNIA
MAR GERMÂNICO
HIBÉRNIA
BRITÂNIA
Castra Vetera
MAGNA GERMÂNIA
OCEANO
GERMÂNIA INFERIOR
BÉLGICA
Reno
Castra Regina
Lutécia
Tréveros
Lauriaco
LUGDUNENSE
GERMÂNIA SUPERIOR
Augusta Vindélica
Carnut
Limono
GÁLIA
Lugduno
RÉCIA
NÓRICA
PANÔNIA SUPERIOR
AQUITÂNIA
Alpes
Mediolano
Danúbio
Burdigala
ITÁLIA
DALMÁCIA
TARRACONENSE
NARBONENSE
Narbo
HISPÂNIA
CÓRSEGA
Roma
MAR ADRIÁTICO
LUSITÂNIA
Emérita Augusta
Óstia
Tarraco
Córdova
SARDENHA
BÉTICA
Cesareia Mauritana
SICÍLIA
CESARIENSE
Cartago
MAURITÂNIA
NUMÍDIA
TINGITANA
MAR MEDITERRÂN
N
Capitais imperiais
Capitais provincianas
Cidades
Fortalezas
ÁFRICA PROCONSULAR
Fronteiras do Império
Limites das províncias
Rios
Províncias de Constâncio Cloro
Províncias de Maximiano
Províncias de Galério
Províncias de Diocleciano

IMPÉRIO ROMANO
TETRARQUIA - 293 a 313 D.C.
SARMÁTIA
Cárpatos
DÁCIA
MAR CÁSPIO
PONTO EUXINO
Tomis
MÉSIA INF.
Filipópolis
TRÁCIA
Bizâncio
Nicomédia
BITÍNIA
Niceia
GALÁCIA
CAPADÓCIA
ARMÊNIA
Satala
Artaxata
IMPÉRIO SASSÂNIDA
Tessalônica
MAR EGEU
ÁSIA
Éfeso
Atenas
Corinto
PANFÍLIA
Adália
LÍCIA
RODES
Cesareia Mázaca
CILÍCIA
Tarso
Antioquia
MESOPOTÂMIA
SÍRIA
Palmira
Ctesifonte
Tigre
Eufrates
Babilônia
Salamina
Pafos
CHIPRE
CRETA
Damasco
Cesareia Marítima
PALESTINA
Lida
Jerusalém
Alexandria
ARÁBIA PETREIA
Petra
ARÁBIA DESERTA
IRENAICA
Mênfis
EGITO
LÍBIA DESERTA
MAR VERMELHO
Nilo
Tebas

DIOCESE DA BRITÂNIA
Londínio
DIOCESE DA GÁLIA
Tréveros
DIOCESE DE VIENA
Burdigala
DIOCESE DA ITÁLIA
DIOC
DA PAN
Roma
DIOCESE DA HISPÂNIA
Emérita Augusta
DIOCESE DA ÁFRICA
Cartago
N
Capitais das Dioceses
Estado cliente romano
Fronteiras do Império
Limites das províncias
Limites marítimos das províncias

DIOCESES ROMANAS

FIM DO TERCEIRO SÉCULO D.C.

LISTA DE PERSONAGENS

Alecto	Sucessor de Caráusio como usurpador do chamado Império das Gálias, que compreendia o norte da França e as Ilhas Britânicas.
Alexius, o Grego	Um dos paladinos a serviço de Diocleciano.
Ânzu	Mordomo e secretário de Zenóbia.
Apharban	Diplomata de Narses.
Aurélio Aquileu	General supremo da Segunda Legião de Trajano baseada em Alexandria, no Egito.
Bufo Tauro	Secretário e capanga de Räs Drago.
Caio Minuto	Cavaleiro responsável pela guarnição romana baseada na aldeia de Copto, às margens do Rio Nilo.
Caio Núbio Cipriota	Senador romano e governador do Chipre.
Caio Rufino	Tribuno da Décima Legião do Estreito.
Calista	Esposa de Floriano, o vigário do Oriente.
Candidiano	Neto do imperador Diocleciano, filho de Valéria e Galério, o césar das províncias centrais.
Cândido, o Kushita	Tribuno da Legião Tebana.
Cástor, o Branco	Sumo sacerdote de Serápis residente em Alexandria.

Catarina de Tebas	Uma das devotas de Mauzio, reside na fortaleza de Tebas.
Cato	Um dos centuriões da guarnição romana responsável pela defesa do Chipre.
Celso Magno	Cavaleiro cristão de confiança da imperatriz Prisca que depois veio a servir a Helena de Bizâncio.
Cipriano	Místico de Antioquia tido como um estudioso das ciências ocultas.
Cirilo	Bispo de Antioquia.
Círio Galino	Pretor da Trigésima Legião de Trajano.
Cláudio Marcelo Quinto Máximo	Mercador de carne residente em Antioquia.
Constâncio Cloro	O césar do Oeste, chamado também de césar das províncias transalpinas. Pai de Flávio Constantino.
Damiano Calvo	Jovem advogado do imperador, anteriormente chamado de Ábaco.
Demetrios Sula	Ex-sacerdote do Templo de Zeus em Lida. Depois, secretário de Räs Drago na companhia de comércio.
Diocleciano	Imperador romano entre 284 e 305 da era cristã. Chamado de divino augusto, era o cabeça da tetrarquia.
Diógenes, o Minotauro	O mais forte dos paladinos a serviço de Diocleciano.
Domício Domiciano	Prefeito do Egito.
Egenor	Líder dos aldeões armênios.
Eliezer	Sapateiro judeu residente no oásis de Yatreb.
Emílio Rusticiano	Substituto de Domiciano como prefeito do Egito.

Eneias Faustino	Centurião responsável pela guarnição romana baseada na aldeia de Terina, às margens do Rio Nilo.
Erete	Número dois na expedição patrocinada pelo príncipe Ziúra com destino ao Panteão Negro.
Erhard, o Louro	Conde imperial e chefe da guarda palatina, sendo, portanto, chamado de paladino.
Etain	Um dos vassalos de Alecto.
Eusébio de Cesareia	Bispo de Cesareia Marítima, é quem redige este livro, com base nas instruções de Flávia Júlia Helena.
Eutrópia Máxima	Mãe de Theodora e esposa de Maximiano.
Exupério	Duque cristão que controlava a cidade de Berenice em associação com o príncipe Ziúra.
Famígela	Criada de Sevílio Druso.
Fayza	Esposa de Sexto.
Fazllah, o Falcão	Líder da escolta de Georgios pelo deserto. Enviado pelo chefe Razin, líder dos coraixitas.
Flávia Júlia Helena	Mãe de Flávio Constantino, augusta de Bizâncio e ex-esposa de Constâncio Cloro.
Flávio Constantino	Cavaleiro da Púrpura, decurião e duque. Filho de Constâncio Cloro e Flávia Júlia Helena. Futuro imperador de Roma.
Flávio Narciso	Soldado da guarda pretoriana servindo em Roma.
Floriano	Marco Emílio Floriano. Vigário da Diocese do Oriente.
Galério	Um dos tetrarcas, o césar das províncias centrais. Casado com Valéria Galéria, filha do imperador Diocleciano.

Georgios Anício Graco	Cavaleiro da Púrpura, depois tribuno militar da Trigésima Legião de Trajano. Filho de Laios Anício Graco e Polychronia.
Geta, o Cavaleiro Vermelho	O mais misterioso dos paladinos a serviço de Diocleciano. Nunca mostra o rosto e supostamente é mudo.
Glauco Emílio Lépido	Comandante da guarda pretoriana servindo em Roma.
Gothar	Discípulo do mago Kartir.
Grainne	Prostituta atuante na cidade de Roma.
Gustel	Uma das escravas da Vila Fúlvia que ajudaram a fazer o parto de Georgios.
Hashid	Camareiro do chefe Razin, *sheik* dos coraixitas.
Hron Drago	Filho de Räs Drago e assassino de Polychronia, a mãe de Georgios Graco.
Irineu	Bispo de Sirmio, capital da Panônia.
Ismail	Um dos integrantes da escolta de Georgios pelo deserto. Enviado pelo chefe Razin, líder dos coraixitas.
Júlio Asclepiodoto	Ex-líder da guarda pretoriana, depois general a serviço de Maximiano, o Inclemente.
Kartir	Sumo sacerdote de Zoroastro, é considerado um dos magos mais poderosos do mundo.
Lázaro	Um dos melhores atores da Germânia.
Lélio Tito Terêncio	Magistrado residente em Antioquia.
Libânio	Lúcio Mário Libânio, um dos paladinos. Irmão de Prisca, a imperatriz de Roma, esposa de Diocleciano.
Linos Flamínio	Mensageiro civil a serviço de Tysa.

Lúcia Cornélia	Esposa do general Pio Salônio, residente em Antioquia.
Lúcio Germânico	Centurião da Terceira Legião Cirenaica. Depois prefeito pretoriano — ou pretor — de Antioquia, responsável pelas defesas da cidade.
Macrina	Filha do general Marco Salústio e de sua esposa, Magda.
Magda	Esposa do general Marco Salústio.
Magêncio	Marco Aurélio Magêncio, filho de Maximiano, o Inclemente, e meio-irmão de Theodora. Colega de Georgios Graco na Escola de Oficiais do Leste e, depois, pontífice da cidade de Roma.
Marco Júnio Falco	Instrutor da Escola de Oficiais do Leste, conhecido como *ductor*.
Marco Salústio	Legado da Décima Legião do Estreito, baseada em Jerusalém.
Mário Corvino	Editor da *Ata Diária*, a principal gazeta de Roma.
Mauzio Quinto Vigílio	Legado da Legião Tebana.
Maximiano, o Inclemente	O augusto do Oeste, o mais poderoso dos tetrarcas, depois do imperador. Pai de Magêncio e padrasto de Theodora.
Nadir, o Sábio	O mais velho dos integrantes da escolta de Georgios pelo deserto. Enviado pelo chefe Razin, líder dos coraixitas.
Narses	Sétimo xá da dinastia sassânida, da Pérsia. Filho de Sapor e neto de Artaxes.
Nicodemos	Dono de uma hospedaria na cidade egípcia de Khe.
Númio Tusco	Ex-cônsul romano.

Nut	Um dos integrantes da escolta de Georgios pelo deserto. Enviado pelo chefe Razin, líder dos coraixitas.
Opélio Cassiano	Mensageiro de Galério, depois guia de Georgios pelo Egito e através do Rio Nilo.
Orestes	Um dos centuriões da guarnição romana responsável pela defesa do Chipre.
Osório, o Matador de Lobos	Filho de Stronka, líder dos godos.
Otávio Galatas	Chefe da milícia de Räs Drago em Lida.
Pantaleão	Médico cristão servindo na corte de Galério, em Sirmio, na Panônia.
Péricles	Oficial romano servindo em Antioquia, submetido ao pretor Lúcio Germânico.
Pio Salônio	General romano residente em Antioquia.
Plínio	Médico responsável pelo hospital construído dentro do Templo de Hórus, em Antioquia.
Políbio	Marco Lúcio Políbio. Comandante da guarnição romana no Chipre.
Prisca	Esposa do imperador Diocleciano e mãe de Valéria.
Räs Drago	Ex-centurião da Legião Cirenaica, usurpou as terras de Georgios, obrigando-o a fugir da Palestina.
Razin	Chefe da tribo árabe dos coraixitas.
Reija	Líder da expedição patrocinada pelo príncipe Ziúra com destino ao Panteão Negro.
Romão	Diácono atuante em Antioquia.
Rômula Galéria	Mãe de Galério.
Rúbia	Escrava cristã que fez o parto de Georgios na Vila Fúlvia.

Safira	Princesa dos coraixitas, filha do chefe Razin.
Salomão	Missionário cristão de Antioquia.
Sevílio Druso	Procurador-geral da Nicomédia e advogado do imperador Diocleciano.
Sexto	Amigo de Georgios e ex-colega dele na Escola de Oficiais do Leste. Depois, professor de filosofia em Alexandria.
Silas, o Leão	Assassino enviado por Maximiano para matar o imperador.
Síris	Sumo sacerdote do culto de Sobek.
Spiridon	Auxiliar do bispo Zeno, do Chipre.
Strabo	Filósofo grego, antigo secretário de Laios Graco e ex-pedagogo de Georgios.
Stronka, o Sanguinário	Líder dos godos contratado por Galério para lutar a guerra contra Narses.
Tirânio	Auxiliar do bispo Cirilo, de Antioquia.
Tirídates III	Rei da Armênia.
Tysa Lídia Drago	Filha de Räs Drago e esposa do senador e governador do Chipre Caio Valério Fúlvio. Formalmente chamada de senhora Fúlvia.
Valéria Galéria	Esposa de Galério e filha do imperador Diocleciano.
Vírio Galo	Cônsul romano.
Yehuda ben Tov	Rabino residente no oásis de Yatreb.
Yosuguei	Mercador do Oriente.
Zaket	Secretário do imperador Diocleciano e chefe dos escravos no palácio da Nicomédia.
Zeno	Bispo de Pafos, no Chipre.
Zenóbia	Esposa do falecido governador Odenato, da Síria, depois esposa do também falecido

	imperador Cláudio Tácito, é uma figura respeitada entre os senadores romanos.
Zenta	Camareiro-chefe de Floriano, o vigário do Oriente.
Ziúra, o Príncipe Negro	Governante da cidade de Berenice, no Egito.
Zoilos	Segurança e chefe da guarda pessoal de Tysa.

Constantinopla, 1085 *ab urbe condita*

Prezado augusto,

Hoje à tarde, enquanto celebrava a missa de domingo na Igreja de Santa Irene, pensei em sua mãe e no fabuloso legado que ela nos deixou.

Parece fazer um século desde que Flávia Júlia Helena, então augusta de Bizâncio, me escreveu pela primeira vez pedindo que eu analisasse o trecho inicial da biografia de Georgios Graco. A ideia, segundo ela, era me ajudar com a lista de mártires que eu estava esboçando na época, mas logo entendi que sua verdadeira intenção era outra. O que Helena pretendia, no fim das contas, era elaborar um documento de teor literário descrevendo a vida do santo desde o nascimento até a morte. Essa iniciativa seria, ainda de acordo com ela, crucial para inspirar os fiéis, em um momento em que a Igreja tanto se empenhava em angariar seguidores. Ninguém esperava, contudo, que a augusta fosse adoecer e partir, delegando à minha pessoa a missão de completar esse projeto — continuando do ponto em que ela havia parado.

O que posso dizer, em linhas gerais, é que essa tem sido a tarefa mais árdua de minha vida. É verdade que, além de conviver com Helena por meses, tenho acesso, aqui no palácio, às anotações deixadas por ela, que por sinal estão muito bem detalhadas. Informação, portanto, não me falta. O difícil tem sido retratar os fatos de maneira envolvente, como sua mãe tão bem sabia fazer. Escrever é uma arte — a augusta era uma artista; eu sou apenas um redator. Como era de esperar, faltam-me imaginação e criatividade, mas tenho me esforçado para aperfeiçoar meu estilo prosaico, e o resultado é este primeiro tomo, que envio agora ao senhor.

Como já faz dois anos que não lemos sobre Georgios, procurei retomar um pouco da história dele e de outros personagens, sempre que apareciam. Só neste fragmento, por exemplo, ressurgem figuras como Zaket, o misterioso engenheiro de Mênfis, e Sexto, antigo colega de Georgios, além de indivíduos perversos, como Räs Drago, Zenóbia e Sevílio Druso, ex-procurador-geral da Nicomédia.

O que mais me surpreendeu, quando comecei a vasculhar os arquivos, foi a transformação que nosso herói sofreu após receber o manto de paladino.

Com vinte anos completos, ele não era mais um jovem impulsivo, que se descontrolava sempre que o sangue lhe subia à cabeça. Ciente de suas novas obrigações, e com a experiência acumulada nas terras germânicas, ele passou a se sentir confortável para agir como um verdadeiro braço do Estado, dando ordens a oficiais graduados, delegando tarefas e combatendo quando era preciso combater.

O trecho a seguir descreve a visita dele ao Egito, a preparação das tropas romanas para o confronto com os persas e a última etapa da libertação da Britânia, conduzida pelas forças de Constâncio Cloro. Considerando que o senhor esteve presente — e combateu — nesse terceiro episódio, peço que me diga se fui fiel aos acontecimentos, tal como se sucederam.

Sou um homem religioso e ainda estou tentando separar minhas crenças pessoais do trabalho como biógrafo. Sei que preciso seguir o exemplo de sua mãe e tentar enxergar o mundo de modo mais pragmático, pelo menos enquanto estiver escrevendo. Sendo assim, peço sua ajuda para apontar eventuais exageros de minha parte. É o mínimo que devo não só ao próprio Georgios, mas também à nossa querida e finada mecenas.

Na expectativa de que possamos nos rever em breve. Sinto falta de nossas conversas.

Cordialmente,

Eusébio

PRIMEIRO TOMO

EGITO

I

O PALADINO

DE UM DOS TERRAÇOS DO PALÁCIO DE ALEXANDRIA, DOMÍCIO DOMICIANO, O prefeito do Egito, observava o movimento na região portuária naquela ensolarada manhã de setembro.

Domiciano era um italiano de ombros largos, mas flácido nos quadris, dotado de um sorriso inocente o qual usava para cativar as pessoas. Ninguém duvidava de que fosse um político sagaz, tendo unido as diversas facções da cidade em um conselho formado por plebeus e patrícios, que se encontravam uma vez por semana no Cesareu, o templo em honra a César, construído havia séculos pela legendária rainha Cleópatra.

Com cinquenta e quatro anos, Domiciano costumava descer as escadas lentamente, sobretudo nos dias mais secos — ele suava muito e se cansava com longas caminhadas. Uma vez no jardim, um escravo o abordou avisando que a liteira estava pronta, só esperando que ele embarcasse.

— Liteira? Não! — exclamou o prefeito. Envergava uma toga branca, impecáveis sandálias de couro e trazia na mão um pente de osso, com o qual coçava e ajeitava os cabelos. — O nosso convidado é um homem de ação, do tipo que prefere cavalos a palanquins. Como desejamos agradá-lo, penso que seria melhor — ele fez uma pausa — ir caminhando. Digo, dar pelo menos a impressão...

— Concordo — afirmou um terceiro indivíduo, que se aproximava através das palmeiras. Era um sujeito maduro, de pele morena e rosto enrugado, com uma cicatriz no lado esquerdo da face. Trajava uma couraça polida de bronze sobreposta por uma capa vermelha. — Separei um cavalo para ele. Quer montar também?

— Montar, eu? — Domiciano riu de esguelha. — Perdi o jeito. E, a propósito, está quente demais. Um forno!

O homem de armadura, reparou o prefeito, era o general Aurélio Aquileu, comandante da Segunda Legião de Trajano, a tropa responsável pelas defesas do Egito. Como todo soldado, era musculoso, apesar da idade, tinha olhos azuis e cabelos curtos, encaracolados.

Domiciano e Aquileu, além de amigos, encarnavam duas faces da mesma moeda — o primeiro cuidava dos assuntos políticos, e o segundo tinha o controle das forças armadas. Juntos, podiam realizar qualquer coisa — e com frequência assim o faziam.

— O que descobriu sobre esse paladino? — perguntou o prefeito enquanto contornava um tanque de mármore repleto de juncos e guarnecido por duas estátuas de crocodilo. — Digo, o que ele quer conosco?

O general olhou ao redor para ter certeza de que ninguém os escutava. Naquele ponto, eles estavam à frente de uma pequena comitiva de escravos, que incluía abanadores, flautistas, um médico e dois secretários com suas plaquetas de cera.

— Não sei — admitiu Aquileu. — Só o que pude apurar é que o imperador está a caminho da Nicomédia neste momento. Certamente tem a ver com os persas. Com a invasão da Mesopotâmia.

— Pode ser. — Domiciano não estava convencido. Se o imperador queria a ajuda das tropas egípcias, bastava ter enviado um mensageiro. Por que mandar um de seus guarda-costas?

O grupo andou mais alguns passos, desceu mais algumas escadas e chegou ao atracadouro real. Fundada por ninguém menos que Alexandre, o Grande, depois herdada pelos Ptolomeus, seus sucessores políticos, Alexandria era perfeita para a construção de um porto. Diante da enseada localizava-se a ilha de Faros, que abraçava a baía como se a protegesse. Desse jeito, foi fácil para os engenheiros antigos projetarem uma muralha marinha a norte, limitando o acesso dos barcos, e um molhe a sudoeste, ligando a ilha ao continente — e com isso fechando satisfatoriamente o recôncavo. O verdadeiro desafio, com efeito, talvez tenha sido idealizar o farol, um espetacular edifício de cento e trinta metros de altura, com dezenas de pequenas janelas, todo erigido em pedra calcária. O prédio, tido como uma das sete maravilhas do mundo, afunilava-se em uma torre octogonal, culminando em uma seção circular. Lá, espelhos refletiam o brilho do sol, e à noite o fogo aceso nas salas inferiores projetava luz sobre a orla e seus barcos. Era tudo muito fantástico — sem dúvida —, mas, depois de todos aqueles anos, Domiciano já não se impressionava.

Por volta do meio-dia, uma gigantesca galé começou a manobrar na baía. Era equipada com cinco fileiras de remos e capaz de transportar até seiscentos soldados. Domiciano, claro, já vira embarcações semelhantes, mas nunca daquele tamanho, com uma torre de comando na popa, cornetas, escaleres de fuga e uma plataforma de abordagem na proa.

O navio aportou lateralmente. Dele saiu um pelotão de jovianos, guerreiros armados de gládio, portando escudos e protegidos por cotas de malha. Os jovianos haviam substituído os famosos pretorianos como tropa de elite do imperador, e eram totalmente fiéis ao augusto.

Os soldados entraram em forma, quando Domiciano avistou um oficial descendo a rampa, pisando em terra e dirigindo-se até ele. Era jovem e musculoso, tinha os cabelos acobreados, cortados à moda romana, e olhos cor de avelã. Exibia uma armadura de escamas douradas, espada de cavalaria na cinta e uma capa púrpura sobre os ombros metálicos.

Dois homens o acompanhavam: um rapaz bonito de olhos verdes, vestindo uma túnica militar, e um indivíduo idoso, moreno, de cavanhaque pontudo, com os cabelos untados a óleo. Esse último trazia um cesto comprido entulhado de pergaminhos, além de uma bolsa enviesada no peito.

O paladino — que liderava o cortejo — estendeu a mão para o prefeito, que a apertou com um sorriso agradável.

— Ave, césar. — Domiciano se apresentou. — Seja bem-vindo a Alexandria.

O oficial manteve o rosto impassível.

— Obrigado. Como os senhores já devem saber — ele cumprimentou Aquileu com um aceno de cabeça —, meu nome é Georgios Graco, emissário imperial.

— Sim, excelência. — O prefeito assentiu. — Nós sabemos.

— Se não se importarem, prefiro que me chamem de comandante — pediu Georgios —, em referência ao meu título militar.

Aquileu entrou na conversa:

— Posso perguntar onde o senhor serviu? Como um companheiro de armas.

— Fui tribuno da Trigésima Legião de Trajano — respondeu o paladino. — Na Germânia, em uma fortaleza às margens do Reno.

— Germânia? — Domiciano se esforçava para ser cordial. — Não sei como está aguentando este calor, então. Deve ser terrível para alguém que viveu tanto tempo embaixo de gelo.

— Nasci na Palestina — revelou Georgios. — Estou acostumado — disse, apontando depois para seus acompanhantes. — Quero que conheçam Zaket — ele se referia ao homem idoso —, secretário do divino augusto.

Domiciano estava prestes a saudá-lo, mas percebeu que Zaket trazia uma placa de bronze sobre o peito em que se lia "Caio Aurélio Valério Diocleciano", o que o classificava como escravo do imperador.

— E esse — Georgios indicou o soldado de túnica rubra — é Opélio Cassiano, meu assistente.

— Devem estar cansados — imaginou o prefeito, entrelaçando os dedos. — Por favor, venham comigo. Vou levá-los aos seus aposentos.

Seguidos pela comitiva de escravos e pela escolta militar, Georgios, Zaket e Cassiano acompanharam o prefeito e o general de volta ao palácio. O complexo, que pouco havia mudado desde os tempos ptolomaicos, era de uma opulência excessiva, que beirava o ridículo. Colunas de mármore negro dividiam lugar com estátuas de deuses antigos, obeliscos, incensários de prata e altares de ouro maciço. Os jardins tinham muitos metros de extensão, e os salões contavam com cortinas de seda, longos divãs e tapetes de pele de tigre.

No momento em que eles entraram em um dos corredores, Georgios sugeriu ao prefeito:

— Já passou da sexta hora, excelência. — Para os romanos, a sexta hora indicava o exato momento do sol meridiano. — Meus homens precisam de comida e repouso. O que acha de marcarmos uma audiência para amanhã cedo no Cesareu?

— Não imaginava que o pronunciamento do senhor seria assim tão solene. — Domiciano espantou-se. — Tem certeza de que é necessário convocar os notáveis?

— É sempre o melhor a fazer — opinou Georgios. — Reduz especulações e evita rumores, que em geral são péssimos para qualquer governante. De todo modo, é apenas uma sugestão.

— Concordo com o senhor Graco — pontuou Aquileu com firmeza. — Seja qual for o anúncio, a cidade acabará sabendo. Melhor ouvir direto da fonte.

Domiciano arregalou os olhos, como uma criança ansiosa para abrir um presente.

— O senhor está me deixando curioso, comandante — disse para Georgios. — Sorte que adoro um bom suspense.

— Não se trata de fazer suspense, prefeito — esclareceu o paladino. — Estou apenas seguindo o protocolo.

— Claro. — Domiciano ergueu os braços. — Foi exatamente o que eu quis dizer.

O grupo chegou à ala residencial do palácio. O quarto de Georgios era tão grande que mais parecia um daqueles imensos salões. Zaket e Cassiano ficariam com ele — havia espaço de sobra —, e os jovianos ocupariam os aposentos contíguos, que ganharam camas extras para servirem de dormitório.

Domiciano os convidou para almoçar, mas Georgios declinou, explicando que ainda tinha muito trabalho a fazer e que preferia comer no próprio quarto, na companhia de seus auxiliares. Os anfitriões se despediram, então, e foram caminhando até o refeitório. Depois de tomarem distância, o prefeito, amargo, queixou-se com Aurélio Aquileu:

— Detesto esses oficiais. Não têm senso de humor. São como esfinges, impenetráveis.

— Calma. — O general deu de ombros. — Esse foi só um primeiro encontro. Outros virão.

— Estou preocupado, confesso. Que maldito anúncio será esse?

— Saberemos amanhã.

Domiciano resmungou:

— Quantos anos ele deve ter? Uns vinte, no máximo vinte e cinco. É um pirralho — sussurrou. — Como o imperador pode dar tanto poder a um garoto?

— Alexandre conquistou o mundo antes dos trinta — lembrou o militar, insensível. — Um fato histórico.

— Não gostei dele. — Bufou. — É só o que posso dizer.

— Claro que não gostou.

— Claro? Fui tão óbvio assim?

— Eu o conheço há anos — continuou Aquileu. — O problema não é a idade ou o senso de humor, é que você não conseguiu conquistá-lo. Não foi capaz de arrancar nada dele, nem mesmo um sorriso. Estou certo?

O prefeito aquiesceu, a contragosto.

— Está certo. — E complementou, como se estivesse cansado: — Detesto esse tipo de gente.

— No seu lugar, eu ficaria tranquilo. Estamos em casa. O Egito é *nosso*, no fim das contas. Lembre-se de que o imperador depende de nós. Sem os grãos que cultivamos no Nilo, Roma passa fome. Nem Diocleciano seria tolo de nos desafiar.

— Creio que tem razão.

— Eu *sempre* tenho razão.

Domiciano pareceu se acalmar. Os dois haviam chegado ao refeitório, um espaço aberto com muitos divãs, de frente para o jardim e com o farol brilhando contra o céu de outono. Sobre a mesa, havia carne de crocodilo, duas cestas de figo, vinho tinto e uma bandeja de frutos do mar.

O prefeito serviu-se. Os amigos beberam sozinhos.

Depois, almoçaram.

O primeiro encontro entre Domiciano e Georgios Graco foi, realmente, carregado de expectativa e tensão.

Essa era a ideia desde o princípio. Georgios não podia ser amistoso porque trazia notícias desagradáveis — pelo menos para os atuais administradores do Egito. Para que suas ordens fossem cumpridas, ele precisava ser inflexível, caso contrário daria espaço para que os políticos tentassem suborná-lo — o que o forçaria a prender todos eles.

O que ninguém tinha notado era que, apesar de parecer uma "esfinge", Georgios precisara conter a emoção ao afirmar, no porto, ter nascido na Palestina. Ocorre que seis anos antes seu pai, Laios, morrera em combate na Germânia. Quando soube da notícia, um de seus rivais, um ex-centurião chamado Räs Drago, invadiu a propriedade da família na cidade de Lida, perto de Jerusalém, assassinou Polychronia, a mãe de Georgios, e roubou suas terras. O garoto conseguiu fugir e, com a ajuda de Strabo, seu pedagogo, chegou à capital para pedir a proteção do imperador, que o inscreveu na Escola de Oficiais do Leste. Georgios se tornaria, assim, um cavaleiro, depois tribuno militar e, enfim, um paladino, isto é, um dos homens mais próximos do augusto, autorizado a falar — e a matar — em nome do Estado.

Embora fiel à sua missão, Georgios ainda sonhava em recuperar o que Drago lhe havia roubado. O que ele não sabia era que, nesses anos em que estivera ausente, o ex-centurião e seus capangas haviam dominado não só a cidade, mas também os arredores. Como não era um patrício, ou seja, como não possuía títulos ou influência política, Drago resolvera que seria muito rico, tão rico que poderia contratar suas próprias tropas. Depois de se apoderar da fazenda e do campo de oliveiras de Laios, adquiriu mais escravos, ampliou o terreno e se tornou, com o tempo, o maior fornecedor de azeite do Oriente romano. Claro que, para garantir a hegemonia na área, ele recorreu a métodos nada ortodoxos. Desapropriou terras, demoliu aldeias, ameaçou concorrentes e subornou burocratas para que as engrenagens do Império girassem sempre a seu favor.

Para enriquecer ainda mais, só o que lhe faltava eram alguns navios, com os quais esperava escoar a produção para a Itália e a Grécia. Comprar os barcos não seria o problema — a questão era obter uma licença para operá-los no porto de Cesareia Marítima, o maior da Palestina.

Quem tinha autoridade para conceder tais licenças era Marco Salústio, o comandante da Décima Legião do Estreito, uma das unidades mais antigas do exército romano. Salústio, além de militar, era um próspero comerciante de sal, pois detinha o monopólio de exploração das salinas do Mar Morto. Sendo assim, Drago fez contato com ele, que aceitou o convite para comparecer à sua fazenda, em uma manhã escaldante de agosto.

Ciente de que Drago tinha sua própria milícia, Salústio chegou ao local acompanhado de quinhentos soldados. Para sua surpresa, porém, Drago se revelou um anfitrião caloroso, apresentando a ele a propriedade e a casa principal. Enquanto cavalgavam pelo campo de oliveiras, mostrou ao convidado diversas ruínas — restos de armazéns, pedaços de templos e até as muretas de um antigo cemitério judaico — que haviam sido demolidas para a ampliação da lavoura.

— Um belo trabalho — elogiou Salústio, puxando as rédeas e freando o cavalo. Era um sujeito pequeno de cabelos grisalhos, com um nariz grande, triangular e convexo. Usava túnica militar, mas não portava armas, pois confiava na escolta que trazia consigo. — E as oliveiras estão muito bem tratadas.

— Obrigado. — Drago sorriu. Comparado a Salústio, ele era um gigante. Nascido na Dácia, uma província abandonada pelo Império Romano, tinha as sobrancelhas louras e os olhos cinzentos, o que o fazia se parecer com um germânico. — Mandei trazer alguns escravos agrícolas diretamente do Egito. Foi um investimento alto, mas rendeu frutos.

— Percebe-se. — Salústio estendeu a mão e um de seus cavaleiros entregou--lhe um odre de água. Era um dia seco, e estavam todos montados. — Essas árvores são muito resistentes. Florescem mesmo em climas áridos. Em Jerusalém, onde eu moro, estão em toda parte.

Drago assentiu e chamou Salústio para almoçar. Eles retornaram à casa grande, que era na realidade um complexo com várias construções, cercado por muros de tijolos e com dois grandes pátios: um dianteiro, ao redor do pavilhão dos senhores, e um traseiro, onde se localizavam os estábulos, o chiqueiro, o alojamento dos escravos e alguns armazéns, além de um picadeiro para o treinamento de cavalos. Havia ainda outras estruturas e uma horta particular, o que fazia da Vila Fúlvia, como era chamada pelos locais, uma espécie de comunidade autossustentável, capaz de produzir praticamente tudo o que Drago necessitava.

Depois de comerem, os dois homens foram até um dos gabinetes para falar de negócios. O ambiente era escuro, com uma janela alta e gradeada no canto norte, e estantes nas paredes leste e oeste, abarrotadas de pergaminhos. No meio desses rolos havia uma estátua empoeirada de bronze retratando a figura da *Lupa Capitolina*, a famosa loba que, segundo a tradição, amamentara os meninos Rômulo e Remo.

Drago sentou-se à escrivaninha, oferecendo uma cadeira a Salústio. Esse último havia posicionado dois de seus legionários na porta e mais dois no corredor, com a intenção de intimidar o dono da casa. Drago, no entanto, em vez de se aborrecer, parecia se divertir com tais atitudes.

— Seus homens são bastante vistosos, general — disse a Salústio. — Imagino que deva tê-los treinado muito bem. Jerusalém é uma cidade estratégica. Deve ser uma honra comandar a Décima Legião do Estreito.

Salústio fechou a cara. Ele sofria de gota, um tipo de reumatismo que ataca as articulações — em geral as do pé —, às vezes impedindo que o doente se levante da cama. Salústio, portanto, não poderia treinar suas tropas e entendeu o comentário como uma afronta.

— Meu caro — ele suspirou, depois engoliu o ar como quem engole um desaforo —, que tal irmos direto ao assunto?

O gigante dácio recostou-se na cadeira.

— Como quiser — disse. — Por que não começa?

— Estou disposto a conceder a licença de que o senhor necessita. O preço — cravou — é cinco mil talentos de ouro.

Drago guardou silêncio. Levantou-se, andou calmamente até uma das prateleiras e acariciou a estátua da loba, que brilhava à luz do sol vespertino.

— Soube de homens que conseguiram essa licença por menos de dois mil talentos.

— É verdade — confirmou o general, petulante.

— E por que eu pagaria cinco mil?

— Porque os indivíduos aos quais se refere eram romanos legítimos, nascidos na Itália. E o senhor é um germânico.

— Sou dácio. — Drago voltou a sentar-se, demonstrando frieza. — Nasci no sopé dos Montes Cárpatos.

— Para mim, vocês são todos iguais — rebateu Salústio. — Serei sincero, pois não sou homem de meias palavras. Eu não gosto da sua gente. Não gosto do jeito como têm se infiltrado no Império, com seus costumes selvagens, trazendo seus deuses selvagens. O senhor sequer escolheu um nome romano ao entrar para o exército. O que prova que é e continua sendo um selvagem.

Drago sorriu.

— Será que eu sou o único selvagem nesta sala?

Salústio reagiu:

— Como é?

— Circulam rumores de que o senhor tem sangue judaico.

O convidado se levantou com um pulo, o rosto vermelho, crispado de ódio.

— Como se atreve? — protestou. — Meus antepassados eram italianos. Está tudo registrado no tabulário de Roma. Quem foi o patife...

— Calma. — Drago fez um gesto pacífico, pedindo que o comandante tornasse a se sentar. — Foi só uma pergunta.

— Do mesmo modo — Salústio deu o troco —, correm boatos de que o senhor roubou esta propriedade de Laios Graco e assassinou a esposa dele. O que tem a dizer a respeito?

— Nunca assassinei mulher alguma. — Era verdade. Quem tinha matado Polychronia, mãe de Georgios, fora Hron, o filho dele, à época com dezesseis anos de idade. — Desafio qualquer um a provar o contrário. E quanto à Vila Fúlvia, ela caiu nas minhas mãos legalmente, com o desaparecimento do único herdeiro legítimo da família.

— Que seja. — O convidado sentou-se novamente. — O meu preço é cinco mil — repetiu, furioso. — Ou o senhor me paga, ou continua fazendo comércio deste lado do Mediterrâneo. E eu não vou facilitar as coisas. Os meus homens terão ordens para taxar os seus carregamentos sempre que encontrá-los na estrada. Um décimo dos lucros, o que acha?

— Eu tenho uma contraproposta — pontuou Drago. — O senhor me concederá a licença de graça, em respeito à nossa amizade. E me ajudará com o transporte de azeite, disponibilizando suas carroças para levar as ânforas até Cesareia Marítima ao menos três vezes por semana.

Salústio deu um riso de incredulidade.

— O senhor é louco. — Ergueu-se da cadeira e andou até a porta. — Passe bem.

Ele já ia saindo quando se deparou com um homem alto e gordo, de barba negra, exalando um forte cheiro de aguardente. Como não estava armado, os guardas permitiram que entrasse. Salústio reparou em seus dentes de ouro e no tapa-olho que lhe cobria parte da face.

— Por Júpiter. — O general deu um passo atrás. — Quem é este gorila?

— Bufo Tauro — Drago o apresentou —, meu secretário.

— Diga para ele sair da minha frente — exigiu o pequeno Salústio. — Ou eu chamo os meus guardas.

Bufo Tauro liberou a porta ao mesmo tempo em que estendia a Drago um lenço que trazia nas mãos. O centurião cheirou o tecido como quem cheira uma rosa. Salústio, ao ver aquilo, deteve-se.

— Está reconhecendo isto, general? — perguntou Drago.

O comandante ficou pálido. Soltou um pigarro.

— Como? — balbuciou. — Onde…?

— O senhor tem uma filha de doze anos, certo? — prosseguiu o magnata, sem se alterar. — O nome dela é Macrina. Uma jovem de grande talento.

— O que… — Salústio estava em choque. — Como conseguiu esse lenço? Responda, em nome das Fúrias!

Drago e Tauro se entreolharam, trocando sorrisos.

— Como eu disse, sua filha é uma moça inteligente. Uma harpista formidável. Os talentos dela estão sendo desperdiçados em Jerusalém, sem professores para orientá-la. Proponho que ela passe a viver aqui, na Vila Fúlvia, onde será tratada como uma princesa. E, quando a idade chegar, encontraremos um bom marido para ela. — Drago colocou-se de pé, a mão sobre o peito. — Prometo, em nome de todos os deuses, que ela terá tudo do bom e do melhor.

Salústio seguia petrificado. Estava claro que os capangas de Drago haviam capturado Macrina e a mantinham em seu poder, em algum cativeiro secreto. Se ele não recuasse, a menina seria morta. Salústio amava a garota. Era sua única filha.

— Promete q-que... — gaguejou — jura que — tremeu — vai tratá-la bem? Que garantias eu tenho?

— Naturalmente o senhor e sua esposa poderão visitá-la. Uma vez por mês. Desse jeito aproveitamos para pôr as finanças em dia.

Salústio não respondeu. Ele não tinha escolha, na verdade. Drago procurou animá-lo. Foi até ele, deu-lhe um abraço e dois beijos na face.

— Seremos amigos — acariciou-lhe as costas —, afinal somos todos romanos.

Enfim Salústio deixou o gabinete, sem dizer palavra. Drago e Bufo Tauro permaneceram lá dentro. Depois de um certo tempo, o barbudo comentou:

— Como foi fácil enganar esse imbecil. — Sua voz era grave, embora morosa pelo excesso de álcool. — Faria de novo, se o senhor ordenasse.

— O importante é que temos a garota — disse Drago.

— Sim — concordou Tauro. — É uma beldade, aliás.

— Ela vai gostar daqui — determinou. — Quero que compre algumas escravas domésticas com o ouro que receberemos de Cesareia no próximo mês.

— Grécia e Itália. — Bufo Tauro esfregou as mãos. — São excelentes mercados.

— O que me preocupa é o Chipre. — Drago estava agora pensativo, olhando através da janela. — Precisamos pensar em uma estratégia.

— Com certeza, patrão — disse o capanga. — Desta vez nada vai nos deter — garantiu. — *Nada*.

II

PRISCA

PROJETADA COM BASE NO MODELO GREGO, ALEXANDRIA NÃO TINHA UM FÓRUM, o tradicional centro político das cidades romanas. Em vez disso, possuía uma ágora, a praça pública dos tempos helênicos. O espaço era dominado por um grande mercado diante do porto, cortado por um canal, à esquerda, e pela biblioteca ptolomaica à direita.

Quem visitava Alexandria pela primeira vez tinha sensações controversas. Em um primeiro momento, olhando os templos, prédios e parques, o visitante sentia-se na própria Grécia, então surgiam os monumentos egípcios, os obeliscos, as estátuas de deuses híbridos, as colunas marcadas por hieróglifos, e o estrangeiro percebia que estava, de fato, em uma cidade diferente de todas, disputada por muitos e conquistada por poucos.

Georgios e Opélio Cassiano cavalgavam pela Via Canópica, uma larga avenida margeada por altas palmeiras, que começava na Porta do Sol, a nordeste, e terminava no Portão da Lua, a sudoeste — e de lá para os subúrbios. Zaket vinha a pé junto ao pelotão dos jovianos, que com seus escudos afastava os pedintes.

— Essas árvores são milenares. — Cassiano se referia às palmeiras. — Foram plantadas por Ptolomeu, o Salvador, o fundador da dinastia que por séculos governou o Egito.

— Ptolomeu morreu faz seiscentos anos — recordou-se Georgios. — Como elas podem ser "milenares"?

— Modo de falar — respondeu Cassiano. Ele tinha vinte e três anos, mas parecia ter dezessete, não só por ser magro e franzino, mas porque se comportava como um garoto, correndo atrás de mulheres, frequentando prostíbulos e inventando piadas nas horas mais tensas. Antes de ser escolhido para aquela missão, ele era mensageiro de Galério, o césar das províncias centrais, um dos tetrarcas, conhecia as estradas romanas e sabia se deslocar entre elas. — De vez em quando — ele disse —, o segredo de uma boa história está no jeito de contá-la, não nos fatos.

— Os fatos são sempre importantes — pontuou o paladino à medida que dobravam a esquina, tomando a rua que os levaria às docas —, mas entendo o que quer dizer.

Chegando à ágora, eles se depararam com a estátua de uma figura masculina sentada segurando um bidente e com o que parecia um vaso de plantas apoiado na cabeça. Um grupo de homens, magros e seminus, acendia incensos e louvava a imagem.

— Quem é esse? — perguntou Georgios a Cassiano.

— Os locais o chamam de Serápis — respondeu ele. — O padroeiro oficial da cidade.

— Pensei que os egípcios preferissem deuses com características animais a entidades antropomórficas.

— Os antigos faraós, sim — volveu o assistente. — Serápis, no entanto, é uma divindade dos tempos ptolomaicos. Parte grega, parte egípcia.

Georgios balançou afirmativamente a cabeça, e, depois de mais alguns metros, eles alcançaram o Cesareu, um prédio circular sustentado por colunas brancas, com uma cúpula dourada por onde o sol penetrava. Os dois apearam e, na companhia de Zaket, subiram a escadaria coberta de areia.

Domício Domiciano os aguardava no peristilo — o estrado superior dos templos helênicos, à sombra das pilastras — e os recebeu de braços abertos. Fez questão de apresentar Georgios aos notáveis, homens que, de uma forma ou de outra, o ajudavam a governar a cidade. Entre esses indivíduos havia aristocratas, chefes de guildas, generais, filósofos e sacerdotes.

O interior do Cesareu era ainda mais belo do que parecia de fora. Os romanos o haviam transformado em uma cópia do antigo Senado republicano, isto é, um salão redondo circulado por arquibancadas de mármore, com a cadeira do prefeito em destaque no centro.

Georgios entrou no parlatório, levando Zaket consigo e deixando Cassiano na porta. Logo foi convidado a sentar-se na primeira fila da arquibancada. Domiciano abriu a sessão enumerando os feitos e as conquistas do imperador, em uma clara tentativa de bajular o paladino. Depois, sob aplausos, chamou Georgios para discursar.

O filho de Laios não era bom orador, mas estava confiante porque sabia exatamente o que dizer — e *como* dizer. Cumprimentou os notáveis, agradeceu a presença deles e começou:

— Faz alguns anos que o divino augusto implementou suas primeiras reformas territoriais, e com grande sucesso. Como os senhores sabem, o Império foi dividido em quatro áreas administrativas, controladas pelos tetrarcas — declarou Georgios, da forma mais didática possível. — Maximiano ficou com a Itália, a Hispânia e a África; Constâncio Cloro recebeu a Britânia, a Gália e a Germânia; Galério passou a administrar a região do Danúbio; e o imperador manteve controle direto sobre as províncias do Oriente. Essas medidas foram importantes para sufocar os rebeldes, tão comuns nos tempos de Numeriano e Carino. O mundo, no entanto, muda, e nós também precisamos mudar. Sendo assim, o imperador resolveu reorganizar nossos territórios, e esse é o motivo de eu estar diante dos senhores nesta agradável manhã de setembro.

Georgios fez sinal para Zaket, que estendeu sobre o piso um grande rolo de pergaminho. Os notáveis se inclinaram para visualizá-lo e repararam que aquele era um mapa do Império, com as fronteiras originais, mas com tracejados que modificavam os limites das antigas províncias. Houve um burburinho geral, manifestações silenciosas de descontentamento, de incerteza, e, antes que Domiciano tomasse a palavra, Georgios continuou:

— De acordo com um édito que será promulgado em breve, as atuais províncias serão agrupadas em doze regiões, as quais o imperador preferiu chamar de *dioceses*. — No mapa, observavam-se esses doze distritos. O Leste do Império, notaram os presentes, desde a Capadócia até o Egito, fora incluído na Diocese do Oriente. — Os governadores e prefeitos, claro, continuarão em seus postos, mas estarão submetidos ao comando de um oficial superior.

Domiciano não resistiu e levantou a mão.

— Comandante — ele suava frio —, com todo o respeito, o Egito precisa ser administrado por quem o conhece. Este é um país extremamente complexo, com muitos povos e religiões. Sem falar na questão econômica, na coleta de impostos e nas nossas lavouras às margens do Nilo.

— Eu entendo suas preocupações — disse Georgios e, quando todos achavam que ele iria argumentar, defender seu ponto e explicar as reformas, o cavaleiro apenas completou: — Mas ordens são ordens.

Um ancião de barba cacheada, usando uma túnica azul e com cara de poucos amigos, exigiu:

— Quem seria esse oficial? Onde ele ficaria? Em que cidade?

— Salve, excelência. — Georgios procurou ser educado. — Imagino que o senhor seja Cástor, o Branco, sumo sacerdote de Serápis — disse, recordando-se dos indivíduos que lhe haviam sido apresentados mais cedo. — Bom, conforme o édito, a Diocese do Oriente será governada a partir de Antioquia, na Síria. O imperador, contudo, ainda não decidiu quem será o responsável por controlar o distrito.

— Seria justo — insistiu o religioso, de punho cerrado — que nós, ou ao menos *um* de nós, pudesse se candidatar ao pleito. Haverá um conselho consultivo, uma assembleia ou algo do gênero?

— Se houver uma eleição — explicou o paladino —, certamente os senhores serão informados.

— E quais seriam os requisitos — perguntou um núbio de couraça metálica, do qual Georgios esquecera o nome, mas sabia ser um dos tribunos da Segunda Legião de Trajano — para concorrer, nesse caso?

— Obediência — treplicou o paladino, respondendo à pergunta e ao mesmo tempo colocando os políticos em seu devido lugar. — É o que o imperador sempre exige de seus súditos: obediência, antes e acima de tudo.

Seguiu-se um novo rebuliço, com os notáveis conversando, fazendo gestos de negação. O vozerio foi aumentando, ouviram-se protestos, e o prefeito, enfim, se manifestou. Deslocou-se para o centro da câmara, parou ao lado de Georgios, ergueu os braços e pediu que os colegas se acalmassem.

— Não vamos nos precipitar, meus amigos. — Tocou o ombro metálico do paladino. — O senhor Graco é apenas um diplomata. Não teve a intenção de nos desafiar, tampouco de nos ofender. Quanto ao imperador, tenho certeza de que escolherá um oficial competente. Prometo escrever para ele ainda hoje e solicitar uma audiência formal.

Georgios se afastou de Domiciano. Em seguida projetou a voz, para que todos o escutassem:

— Estou aqui em nome do imperador, excelência. O que quiser falar com ele pode ser dito a mim. E eu reafirmo que essas são as ordens do divino augusto de Roma — exclamou, rigoroso. — De qualquer maneira, o que eu posso garantir, para tranquilizá-los, é que Diocleciano quer, sempre quis, o bem e a prosperidade do Império. Se os senhores estão seguros em seus cargos, cumprindo suas funções da melhor forma, não têm com que se preocupar.

O discurso não melhorou as coisas, e os ânimos tornaram a se exaltar. Domiciano deu por encerrada a sessão e foi direto falar com os sacerdotes, que estavam inconsoláveis. O próprio Domiciano sentia-se contrariado — era visível pela forma como se comportava, concordando com os argumentos dos aristocratas raivosos.

Ninguém teve coragem de abordar Georgios diretamente. Zaket recolheu o mapa e o guardou. Ele e o paladino saíram para o peristilo. Cassiano, que havia nascido em Alexandria, perguntou se deveria guiá-los de volta ao palácio. Georgios respondeu que sim, mas achou melhor esperar o prefeito, que afinal era quem os recepcionara.

Finalmente, Domiciano apareceu. Estava corado, suando, com os cabelos úmidos. Esfregando as palmas, murmurou:

— Comandante, o seu discurso foi — ele fez uma pausa para encontrar a palavra — surpreendente.

— O senhor entende agora — indagou Georgios — por que o imperador decidiu me enviar?

— Faz sentido. — Domiciano parecia nervoso. — Realmente, é uma situação delicada.

Georgios percebeu que o prefeito queria dizer alguma coisa, mas estava tomando coragem. Decidiu cortar o mal pela raiz. Recebera ordens de não negociar, de não se dobrar aos burocratas.

— O que foi, excelência? — Ele olhou para o político fixamente, de um jeito ameaçador. — O senhor se aborreceu com algo que eu disse?

Nesse momento, Domiciano experimentou um frio na espinha, como se aquele homem — aquele *tigre* — estivesse pronto para saltar sobre ele, enfiando-lhe as garras e fazendo-o em pedaços. Nunca se sentira tão humilhado, tão pequeno e vulnerável.

— Não, comandante. — Deu um passo atrás. — O senhor tem sido muito amigável.

— Que bom que nos entendemos. Seria um transtorno — acrescentou — se eu tivesse de realizar mudanças na administração da cidade.

Dito isso, Georgios desceu as escadas, seguido por Cassiano e Zaket. Na rua, reencontrou os jovianos. Ele e o mensageiro subiram nos cavalos e, sem esperar o prefeito, tomaram o rumo da ágora.

— O senhor foi duro com ele — comentou Cassiano quando regressaram à Via Canópica. — Precisava ser tão severo?

— Não costumo agir assim com as pessoas — reconheceu Georgios. — Mas dessa vez foi necessário. Existe algo de podre em Domiciano.

— Podre? — Cassiano riu de través. — Não é essa a natureza da política desde o princípio dos tempos? Desde a Grécia? Desde Creta?

Georgios não se incomodava com as críticas de Cassiano. Ele próprio o havia escolhido para ser seu guia no Egito e considerava os comentários do assistente relevantes, apesar de muitos deles serem jocosos.

— É que eu senti alguma coisa... — repetiu, meio hesitante. — Não sei ainda o que é. Uma sensação desconfortável. — Pensou melhor e explicou: — Um pressentimento terrível.

Naquela mesma tarde, o imperador Diocleciano aproveitava o calor do verão para se refrescar no frigidário, uma das piscinas de água fria instaladas no palácio da Nicomédia, a então capital do Império Romano.

Quando chegou ao poder, cerca de dez anos antes, Diocleciano tomou algumas medidas para assegurar a própria integridade. Uma delas foi criar uma tropa particular — os jovianos — e um círculo de guarda-costas extremamente fiéis a ele, chamados de paladinos. Outra foi transferir o centro político de Roma para a Nicomédia, no Leste, afastando-se do Senado e das intrigas palacianas. Lá, ele construiu seu refúgio com toda a segurança e o conforto, revitalizou a cidade, ergueu novos templos, reformou as muralhas e incentivou o comércio.

Nada é perfeito, entretanto. Em maio daquele ano, Diocleciano soube que os persas haviam invadido a Mesopotâmia e estavam prestes a atacar suas fronteiras. Saiu às pressas de sua residência de verão em Salona, na Dalmácia, e se dirigiu para a Nicomédia com nada menos que seis mil soldados, e agora esperava a chegada de Galério, o césar das províncias centrais, que era também seu genro e havia partido de Sirmio, onde morava, com um efetivo de pelo menos mais cinco mil legionários.

Enquanto aguardava, Diocleciano reunia forças, ao mesmo tempo em que formulava seu plano. Sozinho na piscina, chegou à conclusão de que precisava de uma distração, de uma isca para atrasar o inimigo. Naquela época, a Armênia era um Estado cliente romano, isto é, pagava impostos para o imperador, mas não fazia parte de seus domínios. Se Diocleciano pudesse, de alguma forma, atrair Narses, o xá da Pérsia, para o território armênio durante o inverno, teria tempo de sobra para reunir suas tropas e contra-atacar na primavera, com uma única investida fatal.

Um raio de sol desceu pelas nuvens, e Diocleciano reparou em seu reflexo estampado na água. Era um homem de cinquenta anos, de tez bronzeada e olhos azuis. Os cabelos negros haviam perdido a cor e a visão já não era tão boa, mas ele se orgulhava de cavalgar melhor agora, de ser vigoroso na cama e de ter energia para manobrar uma espada.

Lá pela oitava hora, sua esposa, Prisca, despiu a estola e juntou-se a ele no frigidário. Os dois haviam se conhecido em Damasco, na Síria, quando Diocleciano ainda era um plebeu.

Prisca era uma mulher muito bela, esguia, de cabelos dourados e pele sedosa. Raramente se envolvia em política, mas aqueles eram tempos estranhos — tempos de guerra —, em que ninguém estava totalmente seguro.

— Notícias de Alexandria? — ela perguntou, esfregando os pés contra o chão de mosaico.

— Por enquanto nada — respondeu o augusto. — Mas tenho fé em Georgios. Confio nele.

Prisca deu um mergulho, alisou os cabelos e emendou:

— Soube que Numa, o secretário de Constâncio Cloro, converteu-se ao cristianismo e, quando foi descoberto, suicidou-se diante de seu mestre. — Constâncio Cloro era um dos tetrarcas, responsável por controlar as províncias transalpinas. — O que acha desse incidente?

— É boato. Cristãos não se matam — sentenciou. — De acordo com as escrituras, é pecado. Pecado mortal.

Prisca refletiu sobre o que ele dissera.

— Estou surpresa por conhecer tão bem os evangelhos. — Ela sorriu. — Com quem andou conversando?

Diocleciano entendeu o gracejo, retribuiu o sorriso e a abraçou. Dispensou os escravos e os dois fizeram amor. Quando terminaram, ele pediu à mulher:

— Gostaria que você e Valéria — ele se referia à única filha deles, casada com Galério — permanecessem aqui enquanto eu estiver em campanha. Diógenes ficará encarregado de protegê-las. — Diógenes era um dos paladinos, um ex-gladiador que tinha a maior força física entre os seguranças imperiais. — Pode ser que, dessa vez, as coisas se compliquem um pouco. Narses treinou muito bem os catafractários, seus cavaleiros de elite.

— O problema não são os catafractários — percebeu a augusta. — Existe mais alguma coisa sobre essa campanha que você não está querendo me dizer. Se preferir, não diga — ela o desobrigou. — Mas eu gostaria de saber, confesso. Para colocar seu nome em minhas orações.

Depois de alguns instantes olhando para o céu, Diocleciano se abriu:

— É uma longa história. Ocorre que, muitos anos atrás — ele falava baixo, quase que sussurrando —, fiz uma promessa a Caro. Foram duas, na verdade.

— Caro? O imperador a quem você serviu durante sua última viagem à Pérsia?

— Ele mesmo — confirmou. — Primeiro, eu prometi que o mataria caso fôssemos cercados. Caro tinha medo de ser capturado. De qualquer maneira, não foi necessário, porque ele acabou se afogando no Eufrates.

— E a outra promessa? — quis saber Prisca.

Diocleciano se atrapalhou.

— Como?

— Perguntei sobre a segunda promessa. — Ela cruzou os braços, curiosa. — Pensei que fossem duas.

No momento em que o imperador abriu a boca para responder, um joviano entrou no pátio. Saudou o augusto, endireitou o corpo e avisou que Galério havia chegado à cidade.

Prisca sabia que Valéria, sua filha, estava nessa comitiva e saiu da piscina imediatamente. Enrolou-se em uma toalha, chamou suas escravas, vestiu-se no próprio local e deixou o recinto.

Diocleciano seguiu os passos dela, mas quando estava calçando as sandálias lembrou-se do dia em que conhecera Laios, o pai de Georgios, nas imediações da cidade de Lida. De súbito, então, em seus pensamentos, escutou a voz de Caro ecoando:

— Jure sobre a Pedra de Júpiter.

Diocleciano, à época chamado de Diócles, ajoelhara-se e fizera os votos, com o pomo da espada encostado na testa.

— Eu juro, césar. Em nome de Roma — ele prometera —, eu juro.

— Está feito. — Georgios removeu a capa púrpura e a atirou sobre a mesa. De repente, sentiu-se uma tonelada mais leve. — O pior começa agora.

Ele, Cassiano e Zaket estavam no quarto que lhes fora oferecido, na ala leste do palácio real. O aposento era grande e luxuoso, com muitos divãs, cadeiras confortáveis, vasos de planta e almofadas. Da sacada, enxergavam-se não só o porto e seus barcos como o farol, as palmeiras da Via Canópica e o molhe que cercava a baía.

— Pior? — Zaket franziu o cenho. — Pensei, mestre Graco, que nossa missão fosse tão somente informar aos notáveis sobre as reformas e em seguida voltar a Salona.

Georgios despiu a armadura. Era uma tarde escaldante, e ele sacou um pano para enxugar o suor.

— Preciso resolver algumas pendências — informou, apanhando uma jarra e despejando água em um copo. — Mas quero que você retorne à Dalmácia amanhã, já na primeira galé.

— Sim, comandante. — O escravo resignou-se. — Como desejar.

Os três se hidrataram e comeram alguns figos que estavam sobre uma bandeja de prata. Georgios dobrou a armadura de escamas e a enrolou no manto púrpura. Depois, vestiu uma cota de malha e sua velha capa vermelha, que havia trazido na bagagem. Zaket olhou para ele sem entender.

— Púrpura é a cor de Júpiter — justificou-se o paladino. — Chama muita atenção. Prefiro ser discreto — alegou. — Pelo menos por enquanto.

O jovem apertou seus *calcei*, as botas romanas de equitação, e avisou que se ausentaria por algumas horas. Quando estava saindo, porém, foi surpreendido por um sujeito calvo, baixo e rechonchudo, com pelos saindo do nariz, que o esperava no corredor. Trazia uma bolsa de couro e usava uma túnica simples, dando a entender que era um plebeu, um operário, talvez.

— Senhor? — Ele reconheceu Georgios, mas perguntou: — É o comandante Graco?

— Sim, sou eu mesmo. Quem é você?

— Inácio de Corinto, escultor oficial do palácio — apresentou-se. — Sua excelência, o prefeito Domício Domiciano, gostaria de se desculpar pelo episódio de hoje cedo no Cesareu.

— Diga ao prefeito que aceito as desculpas. — Georgios não queria retomar o assunto. — Agora, se me der licença.

— Espere. — O escultor o perseguiu pelas galerias. — O prefeito quer lhe dar um presente. Um busto esculpido em mármore.

Georgios pensou consigo mesmo e concluiu que recusar o presente poderia ser considerado um insulto.

— Claro — assentiu. — Onde está o busto?

De novo, Inácio sorriu.

— Um busto *seu*, comandante — disse ele. — Eu mesmo vou esculpir. Preciso apenas que o senhor pose para mim.

Georgios já tinha visto, na Nicomédia, escultores trabalhando com modelos vivos. Os voluntários, ele se recordou, precisavam ficar horas parados, sustentando a mesma postura.

— Obrigado, meu caro — prosseguiu. — Eu agradeço seu empenho, mas sou um homem bastante ocupado.

— Não tomarei o tempo do senhor — prometeu Inácio, tirando da bolsa um pedaço de carvão e três folhas de papiro. — Só quero fazer um esboço. Não leva mais do que alguns minutos.

Georgios percebeu que Zaket, parado na soleira da porta, fez-lhe um sinal indicando que ele deveria aceitar. Como secretário do imperador, Zaket entendia bem o protocolo e conhecia os limites da diplomacia.

O processo, de fato, durou apenas alguns instantes. Inácio apoiou os papiros no chão e fez, ali mesmo, três rápidos desenhos de Georgios, um de frente e dois de perfil. Depois, agradeceu a paciência e desapareceu pelos salões atapetados.

O sol já começava a descer quando Georgios cruzou o estábulo e deixou o palácio pela porta traseira. Ele mantivera as insígnias que o classificavam como tribuno — as mangas e o saiote franjados —, mas o povo não sabia reconhecer tais divisas e o enxergava, agora, como um mero cavaleiro romano.

Evitando as avenidas principais, avançou pelas vielas sujas, sombreadas pelos toldos das casas, desviou-se de camelos, contornou carroças de estrume, atravessou um arco de pedra e, quando deu por si, estava na ágora, a poucos metros do mercado de peixes.

Ganhou a praça, comprou duas romãs, repartiu-as com a adaga, comeu as sementes, bebeu uma caneca de posca — a famosa mistura de água e vinagre, tão popular entre os escravos —, fez algumas perguntas e encontrou o que procurava.

Diante dele se prolongava uma escadaria que levava ao Templo das Musas, chamado também de Museu, um complexo de edifícios que contava com salas de aula, coleções de esculturas, refeitórios e um pequeno teatro, além da famosa biblioteca fundada por Ptolomeu — a Biblioteca de Alexandria. Já nos primeiros degraus era possível encontrar jovens estudantes, que abordavam os pedestres perguntando se queriam escutar "uma palestra sobre o movimento dos astros" ou "uma explicação detalhada sobre o diálogo socrático".

Georgios achou tudo aquilo muito divertido. Queria poder conversar com os alunos, mas o tempo urgia para ele. Caminhou mais alguns metros e chegou ao pátio do complexo. O lugar era centralizado por uma coluna de granito protegida por quatro esfinges pintadas de preto. Georgios dirigiu-se até uma fonte, bebeu água e molhou o rosto, até sentir uma mão pesada no ombro, puxando-o vigorosamente para trás.

De início, imaginou que fosse um daqueles velhos professores que, de tão respeitados, podiam censurar até generais. Virou-se e, para sua surpresa, o que encontrou foi um homem de talvez vinte e cinco anos, magro e alto, de túnica branca, pele clara e cabelos vermelhos.

— Maldito canalha — rosnou o sujeito. — Soldadinho de bosta. — Cuspiu no chão. — Este é um santuário dedicado às artes. Como ousa pisar no Museu armado, trajando a capa e as cores de Marte?

Os dois se encararam como se estivessem a ponto de se esmurrar. Coube a Georgios, afinal, desfazer o impasse.

— Sexto?

— Greguinho! — O ruivo o abraçou com uma gargalhada sonora. — Não esperava e sinceramente nem queria encontrá-lo de novo. Mas, já que está aqui, bom… — Ele deu de ombros. — Que se foda o mundo! É maravilhoso te ver.

III

A MISSÃO

Quando a noite caiu na cidade da Nicomédia, os escravos imperiais acenderam as piras de fogo ao redor do grande pátio de reuniões. O céu acima deles era um manto de estrelas brilhantes coroado por uma lua fina, disposta em quarto crescente.

Como o palácio era cercado por um bosque, escutavam-se apenas o canto dos grilos, os sapos no brejo e o persistente crepitar dos braseiros. Cinco dos seis homens ali reunidos usavam capa púrpura, sendo um deles o próprio imperador. O sexto indivíduo era Galério, um guerreiro de meia-idade alto, de rosto oval e olhos cinzentos, que vestia uma túnica branca coberta por uma couraça metálica.

Recém-chegado à capital, Galério tinha informações valiosas, recolhidas na estrada.

— Nas cidades em que parei, o povo me pareceu calmo demais — disse ele, visivelmente incomodado. — Muitos nem sabem que estamos em guerra.

— Talvez seja melhor assim — opinou o augusto. — Não queremos que a população entre em pânico. Seria muito pior. — E se virou para um dos homens de púrpura. — Alexius, que notícias você nos traz do Oriente?

Alexius, "o mais grego dos paladinos", era na realidade siciliano. Dotado de uma espessa barba negra, tinha os olhos escuros semicerrados e a pele moreno-oliva. Muitos achavam que ele parecia um falcão, mas Diocleciano preferia enxergá-lo como um jaguar, porque era reservado, inteligente e esperto.

— Na Síria, o clima é de desespero — disse ele, como se rouquejasse. — Muitos ainda se lembram do saque a Antioquia promovido por Sapor, que, até onde sabemos, é pai de Narses, o atual comandante das forças sassânidas.

Libânio, um lutador troncudo, alto, com os pelos cor de fogo, retrucou:

— Isso faz mais de trinta anos. Duvido que o povo ainda se lembre.

— Quem era criança na época se lembra — garantiu Alexius. — E quem não tinha nascido escutou a história dos mais velhos, que certamente trataram de ampliá-la, tornando-a ainda mais assustadora.

— O que pode ser mais assustador — intercedeu Diógenes, com sua voz que parecia um trovão — do que bebês e mulheres atirados ao fogo? Idosos sendo executados às centenas, decapitados e lançados ao rio?

— O que aconteceu foi uma tragédia — Diocleciano afirmou, como um juiz que anuncia a sentença. — E o fato de Narses ser filho de Sapor nos traz outro problema, pois foi Sapor, precisamente, quem capturou o então imperador Valeriano, levou-o para seu palácio na Pérsia e o torturou até a morte. Nunca antes um soberano de Roma tinha enfrentado esse destino. Narses, portanto, precisa ser humilhado antes de ser destruído.

Um dos paladinos, que ainda não havia se manifestado, deu um passo à frente. Era Geta, o Cavaleiro Vermelho, o mais misterioso entre os súditos imperiais. Geta era mudo, e além disso usava um véu que lhe cobria o rosto, à exceção dos olhos castanhos. Muitos acreditavam que fosse indiano, outros apostavam que nascera na Pérsia, mas nem o imperador o conhecia de fato. Geta, no entanto, provara sua lealdade inúmeras vezes, inclusive salvando o augusto da morte. Sacou sua adaga curva, fez um corte entre os dedos e deixou o sangue escorrer, entregando, em seguida, a arma aos demais, que o imitaram, depois apertaram as mãos em um gesto ritualístico. Com efeito, aquela era uma das cerimônias sagradas dos mitraístas, os devotos do deus Mitra, chamado por alguns de Sol Invicto. Por meio desse ritual, os participantes ficavam ligados espiritualmente e prometiam ir até o fim para completar sua missão.

Encerrada a audiência, Diocleciano teve uma ideia. Foi até Galério e disse:

— Quero que você pegue três mil soldados e os leve para Carras, na Mesopotâmia. Deverá partir amanhã.

— Três mil? — Ele estranhou. — Isso é menos que uma legião. Os persas estão muito próximos. Não seria melhor...

— Faça o que eu digo — ordenou. — O número de homens não é relevante. O importante é que você chegue à Mesopotâmia o mais rápido possível.

— Sim, mas — Galério resistia a perguntar, pois não queria parecer um covarde — e se Narses nos atacar? Ficaremos... — fez uma pausa — encurralados.

Diocleciano abanou a cabeça. Os paladinos acompanhavam a conversa.

— Quero que você segure o inimigo — afirmou, sem meias palavras. — Se não puder vencê-lo, apenas o atrase. Será que fui claro?

Enfim o tetrarca entendeu o que pretendia seu líder. Curvou-se, aceitando a tarefa.

— Perfeitamente, augusto.

— Que Júpiter nos proteja — exclamou o imperador, dispensando os guerreiros. — E que Mitra nos acompanhe.

— O Corvo de Prata era uma piada — disse Georgios, referindo-se ao símbolo da Escola de Oficiais do Leste, onde ele e Sexto haviam estudado. — Uma sátira à gloriosa águia romana. O que eles queriam era zombar da nossa cara, nos fazendo ajoelhar e prestar juramento a um animal carniceiro.

— Só descobriu agora? — Sexto deu uma gargalhada que chamou a atenção dos alunos. Ele e Georgios estavam de pé, apoiados no balcão de um dos bares do Museu, bebendo cerveja sob a proteção do alpendre. — Sabe qual é o seu maior problema, Greguinho? Você nunca teve senso se humor.

— Não me chame assim — ele pediu, constrangido. — Os outros podem ouvir. Sou um oficial agora.

— Estou vendo. — O ruivo alisou a franja na manga do antigo colega. — Tribuno militar, hein? De que legião?

Georgios deu um generoso gole na bebida.

— Ex-tribuno. O imperador me promoveu a paladino. Se é que isso é uma promoção.

Outra gargalhada.

— Paladino? Está maluco? De onde tirou essa ideia?

O filho de Laios o fitou como uma pantera diante da presa. Só então Sexto teve certeza de que ele dizia a verdade. Bebeu mais um pouco e perguntou, aos sussurros:

— Não é jovem demais para ser um paladino?

— Quantos paladinos você conhece?

O rapaz refletiu sobre aquilo.

— Seu padrinho, digo, o homem que patrocinou seus estudos, era um guarda imperial, certo? Um tal de conde Erhard.

— Quem me patrocinou foi o próprio imperador. Nunca contei a ninguém na escola porque não queria ter privilégios.

— E no entanto — Sexto falou, ainda mais baixo — Diocleciano o promoveu ao posto mais alto acessível a um soldado. Minha pergunta é: você fez por merecer?

— Suponho que não — Georgios falou sinceramente. — Se quer saber, da minha parte, não me considero digno. Mas não sou eu quem decide. O augusto me concedeu o manto púrpura. É a vontade *dele*. Só o que posso fazer, agora, é dar o melhor de mim para honrar esse cargo.

— E onde está o seu manto púrpura, aliás?

— No palácio — revelou. — Não quero chamar atenção.

— Um agente secreto. — Dessa vez Sexto não falava com ironia, mas com certo fascínio. — Incrível. E qual é sua missão no Egito, se é que eu posso perguntar?

— Para começar, encontrar *você*.

— Eu?

— Por que acha que estou aqui? — O paladino pagou as bebidas com dois sestércios, as moedas de cobre romanas. — Eu sabia que seu pai era filósofo em Alexandria. Descobri nos arquivos de Salona que você havia seguido a mesma profissão e se tornado professor no Templo das Musas. Dizem que a biblioteca ptolomaica é a mais completa do mundo. E eu preciso de uma informação.

— Pare. — Sexto mostrou a mão espalmada. — Essa história está ficando intrigante. — Olhou em volta. — E este não é o lugar adequado para debatermos sobre o assunto.

— Concordo. — Georgios reparou nos estudantes ao redor, que pareciam entretidos. — Existe um ambiente discreto onde possamos conversar reservadamente?

Sexto bebeu o que restava no copo. Os romanos em geral preferiam vinho e seus derivados, mas a cerveja egípcia era excelente, além de refrescante.

— O ambiente mais reservado que conheço é a minha casa. — O ruivo explicou ao amigo como encontrá-la. — Por que não aparece para o jantar, e então discutimos melhor? Claro, as portas estão abertas caso queira passar a noite sob a minha proteção.

— Será fabuloso. — Georgios deu um sorriso sincero, um sorriso de garoto, até que se lembrou do trágico episódio em que eles haviam se envolvido na escola, e sua expressão se encrespou de repente. — E a propósito, sobre o que aconteceu no treinamento... — Ele soltou um pigarro, embaraçado. — Bom, só queria dizer que eu não tive a intenção.

Sexto desviou o olhar.

— Preciso dar duas aulas ainda. — Observou a posição do sol. — Entendeu as direções para chegar à minha casa? Depois do ginásio, terceira rua à esquerda.

— Entendi.

— Ótimo. Espero você na segunda hora noturna. Meus pais já faleceram, mas quero que conheça a minha esposa.

— Lamento pelos seus pais. — Georgios inclinou a cabeça em sinal de respeito.

Sexto se recordou, em um lampejo, de que o amigo tivera a mãe brutalmente assassinada quando era apenas um menino. O semblante descontraído se fechou e então ele disse, tocando-lhe o ombro:

— Georgios, você é meu amigo. *Sempre* será meu amigo — declarou. — Preciso ir agora. — Despediu-se. — Nos vemos à noite.

O sol começava a se pôr quando Georgios regressou ao palácio. O calor da tarde dera lugar a uma brisa suave, o que tornou a caminhada muito mais aprazível. Dessa vez, com menos gente nas ruas, ele reparou nas estátuas dos deuses mestiços, no símbolo do escaravelho presente nos amuletos e nos tais hieróglifos, uma antiga linguagem ideográfica que, segundo os egípcios, fora um presente do céu aos mortais. Observou melhor, também, as palmeiras, as heras que cobriam os muros e, principalmente, os gatos, que estavam em toda parte: sobre as muralhas, nos telhados, enfiados nos becos e atrás dos arbustos.

De volta a seus aposentos, escreveu uma carta para o prefeito afirmando que precisava voltar à Dalmácia com a máxima urgência. Ordenou a Zaket e aos jovianos que embarcassem no *Concórdia*, a galé ancorada no porto, antes do primeiro canto do galo. Desse jeito, ele esperava despistar as autoridades locais — para que pudesse então deflagrar seu plano.

Preparou a mochila, as armas, o equipamento e pediu que Cassiano o seguisse. Georgios planejava sair do palácio às escondidas, mas o mensageiro de

Galério sugeriu que tomassem um atalho. Penetrou nos Jardins de Cleópatra, abriu um bueiro, desceu até uma galeria de esgoto e saiu em outro bueiro, do lado de fora do imenso complexo.

— Como você descobriu — Georgios estava boquiaberto — essa entrada secreta?

— Não é uma entrada, é uma saída — respondeu Cassiano. — Uma rota de fuga.

— Interessante. — O paladino insistiu: — Como a descobriu? Quem lhe contou?

— É um antigo segredo de família. O que eu posso dizer — ele prosseguiu, para deixar claro que sua intenção não era desrespeitar seu contratante, tampouco desafiá-lo — é que estes túneis são centenários. Os antigos egípcios eram mestres da engenharia. Construíam passagens, câmaras e monumentos que nós jamais seríamos capazes de imaginar.

Os dois estavam agora andando pelas praças escuras, povoadas por ratos.

— Não acredito nisso. — Georgios torceu o nariz. — Nossos engenheiros, digo, os engenheiros romanos, descendem dos gregos, que já eram construtores fantásticos. Inventamos os aquedutos, os arcos e as rodovias impermeáveis.

— Rodovias? — Cassiano deu uma risada. — O senhor ainda não viu nada, comandante.

Nisso, eles dobraram uma esquina e chegaram a um portão discreto que dava acesso a uma casa de muros altos. Um escravo abriu a porta, saudou os convidados e mostrou-lhes a propriedade, que ocupava toda uma quadra no setor leste da fabulosa metrópole. Contava com um lago artificial delineado por tabletes de mármore, dois poços artesianos, silos para armazenar cereais, estábulos e até um santuário próprio, dedicado à deusa Ísis. A mansão em si, semelhante às tradicionais casas romanas, não impressionava, mas o terreno era enorme, com um amplo jardim repleto de árvores frutíferas, sobre as quais circulavam macacos.

Georgios explicou a Cassiano que eles estavam entre amigos — e seguros, portanto. O emissário não se mostrou constrangido, mas, entendendo que era um encontro privado, pediu permissão para visitar seu antigo bairro, prometendo voltar antes do pico da lua.

Logo que ele partiu, Sexto apareceu no jardim. Ao ver o cavaleiro equipado, concluiu que passaria a noite em sua casa e o conduziu à dependência de hóspedes. No caminho, Georgios avisou-lhe que contratara um assistente e reforçou que ambos estavam viajando "sob disfarce".

— Como devo chamá-los? — perguntou o jovem filósofo, meio sério, meio brincando. — Presumo que tenham forjado uma identidade secreta.

— Não forjamos identidade alguma — explicou Georgios enquanto despia a cota de malha e a depositava sobre a cama de solteiro. Os quartos, observou ele, eram estranhamente pequenos para uma casa tão grande. — Não vi necessidade.

— Por algum motivo, a cidade está entulhada de legionários. Meu conselho é que use roupas civis. — Sexto permanecia na soleira. O cômodo não tinha portas, sendo separado do corredor por uma cortina franjada. — Posso lhe fornecer algumas, se quiser.

— Prefiro não me precipitar. Quero escutar o que você tem a dizer — respondeu Georgios, agradecendo com um gesto — antes de traçar qualquer estratégia.

O anfitrião pediu para encontrá-lo no jardim dentro de alguns minutos. Georgios se lavou, vestiu uma túnica limpa e saiu da casa rumo ao pátio arborizado. Lá, foi apresentado a Fayza, a mulher de Sexto, uma jovem árabe de cabelos longos e negros e olhos amendoados. Fayza estava grávida, com uma barriga tão grande que precisava de ajuda para ficar de pé. Mesmo assim ela os acompanhou no jantar, que seria servido às margens do lago, perto de um conjunto de tamareiras.

Os escravos trouxeram pão, queijo e cerveja e os apoiaram em uma mesa de centro. Sexto e Fayza se sentaram lado a lado em cadeiras de vime, e a Georgios foi oferecido um divã.

— Georgios é um equestre — disse o ruivo à esposa. — No passado, eles representavam a baixa nobreza de Roma: eram homens instruídos, mas sem terras, estando acima dos plebeus e abaixo dos patrícios. Hoje, no entanto, essas divisões sociais são flexíveis.

Fayza olhou para o convidado com curiosidade e respeito.

— Meu marido me contou — ela disse — que seu pai, embora tenha nascido na Capadócia, administrava uma grande propriedade na região da Palestina, e que suas terras foram roubadas por um homem perverso.

— É verdade — confirmou o paladino, levando à boca uma fatia de queijo. Mastigou, engoliu e continuou: — Pretendo reconquistá-las um dia. Mas agora — ele olhou para Sexto — tenho uma missão a cumprir.

O dono da casa — que havia abandonado a academia militar no segundo ano — pediu que o amigo lhe falasse sobre o encerramento do curso, a cerimônia de formatura e o primeiro cargo que havia assumido como oficial combatente. Georgios, no entanto, surpreendeu o ex-colega dizendo:

— Nunca me formei. Eu e Flávio Constantino, filho de Constâncio Cloro, fomos alvo de um atentado nas ruas da capital promovido por um grupo de assassinos judeus, os sicários. Depois, soubemos que esses facínoras agiram sob ordens de Maximiano, o augusto do Oeste, o general mais próximo do imperador.

— Um momento. — Sexto estava perplexo. — Maximiano, o Inclemente, conspirou para matar o filho de um dos tetrarcas?

— É tão difícil acreditar nisso?

— Pelo contrário. — Deu um sorriso cínico, abanando a cabeça. — Quando saí da escola e voltei para o Egito, tinha a opção de escolher entre duas carreiras: a política ou a acadêmica. Escolhi ser filósofo porque meu pai me alertou sobre esses perigos. Pelo jeito, eles são bem reais.

— O fato é que, depois de uma série de eventos catastróficos — Georgios preferiu não se alongar, mas se referia ao ataque aos apartamentos judaicos em que os alunos da escola militar, por ordem do então procurador-geral da cidade, haviam invadido um condomínio repleto de civis e o incendiado —, eu e Constantino tivemos de fugir da Nicomédia. De lá fomos para Bizâncio, onde descobrimos que Diocleciano estava ciente de tudo. Por ordem dele, empreendemos uma viagem até Tréveros, na Bélgica, a fim de encontrar Constâncio Cloro, que me promoveu a tribuno militar e me transferiu para o Norte. Passei alguns anos servindo na Germânia, até ser acusado de cristianismo.

Os escravos trouxeram o prato principal: carneiro temperado com azeite, cenoura e alface. Enquanto comiam, Georgios relatou sua experiência no comando da Trigésima Legião de Trajano, as lições, as dificuldades e a batalha contra os francos, uma das tribos germânicas mais aguerridas.

— Desde o começo, meu objetivo era chegar ao estuário do Reno, onde os bárbaros mantinham um porto a partir do qual enviavam suprimentos para as Ilhas Britânicas.

— Sim. — Sexto estava a par das notícias. — Um sujeito chamado Caráusio se autoproclamou imperador da Britânia e do norte da Gália. Essa última foi libertada, mas as ilhas continuam ocupadas.

— Que eu saiba, Cloro e Constantino estão enfrentando os rebeldes neste momento. Para que a nossa frota cruzasse o mar, todavia, precisávamos destruir os piratas germânicos, que patrulhavam a costa. E foi exatamente o que fizemos.

— Entendo agora por que o imperador o sagrou paladino — disse Sexto, sentado na cadeira, com o prato apoiado nos joelhos. — Realizou proezas muito importantes.

Georgios franziu a testa. Ele não se via como herói.

— Não fiz nada sozinho — justificou-se, sem dar muita importância ao caso. — De todo modo, o que passou, passou. Devo focar no que vem a seguir.

Depois de escutar todos os detalhes sobre o julgamento em Tréveros, o dono da casa entendeu que eles haviam chegado ao momento crucial do banquete. Uma vez servida a sobremesa — figos frescos e castanhas —, dispensou os escravos, ficando os três a sós no jardim.

O equestre olhou na direção de Fayza, desconfiado. Sexto se apressou em dizer:

— Pode falar o que quiser na presença da minha esposa. Confiar em mim — prosseguiu — é o mesmo que confiar nela.

Georgios limitou-se a concordar. Estava na casa de um velho amigo e não queria — não *podia* — correr o risco de ofendê-lo.

— Muito bem. — Pousou o copo na mesa e sentou-se com as costas eretas. — Como vocês já devem ter ouvido, os persas começaram uma nova campanha. O objetivo deles, até onde se sabe, é tomar todo o leste do Império Romano, começando pela Síria.

— Ouvimos boatos, sim, mas estamos tranquilos — comentou Sexto. — O Egito é importante demais para ser destruído. O Nilo, ou, eu deveria dizer, os *deuses* nos protegem. Sempre nos protegeram.

— Que bom que estão confiantes. Eu, no entanto, teria um pouco mais de cautela. Narses, o novo xá, prometeu devastar a aristocracia romana, e você é um patrício, afinal. Pense em seus filhos.

Quando ele disse isso, Fayza, que já se mostrava incomodada com a conversa, pontuou:

— O comandante Graco está certo. Os persas são adversários terríveis, cruéis e traiçoeiros — declarou a mulher, inquieta. — Eles odeiam os árabes tanto quanto detestam os romanos. Um destino sombrio nos aguarda, meu amor, caso os sassânidas venham a ocupar estas terras.

Diante daquelas palavras, Sexto pareceu se dar conta da situação em que estavam metidos — e do perigo que todos eles corriam. Com os olhos arregalados, colocou a bebida de lado e perguntou a Georgios:

— Como, afinal, podemos ajudá-lo, meu caro?

Georgios não respondeu na hora. Refletiu sobre como deveria começar, como poderia abordar a questão.

— Já ouviram falar da China? — perguntou, finalmente. — Um país de grande extensão no extremo leste da Terra?

— Claro que sim — respondeu Sexto. — É de onde vem toda a seda que usamos.

— Exatamente — Georgios aquiesceu. — Meses atrás, um diplomata chinês se apresentou ao imperador na residência de verão dele, em Salona. O estrangeiro alegava ter sido enviado pelo soberano da China, e que este desejava entregar uma arma secreta aos romanos. Ele, contudo, admitiu que a mesma arma seria oferecida aos persas. Quem pagasse mais ficaria com o artefato. Se é que era um artefato — conjecturou. — Poderia ser uma informação, um aprendizado ou mesmo uma fórmula mágica... Ninguém sabe ao certo.

— Que história. — Sexto estava intrigado. — E o que Diocleciano respondeu?

— Pensou que o sujeito fosse louco, como qualquer um pensaria, mas preferiu ser educado e apenas declinou gentilmente. Nesse instante, segundo me contaram, o chinês apanhou um frasco escondido na roupa e suicidou-se bebendo veneno.

— Então o imperador estava correto — concluiu o anfitrião, como quem dá o caso por encerrado. — Era um louco mesmo.

— Ou um fanático. Cabe a mim descobrir.

— Não entendi.

— Esta foi a missão que o divino augusto me deu: investigar se a tal arma secreta realmente existe. Se existir, eu devo encontrá-la, obtê-la ou destruí-la, impedindo que caia nas mãos do inimigo.

— Defendo a teoria de que era um lunático. — O jovem professor mal podia acreditar que estava tendo aquela conversa. — Se o soberano chinês estivesse envolvido, enviaria uma comitiva, presentes, uma carta de apresentação e o costumeiro suborno que se oferece sempre que um embaixador faz o primeiro contato com um reino estrangeiro.

— É possível. Contudo, preciso averiguar.

Sexto serviu-se de aguardente. O convidado recusou a bebida. Fayza também.

— E onde espera encontrar a resposta? Na biblioteca ptolomaica? — quis saber o ruivo, descrente. — Sem pistas? Sem referências? Sem um ponto de partida?

— Eu tenho uma pista — revelou o equestre. — Meses atrás, na Bélgica, Numa, o secretário de Constâncio Cloro, sugeriu que eu procurasse uma estrutura a qual chamou de Torre Negra da Nabateia. Uma vez lá, eu deveria consultar o oráculo.

Sexto observou as estrelas, reflexivo. Depois, levantou-se e olhou para o copo, como que para se certificar de que não estava tendo um delírio.

— O secretário de Cloro? E de onde ele tirou essas informações?

— Supostamente escutou uma "voz".

— Esse Numa era vidente?

— Não que eu saiba. Era, sim, um indivíduo misterioso. Circulam, inclusive, boatos de que se converteu ao cristianismo.

— Aposto que não passa de um engodo. Os seguidores do Nazareno têm seus próprios áugures, autodenominados "profetas", mas são, obviamente, charlatães — decretou Sexto. — Sinto desapontá-lo, Greguinho, mas talvez você esteja perseguindo um fantasma.

— Não acredito em fantasmas. E não acho que Numa tenha tido uma visão. Para mim, ele se fazia de demente enquanto, na realidade, sabia tudo o que se passava no Império. Ele inventou essa "voz", acredito, porque se fosse pego poderia alegar senilidade. Creio que era um jeito de me transmitir as pistas que havia recolhido.

— Lamento. — Sexto tornou a se sentar. — Claro que o levarei à biblioteca, mas, se quer um conselho, não alimente esperanças. O Museu é um lugar de estudos, de ceticismo, não de superstições.

Georgios desviou a atenção para uma pira de fogo que ardia ali perto. Por alguns segundos, ficou hirto, quieto, hipnotizado pelas chamas dançantes. Nos últimos dias, vinha se esforçando para encarnar o paladino perfeito, isto é, o soldado ideal, até certo ponto invencível, que sabia exatamente o que fazer e como agir nas situações mais absurdas. Em seu íntimo, contudo, ele era — continuava sendo — um jovem como qualquer outro, uma *pessoa* como qualquer outra, com seus conflitos, inseguranças e dúvidas. Em Salona, havia prometido ao imperador encontrar a arma secreta, mas e se, como Sexto sugerira, essa arma sequer existisse? Ou, pior, e se ela existisse — e ele estivesse na trilha errada? E se as palavras de Numa nada tivessem a ver com o emissário chinês? Como se desculparia com o divino augusto? Como se recuperaria dessa humilhação catastrófica?

De repente, escutou-se uma voz feminina:

— Já terminou? — Era Fayza, dirigindo-se ao marido. Sexto imaginou que ela se referia ao jantar e confirmou:

— Já.

— Escutei o que conversaram e achei fascinante — prosseguiu a moça. — Gostaria que ouvissem agora o que tenho a dizer.

Sexto a autorizou:

— Sim, por favor.

Fayza agradeceu.

— O local referido pelo comandante Graco é um antigo sítio de peregrinação do meu povo. Trata-se de uma imensa torre de granito que despencou das estrelas séculos atrás. Não sei nada a respeito do oráculo, mas, ao que parece, as informações do ex-secretário de Constâncio Cloro são precisas, até onde posso confirmá-las.

Georgios deu um leve sorriso e encarou Sexto com uma expressão de triunfo.

— E agora? Continua achando que é um engodo?

O ruivo ergueu os braços em sinal de rendição.

— Bom, pelo menos eu estava certo ao dizer que você nada encontraria no Templo das Musas. — E se virou para a esposa. — Como se chega à tal Torre Negra?

— Ela fica na altura da cidade de Berenice, do outro lado do Mar Vermelho — explicou a mulher. — Existem estradas até lá, mas o comandante Graco precisará de um guia.

— Eu tenho um guia — retrucou Georgios, pensando em Cassiano. — Obrigado.

Sexto, então, fez algo inesperado. Levantou a taça acima da cabeça e exclamou:

— Quero propor um brinde a Juno — e explicou para Fayza, que não conhecia o passado deles —, nosso companheiro de escola falecido durante o treinamento. Que sua alma descanse em paz com os deuses.

Georgios colocou-se de pé, imitando o antigo comparsa. Depois de beberem toda uma garrafa de vinho, Sexto o abraçou, como se o perdoasse pelos erros de outrora.

— Foi melhor assim — divagou. — O exército não era o meu lugar. Ademais, se tivesse continuado na Nicomédia — ele espiou a mulher, apaixonado —, nunca teria uma esposa tão bela, tampouco o meu emprego na biblioteca.

— O destino sabe o que faz — sorriu o equestre, repetindo a expressão em latim: — *Scit fatum quid agat.*

Sexto fez coro, os amigos tornaram a se abraçar e, enquanto caminhavam para seus quartos, o ruivo lembrou-se de uma coisa importante.

— Georgios, e aquele seu escravo? Strabo era o nome dele, não era? Conseguiu reencontrá-lo?

— Eu até que tentei — mentiu. — Mas ele desapareceu da face da Terra.

— Que pena. — Sexto afagou a barriga. — Por Mitra, estou um caco. Nos vemos amanhã. Boa noite e bons sonhos.

IV

ROMANOS E BÁRBAROS

FAYZA, A ESPOSA DE SEXTO, ERA UMA MULHER ESPECIAL. O PAI DELA, UM ANTIGO líder de caravana, acreditava que a filha havia nascido com o dom de prever o futuro e a levou para ser educada no Egito, onde, segundo ele, teria melhores oportunidades na vida. Os tios da moça, que a criaram em Alexandria, eram refugiados da Síria e conheciam muito bem a história da rainha Zenóbia, que instaurara um reino próprio com capital em Palmira, desafiando o Império Romano. Não à toa, Fayza logo se lembrou de Laios, o pai de Georgios, porque fora ele, conforme os registros, quem havia capturado a monarca durante o legendário ataque à cidade, cerca de vinte anos antes.

Zenóbia fora poupada, mas seu filho, Vabalato, o herdeiro do trono, acabara sendo assassinado diante de seus próprios olhos. Furiosa, a rainha jurou vingança, e desde então vinha tentando enfraquecer a sociedade romana, envenenando-a por dentro. Levada para Roma como prisioneira, Zenóbia fora libertada pelos senadores e se casara com Marco Cláudio Tácito, um político já idoso, que chegara a ser imperador por menos de um ano antes de falecer. Nesse período, ela teve contato com os aristocratas locais, acumulou riquezas, passou a manipular o Senado e armou duas conspirações contra Diocleciano, ambas malsucedidas.

Sentada no átrio de sua mansão, no topo do Monte Célio, Zenóbia pensava agora em como defender seus interesses quando Ânzu, um eunuco pálido de aparência cadavérica, veio anunciar que havia um homem na porta, esperando por ela.

— É Sevílio Druso, majestade — avisou, com a voz sussurrante. — Diz que tem notícias importantes para a senhora.

— Convide-o a entrar — autorizou ela. Embora já tivesse passado dos cinquenta anos, Zenóbia parecia mais nova. Os cabelos ainda eram negros, e a pele, morena, continuava vistosa e radiante. Nos cortiços da cidade, circulava o boato de que a soberana fizera um pacto com Orco, o espírito do submundo, enquanto os patrícios e oligarcas, que tanto a cortejavam, alegavam que ela pertencia a uma linhagem real, sendo, portanto, "resistente ao flagelo do tempo". — Esperarei por ele no triclínio.

Nas casas romanas, o triclínio era uma mistura de sala de jantar e escritório, onde se comia e ao mesmo tempo se faziam negócios. O triclínio da mansão de Zenóbia era um ambiente tetragonal, com as paredes pintadas de ocre e mobiliado com divãs confortáveis.

Sevílio Druso, em pé no fundo da câmara, contrastava com a limpeza e o luxo. Ele, que já fora advogado de Diocleciano — e, portanto, um dos homens mais poderosos do Império —, era agora um fiapo de gente: magro, com olheiras profundas e cabelos desgrenhados. Sua famosa toga negra estava suja, rasgada nas pontas, e as sandálias, furadas, quase não paravam nos pés.

— Druso? — Zenóbia sentiu empatia ao ver o jurista. Juntos eles haviam, meses antes, tentado incriminar Georgios Graco, afilhado do imperador, mas o plano fracassara. Sendo assim, os dois eram mais do que colegas, eram *cúmplices*. — Por Bel — disse ela, clamando ao Deus do Fogo, a entidade estatal de Palmira —, o senhor me parece mais fraco que da última vez que nos vimos. O que aconteceu?

— Obrigado pela preocupação. — Druso sentou-se em um dos divãs, e a anfitriã fez o mesmo. — Na verdade estou bem, só um pouco cansado. Passei oito semanas trancado em casa, concentrado em meus livros.

Zenóbia observou as sandálias dele.

— Suas vestes sugerem que empreendeu uma longa jornada. — A rainha sabia que Druso era um ocultista, ou pelo menos se classificava como tal, afirmando ter poderes extraordinários. — Foi à caça de ingredientes para suas poções?

— Não trabalho com poções. E reafirmo que não saí de casa. É verdade, porém, que empreendi uma jornada de cunho espiritual. Meu último feitiço falhou, nossa conspiração foi derrotada, mas ao menos eu sei, agora, o que fazer. Preciso ir à Pérsia — exclamou ele, com vigor — encontrar Kartir, nosso mestre. No ponto a que chegamos, só ele pode nos ajudar.

De acordo com Druso, Kartir, sumo sacerdote de Zoroastro, havia lhe ensinado tudo o que o jurista sabia sobre mágica e feitiçaria. O curioso era que o mesmo Kartir fora, em um passado longínquo, um dos contatos de Zenóbia na Pérsia. Para os romanos, Kartir estava morto havia décadas — Laios, o pai de Georgios, o perfurara com sua espada durante a invasão de Ctesifonte, a capital da dinastia sassânida —, mas Druso insistia em dizer que o bruxo renascera e agora esperava por ele.

— E como pretende viajar nesse estado? — perguntou Zenóbia. — Desse jeito, se me permite dizer, mal alcançará os portões da cidade.

Druso abriu um sorriso. Sua expressão era de triunfo, de alegria, de *regozijo*.

— O feitiço do vento me transportará — revelou. — Já o usei uma vez e posso usá-lo de novo. Com ele, viajarei através das nuvens, sob as estrelas, como um pássaro — murmurejou. — Cinco noites. É só o que preciso para alcançar Ctesifonte. — E repetiu, como se delirasse: — Cinco noites...

Zenóbia não sabia se desencorajava o colega ou se o incentivava. Quando jovem, ela havia conhecido Kartir e acreditava em suas habilidades, mas não tinha certeza se Druso era dotado dos mesmos poderes. De todo modo, refletiu, nada podia fazer para impedi-lo, então declarou:

— Mande lembranças a Kartir quando encontrá-lo. Diga que estou à disposição dele e reforce ao nosso mestre que temos um objetivo em comum.

— Decerto que temos. — O convidado apoiou as mãos nos joelhos e se levantou vagarosamente. — Obrigado por me receber. Entenda, eu não poderia partir sem antes ter com a senhora.

— Esta casa estará sempre aberta ao senhor — garantiu a mulher, desejando: — Boa viagem.

Druso fez uma mesura e saiu. O eunuco o acompanhou, depois regressou à presença de sua mestra e comentou, cauteloso:

— Senti o senhor Druso um tanto confuso, majestade. Era um homem tão inteligente e agora... está definhando.

Zenóbia deslocou-se do triclínio para o átrio, o pátio interno da grande mansão. Olhou para o céu, enxergou nuvens negras e, de repente, um relâmpago.

— Foi essa a minha impressão — admitiu ela. — Não duvido de que ele tenha aprendido magia com seus livros, mas a questão é que esse é um campo de estudos extremamente perigoso, que pode levar um ser humano à loucura.

— Então nós dois temos a mesma opinião. — O secretário concordou com a cabeça. — Suponho que a senhora esteja sozinha a partir de agora, que não poderá mais contar com ele.

— Nunca contei com ele. — Zenóbia raciocinou por alguns segundos. — Quero que acenda uma pira de fogo dentro de seis noites. Será uma data propícia para conversar com Bel, meu protetor.

— Eu ia sugerir isso, pois as chamas não mentem. — Ânzu inclinou-se para a frente em um gesto de submissão. — Cuidarei de tudo, senhora. Será assim — prometeu ele. — Considere feito.

Poucas horas antes, a roda de uma carroça quebrou sob o Arco de Augusto, obstruindo um dos principais acessos ao Fórum Romano, o centro comercial e político da famosa cidade italiana. Enquanto quatro homens, sujos de lama e esterco, tentavam empurrar o veículo, os transeuntes, indignados, criticavam o prefeito e seus funcionários.

— Que tipo de louco sai de casa com um trambolho desses? — resmungou um idoso para ninguém em específico. — Não é proibido conduzir carros a esta hora do dia? Ou será que *eu* é que estou ficando maluco?

— Está certo, meu velho — respondeu um lojista. — É a lei. Veículos com rodas, só depois do anoitecer. Mas os guardas não fiscalizam, então eles fazem o que querem.

— Desde que o imperador nos abandonou, esta cidade está um caos — tornou a reclamar o ancião. — Quero me aposentar logo e partir para o campo. Para mim chega desta baderna.

Entendendo que os quatro homens ainda iriam demorar para desobstruir a passagem, o conde Erhard, encoberto por um manto cinzento, desviou-se para um beco, dobrou na direção norte, entrou na travessa entre o Templo de Castor e Pólux e o imenso prédio da basílica e chegou à praça principal da metrópole. Diante dele localizava-se outra basílica — a Fúlvia-Emília —, com suas portas e janelas arqueadas, e, à direita, o esplendoroso Templo de César. Serpenteando através das colunas votivas, o chefe dos paladinos misturou-se à multidão que, àquela hora, ocupava a esplanada como formigas atrás da carniça. O fórum sempre fora um espaço de convivência, de debates, um ponto de encontro, mas de uns tempos para cá havia se tornado um tanto caótico — e até perigoso, com ladrões circulando, rufiões à espreita e gangues armadas. Os carros de boi congestionavam o tráfego, os mendigos dormiam nas escadarias dos templos, e até o rostro, o palanque usado para discursos políticos, fora ocupado por traficantes de escravos.

Erhard, chamado às vezes de "o Louro" graças aos cabelos e à barba dourados, driblou os mascates, os pombos que ciscavam o chão, as poças de sujeira, para enfim alcançar a sede do Senado imperial, um edifício claro e retangular com janelas altas e gradeadas. Subiu os degraus e, à sombra das colunatas, encontrou a porta trancada, protegida por três homens da guarda pretoriana usando elmo de crina negra, cota de malha e túnica azul, com escudos e espadas nas mãos.

Um desses oficiais subestimou a presença do conde — Erhard já passara dos quarenta anos, enquanto os demais eram jovens —, até que o recém-chegado removeu o manto, mostrando-lhes a capa púrpura. Na hora, o sujeito engoliu em seco, pois já tinha ouvido falar dos paladinos e sabia que eram oponentes mortais.

— Salve, excelência — disse um dos guardas de crina preta. — Meu nome é Flávio Narciso. Como podemos ajudá-lo?

Erhard, que também trajava cota de malha e trazia na cinta uma espada germânica, perguntou ao guardião por que o Senado estava fechado, considerando que aquele era um dia normal de trabalho. O pretoriano olhou para ele com um meio sorriso e respondeu, como se fosse um autômato:

— Está em reforma. Reabre em outubro.

— Que estranho. — O conde observou com ceticismo a fachada. — Não vejo plataformas, tapumes ou operários.

— Somos soldados, senhor — esquivou-se o vigia. — Cumprimos ordens. Recebemos de nosso comandante, o senhor Glauco Emílio Lépido, a tarefa de guardar estas portas. Isso é tudo o que posso dizer.

O paladino pensou por alguns segundos e concluiu que ele dizia a verdade. O salão certamente estava vazio, caso contrário haveria pedintes na calçada, liteiras e escravos esperando seus mestres. Sendo assim, Erhard se despediu dos guerreiros, deixou o fórum, passou ao largo das Termas de Tibério e subiu o Monte Palatino, onde residia Vírio Galo, o presidente do Senado romano. Durante o percurso, não foi abordado pelos vigilantes urbanos — pelo contrário. De longe, um dos escravos de Galo reconheceu a capa púrpura, acenou para o visitante, avisou ao seu amo e recebeu o conde com toda a deferência, conduzindo-o ao interior da mansão. Levou-o aos jardins do palacete, onde um sexagenário de aparência frágil e cabelos muito brancos sacrificava um coelho. Cortou a garganta do bicho, deixou o sangue escorrer, disse algumas palavras e depositou a carcaça aos pés de uma estátua de Baco, o deus romano dos excessos vitais. Depois, com as mãos ainda molhadas, virou-se para Erhard e o cumprimentou com um sorriso amistoso.

— Bem-vindo, capitão. Sei quem é o senhor. Nos encontramos brevemente uma vez, em Ravena, acho que uns seis anos atrás.

— Lamento, mas não me lembro — admitiu o conde. — De todo modo, obrigado por me receber.

— É uma honra. — Galo dirigiu-se a uma bacia de cobre e começou a lavar as mãos. — Como posso ser útil?

— Estive no Senado faz menos de uma hora. O prédio está fechado.

— Claro que está — retrucou o senador com naturalidade. — Estamos em setembro. Só os cães ficam em Roma durante o verão.

— O verão já acabou — lembrou Erhard. — E o senhor não é um cachorro.

— É uma piada — explicou ele, bem-humorado. — Uma velha piada romana. — Enxugou as mãos com uma toalha branca fornecida por um de seus escravos. Havia pelo menos uns cinco por perto. — Ocorre que pensamos em fazer uma reforma. Estamos ainda recolhendo o dinheiro. Mas o senhor pode falar o que quiser comigo, afinal sou o presidente da casa.

— Muito bem. — O paladino cruzou os braços. — O senhor sabe, então, que havia uma audiência marcada para hoje com a presença de Maximiano, o augusto do Oeste. Ele viria de Mediolano para falar aos senadores. Por que o encontro foi cancelado? O que aconteceu?

— Oh, então era isso? — Galo deu um sorriso. — Por que não disse logo? — Foi caminhando do jardim para um dos cômodos do palacete, onde havia um tanque decorado com belos mosaicos. — Maximiano está na Germânia. Não só ele como seu filho, Magêncio, o pontífice. Os dois estão participando de uma campanha com Constâncio Cloro para derrotar o usurpador Caráusio. E as notícias até agora são boas. O norte da Gália já foi liberado. Cloro partiu para as Ilhas Britânicas enquanto Maximiano tomou para si a tarefa de subir até o estuário do Reno, onde destruirá os piratas francos que têm atacado nossos navios. Estrategicamente, esses selvagens precisam ser esmagados para que Constâncio Cloro recupere o controle de todo o arquipélago.

Como paladino, ou melhor, como *chefe* dos paladinos, Erhard precisava saber manter a calma e nunca perder a cabeça. No entanto, uma espécie de fogo o consumiu quando escutou as palavras de Galo. Então essa era a narrativa que estavam formulando em Roma? Que Maximiano era o responsável por acabar com os francos, enquanto, na realidade, fora Georgios Graco que realizara esse feito? *Bando de mentirosos*, pensou. *Canalhas, abutres!*

— O que foi? — o dono da casa perguntou com voz trêmula. — Escute, quando eu disse "selvagens", não me dirigi ao senhor. Digo, sei que é germânico, mas estava me referindo aos francos, nossos inimigos — explicou, pedindo desculpa. — Não me entenda mal, capitão.

— Não há do que se desculpar. — Erhard recobrou a compostura. — Conheço os francos de perto e concordo inteiramente.

— O senhor não é franco, é?

— Sou saxão.

Galo suspirou, aliviado. Despiu-se, entregando a toga suja de sangue a um de seus ajudantes.

— Quer me acompanhar? — Ele apontou para o tanque. — Banhe-se comigo e depois almoçaremos. Os escravos já estão preparando o seu quarto. É meu convidado.

— O senhor é muito gentil, mas não posso aceitar. O meu juramento como paladino me impede de pernoitar em mansões senatoriais — mentiu. — Contudo, permanecerei na cidade por mais uma noite. Ficarei hospedado na Estalagem da Pedra Negra, perto do Campo de Marte, a oeste do aqueduto. Não é difícil encontrar. Se precisar de mim, é só enviar um mensageiro.

O senador fez uma expressão de ojeriza.

— Capitão, tem certeza de que não quer ficar em minha casa? Aquela região é muito perigosa. Está infestada de bandoleiros.

O paladino fez um aceno de gratidão.

— Conheço o lugar, senador. De qualquer maneira, agradeço pela preocupação. Obrigado, mais uma vez, por me receber e por responder às minhas perguntas. Creio que agora está tudo esclarecido. Levarei suas informações ao divino augusto. — Outro aceno. — Que seu dia seja proveitoso. Até breve.

Erhard se despediu e saiu da mansão. Não foi escoltado ou seguido. Quando chegou ao nível das ruas, tornou a vestir o manto cinzento e desapareceu no meio da plebe.

O conde havia mentido para se livrar de Galo, mas a Estalagem da Pedra Negra era real. Ficava escondida em uma ruela ao sul do antigo Anfiteatro de Nero, tinha três andares, um salão com catorze mesas e estava lotada de jogadores, que lançavam dados e faziam apostas. Não era um lugar respeitável, mas tinha a melhor sopa de cebola do Lácio, além de quartos limpos, ainda que pequenos demais.

Erhard comeu e bebeu discretamente, depois foi se deitar. Despertou pouco antes da aurora, ao ouvir um burburinho no salão principal. Equipou-se, desceu até o refeitório e o encontrou parcialmente ocupado.

O dono do estabelecimento, um velho soldado gaulês, trocou olhares com o paladino, como se tentasse avisá-lo de algo. Erhard entendeu o sinal e observou o recinto. Oito homens de sobretudo estavam sentados em duplas, espalhados por quatro mesas — uma delas, ao lado da porta. Bebiam posca e conversavam, simulando casualidade, mas o conde sabia do que se tratava. Eram indivíduos fortes e, pelo volume das roupas, traziam espadas, embora tentassem escondê-las.

Erhard os ignorou. Escolheu uma mesa e pediu a refeição matinal. O taverneiro trouxe pão, um pouco de leite e cerveja adocicada. Em seguida subiu as escadas, desaparecendo completamente.

Lá fora, o sol começava a nascer. No salão, porém, as lamparinas continuavam acesas, o óleo quase no fim. De repente, um dos homens colocou-se de pé, bloqueando o acesso aos quartos. Os outros também se levantaram, tiraram os sobretudos e um deles obstruiu a saída. Como o conde imaginara, estavam armados, trajavam túnicas azuis e cotas de malha. Um desses lutadores, que supostamente era o líder do bando, apontou para Erhard e exclamou:

— Salve, capitão. Sou Glauco Emílio Lépido, oficial comandante da guarda pretoriana. O senhor tem noção de que está em nosso território? E que não gostamos de paladinos aqui na cidade?

— Estou ciente disso — respondeu Erhard, reparando no sujeito que o abordara. Era alto, de pele clara, rosto quadrado e cabelos negros, cortados à moda romana. — O que posso fazer para ajudá-los, rapazes?

Os pretorianos gargalharam, certos de que o conde não se dera, ainda, conta da encrenca em que se metera — mas ele sabia. E sabia melhor do que ninguém.

— Faça suas preces, germânico — prosseguiu o chefe do grupo. — Reze para seus deuses selvagens, porque, com os cumprimentos de Maximiano, hoje o senhor dormirá com os peixes.

— Deuses selvagens? — Erhard continuava sentado, bebendo, sem se abalar. — Sou servo de Mitra e sacerdote do Sol Invicto, a divindade estatal.

Os oito, então, se entreolharam. Era hora de entrarem em ação. Lépido, o moreno, deu no entanto um último aviso:

— Caso não tenha percebido — disse ele, deslizando a mão à bainha —, o senhor está sendo emboscado.

— Não — retrucou o paladino, calmo. — *Vocês* é que estão.

Nisso, Erhard sacou a espada. Com uma rapidez absurda, inimaginável para alguém daquela idade, atirou-a contra Lépido. A lâmina deu um giro no ar e acertou em cheio o pretoriano, traspassando-lhe o coração.

O oficial caiu sobre uma mesa, quebrando copos e espatifando talheres. Enquanto os militares se recompunham, Erhard se levantou, ergueu a cadeira onde estivera sentado e a quebrou sobre a cabeça de um dos soldados. Sem pensar duas vezes, arrancou um dos pés do assento e o usou como estaca, perfurando o pescoço de um terceiro oponente.

Quando, enfim, parou para respirar, estava coberto de sangue, cercado por cinco guerreiros — dois atrás e três adiante. Puxou a adaga com uma das mãos, agachou-se e apanhou a espada de um dos cadáveres, brandindo-a com a outra. Os adversários agora o estudavam, tentando encontrar uma brecha para atacar.

Súbito, o homem que bloqueara a escada tomou coragem e saltou sobre Erhard. O conde, em resposta, fez um movimento circular, decepando-lhe os braços e se voltando em seguida para os quatro restantes, que foram tomados pelo pânico e correram na direção da porta.

Os pretorianos eram jovens, rápidos como lebres, mas mesmo assim Erhard conseguiu atirar sua adaga, acertando um deles nas costas. Foi até o fugitivo, segurou-o pela gola e o imprensou contra a parede.

— Onde está Maximiano? — perguntou, quase o enforcando. — Sei que ele está na cidade, ou não teria dado a ordem para me emboscar. Mas onde? Na casa de Galo? No palacete do filho? Em sua própria residência? *Diga!*

— Não sei — balbuciou o legionário. — Fui convocado ontem à noite para esta missão. Não sei de nada. Juro sobre a Pedra de Júpiter. — E repetiu: — Juro por todos os deuses.

Erhard leu a verdade no rosto do prisioneiro. Se alguém tinha essa resposta, pensou, era Vírio Galo, que com toda a certeza havia revelado a Maximiano seu paradeiro — e este então enviara os capangas.

Naquele ponto, o guerreiro germânico tinhas duas opções: ou subia o Monte Palatino e prendia Galo, deflagrando uma guerra civil, ou ia embora e levava essas informações ao imperador, que, em seu devido tempo, decidiria como se vingar dos tetrarcas.

Seja como for, parecia-lhe óbvio que não só o Senado como a cidade de Roma eram agora inimigos da Púrpura. Diocleciano não podia mais contar com Maximiano, tampouco com Constâncio Cloro, restando-lhe apenas Galério como aliado. O Império estava, ainda que extraoficialmente, dividido entre o Leste e o Oeste — e, embora essa separação fosse teórica, logo seria prática também.

Enquanto executava o cativo com a mesma adaga com que o atingira, Erhard entendeu que o mundo estava mudando — *já tinha* mudado — e que nada os livraria de um futuro sombrio.

Voltou a sentar-se à mesa, guardou suas armas e terminou de comer, saboreando lentamente a cerveja.

Recolheu suas coisas e saiu para a rua. Um trio de lavadeiras cruzou seu caminho, com trouxas e balaios nas costas, e mais adiante Erhard avistou o taverneiro. Puxou um áureo — uma moeda de ouro romana — e atirou para o gaulês.

— Lamento pelo transtorno. — Fez uma breve saudação militar. — De soldado para soldado, desejo sorte em seus negócios. Ou, por que não dizer — ele agora falava sozinho —, de bárbaro para bárbaro?

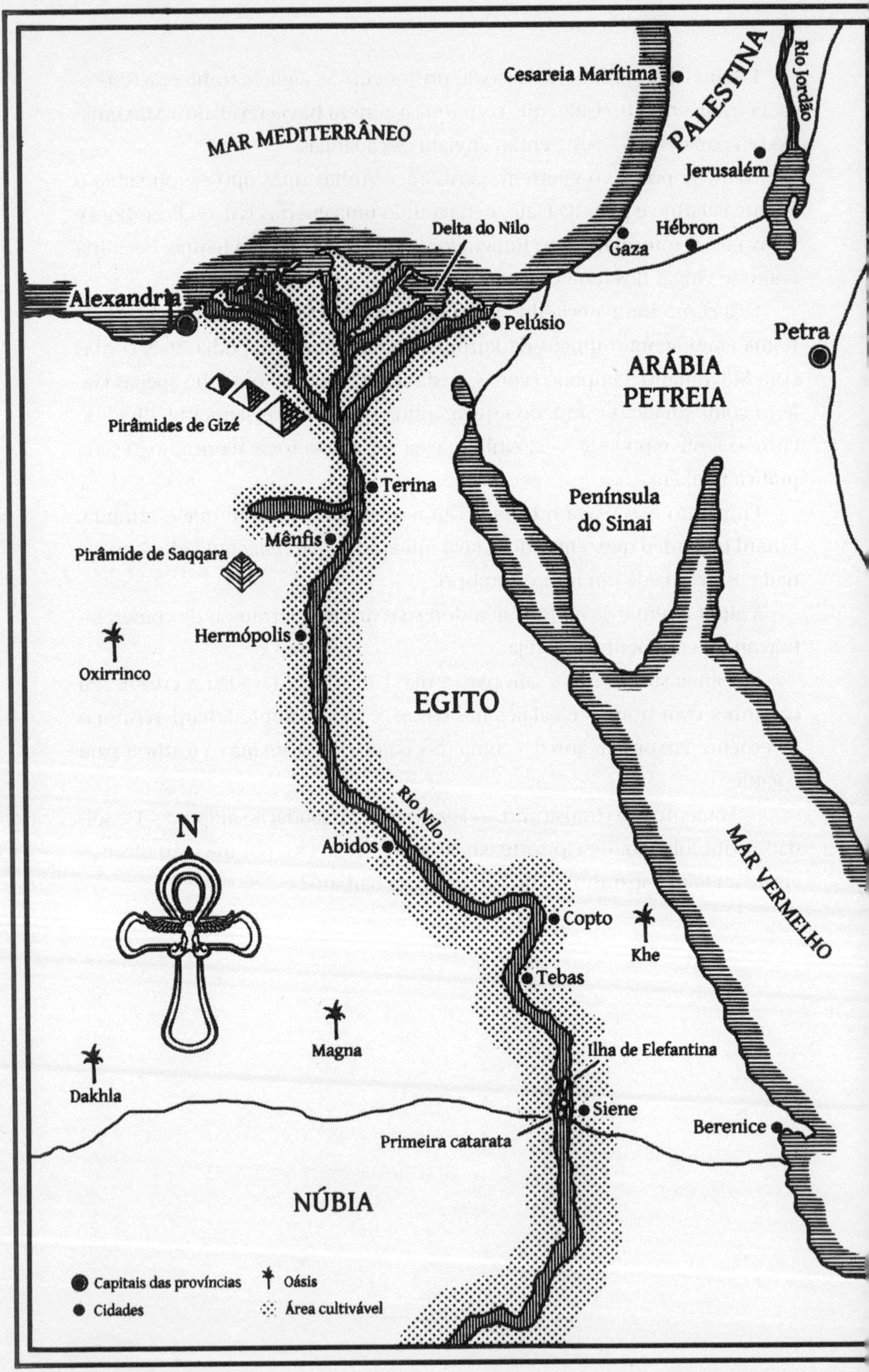

MAR MEDITERRÂNEO
Cesareia Marítima
PALESTINA
Rio Jordão
Jerusalém
Hébron
Gaza
Delta do Nilo
Alexandria
Pelúsio
Petra
ARÁBIA PETREIA
Pirâmides de Gizé
Terina
Península do Sinai
Mênfis
Pirâmide de Saqqara
Hermópolis
Oxirrinco
EGITO
Rio Nilo
Abidos
MAR VERMELHO
N
Copto
Khe
Tebas
Magna
Ilha de Elefantina
Dakhla
Siene
Berenice
Primeira catarata
NÚBIA
Capitais das províncias
Oásis
Cidades
Área cultivável

V

NILO ACIMA

— MEU FILHO QUERIDO... — GEORGIOS VIU A MÃE EM SEUS SONHOS cuspindo sangue, com uma lança atravessada no peito. — *Você não tem culpa.*

Olhou para ela, mas não conseguiu distinguir seu rosto — era como se uma névoa a encobrisse, apagando as feições, obscurecendo os detalhes, os olhos, os lábios. Chegou mais perto e estendeu o braço para tentar alcançá-la. Estava quase a tocando, até que algo — ou alguém — o puxou para trás.

Uma luz forte o cegou. Depois, ficou tudo nítido.

— Se eu quisesse, poderia ter enfiado esta faca na sua goela. — Era Sexto, que tinha entrado no quarto, afastado as cortinas e apanhado o punhal de Georgios. — E esse seria o fim de mais um glorioso cavaleiro romano.

O equestre sentou-se na cama, esfregando os olhos para se situar.

— Não é uma faca. — Soltou um pigarro. — É uma adaga. Uma adaga solar.

— Interessante. — O ruivo enrugou a face de um jeito sarcástico. — Por que "solar"?

— Por causa do Sol Indiges. Nós a ganhamos ao alcançar o segundo estágio do mitraísmo — respondeu à medida que se levantava. — Nesse ponto nos tornamos acólitos, como os sacerdotes de Mitra se referem aos jovens guerreiros filiados à ordem.

— Pelo que eu me lembro, o imperador Aureliano criou o culto ao Sol Invicto reunindo práticas de outras religiões, como a de Marte, a do Sol Indiges e, sobretudo, a de Mitra, o deus dos soldados. O ritual a que tivemos de nos submeter no primeiro ano foi um grotesco espetáculo de horrores — comentou Sexto, mas, ao ver o amigo incomodado, desculpou-se: — Sem ofensa, claro.

— Não fiquei ofendido. — O paladino foi até uma tina de água e molhou o rosto para despertar. — O exército não é para todo mundo. Foi o que você me disse ao desistir do curso, não foi?

Sexto fez que sim com a cabeça e contou que tinha alugado um barco que subiria o Rio Nilo, mas o transporte só partiria na manhã seguinte, de modo que eles teriam mais um dia para confraternizar e relembrar os velhos tempos. Falou também sobre Cassiano:

— O seu amigo chegou tarde. Ou melhor, pouco antes do amanhecer.

— Ele tinha me avisado que gostava de bordéis e prostitutas. — Georgios secou o rosto com uma toalha e começou a se vestir. — Contanto que não interfira em nossa missão, não vejo problema. Sem falar que preciso de um guia até Berenice.

— Ele não esteve em bordéis. Passou a noite no distrito judaico — revelou o filósofo. — Mandei um dos meus escravos segui-lo.

— E depois *eu* que sou o agente secreto. — O equestre calçou as botas, amarrou os cadarços e apertou os braceletes. — Bom, ele nasceu aqui em Alexandria. Pode ser que conheça alguém por aqueles lados. Um amigo. Uma amante, talvez — especulou. — Não é da minha conta.

Enquanto Georgios falava, Sexto reparou na espada que repousava sobre a cama. Era uma bela arma, com a lâmina afiada e muito brilhante.

— Suponho que essa seja a Ascalon, a espada mágica do seu pai — sibilou, novamente sarcástico. — O imperador a devolveu, afinal?

— É o que parece — Georgios respondeu no mesmo tom. — Se bem que, para falar a verdade, ele a entregou a Helena, mãe de Constantino. No fim das contas, serviu como prova de que os dois estavam trabalhando juntos, longe da atenção dos outros tetrarcas. — Pôs o saiote e as mangas franjadas. — Se é mágica não sei, mas posso garantir que ela salvou a minha vida diversas vezes.

Curioso, Sexto deu um passo à frente, pegou a Ascalon e tentou empunhá-la. Conseguiu, mas achou-a incrivelmente pesada.

— Parece feita de chumbo — resmungou. — Como consegue lutar com esta bigorna?

— Prática. — Georgios afivelou o cinto, pegou a arma e enfiou na bainha. Diferentemente de Sexto, ele a considerava elegante e fácil de manejar. — Nada além de prática — garantiu.

De lá, os dois foram até o átrio, onde os escravos haviam servido o desjejum. Fayza já estava acordada e revelou que havia sonhado com Georgios. O paladino não comentou nada, com receio de constranger Sexto, mas este explicou que a esposa tinha "habilidades precógnitas" e costumava sonhar com "todo tipo de gente".

— É um homem especial, comandante — declarou a jovem, sentada em uma cadeira de junco. — Um grande destino o aguarda.

— Já me falaram isso — retrucou ele, sem se gabar. Georgios, pelo contrário, parecia cético em relação à sua suposta fortuna, chegando mentalmente a rejeitá-la. — De minha parte, não desejo prestígio, fama ou dinheiro. Só quero recuperar o que é meu e cumprir as minhas obrigações militares.

— É muito tarde para mudar de ideia — continuou a moça, saboreando uma salada de frutas. — Uma vez o senhor desejou se tornar um herói e os deuses o escutaram. Eles, com efeito, escutam os mortais quando pedimos algo com sinceridade.

— Como assim? — O equestre não estava entendendo aonde Fayza queria chegar. — Eu desejei? Quando?

— Em Lida, durante uma conversa com Strabo, seu pedagogo. Não foi essa a resposta que deu a ele? Que preferia ser um herói a um tolo? E depois, quando foi atacado pelo filho de Drago no cemitério, o senhor quis, acima de tudo, ser como os semideuses de outrora, porque nos mitos eles sempre venciam.

Georgios sentiu um calafrio. Como aquela moça sabia tanto sobre ele? Como conhecia detalhes tão íntimos? E o que pretendia ao relembrar esses fatos?

— O seu marido é um falastrão. — Procurou por Sexto, mas ele havia desaparecido. — Ele não deveria ter lhe contado tanto sobre mim. Sabe, as coisas nem sempre são como parecem — disse, tentando ser agradável, pois o clima havia ficado insalubre. — Eu mesmo sou um péssimo contador de histórias. Exagero um pouco, entende?

Fayza se preparava para responder quando o dono da casa ressurgiu entre eles.

— Peço desculpas. — Sexto esfregou as mãos em um pano úmido. — Minha bexiga me dá uns sustos de vez em quando. Preciso correr para a latrina, ou tenho a sensação de que vou explodir.

Fayza não tornou a falar sobre seus sonhos, e o restante do dia foi calmo. Opélio Cassiano acordou tarde alegando que estivera visitando um amigo, mas garantiu que não havia lhe contado nada, nem sobre a missão, nem sobre Georgios.

Quando, à tardinha, soube que o destino deles era Berenice, deu uma risada nervosa.

— Não tinha ideia de que iríamos tão longe — disse, rodeando o lago artificial no centro do grande jardim. — Nunca fui até lá, mas sei como chegar.

— Como? — perguntou Georgios. Os dois estavam sozinhos à sombra das tamareiras.

— Subindo o Nilo, claro — explicou. — O rio é a melhor estrada que existe.

— Por que achou graça? — quis saber o paladino.

— Reajo assim quando algo me desconforta.

— Por que está desconfortável?

— Porque aquela é uma região perigosa. E, pelo que entendi, nós vamos para lá sem escolta.

— Berenice está dentro das nossas fronteiras — protestou o equestre. — Faz parte do Império. Sei que há uma legião baseada em Tebas que poderá nos ajudar.

Cassiano riu novamente.

— Essa legião está amotinada. Pelo menos é o que se comenta nas ruas.

— Não ouvi nada a respeito. Se fosse verdade, eu saberia. Prefiro, portanto, acreditar no melhor.

— Que Serápis o ouça, comandante. — Juntou as palmas como quem faz uma prece. — E que Ísis nos proteja.

No dia seguinte, Georgios, Sexto e Opélio Cassiano se despediram de Fayza e partiram a cavalo para o porto do Nilo.

Seguindo o aqueduto, eles cruzaram os portões, galoparam por alguns minutos e chegaram a uma região de solo fértil apinhada de fazendas. Desde o reinado de Augusto, aquelas propriedades pertenciam nominalmente ao imperador — e sua produção era usada para abastecer as províncias, sobretudo as do Oeste. Dada a importância daquelas plantações, era de responsabilidade do prefeito do Egito gerir, recolher e confiscar as mercadorias. Quem percorria tais plagas, portanto, deparava-se com uma paisagem dominada por extensos campos de trigo, cevada e centeio, grandes silos de armazenamento, escravos de tez curtida trabalhando de sol a sol e soldados fiscalizando o transporte, checando documentos e bloqueando estradas.

Um cidadão respeitável como Sexto não teve problemas para transpor as barreiras, e lá pelo começo da tarde eles alcançaram o delta do Nilo, parando em frente a um dos canais. Era muito mais estreito do que Georgios havia imaginado, com atracadouros rasos, que avançavam por cima do lodo. Os barcos eram em sua maioria feitos de junco, mas havia transportes maiores, com casco de madeira, movidos a vela. Esses flutuadores — os egípcios assim os chamavam — serviam principalmente para trazer os cereais das fazendas rio acima até as cidades mais prósperas, sobretudo a capital.

Os três homens apearam. Logo avistaram o barqueiro, que já esperava por eles. Sexto entregou-lhe algumas moedas e em seguida se virou para Georgios.

— Boa sorte.

— Obrigado. — O paladino se emocionou e reuniu coragem para dizer algumas palavras que, querendo ou não, precisavam ser ditas. — Obrigado por tudo. Sinto muito pelas coisas que fiz no passado. Eu... — Sentiu um nó na garganta. — Eu...

— Nada de desculpas. — O filósofo mostrou a mão em um gesto amistoso. — O que você fez só prova que seguiu seus instintos. Uma vez eu lhe disse que as pessoas não mudam, portanto não tente mudar. Continue sendo um guerreiro, pois nesse campo sempre será invencível. Mas, se resolver se envolver com política — completou ele, sombrio —, você vai morrer, meu amigo.

Georgios estranhou o tom.

— É mais uma das profecias de sua esposa?

— Não. É um conselho. Pelos velhos tempos. — Deu-lhe um abraço. — Por Juno — disse, relembrando o amigo deles. — Pelo Corvo de Prata. No fim das contas — sorriu — até que ele não era tão mau.

O barco era operado por três homens: dois rapazes — um no controle do leme e outro do mastro — e o próprio barqueiro, que ficava sentado na proa observando o curso do rio, mastigando capim, assoviando e dando ordens.

O transporte não tinha nenhum tipo de lona que os protegesse do sol. Contudo, a temperatura no campo era mais confortável que na cidade, menos abafada, atenuada por uma brisa constante. Georgios nem sentiu as horas passarem. Estava mesmerizado pela paisagem, uma reação comum a quem faz a travessia pela primeira vez. Subir o Nilo é como retroceder milhares de anos na história, é presenciar com os próprios olhos como nossos ancestrais trabalhavam, oravam e viviam nos tempos dos primeiros impérios da Terra.

Quando a tarde começou a cair, o paladino avistou, lá longe no horizonte, um conjunto de estruturas triangulares. De início, achou que fossem montanhas. Levantou-se com a mão em pala sobre os olhos.

— São chamadas de pirâmides — avisou Cassiano, com certo orgulho nacionalista —, uma das sete maravilhas do mundo. Dizem que a maior delas foi erguida por um faraó chamado Quéops há dois mil anos. Lindas, não? E pensar que já eram velhas nos tempos de Júlio César.

Georgios estava abismado.

— Claro que conheço as pirâmides. — Ele tentava disfarçar o assombro. — Já li sobre elas, mas não esperava que fossem tão grandes. Como os antigos conseguiram construir um negócio desse tamanho?

— Com a ajuda dos deuses — respondeu o mensageiro. — Pelo menos era o que eles diziam...

O paladino achou toda aquela erudição muito estranha, afinal Cassiano era um mero plebeu. Preferiu, todavia, não contestá-lo, e, pouco antes do anoitecer, o barco aportou nas imediações de uma aldeia. Um dos rapazes usou uma corda para prender o casco a uma plataforma quebrada. Pelo pouco que se podia ver no lusco-fusco, havia uma longa faixa de terra fértil, com canais de irrigação dedicados ao cultivo de papiro. Além da área verde, ficava um aglomerado de casas rústicas, semelhantes a cubos de argila. Uma dessas casas, maior do que as outras, servia como forte romano. O equestre identificou a bandeira da Segunda Legião de Trajano, responsável pela defesa do Egito.

Os tripulantes saltaram para o cais, equilibrando-se entre as tábuas, que rangiam a cada passo. De armadura e mochila, Georgios cogitou pisar sobre o lodo, porque o atracadouro era perigosamente instável. Cassiano o impediu, segurando-o.

— Espere. — Ele apontou para os detritos e folhas que flutuavam na margem. — Está vendo?

O cavaleiro apurou a visão, identificando criaturas que se moviam no escuro.

— Crocodilos.

— O Nilo está cheio deles. Pequenos e grandes. Vamos ter que nos equilibrar na plataforma mesmo.

O cais, embora podre, não cedeu, e eles passaram à terra com segurança. Cassiano conversou com o barqueiro e soube que eles partiriam ao primeiro raio de sol. O céu se colorira de anil, e já não era possível enxergar muito longe.

Georgios dirigiu-se ao forte improvisado. Continuava usando seus trajes militares e foi respeitosamente saudado por um centurião veterano com um dos braços amputado na altura do cotovelo, que estava de pé em frente à porteira. Seu nome era Eneias Faustino, tinha cinquenta e dois anos, olhos claros e pele áspera, bronzeada.

— Será que podemos nos unir a vocês? — perguntou Georgios depois de se apresentar ao chefe da guarda.

O homem inclinou a cabeça ao identificá-lo como tribuno.

— Sim, comandante. Sejam bem-vindos.

Convidou-os a entrar. O forte não era nada mais do que um pátio cercado por muros de tijolos com um poço no centro, o chão coberto de ladrilhos e um forno de barro colado à parede. Um burro e três gansos circulavam livremente. No fundo, havia uma casa de um só cômodo, com algumas camas, onde a guarnição se alojava. O telhado dessa casa, onde o grupo havia hasteado a bandeira, era usado como observatório e posto de guarda.

Terina — esse era o nome da aldeia, segundo Faustino — era guarnecida pelo centurião e mais oito legionários. O trabalho deles era fiscalizar a colheita e cobrar impostos, então não havia necessidade de ficarem de guarda ou fazerem a ronda noturna. Quando escureceu, estavam todos reunidos no forte.

O centurião depositou uma esteira no piso, onde eles costumavam comer. Um dos soldados, mais jovem, utilizou o forno para preparar o jantar.

— Que notícias nos trazem do Oeste? — perguntou Eneias Faustino. Estavam agora sentados de pernas cruzadas ao redor de uma bandeja de chumbo, pegando o alimento com a ponta dos dedos.

— Nada de novo — Georgios se esquivou. — Combates na fronteira, rebelião nas Ilhas Britânicas, intrigas no Senado... Felizmente, o imperador sabe lidar com esses contratempos.

O chefe da guarda entendeu que ele não estava com paciência para descrever a situação do Império e indagou:

— Que assuntos os trazem ao Nilo?

Cassiano tomou a palavra.

— Temos negócios rio acima — disse. — Para além de Tebas.

— Já entendi. — Eneias Faustino torceu-se em uma expressão de cumplicidade. — É a Legião Tebana, não é? Eles estão causando sérios problemas, mas pelo menos — ponderou — conseguem conter o avanço dos núbios.

Georgios sentiu um estranho frio no estômago. Ele nunca tinha ouvido falar de uma tropa com esse nome, então preferiu mudar de assunto. Começou a discorrer sobre jogos de dados, apostas e técnicas de combate. No final do jantar, a tensão tinha se desfeito. Eles estavam quase indo dormir quando escutaram um grito estridente, um berro de desespero ecoando a distância.

Num átimo, o cavaleiro ficou de pé. Sacou a espada. Os legionários não esboçaram reação. Faustino perguntou ao cozinheiro:

— Que dia é hoje?

O jovem respondeu:

— Dia de Mercúrio, senhor.

— Está explicado. — Ele sorriu com desprezo e se voltou ao paladino. — É comum nessas noites. Eles vêm buscar alguém para… — Fez um sinal com a mão, movendo o polegar duas vezes contra o pescoço. — *Chop, chop*.

O equestre continuava a postos.

— Como é?

— Sacrifício. Eles matam um por semana. Bando de animais.

— Eles quem?

— Os sacerdotes de Solek, o Crocodilo. Se não me engano, o nome é esse.

— *Sobek* — Cassiano o corrigiu e sussurrou para Georgios: — É um deus antigo e obscuro, que não é venerado há séculos.

O centurião escutou o cochicho e comentou:

— Pois é. — Soltou um pigarro. — Parece que ressuscitaram o culto. Estão se proliferando feito baratas.

Como paladino, Georgios precisava obedecer à lei.

— Sacrifícios humanos são proibidos desde a República — disse. — Precisamos ir atrás desses bandidos.

— Comandante — Faustino deu um suspiro, com toda a calma do mundo —, peço desculpas, mas temos ordens do prefeito para não interferir. — Começou a recolher as tigelas, as taças e a esteira. — É o espírito romano, certo?

De mãos atadas, e certo de que era realmente da cultura romana a prática de não interferir na religião dos povos conquistados, Georgios aquiesceu.

— Certo.

— Que esses selvagens se matem — exclamou o chefe dos legionários. — Já está tarde. — Olhou para as estrelas. — Boa noite aos senhores.

Georgios ficou mais algum tempo no pátio, sozinho, os pelos ouriçados, os olhos abertos, atento aos sons da madrugada.

Nada.

Os gritos tinham cessado.

VI

RETOMADA DA BRITÂNIA

No palacete de Vírio Galo em Roma, três homens estavam reunidos no jardim, sentados em cadeiras de bronze, bebendo e celebrando. Um deles era Maximiano, o Inclemente, o mais poderoso entre os tetrarcas, subordinado apenas ao imperador. O outro era seu filho, Magêncio, que havia estudado para ser cavaleiro, mas ocupava então o cargo de pontífice máximo, ou chefe do colégio dos sacerdotes romanos. E o terceiro, lógico, era o próprio Galo.

— O melhor de tudo é que, pela primeira vez, não precisamos fazer nada — exclamou Maximiano, sorvendo um gole de vinho. O augusto do Oeste, como muitos o chamavam, era um indivíduo maduro, de face redonda e olhos pequenos. Os cabelos eram curtos, as pálpebras baixas, e a barba castanha, não muito farta. Tinha quase sempre um sorriso nos lábios, em uma eterna expressão de deboche. Era seu jeito de demonstrar excelência, e em muitos aspectos ele era, de fato, insuperável. Um gênio militar, um general dedicado, que contava com o respeito das tropas, e cuja ambição era sua única fraqueza. — O imperador será destroçado pelos persas, e então nós entramos em campo.

— Como? — Galo havia ordenado que os escravos posicionassem uma mesinha entre eles. Sobre uma bandeja de prata havia ostras frescas, temperadas com azeite e vinagre. Pegou uma delas, comeu e prosseguiu: — Se Diocleciano for esmagado, Narses tomará a Síria em um estalar de dedos. Com as nossas tropas estacionadas na Itália e na Grécia, como vamos defendê-la?

— Com todo o respeito, senador — interferiu Magêncio. Era um jovem magro e não muito alto, de pele rosada e cabelos amarelos, que lhe valeram, na escola, a alcunha de Cabeça de Ovo —, as tropas às quais o senhor se refere são do meu pai — frisou ele, fechando a cara —, não "nossas".

Galo se desculpou:

— Claro. — Apertou os lábios. — Eu quis dizer as tropas do Ocidente, as forças do Oeste.

Maximiano ficou sério e, subitamente, teve uma crise de riso. Deu um tapinha nas costas de Galo.

— O meu filho só estava brincando. Não quis assustá-lo — disse quando conseguiu se recompor. — Respondendo à sua pergunta, pode ficar tranquilo, senador, pois nós temos aliados no Leste. Eles estarão prontos para defender a fronteira tão logo as forças imperiais sejam derrotadas. Com a queda de Diocleciano, eu assumo o trono e proclamo o senhor governador da Itália. O importante — a voz baixou uma oitava — é que o Senado permaneça fechado até lá.

— Com o Senado em recesso — acrescentou Magêncio —, é o presidente da casa quem toma as decisões, unilateralmente. Entenda, não podemos correr o risco de ter opositores neste momento. Seria um problema para nós.

O cônsul torceu o nariz. Era visível que ele não estava confortável com aquela proposta.

— Os senadores são homens importantes — observou Galo. — Pertencem a famílias antigas. Não podemos ignorá-los. De todo modo, estou certo de que posso convencê-los. Nenhum deles, ou quase nenhum, está satisfeito com o governo de Diocleciano. Com a quantia certa, eles podem ser comprados.

— Essa é a questão. — Maximiano pusera o copo sobre a mesinha. Ninguém, àquela altura, comia ou bebia mais nada. — Convencê-los implicaria suborná-los. Ou seja, dividir poder. Repartir ouro, cargos, privilégios. — Puxou a cadeira mais para perto de Galo. — Quero que faça uma lista dos senadores problemáticos — determinou. — Deixe o resto comigo.

O anfitrião entendeu o que ele pretendia e indagou:

— O senhor não estaria sendo muito rigoroso, augusto? Eles podem ser excelentes aliados, se convertidos. Conheço todos eles. Diversos são meus amigos.

Maximiano tornou a sorrir.

— O senhor tem coração mole, senador. — Fez uma cara de tristeza, mas era puro teatro. — Sabe por que me chamam de Inclemente?

Galo resignou-se.

— Queremos essa lista até amanhã ao meio-dia — disse Magêncio, com a arrogância que lhe era peculiar. — Caso, naturalmente, não queira ser incluído nela.

— O que é isso? — O dono da casa se impôs. — Sou um senador, um cônsul romano.

O augusto afagou-lhe os ombros, pedindo que ele se acalmasse.

— Já disse que o meu filho é um bazófio. Ele só estava testando o senhor — garantiu, lambendo algumas ostras e as devolvendo à bandeja. — Devemos nos unir, agora mais do que nunca. Os pretorianos já estão nas ruas. — Olhou a posição do sol. — Em minutos, calculo, receberemos a cabeça do conde Erhard. De pouco em pouco, eliminaremos os paladinos. Quando o imperador der por si, estará isolado. Desse jeito, mesmo que ele escape dos persas, não poderá escapar de nós.

Um silêncio cortante tomou conta do palacete. Galo não sabia o que dizer. Maximiano e Magêncio o olhavam como se exigissem não só uma resposta, mas seu apoio incondicional. O senador sabia que estava diante de pessoas cruéis e entendeu que não tinha saída a não ser concordar com tudo — se não quisesse "ser incluído" na lista. Estava pronto para responder quando um de seus escravos entrou correndo no jardim, suando e com os braços abertos.

— Mestre — o sujeito arquejava —, os homens que o senhor chamou ontem à noite estão de volta.

— Os pretorianos? — perguntou Galo.

O escravo confirmou com um aceno. Maximiano e Magêncio se entreolharam, certos de que em instantes teriam os restos mortais do conde Erhard. O próprio Inclemente, então, ordenou:

— Não fique aí parado — esbravejou. — Faça-os entrar!

O homem obedeceu, saiu esbaforido e reapareceu dois minutos depois ao lado de um oficial de túnica azul, com o rosto manchado de sangue, a cabeça baixa, a expressão de derrota. O anfitrião e os dois visitantes se colocaram de pé, alarmados, esperando pelo pior.

— Salve, augusto. — O pretoriano saudou Maximiano primeiro, depois se virou para Galo e Magêncio. — Salve, excelências. — Fez uma pausa para tomar coragem. — Sinto muito, senhores, mas o paladino... — Engoliu em seco. — Ele... — fitou o chão, como se procurasse uma solução nos ladrilhos — escapou.

Os três ficaram olhando para ele, estáticos, paralisados de ódio. Enfim o Inclemente, que até então se mostrara tão sóbrio, agarrou a cadeira mais próxima, empunhou-a com energia e golpeou o oficial com a fúria de um urso.

Pego de surpresa, o pretoriano não reagiu quando o objeto o acertou, abrindo um talho no supercílio. Caiu para trás, aturdido, cego pelo impacto. Maximiano rosnou como uma fera e continuou a espancá-lo com chutes, pisões e cadeiradas. Só parou quando teve certeza de que o havia matado.

Sentou de novo, na cadeira do filho. Suspirou, observando o céu de outono.

— Esses homens fizeram o possível, deram o máximo de si — declarou com a tranquilidade de um sábio. — Quero que o Senado condecore os sobreviventes desse terrível combate e os promova a tribunos. — Olhou para o cadáver no solo. — Esses jovens são heróis — afirmou, como se nada tivesse acontecido. — Verdadeiros heróis.

Perplexo, Galo faz um sinal para seus ajudantes, que arrastaram o corpo para os fundos da casa. Em seguida, o trio foi tomar banho no tanque de mosaico. Conversaram sobre cavalos, atletas e prostitutas, até que o anfitrião teve uma ideia.

— Por que, em vez de caçar os paladinos — ele perguntou, sacudindo os cabelos brancos —, os senhores não se concentram no próprio imperador?

— Porque seria inútil — lembrou Magêncio. — Diocleciano é intocável.

— Ninguém é intocável.

O Inclemente o encarou com uma mistura de curiosidade e respeito.

— O que quer dizer?

— Creio que conheço o homem certo para esse serviço — disse o cônsul, em tom de mistério. — Quanto estão dispostos a pagar?

— Nada — rosnou Magêncio. — Por que pagaríamos para alguém matar o imperador, se dentro em breve ele estará morto de qualquer maneira?

Maximiano calou o filho com um chiado. Depois, voltou-se para Galo.

— Entre em contato com esse indivíduo — pediu, com sincero interesse no olhar. — Gostaria de conhecê-lo.

— Mas, augusto — sibilou o pontífice para o pai —, nossa última experiência...

— Silêncio! — O tetrarca o cortou, tornando a se virar para o dono da casa. — Traga-o até mim. Como o senhor sabe, às vezes sou um pouco impulsivo, mas em contrapartida sei fazer bons amigos. — Sorriu. — Posso ser generoso. Com efeito — alisou a barba —, quase sempre sou.

Longe dali, um pequeno escaler com apenas cinco homens deslizou através das brumas e aportou na costa britânica. Na praia, ao lado deles, repousava grande parte da frota de Alecto, sucessor de Caráusio, o mesmo que se autoproclamara imperador regional, desafiando frontalmente as autoridades romanas.

Os invasores desembarcaram com cautela, acenderam tochas mergulhadas em betume e as atiraram dentro dos navios ali ancorados. O alarme foi dado, mas era tarde. Quando o sol nasceu, o fogo havia atingido os depósitos à beira-mar, e foi então que sobreveio o ataque.

Centenas de barcos liderados pelo general Júlio Asclepiodoto, ex-comandante da guarda pretoriana, surgiram em meio à neblina. Os legionários romanos, treinados e muito bem equipados, avançaram contra o acampamento rebelde, cercando o perímetro e submetendo o inimigo em questão de minutos.

Os líderes, no entanto, incluindo o próprio Alecto, tinham fugido para o interior. O grupo, composto por apenas quinze homens, galopou a toda a velocidade pelos campos de relva até avistar um modesto arvoredo.

— Os cavalos estão exaustos — ofegou Alecto. Na pressa, ele só havia conseguido apanhar sua espada, mas sequer sabia empunhá-la. Seu verdadeiro talento era com números; não à toa fora contratado como tesoureiro de Caráusio, antes de assassinar seu mestre. Com poucos músculos e muita gordura no corpo, Alecto suava e engolia o ar pela boca. Estava faminto, e além disso precisava urinar. — Eles têm de descansar. — Apontou para o bosque. — Que tal fazermos uma pausa?

— Desaconselho, césar — opinou um dos seguranças. Era assim que seus subordinados o chamavam, de "césar", copiando o título dos antigos imperadores romanos. — Se pararmos agora, perderemos a vantagem. Sugiro cavalgarmos até o pôr do sol.

— Cavalgar o dia inteiro? Ora, isso é humanamente impossível. — E se virou para outro assessor, que costumava bajulá-lo. — Etain, quanto tempo estamos à frente do inimigo?

— Duas horas, césar — respondeu o sujeito com uma voz nasalada.

— Então não faz mal pararmos por cinco ou dez minutos — afirmou. — Será revigorante.

Os quinze homens o seguiram mata adentro. O bosque era composto sobretudo por bétulas, árvores magras que ofereciam pouca cobertura aos rebeldes. No entanto, o nevoeiro se adensara, e Alecto imaginou que eles estavam bem protegidos, pelo menos por ora.

Desmontou, bebeu a cerveja que trazia em seu odre e comeu um generoso pedaço de queijo. Desamarrou a calça e colocou o pênis para fora, quando se viu cercado por trinta cavaleiros armados.

Em menor número, os guarda-costas de Alecto permaneceram estáticos, sem reagir. O líder desse esquadrão apeou e se dirigiu à clareira. Era um homem forte, de nariz adunco, olhos azuis e queixo encovado. Usava armadura de escamas, elmo de bronze e grevas protegendo as canelas.

Na esperança de não ser identificado, Alecto não ostentava nenhum tipo de insígnia. Mesmo assim, o cavaleiro o abordou.

— Sabia que vocês não iriam tão longe — declarou. Depois, falou aos demais fugitivos: — Senhores, meu nome é Flávio Constantino, duque imperial e comandante dos exércitos da Gália. Meu pai, Constâncio Cloro, me deu permissão para perdoá-los caso se rendam.

Os homens de Alecto, que já haviam deposto as armas, colocaram-se de joelhos, com as mãos na cabeça. Só o próprio Alecto não se mexeu. Em vez disso, perguntou:

— Como nos alcançaram? — Ele tremia e urinava nas calças. — Estávamos à frente de vocês.

— Desembarcamos ao norte faz duas semanas. Estávamos de guarda, esperando que passassem — explicou. — Jogamos a rede e vocês caíram. — Desembainhou a espada. — Quer fazer suas preces?

— Preces? — O usurpador levantou os braços. — Entendi que seríamos poupados.

— Estava me referindo aos seus soldados. — Constantino apanhou uma moeda britânica com o rosto de Alecto estampado. Jogou para ele, que a pegou no ar. — Lamento. Seus crimes são graves demais. E por eles — disse, sem emoção — eu o condeno à morte.

Sem ter para onde correr ou a quem apelar, Alecto aceitou seu destino. Depois de chorar e conversar com os deuses, foi decapitado por Constantino.

O duque olhou para o cadáver. Em seguida, recolheu a moeda do chão e a exibiu aos prisioneiros, alertando:

— Se algum dia os senhores resolverem cunhar moedas com o seu próprio rosto, não tentem se esconder ou enganar o inimigo. Pois serão reconhecidos — avisou. — Em qualquer lugar, por qualquer pessoa. — Guardou a espada, ordenando a seus cavaleiros: — Prendam todos. Serão entrevistados e incorporados às minhas legiões. Se quiserem viver, é claro.

VII

KHE

PARTINDO DA PEQUENA ALDEIA ONDE ESTAVAM, GEORGIOS E CASSIANO SEGUIRAM viagem pelas águas do Nilo. Na tarde do segundo dia, aportaram na cidade de Mênfis, que possuía alguns dos monumentos mais esplendorosos do mundo antigo. O lugar abrigava palácios, pirâmides, túmulos, obeliscos, esfinges e grandes estátuas representando o deus Ptá, mas todas essas estruturas estavam em ruínas, servindo de abrigo a mendigos.

No fim do nono dia, chegaram à modesta Copto, na face leste do rio ancião. Conforme acontecia com frequência, as terras mais próximas do Nilo eram reservadas às plantações, depois aos silos de armazenamento e só então se avistava o aglomerado de casas. Copto, de acordo com Cassiano, havia sido palco de uma batalha recente. Os blêmios, uma tribo originária da Núbia, tinham invadido o local, assassinado os moradores e lhes decepado a cabeça. Em resposta, as forças imperiais derrubaram os muros da cidade com catapultas e a incendiaram completamente. Um templo dedicado a Min, o deus da fertilidade masculina, era a única construção preservada. Nele, acastelavam-se duas centúrias do exército romano.

Georgios e Cassiano se dirigiram ao templo e apresentaram seus documentos. O santuário era composto por duas torres em forma de trapézio, altas e bastante robustas, defendendo um portão que dava acesso a um pátio retangular com um poço, oficinas, um estábulo e tendas para alojamento, terminando em duas torres menores. O verso dessas torres — isto é, a face interna — era esculpido com imagens de Min: a figura de um homem com apenas um braço segurando um mangual e com o pênis ereto.

O chefe da guarnição, um tal de Caio Minuto, era um cavaleiro magro, de pele clara e cabelos louros, que clamava ser "o único oficial em quilômetros".

— Na verdade, talvez eu seja o *último* — disse enquanto apresentava o forte aos viajantes. — De lá para cima — apontou em direção ao sul — é só desolação.

Georgios não entendeu.

— Desolação? Como assim?

— O senhor é novo por aqui, certo? — Minuto assoprou um apito de osso, e as duas centúrias entraram em formação. — O prefeito nos proíbe de subir o rio além deste ponto. Para nossa própria segurança, é claro.

O paladino concordou, fingindo saber do que se tratava. Passou em revista as tropas, como mandava o protocolo, então solicitou ao chefe da guarda comida e abrigo por uma noite.

Ele e Cassiano dormiriam em uma tenda espaçosa dentro dos muros da fortaleza. Depois de jantarem e fazerem a higiene, Georgios perguntou ao companheiro, que passara o dia calado:

— Por que acha que os soldados são proibidos de seguirem para o sul? Seria por causa dos tais legionários que o centurião mencionou em Terina?

— Provavelmente — especulou Cassiano. Os dois estavam deitados em seus próprios sacos de dormir, porque não havia camas disponíveis no acampamento. — Contudo, a estrada que vamos pegar não passa pela cidade de Tebas.

— Nos tempos de meu pai — divagou Georgios —, quando uma unidade se amotinava, o imperador ou governador da província tratava logo de dizimá-la.

— Como o seu amigo disse no porto, política é uma praga, comandante. Um bando de gente agindo de acordo com interesses próprios — retrucou Cassiano. Uma só lamparina continuava acesa, apoiada sobre um pequeno banco entre eles. — Veja, nos tempos de seu pai, o Senado aprovou a nomeação de Odenato, um príncipe árabe, para governar a Síria porque ele era o único que conseguia manter os persas afastados, mesmo sendo estrangeiro. O resultado não foi dos melhores, mas os senadores fizeram o que lhes parecia mais coerente na época, assim como Domiciano deve estar fazendo agora.

O equestre ficou em silêncio, meditando sobre aquelas palavras. De repente, lembrou-se de que Sexto havia comentado que, "por algum motivo",

Alexandria estava "entulhada de legionários". Se estava mesmo, por que o prefeito não mandava alguns deles para lidar com os rebeldes? Era verdade que os persas se encontravam agora na Mesopotâmia, muito longe dali, mas as fronteiras do Egito também precisavam ser resguardadas.

Será que Domiciano esperava um ataque?

Ou será que *planejava* um ataque?

O candeeiro apagou sozinho.

Georgios adormeceu.

Pela manhã, Caio Minuto forneceu a eles mantimentos, escudos, um par de montarias e os acompanhou até o início da estrada. Depois de poucas horas de cavalgada, o solo irrigado pelo Nilo ficou para trás e eles penetraram em um deserto rochoso, recortado por vales estreitos e gargantas sinuosas. O terreno, embora acidentado, oferecia numerosos recuos para acampamento, indicados por setas gravadas em calcário. Na primeira noite, Georgios e Cassiano dormiram em uma gruta e, na segunda, acamparam ao relento, à sombra de três vigorosas palmeiras.

Os três dias seguintes transcorreram sem contratempos. Na tarde do sexto dia, eles chegaram a uma bifurcação. Cassiano os conduziu para leste, avisando que o caminho pelo sul era justamente o que eles queriam evitar.

— É o que leva a Tebas — disse. — Mas não há nada com que nos preocuparmos. Estaremos seguros se não deixarmos a estrada.

Cavalgaram por mais uma hora e, pouco antes de o sol se pôr, o vale se abriu em uma planície. Do centro dela, emergia um povoado cercado por muros de cimento e argila. Era grande demais para ser uma aldeia e muito pequeno para ser uma cidade. Georgios imaginou que o local devia abrigar tesouros antigos, talvez faraônicos, porque havia lanceiros de prontidão no topo das torres de guarda. O portão era feito de tábuas e, do lado de fora, observavam-se dezenas de camelos confinados em estábulos a céu aberto. Mais adiante, Georgios distinguiu homens de traços semitas trajando mantos longos — árabes, talvez —, carregando seus dromedários.

No portão, um dos guardas os barrou. Falava um dialeto esquisito, que parecia misturar aramaico e siríaco. Embora Georgios conhecesse um pouco de aramaico, não entendeu uma palavra do que o sujeito dizia. Cassiano conversou com ele e depois traduziu para o grego:

— Ele afirma que cavalos não são permitidos dentro dos muros. Que teremos de deixá-los aqui fora.

— Durante a noite? E quem vai vigiá-los? — perguntou o equestre. — Precisamos destes animais para chegar a Berenice.

Cassiano fez a pergunta ao guarda e transmitiu a resposta a Georgios:

— Ele garante que não há ladrões em Khe, tampouco chacais ou predadores, mas aceita vigiar nossos cavalos e cobraria duas peças de prata pelo serviço.

— Khe é o nome desta aldeia?

— Entendi que sim.

— Muito bem. — Georgios pegou as moedas na algibeira. — É uma fortuna para uma tarefa tão simples, mas é melhor fazer o jogo deles.

Pagaram ao soldado, apanharam os equipamentos e adentraram o povoado, que realmente tinha uma atmosfera pacífica, pelo menos à primeira vista. Olhando melhor, eles notaram que as janelas das casas eram cerradas por grades e todas as portas dispunham de trancas. Seguiram pela rua principal até chegar a um templo semelhante ao de Copto, com a diferença de que este estava abandonado. No adro à sua frente situava-se o grande tesouro de Khe: um tanque adornado de mármore, rodeado de palmeiras, onde mulheres lavavam roupa, homens enchiam vasilhas e crianças nadavam. Khe, afinal de contas, era um oásis, daí sua importância estratégica.

— Que deus habita esse templo? — perguntou-se Georgios, contemplando o santuário aos últimos raios solares.

— Não sei — respondeu Cassiano. — O exterior parece danificado, como se alguém tivesse demolido as estátuas originais. Talvez para roubá-las.

— É possível que tenham caído com a ação do tempo — sugeriu o paladino. — O Egito é um país fabuloso. Como é triste presenciar a decadência desta grande nação.

De pouco em pouco, os moradores foram se recolhendo e as ruas foram ficando vazias. Georgios e Cassiano começaram a procurar uma estalagem, fizeram perguntas, até que um homem os abordou.

— Romanos? — ele os chamou, falando um grego razoável.

Era um sujeito baixo e gordo, de ombros largos, a pele clara se comparada aos habitantes locais, com um grande bigode e a barba negra. Usava uma touca de algodão e tinha os olhos pintados de preto.

— Sim — disse Georgios.

— Meu nome é Nicodemos. Sou dono de uma hospedaria aqui perto. Posso apresentar-lhes minha propriedade? Sem compromisso.

O equestre foi direto ao assunto:

— Quanto vai nos cobrar?

— Um denário romano. Ou três dracmas gregas. Se gostarem, evidentemente. Não ofereço grandes luxos, mas tenho um bom vinho engarrafado. Por conta da casa.

Como já estava escurecendo, eles aceitaram a oferta. Nicodemos entrou pelas ruelas empoeiradas e os guiou até uma casa de três andares maior que as residências vizinhas. Destrancou a porta e apresentou a eles o salão comum, com algumas mesas e uma escadaria que levava aos pisos superiores. O espaço parecia melhor do que o dono havia afirmado, e mesmo assim não havia ninguém, nem no salão, nem aparentemente nos dormitórios, pois o silêncio era total.

— Hoje o movimento está fraco. — Ele riu, meio envergonhado. — No verão é assim mesmo, por isso lhes ofereci um desconto.

Na sequência, subiu ao segundo nível e mostrou-lhes dois cômodos — aposentos simples, com camas de palha e janelas que davam para a rua.

— O que acham?

Georgios tomou a decisão sem consultar Cassiano.

— Ficamos com os quartos. — Sacou as moedas e as entregou a Nicodemos.

— Prometi um vinho aos senhores. Não querem descer comigo?

Os estrangeiros aceitaram e beberam com o taverneiro, que trouxe pão, queijo e figos para acompanhar. Nicodemos tinha um sotaque estranho, que, segundo ele, era oriundo da Mauritânia, a província que se estendia desde o Saara até o oceano, tocando a ponta da Hispânia através das Colunas de Hércules.

Encerrada a refeição, Georgios e Cassiano seguiram para seus quartos. Georgios estava tão cansado que nem teve tempo de se despir.

Deitou-se como estava, de roupa e armadura, e apagou profundamente.

VIII

A BREVE HISTÓRIA DE UMA PROSTITUTA ROMANA

Grainne era uma jovem gaulesa de apenas dezessete anos de idade. Trazida para Roma aos três, serviu como escrava na casa de uma família plebeia, depois foi vendida para o Templo de Minerva, onde trabalhou como massagista, criadora de porcos, faxineira e prostituta. De pele branca e cabelos de fogo, era muito cobiçada pelos clientes, que faziam promessas a ela, mas nunca as cumpriam. O dinheiro que ganhava — todo ele — era entregue à sacerdotisa, que lhe pagava com roupas, perfumes, acessórios baratos e artigos de higiene.

Como era de esperar, Grainne se cansou da profissão. Ela tinha o sonho de ser liberta e de se casar com alguém muito rico, que satisfizesse todas as suas vontades. Foi quando um indivíduo alto, magro e pálido como um cadáver apareceu no santuário procurando uma mulher "jovem e ruiva". Sem precisar negociar muito, ele e a sacerdotisa chegaram a um acordo, mas, antes de se apoderar de Grainne, o sujeito pediu para ter uma conversa com ela.

Foi assim que a escrava gaulesa conheceu Ânzu, mordomo e secretário da rainha Zenóbia. Era um indivíduo estranho, que fedia a mofo, mas sabia usar as palavras. Sempre atencioso e gentil, ele a abordou nos fundos do templo, perguntando cordialmente:

— Soube que a senhora deseja se casar com alguém poderoso. Estaria interessada em escutar minha proposta?

Grainne nunca tinha sido chamada de “senhora”. Respondeu, encantada:

— Sim. Quer dizer — rouquejou —, sim, senhor.

— Pois bem. — Ânzu esfregou as mãos. — Sirvo a uma mulher extremamente rica. Uma rainha estrangeira — contou. — Ela vai intermediar um casamento nos próximos dias. Um matrimônio divino. Só o que nos falta é a noiva. Estaria disposta a cumprir esse papel?

Grainne franziu a testa. Estava completamente confusa.

— Quer dizer — hesitou ela — que serei liberta?

— Isso sem dúvida — garantiu Ânzu, educado. — Escravos não podem se casar, de acordo com as leis romanas.

— E quem — a jovem sentia-se muito ousada fazendo perguntas, mas não podia evitar — seria o noivo? O senhor?

— Não. — O mordomo riu de soslaio. — Sou apenas um eunuco. Ninguém realmente importante.

— Entendo — disse Grainne, embora não entendesse. Já ouvira falar de eunucos, mas não tinha certeza se eram mágicos ou meros indivíduos afeminados. De todo modo, não importava. — Ele é um homem bonito, esse meu noivo?

— Oh, sim, é lindo — exclamou. — Contudo, não é um homem. Como eu disse, é um *deus*. Mais poderoso que todos os imperadores e reis que já caminharam sobre a terra.

Grainne estava, agora, intrigada. Como poderia um ser humano se casar com um deus? Então se lembrou do triunfo, a parada militar que os imperadores realizavam em Roma e em outras metrópoles sempre que obtinham uma vitória importante no estrangeiro. Nessas ocasiões, o augusto ou césar era considerado deus por um dia e consagrado no Templo de Júpiter. Com esse pensamento, ficou claro para ela que se tratava de uma situação semelhante.

O eunuco a pressionou:

— E então? O que acha, minha querida?

— Sim, senhor — concordou ela. — Será uma honra me casar com o seu mestre. Seja lá quem ele for.

Sorrindo, o secretário acertou a papelada, fez o pagamento e convidou Grainne a subir com ele em uma liteira — ela nunca estivera em uma. Do Templo de Minerva, seguiram pelas ruas sujas até o palacete de Zenóbia, no topo do Monte Célio.

Recebida pelos escravos e por alguns homens pálidos, Grainne foi tratada como princesa por uma semana. Comeu e bebeu do melhor, tomou banho de ervas aromáticas, ganhou roupas, cosméticos e foi assistida por um séquito de camareiras. Faltando dois dias para a cerimônia, no entanto, ela ainda não havia conhecido seu pretendente. Os escravos sequer tocavam no assunto e, quando pressionadas, as criadas desconversavam. Na véspera do casamento, então, procurou por Ânzu. Ele primeiro quis saber se ela estava sendo bem tratada e, com o mesmo sorriso de sempre, explicou:

— Desculpe minha negligência, mas ando bastante atarefado — justificou-se. — O nome de seu noivo é Bel. Ele já se casou outras vezes e sempre se mostrou um marido dedicado, apesar de um tanto voraz. Sua única exigência é conhecer a futura esposa apenas na noite de núpcias. Sua alteza — todos no palacete agora se referiam a Grainne desse jeito — será vestida, maquiada, perfumada e posta sobre o leito, à espera de Bel. Ele virá em seguida e a tomará em seus braços. Juro por todos os reis, deuses e deusas — disse o eunuco — que será uma experiência inesquecível.

Finda a conversa, a jovem não estava aliviada, mas tensa. Sentiu um cheiro agridoce, uma atmosfera maligna rondando a casa. Entretanto, era tarde para recuar. E também era impossível fugir.

No dia do matrimônio, logo pela manhã, os homens pálidos lhe ofereceram grandes quantidades de vinho. Grainne bebeu e ficou tonta. Cochilou por algumas horas e despertou quando o sol já tinha se posto. Seu corpo estava enrolado em panos brancos, fazendo-a parecer uma múmia. Só o rosto era visível, e uma mordaça cobria-lhe a boca.

Súbito, descobriu-se deitada sobre uma espécie de grelha — debaixo da qual havia um buraco.

Não era um buraco, entendeu. Era um altar. Um poço de sacrifícios.

Quis se levantar, mas os músculos não respondiam.

Ouviu cânticos, preces, gritos e orações.

De repente, surgiu uma luz.

O *fogo*.

Seguiu-se um calor muito forte. O cheiro de carne e cabelo queimados.

No meio das chamas, avistou uma mulher.

Zenóbia.

Enfim, sentiu *dor*.

Ignorando a mordaça, Grainne deu um grito. Um brado histérico, que subiu aos céus e ecoou pelas ruas.

Depois, o silêncio.

O fogo tremulou por três horas. Durante esse tempo, Zenóbia ficou olhando para as chamas, tentando em vão compreendê-las.

Fazia uma década que a rainha não clamava por Bel, e talvez ele tivesse esquecido que ela existia. Ou talvez Bel não conseguisse se manifestar fora da Síria, longe do santuário em Palmira.

No raiar do dia, só as cinzas cobriam o altar. Com a ajuda de Ânzu, Zenóbia se levantou e, vagarosamente, foi até o crematório. Entre os ossos carbonizados de Grainne, encontrou a resposta.

— Que moça de sorte — murmurou ela. — Deitar-se com Bel sempre foi o meu sonho.

— É hora de se recolher, majestade — disse o mordomo. — O ritual consome muita energia, sobretudo para a profetisa.

— O importante é que já sei o que fazer — revelou a monarca. — O que se deu hoje foi só uma prévia. O grande suplício está por vir. O preço a ser pago é alto — reconheceu ela, ofegando —, mas não existe vitória sem sacrifício. É o que está escrito. — Zenóbia olhou para as colunas do átrio, marcadas com hieróglifos. — É a vontade de Bel.

IX

O DEUS CROCODILO

COM O PASSAR DOS ANOS, GEORGIOS APRENDERA A RESPEITAR SEUS LIMITES E, a não ser que estivesse de folga, sempre parava de beber antes de se embriagar. Naquela noite, ele se limitara a três taças de vinho — que, embora fraco, foram suficientes para atordoá-lo.

Dormiu como uma pedra e teve pesadelos terríveis. Nesses sonhos, era cercado por crocodilos, que o devoravam lentamente, comendo primeiro suas pernas, depois o tronco, chegando por fim à cabeça.

De repente, teve a sensação de ter acordado. Escutou o piso rangendo e a porta do quarto se abrindo. Na penumbra, enxergou dois vultos progredindo em silêncio, as costas curvadas, os olhos brilhando sob a luz tremulante. Tentou se levantar, mas os músculos não respondiam, e ele logo compreendeu que fora drogado — com sonífero, na melhor das hipóteses.

Os vultos sacaram o que pareciam ser facas, e um deles o apunhalou com toda a força direto no coração. O golpe o atingiu em cheio, mas, por uma ironia do destino, foi detido pela cota de malha, a mesma que Georgios, na noite anterior, não tivera forças para tirar.

O impacto, em vez de feri-lo, acabou por despertá-lo. Com os olhos ardendo, zonzo e dolorido, o filho de Laios tateou o cinturão e desembainhou a adaga, que era mais curta e apropriada para ambientes fechados. Ergueu-se depressa, como uma cobra, e estocou a criatura no ventre. Ela se retraiu, deu um berro esganiçado e cambaleou para trás à medida que seu parceiro avançava.

Naquelas circunstâncias, o agressor tinha a vantagem. Primeiro porque Georgios fora surpreendido e, segundo, porque o brilho que vinha do corredor ofuscava sua vista. Ele compreendeu que precisava encurtar a distância, então largou sua lâmina e abraçou o inimigo, usando seus conhecimentos de luta grega para atirá-lo contra o solo.

O sujeito caiu na soleira, metade para dentro e metade para fora do aposento. Montado sobre ele, Georgios segurou-lhe o punho direito e começou a disputar a posse da faca. Com um safanão, conseguiu fazer a arma escorregar para longe. Nesse ponto, o combate se transformou em uma briga, uma contenda de estrangulamentos e chaves. O equestre recordou-se dos torneios que organizava na Germânia, prendeu-lhe os dois pulsos, deu-lhe uma série de cabeçadas e só parou quando o adversário começou a sangrar. Enfim o agrediu com uma sequência de socos, até perceber que esmurrava um cadáver.

Demorou uns dois minutos para se recompor. Estava exaurido e confuso. Sentou-se no chão, tomou fôlego e se levantou. Pegou um candeeiro e examinou o rosto dos malfeitores. Não eram diferentes dos aldeões que ele vira mais cedo nas ruas de Khe: homens morenos, bem constituídos, de cabelos negros e lisos. O único detalhe discordante era que estes usavam túnicas ásperas e malcheirosas, revestidas com escamas de peixe.

Georgios os revistou e, para sua surpresa, encontrou um rolo de papiro. A folha continha um esboço feito a carvão reproduzindo as feições de um homem.

Era *ele*.

Ele próprio, Georgios.

Olhou de novo, mais pensativo que assustado. O retrato só podia ser aquele feito em Alexandria pelo escultor oficial do palácio sob ordens de Domício Domiciano, o escorregadio prefeito do Egito.

O que isso queria dizer? Que os assassinos haviam roubado o desenho sem que o político soubesse? Ou seria o contrário? Será que o prefeito, que se mostrara tão amistoso, contratara bandidos para persegui-lo — e matá-lo?

Por quê?

Gradualmente, seu cérebro foi se ajustando à ocasião singular. Naquele momento, pensou, a identidade do suposto mandante não importava. Não agora. Eles estavam sendo caçados. O importante, naquele momento, era sobreviver.

Eles.

Cassiano, refletiu. Onde estava?

Com um chute, escancarou a porta do quarto contíguo.

Vazio.

Investigou o cômodo, suspendeu o leito, observou através da janela. Não havia marcas de luta nem manchas distinguíveis de sangue. Cassiano — aparentemente — fora capturado enquanto dormia. Sem combate ou resistência.

Por quê?

Por quem?

O impulso guerreiro foi mais forte, mais intenso que a própria razão. Georgios guardou a adaga, puxou a espada, pegou o escudo e desceu os degraus. O salão estava às moscas, nem sinal do estalajadeiro.

Retirou a tranca e saiu para as ruas.

Khe encontrava-se mergulhada em uma atmosfera sinistra. Não se ouvia um barulho, nem dos homens, nem dos animais, nem da natureza, mas ao menos a lua brilhava, iluminando as vias cobertas de areia.

Parado em uma esquina, sem saber para onde ir, Georgios sentiu — de novo — o intragável cheiro de peixe. O odor, reparou, vinha de suas mãos e, com um pouco de argúcia, percebeu que era o cheiro dos assassinos, daquelas malditas túnicas que eles usavam.

Deu um suspiro, uma bufada de frustração. Não eram escamas de peixe: era pele de crocodilo.

Que dia é hoje?, perguntou-se. Mirou as estrelas. Dia de Mercúrio. Dia de oferecer sacrifícios a Sobek.

Sobek, o Deus Crocodilo.

Georgios não sabia nada sobre a entidade, mas agora sabia ao menos onde procurar Cassiano.

Enquanto caminhava, Georgios lembrou-se de quando era só um menino vagando pelos subúrbios de Antioquia, com a Torre Escarlate ao alcance dos olhos. Era a mesma sensação, lá e aqui. O risco de ser apanhado, o medo, a possibilidade de matar e ser morto, a expectativa de lutar, todas essas coisas, supostamente vis, o excitavam sobremaneira. Talvez, considerou, fosse por isso que o Diabo cristão — se é que ele existia — o procurara na Nicomédia, na famigerada prova do porco, e também na Germânia, durante a invasão do Forte Cinzento. Georgios tentava ser uma pessoa boa, como um dia haviam sido seus pais, mas era adicto ao perigo, ao sangue, à batalha e simplesmente não conseguia evitá-los.

Khe, apesar das muralhas, era uma cidade pequena, e ele rapidamente chegou ao largo do templo, que tinha agora as portas abertas. Em vez de correr até ele, agachou-se entre duas palmeiras. Quem fosse que tivesse enviado os assassinos certamente pensava que o havia matado, então ele se decidiu por uma entrada furtiva, de modo a pegá-los desprevenidos.

O edifício, a exemplo do forte de Copto, era formado por quatro torres trapezoidais, duas na frente e duas na parte posterior, conectadas por muros, delineando uma área quadrada com um grande pátio no centro. Georgios recolheu-se às trevas, contornou o oásis e alcançou os portões, espiando através deles. Lá dentro, havia uma piscina de águas negras iluminada por piras de fogo. No fundo do santuário, ao sul, avistava-se um altar sobre o qual Cassiano jazia, amordaçado e preso por cordas. Dois indivíduos, trajando mantos cinzentos e máscaras esverdeadas de ferro, analisavam um facão e experimentavam seu fio, como se estivessem prestes a sacrificar seu amigo.

Dada a urgência, e considerando que seria impossível, com espada, armadura e escudo, ocultar-se para sempre dentro do pátio, Georgios andou até a piscina, fazendo com que fosse notado.

— Parem! — exclamou. — Sou Georgios Graco, cavaleiro da Púrpura, e esse homem é meu subalterno. Não queremos interferir em seus costumes, portanto não interfiram nos nossos. — E acrescentou: — Soltem-no imediatamente, ou então teremos problemas.

Era uma ameaça ousada — talvez ousada *demais* —, mas razoável. Embora fossem dois os sacerdotes e Georgios estivesse sozinho, ele portava armas, tinha vasta experiência em combate e possivelmente conseguiria vencê-los.

Os religiosos, contudo, não lhe deram atenção. Olharam para ele, depois se encararam, como se estivessem dialogando em silêncio.

Sem opções, o paladino deslocou-se na direção da mesa de sacrifícios, evitando, todavia, movimentos bruscos, porque os cultistas tinham uma faca e poderiam — a qualquer momento — estocar Cassiano. Para sua surpresa, porém, em vez de fazê-lo, os clérigos começaram a estalar a língua, produzindo sons e ruídos bizarros.

Ignorando o barulho, Georgios avançou pela direita, sempre de olho nos mascarados, que passaram a declamar uma misteriosa oração. Por algum motivo ele compreendeu que não era uma prece, mas um chamado, e o fez a tempo, porque subitamente as águas da piscina se levantaram, como uma erupção de vapor explosivo. Desse calombo saiu uma criatura de dentes imensos e tez escabrosa. Por um minuto, Georgios pensou que fosse realmente um demônio das profundezas, mas logo verificou que era um animal, um crocodilo gigante, talvez o maior que já tenha existido.

O bicho era adestrado e respondia ao comando dos sacerdotes. Escancarando a bocarra, projetou-se contra ele, que só teve tempo de erguer o escudo.

Com um rangido de madeira, o objeto foi estraçalhado, salvando o braço do cavaleiro romano, que largou as alças e se jogou para trás. Sem pensar duas vezes, virou-se de costas para o monstro, soltou um grito de guerra e disparou rumo ao altar. O gesto funcionou, pois os clérigos se dispersaram. O crocodilo, entretanto, estava faminto e o perseguiu. Georgios percebeu a sombra do bicho crescendo e deu um rolamento à esquerda no exato instante em que a criatura atacou. O réptil mordeu o vazio, deslizou nas pedras, mas era ligeiro e colocou-se mais uma vez nas quatro patas, pronto para agredi-lo de novo.

Não havia como fugir. Era uma batalha definitiva entre a inteligência humana e a voracidade animal. Inspirado por Ulisses, o escravo que o ensinara a lutar, Georgios entendeu que, naquelas circunstâncias, só a astúcia poderia salvá-lo. Com a mão esquerda tocou o ombro direito, tirou a capa e a lançou para a frente. O pano subiu com um assovio, desceu como uma onda e encobriu a face do gigantesco lagarto.

Qual um cão bem treinado, o crocodilo girou o pescoço e se livrou do tecido, mas àquela altura Georgios já se encontrava sobre ele, como um cavaleiro sobre o cavalo. Segurou o punho da Ascalon e a encravou no crânio da fera, que se sacudiu, atirando o guerreiro no ar.

Georgios desceu feito um meteoro e bateu com as costas na parede do templo, perdendo momentaneamente a razão. O monstro, em contrapartida, estava ferido, sangrando, mas não havia sido derrotado. Ele tornou a abrir a boca e rugiu, quando um dos sacerdotes, antes retraído em um canto, reapareceu ao brilho das piras estalando a língua, cantando e gemendo.

Foi então que ocorreu algo espantoso.

Sabe-se que os animais, uma vez domesticados, procuram obedecer a seus treinadores, mas o instinto sempre fala mais alto. O crocodilo estava tonto, quase morrendo, e precisava de refúgio imediato. No entanto, um homem o obrigava à luta, forçava-o a continuar, quando ele na realidade desejava fugir. O único jeito de parar era reagindo, silenciando seu mestre, o ser que o comandava. E foi precisamente o que aconteceu. De uma hora para a outra, o bicho se esqueceu de Georgios, rastejou até seu amo e o abocanhou com as presas caninas.

Perplexo, o paladino retrocedeu, abrindo espaço para a entidade do Nilo. O monstro passou a seu lado como se ele não existisse, arrastando o cultista para as águas escuras. O sacerdote ainda estava vivo, consciente, guinchando e se debatendo quando foi sugado pelas entranhas do mundo. De uma forma ou de outra, Sobek recebera seu sacrifício. Era a lei da noite, a lei da natureza.

Enquanto o sangue esfriava, Georgios libertou Cassiano. O rapaz estava em choque, pálido, branco como um palmito sem casca.

— Que gente é essa? — ele balbuciou quando o equestre lhe removeu a mordaça. — O que aconteceu?

— Não sei. — Georgios recolocou a capa. — São fanáticos, imagino. Tentaram me matar.

— Me pegaram na estalagem. Quando eu vi, estava sendo carregado. — Ele tremia. — Sinto muito, comandante. Não consegui reagir.

— Foi o vinho. Colocaram alguma coisa na bebida. Não foi culpa sua.

Opélio Cassiano ficou de pé. Estavam sozinhos no santuário.

— Não deveríamos ter pernoitado aqui — ele murmurou, aturdido. — Ignoramos todos os avisos. — E perguntou: — O que fazemos agora?

— Um dos sacerdotes escapou. Precisamos sair da cidade.

Nisso, Georgios e Cassiano escutaram o rufar de tambores. Palavras de ordem ecoavam ao longe.

Khe tinha acordado. E procurava vingança.

X

CRISTÃOS E JUDEUS

Diferentemente do que Georgios e Cassiano haviam presumido, nem todos os moradores de Khe eram adoradores do Deus Crocodilo. Mais tarde, eles viriam a saber que aqueles matadores de gente mantinham uma relação de harmonia com os aldeões, que os toleravam por puro medo de serem, também, devorados. Os cultistas tinham, ainda, o apoio secreto do prefeito do Egito. Domiciano os considerava uma "força pungente" contra o cristianismo, que crescia nas terras ao sul e nas regiões mais ao leste, onde os legionários romanos tinham dificuldade — ou eram impedidos — de transitar.

Certos de que a cidade inteira os perseguia, os dois homens se embrenharam nas alamedas, seguindo na direção contrária aos tambores.

— O portão. — Georgios estacou, tentando se lembrar do caminho. — Precisamos chegar até ele.

Da dupla, Cassiano era quem tinha o melhor senso de direção.

— É por ali. — Ele apontou para uma vereda.

Patrício e plebeu continuaram, mas ao dobrar uma esquina se depararam com uma patrulha de quinze soldados empunhando tochas, escudos e armados de espadas.

Cassiano deu meia-volta e correu como nunca havia corrido. Georgios o acompanhou, saltando sobre muretas, invadindo canteiros, penetrando em becos e cruzando átrios, até que eles surgiram no largo de entrada da pequena cidade.

Os portões, naturalmente, estavam fechados.

— Parece que os despistamos. Só não sei por quanto tempo. — Escondido atrás de um arbusto, Georgios contou o número de lanceiros no passadiço. — São cinco guardas. Dá para passar por eles.

Fosse pela confiança do paladino ou pela simples necessidade de sobreviver, Opélio Cassiano recobrou-se do choque.

— Não creio, comandante — arfou. — Precisaríamos de dez homens e um aríete para abrir o portão.

— Vamos escalar o muro.

— Como?

Os muros de Khe não eram altos, mas sem ganchos e cordas seria impossível transpô-los. Georgios deu uma olhada em volta e descobriu duas escadas no quintal de uma casa. Eram artigos rústicos, de madeira, provavelmente usados pelos moradores durante o dia para realizar pequenos reparos.

— Me ajude aqui — ele ordenou. — Temos que ser rápidos.

Depressa, Georgios ergueu uma das escadas. Cassiano segurou a outra extremidade e juntos eles venceram o intervalo que os separava dos muros. Começaram a subir, a trepar nos degraus. Não demorou, porém, para que os vigias os enxergassem. Quando o filho de Laios enfim pôs os pés no passadiço, o homem sobre a torre mais próxima assoprou um berrante e todos os guardas convergiram para lá.

Uma vez sobre a amurada, era preciso descer. Georgios e Cassiano estavam recolhendo a escada quando foram alvejados. Lanceiros atiraram seus dardos a partir das guaritas. A primeira haste passou por cima de suas cabeças sem acertá-los. A segunda atingiu o ombro do cavaleiro, resvalando na armadura. Já a terceira, lançada das trevas, perfurou o quadril de Cassiano, que fora capturado adormecido e estava sem a cota de malha. O ferimento não foi tão profundo nem tão grave, mas ele se desequilibrou e caiu no chão de areia do lado de fora do povoado.

O tombo poderia tê-lo matado, mas não matou. Sem ter como apanhar a escada, Georgios se segurou no parapeito, esticou o corpo contra a parede e se soltou. Sentiu uma dor terrível nas pernas no instante em que tocou o solo arenoso. Dobrou os joelhos. Ficou uns segundos se recuperando, até que, do alto, os guardas tornaram a atacar, lançando mais dardos, atirando punhais, apontando e gritando.

Permanecer ali seria suicídio. Ele ajudou Cassiano a se levantar e foi andando até os cavalos, amparando o companheiro.

— Deixe-me, comandante — pediu o jovem plebeu. — Não vou conseguir. Vou atrasá-lo. Sou peso morto.

— Pare de falar e se esforce para ficar de pé — Georgios exclamou com firmeza. — Falta pouco.

Os romanos se meteram no meio dos camelos, depois chegaram aos cavalos, que permaneciam agrupados no estábulo a céu aberto. Cassiano devia ter quebrado a bacia, porque urrou como um porco quando Georgios o colocou sobre a sela. Em seguida, ele próprio subiu no lombo do mesmo animal.

— Segure-se na minha cintura — disse o tribuno. Soltou as rédeas e o equino deu um pinote. — Segure-se bem, porque nós vamos correr.

Segundos depois, os portões de Khe despejaram os soldados, que, imbuídos de fanatismo, cheios de cólera assassina, tomaram suas próprias montarias e saíram em perseguição, brandindo archotes, praguejando e grunhindo.

Georgios não conhecia a região, mas discerniu a estrada à luz das estrelas. Galopou por mais de um quilômetro na esperança de se livrar dos cultistas, até compreender que era impossível.

— Não temos como fugir. — Freou o cavalo. — Estamos pesados demais.

— Eu fico, comandante — tornou a pedir Cassiano. — Me dê apenas uma faca.

— Vamos encará-los de frente — determinou Georgios. — Nós dois. Juntos.

— Quinze contra dois? Não. O senhor vai e eu fico.

— De jeito nenhum.

— Veja. — Cassiano, quase que por milagre, encontrou a solução para o problema. Olhou para o lado e avistou uma bifurcação. — É a estrada que leva a Tebas. Se conseguirmos chegar até lá, teremos melhores chances de combatê-los.

— Esse caminho não é perigoso?

— Bom... — O mensageiro pensou logicamente. — Nada pode ser mais perigoso do que ficarmos aqui.

— Creio que tem razão — raciocinou Georgios. — Por Júpiter, Marte e Mitra — murmurou —, você tem razão.

*

O céu se coloriu de índigo, depois assumiu tonalidades carmins. Na garupa do cavalo, Cassiano perdia suas forças à medida que os soldados de Khe ganhavam terreno.

Pouco a pouco, as dunas foram ficando para trás, dando lugar a colinas rochosas. Enfim chegaram a uma planície coberta de relva, com áreas secas e alagadas. Georgios entendeu que eles estavam se aproximando do Nilo, só não sabia o que fazer ao atingir suas margens. O cavalo que o oficial lhes fornecera em Copto era leve e não estava acostumado a carregar tanto peso. Começou a resfolegar e reduziu para velocidade de trote.

Naquele ponto, já não se enxergava o horizonte, porque a estrada era tortuosa e delimitada por juncos. Os perseguidores surgiram então em uma curva e finalmente os alcançaram. Georgios se encolheu sobre a sela de modo a evitar as lâminas de bronze, mas ao fazer isso quase foi atingido por uma flecha, depois por outra e em seguida por mais outra. O curioso, ele reparou, é que os tiros vinham da *frente*, então quem os disparava?

Consumidos pela euforia, preocupados em sobreviver, os fugitivos demoraram alguns segundos para avistar outra tropa, que se avizinhava a oeste, cavalgando no sentido oposto. Cerca de trinta cavaleiros galopavam contra eles, munidos de escudos, brandindo armas, usando trajes e equipamentos de guerra.

Era uma situação confusa. Quem eram aquelas pessoas e contra quem combatiam? Se fossem adversários dos soldados de Khe, Georgios e Cassiano estariam salvos. Mas, se estivessem mancomunados com os terríveis cultistas, seria o fim dos estrangeiros, porque as duas extremidades da pista estavam agora tomadas, e não havia mais para onde correr.

O grupo os encontrou com um estrondoso choque de armas. Como primeiro na linha de frente, Georgios sofreu uma bordoada no peito e foi instantaneamente atirado da sela. Caiu de costas sobre o capim e desfaleceu por alguns minutos. Quando acordou, os dois times estavam lutando. Os homens de Khe, sob ordens dos sacerdotes, enfrentavam os guerreiros do oeste. Olhando-os de perto, o tribuno reparou que vestiam túnicas rubras, mangas e saiotes tipicamente romanos, embora os elmos fossem adornados com cruzes.

Ficou de pé, bambeou e caiu. Escutou o relinchar de cavalos, o cheiro de sangue e metal. Observou a peleja. Cassiano encontrava-se no solo, a ponto de ser pisoteado. O paladino se levantou, embrenhou-se na confusão, apanhou o companheiro e o arrastou para a outra margem da via. O plebeu estava fraco, mas desperto. Gemia de dor, sangrava e tossia.

Georgios não sabia o que fazer. Se aqueles homens eram de fato romanos, por que os haviam atacado? Deviam ser desertores, pensou, os odiosos rebeldes da cidade de Tebas.

Fugir talvez fosse a melhor alternativa. Os juncos, porém, eram muito altos, e ele ainda teria de carregar Cassiano.

Enquanto raciocinava, os sons da batalha se reduziram. Em menor número, mal equipados se comparados aos rivais, os soldados de Khe sofreram uma esmagadora derrota. Uns quatro ou cinco conseguiram escapar, desaparecendo na curva da pista.

Os vencedores apearam a fim de revistar os oponentes, prendê-los ou executá-los. Georgios escutou súplicas sendo subitamente interrompidas e teve certeza de que os rebeldes — se é que eram mesmo rebeldes — haviam escolhido a segunda opção.

Nisso, dois homens o seguraram pelos braços, jogando-o de volta na estrada. Outros puxaram Cassiano. Depois os cercaram. Suas armaduras eram feitas de pequenas placas de aço, costuradas uma ao lado da outra, sobre um colete reforçado de couro.

Já havia amanhecido e o dia começava a esquentar. Um dos cavaleiros removeu o capacete de crina branca, exibindo o rosto claro, o nariz fino e os cabelos castanhos. Tinha uma expressão muito austera e parecia ser o líder da tropa. Mas foi seu imediato, um oficial de pele escura, alto como um gigante, que perguntou, apontando para os dois forasteiros:

— O que fazemos com eles, bispo?

— São pagãos — respondeu o outro em grego. — Mate-os.

Ao ouvir isso, Opélio Cassiano se desesperou. Depois de escapar dos cultistas, após uma noite infernal, a última coisa que ele queria era acabar numa cova.

— Não, não — implorou, com os guerreiros já preparando suas armas. — Não sou pagão, senhor. Sou judeu.

— Um judeu? No exército romano? — O bispo deu um riso de escárnio. — Pare de inventar histórias e morra como homem.

— Sou judeu, juro — insistiu Cassiano. — Judeu de Alexandria. Meus pais morreram na invasão de Zenóbia. Quando atingi a maioridade, me alistei para escapar das perseguições. Juro, senhor. — Ficou de joelhos. — Juro por Deus.

O homem de cabelos castanhos o olhou com desconfiança. Refletiu por alguns segundos e ordenou a seus subordinados:

— Tirem a calça dele.

Cassiano se debateu, achando que seria sodomizado, mas a intenção era outra. O imediato olhou para as partes íntimas do prisioneiro e avisou ao chefe:

— Circuncidado. É a prática entre os israelitas.

— Eu sei — aquiesceu o sacerdote-guerreiro. — Muito bem. — Enfim, ele se voltou para Georgios. — E você, cavaleiro? — indagou em tom de desprezo. — É judeu também?

— Não — ele respondeu.

— Cristão?

— Nem por um segundo — retrucou com um olhar de desafio.

— Então terei de matá-lo — decretou o chefe, tornando a ordenar a seus homens: — Degolem-no.

Os soldados fizeram Georgios se prostrar. Esgrimiram suas facas, mas antes de ter a garganta cortada o equestre comentou, após um pigarro:

— Mauzio Quinto Vigílio, suponho. — Tossiu. — Helena de Bizâncio me falou de você.

O bispo, que estava de saída, virou-se imediatamente para trás.

— Helena de Bizâncio? Como e onde a conheceu? Quem é você, afinal?

— Eu poderia me apresentar de muitas formas — respondeu ele de um jeito sereno. — Poderia dizer que sou um membro da guarda palatina enviado ao Egito pelo imperador. Ou tribuno militar, ex-comandante da Trigésima Legião de Trajano. Mas, hoje, prefiro dizer que sou apenas Georgios Graco — declarou —, um velho amigo de seu irmão, Bores.

Mauzio acenou e seus homens desfizeram o círculo. O paladino se ergueu lentamente.

— Se de fato conhece meu irmão — o religioso emendou —, me diga onde ele está.

— Prometo dizer, mas antes liberte-nos — exigiu. — O meu amigo está ferido. — Fez um gesto na direção de Cassiano. — Quando estivermos em segurança, aí sim conversaremos melhor.

— Você é ousado, cavaleiro — rosnou Mauzio. — Eu devia acabar com vocês dois aqui mesmo.

— Seria uma idiotice — redarguiu Georgios. — Paladinos são reféns valiosos.

O líder da tropa o esquadrinhou, intrigado.

— Você não me parece um paladino.

— E você não me parece um bispo.

Mauzio não respondeu. Recuou dois passos, autorizando Georgios a tratar de Cassiano.

O equestre examinou o colega e concluiu que precisava urgentemente de um médico.

— Lamento não ter lhe contado, comandante. — Cassiano se desculpou, murmurando: — O fato de eu ser judeu.

— Está desculpado. — Georgios se recordou de que ele próprio havia tomado parte em um massacre contra a comunidade judaica da Nicomédia, quatro anos antes. — O mundo tem sido cruel com sua tribo — disse, com genuíno pesar. — Não é fácil ser judeu nestes dias.

Sirmio, 16 de abril, 1085 *ab urbe condita*

Caro Eusébio,

Começando pelo final, preciso confessar que também sinto falta das nossas conversas. O cotidiano em Sirmio é arrastado, além de um tanto cinzento. Embora eu tenha nascido neste palácio, prefiro o calor do Oriente e a agitação das metrópoles do Leste — em especial de Constantinopla, que tão bem me acolheu.

Os invernos na Panônia são rigorosos, e os verões, úmidos. Por outro lado, temos excelentes áreas de caça, uma prática que venho retomando aos poucos e que me faz muito feliz. Ontem mesmo atirei em um veado e só não o matei de primeira porque me esqueci de ajustar a corda do arco. É revigorante buscar o próprio alimento na mata, como nossos antepassados faziam. Sem falar que o antigo bosque de Galério é dotado de uma beleza exuberante.

Terminei hoje de ler o primeiro tomo do terceiro códice — serão três, certo? Sábia a decisão de reintroduzir os personagens apresentados nos volumes anteriores. Fazia mais de dois anos que não lia nada sobre Georgios, e a sensação, admito, foi a de reencontrar velhos amigos. O fascinante aqui é pensar que todas essas pessoas realmente existiram, cada qual se movendo como peças no tabuleiro da história.

Bom, vamos às minhas considerações.

Sobre os paladinos, Diocleciano de fato os reuniu na Nicomédia para planejar a campanha contra Narses. Como já foi apontado nos textos pregressos, esse círculo de lutadores reunia os melhores homens do Império, os mais habilidosos e fiéis à Púrpura romana. Lactâncio não gostava quando eu dizia isso — argumentando que os eventos históricos acontecem por múltiplas razões —, mas ainda tenho para mim que a morte de Georgios, de Erhard e dos outros foi determinante para a queda de Diocleciano. Os paladinos eram seus únicos alicerces, já que, naquela época, ele não contava mais com a religião, administrada por Magêncio, nem com o Senado, que se vendera ao Inclemente.

Despachar Galério para a Mesopotâmia foi uma atitude polêmica, sobretudo se considerarmos que ele era seu genro. Tratava-se de uma missão suicida, embora Diocleciano a considerasse "estratégica". Perto de três mil soldados foram usados como isca para atrair e atrasar o avanço dos persas, e a manobra deu certo. O problema foi o teatro que o imperador fez quando reencontrou Galério em Antioquia, sugerindo que *este* era o responsável por uma derrota que sabíamos ser inevitável. Hoje acredito que Diocleciano montou essa cena não para humilhar Galério, mas para fazer com que ele se sentisse culpado. Desse jeito, seria mais fácil manipulá-lo. E assim aconteceu — até o fatídico ressurgimento de Rômula.

Outra figura de destaque nessa guerra foi Domício Domiciano, retratado nos primeiros capítulos. Não sei se está em seus planos descrever a batalha que se desenrolou no Egito, mas achei astuta a decisão de mostrar Georgios desconfiando dele.

Já que estamos falando do imperador, não posso deixar de comentar sobre Prisca. Embora ela tenha sido pouco citada até agora, seu papel nos eventos futuros seria fundamental. O fato de Diocleciano ter uma esposa cristã o influenciou em diversos aspectos. Não fosse ela, as perseguições teriam começado muito antes e sido bem mais sangrentas — não desmerecendo, óbvio, a dor de quem sofreu e morreu.

O capítulo em que Erhard visita Roma é meu favorito. Esse trecho deixa claro que a decisão de Diocleciano de se transferir para o Leste não foi assim tão brilhante. É verdade que essa mudança lhe preservou a cabeça, afastando-o do ninho de cobras que era o Senado, mas ao fazer isso ele deixou a cidade mais importante do Oeste à mercê de seus inimigos domésticos. Roma, querendo ou não, era ainda um centro importante. Controlar a opinião pública significava, literalmente, controlar a verdade. Foi assim que Maximiano propagou a tese de que as forças *dele* tinham libertado a Batávia — foi Georgios quem o fez, na realidade — e de que o imperador abandonara a Itália por considerá-la uma "terra de loucos".

Gostei de rever Zenóbia e Sevílio Druso. Eles são vilões apaixonantes. Como você sabe, nos meus tempos de duque, eu nutria profunda aversão pelo jurista, mas o fim dele foi tão espetacular que hoje só consigo pensar em Druso com uma certa curiosidade infantil — e uma pitada de fascinação, por que não dizer?

Zenóbia — ainda de acordo com minha visão — selou seu destino ao realizar atos profanos no Monte Célio. Ela não sabia disso, acho, mas o lugar servira de residência a Egéria, a famosa ninfa que declarou seu amor ao rei Numa

Pompílio no período arcaico de Roma. Sacrificar uma jovem no solo sagrado das ninfas certamente contribuiu para atrair a atenção — e a ira — de Júpiter Capitolino. Suponho que Zenóbia já estivesse na mira, de qualquer forma.

O retorno de Räs Drago, penso eu, foi um dos pontos altos do tomo. Sei que o destino dele e o de Tysa, sua filha, se cruzariam mais para a frente. Estou ansioso para ler essa história. Espero que a retrate em algum momento.

Finalmente, sobre a retomada da Britânia. Gostei muito da maneira como você descreveu a invasão, mas acho que ficou faltando explicar os antecedentes, bem como os motivos que deram início à batalha.

O "Império das Gálias", que abarcava o norte da Gália e as Ilhas Britânicas, fora usurpado por um homem chamado Caráusio, ex-almirante da marinha romana. Ficou sob a responsabilidade de Constâncio Cloro, meu pai, libertar tanto o continente quanto os territórios ultramarinos. Depois de um cerco prolongado, conseguimos encurralar o inimigo em terra firme, quando Alecto, tesoureiro de Caráusio, acabou assassinando seu mestre e assumindo a liderança dos revoltosos. Eles recuaram para a Britânia, onde estavam protegidos pelos piratas francos, que possuíam poderosos navios de guerra.

Depois que Georgios tomou o estuário do Reno e destruiu os piratas, cruzamos o canal com todo o nosso exército. O plano era ótimo e nossas tropas estavam bem preparadas, mas ajudou o fato de Alecto ser um líder incompetente, que só enxergava o próprio umbigo.

Partiu de Júlio Asclepiodoto a ideia de queimar os barcos ancorados na praia. Fui contra no princípio, mas ele me convenceu afirmando que as embarcações eram feitas de carvalho e que o fogo se alastraria rapidamente. Ele perdera a mão esquerda em um incêndio e declarou aos generais, com toda a retórica que lhe era característica, que sabia "muito bem do que estava falando". Nunca gostei de Asclepiodoto. Reconheço, porém, que era um sujeito dedicado.

O episódio em que eu atiro a moeda para Alecto é real. Fiquei espantado pelo modo como ele tentou se disfarçar de oficial mesmo após gravar sua face em todos os denários da ilha. O indivíduo que decide assumir uma posição de comando precisa estar pronto para enfrentar as consequências. Ele queria o bônus, mas não o ônus. No final, ficou sem os dois.

Foi minha, a propósito, a iniciativa de executá-lo. Não me arrependo. Se eu tomasse Alecto como refém, o que pediria em troca — e para *quem*? Nesse caso, o melhor a fazer foi, sem dúvida, cortar o mal pela raiz. Os seguranças dele, acredite, me agradeceram.

Receio ter me estendido demais. Espero não ter sido demasiado prolixo. Ocorre que tenho tempo agora, pelo menos até a conclusão do conflito com os sármatas.

Fico no aguardo do próximo tomo.

Logo nos veremos, tenho fé.

Seu amigo,

Constantino

Prezado augusto,

Magno chegou anteontem de viagem com a mesma impressão que o senhor: a de que Sirmio é tão fria quanto a Germânia. Eu não saberia opinar, pois nunca estive no Extremo Norte, mas gosto do antigo palácio de Galério e da cidade em que o senhor nasceu.

Sim, serão três tomos. Muito obrigado pelos comentários. Já os anotei e o texto será corrigido na próxima edição.

Sobre a queda de Diocleciano, acho que Lactâncio está certo. Entendo que os paladinos tinham sua importância, mas foram as perseguições, com certeza, que fizeram o imperador renunciar ao trono. Ele não foi, obviamente, o primeiro a massacrar os cristãos. Nero, por exemplo, atirou milhares deles aos leões e os culpou pelo incêndio de Roma. No entanto, nos tempos de Nero, éramos uma pequena seita formada por escravos, plebeus e mulheres. Na época de Diocleciano, entretanto, o cristianismo já havia se transformado em uma religião organizada, composta por pessoas influentes em diversas áreas da sociedade romana. Sabemos por mais de uma fonte que a pressão contra ele foi insuportável, o que o forçou a abdicar.

Galério, sabemos também, foi usado por Diocleciano para justificar suas derrotas. Presumo que o césar tenha se sentido frustrado, o que o levou a descontar nos cristãos, como Nero havia feito trezentos anos antes. Não à toa, tudo começou em Sirmio, onde o senhor se encontra neste momento. É a prova irrefutável de que, quando falamos de história, nada é por acaso, tampouco acontece "do nada".

O senhor sabe que não acredito em ninfas ou nos deuses do Lácio, mas concordo que Zenóbia foi alvo da ira de Deus. Ela sofreu um bocado ao ver seu filho ser assassinado, mas foi escolha *dela* estender seu plano de vingança a todo o Império Romano. Ela poderia, por exemplo, ter concentrado sua desforra em Laios e Drago. Em vez disso, teceu uma rede de intrigas que vitimou milhares de inocentes. Era de esperar que o destino respondesse à altura.

Sobre Prisca, estou de acordo. Ela era uma conselheira notável, que sempre guiava Diocleciano no caminho do bem. Muitos atribuem inclusive a sagacidade do imperador à influência da esposa. Infelizmente ela não tinha a coragem de Helena. Se tivesse, talvez Georgios, Pantaleão e muitos outros estivessem vivos agora.

Já tivemos essa conversa, mas gostaria de reiterar que discordo do senhor sobre Druso. Sei e tenho provas de que ele era um bruxo abominável. Seu fim "espetacular" foi obra de Deus, tenho certeza. Foi Nosso Senhor que deteve seus poderes em Útica. Nesse ponto, aproveito para dizer que eu e sua mãe estávamos perfeitamente alinhados.

Quanto à retomada da Britânia, vou incluir o crédito pelo incêndio dos barcos a Asclepiodoto. Obrigado por avisar.

Em relação à batalha do Egito, será mencionada e explicada. Como Georgios, na ocasião, encontrava-se na Arábia, não vi necessidade de descrevê-la em detalhes. Me corrija se eu estiver errado.

No tocante a Drago e Tysa, claro, esses personagens serão destacados em breve — talvez antes do que o senhor imagina.

Não se incomode em ser complexo ou prolixo. Rogo-lhe, aliás, que o seja. Quanto mais material eu reunir, melhor, apesar de que as anotações de sua mãe já me são suficientes. Essa obra, no fim das contas, é *por* ela e *para* ela.

Magno sairá de Constantinopla amanhã com o segundo tomo em mãos. Imagino que chegue ao senhor no fim do verão.

Cordialmente,

Eusébio

SEGUNDO TOMO

PARAÍSO NA TERRA

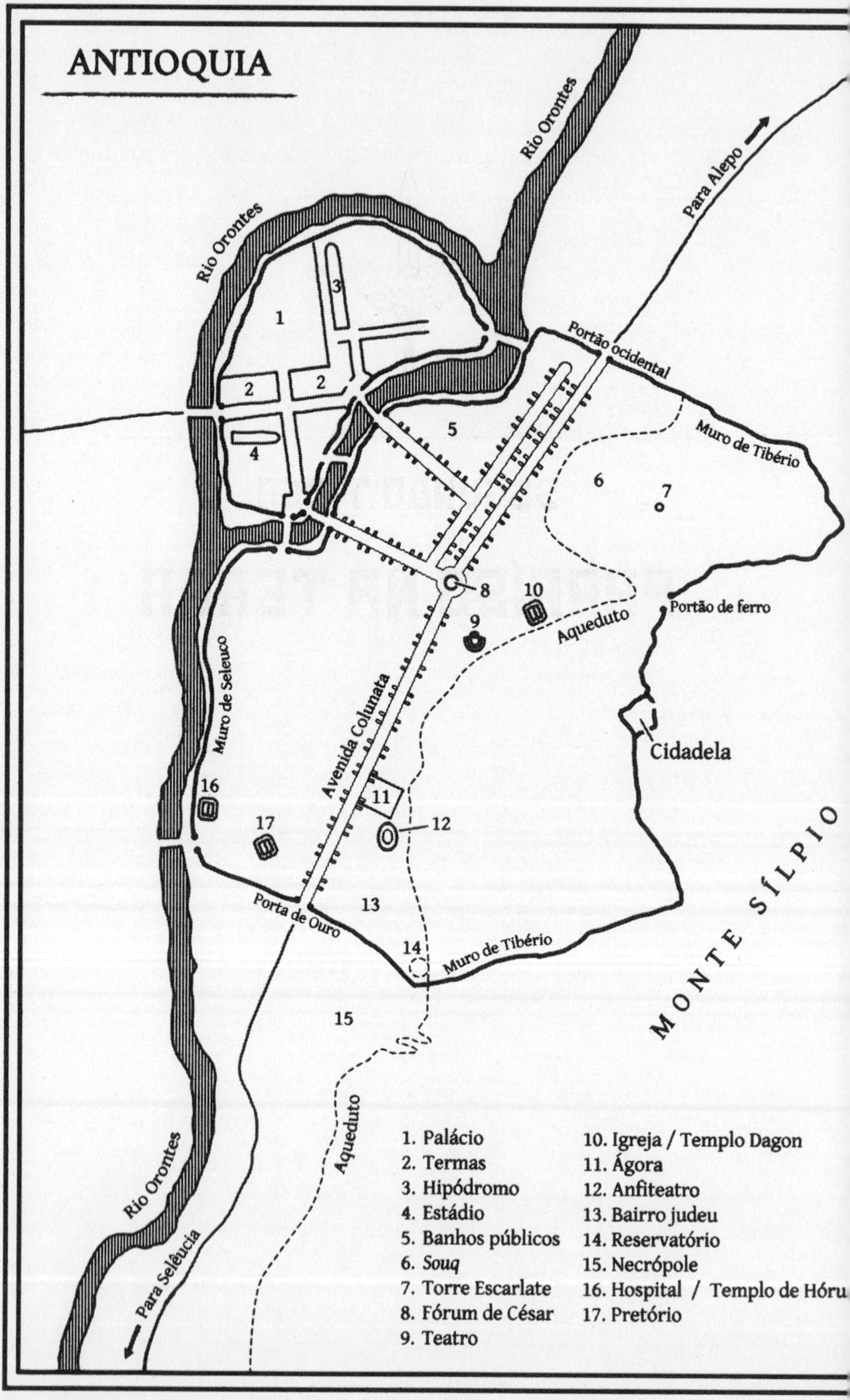
ANTIOQUIA
Rio Orontes
Rio Orontes
Para Alepo
Portão ocidental
Muro de Tibério
Portão de ferro
Aqueduto
Cidadela
Muro de Seleuco
Avenida Colunata
Porta de Ouro
Muro de Tibério
MONTE SÍLPIO
Aqueduto
Rio Orontes
Para Selêucia
1. Palácio
2. Termas
3. Hipódromo
4. Estádio
5. Banhos públicos
6. *Souq*
7. Torre Escarlate
8. Fórum de César
9. Teatro
10. Igreja / Templo Dagon
11. Ágora
12. Anfiteatro
13. Bairro judeu
14. Reservatório
15. Necrópole
16. Hospital / Templo de Hóru
17. Pretório

XI

DIOCESE DO ORIENTE

— MAUZIO QUINTO VIGÍLIO — MURMUROU A MULHER, OLHANDO ATRAVÉS da janela. — Não podia imaginar que ainda estivesse vivo.

— Eu também não — concordou o escravo. — Mas meus contatos garantiram que sim. Ele aparentemente se refugiou em Tebas ao ser expulso do exército. No começo, sem chamar atenção. Hoje, conta com uma tropa montada. Cavaleiros cristãos. Milhares deles, pelo que soube.

Flávia Júlia Helena, a cesarina de Bizâncio, desviou a atenção dos jardins e se voltou para dentro da sala. Sentou-se de frente para Zaket, o secretário de Diocleciano, que atuava como espião dela fazia mais de duas décadas.

— O irmão dele, Bores, era fiel à nossa causa — pontuou. Com quarenta e cinco anos, Helena ainda tinha os cabelos castanhos e olhos profundamente azuis, iguais aos do filho. — Resta saber se Mauzio é nosso amigo ou inimigo.

— Pressinto que saberemos em breve.

— Por quê?

— Como eu disse mais cedo à senhora, tomei conhecimento, apesar de ele não ter me contado, de que Georgios Graco está a caminho de Berenice. Isso significa que os dois provavelmente se encontrarão — detalhou o egípcio, esfregando as mãos nos joelhos sobre o manto. — O destino está traçado, alteza. Não há nada mais que possamos fazer.

— Suponho que esteja certo — assentiu ela. Usava uma estola branca coberta por uma fina capa de lã. O salão em que estavam tinha teto abobadado e três janelas, todas com vista para os jardins do antigo palácio de Sétimo Severo, onde Helena morava com seus escravos libertos. — Mauzio pode ser um poderoso aliado, bem como um adversário implacável. Ele teve participação de destaque na Batalha dos Campos Cataláunicos, na Gália, promovida pelo então imperador Aureliano. No final do confronto, Mauzio e outros soldados cristãos pediram ao césar para permanecerem no exército sem renegarem sua fé. Foram condenados à morte, mas conseguiram fugir. Mauzio é cristão, como nós. Ao mesmo tempo, deve nutrir um profundo ódio pelo Império Romano, que tanto nos esforçamos para preservar.

Zaket pensou por alguns instantes. Era um sujeito inteligente, um dos melhores engenheiros do Leste. Helena considerava suas observações muito importantes.

— Se Mauzio pediu permissão para continuar no exército, não deve odiar o Império — concluiu. — Talvez ele tenha querido, em algum momento, se vingar de Aureliano, mas este já está morto há séculos — ironizou. — Ele poderia, como Caráusio e Alecto, instaurar um domínio independente no sul do Egito, cunhando suas próprias moedas. Se não o fez, é porque procura legitimidade, reconhecimento. Aposto que quer ser reincorporado às legiões.

— Será? — Helena tinha suas dúvidas.

— É uma hipótese razoável. Muitos de nós cultivamos o sonho de forjar um Império cristão. Possivelmente Mauzio tenha o mesmo objetivo. Quem sabe ele até admire a senhora, que professa a religião abertamente e luta por ela, apesar dos pesares.

— Pode ser — acedeu a cesarina, alisando o queixo. — Nesse caso, um eventual encontro entre ele e Georgios seria benéfico para ambas as partes.

— É o que penso também.

Helena tornou a se levantar. Caminhou até uma das janelas e voltou a contemplar a paisagem. Para além do palácio, avistavam-se o hipódromo de Bizâncio, um dos maiores do mundo, o porto e a seguir, mais para o norte, o fórum da majestosa cidade.

— Quero que volte para a Nicomédia — determinou. — Fique por lá até que seja reconvocado.

Zaket se levantou.

— Sim, alteza.

— Enquanto isso, vou acionar os meus agentes em Roma. O Senado está em recesso faz algum tempo. Estou preocupada com a tempestade que se anuncia.

— Se a sua preocupação é Maximiano, deveria concentrar suas forças em Mediolano, onde ele mora — sugeriu o espião. — Não em Roma.

— O Inclemente é óbvio demais. Consigo enxergar seus movimentos. Como sempre, o nosso problema é Zenóbia. Ela anda muito calada — afirmou a mulher. — Geralmente, esse é um presságio terrível.

Um dia depois de Zaket visitar Helena em Bizâncio, um casal coberto de trapos estacionou sua carroça no pátio de trás da Vila Fúlvia, a propriedade rural de Räs Drago, perto da cidade de Lida, na Palestina.

Bufo Tauro, o capanga do antigo centurião, recebeu os viajantes com seu perturbador sorriso de ouro. Estendeu a mão para ajudar a mulher a descer, mas ela o repudiou.

— Salve, general. — Tauro se voltou então para o homem, que também desembarcava. — Estávamos à sua espera. Pode me acompanhar, por favor?

Os recém-chegados assim o fizeram. Cruzaram o pátio de terra, atravessaram os estábulos e ingressaram no pavilhão principal. Depois de percorrerem dois ou três corredores, surgiram no átrio da casa. Lá havia alguns divãs e cadeiras, além de uma mesa com comida suficiente para dez pessoas.

— Fiquem à vontade — Bufo Tauro tornou a falar com a maior cordialidade. — Ninguém vai descobri-los aqui — garantiu. — Já vou buscar a menina.

Os visitantes despiram os trapos. Por baixo, usavam roupas caras, dignas de qualquer nobre romano. O marido era Marco Salústio, o legado da Décima Legião do Estreito, que estivera com Drago meses antes. Sua esposa, Magda, tinha cabelos longos e pretos, pele branca e olhos escuros, como duas pérolas negras no oceano.

— Como será que ela está? — sibilou a moça, chorosa. — Por Ísis, parece que não a vejo faz duzentos anos.

Salústio, que ostentava uma túnica verde, diferente das vestes rubras do exército, amparou a mulher.

— Não se preocupe, minha flor. Tenho certeza de que nossa filha está bem. Ela é a garantia que esse crápula tem de que eu farei as vontades dele. — Reduziu o tom de voz. — Se algo acontecer com Macrina, Drago está acabado.

Magda, que era trinta anos mais nova que Salústio, engoliu o choro. De repente, passou da tristeza à cólera.

— O crápula é *você* — ralhou. — Como pôde usar sua própria filha como moeda de troca? É ultrajante!

O general se afastou, as mãos para cima.

— Não tive escolha. Eles a capturaram antes. Me enganaram. Já lhe contei como aconteceu.

Os argumentos acabaram por deixar a mulher ainda mais agressiva.

— Eles raptaram Macrina porque sabiam que *você* é um porco corrupto. Que não negociaria com eles usando o bom senso. Que tentaria extorqui-los — acusou. — Bom, é o preço que se paga quando se entra na vida do crime, quando se quer tudo de maneira fácil.

Salústio retrucou:

— Fácil? Sabe quanto me custa gerenciar essa corja? Quanto eu gasto para manter esses bandidos na linha?

Magda ia revidar quando Bufo Tauro apareceu na entrada do átrio conduzindo uma garota de doze anos, loura, de pele clara, trajando um vestido branco, com os olhos perdidos.

Imediatamente, a mãe correu para abraçá-la. Macrina sorriu e retribuiu o gesto. Salústio se juntou a elas.

Depois de alguns minutos, Magda perguntou:

— Minha filha, como tem passado? Estávamos com saudades. O seu pai me garantiu que você ficaria bem. Sentimos a sua falta em Jerusalém.

A menina não parecia ferida, triste ou magoada. Andou sozinha até a mesa e começou a fazer o prato, servindo-se de azeitonas e fatias de queijo.

— Estou bem — contou ela. — Hoje cedo tomei aulas de dança. — Ensaiou alguns passos para mostrar o que tinha aprendido. — E então, o que acharam?

Salústio bateu palmas. Magda engoliu as lágrimas, fingindo estar contente.

— Esplêndido, minha querida — exclamou, forçando o sorriso. — Esplêndido.

Para tentar se redimir com a esposa, Salústio inventou uma história.

— Minha filha — começou ele —, eu e sua mãe estávamos pensando em deixá-la com o senhor Drago por mais alguns dias. Como você sabe, sou um soldado e terei de partir para a guerra — mentiu. — Jerusalém poderá ser atacada. — Outra mentira. — Sua mãe ficará em casa e virá para cá se o pior acontecer. Esta fazenda é segura. Aqui você estará a salvo.

Macrina mostrou-se alheia à conversa e respondeu apenas:

— Está bem.

Magda embarcou na mentira e acrescentou:

— Esse é o tipo de sacrifício reservado às princesas. De vez em quando elas precisam ficar longe de casa. Com a graça de Ísis, será por pouco tempo. Entendeu o que eu disse, meu amor? — Acariciou o rosto da filha. — Será por pouco tempo.

— Está bem — repetiu a menina, encolhendo os ombros. — Não tem problema.

Depois de mais ou menos uma hora, Bufo Tauro veio avisar que o tempo deles tinha acabado. Macrina foi reconduzida a seus aposentos. O capanga de Drago os guiou de volta ao pátio. O casal, disfarçado com os trapos, subiu na carroça.

— General — Bufo Tauro o chamou discretamente. — Será que o senhor não está se esquecendo de nada?

Salústio tinha de fato esquecido. Suspendeu o banco e pegou uma pasta de couro que trazia em um compartimento oculto. Entregou-a ao malfeitor, que a abriu, tirando de lá alguns pergaminhos enrolados.

— Posso confiar que esses documentos estão assinados — perguntou —, que são perfeitamente legais e que não há nenhum truque?

Foi Magda quem respondeu:

— O senhor tem a nossa palavra. Em troca, só pedimos que tratem bem a nossa filha.

Tauro enfiou os papéis na bolsa.

— Ela está sendo bem tratada — assegurou, mostrando mais uma vez os dentes de ouro. — O meu patrão, aliás, pede desculpas por não vir recebê-los. Ele promete que terá com os senhores em uma oportunidade futura. — E completou: — Boa viagem e bom descanso.

Salústio conduziu a carroça para fora da Vila Fúlvia. Depois de andar cerca de uma légua, parou na entrada de um pequeno bosque onde dois escravos e três oficiais do exército, todos de sua total confiança, os esperavam com quatro cavalos, duas mulas e uma liteira fechada.

— O que você pretendia ao não entregar os documentos àquele urso? — exigiu Magda enquanto subia no palanquim. — Estava querendo enganá-los de novo? Mesmo eles estando com Macrina?

Salústio estava seminu, trocando de roupa. Pendurou a túnica verde em um galho e pôs o uniforme militar, o cinto e a armadura.

— Eu me esqueci — afirmou. — Não sei onde estava com a cabeça. Sinto muito.

— Pois sugiro que fique mais atento. Se algo acontecer com a minha filha, eu juro — tomou fôlego —, juro pelas Fúrias que peço o divórcio e volto para a casa dos meus pais. Levo o meu dote comigo. E você ficará na miséria.

Salústio suou frio.

— Lamento, meu amor. De agora em diante ficarei em alerta — prometeu, concluindo: — Peço desculpas por isso. Por favor, me perdoe.

Enquanto Salústio e a esposa eram escoltados de volta a Jerusalém, o imperador e sua comitiva, acompanhados de seis mil soldados romanos, percorriam a estrada que levava à monumental Antioquia, a cidade mais importante da Síria — e uma das mais relevantes do mundo.

Fundada por Seleuco, o Vitorioso, um dos herdeiros de Alexandre, Antioquia nascera como uma colônia grega, seguindo o padrão helênico de arquitetura. Sob a administração romana, ganhou novos templos, parques e edifícios, transformando-se no principal ponto de encontro entre mercadores do Leste, tais como persas, chineses e árabes, e do Oeste, a exemplo de gregos, judeus e africanos. Cosmopolita por natureza, Antioquia seria alçada a capital da província da Síria Palestina, e agora, com as reformas de Diocleciano, se tornaria também a sede da recém-criada Diocese do Oriente, passando a abrigar um regente, chamado pelo imperador de *vigário*.

Diocleciano e seus homens entraram na cidade quando o sol estava em seu zênite. Uma multidão se reuniu para vê-los passar, para escutar a banda de música, contemplar os corcéis, bandeiras e galhardetes. Os legionários seguiram em fila dupla direto para a ilha sobre o Rio Orontes, onde se localizavam os prédios administrativos e as residências oficiais. Nesse ponto, a tropa se dividiu. Parte dela — formada por cavaleiros — trotou até o hipódromo e lá ficaria acampada. Outro grupo montou as tendas no anfiteatro, mais a leste, e a comitiva imperial se dirigiu ao palácio, onde foi recebida por Marco Emílio Floriano, então governador regional.

Um pelotão de escravos esperava por eles. Dos paladinos, Diocleciano trouxera consigo Libânio, seu cunhado, Alexius, o Grego, e Geta, o misterioso Cavaleiro Vermelho, que nunca mostrava o rosto.

Floriano ofereceu aos visitantes um jantar nababesco, repleto de convidados ilustres. O evento se deu ao entardecer em um dos altos salões do palácio. Começou com um concerto de harpas, seguido pela apresentação de dançarinas egípcias. Os ricos comeram, fizeram contatos, apertaram as mãos, fecharam negócios, e quando a noite já ia terminando Floriano se aproximou do imperador.

— Conversei mais cedo com os meus secretários, augusto — disse ele com os dedos entrelaçados. Era um homenzinho frágil, de nariz pontudo e barbicha, que parecia o sátiro das lendas. — Creio que em três dias estará tudo pronto para a cerimônia de posse. Quero agradecer, mais uma vez, por ter me escolhido como vigário. Sou seu humilde servo e o que estiver ao meu alcance, farei. Juro sobre a Pedra de Júpiter que farei.

Diocleciano estava em pé na sacada do palácio, cercado de seguranças, observando as águas noturnas do Rio Orontes. Fez um gesto para que o governador chegasse mais perto.

— Não há o que agradecer. É o homem certo para esse cargo — afirmou com uma taça de vinho na mão. — Como político nato, tenho certeza de que saberá lidar com a ira dos governadores, em especial com a insatisfação do prefeito do Egito. Eles pensam que foram injustiçados. Entendo que estejam aborrecidos. No entanto, eu só podia escolher um vigário para o Oriente.

— Imagino que deve ter sido uma decisão difícil. — Floriano cofiou o bigode. — E por ela sou muito grato — repetiu.

— Não existe, entretanto, política sem a força das armas — continuou o augusto. — Como está sua relação com os militares? Especificamente, com a Legião Cirenaica?

Diocleciano sabia que a Terceira Legião Cirenaica, uma das tropas mais temidas e respeitadas do Império, era a principal responsável pela defesa não só da cidade como de todo o norte da Síria.

— Ótima. Tanto os generais como também os soldados gostam de mim. Sou bom para todos, augusto — ciciou o homenzinho com um sorriso malicioso nos lábios. — Os combatentes da Cirenaica têm fama de ser cruéis, e isso, por sinal, é excelente em um lugar como este.

— Um lugar como este? O que quer dizer?

— Infestado de cristãos. — O governador fez cara de nojo. — Hoje, esses fanáticos são de longe o meu maior problema. Os patrícios têm mais medo deles que dos persas. Com esses últimos, pelo menos, pode-se negociar.

Diocleciano encrespou o rosto em uma expressão de desagrado. Floriano percebeu que não deveria ter tocado no assunto.

— Pois sua primeira tarefa como vigário será convencer seus colegas a deixar esses "fanáticos" em paz — disse o soberano. — Não gosto dos cristãos, mas eles são apenas um bando de maltrapilhos. Não têm cavalos de guerra, elefantes, torres de combate, muito menos catafractários. Neste momento, Narses é o nosso maior e *único* oponente. Cuidaremos dos cristãos quando chegar a hora.

Floriano inclinou a cabeça, envergonhado.

— Sim, augusto.

— Esta cidade precisa se preparar para uma tentativa de invasão. Mais que isso, para um eventual cerco. Espero que jamais aconteça, mas, se acontecer, temos de estar prontos. Quero, portanto, nomear um oficial para cuidar das muralhas. Para observar o portão e as guaritas. Um militar com experiência nas ruas e junto às tropas. O senhor conseguiria me entregar uma lista de nomes?

— Para quando?

O imperador foi ríspido:

— O quanto antes.

— Sim, augusto.

— Entendo que fomos vistos pelo povo como salvadores. Notei isso no rosto da plebe — prosseguiu, agora ligeiramente mais brando. — Contudo, o inimigo está avançando depressa. O objetivo imediato dos persas é tomar Antioquia. Sendo assim, conto com o senhor para acalmar os governadores, bem como para selar a paz com os cristãos, pelo menos por ora. Compreende a gravidade da situação em que nos encontramos?

Floriano parecia uma raposa encurralada.

— Compreendo, augusto.

— Muito bem. — Diocleciano se enrolou na capa púrpura. — Está ficando frio. — Voltou para o salão. Já era tarde. Os convidados, homens e mulheres, fizeram fila para se despedir dele. — Parabéns, meu caro — disse antes de receber as pessoas. — Sua promoção vem em boa hora. — Fez sinal para que os súditos se aproximassem. — E obrigado pela festa.

Floriano recebeu o título de vigário em uma manhã chuvosa de outono. A cerimônia de posse, marcada para acontecer a céu aberto no Fórum de César, foi transferida para a Basílica de Tibério, um prédio retangular na mesma área cercado por colunatas, com o pé-direito alto e o interior muito amplo. Os gregos, que haviam criado esses edifícios, pensavam neles como uma praça fechada, uma espécie de ágora onde os cidadãos podiam se reunir mesmo nos dias mais frios.

Nas cidades romanas, era nas basílicas que se desenrolavam os trâmites jurídicos, assim como os julgamentos mais importantes. Elas eram usadas também para solenidades públicas, rituais religiosos e espetáculos de música.

Um grande tablado fora posicionado na face sul da estrutura. Usando um manto azul-celeste, Floriano percorreu toda a basílica, andou no meio do povo, subiu ao estrado e se ajoelhou perante Diocleciano, declamando uma série de juramentos os quais quase ninguém escutou. Os dois homens estavam acompanhados de guardas, soldados, oficiais, patrícios, além de um harpista que dedilhava uma nota toda vez que o imperador se movia.

Diocleciano entregou a Floriano um cetro, pôs na cabeça dele uma tiara de prata que imitava uma coroa de louros, disse mais algumas palavras e a seguir ofereceu à plebe um banquete, como era usual nesses casos.

O novo vigário havia comprado trezentos barris de vinho e mandado assar quase duzentos carneiros. A bebida chegou rápido, mas, em virtude da chuva, a carne demorou para ficar pronta. Quando enfim foi trazida, em grandes bandejas de cobre, houve uma confusão generalizada. O imperador e sua comitiva, que já estavam de saída, apressaram-se em deixar a basílica. Ao descer as escadarias, contudo, descobriram que, em meio à balbúrdia, as liteiras haviam sido roubadas.

Seguiram a pé para longe do Fórum de César. Floriano sentiu um frio na barriga imaginando que eles seriam emboscados. O imperador, porém, sabia que estavam seguros, porque um verdadeiro batalhão os protegia.

Depois de alguns minutos, deixaram o escarcéu para trás. O vigário respirou aliviado.

— Pelo menos a chuva parou — comentou ele, com o palácio já ao alcance dos olhos. De repente, apoiou a mão na cabeça. — Minha coroa? — Ele percebeu que não estava mais com ela e parou. — Por Júpiter, devo tê-la deixado cair.

Diocleciano o fitou com ar de reprovação.

— Conseguiremos outra — disse apenas.

— Oh, não. — Floriano não queria decepcionar o augusto nem parecer ingrato. — Preciso encontrá-la. É muito importante para mim. Foi o senhor...

Súbito, o vigário foi interrompido pelo harpista, o mesmo que tocara para eles na cerimônia. O sujeito, um homem de meia-idade parrudo, descabelado, com um olho verde e o outro castanho, apanhou o objeto que caíra no chão e se apressou a entregá-lo ao dono. Os guardas — os paladinos, inclusive — abriram caminho para ele, quando um jovem centurião, que se encontrava na retaguarda, sacou o gládio e enfiou a lâmina no coração do artista.

Houve um princípio de alarde. Libânio e Alexius abraçaram o augusto. Geta sacou a espada, pronto para defender seu líder. Floriano encolheu-se de susto.

Entendendo que fora mal interpretado, o mesmo centurião, um indivíduo forte, de pele e cabelos claros, virou o corpo do músico de lado e revelou que ele portava uma adaga.

Diocleciano se afastou dos paladinos para examinar ele próprio o cadáver.

— Um assassino — concluiu. — Como?

Alexius pegou a harpa na calçada e reparou que o cabo dela era oco.

— Ele deve ter escondido a faca neste compartimento — disse o Grego, então se dirigiu ao centurião. — Como é o seu nome, soldado?

O homem endireitou o corpo e respondeu:

— Lúcio Germânico, excelência. Primeira centúria, segunda coorte. Pertenço à Terceira Legião Cirenaica.

— Isso dá para perceber — falou o imperador, observando as medalhas que ele trazia no peito, sobre a armadura. Era um guerreiro alto, com cerca de vinte e cinco anos, que, apesar do sobrenome, não tinha nenhum sotaque germânico. — Como notou que ele trazia a faca?

— Escutei o som da harpa batendo contra o meio-fio. Ele deve tê-la soltado depois que puxou a adaga. Posso apostar que era um profissional — opinou. — Se ele tivesse sido um pouco mais cauteloso, o senhor estaria morto agora.

Diocleciano e os paladinos se entreolharam. Libânio disse, convicto:

— Concordo. O alvo era o *senhor*, augusto. Sem dúvida.

— Revistem o defunto — ordenou o imperador. — Quero descobrir quem é esse assassino e quem o contratou.

Os seguranças concordaram, e Floriano também. Alexius, porém, fez um alerta:

— É melhor seguirmos agora para o palácio. Estas ruas não são mais seguras.

O imperador assentiu e, enquanto caminhava, perguntou a Floriano:

— O senhor conhece esse centurião? — Fez um esforço para se lembrar do nome. — Lúcio Germânico. Já tinha ouvido falar dele?

— Sim, augusto. Pelo pouco que sei, está na Cirenaica desde os quinze anos. Por isso foi alçado tão rápido ao cargo de centurião. É um homem muito duro, competente e fiel aos princípios romanos.

— Quero ver esse guerreiro amanhã no palácio.

— Sim, senhor.

— Ele salvou a minha vida. O mínimo que posso fazer é recompensá-lo. — E completou, como se falasse de outra pessoa: — Diocleciano nunca esquece uma dívida.

XII

ENVIADO DE DEUS

O POUCO QUE GEORGIOS SABIA SOBRE MAUZIO VIGÍLIO DAVA CONTA DE QUE o irmão dele, Bores, o havia abandonado por considerar seus métodos "extremos".

Mauzio e Bores, refletiu o paladino, eram retratos perfeitos dos cristãos de seu tempo. Quase três séculos após a morte do Nazareno, seus seguidores haviam se espalhado de tal forma que cada cidade tinha uma igreja própria, com dogmas, símbolos e práticas às vezes muito diferentes entre si. Em Antioquia, por exemplo, os diáconos seguiam uma rotina quase monástica, com votos de pobreza e castidade. Em Niceia, o bispo era um comerciante que adorava ostentar, apresentar-se em anfiteatros e patrocinar espetáculos circenses. E em Tebas, naquela região afastada do globo, os cristãos eram praticamente sacerdotes-guerreiros, dispostos a matar e morrer em nome de Deus.

Embora não fossem prisioneiros, os viajantes tiveram seus equipamentos confiscados, foram postos sobre cavalos e conduzidos pela estrada por cerca de duas horas, até avistar seu destino — sendo arrebatados pela impressionante visão.

Georgios havia imaginado que os rebeldes se reuniam em um forte, mas sua base era muito maior que as de Copto e Terina. O que se observava adiante era uma imensa cidadela de rocha, com muros altíssimos e portões revestidos de cobre. Do frontispício, ao fim de um caminho orlado por esfinges, pendia uma cruz de ouro com os dizeres em grego, logo acima: "Jesus, Senhor do Mundo" e "Maria, Mãe de Deus".

O lugar, percebeu ele, datava dos tempos ptolomaicos e fora projetado para resistir a invasões, bem como a cercos prolongados. Um conjunto de doze cisternas fornecia água potável, constante e suficiente não só para os legionários como para as hortas, currais, chiqueiros e para os camponeses que, em caso de ataque, se refugiassem dentro dos muros.

Na entrada, o visitante se deparava com dois colossos de pedra, com os braços cruzados sobre o peito e usando turbantes de faraó. Seguindo em frente, penetrava-se em um labirinto de colunas, tão próximas umas das outras que se tinha a impressão de estar caminhando em uma floresta de argila. E este era precisamente o objetivo daquelas pilastras: serviam para atrasar eventuais invasores, impedindo o avanço de torres de combate, carros e cavalos de guerra.

O labirinto terminava em um lago artificial, ao redor do qual se projetavam dezenas de edifícios, santuários, obeliscos, estátuas e monumentos guardados por homens altamente capazes. Georgios e Cassiano foram levados para uma construção quadrada sem janelas, com o teto rachado e uma espécie de banheira de granito no centro. O mensageiro olhou para as paredes, ilustradas com figuras de macacos, barcos e seres humanos, e sentiu um calafrio.

— É uma tumba, comandante — exclamou quando os cavaleiros os puseram lá dentro. — Um túmulo esvaziado.

O imediato do bispo — o gigante de ébano — andou até eles e se apresentou:

— Meu nome é Cândido, o Kushita. Sou o tribuno da Legião Tebana. O bispo virá interrogá-los em breve.

— Nos interrogar? — Georgios se revoltou com o tratamento. — Por acaso somos prisioneiros? — E, antes que o homem respondesse, emendou: — Já disse que precisamos de água, comida e assistência médica. Foi o acordo que fiz com o seu comandante.

O sujeito simplesmente deu as costas e saiu. Os guardas — havia quatro, armados de lança — trancaram a porta gradeada, através da qual podiam vigiá-los.

Lá fora o sol ardia, mas dentro do túmulo a temperatura era amena, ainda que não houvesse claraboias, passagens de ar ou dutos de ventilação. Cassiano deitou-se no piso, gemendo de dor. Estava pálido e enfraquecido. O paladino encostou-se na parede ao lado dele, apontou para o ferimento e perguntou:

— Posso dar uma olhada?

Cassiano estava receoso.

— O senhor já foi enfermeiro, certo?

— Sim, há muito tempo.

O jovem ergueu a própria túnica. Era cedo para a ferida necrosar, então, visualmente, notava-se apenas um corte. O problema era a febre, que aumentava e deveria ser combatida com assepsia, água e repouso. Nenhuma dessas coisas, porém, estava disponível no mausoléu.

— E então? — Cassiano riu de nervoso. — Está muito feio?

— Já vi piores. Você precisa dormir um pouco.

— Neste chão frio?

— É o que temos por enquanto.

— Estou morrendo de sede — queixou-se o rapaz. — Não dá para dormir.

— Não comemos nem bebemos nada há horas — comentou o equestre. — Eles devem nos trazer algo em breve. Se quisessem nos matar, já o teriam feito.

Opélio Cassiano procurou uma posição mais confortável, embora o recinto fosse estéril, sem móveis, colchões ou tufos de feno, além de um tanto macabro. Dormir em uma tumba não era exatamente uma ideia agradável, sobretudo depois de eles compreenderem que a "banheira" de granito era na realidade um sarcófago.

Duas horas se passaram. Quando Cassiano estava finalmente conseguindo pegar no sono, os carcereiros abriram a porta. Mauzio entrou acompanhado de Cândido, que agora portava um machado.

— Georgios Graco — começou o bispo. — É esse o seu nome?

— Já disse que sim — confirmou o paladino.

— Quero saber o que aconteceu com o meu irmão, Bores. Prometeu me contar.

— Nos conhecemos na Nicomédia faz alguns anos — revelou, sem emoção. — Ele foi um dos meus instrutores na Escola de Oficiais do Leste.

— Bores, trabalhando como instrutor em uma escola? — Mauzio trocou olhares com Cândido, achando engraçado. — Isso é ridículo.

— Ele atuava com um dos espiões de Flávia Júlia Helena, a cesarina de Bizâncio, sobre a qual falei mais cedo. Foi infiltrado lá, entre outras coisas, para vigiar o filho dela, Flávio Constantino.

— E o que aconteceu com ele? Onde está Bores? Quero saber também o que faz aqui, já que alega ser um paladino.

O cavaleiro se impôs:

— Esta conversa só vai continuar quando formos libertados e o meu amigo receber assistência. Foi o acordo que fizemos.

— Por que eu libertaria vocês?

— Porque deu a sua palavra.

— Não dei palavra nenhuma. Poderia tê-los degolado — afirmou. — Não fosse por mim, você estaria morto. Portanto, responda às perguntas.

— Nunca foi sua intenção nos matar — arriscou Georgios. — Era um teatro. Uma farsa. Seus informantes lhe avisaram que eu estava a caminho. Não sei quem são eles, mas é óbvio que plantou espiões na estrada e nos portos à margem do Nilo — apostou. — O fato é que você viu em mim um meio para chegar ao imperador. E não vai descansar até conseguir encontrá-lo.

Mauzio ficou subitamente sério. Cândido desviou o olhar.

— Não precisamos do imperador — retorquiu o bispo. — Somos independentes.

— O que vocês querem é legitimidade — insistiu. — Querem ser reconhecidos como a primeira legião romana cristã.

Mauzio estava pasmo e não conseguiu esconder. Chegou mais perto do prisioneiro e o encarou de modo cortês.

— Como sabe dessas coisas?

— Posso ver em seu rosto — retrucou Georgios, simplório. — É claro e cristalino.

O bispo, que era crédulo por natureza, pareceu enxergar naquilo um sinal.

— E você pode?

— Posso o quê?

— Intermediar uma conversa entre nós e o imperador?

— Como paladino, posso falar em nome do imperador — garantiu, e o fez de tal maneira que convenceu a todos na sala, inclusive ele próprio, que até então não se dera conta do prestígio que o cargo trazia.

O bispo de Tebas deu uma ordem enérgica:

— Cândido, liberte-os. — Observou Cassiano, que não tinha forças sequer para falar. — Cuide desse homem. — E se voltou para Georgios. — Você, venha comigo.

O calor tinha diminuído quando Georgios e Cassiano deixaram a prisão. O mensageiro foi levado para o hospital, na ala norte da cidadela. Mauzio garantiu ao paladino que ele seria bem tratado, salientando que ali havia bons médicos, inclusive dois judeus convertidos.

— Dou minha palavra — declarou, percebendo que o equestre ainda estava inseguro. — Seu amigo sobreviverá.

De lá, eles caminharam até o refeitório, onde almoçaram em um pátio arborizado na companhia de outros cavaleiros. O bispo apresentou Georgios como diplomata, um agente imperial, e ele o era, de fato, embora não estivesse em missão diplomática.

Encerrada a refeição, o chefe da tropa lhe devolveu os equipamentos, a espada e a adaga solar. O filho de Laios mostrou a ele o retrato em papiro que encontrara com os assassinos em Khe, perguntando como o documento teria caído na mão dos cultistas. Mauzio contou que o prefeito firmara uma aliança com os sacerdotes de Sobek e que o plano era matá-lo para depois culpar os tebanos.

— Domiciano me acusa de ser um rebelde — disse —, mas é *ele* que quer tomar o controle do Egito.

— Senti algo de maligno nele. — Georgios se lembrou do dia em que fora apresentado ao político, no porto de Alexandria. — Mas daí a se tornar um usurpador é um longo caminho.

— Comandante, você subestima a perversidade humana. — Deu de ombros. — Quando Diocleciano mostrar o primeiro sinal de fraqueza, Domiciano se insurgirá. Pode escrever o que estou dizendo.

Georgios não comentou, porque não tinha muito a acrescentar. Enquanto caminhavam pelas ruas da fortaleza, Mauzio confirmou que a Legião Tebana nascera dos remanescentes da Terceira Legião Italiana, que havia combatido na Gália sob as ordens de Aureliano.

— O imperador separou cristãos e pagãos. Ele teria nos executado, mas, como havíamos acabado de lhe garantir a vitória, não teve alternativa a não ser nos enviar para o ponto mais afastado do mundo. — Abriu os braços, em um misto de orgulho e desprezo. — Este lugar.

— Pela história que ouvi, vocês foram condenados à morte e tiveram de fugir.

— Depois de tanto tempo, é normal que as pessoas criem suas próprias versões — observou o bispo. — Quem lhe falou que éramos fugitivos?

— Helena de Bizâncio — rebateu o equestre. — Eu a conheci por meio do filho dela, Constantino, que era refém na Nicomédia. Fugimos juntos para

Bizâncio. Helena nos deu a missão de escoltar uma certa jovem até Tréveros, na Bélgica. De lá, fui designado para comandar a Trigésima Legião de Trajano, às margens do Rio Reno.

— Que história confusa — resmungou Mauzio. — Se Constantino era refém de Diocleciano e você é um servo do imperador, como poderiam ser amigos?

— É confuso mesmo — concordou. — Para simplificar, prefiro dizer apenas que Constantino estava na mira de Maximiano, um dos tetrarcas. Naquela época, o Inclemente planejava um golpe de Estado contra o imperador. Helena tirou Constantino da Nicomédia para salvar o filho e para preservar a tetrarquia, evitando uma guerra civil.

O bispo aquiesceu com um sorriso de orgulho.

— Helena é uma mulher especial. Quantas cesarinas teriam coragem de se declararem cristãs, correndo o risco de perder tudo o que têm? Inclusive a cabeça.

— Não acho que ela esteja correndo risco de vida.

— Por enquanto não. Mas logo estará. Já houve perseguições contra o nosso povo. E a próxima está por vir.

— Como sabe? Onde obteve essa informação?

— Está nas escrituras — alegou. — "Vi então tronos, e aos que neles se sentaram foi dado o poder de julgar. Vi também as almas dos que foram decapitados por louvar a Deus e por não terem adorado a Besta, nem sua imagem." — Fez uma pausa e completou: — Como eu disse, é só uma questão de tempo.

— O Livro da Revelação — retorquiu Georgios, afiado — também diz que essas almas voltarão à vida e reinarão por mil anos.

Mauzio o fitou, estupefato.

— Como sabe tanto sobre as escrituras?

O paladino se esquivou:

— Digamos que eu gosto de épicos.

— Você não cansa de me surpreender, comandante — divagou. — Talvez a sua presença aqui tenha algum significado, afinal.

Os dois guerreiros andavam pelo complexo, dialogando como velhos amigos. Passaram à margem do lago e chegaram a uma rampa que subia até um templo magnífico, guardado por quatro obeliscos e decorado por flâmulas. O interior não diferia muito dos templos greco-romanos, com a exceção de que era três vezes mais amplo e cinco vezes mais velho. Os pilares imitavam palmeiras e estavam pintados de cores vibrantes. Janelas altas permitiam que a luz entrasse em pontos específicos, ao passo que o altar, escuro, era clareado por piras de fogo cujas chamas lançavam brilho sobre uma gigantesca estátua de Ísis, sentada, segurando no colo um bebê: Hórus, seu filho.

Quando se deparou com a imagem, Georgios experimentou um alento, porque se lembrou da mãe, Polychronia, que tinha uma escultura idêntica em seu quarto. Por outro lado, espantou-se ao ver cristãos — havia uns quinze dentro do templo — venerando uma deusa pagã.

Mauzio ajoelhou-se, tocou o piso e pronunciou com respeito:

— Nossa Senhora, mãe de Deus, rogai por nós.

O equestre apenas o observou, curioso. Quando o religioso terminou sua prece, ele não resistiu e fez a pergunta:

— Essa é Ísis, não Maria. Por que a adora?

O sacerdote não se abalou.

— Está errado. Essa é Nossa Senhora e o menino é Jesus.

— Pela lógica, é impossível — afirmou. — O santuário em que estamos é muito mais antigo que o próprio cristianismo.

Mauzio sorriu como um professor que conhece a matéria.

— "Todas essas formas que, no passado, eram meramente alegóricas se encarnaram na figura do nosso Salvador" — tornou a citar. — Segunda Epístola de Pedro.

Imediatamente, o paladino recordou-se de que Bores Libertino lhe dissera a mesmíssima frase durante uma discussão acerca do símbolo do peixe, usado pelos cristãos em Antioquia. Na ocasião, Libertino apontara Mitra, Zeus e Apolo como deuses que teriam se encarnado no corpo de Cristo, mas nada dissera no tocante a Ísis. Embora Georgios não fosse cristão, sentiu um frio no estômago ao ver aquelas pessoas adorando o enorme ídolo de rocha. Será que sua mãe também era cristã? E seu pai?

Ficou lívido e não conseguiu contra-argumentar. Mauzio reparou em sua apatia, mas continuou andando e mostrando a ele outras partes do extraordinário complexo. Enfim subiram às muralhas, de onde era possível contemplar o deserto, de um lado, e o Rio Nilo, de outro. O sol estava se pondo. Georgios apoiou-se na mureta e os pelos de seu corpo se ouriçaram. De repente, teve a impressão que se encontrava no centro do cosmo, onde as linhas do destino se cruzavam. Era como se todos os caminhos que ele percorrera tivessem como objetivo levá-lo até lá, àquele ponto específico no tempo e no espaço.

— Bores está morto — ele disse para Mauzio, sem saber ao certo por quê. — Morreu em decorrência de um ferimento enquanto escoltava a mim, Constantino e Theodora, hoje esposa de Constâncio Cloro, às terras geladas da Bélgica. Bores Vigílio morreu para nos salvar.

— Eu já suspeitava — resignou-se o bispo, inclinando a cabeça. — E agora você está aqui.

Georgios concordou, reflexivo.

— O mundo está cheio de coincidências estranhas.

— Não é coincidência — declarou o tebano. — Não existem coincidências. — Encarou-o de perto, apertando-lhe os ombros. — Comandante, você é um enviado de Deus. Estou certo disso agora.

— Lamento decepcioná-lo — disse Georgios depois de algum tempo —, mas não levo jeito para santo, profeta ou messias. Para falar a verdade, apesar de ter lido os evangelhos, nunca acreditei neles.

— E como você se definiria, então?

— Sou um soldado — afirmou. — Como o meu pai foi um dia.

— Já fui um soldado também. Hoje prefiro me considerar um guerreiro. Um combatente, talvez.

— Qual é a diferença?

— Um soldado é um membro do exército.

— Sua legião não pode ser considerada um exército?

— Creio que não — raciocinou o bispo. — Pelo menos, não literalmente. Diga-me, quais são os pilares do exército? De qualquer exército.

— Deveria ser a disciplina. Hierarquia e disciplina.

— Dois fundamentos importantes, sem dúvida, mas não podem estar à frente dos princípios morais — sustentou, e havia sinceridade no que ele dizia. — Um homem tem obrigação de saber distinguir o que é certo e o que é errado. Por esse motivo estamos aqui, em Tebas, e não em Roma, na Nicomédia ou em Alexandria. Porque escolhemos fazer o certo em vez de cumprir o que nos foi ordenado.

Georgios instantaneamente se recordou de Yasmir, o príncipe persa que lhe dissera algo muito parecido quando ele era apenas um menino.

— Possivelmente, comandante — prosseguiu Mauzio, tocando-lhe o ombro —, você tenha feito algo de que não se orgulha, por mera obrigação. Estou certo?

Foi então que algo sinistro aconteceu. Como se um raio o atingisse, Georgios reviveu, em sua mente, o ataque que ele e seus colegas haviam lançado contra o condomínio judaico na Nicomédia. Na ocasião, eles atearam fogo aos apartamentos, levando à morte dezenas de inocentes, entre mulheres, crianças e velhos.

O que até ali ele encarava como uma página virada de sua história regressou como uma onda — ou melhor, como um *tufão*. Georgios ficou tonto, nauseado e sentiu cheiro de carne queimada. Os olhos arderam e ele enxergou diante de si o corpo chamuscado de uma menina que, na fuga, despencara de um dos prédios. Uma criança que ele, ainda que por omissão, havia deixado morrer.

Caiu de joelhos, como um frágil castelo de areia. Cobrindo o rosto com as mãos, começou a chorar compulsivamente, como jamais havia chorado.

Mauzio colocou-se a seu lado e o abraçou.

— Não tenha vergonha — disse. — O que você está sentindo agora, todos nós, nesta fortaleza, já sentimos e passamos. Parece que finalmente *ela* falou com você. Considere um privilégio.

O cavaleiro soluçou.

— Ela?

— Nossa Senhora. É assim que ela conversa conosco, por meio da compaixão. Maria se doou a Jesus, assim como a sua mãe se sacrificou por você.

Georgios, parcialmente recomposto, perguntou:

— Como você sabe? Como sabe que a minha mãe morreu por mim?

— Não é o que fazem todas as mães? — Sorriu, ajudando-o a se levantar. — Logo vai escurecer. — Olhou para o céu. — Por favor, me acompanhe.

Os dois homens desceram do passadiço e se dirigiram a um jardim de figueiras. Sentaram-se em um banco de pedra, aguardando o sol se deitar.

— Comandante, não importa o que aconteça — disse Mauzio, após entender que o equestre se acalmara —, você deve se preparar para lidar com *ele*. De todas as suas batalhas, essa será a maior.

— De quem está falando? — Georgios pensou que o bispo estivesse se referindo a Domiciano. — Do prefeito do Egito?

— Não. Do Diabo — respondeu, soturno. — Ele o visitou algumas vezes, não foi? Satanás falou com você.

— Já escutei vozes estranhas, reconheço. Mas não posso afirmar que pertenciam ao Diabo — pontuou. — Em todas as ocasiões, eu estava fora de mim, drogado ou delirando. De todo modo, admito que esses episódios me perturbaram seriamente. Durante algum tempo procurei uma explicação, uma *cura*, mas não encontrei ninguém disposto a me ajudar.

— O único jeito de se livrar do demônio é se arrependendo de seus pecados. É pedindo perdão. E o fazendo honestamente.

— Eu me arrependo dos erros que cometi — volveu Georgios. — Quer dizer que estou livre da influência satânica?

— O ato de se arrepender implica o compromisso de não voltar a pecar. Se o imperador, por exemplo, lhe desse a ordem para realizar outro massacre, você obedeceria?

O cavaleiro se desviou, embaraçado:

— Fiz um juramento à Púrpura.

— O único juramento de um cristão é para com Deus.

— Bom — Georgios falou o óbvio —, eu não sou cristão. E, com todo o respeito, não tenho intenção de me converter.

— Só estou respondendo à sua pergunta. Não há como exorcizar o Diabo sem se arrepender de seus pecados. Para tal, não é preciso se converter.

— Esses pecados são meus, realmente? — indagou, contando a Mauzio sobre o ataque à comunidade judaica. — Quem ordenou a chacina foi um homem chamado Sevílio Druso. Ele, sim, é um indivíduo ambicioso e perverso — acusou. — Druso é o verdadeiro culpado.

— Os verdadeiros culpados são *vocês*, a mão que manobra a espada — endureceu o bispo, explicando: — Esse Druso que você mencionou seria capaz de, sozinho, promover a matança? Suponho que não. Os executores, portanto, são matadores covardes por aceitarem se submeter a um facínora. O correto seria não só rejeitar seus comandos como prender e julgar esse homem.

— Eu e Constantino tentamos fazer isso posteriormente. E fomos derrotados.

— Então, sua alma tem salvação — diagnosticou o religioso. — Suas mãos estão cheias de sangue, mas em seu coração há esperança.

— E no seu coração, bispo, também há esperança? — redarguiu o paladino com respeito, tentando entender a lógica de Mauzio e seus seguidores. — Suas mãos, eu sei, também estão cheias de sangue.

— Nunca matei um inocente. Na realidade, nós lutamos por essas pessoas. E logo provarei isso a você — disse, levantando-se. — Já escureceu. — Farejou o ar. Havia um agradável aroma de azeite. Em algum lugar, um cozinheiro assava um carneiro. — Vou conduzi-lo aos seus aposentos. Peço que descanse, comandante, e amanhã cedo eu o levarei até seu amigo.

— Posso confiar em você? Da última vez, seus guardas nos jogaram em um túmulo.

— Eu precisava testá-lo. Ter certeza de que era a pessoa que esperávamos.

— Então eu estava correto. Estavam à minha espera — murmurou. — Desde quando? — quis saber. — Desde Alexandria? Terina? Copto?

— Desde que saímos da Gália — afirmou Mauzio, enigmático. — Desde que chegamos aqui.

XIII

CHIPRE

O GOVERNADOR DO CHIPRE, SENADOR CAIO NÚBIO CIPRIOTA, PODIA ESCOLHER morar em qualquer ponto da ilha. Na contramão da maioria dos colegas, entretanto, que tinham casas de campo, animais e muitos escravos, ele optou por construir sua mansão no centro da capital, Pafos, onde podia receber seus clientes a qualquer hora do dia.

Para os políticos romanos, não havia nada mais importante que a clientela, homens e mulheres que prestavam lealdade a um patrono em troca de benefícios diversos. No passado, quando os senadores eram escolhidos por meio do voto, essas pessoas garantiam a vitória deles nas urnas, mas os clientes continuariam a ser relevantes mesmo no período despótico, atuando como aliados comerciais, espiões, capangas e mensageiros. Como diria o famoso jurista Emílio Papiniano, mais importante que as eleições — que podiam ser fraudadas — era o apoio do povo. Júlio César, por exemplo, proclamou-se ditador e manteve-se no cargo por anos justamente porque a plebe o amava.

Cipriota, um homem magro, comprido, de pele negra e cabelos crespos, estava sentado em uma cadeira alta posicionada no átrio da casa. Só naquele dia já atendera dezoito pessoas, muitas pedindo dinheiro, outras se queixando de um vizinho ou concorrente e algumas convidando o patrono para festas de família, reuniões e casamentos.

O governador, em todo caso, nunca dizia não a esses indivíduos. Quando não podia satisfazê-los, pedia que voltassem outro dia ou lhes oferecia duas ou três alternativas viáveis. Cipriota nascera escravo, trabalhara como secretário do antigo governador — e depois da esposa dele — e conhecia como ninguém as necessidades do povo.

Como qualquer homem importante, Cipriota era assistido por um corpo de guarda-costas. O chefe deles, o comandante Marco Lúcio Políbio, era também o oficial responsável pela guarnição romana no Chipre, liderando um efetivo de quatrocentos homens, incluindo oitenta cavaleiros. Políbio, cujos pais criavam cavalos na Hispânia, tivera excelentes professores e às vezes se ocupava da burocracia, ajudando o senador a marcar e desmarcar compromissos.

Encerrada a última visita, Cipriota se afundou na cadeira. Já era quase a hora do almoço. Políbio, um homem forte, de pele clara, cabelos cor de bronze e dotado de um nariz romano típico, aproximou-se do governante e entregou a ele uma carta selada. Junto dela, um carregador havia trazido uma arca.

— São presentes de um magnata da Palestina, segundo o entregador — avisou o oficial. — Devo abrir, excelência?

Cipriota sinalizou que sim enquanto lia o documento. O rosto cansado se endureceu de repente, ele ficou de pé e endireitou a coluna.

Nesse instante Políbio abriu o baú, que continha dezenas de moedas de ouro, além de uma taça de prata incrustada de pérolas. Era comum que novos parceiros de negócios começassem uma relação enviando presentes — na realidade, subornos — uns aos outros, mas nesse caso havia algo de estranho.

— O que foi, excelência? — Políbio notou a apatia no rosto dele. — Não gostou? Se me permite opinar — continuou, sem esperar permissão —, parece uma quantia razoável.

— Não é isso. É que... Bem — Cipriota titubeou —, poderia despachar um mensageiro para a Colina dos Ossos? Gostaria de me encontrar com a senhora Fúlvia. Hoje ou amanhã.

Como Políbio bem sabia, o governador estava se referindo à sua antiga proprietária, que vivia em um palacete no topo de uma colina a uma curta distância de Pafos. Tysa, como os amigos próximos costumavam chamá-la, era uma mulher poderosa porque possuía a maioria dos armazéns portuários, além de ser dona de grande parte da frota pesqueira do Chipre.

— Sim, senhor. Farei isso agora mesmo.

Políbio prestou continência e saiu. Cipriota ficou olhando para ele, depois tornou a olhar para a carta. Em seguida, fechou a arca com os pés.

*

— Como disse que se chamava? — perguntou o imperador para o centurião diante dele. — Flávio Germânico?

— Lúcio Germânico, augusto — disse o soldado, ereto e em posição de sentido.

— Interessante. — Diocleciano mandou que o vigário, que estava sentado à mesa a seu lado, anotasse tudo. — Mas o senhor não tem sotaque germânico.

— É um nome romano, augusto — explicou. — Escolhi-o ao entrar para o exército porque meus colegas, durante o treinamento, assim me chamavam. Na realidade, sou de origem dácia.

— Os dácios de fato lembram um pouco os germânicos. Sei disso porque o meu genro, Galério, conhece bem aquelas plagas. — O imperador observava o centurião, que dois dias antes havia salvado sua vida. Embora relativamente jovem, com vinte e cinco anos apenas, Germânico se destacara dentro da Legião Cirenaica por ser um combatente ousado, feroz e corajoso. Ele era também um tanto implacável, tendo perseguido e crucificado cristãos em Antioquia e outros lugares. Seu semblante, realmente, era de uma pessoa cruel. Diocleciano não gostava de soldados perversos, mas ele prestara um importante serviço à Púrpura e precisava ser recompensado. — O que me diz, capitão, de assumir um novo cargo na cidade?

— Eu me sentiria honrado, augusto. — Curvou a cabeça. — Profundamente honrado.

Os paladinos — Libânio, Alexius e Geta — entreolharam-se, curiosos. Eles três, além de Germânico, Floriano e o imperador, estavam em um dos salões do palácio regional de Antioquia. O recinto era retangular e comprido, com janelas altas e pouca luz, apesar de já ser quase meio-dia. Havia uma longa mesa de carvalho, móveis espalhados e bustos de antigos governadores esculpidos em bronze.

— Proclamarei o senhor prefeito pretoriano — decidiu o soberano. — Como sabemos — olhou para os demais homens na sala —, esse é um cargo que existe em Roma desde tempos imemoriais. Por meio de um édito, criarei essa mesma função aqui em Antioquia. O senhor — voltou a encarar Germânico — comandará uma guarda própria, que terá por missão proteger os muros, fiscalizar os portões e ter certeza de que as nossas defesas estão sempre prontas para resistir a um ataque. De agora em diante, para todos os efeitos, será chamado de pretor de Antioquia.

Germânico esperou Diocleciano terminar de falar, para então agradecer:

— Obrigado, augusto. Diante de Júpiter, prometo fazer o melhor trabalho possível. O senhor não vai se arrepender.

O imperador cutucou o vigário a seu lado.

— Floriano, trate das burocracias. Quero que o capitão Lúcio Germânico seja empossado o mais rápido possível.

— Claro — assentiu o homenzinho. — Sem dúvida. Pode deixar comigo.

O augusto dispensou Germânico, pedindo que Floriano o deixasse também. Ficou sozinho na sala com seus três paladinos.

Levantou-se da cadeira e andou até um dos bustos. Reparou na face esculpida de Cláudio Régio, um ex-governador que ele havia enviado ao Extremo Norte como punição por ter destratado Georgios quando este era apenas um menino. Reconheceu naquilo um mau presságio, deu meia-volta e, irritado, enfrentou os seguranças.

— Os senhores são inúteis. Um bando de imprestáveis! — gritou. — Não fosse por esse soldadinho de merda — ele se referia a Germânico — eu estaria morto agora. Por que não fizeram nada? Como não viram o assassino chegando? — Chutou o busto de Régio. — Por Marte, é o trabalho de vocês — esbravejou. — O *único* trabalho.

Houve um silêncio constrangedor, como geralmente acontece nessas situações. Ninguém disse nada, até que o augusto continuou:

— O que descobriram sobre o assassino? Libânio, você estava encarregado dessa tarefa. — Apontou para o paladino. — Comece a falar.

— Por enquanto descobrimos muito pouco, augusto — disse o ruivo. — Parece consenso que se trata de Silas, o Leão, um famoso matador da Cilícia. Contudo, ainda não chegamos ao mandante.

Diocleciano moveu-se lentamente na direção da cadeira, como se tivesse uma corrente presa aos pés.

— Quero que me deixem a sós. — Sentou-se. — Por ora, os senhores estão dispensados.

Alexius, o Grego, foi o único que ousou pontuar:

— O senhor tem certeza, augusto? Não é seguro ficar sozinho neste lugar. Estamos na Síria, não na Dalmácia.

— Se eu tiver de morrer, será assim — afirmou, fatalista. — Preciso descansar, nem que seja por algumas horas.

— Devemos cancelar o jantar de hoje? — perguntou Libânio. — O que o senhor ordenar — deixou claro —, nós faremos.

— É verdade, temos esse maldito jantar. — O imperador cobriu o rosto com a mão. — Que seja mantido, afinal as aparências importam — declarou, exclamando em seguida: — Saiam agora. E fechem a porta.

O palacete da senhora Fúlvia, no topo da Colina dos Ossos, era um lugar ao mesmo tempo opressivo e bucólico. Depois de percorrer a estrada romana de Pafos por quase uma hora, tomava-se um pequeno desvio, chegando à orla do mar. De lá, o forasteiro seguia por uma trilha margeada por capoeiras, a partir da qual não se enxergava mais a cidade ou qualquer povoado contíguo. O silêncio, nessa altura, era rural, quebrado apenas pelas ondas na praia, pelo canto dos pássaros e o chilrear das gaivotas.

Olhando para cima, logo se notava uma construção imponente, cercada de muros calcários. O que à primeira vista parecia uma fortificação militar era na realidade o palacete dos Fúlvios, onde Cipriota vivera por anos. O curioso era que ele tinha boas lembranças de seu tempo como escravo, pois seu antigo dono o amava e a esposa dele se tornara uma amiga fiel. Juntos, Tysa e Cipriota haviam selado uma aliança imbatível, unindo a autoridade política, de um lado, e o poder econômico, de outro.

O senador cruzou os portões, pediu que seus homens o aguardassem no jardim e foi até a casa grande ter com Tysa no átrio. Ela era uma mulher jovem e muito bonita, de cabelos louros e profundos olhos celestes. Ofereceu ao amigo um refresco, figos e ostras, presumindo que aquela fosse uma visita informal. O senador, no entanto, preferiu ser honesto, sentou-se em um dos divãs, apoiou as mãos sobre os joelhos e disparou:

— Não trago boas notícias. Recebi uma carta de seu pai. Ele está interessado na concessão de dois atracadouros no porto de Pafos. Pelo que entendi, ele agora é dono de uma companhia que produz e exporta azeite — revelou. — Estou aqui para saber o que quer que eu faça. Como acha que devo agir.

Cipriota imaginou que Tysa receberia a notícia com indignação e revolta — ou pelo menos com espanto —, mas ela não se abalou. O pai da moça, Räs Drago, a havia vendido para o senador Caio Valério Fúlvio, que viria a se casar com ela. Após a morte do esposo, Tysa ficou com os bens de Fúlvio, além dos que herdou depois do segundo marido, o capitão Husna, incluindo a frota pesqueira.

— Eu acho que você deve ser duro nas negociações — sugeriu ela. — Peça alto de início, porque ele vai tentar barganhar.

Cipriota se assustou.

— Negociações? Mas esse não é o homem perverso que abusava de você quando criança? O tiranete de Lida, que espancava sua mãe e provavelmente a matou?

— Não podemos acusá-lo desses crimes. Não há provas — explicou. — Ele, no entanto, cometeu muitos outros. Roubou as terras do pai de Georgios e assassinou a esposa de um legado romano. Infelizmente, ele cuidou para que tudo fosse realizado de acordo com as nossas leis. Nós vamos, portanto, dar o troco na mesma moeda.

— É essa a sua ideia? — O governador inclinou-se para a frente. — Como?

— Pensarei em um jeito — redarguiu a viúva. — O que posso adiantar é que, se você não se lembra, tanto a fazenda de Laios Graco como a mansão urbana de meu pai pertenciam originalmente ao senador Fúlvio.

O político afagou o queixo, boquiaberto.

— É verdade. O que quer dizer que...

— Que são minhas por direito — completou.

— Não deve ser tão fácil retomá-las — ponderou Cipriota. — Se fosse, o próprio Caio — ele assim chamava o finado governador — já o teria feito.

— Caio não tinha dinheiro para tal, e eu agora tenho. Reconheço que não será tão simples, mas já sabemos por onde começar: atraindo Drago para o nosso território. Para os nossos domínios.

— Quem dorme com cobras — advertiu — amanhece picado. Não é o que dizem?

— *Nós* somos as cobras — volveu Tysa.

O político se levantou. Bateu os pés no chão de mosaico para fazer o cérebro rodar.

— De qualquer modo, devemos ter cuidado. Drago é um homem esperto. Ele certamente sabe que você ainda vive em Pafos. Não poderemos contar com o que os militares chamam de "efeito surpresa" — previu. — Será uma guerra aberta.

— Será assim — exclamou a viúva, com um estranho brilho no olhar. — Estou ansiosa e preparada para isso.

O senador, que era um homem de paz, abanou a cabeça, reprovando a atitude.

— Guerra nunca é bom. É péssimo para os negócios.

Tysa contemplou o céu através da abertura no teto. Um falcão cruzou o firmamento, perseguindo um jovem pardal.

— Não se preocupe — disse ela, e em seguida afagou-lhe o ombro. — Negocie com o senhor Drago. Convença-o a trazer os seus barcos e ofereça a ele um armazém. Deixe o resto comigo.

Cipriota concordou, despediu-se da amiga e saiu do palacete pela porta da frente. Embarcou em sua liteira e retornou ao centro de Pafos.

Uma vez em segurança, dispensou o comandante Políbio, que havia subido com ele a Colina dos Ossos. O oficial, no entanto, não obedeceu. Ficou parado no quintal da mansão sem se mover, com a cara fechada.

— O que foi, comandante? — perguntou Cipriota. — Algum problema?

Políbio tinha a face enrugada.

— Permissão para falar livremente, excelência.

— Claro. — O senador estava curioso. — O que foi?

— É minha responsabilidade protegê-lo — começou, como se pisasse em ovos. — Portanto, devo avisar que soa muito mal para alguém como o senhor abaixar a cabeça para aquela mulher. É um ultraje, um absurdo.

Cipriota ficou chocado, sem saber o que dizer e como reagir. Perguntou apenas:

— Que mulher?

— O senhor sabe de quem estou falando. Ela é uma bruxa — praguejou. — Comanda um vasto exército de sombras. Eles assassinaram o capitão Husna e a suma sacerdotisa de Afrodite.

O governador sabia que era verdade — pelo menos a parte do exército de sombras —, o que o deixava sem argumentos.

— Sei que não há soluções fáceis ou rápidas — continuou o cavaleiro —, mas achei importante trazer a questão ao senhor para que reflita sobre o assunto. Minha intenção é ajudar somente — reafirmou. — É protegê-lo.

Pálido, Cipriota só teve forças para dizer:

— Obrigado, comandante. Por enquanto é só.

Políbio cumprimentou seu líder e, finalmente, desapareceu pelos corredores.

O governador sabia que o certo, nesse caso, era denunciar aquele homem por indisciplina e solicitar sua transferência — ou atirá-lo na prisão. Como regente do Chipre, ele tinha não só o direito legal como a obrigação moral de fazer isso.

Mas não conseguiu. Graças a uma antiga fraqueza, ele simplesmente não conseguiu.

— Esta cidade está um caos — resmungou Lúcia Cornélia, esposa do general Pio Salônio, que havia organizado o banquete. — Os cristãos estão em toda parte, gritando nas praças e fazendo baderna. Fico pensando onde vamos parar.

Cercado pelos paladinos, com uma taça de vinho na mão, o imperador ouvia atentamente a mulher. Ele, Floriano e mais trinta convidados haviam se reunido em uma das mansões mais suntuosas de Antioquia para um jantar em homenagem ao augusto.

— Nomeei hoje mesmo um oficial para lidar com eles — informou o soberano, embora Lúcio Germânico não tivesse exatamente essa função. — Creio que tais problemas logo serão contornados.

No círculo em volta do imperador, havia agora sete indivíduos. O chefe da guilda dos carpinteiros, um sírio de pele castanha, afagou o cavanhaque e declarou:

— Eles têm um novo líder. Um agitador de primeira, cheio de ideias radicais. Chamam o sujeito de Salomão, o Sábio, em referência ao famoso rei de Israel.

Floriano, que estava ali perto, escutou a conversa e interveio:

— Fiquem calmos, senhores. Conheço o bispo da cidade. Ele me confidenciou que despreza esses fanáticos e garantiu que eles são minoria dentro da seita.

— Minoria? Existe cristão que não seja fanático? — grasnou a senhora Cornélia. — Se existe, sinceramente nunca vi.

— Muitos são ricos e sabem fazer negócios — retrucou o homenzinho. — Não gosto deles, mas ajudam a movimentar a cidade.

Cornélia olhou para o imperador, inquisitiva.

— Se me permite perguntar, augusto, não seria melhor escolher um vigário que preze pelas tradições romanas? Que não confraternize com baderneiros, mendigos e lunáticos?

Floriano entendeu que a indireta era para ele e se preparou para revidar. O clima teria esquentado se os comensais não tivessem ouvido uma movimentação estranha no quintal da casa.

De repente, adentraram a mansão pelo menos quinze oficiais fortemente armados. Usavam armaduras e elmos, mas estavam sujos e feridos, como se tivessem acabado de voltar de uma guerra.

Para a surpresa de todos, era exatamente isso. Do meio dos soldados surgiu um guerreiro maduro de olhos cinzentos envergando uma couraça metálica, exibindo as insígnias de general.

— Galério? — Diocleciano reconheceu o genro, apesar da imundice. — É você?

— Procurei pelo senhor no palácio, augusto. — Ele ofegava. — Os guardas me disseram que estava aqui. Decidi vir pessoalmente.

— É natural. — O imperador deduziu que o exército de Galério havia sido barrado nos portões. Chamou o vigário e ordenou: — Floriano, cuide para que abram caminho para as tropas do meu genro. E que o façam imediatamente.

O rosto de Galério, contudo, sugeria outra coisa. Envergonhado, ele disse:

— Senhor, *nós* — apontou para seus quinze míseros homens — somos tudo o que sobrou das tropas enviadas a Carras.

Um silêncio sepulcral tomou conta do recinto. Um minuto depois, começou o burburinho. Diocleciano vociferou:

— Calados! — Olhou ao redor. O sentimento era de medo. De pavor. De *choque*. — Que vergonha. — Ele se voltou para Galério. — Que vergonha, césar. Que derrota humilhante.

Diocleciano respirou fundo. Recomposto, dirigiu-se a Pio Salônio, o anfitrião, e à esposa dele, Lúcia Cornélia:

— Obrigado pela festa, amigos. Foi muito agradável. — Enfim, fez um gesto para seus paladinos, sinalizando que estavam de saída. E tornou a falar com Galério: — O senhor, césar, venha comigo.

Dito isso, toda a comitiva imperial deixou a mansão marchando, depois ganhou as ruas noturnas de Antioquia.

Uma vez ao ar livre, Galério achou por bem se desculpar.

— Sinto muito, augusto. Os persas nos atacaram com três legiões — contou. — Lutamos bravamente. Lamento se o desapontei.

— Ordenei que você os atrasasse, e você os atrasou — observou o soberano. — Já estamos em novembro. Narses terá de se desviar para a Armênia. O inverno o deixará sem suprimentos. Ao mesmo tempo — sussurrou —, soube pelos meus espiões que Domiciano está planejando uma revolta no Egito. Eu suspeitava, por isso pedi que Georgios fosse arrogante com ele. O idiota caiu na armadilha como um pato. Ou seja, tudo está acontecendo conforme os meus planos. Portanto, você não me decepcionou. — O imperador sorriu de mansinho. — Na verdade, meu caro, você foi perfeito!

XIV

A ESSÊNCIA DO MAL

O PRÉDIO CENTRAL DA FORTALEZA, EM TEBAS, NÃO ERA MUITO DIFERENTE DOS tradicionais palácios greco-romanos, com muitos corredores ligando um sem-número de átrios, ao redor dos quais ficavam os quartos, câmaras, escritórios e gabinetes. A diferença estava nos detalhes estéticos. Os egípcios gostavam de ilustrar as paredes com figuras de pessoas e animais realizando atividades diárias, colhendo frutas, por exemplo, trabalhando a terra, tecendo e orando. Os pilares eram também coloridos, e em toda parte havia vasos de plantas, estátuas de deuses antigos — alguns híbridos, outros não —, fontes de água e cortinas de seda. Pela primeira vez, Georgios se deu conta de que a civilização como a conhecemos havia nascido às margens do Nilo. Para muitos filósofos, inclusive, o Egito estava no centro do mundo — *era* o centro do mundo —, e talvez por essa razão ele tenha sentido a mente girar ao subir nas muralhas, ao contemplar o rio, o deserto e o sol.

O quarto que Mauzio lhe oferecera não tinha janelas, mas contava com duas aberturas no teto. Em vez de camas, os tebanos dormiam em esteiras, e os móveis, em sua maioria, eram feitos de cedro.

Georgios jantou sozinho, bebeu cerveja, comeu rabanete, feijão e carne de porco. Deitou-se logo depois, mas não conseguiu descansar, assombrado pelas imagens que revisitara mais cedo. Por muito tempo, os fantasmas que o perseguiam eram o da mãe, que dera a vida para salvá-lo da morte, e o de Silas Pórcio, o ex-legionário que ele matara em um duelo na Nicomédia. Os terríveis crimes que cometera contra os judeus nunca o tinham perturbado, porque, ainda que instintivamente, ele os atribuíra a Sevílio Druso, mas Mauzio estava certo: se Georgios aceitara participar do massacre, deveria ser responsabilizado por ele também, e ao se deparar com essa verdade o paladino ficou desolado.

Durante toda a sua vida ele tentara fazer o bem, ensinamento que herdara na infância, do convívio com os pais, com Strabo e com o príncipe Yasmir, um maniqueísta que lhe contara sobre a guerra no céu e a eterna luta entre Deus e o Diabo. Georgios era um soldado, todavia, e por diversas vezes tivera de matar, de ser rígido com seus subordinados e de praticar violência contra seus inimigos. No calor da batalha, essas ações eram aceitáveis, por vezes até meritórias, mas nada disso se aplicava à menina carbonizada, às famílias mortas no incêndio ou às pessoas executadas depois.

Só quando o dia nasceu ele conseguiu cochilar. Despertou com um rapaz batendo à sua porta. O garoto entregou-lhe uma jarra de leite, pães e ovos frescos. Ficou do lado de fora do quarto esperando-o terminar a refeição e em seguida o levou ao hospital onde Cassiano estava internado.

Conforme Mauzio lhe dissera, o lugar era gerenciado por dois judeus convertidos, que haviam estudado na Pérsia e acreditavam que os doentes deviam ser mantidos em espaços abertos, "porque um contamina o outro". O hospital, portanto, fora montado ao redor de um pátio com uma enorme fonte no centro. Os leitos ficavam sob as colunatas, e os pacientes eram assistidos por um generoso time de enfermeiros. Havia umas quinze pessoas sendo tratadas, entre homens feridos em batalha, mulheres grávidas e crianças com febre e infecção urinária.

Cassiano parecia bem, apesar de prostrado. Uma enfermeira serviu-lhe mingau de cevada e, quando a moça se distanciou, ele olhou para ela com cara de bobo.

— Estou apaixonado de novo. — O mensageiro não desviava a atenção da mulher. — Que linda! Quero morrer nos braços dela.

Georgios tentou não levar a sério aquelas palavras. O álcool costumava ser usado como analgésico, e Cassiano devia ter recebido muitas doses, porque cheirava a posca.

— *De novo?* — O paladino estranhou. — Não me lembro de você ter se apaixonado antes.

— Confesso que cobicei a esposa do seu amigo Sexto. Lembro que era árabe — divagou. — São as mulheres mais fogosas que existem. Se um dia tiver a oportunidade de se deitar com uma, comandante, não desperdice. Confie em mim.

Georgios não gostou do que ouviu. Desconversou, desejou-lhe melhoras e prometeu que voltaria no dia seguinte. Consultando o médico, entretanto, descobriu que a fratura era grave e que Cassiano precisaria ficar em observação por um longo período. Isto é, se quisesse recuperar o movimento das pernas.

Georgios preparou-se mentalmente para seguir a jornada sozinho. Mas como? Sem um guia, ele jamais chegaria a Berenice, quanto mais à Torre Negra, seu objetivo final.

Livre para caminhar pelo complexo, começou a explorar as ruas e os edifícios. Conversando com uma moça que trabalhava na horta, descobriu que a cidadela começara a ser construída ainda na época dos faraós, e que os Ptolomeus a haviam ampliado. Essa mesma jovem, que se apresentou como Catarina, levou-o até um santuário ao norte da fortaleza, entrou ali e se dirigiu ao pátio, onde havia uma macieira antiga carregada de frutos vermelhos.

— Eis o nosso marco de fundação — ela contou com orgulho. Catarina tinha a mesma idade de Georgios, fios castanho-claros presos em uma trança e belos olhos cor de azeite. — Essa macieira descende da Árvore do Conhecimento do Bem e do Mal, que crescia a leste do Éden.

Georgios não acreditou. Para ele, o Jardim do Éden era simbólico, não físico. De qualquer maneira, agradeceu a gentileza e perguntou:

— Como faço para encontrar Mauzio? Este lugar é imenso. Poderia me levar até ele?

— O bispo ficará ausente por seis dias, pois tem negócios a tratar com os núbios na primeira catarata do Nilo — afirmou ela, mostrando ao cavaleiro que o santuário contava com doze capelas laterais, fechadas por correntes e portas de ferro. — Na missa de ontem à noite, ele nos explicou que o seu amigo ficará internado por uma ou duas semanas e que o senhor não deve ter pressa para ir embora. Pediu que nós os tratássemos bem. O senhor precisa de alguma coisa, comandante?

É claro que Georgios tinha pressa. De todo modo, era uma boa ideia esperar alguns dias e observar o estado de saúde de Cassiano para saber se ele conseguiria se recuperar dos ferimentos.

— De um banho, talvez. Se não for pedir muito.

Catarina o conduziu, então, a um reservatório de água que os fiéis usavam para se lavar, uma prática comum aos israelitas dos tempos de Jesus — e que fora adotada pelos primeiros cristãos do Egito.

Georgios se limpou e vestiu uma túnica emprestada. Depois, teve vontade de voltar ao santuário que visitara mais cedo. Ficou o restante do dia lá observando a macieira, pensando nos atos maldosos que perpetrara e em como poderia consertá-los.

Essa seria sua rotina nos próximos dias. Fazia o desjejum, ia até o hospital, conversava com Cassiano, consultava o médico, dirigia-se ao santuário da árvore e lá ficava até o sol se pôr.

Certa tarde, ele saía do Templo de Ísis quando foi abordado por Mauzio. O bispo e Cândido, seu imediato, pediram que Georgios os acompanhasse. Foram ao estábulo, subiram em seus cavalos de guerra e ofereceram ao filho de Laios um vigoroso corcel.

— Monte, comandante. — O sacerdote acariciou o próprio animal. — Dias atrás eu lhe disse que ia levá-lo para dar um passeio.

— Não me lembro de você ter dito isso. — Georgios montou mesmo assim. — De todo modo, aceito o convite. Faz algum tempo que não cavalgo um animal dessa estirpe.

— Não vai ser muito recreativo. Prepare o seu coração — advertiu-o o clérigo. — E siga-nos, com a graça de Deus.

Os três, armados e equipados, cruzaram os portões da cidadela e galoparam rumo ao deserto. Distanciaram-se tanto da fortaleza quanto do Nilo. O terreno era caracterizado por morros áridos e vales secos, com muita areia e pouca vegetação. Depois de quase uma hora, o bispo parou para beber água de um odre e o equestre aproveitou o ensejo:

— Para onde está me levando?

Mauzio limpou os lábios e ofereceu o odre a Georgios.

— Hoje faz uma semana que o resgatamos. Já esqueceu?

O paladino bebeu e passou o recipiente a Cândido, que vinha atrás.

— Só quero lembrar que sou fiel à Púrpura romana. Se sua intenção é me converter, saiba que está perdendo o seu tempo.

— Não tenho o poder de converter ninguém, comandante — garantiu o religioso. — Quem o faz é Deus. Sou apenas um instrumento dele.

O trio prosseguiu por mais trinta minutos, até que Mauzio, que ia na frente, os guiou ao topo de um morro. O sol já estava se pondo, e lá de cima, ocultos atrás de uma rocha, eles avistaram uma árvore solitária, desidratada, com algumas pessoas que a circulavam. Georgios apurou a visão e identificou uma mulher presa ao tronco por cordas. Os indivíduos em volta dela eram homens de tanga, morenos, segurando gládios de bronze. Um deles usava um manto cinzento e uma máscara de ferro enegrecido. No ponto onde os três estavam na trilha, era impossível que fossem descobertos.

O paladino constatou, aos murmúrios:

— São os cultistas.

— Sim — confirmou Mauzio, severo. — Devotos de Sobek. O sujeito de máscara foi um dos que tentaram matar o seu amigo.

— Como sabe?

— Não importa como eu sei. — O tebano maneou a cabeça. — Aquela mulher — ele apontou para a cativa presa à árvore — foi capturada em uma vila próxima. Uma camponesa, mãe de família. Ela será sacrificada quando o sol tocar o horizonte. — Olhou para o céu. — Dentro de poucos minutos.

Georgios sentiu o estômago embrulhar. O bispo perguntou-lhe, de repente:

— O que você vai fazer?

— Eu?

— Sim, você. Porque eu... *nós* — espiou Cândido — não faremos nada desta vez. É você quem vai decidir. Do alto deste morro, nós três podemos descer em carga e massacrar esses pagãos. Ou podemos não fazer nada. — E acrescentou depois de uma pausa: — E então?

O bispo lhe apresentara um dilema, e Georgios sabia aonde ele estava querendo chegar. Se ordenasse o ataque, não poderia mais criticar os tebanos por seus métodos "extremos". Se ficasse calado, condenaria uma inocente à morte.

O sol descia lentamente. Mauzio e Cândido estavam calmos, impassíveis, sem expressar a menor reação.

— Fique à vontade — comentou o bispo, cínico. — Não temos pressa.

Nisso, Georgios escutou, de longe, o estranho som que os cultistas faziam com a boca. O sangue dele ferveu, porque se lembrou de Cassiano, ferido ao tentar fugir daqueles monstros.

— Hoje é dia de Mercúrio — sibilou o equestre entre dentes. — Eu devia ter imaginado.

O astro de fogo estava agora muito próximo da curvatura da Terra. Subitamente, a mulher deu um grito. Um grito de desespero, de *terror*, idêntico àquele que Georgios escutara em Terina.

Os cultistas observaram o horizonte. Com movimentos ritualísticos, agitaram seus gládios.

O que ele deveria fazer?

O que seu pai teria feito?

Esquadrinhou o rosto de Mauzio e de Cândido. Eram como duas esfinges, apenas aguardando, esperando por ele.

Um dos indivíduos — o sacerdote de máscara — aproximou-se da mulher. Georgios foi tomado por um rompante de cólera, uma sede de sangue que não podia vir de Mitra, Marte ou Júpiter.

— Olá, rapaz. — Ele escutou uma voz reverberando no cérebro. — Lembra de mim? Seu velho amigo?

Virou-se para a direita, depois para a esquerda. Tanto Mauzio quanto Cândido estavam quietos, de boca fechada.

— O que disse? — perguntou para o bispo.

— Eu não disse nada. É o Diabo — exclamou, com a autoridade de quem o conhecia de perto. — Satanás está atrás de você, comandante. Rejeite-o agora, ou tudo estará perdido.

— Como?

— O ódio que está sentindo. Essa raiva vem *dele*. Lute com o coração limpo. Desfaça-se da ira. Liberte-se do ódio.

Georgios obedeceu. Respirou fundo e tentou limpar a mente. Esqueceu o passado, os erros que cometera e as pessoas que odiava. Quando o sol atingiu o poente, ele sentiu como se a luz o penetrasse. Por um instante, teve a mesma sensação que tivera ao ser iniciado no culto de Mitra, na Nicomédia: que o universo à sua volta era frívolo, apenas uma ilusão passageira. O único mundo palpável, que realmente existia, era o reino dos céus, o domínio dos deuses e das coisas etéreas.

Com um trovejo, ele soltou as rédeas do cavalo e desceu o morro empunhando a espada. Mauzio deu um sorriso e disparou logo atrás. Cândido ergueu o machado e os acompanhou, brandindo a arma e mostrando os dentes.

Os cultistas foram surpreendidos. Como estavam a pé, não tinham para onde fugir. Georgios supôs que eles reagiriam ao ataque — eram sete no total e poderiam enfrentá-los —, mas o sacerdote optou por dar continuidade à cerimônia, de modo a não desagradar o Deus Crocodilo. Suspendeu o gládio sobre a cabeça, pronto para degolar sua presa. Nesse instante, Georgios irrompeu através da poeira e lançou a Ascalon no ar. A espada rodou feito um disco e atingiu o verdugo entre as costelas e o peito.

Desarmado, o filho de Laios encontrou os demais oponentes, que se precipitaram sobre ele como um enxame de gafanhotos. Cândido, todavia, atropelou dois fanáticos, e Mauzio decapitou um terceiro. O bispo, imediatamente depois, apanhou uma maça que trazia consigo, presa à sela da montaria, e a jogou na direção de Georgios. O paladino agarrou a arma, inclinou-se sobre o cavalo e golpeou a cabeça de um quarto agressor.

Nessa altura, Cândido tinha apeado. Apesar de bom cavaleiro, ele adorava lutar cara a cara, porque era enorme e intimidava os rivais. Entendendo que os sectários ainda poderiam ameaçar a refém, Georgios também desmontou e se aproximou da árvore decrépita. No caminho desviou de mais dois inimigos, que insistiam em não se render. Contra-atacou com a maça e estraçalhou-lhes os ossos, chegando enfim à camponesa.

O combate, ele reparou, estava praticamente terminado. Com efeito, não havia durado nem três minutos. Ele, Mauzio e Cândido eram guerreiros formidáveis, muito superiores aos medíocres soldados de Khe.

O solo bebia sangue. Corpos se espalhavam na areia. Georgios andou até o sacerdote de Sobek e removeu a Ascalon de seu corpo.

Ele gemeu.

Estava vivo.

Chutou-lhe a cara e a máscara voou. Era um homem moreno, parecido com os outros, mas idoso, de cabelos grisalhos e crespos. Estava com o rosto inchado e respirava pesadamente para compensar a falta de ar. O equestre o encarou, sem saber se o executava ou não.

— Mate-o — incentivou-o o bispo. — O nome dele é Síris. É um dos gêmeos responsáveis pelo renascimento do culto. Dê um fim nisso e estará cortando o mal pela raiz, salvando centenas de campesinos.

— Ele está rendido — observou Georgios, mas Mauzio insistiu:

— Mate-o e eu o ajudarei a chegar à Torre Negra.

O equestre se espantou.

— Como sabe sobre a minha missão?

— O seu amigo deu com a língua nos dentes. Não o culpe. Efeito do álcool.

— Cassiano? Mas ele também não sabia.

— Ficou sabendo ao escutar a conversa que você teve com um tal de Sexto em Alexandria. Os judeus são espertos.

Georgios se irritou.

— Então foi você que o embriagou?

— Ele falaria de qualquer maneira — justificou-se. — Está cansado de viagens e batalhas. Certos homens são servem para isso.

O paladino pensou a respeito e acabou concordando. Cassiano, realmente, nunca quisera ser soldado. Alistara-se como uma forma de escapar dos massacres contra os judeus, e Georgios o arrastara àquela aventura.

— O que me diz? — continuou o bispo. — Temos um acordo?

Georgios esquadrinhou o sacerdote inimigo. O homem, prostrado, já era em essência um cadáver. Não conseguia falar, muito menos se mexer. Os lábios estavam roxos, e a face, plúmbea. Bastava um golpe para acabar com seu sofrimento, e assim ele fez. Encravou-lhe o aço no coração o mais rápido que pôde. Quando retirou, a Ascalon fervia. Por algum motivo, a espada resplandecia e soltava fumaça.

Cândido apressou-se em libertar a mulher, em desamarrá-la e tirá-la da árvore. Mais tarde, ele a devolveria à sua aldeia.

Georgios caiu de joelhos. Estava exausto.

Mauzio tocou-lhe o ombro.

— Sei o que está pensando — disse ele. — Que os cristãos não podem matar. Mas as trevas são fortes, e o poder do Diabo é tremendo.

— No entanto, sempre haverá escuridão — retrucou o equestre, ofegante. — Não há dia sem noite nem noite sem dia.

— Nós lutamos para que *haja* dia.

O equestre se levantou e recolheu a espada. Súbito, perguntou ao líder cristão:

— O que há no santuário da árvore? Dentro das portas fechadas?

Mauzio deu um sorriso com ar de vitória.

— Logo saberá, comandante. — Segurou as rédeas do cavalo, depois as afrouxou. Em seguida, observou o céu do crepúsculo. — Logo saberá.

XV

INVASÃO DO EGITO

COM VINTE E SEIS ANOS DE IDADE, PANTALEÃO ERA UM HOMEM FEITO — UM adulto pleno — para os padrões greco-romanos. Mesmo assim, seus colegas o haviam apelidado de "Pantaleão, o Jovem", porque no ramo em que atuava — a medicina — os bons profissionais eram geralmente quinquagenários ou sexagenários, com décadas de experiência e muitas rugas na cara.

Diferentemente desses indivíduos, Pantaleão tinha o rosto delicado, livre de manchas ou vincos. Era um homem esguio, de cabelos louros e olhos azuis, que quase sempre se vestia de branco. Poucos anos antes, ele fora chamado pelo bispo de Sirmio para examinar a esposa de Galério e causara tão boa impressão que o césar das províncias centrais o contratara como seu clínico particular. Desde então ele vivia na Panônia, às margens do Rio Danúbio, mesmo sem conseguir esquecer a cidade que no passado o acolhera: Antioquia, onde trabalhara por anos no antigo Templo de Hórus, convertido em hospital pelos cristãos. Fora nesse exato lugar, a propósito, que Pantaleão conhecera Georgios, e assim os dois se tornaram amigos.

Apesar de Pantaleão frequentar a Igreja, Galério nunca o discriminara, escutando todos os seus conselhos — e seguindo muitos deles em momentos de crise. Por esse motivo, o césar ordenou que ele viesse ao seu encontro o mais rápido possível, pois tinha "feridas abertas na alma" que só o Jovem, segundo imaginava, seria capaz de curar.

No começo de dezembro, Pantaleão aportou na Síria. Horas depois estava no palácio de Antioquia, fazendo companhia ao tetrarca. Galério, apesar de compreender que o imperador tinha um plano ao enviá-lo a Carras, não se conformava de ter perdido a batalha contra Narses, ainda que o contingente persa fosse substancialmente maior.

— Como lidar com a humilhação? — perguntou ele. — Diocleciano me tratou como se eu fosse um recruta. Um soldado raso. Para um homem na minha posição, coisas assim são piores que a morte.

Médico e paciente estavam em um dos pátios internos do palácio, diante de um chafariz coroado por uma pequena estátua de Mercúrio, o deus romano do comércio. Era um dia de sol forte, com poucas nuvens no firmamento.

— Não posso orientar o senhor sobre o que fazer nesse caso, césar — admitiu Pantaleão. — Só o que posso é lhe ensinar como lidar com as próprias dores. Ser humilhado, eu diria, nem sempre é algo terrível. Situações como essa nos mostram que somos mortais e, portanto, filhos de Deus.

Galério não parecia satisfeito. Como todo soldado, ele queria resolver o problema de uma vez, custasse o que custasse.

— Desde que me casei com Valéria — ele se referia à filha do imperador —, venho tentando me provar digno. Fiz tudo o que pude, inclusive arriscando meu próprio pescoço. Escapei de Carras por um fio. Eu poderia ter sido morto! — exclamou. — Percebo que Diocleciano confia em mim, mas por que me destratar publicamente? O que ele espera com isso?

Pantaleão cruzou os braços.

— Sua posição é das mais dignas, sem dúvida — disse. — O augusto não poderia humilhar nenhum outro tetrarca sem dar início a uma guerra. Se ele o tratou desse jeito, césar, é porque confia no senhor. Porque tem fé em sua lealdade.

— Faz sentido. — Galério limpou o rosto no chafariz. Esfregou os olhos cinzentos e molhou a cabeça para se refrescar. Depois, esparramou-se em uma cadeira de vime. — Então, o que devo fazer? — perguntou, como se implorasse. — Como apaziguo meu coração?

— Nós, cristãos, costumamos orar. Limpa os pensamentos e ajuda a reorganizar as ideias. O senhor pode meditar para o deus mais próximo e pedir iluminação a ele. Felizmente esta cidade é antiga e possui dezenas de templos. Que tal visitarmos o Santuário de Héracles amanhã?

— Héracles? — Galério se interessou. — O famoso Hércules das lendas?

Pantaleão assentiu.

— O lugar é pequeno — prosseguiu o médico —, quieto e reservado. Pelo menos era. Posso guiá-lo até lá. Como o senhor sabe, conheço Antioquia como a palma da mão.

O césar concordou e, ao fazê-lo, sentiu-se mais calmo.

Do outro lado do Mediterrâneo, porém, os ânimos continuavam exaltados. No átrio da mansão de Vírio Galo, no Monte Palatino, em Roma, Magêncio, o jovem pontífice, encheu uma taça de vinho e propôs um brinde para celebrar a derrota de Galério nas planícies da Mesopotâmia. Foi, no entanto, duramente repreendido por seu pai, Maximiano, que também se encontrava no local para tratar de finanças com Galo.

— Não há nada a comemorar — bradou o Inclemente. — Narses se precipitou e mordeu a isca. O inverno começa este mês, e os persas ficarão sem suprimentos para avançar até Antioquia. Precisamos avisar Domiciano para que ele cancele os planos de tomar o controle do Egito. Pelo menos até o próximo ano.

Galo tentou acalmar o convidado:

— Silas nunca me falhou, augusto. Ele dará cabo do imperador no momento oportuno. Nossos problemas, então, estarão resolvidos, como que em um passe de mágica. Qual um leão, ele agora deve estar estudando o terreno e pensando em um jeito de encurralar sua presa.

Maximiano estava de pé, nervoso, caminhando de um lado para outro no átrio.

— Estou com um mau pressentimento sobre esse seu assassino, Galo. Ele já deveria ter agido. Se nada fez até agora — bufou —, deve ter sido capturado.

Os três homens se calaram. Magêncio sentou-se em uma cadeira de ferro e propôs:

— E se navegássemos para o Egito agora mesmo? Com todos os nossos barcos? E se nos juntássemos às forças de Domiciano e partíssemos rumo a Antioquia para enfrentar o imperador cara a cara?

O Inclemente fez um muxoxo, desapontado com a ingenuidade do filho.

— Não podemos deflagrar uma rebelião sem motivo — explicou. — Os nossos soldados não nos seguiriam. Pelo contrário: haveria deserções e motins.

— O seu pai está certo — completou Galo, afagando os cabelos cor de neve. — O Senado poderia declarar Diocleciano inimigo público, mas precisaríamos de uma narrativa convincente.

— Nada disso é necessário — disse uma quarta voz, feminina. — A solução para esse problema é muito mais simples do que os senhores imaginam.

Os três se voltaram na direção das colunatas.

— Majestade? — Galo reconheceu a figura de Zenóbia, que sutilmente emergia das sombras. — Seja bem-vinda à minha casa. É uma honra! Como entrou aqui?

— O seu escravo aparentemente não teve coragem de me barrar. Talvez não tenha enxergado em mim uma ameaça — disse ela. — Ou talvez saiba quem eu sou, afinal. O que importa é que estou aqui, diante dos senhores.

Maximiano a cumprimentou, beijando-lhe a mão.

— Enviei dois mensageiros ao Monte Célio, majestade — disse ele —, mas seus criados informaram que a senhora estava incomunicável, em retiro religioso.

— É verdade, eu fiquei ausente por um tempo — admitiu a mulher. — E nessa ausência descobri muitas coisas. — Fez uma pausa, como uma atriz que espera a reação da plateia. — Sevílio Druso acreditava que, para destruir o imperador, antes era preciso acabar com os paladinos. E que o primeiro precisava ser seu afilhado, Georgios Graco. Fui cética no início, mas hoje sei que ele estava certo. Os senhores estão pensando em mil formas de destronar Diocleciano, e eu lhes digo com toda a clareza: o filho de Laios não pode continuar existindo. Só quando ele morrer os senhores terão a chance de agir plenamente.

Galo, que, ao contrário de Maximiano, nunca negociara com Zenóbia, mostrou-se descrente e perguntou, com respeito:

— Como um homem pode fazer tanta diferença assim, majestade? E ainda mais sendo tão jovem? Graco, até onde sei, era um mero cavaleiro há um ano.

— Não se trata do que ele é, mas do que representa. Georgios Graco é o vínculo que Diocleciano mantém com seu passado de glórias — afirmou ela. — Se esses laços forem rompidos, o imperador perderá sua força, seu vigor e energia.

— Como sabe? — Para o presidente do Senado, tudo aquilo era muito subjetivo. — Quem garante que Diocleciano se enfraquecerá com a morte desse… — pensou em um termo apropriado e lembrou-se de que Georgios tinha apenas vinte anos de idade — rapaz?

— Os deuses — declarou Zenóbia. — Foram os deuses que assim me mostraram, do mesmo modo que mostraram a Druso. O que os senhores estão fazendo é andar em círculos, gastando muita energia por nada.

Maximiano sabia que a rainha estava certa. Rogou então por sua ajuda:

— Como encurralamos esse jovem, majestade? Magêncio — ele apontou para o filho — já tentou pegá-lo uma vez, arrastando-o para os tribunais, acusando-o de cristianismo, mas ele conseguiu escapar. Como destruiremos o rebento de Laios, se nem sabemos onde ele está no momento?

— Com paciência — ensinou. — Essa é a chave para tudo. Um dia, talvez daqui a dez anos, talvez daqui a seis meses, Georgios Graco cometerá um erro. Precisaremos estar prontos na ocasião. Devemos nos manter vigilantes e bem-informados.

Magêncio, enfim, pronunciou-se sobre o caso:

— Ouvi rumores de que ele se encontra no Egito, além da cidade de Mênfis. É um território proibido para nós. Mas certa hora ele terá de voltar. Ficaremos atentos. Cada passo dele me interessa.

O Inclemente fez como se despertasse de um sonho:

— Galo, despache um mensageiro para Alexandria *agora*! — ordenou. — Como eu disse mais cedo, Domiciano deve segurar seus homens. Não é hora de se insurgir.

— Sim, augusto. — O cônsul fez sinal para um de seus funcionários. — Perfeitamente. É para já.

Um escravo trouxe tinta, papel e caneta. Maximiano apoiou-se sobre uma mesinha e escreveu o bilhete para o prefeito do Egito. Galo foi ao seu escritório, lacrou o documento e o despachou.

Zenóbia se despediu, explicando antes que Druso, a quem chamou de "amigo", partira em uma missão muito importante.

— Ele retornará em breve — ela disse, completando: — Sevílio Druso é um grande homem. Será lembrado no futuro — opinou. — Isso eu posso garantir aos senhores.

Estava escuro ainda quando Galério, Pantaleão e uma comitiva composta por trinta pessoas — soldados, em sua maioria — deixaram o palácio e se dirigiram ao setor oeste de Antioquia, onde se localizava o Santuário de Héracles. Tratava-se de um prédio redondo, pequeno e sombrio, com uma estátua do semideus esculpida em latão.

Galério, apesar disso, julgou o ambiente "agradável", a ponto de ficar três horas lá dentro, meditando e suplicando que o herói intercedesse por ele junto a Zeus, o pai dos deuses olímpicos.

— Se o senhor restaurar minha honra — murmurou o césar, ajoelhado ao pé da escultura —, prometo fazer o que me pedir. E, caso eu esqueça deste juramento, quero morrer comido por vermes. — Olhou para alguns oficiais que estavam atrás dele, aglomerados na porta do templo. — Que esses guerreiros sirvam de testemunha.

Finalizadas as preces, Galério saiu para a rua, já tomada por curiosos. Os cavaleiros abriram espaço, até que o povo se dispersou.

Entendendo que já tinha feito sua parte, Pantaleão pediu para tirar o dia de folga. Foi autorizado e partiu dali para o Muro de Seleuco, um dos mais antigos de Antioquia. Cruzou uma passagem em arco e chegou às margens do Rio Orontes, que guarnecia e flanqueava a cidade.

O Templo de Hórus ficava colado à face externa das muralhas. Passara séculos em ruínas, até que os cristãos o descobriram, se apossaram dele e o transformaram em um hospital. O edifício se assemelhava às construções egípcias tradicionais, com a fachada reta e a porta alta, ladeada por obeliscos. Subindo uma rampa, alcançava-se a nave do templo, um salão retangular e espaçoso, com dezenas de leitos separados por baias. Enfermeiros e médicos circulavam freneticamente, atendendo os pacientes, aplicando-lhes sangrias, oferecendo água, amputando membros e administrando remédios.

Ao se deparar com o caos, tão comum em instalações semelhantes, Pantaleão se sentiu renovado. Ele adorava clinicar e pensou quão maravilhoso seria atender todas aquelas pessoas — nem que fosse por um curto período de tempo. Começou, então, a perguntar pelo médico-chefe. Um socorrista o levou até Plínio, um homem maduro, de olhos castanhos e cabelos grisalhos, que servira anos antes como um de seus enfermeiros.

O primeiro impulso de Pantaleão foi o de abraçá-lo, mas Plínio estava puncionando um furúnculo, com a roupa suja de sangue e pus. Esperou que ele terminasse, que conversasse com o paciente e se limpasse. Só depois se dirigiu ao amigo e lhe estendeu a mão.

— Pantaleão? — Plínio se recusou a cumprimentá-lo. — Por Deus, de onde você surgiu?

O clínico abaixou o braço.

— Estou com a comitiva de Galério. O césar me deu o dia de folga e pensei em fazer uma visita. Reparei que vocês estão sobrecarregados, quero oferecer meus serviços.

Plínio o fitou com desdém.

— Ah, agora você quer ajudar? — Deu uma risadinha irônica. — Quem diria, hein?

— Não entendi. Não quer a minha ajuda? Não vou cobrar nada. Pelos velhos tempos.

— Olhe à sua volta. Enfermeiros despreparados. Médicos sem experiência. Pacientes sofrendo. E a culpa disso é *sua* — acusou. — Como se atreve a voltar aqui?

— Minha?

— Um cristão que escolhe servir a um césar em vez de ajudar o povo de Deus não é digno de pertencer à nossa comunidade. Você desapareceu sem dar explicações. Soubemos depois que tinha sido contratado por um dos tetrarcas. Pantaleão, você simplesmente nos abandonou!

— Não é verdade — defendeu-se o médico. — Eu mandei um emissário avisá-los de tudo. Escrevi uma carta. Não recebeu?

— Isso não é desculpa — insistiu Plínio. — Você sucumbiu à vaidade. Optou por ser médico da corte, preferiu viver no meio do luxo, enquanto os problemas reais estão aqui. — Elevou a voz, repetindo: — Olhe à sua volta!

— Espere, calma! — Pantaleão mostrou as palmas. — Não seja injusto. Por minha iniciativa, fundamos cinco hospitais na Panônia. Dois só em Sirmio. Continuo e sempre continuarei ajudando as pessoas.

Plínio parecia cansado de discutir. Os doentes gritavam. Havia muito trabalho a fazer.

— O diácono deve chegar dentro de alguns minutos — disse o ex-enfermeiro, referindo-se a Romão, um dos sacerdotes mais rígidos de Antioquia. — Se vocês dois se trombarem, as coisas ficarão péssimas, sobretudo para mim. Então, peço que vá embora. É o melhor a fazer.

Pantaleão estava arrasado, além de confuso.

— Mas... — observou os pacientes — e essas pessoas? Por favor, deixe-me ajudar.

O médico-chefe do Templo de Hórus encerrou a conversa, dizendo:

— Não, obrigado. Os aristocratas romanos estão esperando por você. Suma daqui, antes que eu arme um escândalo. Muitas felicidades e adeus.

Indignado — e devastado, ao mesmo tempo —, Pantaleão saiu porta afora. Desceu a rampa e, com as pernas bambas, sentou-se na margem do rio, entre cascas de ovo e escamas de peixe. Ficou olhando as águas, que naquele ponto estavam cheias de lodo. Lembrou-se do que ele próprio ensinara ao césar sobre como lidar com a frustração. Quando o raio o atingia, entretanto, as coisas não eram tão fáceis. Sentia-se destruído, o último homem da Terra. Dedicara a vida a salvar os seres humanos, para ser tratado como um verme, um traidor, um cristão incapaz de exercer seu ofício.

Enquanto pensava, sentiu que alguém o cutucara. Letárgico, virou-se para trás. Era um dos oficiais de Galério, e estava acompanhado de dois legionários.

— Senhor. — Os militares costumavam ser gentis com ele. — O césar pediu que o encontrássemos. Ele o aguarda no Parque de Dafne, do lado de fora da cidade. Viemos escoltá-lo.

— Quando, agora? — Pantaleão franziu a testa. — Bem na hora do almoço?

— O senhor poderá almoçar na estrada.

— Como assim? Para onde iremos?

— O exército inteiro está se deslocando — o oficial avisou. — Não tenho certeza, mas ouvi boatos — pigarreou — de que estamos a caminho do Egito.

Sentados frente a frente, com um tabuleiro de latrúnculo entre eles, Domício Domiciano e Aurélio Aquileu se encaravam, um tentando prever os movimentos do outro, procurando adivinhar a próxima jogada.

Composto de peças brancas e pretas sobre uma superfície quadriculada, o latrúnculo era um dos jogos mais populares daqueles tempos, encantando ricos e pobres. Domiciano costumava ganhar todas as partidas — pelo menos quando disputava com Aquileu —, mas dessa vez o general saíra na frente.

Os dois estavam nos Jardins de Cleópatra, no Palácio de Alexandria, os pés descalços roçando na grama, rodeados de escravos que os abanavam com folhas verdes de palmeira. Era um dia quente de inverno — como às vezes acontece no Egito —, com muito sol e o ar abafado.

— O que houve? — O general notou que o prefeito estava distante. — Preocupado?

— Um pouco — admitiu Domiciano, bebendo suco de uva em um copo de vidro. — Galério foi derrotado em Carras. Fico pensando nas consequências.

Aquileu fez um movimento e comeu uma peça do colega. Deu um sorriso e comentou:

— Para nós, as consequências são as melhores possíveis. O exército do imperador foi reduzido em três mil homens. O contingente que ele mantém em Antioquia não é suficiente para nos derrotar.

— Pode ser. — O prefeito avançou com uma peça no tabuleiro. — Quando as nossas defesas estarão prontas?

— Dentro de quatro ou cinco dias. — Aquileu se mostrou confiante. Mais que isso: entusiasmado. — Depois de amanhã chegam os arqueiros que contratamos em Cirene. Os meus oficiais estão finalizando a última etapa do recrutamento compulsório. Os portões estão sendo reforçados. Retiramos dois deles, e acredito que hoje à tarde já sejam repostos. Então, semana que vem, no máximo, seremos, por assim dizer — procurou a palavra —, invulneráveis.

Domiciano fez um sinal para que os escravos abanassem mais rápido. Estava transpirando, sentindo um calor infernal.

— Isso me deixa mais calmo — reconheceu, pedindo que lhes servissem mais suco.

Enquanto bebia, perdeu mais duas peças. Sobravam apenas três no momento em que ele ouviu o som de uma trompa.

— O que os seus homens estão tramando? — perguntou para Aquileu. — Qual o sentido de ficar soprando essas merdas?

O general deu de ombros.

— Não é minha. Deve ser do dono do circo. Ele adora chamar atenção.

Domiciano ensaiou uma reação, comendo uma peça-chave do amigo. Com a cabeça mais calma, ele de repente se lembrou de um detalhe.

— O inverno começou ontem.

O outro não entendeu.

— O que quer dizer?

— O hipódromo e o anfiteatro ficam fechados no inverno. Além disso, mandei recrutar atletas e gladiadores. Não era esse o plano? Convocar todos com experiência militar?

— Era.

— Então — ele se levantou, inquieto — quem soprou a maldita trompa?

Ouviu-se um burburinho ao norte do jardim. Aquileu também se ergueu da cadeira. Três oficiais andaram até eles. Estavam tensos, o rosto sério, suando.

O chefe deles os saudou. O prefeito, que já estava ansioso, deu uma ordem ao combatente:

— Diga logo a que veio!

O homem engoliu em seco, para enfim revelar:

— Uma tropa está se aproximando da cidade, excelência. — Os olhos dele tremiam. — Na verdade, parece ser uma legião.

— Uma legião? — Domiciano contraiu o rosto. — Que legião? De onde?

— Eles usam o estandarte púrpura. Suponho, portanto, que sejam homens do imperador.

— A quanto tempo eles estão dos portões?

— Não mais que duas horas, excelência.

Domiciano se voltou para Aquileu, irado.

— E os seus batedores? Demitiu todos eles?

— Estão em treinamento. É o que normalmente se faz antes de uma grande batalha — justificou-se Aquileu. — Não há motivo para alarde. — Dirigiu-se então ao oficial diante dele, que viera trazer a notícia. — Comandante, envie um dos nossos diplomatas para receber o augusto e sua comitiva. Diga a ele para avisar ao imperador que nós somos súditos leais, e que ele é muito bem-vindo para ter conosco aqui no palácio.

O sujeito tremeu mais ainda. Informou, gaguejando:

— Já fizemos isso, senhor. O diplomata voltou a galope instantes depois — explicou, concluindo: — Sem a cabeça.

XVI

O PRÍNCIPE NEGRO

— ENTÃO O DIABO EXISTE, REALMENTE? — PERGUNTOU GEORGIOS, SENTADO em um dos bancos do jardim das figueiras. — Ele não é apenas uma invenção, como dizem os filósofos? Um ardil para ludibriar as pessoas?

Mauzio estava de pé observando o sol através das folhagens.

— Como pode ter dúvida disso, comandante? — Ele fez uma expressão teatral. — Logo você, que escutou a voz de Satã?

— Não sei. — O equestre se manteve descrente. — Um médico amigo meu me contou certa vez que conheceu um homem que teve o cérebro afetado por substâncias alucinógenas. O sujeito, segundo ele, passou o resto da vida conversando com Baco no fundo do copo.

— E você foi exposto a essas drogas?

— Receio que sim. Na Nicomédia, há muito tempo. Foi quando tive o primeiro contato com Lúcifer.

— Lúcifer… É a segunda vez que você pronuncia esse nome. Nunca o tinha ouvido antes. Suponho que seja como os maniqueístas se referem ao anjo caído — deduziu ele, citando o sistema de crenças fundado por Maniqueu, um profeta da Pérsia que acreditava que o mundo era dividido entre o bem, representado por Deus, e o mal, encarnado na figura do próprio Diabo. — É verdade que certos narcóticos podem provocar danos permanentes. E é verdade também que o mundo está cheio de loucos. Mas estou certo de que não é o seu caso.

— Como pode ter certeza? Se nem *eu* tenho?

— Conheci lunáticos o bastante para afirmar que um indivíduo assim perde a noção da realidade. — Mauzio pegou um figo da árvore e o degustou, fazendo uma cara de aprovação. — Portanto, posso garantir que você não está doente nem louco.

Georgios ergueu-se. O ar quente do dia anterior tinha ido embora, dando lugar a uma manhã fresca, típica do inverno às margens do Nilo.

— Se o Diabo existe, onde está? — perguntou. — Onde ele fica? No inferno? No Hades? No Tártaro? Ou no submundo dos deuses egípcios?

Mauzio sorriu. Um sorriso discreto, que se perdeu entre as sombras das centenárias figueiras.

— Está fazendo as perguntas erradas. Deus e o Diabo são criaturas espirituais. Ninguém pode encontrá-los cara a cara, não enquanto estivermos vivos. Essas entidades também não podem nos prejudicar fisicamente. Elas são capazes, porém, de nos influenciar e de afetar o universo psíquico. Deus não tem o poder de lhe entregar uma espada, mas pode lhe fornecer a determinação para vencer uma guerra. O Diabo, em contrapartida, fará todo o possível para convencer homens bons a cometerem atos ruins. Para tal, ele se vale das nossas fraquezas, como a ira, a inveja e a ganância. Felizmente, recebemos a dádiva do livre-arbítrio. Isso significa que, no final, somos nós que escolhemos.

Escutando o breve discurso, o filho de Laios se lembrou de um episódio marcante de sua vida.

— Cirilo, o bispo de Antioquia, me disse algo semelhante quando eu era só um menino.

O religioso acenou positivamente com a cabeça.

— Ele não lhe contou nada além da verdade. Os pagãos acreditam que os deuses residem em ídolos de pedra. Nós sabemos que o céu e o inferno vivem dentro do espírito humano. — Dito isso, Mauzio se aproximou de Georgios, apoiou as mãos em seus ombros e o encarou. — Ouça com atenção, comandante. O nosso reino não é neste mundo. Por isso eu lhe garanto que o mal jamais vencerá. O Diabo não pode e *não vai* nos vencer. Quanto mais os cristãos forem perseguidos, massacrados, humilhados e atirados aos leões, mais se multiplicarão. O Império Romano vai nos aceitar, ou então ele próprio cairá como uma árvore podre. Está escrito — alegou, embora Georgios não se lembrasse de onde essas coisas estavam gravadas nas escrituras, se é que realmente estavam. Seja como for, o bispo se afastou dele e concluiu: — Fiz uma promessa a você. Enfim chegou a hora de cumpri-la.

Mauzio convidou Georgios a acompanhá-lo ao santuário da árvore, mas antes o paladino achou por bem dar uma passada no hospital, afinal havia prometido a Cassiano visitá-lo diariamente.

Encontrou o rapaz no centro do pátio, sentado na beira da fonte, rindo sozinho e brincando com um caramujo. Parecia bem fisicamente, mas havia algo de estranho no modo como se comportava.

O cavaleiro o observou a distância até reunir coragem para abordá-lo.

— Bom dia. — Ele se sentou a seu lado na fonte. — Como está se sentindo hoje? Pelo que vejo, já consegue andar.

Cassiano retrucou com uma gargalhada infantil, e nesse momento Georgios compreendeu que o tinha perdido para sempre. Era como se seu espírito tivesse sido roubado, como se ele não estivesse mais lá.

Elias de Creta, um dos médicos da equipe, fez um sinal negativo com a cabeça e puxou o equestre para um canto do pátio.

— O seu amigo não vai se recuperar tão cedo, comandante — sussurrou ele. — Precisa de repouso e cuidados intensivos.

Por algum motivo, Georgios ficou irritado.

— O que vocês deram a ele? Mais posca?

— Não demos nada.

Georgios analisou o rosto do clínico e concluiu que ele dizia a verdade.

— O que ele tem, então?

— Os persas chamam de trauma — disse Elias. Era um homem de cinquenta anos, moreno de pele, com uma barba tão longa que quase tocava os joelhos. — É comum em veteranos de guerra. Sabe se ele passou por alguma situação extrema?

— O que seria uma situação extrema?

— Um evento traumático — explicou. — Qualquer coisa que possa tê-lo assustado. Que possa tê-lo impressionado.

Georgios não sabia se o rapto em Khe poderia ser considerado um evento traumático.

— Talvez — respondeu, pensativo. — Passamos por muitas coisas. De minha parte, contudo, não me sinto traumatizado.

— Bom — o médico encolheu os ombros —, cada um reage de uma forma, não é?

— Quando ele melhora?

— Não sei. — Alisou a barba. — Só o tempo dirá.

Georgios detestava gente incompetente, e Elias parecia ser uma dessas pessoas. Se Pantaleão estivesse ali, pensou, teria as respostas certas, mas não adiantava se alterar. Em vez de insistir no interrogatório, fez um pedido:

— Pode cuidar dele?

— Claro — prometeu o médico, e parecia, mais uma vez, estar sendo sincero. — O seu amigo estará a salvo neste hospital. Nenhum exército conseguiu tomar a Fortaleza de Tebas desde que ela foi construída, há mil anos. — E reforçou: — Ele estará seguro conosco.

Georgios agradeceu, ainda inconformado. Curvou a cabeça e foi embora. Ele nunca mais veria Elias de Creta.

Nem Opélio Cassiano.

Seguiu dali para o santuário da árvore.

Enquanto caminhava, fez um esforço para se recordar dos amigos que deixara para trás, e de repente se lembrou de Ábaco, o escravinho egípcio a quem se afeiçoara durante uma viagem de Antioquia à Nicomédia. Chegando ao destino final, Georgios, que nunca desejara ser dono de escravos, entregara o menino de presente ao imperador, que havia prometido protegê-lo e tratá-lo com dignidade.

Onde estava Ábaco agora?, pensou. O garoto era um prodígio, um pequeno gênio da matemática — daí seu nome, inspirado no famoso instrumento de cálculo.

E quanto a Davi, Simão e Judá, os comerciantes que o incorporaram à caravana judaica? O que teria acontecido com Strabo, seu pedagogo, e Jocasta, a esposa dele? E com as dezenas de homens e mulheres que conhecera na Germânia, tais como Cingetorix, Círio Galino, Ida e Mabeline?

Que fim teriam levado essas pessoas? Estariam doentes ou sãs? Vivas ou mortas?

Acenou para os guardas e entrou no santuário da árvore. Mauzio o esperava no pátio, diante da macieira, contemplando o céu azul, com um molho de chaves na mão.

— Lamento por seu amigo — disse o bispo assim que o avistou.

— Eu também lamento.

— Cuidaremos dele — jurou, tocando a seguir o peito metálico. — Faço essa promessa diante de Deus.

— Obrigado — Georgios agradeceu, displicente. No fundo, sentia-se responsável pelo que acontecera a Cassiano.

O bispo pareceu ter lido a frustração no rosto dele e comentou, cheio de formalidade:

— Seu coração é puro, Georgios Graco, e sua vontade é de ferro. Talvez por isso o Diabo esteja atrás de você.

— Não acho que seja o caso. De acordo com o próprio Lúcifer, eu serei o homem que vai destruir o Império Romano — revelou. — Essa é, supostamente, a razão de ele se interessar por mim. Pelo menos foi o que as vozes me disseram na escola e depois na Germânia, por meio de um bode.

— Sua presença aqui, então, faz mais sentido a cada instante — sustentou Mauzio, escolhendo uma chave do molho. — Eu o levarei às capelas agora.

Os dois se dirigiram a uma das doze portas que se dispunham ao redor do jardim. O bispo destrancou uma delas, e eles entraram em uma câmara vazia toda feita de pedra, sem janelas, com uma meia-coluna no centro. Sobre esse pedestal havia uma flecha quebrada.

— Observe. — Com a delicadeza de quem segura um recém-nascido, Mauzio apanhou o projétil, que estava sujo de terra e areia, e o estendeu contra a luz. — Parece ordinária, não é? Quem diria que é a seta que matou Aquiles em Troia?

O paladino não se conteve.

— Desculpe-me. Não quero ofendê-lo — disse —, mas não acredito nessas histórias.

— Não acredita na Guerra de Troia?

— Claro que acredito na guerra — exclamou Georgios —, mas não que essa seja a flecha que matou Aquiles.

— Por que não?

— Que provas você tem de que isso seja real?

— Presumo que as mesmas que você tem sobre a própria Guerra de Troia, sobre os ídolos, heróis, narrativas e artefatos.

O equestre tentou outra abordagem.

— Então o santuário é isso? — insistiu. — Um depósito de relíquias falsas?

— O poder de uma relíquia não repousa em sua autenticidade, mas no que representa. Se ela cumpre a função de inspirar, de religar o ser humano aos poderes divinos, então *é* verdadeira.

— Não concordo, mas entendo o conceito. É o que vocês, cristãos, chamam de *fé*.

Mauzio assentiu e o levou a outra câmara, idêntica à primeira.

— O Panteão Negro, às vezes chamado de Torre Negra — começou ele à medida que removia as correntes —, é um antigo sítio de peregrinação dos nabateus. Em janeiro, os líderes tribais se reúnem em volta do baluarte para reverenciar uma pedra que, segundo eles, caiu do céu. Se você quiser se aproximar do local, deve ter em mãos uma relíquia do seu próprio deus para oferecer ao *sheik* como um gesto de amizade.

— O que é um *sheik*? — O paladino se interessou. — Como identificá-lo?

— O *sheik* é o mais sábio e venerável entre os chefes. — Sobre o pedestal da segunda câmara descansava um ramo de espinhos coberto de sangue pisado. Mauzio o pegou e o entregou ao equestre. — Eis um dos mais extraordinários tesouros cristãos: um fragmento da coroa do Nazareno. Leve-o com você.

Georgios aceitou o presente, mesmo sabendo que não se tratava da coroa de Cristo. Ele tinha absoluta certeza de que era falsa, primeiro pelo simples fato de que, se aquele item fosse realmente sagrado, Mauzio jamais o entregaria a um pagão. E, segundo, porque já vira um ramo daquele antes, no Templo de Hórus, quando trabalhava como enfermeiro. O nome da planta era salávia, e costumava ser usada para expectorar secreções.

O bispo farejou sua desconfiança e disse:

— Fé. Você precisa ter fé, comandante. Se quer cumprir sua demanda — afirmou —, você precisa acreditar que essa coroa é verdadeira. Entende agora? É tudo uma questão de fé. *Tudo*.

Na época, Georgios não entendeu o que Mauzio estava querendo dizer. Só anos depois, durante o cárcere na Nicomédia, aquelas palavras fariam sentido em sua mente.

Para o bispo de Tebas, era irrelevante o fato de a coroa ter ou não pertencido a Jesus Cristo. O que importava era se as pessoas acreditavam na história, na narrativa, na tradição expressa nos evangelhos. É a mensagem que conta, não a forma — não o concreto, mas o etéreo. Na opinião dele, portanto, era o *devoto* — e não a divindade — que operava os milagres. Eram os fiéis, isto é, os seres humanos, que exerciam, efetivamente, o poder de transformação. Essa doutrina, chamada de herética, acabaria por ser sepultada durante o Concílio de Niceia, que viria a unificar o clero cerca de trinta anos mais tarde.

Georgios permaneceu na fortaleza por mais uma semana, depois se preparou para tomar o caminho de Berenice, escoltado por Cândido e seus legionários. Mauzio cavalgou até os portões para se despedir da comitiva. O filho de Laios não resistiu e perguntou a ele, intrigado:

— Pensei que sua intenção fosse me usar como diplomata. Mas, pelo jeito, eu estava errado o tempo todo.

— Você estava certo o tempo todo. — Riu-se. — Entretanto, uma coisa aconteceu e inverteu a situação. É o imperador que agora precisa de nós, e não o contrário — disse e, antes que Georgios pudesse interpelá-lo, o tebano detalhou: — Como eu havia previsto, o prefeito tentou se rebelar, mas a conspiração foi descoberta e Diocleciano marchou para Alexandria com seus homens e carros de guerra. Combates estão sendo travados nas ruas. Já houve centenas de mortos.

Georgios contraiu o rosto.

— Se for verdade, devo descer o Nilo imediatamente — concluiu, afrouxando as rédeas. — O imperador pode estar precisando dos meus serviços.

— Concentre-se em obter a arma secreta — sugeriu Mauzio. — Será mais útil cumprindo a missão que o augusto lhe delegou.

O paladino ia perguntar como Mauzio sabia sobre a arma secreta, mas era óbvio: Opélio Cassiano havia contado para ele.

— Nos veremos de novo? — perguntou.

— Se Deus quiser. — O bispo o cumprimentou inclinando a cabeça. — Boa sorte, comandante. — Esticou o braço, sacudindo a mão contra o sol vespertino. — E até breve.

De lá, Georgios, Cândido e o restante da comitiva pegaram uma trilha que cruzava o deserto, serpenteava por montanhas e vales e terminava nas proximidades de Berenice. Fundada por Ptolomeu II cerca de quinhentos anos antes e nomeada em homenagem à sua mãe, Berenice era o último porto antes da fronteira histórica do Egito. Construída pelos gregos, parecia-se muito mais com Alexandria do que com os antiquíssimos povoados à margem do Nilo, seguindo, portanto, o modelo helênico de urbanização. Os romanos haviam se apoderado da cidade depois, e agora ela era governada por dois homens fortes: um príncipe núbio chamado Ziúra e um duque romano, Exupério, que respondia diretamente a Mauzio. O duque comandava dois mil soldados e tinha por tarefa assegurar a paz na região.

Quando o centurião em Terina disse que a Legião Tebana era a única que conseguiria deter o avanço dos núbios, Georgios não imaginou que núbios e tebanos tinham, na realidade, firmado uma parceria comercial. Guerras são cansativas, dispendiosas e arriscadas. O melhor, na concepção desses nobres, era fazer acordos e dividir lucros, assim ninguém saía perdendo. Berenice, como o equestre logo descobriria, era rica não só graças ao porto, mas sobretudo por suas minas de esmeraldas, cuja exploração começara no tempo dos faraós — e continua em plena atividade até hoje.

Soldados cristãos e lanceiros núbios montavam guarda sobre as muralhas. Defendendo os portões havia duas torres de pedra, uma com o estandarte da Legião Tebana e outra com a bandeira do antigo reino de Kush, cujo símbolo era a cobra naja.

Naquela noite, Georgios e Cândido jantaram com Ziúra e Exupério. O primeiro era um homem de pele negra como carvão, alto e barrigudo, que usava roupas coloridas e muitos adereços de ouro. Já Exupério parecia ser de origem árabe, tinha o corpo magro e longilíneo, o rosto comprido e uma barbicha pontuda. Ele prometeu usar sua influência para embarcar o paladino no próximo navio com destino a Jedá, o porto do outro lado do mar.

— Se quer mesmo ingressar nessa aventura, esteja ciente de que eles não gostam de nós — alertou. — Se eu fosse o senhor, teria muito cuidado.

— Não gostam de nós? — estranhou o equestre.

— Sim. De nós, romanos — esclareceu o duque. — Odeiam tudo o que representamos.

Os quatro estavam no palácio urbano na costa do Mar Vermelho, comendo sobre uma longa mesa de mármore polido, ao som das ondas que estouravam contra o rochedo lá embaixo. O teto fora coberto com tiras de seda, e o chão, adornado com tapetes de palha.

— Os nabateus não gostam dos persas também — acrescentou o príncipe Ziúra. O grego que ele falava era difícil de entender, carregado com um sotaque que, na ocasião, Georgios não soube identificar, mas lembrava vagamente o aramaico, o idioma dos mercadores que ele aprendera na infância. — Se me permite perguntar, por que é tão importante para o senhor visitar o Panteão Negro? O lugar é inóspito, e o povo do deserto, extremamente hostil a forasteiros.

Georgios olhou bem fundo nos olhos do príncipe. Depois de três anos na Germânia, ele aprendera na prática a se comportar como um diplomata. Isso significava agir com respeito, com educação, e ao mesmo tempo saber impor suas vontades.

— Uma das minhas missões consiste em consultar o oráculo — contou. — Dizem que ele é o único que dá respostas diretas.

Ziúra, Cândido e Exupério se entreolharam. O príncipe negro soltou um pigarro.

— Não acreditamos em oráculos, comandante — disse ele com firmeza. — Nesta sala, à exceção do senhor, somos todos cristãos. Entendo, porém, a motivação que o traz a este lugar. De qualquer maneira, toda esta conversa é inútil. Duvido que os árabes deixem um oficial romano se aproximar do panteão. O mais provável é que o senhor seja capturado e morto. Sinto ser a pessoa a lhe dizer isso, mas prefiro ser honesto a lhe dar falsas esperanças.

Georgios ficou sem saber o que responder. Mauzio fizera a coisa parecer simples e não mencionara nada a respeito do ódio dos árabes contra romanos e persas. Olhou para Cândido, esperando que ele tivesse algo a acrescentar. O grandalhão comeu uma fatia de queijo, pensou um pouco e sugeriu com sua voz de urso:

— E se montássemos uma pequena comitiva? Não é possível que o senhor, alteza, não conheça alguém que possa guiar o comandante Graco.

Ziúra sentiu-se desafiado e deu um riso de constrangimento.

— Eu conheço vários guias e tenho soldados suficientes para formar uma escolta — exclamou —, mas eles também são cristãos. Nem mesmo eu seria capaz de convencê-los a ajudar um herege.

Era a primeira vez que Georgios se lembrava de ter sido chamado de herege. Não se sentiu ofendido, mas o duque Exupério claramente se incomodou com o termo. Pousou o copo na mesa e propôs:

— E se o comandante Graco for batizado? Nesse caso, o senhor poderia convencer alguns dos seus homens a irem com ele?

Georgios torceu o nariz.

— Sou um oficial romano, meus caros. Sou fiel a Mitra e a Marte — disse. — Não tenho nenhuma intenção de me converter.

Exupério mostrou-lhe a palma direita, como quem pede calma.

— É só uma estratégia para convencer os homens de sua alteza a acompanhá-lo nessa empreitada. — Trocou olhares com o príncipe, que parecia ter gostado da ideia. — Quantas vezes Alexandre não se curvou sob o altar de deuses estrangeiros a caminho da Índia? Júlio César prestou homenagem aos espíritos do Nilo quando esteve aqui no Egito. Ninguém está pedindo para o senhor trair ou abandonar as divindades romanas — argumentou —, apenas para mostrar seu respeito às nossas crenças fundamentais.

O paladino se retraiu. Estavam todos quietos, aguardando a resposta dele.

— Já combati ao lado de cristãos na Germânia — disse o equestre depois de uma longa pausa. — Sei que, na guerra, certas medidas são necessárias. Sei também que o imperador entenderia se eu me dobrasse aos senhores. O meu temor não é o augusto, mas os outros tetrarcas. Um deles me persegue faz anos — admitiu. — Se ele souber que fui batizado, poderia me arrastar para os tribunais, como já aconteceu uma vez.

Ziúra coçou o queixo e murmurou, pragmático:

— Pensei que o senhor fosse um paladino.

— Eu *sou* — disse Georgios.

— O único que pode julgar um paladino é o imperador, não é? Nem os tetrarcas têm poder sobre eles. Na realidade, os paladinos possuem o direito de prender augusto e césares, estou certo?

O príncipe negro tinha razão.

— Está certo — confirmou o equestre.

— Então, do que o senhor tem medo?

Georgios ficou em silêncio, e todos entenderam que ele aceitara a proposta. Seu receio, porém, era legítimo, pois no passado chegara a ser condenado à morte por uma falsa acusação de cristianismo. Era verdade que ele fora lançado, sem querer, no seio das intrigas políticas, mas era verdade também que interesses pessoais haviam motivado sua prisão, afinal Magêncio, o pontífice de Roma, o detestava desde que Georgios o vencera em uma competição na Escola de Oficiais do Leste, quando ambos eram jovens oficiais em treinamento.

De qualquer maneira, o príncipe Ziúra trouxera à tona o que havia de mais importante: Georgios era um paladino, o que lhe dava imunidade para fazer o que bem entendesse. Diocleciano lhe delegara uma missão e ele precisava cumpri-la, não só pela sobrevivência do Oeste como para provar — a si mesmo, antes de tudo — que não era, como afirmara o Diabo, o tal indivíduo que iria "destruir o Império Romano".

Quando o jantar terminou, estavam todos embriagados. Exupério acompanhou o visitante até a porta do quarto e fez questão de apertar-lhe a mão.

— Vou batizá-lo amanhã, comandante — disse o duque, um pouco alterado por causa do álcool. — Obrigado por esse privilégio. Sei que se trata de mera formalidade, mas mesmo assim — ele encheu os pulmões de ar e repetiu: — muito obrigado.

XVII

VELHOS DESCONHECIDOS

ROMA, A DESPEITO DAS RUAS CONFUSAS, DOS RATOS E LADRÕES QUE ESPREITAvam nos becos, tinha um dos invernos mais agradáveis da Itália. O frio era moderado, apesar de úmido, sendo facilmente aplacado por uma capa de lã ou um casaco de pele de carneiro, o que permitia às pessoas saírem de casa para fazer compras, assistir a peças de teatro, frequentar bares e visitar os amigos.

No dia 3 de janeiro, porém, a cidade amanheceu escura e chuvosa. Foi com genuína surpresa, portanto, que Zenóbia recebeu de Ânzu, seu secretário, a notícia de que havia alguém à porta pedindo para falar com ela. O eunuco comentou que estava a ponto de enxotar a pessoa, até se lembrar de que a conhecia de algum lugar.

— Parece ser a criada de Druso, majestade — informou ele, com o rosto pálido e ossudo de sempre. — Posso estar errado, mas achei melhor avisar a senhora.

Zenóbia estava sentada em um dos cômodos da casa, organizando e relendo antigos papéis. Diante dela havia três braseiros crepitantes, que iluminavam e aqueciam o recinto.

— Como ela disse que se chamava? — perguntou a rainha.

— Não disse. Só falou que precisava ter com a senhora.

Zenóbia se levantou e vestiu uma capa de pele de urso.

— Peça para ela entrar.

— Ela foi enfática ao dizer que a aguardaria na porta. Sim, também achei estranho — admitiu Ânzu. — Devo dispensá-la?

— Não. — Enquanto transpunha os corredores, a rainha apanhou uma adaga na gaveta de um dos móveis e a escondeu sob a roupa. — Só me acompanhe.

Os dois atravessaram a antessala e chegaram à porta principal, que dava para a rua. O secretário abriu uma das folhas, revelando uma senhora idosa, curvada, banguela, toda vestida de preto. Não havia dúvidas de que se tratava de Famígela, a governanta de Druso, mas sua expressão era bem diferente do que Zenóbia se lembrava. Transmitia autoridade e firmeza, como se fosse uma figura pomposa.

— Pois não. — Zenóbia a fitou, mantendo distância. — Queria falar comigo?

— Como é bom vê-la de novo, majestade — disse a mulher com a voz grave, distorcida, e o tom erudito. Era como se ela estivesse imitando seu mestre, e Zenóbia enxergou nisso um insulto.

— Quem a mandou aqui? — exigiu a monarca, severa. — Diga logo o que deseja.

— Oh, peço desculpas pela confusão. Sou *eu*, majestade. Sevílio Druso.

Zenóbia não entendeu.

— Druso?

— Sim, e posso provar — garantiu. — Mas, primeiro, devo dizer que o feitiço do vento funcionou a contento. Embora só possa ser usado em noites de lua cheia, consegui alcançar a Pérsia sem contratempos e estou agora em Ctesifonte na companhia de Kartir, nosso mestre. Ele me ensinou um encantamento por meio do qual posso, temporariamente, possuir o corpo de outra pessoa. É cansativo, mas bastante eficaz. Estou aqui para transmitir à senhora algumas notícias. E para fornecer orientações.

Como era de esperar, a rainha desconfiou, apesar de a atuação de Famígela ser impecável. Ela agia e se comportava como Druso, copiando inclusive a voz, o linguajar e as expressões do velho jurista.

— Kartir, que se encontra agora ao meu lado — prosseguiu a idosa —, mandou dizer que o punhal que a senhora esconde sob a capa foi o mesmo com o qual matou seu primeiro marido, o venerável Odenato. Ele espera que isso a faça acreditar em nós.

Agora a anfitriã estava pálida, o rosto frio como a brisa do inverno. Ninguém, à exceção dela e de Kartir, sabia como Odenato havia morrido e quem o tinha matado.

— Quer entrar? — ela enfim perguntou. — Está gelado aí fora.

— Não — respondeu a visita. — Serei breve. Como eu disse, o gasto de energia para manter este encanto é tremendo. — Fez uma pausa. — Como já é de conhecimento geral — continuou —, Narses caiu na armadilha de Diocleciano. O combate em Carras impediu que ele cruzasse a fronteira da Síria em outubro. Os persas estão agora sem suprimentos e vão recuar para o deserto. O xá pensou em tentar a sorte atacando a Armênia, mas o rei Tirídates tem um exército bem organizado, então terão de esperar até março ou abril. Kartir irá ao encontro deles — afirmou, acrescentando: — O que Maximiano precisará fazer até lá é declarar guerra ao imperador. Quando os romanos se deslocarem para o planalto do Cáucaso, o Inclemente deverá pegar seus navios e velejar rumo a Alexandria. Narses já tem um acordo pronto para a partilha do Egito e está disposto a negociar com ele, mas antes as forças imperiais precisam ser esmagadas.

Zenóbia se lembrou do que havia escutado no palacete de Galo, em novembro.

— Maximiano teme que suas tropas se amotinem caso ele declare guerra contra o augusto sem um motivo razoável.

Famígela deu um sorriso típico de Druso.

— Ora, ora, fabricaremos um motivo — disse ela. — Já o fizemos antes, lembra? Quando contratamos artistas de rua para contar histórias nas tavernas e produzir grafites denegrindo a imagem de Georgios Graco?

— Sim. — Zenóbia meneou a cabeça. — Claro que lembro.

— Roma está um caos. O Ocidente foi abandonado pelo imperador. Diocleciano enfraqueceu a guarda pretoriana, que por séculos vigiou a metrópole, criou uma tropa particular e se mudou para o Leste. Ele *odeia* os verdadeiros romanos. Esse tirano precisa ser deposto, e Maximiano é o único que tem poder para tal — declarou Famígela de um jeito calculista. — Entendeu agora, majestade? É tudo bem simples. O povo da cidade está insatisfeito. É o sentimento geral nos cortiços, nos becos, nos bairros pobres. Basta embrulharmos bem essa narrativa e dentro em pouco teremos o clima de guerra que o Inclemente tanto almeja.

Zenóbia estava perplexa. Se aquele não fosse Druso, Famígela era a melhor atriz que ela vira atuar — e ela já assistira a muitas atrizes notáveis em teatros egípcios, romanos e gregos.

— Será assim — assentiu a rainha, insistindo então: — Tem certeza de que não quer entrar e conversar mais um pouco? Talvez me contar sobre a experiência de deslizar acima das nuvens e sob as estrelas?

A anciã a interrompeu, semicerrando os olhos.

— Eu adoraria, mas preciso ir. Não tenho certeza de quando conseguirei me comunicar de novo com a senhora, pois este feitiço é muito exaustivo. Terei de dormir por nove luas agora. De todo modo, foi um prazer. Ctesifonte é um lugar fantástico, mas muito calmo. Logo estarei de volta à ativa, seguindo as orientações de nosso mestre. Que Bel a proteja, majestade. — Virou de lado e foi se afastando. — Nos veremos em breve.

O mordomo fechou a porta. Nesse momento, começou a nevar. Ele, assim como sua ama, estavam verdadeiramente impressionados.

— Já vi coisas estranhas, senhora — Ânzu murmurou. — Mas nada se compara a isso.

— Os magos da Pérsia são muito espertos — ela comentou. — Faz décadas que tento entendê-los. Druso conseguiu, aparentemente. — E completou: — Isso é inédito.

Como muitos habitantes de Lida — como todos, talvez —, Demetrios Sula curvara-se à tirania de Drago.

Ele não tivera saída, na verdade.

Apenas seis anos antes, era um sacerdote respeitado, comandava o Templo de Zeus e atuava como mediador nas reuniões do conselho municipal, a assembleia que congregava, na época, as figuras mais importantes da cidade, entre elas Laios, o pai de Georgios, e o próprio Räs Drago.

Com a morte de Laios, Drago sentiu-se à vontade para assumir o controle da região. Em uma mesma noite, incendiou o Templo de Zeus e invadiu a Vila Fúlvia, tomando para si a plantação de oliveiras. Cinicamente, na manhã seguinte, foi ter com Demetrios em sua casa e prometeu reconstruir o santuário "do zero", o que nunca aconteceu. Para evitar críticas e calar desafetos, Drago convidou Sula para ser um de seus secretários particulares. O clérigo, ele sabia, era um sujeito de muitos contatos e muitos talentos, o que lhe poderia ser útil caso soubesse mantê-lo na linha.

Foi assim que esse ancião de barba branca, que nunca havia matado uma mosca, se tornou assessor de um dos indivíduos mais perversos daquele lado do mundo. Por ordem de seu patrão, percorrera toda a Síria e parte do Egito fechando acordos, reunindo-se com generais, subornando políticos e negociando contratos.

Em fins de dezembro, Demetrios Sula aportou em Pafos para uma audiência com o governador do Chipre. Depois de se acomodar em uma mansão alugada perto do porto e ao lado das docas, seguiu para a casa de Caio Núbio Cipriota, que o aguardava com grande expectativa.

Cipriota tinha todos os motivos para odiar Demetrios Sula, afinal Drago fizera coisas terríveis com Tysa quando ela era apenas uma criança. Sendo assim, ordenou que alguns de seus soldados permanecessem à espreita e vigilantes, para o caso de qualquer contratempo.

Passava do meio-dia quando o visitante chegou à mansão. O banquete foi servido no triclínio, um ambiente quadrado com quatro divãs, chão de mosaico e uma mesa de centro. O recinto dava para o pátio traseiro, onde se viam passarinhos cantando sobre o jardim de flores.

— Salve, excelência — exclamou Sula, oferecendo a mão e um sorriso. — Não imaginava que o Chipre fosse tão frio.

— É o vento — explicou Cipriota. — Faz gelarem os ossos. Por outro lado, o sol daqui é muito agradável.

— Não duvido. — Mais um sorriso. — É que nasci na Palestina. Um calor infernal.

Cipriota começou a se servir. Sula esperou que ele montasse o prato e só então fez o mesmo. Os escravos encheram as taças de vinho.

— Sua ilha é fantástica — disse o hóspede, saboreando um delicioso carneiro. — Quando vejo lugares assim, me sinto triste por estar tão velho. Percebo que nunca conseguirei conhecer todas as maravilhas deste planeta.

— O senhor tem quantos anos? — quis saber Cipriota.

— Sessenta e seis. Me orgulho de minha barba branca — brincou, afagando os fios. — No entanto, fico sempre com a sensação de que poderia fazer mais pela humanidade.

Era agora a vez de o governador sorrir.

— Que conversa estimulante! O senhor me lembra um conhecido meu falando. Um sujeito que conheci anos atrás, quando morava justamente em Lida.

Sula fez uma cara de espanto.

— Não entendi. — Engoliu o carneiro. — O senhor morou em Lida?

— Por algum tempo. Quando era escravo do senador Caio Valério Fúlvio. Meu falecido mestre perdeu tudo no jogo, então nos mudamos para cá.

— Espere um minuto. O senhor disse Caio Valério Fúlvio, o antigo dono da Vila Fúlvia? — Demetrios Sula parou de comer, atônito. — A propriedade rural que foi entregue ao comandante Laios Graco?

— Sim, senhor — confirmou Cipriota. — Está correto.

— Pelos seios de Hera! Então nós podemos ter nos cruzado. Vivo em Lida há décadas, mas fui nomeado sacerdote de Zeus logo após a partida do senador, quando então ganhei certa notoriedade. Antes trabalhava para Cláudio Sobo. Era um ilustre desconhecido.

— Cláudio Sobo? — perguntou o núbio com uma careta de nojo. — O advogado?

Sula inclinou o queixo.

— Ele mesmo.

— Se me permite dizer, e com o perdão da palavra — o governador não resistiu —, Sobo era um grandessíssimo filho da puta.

— Quer saber? Concordo com o senhor.

Os dois gargalharam.

Comeram.

Cipriota revelou que fora liberto após a morte de seu mestre — o que era mentira, pois fora Tysa quem o alforriara meses depois. Contou também como decidira entrar para a vida pública. Demetrios Sula, de sua parte, explicou o que havia mudado em Lida nos últimos anos — omitindo, é claro, as críticas a seu patrão. Limitou-se a dizer que Drago era um homem poderoso e temido, além de um comerciante excelente.

— Sua história é inspiradora, excelência, embora não seja única — disse Sula, cortando uma fatia de pera. — O próprio imperador era filho de escravos. Felizmente, vivemos tempos mais justos, o que a meu ver é estupendo.

Cipriota perguntou, então, o que Drago queria no Chipre, além das vagas no porto.

— Se o senhor permitir que vendamos o nosso azeite na ilha — propôs o assessor —, concedo aos compradores quinze por cento de desconto. É um bom negócio. O produto é de primeira.

O governador concordou de início, mas acrescentou que precisava de todos os detalhes por escrito. Sula aceitou a condição dele sem barganhar. De todo modo, nada seria decidido naquela noite — afinal era apenas o primeiro encontro entre os dois.

Para a sobremesa, os escravos trouxeram tâmaras secas e bolos de vinho doce. Em dado momento, Sula se lembrou de algo que o anfitrião havia dito mais cedo e voltou ao princípio da conversa:

— O senhor mencionou que minhas falas pareciam com as de um sujeito que conheceu na Palestina. Quem seria esse indivíduo?

Cipriota limpou a boca com um lenço.

— Strabo, um dos secretários de Fúlvio. Um filósofo de grande sabedoria.

Demetrios Sula quase largou o copo no chão.

— Strabo era meu amigo — disse ele, bastante emocionado. — Estou surpreso por nunca termos nos esbarrado nas ruas, mas deve ter a ver com destino — divagou. — Fatalmente tem a ver com destino.

O dono da casa aquiesceu, e eles ficaram conversando por mais algumas horas.

Quando o almoço terminou, já estava escuro. Cipriota se ofereceu para acompanhar o estrangeiro até o porto, onde ele estava hospedado. Saíram, então, escoltados por oito oficiais, empunhando tochas para enxergar o caminho.

Percorreram ruas estreitas, entraram em bairros não muito seguros e deixaram Demetrios Sula são e salvo na propriedade alugada. Na volta, enquanto passavam por um beco, o brilho da lua incidiu sobre as paredes de uma loja e o governador notou um grafite que julgou curioso. Parou e pediu que os guardas iluminassem o desenho. Políbio, o comandante da tropa, tentou, porém, demover o político da ideia.

— É melhor prosseguirmos, excelência — disse. — Esta área é perigosa.

Cipriota refutou o conselho.

— Perigosa? Estamos em oito. Nove, comigo. Os senhores estão fortemente armados. Além disso, só vai levar um minuto.

Fez um sinal ordenando que o soldado mais próximo erguesse a tocha. A gravura, ainda que tosca, mostrava um homem de quatro, como se fosse um cavalo, e montado sobre ele havia uma mulher — uma jovem loura vestida de branco, usando um flagelo para açoitá-lo.

O governador ficou alguns segundos parado, observando a figura, sem entender seu significado. Enfim, percebeu que o "cavalo" era ele — e a moça era Tysa.

Houve um instante de constrangimento. Todos sabiam o que estava acontecendo.

Cipriota se retraiu. Sentiu-se envergonhado, exposto — como se fosse um escravo de novo.

Políbio compreendeu a gravidade da situação e o abraçou de lado, cobrindo-o com sua capa.

— É só uma piada, excelência — disse o oficial. — Ninguém leva esses idiotas a sério.

O núbio não retrucou. Seguiu caminhando na direção do centro de Pafos. Políbio e os legionários foram atrás dele.

O ataque de Diocleciano a Alexandria tinha tudo para ser bem-sucedido — e foi, em um primeiro momento.

Na época, a cidade contava com duas linhas de defesa: a Muralha Canópica, que começava no distrito judaico, a noroeste, e terminava no aqueduto, ao sul, e a Muralha do Sol, que isolava a parte central da metrópole, incluindo o porto, o mercado de peixes, a biblioteca e o palácio, onde vivia o prefeito.

Os portões externos foram transpostos sem resistência. Houve combate nas ruas, em especial nos subúrbios, mas esses homens acabaram se rendendo quando Galério lhes ofereceu anistia.

Os soldados do imperador acamparam no hipódromo, e os oficiais se alojaram no teatro. De lá, começaram a planejar o cerco ao coração da cidade. Eles possuíam boas armas e munição abundante, mas Domiciano e Aquileu tinham o controle da enseada, por onde poderiam receber suprimentos. Sem navios, pontuou Galério durante uma reunião do conselho de guerra, o exército imperial teria dificuldade para alcançar o centro de Alexandria e destituir os usurpadores. Conseguiriam, cedo ou tarde, mas ao custo de centenas de vidas — e eles precisavam manter o contingente intacto, na medida do possível, para enfrentar Narses na primavera.

No terceiro dia, Diocleciano se ajoelhou diante da estátua de Marte, localizada em um pequeno templo colado às Termas de Adriano, e fez suas preces. Encerradas as orações, com a tarde já indo embora, regressou à Via Canópica. Ele, Galério, Pantaleão e os paladinos estavam hospedados em um palacete oferecido por um dos patrícios locais. O imperador não sabia se o sujeito era confiável — provavelmente não —, mas aceitou porque o terreno era amplo, os jardins tinham espaço de sobra e eram perfeitos para as reuniões militares.

Nesse entremeio, enquanto percorria a grande avenida arborizada, ele reparou em uma jovem muito bonita, de cabelos castanho-claros e olhos cor de azeite. Ela se vestia com roupas simples, mas alinhadas, dando a entender que era plebeia.

Quando os olhares dos dois se cruzaram, a moça estendeu a mão por sobre a cabeça dos seguranças.

— Salve, divino augusto — gritou. — Georgios Graco manda lembranças.

Imediatamente Diocleciano parou, e a comitiva fez o mesmo. Como, no entanto, ele já havia sofrido um atentado, acenou para Geta, o Cavaleiro Vermelho, que revistou a mulher de cima a baixo, constatando que ela não trazia armas ou objetos pontudos.

Permitiram, então, que a jovem se aproximasse.

— Quem é você? — perguntou o soberano. Estavam no meio de uma campanha, o clima era tenso, e ninguém ali tinha um segundo a perder.

— Sou Catarina, de Tebas — ela disse.

Diocleciano retrucou, mal-humorado:

— Escutei o nome de Georgios Graco. O que sabe sobre ele?

— O senhor Graco saiu de Tebas faz alguns dias com destino à cidade de Berenice, no Mar Vermelho. Ele está vivo e empenhado em sua demanda, mas nada disso importa agora. Escute com atenção, pois só vou falar uma vez — declarou a moça, com uma determinação impressionante. — Na Rua Dezoito, transversal à Via Canópica, uma quadra antes da Muralha do Sol, em frente à loja de objetos de cerâmica, há um buraco de esgoto. Ele desce a uma galeria subterrânea que, se for seguida na direção noroeste por setenta passos, termina em um bueiro redondo que leva aos Jardins de Cleópatra, do outro lado dos muros.

O imperador cruzou os braços, intrigado. Julgava tudo aquilo muito estranho. Mesmo que fosse verdade, quem iria fornecer uma informação daquelas sem pedir nada em troca?

— Por que devo acreditar em você? — perguntou. — Como sabe dessa passagem?

— É um antigo segredo judaico. — Ela olhou para Galério, que se encontrava à esquerda do augusto com a cara fechada. — Opélio Cassiano nos contou.

— Cassiano? — Diocleciano se virou para o genro. — Não era aquele seu mensageiro? Que Georgios escolheu como guia?

Galério confirmou. Isso dizia pouco, entretanto, afinal como Cassiano teria aprendido sobre esse suposto segredo judaico?

Como se lesse os pensamentos do imperador, Catarina ergueu o dedo e exclamou:

— Opélio Cassiano era judeu. — Ela apontou para o césar das províncias centrais. — O senhor sabia disso quando o contratou. Negue se puder.

Galério ficou em silêncio. Havia uma lei que proibia judeus no exército romano, mas aquele era um crime menor, uma infração sem qualquer importância.

Diocleciano olhou para o genro para ter certeza de que Catarina dissera a verdade. Depois se voltou para a moça, mas ela havia sumido.

Os dois homens — e também os paladinos — chegaram a vê-la correndo na direção de uma praça. O imperador pensou em mandar alguns guardas perseguirem-na, mas desistiu. Poderia ser uma armadilha.

O grupo seguiu em marcha até o casarão do patrício na Via Canópica. Uma vez ali dentro, o augusto segurou Alexius pelos ombros e ordenou:

— Cuide disso. É o mais astuto dos meus paladinos. Quero que investigue essa passagem secreta — acentuou ele. — Fui claro?

Depois da tentativa de assassinato que ele sofrera em Antioquia, Geta, Libânio e o próprio Alexius sentiam-se em dívida com o soberano — e de tudo fariam para recuperar a confiança dele.

— Sim, augusto — disse Alexius. — Deixe comigo. — Assentiu. — Cuidarei de tudo.

XVIII

MAR VERMELHO

GEORGIOS NÃO BEBIA TANTO DESDE A GERMÂNIA.

Fora uma atitude desnecessária — e inconsequente, ele pensaria depois —, mas compreensível naquelas circunstâncias.

Embora todos soubessem que o batismo seria meramente protocolar, o cavaleiro, no fundo, sentia como se estivesse traindo a Púrpura romana, afinal fizera um juramento aos deuses do Lácio. E havia ainda o perigo de que a notícia se espalhasse e ele fosse, mais uma vez, acusado injustamente. Como lembrara o príncipe Ziúra, só o imperador podia julgar os paladinos, mas Georgios não queria abusar da sorte — que vinha lhe sorrindo nos últimos tempos.

Seus temores, entretanto, desapareceriam na manhã seguinte, quando Exupério o encontrou no refeitório. Comeram juntos, pegaram os cavalos e saíram do palácio pelo portão principal, guardado por duas estátuas de faraós. Dali, seguiram para a avenida do comércio, que cortava Berenice de norte a sul. Enquanto cavalgavam, Georgios estranhou o fato de todas as lojas estarem fechadas.

— Que calmaria. — Sorrateiro, levou a mão à espada. — Por acaso a cidade foi evacuada? — Meio que por instinto, ele se lembrou dos cultistas de Sobek, que ainda dominavam grande parte do Egito. — Estamos esperando por um ataque ou algo do tipo?

Exupério deu um sorriso estéril. Usava uma túnica de algodão que lhe cobria o corpo todo, com um lenço sobre a cabeça.

— É feriado. Pelo menos para nós — explicou. — Hoje, há quase trezentos anos, Cristo foi batizado e recebeu a visita dos Reis Magos.

O paladino havia lido essa passagem nos evangelhos, mas argumentou que as escrituras não eram claras sobre o dia do nascimento de Cristo.

O duque o escutou atentamente e ficou impressionado com o conhecimento dele.

— Cândido me falou que o senhor conhecia os textos cristãos, eu só não esperava que soubesse tanto — disse. — Está familiarizado com o ritual do batismo?

— Não muito — respondeu o equestre. — Sei que os fiéis devem se preparar por três anos, ajudar os diáconos nos serviços comunitários e aprender orações. E que precisam jejuar.

Exupério apertou os lábios. Era óbvio que Georgios não havia feito nenhuma daquelas coisas. Na verdade, ainda sentia o gosto do álcool na boca.

— Bom — o duque pontuou, freando o cavalo —, em Berenice fazemos diferente.

Dito isso, ele apontou para um dos atracadouros do porto, onde estavam ancoradas três jangadas e meia dúzia de barcos de junco. O lugar parecia uma piscina quadrada que se abria para o mar azul-turquesa. Havia uma plataforma de desembarque decorada com esfinges de pedra e duas escadas laterais, por onde desciam os pescadores.

Exupério apeou e prendeu o animal na pilastra de um armazém. Georgios saltou da sela e amarrou as rédeas ao redor de uma palmeira.

O silêncio era desolador. Berenice, naquele 6 de janeiro, parecia uma cidade-fantasma. O sol brilhava intensamente, sublinhando os alpendres, colorindo o horizonte e o telhado das casas.

— Onde está Cândido? — perguntou Georgios. — E o príncipe Ziúra?

— Dormindo — informou o guerreiro. — Seremos só nós. Por favor, tire a roupa.

Georgios obedeceu e entrou na água até a altura dos quadris. Uma garça pousou sobre um caixote perto deles. Grasnou alto, as asas abertas. Fora ela, os dois homens e os cavalos, não havia uma alma por perto.

O duque — vestido — tocou-lhe a cabeça e perguntou se ele acreditava em Deus Pai. Georgios disse que sim e o guerreiro árabe o submergiu por três segundos nas águas do mar. Em seguida, foi indagado se acreditava em Deus Filho e no Espírito Santo. O jovem respondeu a todas as perguntas afirmativamente, de um jeito frio, sem emoção. Por fim, Exupério se afastou e o abençoou com as mãos espalmadas.

— Por meio deste sacramento — celebrou ele —, eu o recebo na casa e no Reino de Deus. Com a graça do Nosso Senhor Jesus Cristo.

Naquela noite, uma tempestade de areia atingiu a cidade e a castigou por cinco dias, impedindo que os moradores saíssem às ruas. Nesse intervalo, o paladino foi apresentado aos homens que o acompanhariam — e o guiariam — pelo deserto da Nabateia.

Não pareciam guerreiros à primeira vista. Como muitos habitantes da região, usavam túnicas pardas e longas, semelhantes à de Exupério, e cobriam a cabeça com capuz. Dos quinze, oito eram morenos como os beduínos, cinco eram núbios, de pele negra, e os outros dois lembravam os indianos que Georgios vira em Antioquia, pois ostentavam turbantes. Um deles, o futuro chefe da expedição, tinha a barba farta untada a óleo e o bigode lustroso, curvado.

O nome dele era Reija. Portava uma espada em forma de meia-lua, trajava um manto de linho branco, sandálias de couro rígido, e era o único entre eles que falava grego — mesmo assim, parcamente. O mais curioso de tudo aquilo, pensou Georgios a certa altura, era o fato de todos serem cristãos.

O navio que os transportaria a Jedá, a cidade do outro lado do mar, aportou em Berenice em uma tarde nublada. Tratava-se de uma embarcação relativamente pequena, movida a remos e com capacidade para talvez trinta homens. O capitão do barco não falava grego ou latim, só um pouco de aramaico. Nem o príncipe Ziúra sabia de onde ele era, mas pagou uma grande quantia em ouro para garantir que todos embarcassem no mesmo transporte, apesar da resistência dos marinheiros.

Foi assim que, na manhã de 12 de janeiro, Georgios Graco zarpou rumo ao deserto.

Do convés, ele observou pela última vez a costa do Egito e de repente se deu conta de que estava deixando o mundo romano.

Na terra dos nabateus, seus títulos de nada valiam. Como nos velhos tempos, ele seria um homem comum, um guerreiro com sua espada, um lutador em busca de um objetivo maior.

Sentiu-se forte e poderoso.

Sentiu-se invencível.

Então, lembrou-se da história do escravo de Júlio César que subiu à biga do mestre em pleno triunfo romano e sussurrou para ele:

— Senhor, recorda-te de que as marés descem, o tempo muda e a Roda da Fortuna às vezes gira ao contrário. — E completou: — Lembra-te de que és apenas mortal.

Só havia uma mulher a bordo, uma velha coberta de trapos que ficava sentada na proa de pernas cruzadas, sustentando com a mão um instrumento semelhante às cordas de um títere. O objeto balançava de acordo com a brisa, a idosa o observava e grasnava instruções para o capitão, que aparentemente lhe obedecia.

Georgios não conseguiu dialogar com nenhuma daquelas pessoas — nem com seus homens, a não ser durante as refeições, quando Reija, o chefe da expedição, partia o pão e o distribuía aos soldados. Nessas ocasiões, o paladino, de tanto escutá-los, conseguia decifrar alguns termos, como "ouro", "mar" e "falcão", que o faziam lembrar o aramaico. Na verdade, ele saberia depois, os súditos do príncipe Ziúra se comunicavam nesse exato idioma, mas o sotaque era tão forte e o vocabulário tão diferente da variante usada na Palestina que as palavras se tornavam inacessíveis para ele.

Na manhã do terceiro dia, avistou o porto de Jedá, na costa oeste da região que os romanos chamam de Arábia Deserta. Depois de tudo o que escutara sobre os mistérios do Oriente, Georgios esperava encontrar uma cidade saída das grandes epopeias, mas a realidade era decepcionante. O porto limitava-se a uma única plataforma de madeira que se conectava a um caminho de cascalhos, terminando em uma escadaria de pedra em ruínas, tomada pelas algas e engolida pelos crustáceos. Essa escada subia uma curta falésia e cruzava uma muralha também arruinada, através da qual era possível enxergar um aglomerado confuso de construções.

— Jedá. — Reija apontou para a costa, ajustando o turbante. -- Lá está ela.

Georgios assentiu. Reparou que não havia barcos por perto, nenhuma jangada ou canoa pesqueira. Intrigado, seguiu as instruções que Ziúra havia lhe dado nos dias de tempestade, vestiu um manto pesado e enrolou um lenço na cabeça. O traje era quente, mas evitava a perda de líquido, essencial em um ambiente desértico.

Envolveu a Ascalon em tecidos e a prendeu às costas, entre as alças da mochila. Nesse momento, o navio se aproximou da plataforma e atracou lateralmente. O capitão gesticulou, sugerindo que Georgios saltasse primeiro. Reija o deteve, tomou a dianteira e pulou sobre as tábuas do cais. O piso rangeu, mas aguentou. Os soldados o acompanharam e, na sequência, veio o paladino.

Com um grasnar da velha, a tripulação se lançou aos remos e o barco zarpou.

Em terra firme, os estrangeiros subiram a escada de pedra, alcançando o vilarejo. Georgios discerniu edificações de rocha clara, casas robustas, que no entanto estavam arrasadas. Com o pouco que sabia de grego, Reija explicou que aqueles eram resquícios de uma civilização ancestral, que decaíra havia séculos. Dentro daqueles destroços, porém, moravam pessoas. Gente comum, que substituíra as portas por cortinas desfiadas e o telhado por folhas secas de palmeira.

Com os soldados atrás dele, o chefe da expedição saiu andando pelas ruas, sacudindo a espada e repetindo uma frase curta com a língua enrolada. Sem demora, surgiu entre o grupo um sujeito esquelético com uma túnica comprida, a barba suja de comida e os dentes faltando. Portava um cajado e, apesar de parecer um tanto simplório, ele e Reija se entenderam rapidamente. O expedicionário abriu um pano que trazia na bolsa e mostrou-lhe um grande pedaço de toucinho fresco. Enfim, o aldeão o convidou para dentro de uma das casas, onde ficaram por meia hora.

Reija deixou o casebre acenando para seus homens. Dirigiu-se a Georgios e avisou:

— Esse é o mestre de Jedá — disse, referindo-se ao homem com quem negociara. — Hoje temos abrigo, e amanhã, camelos.

Outra vez, o paladino limitou-se a concordar. Receava que Reija não entendesse suas perguntas, então preferia economizá-las.

O calor estava insuportável. Georgios sentou-se sobre uma pedra e bebeu água do odre. Passado algum tempo, o mestre da aldeia apareceu trazendo uma cabra e os guiou até o norte do povoado, acomodando-os em três construções. Duas eram como as demais, e a terceira, uma cabana tosca de pau a pique.

Georgios, Reija e o irmão dele, um tal de Erete, além dos cinco núbios, ficaram em uma casa de um só cômodo em que havia diversas esteiras, cobertores, quatro candeeiros, uma vasilha de óleo e alguns cestos vazios.

Quando a noite chegou, a temperatura caiu drasticamente. Os oito homens jantaram juntos, sentados no chão ao redor de um braseiro. Reija se vangloriou por ter feito um excelente acordo com o mestre da aldeia e celebrou o fato de ter adquirido trinta garrafas de vinho.

Serviu a bebida para os presentes. Georgios, por ter exagerado em Berenice, recusou.

— O senhor é romano — Reija começou. — Roma como é? Muito ouro? Mulheres?

O paladino não sabia como explicar ao sujeito que nunca estivera em Roma, mesmo sendo romano. Pensou um pouco e respondeu:

— Nossas cidades realmente são ricas em vários aspectos — disse, comendo um pouco de mingau de cevada. — Mas quem já esteve em Alexandria tem uma boa noção do que é uma cidade romana.

O chefe da expedição traduziu para os colegas. Engoliu uma uva e fez outra pergunta:

— Nunca estive em Alexandria. Como é?

— Cheira a incenso. E a intrigas políticas — respondeu, sisudo. — É um lugar de mulheres bonitas — completou —, se querem saber. Se bem que um amigo me disse que as melhores donzelas são árabes.

Os núbios gargalharam ao saber que Georgios também se interessava por mulheres. Eles beberam ainda mais e logo estavam exaustos. O chefe da expedição cofiou o bigode, soprou os candeeiros e todos foram dormir. O paladino os acompanhou, mas foi despertado horas depois com um distante tropel de cavalos. Presumiu que o mestre da aldeia — o homem de barba suja — já estivesse em atividade, trazendo os animais que havia prometido a Reija.

De repente, a cortina da porta se abriu. No lusco-fusco, ele identificou uma silhueta adentrando o casebre, andando com lentidão e cautela. Um arrepio percorreu-lhe a espinha, pois ele teve certeza, naquele momento, de que era um dos cultistas que o haviam emboscado na cidade de Khe.

Como sempre acontecia nesses casos, Georgios agiu rápido, conforme seu treinamento. Deslizou a mão até a adaga, mas nesse ínterim o invasor sacou um punhal e o enfiou no peito de Reija, tapando a boca dele com a outra mão. O chefe da expedição estremeceu por dois ou três segundos e morreu silenciosamente, sem que os soldados notassem.

O assassino, que havia se ajoelhado, colocou-se de pé e se moveu até a esteira de Erete. Encontrou-a vazia. Rodou nos calcanhares, e nesse instante

Georgios encravou-lhe a adaga nas costas. O jovem, porém, era um guerreiro, treinado para o combate, e não conhecia os pontos certos para matar alguém furtivamente. O homem, então, deu um grito, tentou resistir, e o paladino precisou apunhalá-lo diversas vezes até ter certeza de que o liquidara.

Nisso, os soldados — restavam cinco, seis com ele — acordaram, sobressaltados. Sem entender o que havia acontecido, deram mais gritos, afastaram-se do oficial palestino e buscaram suas espadas, que eram curtas, semelhantes ao gládio romano.

Georgios temia que os guerreiros de Ziúra, confusos, se voltassem contra ele. Pegou a Ascalon e saiu do casebre, mesmo sem saber o que encontraria lá fora.

O céu clareara. O oeste continuava pintado de anil, mas o leste assumira tons alaranjados. Dessa direção surgiram cavalos, que se espalharam pelo vilarejo. Sobre eles cavalgavam homens de preto, os trajes longos, armados de espada e lança.

O paladino entendeu que estavam sob ataque, retirou a Ascalon do tecido que a envolvia e depois a desembainhou. Recolheu-se às sombras e procurou se esconder. Os expedicionários, entretanto, saíram pelas ruas berrando, chamando por seus colegas, até que todos estivessem despertos.

Os guerreiros de Ziúra estavam tontos pelo vinho e não conseguiram se defender quando os cavaleiros os alcançaram. Georgios não teve alternativa a não ser ingressar na batalha. Segurou um dos invasores pelas costas e o puxou da sela, fincando a espada na garganta dele. Montou no animal e facilmente o dominou.

Girou as rédeas e foi ao encontro de um segundo cavaleiro. O sujeito galopou em sua direção com a lança em riste. O paladino se esquivou, inclinou o corpo para a frente e respondeu com um golpe preciso, que rasgou o ombro do misterioso atacante.

Ele tombou no chão, mas seus comparsas — uns trinta, mais ou menos — já tinham acabado com metade da comitiva. Georgios identificou Erete, o irmão de Reija, perto de uma pilha de lenha, esparramado em uma poça de sangue.

Um cavaleiro, mais afastado, parecia dar ordens aos demais por meio de gestos. Georgios deduziu que era o comandante da tropa, apanhou a lança do homem que havia matado e partiu em carga contra esse indivíduo.

Reconhecendo a ameaça, o líder dos invasores sacou um arco que trazia preso à sela, posicionou uma flecha na corda e disparou sem piedade.

Georgios ergueu o punho esquerdo por reflexo, como quem usa o escudo para se proteger. Conseguiu, com isso, preservar o rosto, mas a seta o atingiu de raspão, ferindo-lhe o antebraço.

Deu um grito, um brado de dor.

Freou o cavalo.

Soltou a lança que trazia na mão.

Outra seta lhe rasgou a coxa. Uma terceira quase arrancou sua orelha.

Preparou-se para fugir, rodando o pescoço da montaria. Contudo, o líder dos atacantes — o arqueiro — fez um som com a boca e o animal trotou até ele.

Já era dia.

Georgios, subitamente, viu-se cercado por quinze inimigos. Um deles trazia a cabeça de Reija. Outro, a de Erete.

O antebraço latejava. Sangrando, rendido, só o que ele podia fazer era abordar os assassinos — e tentar negociar com eles.

— Sou estrangeiro — disse em aramaico. — Panteão Negro. Busco o Panteão Negro.

O arqueiro removeu o véu que lhe cobria o rosto e pela primeira vez falou alguma coisa a seus homens.

Foi com surpresa que Georgios reparou em suas feições.

Era uma mulher.

Uma jovem belíssima, de pele morena e olhos verdes, como dois cristais de esmeralda.

Ela observou o forasteiro como se o desprezasse.

Deu uma ordem.

Georgios sentiu um golpe seco na nuca.

Caiu na areia.

Um segundo golpe o fez apagar.

Enquanto desfalecia, lembrou-se do que Exupério havia contado no jantar em Berenice.

— *Eles não gostam de nós* — dissera o duque, referindo-se aos nabateus. — *Se eu fosse o senhor* — alertara ele —, *teria muito cuidado.*

Sirmio, 20 de agosto, 1085 *ab urbe condita*

Caro Eusébio,

Começo esta carta dizendo que, para a alegria das crianças — e deste velho que agora lhe escreve —, o verão chegou com toda a força em Sirmio. Depois de dois meses de chuva, granizo e ventos cortantes, o sol apareceu atrás das colinas. Os parques ficaram lotados no Festival de Minerva, e eu aproveitei o tempo vago para fazer algumas viagens que vinha planejando desde a primavera. Semana passada, por exemplo, estive na Vila Galéria. Caso não se lembre, a propriedade nos serviu de abrigo durante a fuga para a Bélgica, quando fomos atacados pelos mercenários trácios a serviço de Maximiano. O atual dono da casa — um parente distante de Valéria Maximila — disse que eu poderia escolher qualquer quarto para passar a noite, e optei por aquele em que Bores Libertino havia dormido. Não sei por que fiz isso. Nostalgia? Curiosidade? Masoquismo? Ainda estou tentando entender.

Pelo que notei, o segundo tomo tem como tema central a relação entre Georgios e Mauzio Vigílio. Os diálogos, percebi, chegam a ser platônicos, algo semelhante ao que se observa em *Górgias*, *Protágoras* e *Parmênides*. Enquanto estudava sobre esse período, fiquei me perguntando se minha mãe não teria, por motivos religiosos, se excedido ao detalhar os hábitos dos primeiros cristãos do Egito — mais especificamente daqueles sob a autoridade de Mauzio. Depois, pensando melhor, me dei conta de que o próprio Mauzio foi, gostemos ou não, um visionário por natureza. O simples fato de ele ter criado uma seita pessoal, com direito a dogmas e sacramentos, o transforma em um personagem típico daqueles tempos, quando os bispos tinham liberdade para atuar sem a interferência de Roma. Sem falar que a Legião Tebana era, para todos os efeitos, uma tropa de cavalaria, e hoje sabemos ser essa a principal arma da guerra — e não a infantaria, como julgavam os antigos.

O arquétipo do cavaleiro cristão — ou melhor, do cristão como um guerreiro de Deus — talvez remonte aos pátios da cidadela de Tebas, ainda que os legionários tebanos tenham abandonado o Egito posteriormente. Esse modelo, segundo me dizem, tem ganhado força entre os germânicos. Os francos possuem quatro chefes recém-convertidos, e os godos — muitos deles — adotaram o arianismo como doutrina de fé.

Outra ironia — essa dramática — foi o modo como Lúcio Germânico foi alçado ao cargo de pretor de Antioquia. Eu entenderia se Räs Drago tivesse tramado sua ascensão — ele sem dúvida era esperto o bastante para isso —, mas a verdade é que Germânico salvou o imperador simplesmente porque estava no lugar certo na hora certa — ou no lugar errado na hora errada. Quando leio essas coisas, fico pensando como as tragédias gregas são ricas e compreendo por que elas nos tocam tão profundamente. Não que Édipo ou Antígona tenham existido, mas Sófocles, tenho certeza, se inspirou em pessoas reais — bem como em acontecimentos reais — para costurar o enredo.

Por fim, quero fazer uma crítica que espero ser construtiva. A descrição do batismo de Georgios me pareceu um tanto frustrante. Entendi que, pelo que foi acordado entre ele e o príncipe Ziúra, a cerimônia seria um ato exclusivamente político. Compreendo também, por experiência própria, que o batismo tem muito mais a ver com a aceitação do indivíduo do que com a vontade do clérigo. No entanto, esperava mais. Pode ser que eu tenha elevado minhas expectativas devido às consequências que se verificariam depois. Não é segredo para ninguém que até hoje me culpo por não ter comparecido ao julgamento de Georgios na Nicomédia. Essa é uma dor que me acompanhará eternamente. Pode ser que um dia eu vá ao Egito chorar aos pés da estátua de Ísis.

Se bem que isso não o trará de volta.

Nada o trará de volta.

Seu amigo,

Constantino

Prezado augusto,

Que bom saber que o verão tem sido agradável no Norte. Em Constantinopla, como o senhor sabe, esta época do ano é insuportável.

Claro que me lembro da Vila Galéria, bem como do combate com os mercenários. Soube que o posto de correio onde o senhor, Georgios, Theodora e Libertino pernoitaram se transformou em uma aldeia e que em breve se tornará uma cidade. É incrível observar como o mundo cresce, como as pessoas se multiplicam e os negócios se expandem. *Paulatim deambulando, longum conficitur ite.*

Sobre os fatos envolvendo a cidade de Tebas, tive inicialmente a mesma impressão que o senhor. Sua mãe, todavia, me garantiu que a doutrina de Mauzio fora primordial para a formação cristã de Georgios. Esse último era um guerreiro nato e enxergava, até então, os cristãos como ovelhas desamparadas. O cavaleiro tebano o convenceu de que os seguidores do Nazareno não só podiam como *deveriam* lutar para defender certos valores que ele, talvez por influência da mãe, já defendia havia tempos, mesmo sendo um soldado pagão.

A promoção de Lúcio Germânico ao cargo de pretor tem, sim, todo o sabor de tragédia. Como bispo, entretanto, eu acredito que esses acontecimentos foram planejados por Deus. Não creio em coincidência, pelo menos não nesse caso. Como Laios, Georgios queria se tornar um herói — sempre quis —, e o Senhor atendeu suas preces.

Em relação ao batismo, agradeço as críticas, tão respeitosas. O fragmento está mal escrito, realmente. Como antecipei na primeira carta, não tenho a habilidade artística de Helena. Prometo lapidar o texto nas edições subsequentes. De todo modo, minha intenção ao não descrever as emoções de Georgios era deixar claro que ele estava empenhado em sua missão e faria qualquer coisa — ou *quase* qualquer coisa — para completá-la. De acordo com as anotações de sua mãe, o filho de Laios se sentiu desconfortável ao ser batizado, mas penso que assim aconteceu porque ele já previa a traição de Ziúra. Talvez valha a pena lembrar que o Príncipe Negro era um vassalo dos persas — na verdade, um capanga de Narses. Eis o motivo de os nabateus terem atacado a comitiva em Jedá de forma tão rápida e violenta. De fato, os cabeças da expedição eram persas. Georgios sobreviveu por razões que logo serão reveladas — mas que o senhor deve imaginar, como bom estrategista que é.

Envio o terceiro tomo por intermédio de Magno. Ele descreve a continuidade da campanha do Egito e a viagem do nosso herói pelo deserto. Espero que goste do que virá pela frente. Aguardo seus apontamentos sinceros.

Cordialmente,

Eusébio

TERCEIRO TOMO

O DESERTO

XIX

O COMEÇO DO FIM

O JARDIM DA MANSÃO ONDE DIOCLECIANO ESTAVA INSTALADO, NA VIA CANÓPICA, em Alexandria, era cercado por colunatas e enfeitado com antigas palmeiras. No centro dele havia uma imensa estátua do deus Poseidon, tão grande que se elevava sobre o telhado das casas, chamando a atenção de quem passava na rua.

Em meio a esse oásis de tranquilidade, ouviam-se os sons da metrópole do outro lado dos muros, o blaterar dos camelos, o clamor dos mascates, as palavras de ordem dos centuriões e as respostas dos legionários.

Desde o início da guerra, poucos eram autorizados a se aproximar do augusto — quase sempre oficiais de alta patente e políticos importantes insatisfeitos com a administração do prefeito. Em todo caso, eram homens maduros, ou então guerreiros perfeitamente formados.

Os guardas que vigiavam o perímetro ficaram intrigados, portanto, ao ver um jovem de constituição frágil descer de uma liteira em frente à porta do casarão. Damiano Calvo, o principal advogado da Púrpura, tinha dezessete anos, mas parecia ter quinze. Usava roupas tradicionais egípcias, exibindo uma túnica branca sob a capa de seda esvoaçante. Os olhos e os lábios haviam sido pintados ao estilo dos faraós, mas o que realmente chamava atenção era o fato de ele não ter um só pelo no corpo, o que explicava o nome.

Escoltado por seis seguranças, o rapaz foi autorizado a entrar nas dependências internas — e prontamente conduzido aos jardins. Quando avistou o imperador à sombra da estátua, andou até ele e se colocou de joelhos.

— Salve, mestre — anunciou-se. — Que os bons ventos de Hórus o glorifiquem.

Diocleciano tocou-lhe o ombro e acenou para que ele se levantasse. Calvo obedeceu, cumprimentando Geta e Libânio, que responderam com um balançar de cabeça.

— Saudações, meu caro. — O augusto parecia cansado, com olheiras profundas e a barba desgrenhada. — Obrigado por vir tão rápido. É bom vê-lo de novo.

Os quatro homens se deslocaram até o gabinete de estudos, um aposento com janelas altas que se abriam para o jardim. O lugar tinha o piso aquecido, uma escrivaninha de madeira polida com muitos papéis e diversas estantes de pergaminhos. Diocleciano pediu que o advogado se sentasse diante dele e perguntou se estava com fome. O jovem alegou ter almoçado na estrada e disse estar pronto para esclarecer qualquer dúvida de caráter jurídico.

— Eu agradeço — começou o soberano. — Mas o que preciso é de uma informação geográfica — declarou, recostado na cadeira, o olhar fixo nos raios de sol. — É verdade — prosseguiu — que você nasceu na cidade de Mênfis, perto do delta do Nilo?

— Sim, augusto. — Calvo endireitou as costas. — É verdade.

— Ótimo. — O imperador observou Geta e Libânio, ambos eretos no fundo da sala. — O que sabe sobre a religião deste país?

— Creio que tudo — respondeu Calvo, sem falsa modéstia. — Neste ponto, talvez eu precise lembrar ao senhor que morri e reencarnei sete vezes. Esse processo me levou a conhecer de perto não só sacerdotes como deuses antigos. Sei o que eles pensam, quem eram e como se sentem.

Diocleciano refletiu sobre aquilo. No palácio da Nicomédia, muitos — escravos, inclusive — zombavam do jovem imberbe quando ele afirmava ser um dos indivíduos mais velhos da Terra, mas talvez fosse verdade. Calvo era um gênio da matemática e se lembrava de tudo o que tinha lido, nos mínimos detalhes. Dialogar com ele era o mesmo que conversar com um ancião, alguém dotado de erudição acadêmica, conhecimento retórico e inteligência afiada.

— Esses dias fui visitado por uma moça que dizia ter vindo de Tebas — continuou o imperador. — Pesquisando sobre a região, descobri que existem homens amotinados naquelas paragens. Cristãos, supostamente. No seu entendimento, como devo resolver esse problema?

O advogado fez uma cara de espanto. Embora ele conhecesse todas as guerras e batalhas de Roma, não tinha nenhuma experiência em combate. Soltou um pigarro, coçou o queixo e respondeu:

— Com todo o respeito, por que o senhor não consulta Zaket? Ele é tão egípcio quanto eu e entende melhor dos assuntos mundanos.

Diocleciano fez um sinal para os paladinos, ordenando que fossem embora. Geta e Libânio saíram e fecharam a porta, deixando advogado e cliente a sós.

— Não confio em Zaket — sussurrou. — Enviei-o para cá em setembro, junto do comandante Graco, com o objetivo de testá-lo. Zaket demorou mais que o esperado para voltar à Nicomédia. Suspeito de que ele tenha estado em outro lugar.

Calvo sentiu o coração palpitar ao ouvir o nome de Georgios Graco. Eles haviam se conhecido seis anos antes, durante uma viagem pelas planícies da Anatólia. Na época, Calvo era escravo de um mercador que frequentemente o maltratava — até ser liberto pelo filho de Laios.

— Zaket sempre foi amável comigo, mas não sou um bom juiz de caráter — ponderou. — Sobre os tais rebeldes de Tebas, escutei algo a respeito; nada digno de nota. Parece que estão envolvidos em uma guerra particular contra uma antiga seita de fanáticos religiosos.

— Certo. — Diocleciano tornou a olhar para ele. — Essas informações são vitais, mas não resolvem o problema. Rebeliões são perigosas e precisam ser sufocadas no nascedouro. Neste momento, porém, não posso transferir meu exército para a zona rural. O que fazer, então?

Calvo pensou por mais alguns segundos.

— Primeiro, o senhor deveria escolher quem apoiar.

— Não entendi.

— Se existem dois partidos em disputa — esclareceu —, o senhor deve decidir de que lado ficar.

— Faz sentido. — Era a vez de o imperador refletir. Levantou-se e andou até uma das estantes da sala. — Essa moça de Tebas me disse que Georgios esteve com eles. Entendo que você não seja um bom juiz de caráter, mas o comandante Graco certamente é. Se ele saiu de lá são e salvo, deve ter feito um pacto com os insurgentes. O que nos leva a crer que talvez possamos negociar com eles, em vez de destruí-los.

— Sem dúvida — atalhou Damiano Calvo —, o diálogo é sempre preferível ao combate.

— Muito bem. Digamos, então, que eu resolva apoiá-los. O que devo fazer em seguida?

— Faça com que trabalhem para o senhor.

— Trabalhar para mim? — Diocleciano torceu o nariz. — Como?

— Financiando a guerra deles. Se o senhor fornecer dinheiro e armas para que os tebanos lutem e vençam os cultistas, eles ficarão em dívida com a Púrpura romana.

O imperador não estava convencido.

— E se não forem confiáveis? E se pegarem o dinheiro e se voltarem contra nós?

— Seria ilógico pensar assim. Se quisessem o nosso ouro, teriam feito o comandante Graco de refém — opinou. — Quanto deve valer o resgate de um paladino?

— É verdade. Não tinha pensado nisso. — O augusto correu os olhos pela prateleira e se deparou com um dos fragmentos de *Ética a Nicômaco*, de Aristóteles. — Não é ouro que eles desejam. Então o que é?

Nesse momento, a porta do gabinete se abriu com um estrondo. Calvo ergueu-se, procurando um canto para se esconder. Diocleciano tocou a espada, mas antes de sacá-la reconheceu o semblante de Alexius. O paladino tinha a roupa encharcada de sangue, estava exausto, desnorteado e ferido. Geta e Libânio vinham logo atrás, prontos para ampará-lo caso ele desmoronasse.

Foi o imperador, entretanto, que primeiro o abraçou. Alexius abriu a capa, largando no solo uma esfera. Calvo percebeu, com repúdio, que se tratava de uma cabeça humana.

— Alexius, você... — O imperador o deitou gentilmente no piso. — O que você fez?

O paladino tomou fôlego para responder, mas engasgou-se com a própria saliva. Diocleciano se levantou e chamou pelo médico.

— Desnecessário, augusto — disse Libânio, ajoelhado diante do amigo. — Ele está morto.

Geta, enquanto isso, apanhou a cabeça decepada e a levou à atenção dos demais.

— É Domiciano — percebeu o governante. — O prefeito do Egito também está morto.

— Ele deve ter usado a passagem pelos esgotos mencionada pela jovem tebana — imaginou Libânio, cobrindo Alexius com sua capa. — Só não entendo por que não nos contou.

Nesse instante, Galério, Pantaleão e outros três cavaleiros entraram correndo no escritório. O médico foi imediatamente examinar o cadáver. Um minuto depois, disse o que todos já sabiam, mas acrescentou:

— Ele recebeu múltiplos golpes. Deve ter lutado bravamente.

Os guerreiros haviam formado um círculo ao redor de Alexius. Geta apoiou a cabeça do prefeito em cima da mesa, como se fosse um troféu.

— Um usurpador foi morto — comentou Galério, olhando para o que restara de Domiciano, depois observando o corpo do paladino —, mas a que custo.

— Os militares não se darão por vencidos — apostou Damiano Calvo, que havia se aproximado da roda. — Acredito, todavia, que é uma questão de tempo até a cidade cair.

— Concordo — disse Libânio. — Domiciano era um político sagaz. Sem a retórica e os contatos dele, Aquileu será jantado por suas próprias tropas.

O imperador, calado fazia minutos, enfim se manifestou, e não de forma pacífica.

— Os senhores deveriam se envergonhar — bravejou. — O mais astuto dos paladinos se foi, e só o que pensam é em tirar proveito da situação. — Os olhos dele se encheram de lágrimas. — Alexius merece mais do que isso. Ele tem direito a ser respeitado. — Virou-se para Libânio. — Cuide do funeral. Quero que ele seja cremado com pompas de chefe de Estado. Alexius era um paladino, afinal. — Fungou, engolindo o choro. — Hoje é um dia triste, meus caros — lamentou. — Um dia de luto para o Império Romano.

O que aconteceu com Alexius em Alexandria se tornaria público meses depois.

O paladino, seguindo as orientações de Catarina de Tebas, fez conforme o imperador lhe ordenara. Desceu pela passagem secreta, percorreu a galeria de esgoto e saiu em um bueiro nos Jardins de Cleópatra. Penetrou nos salões do palácio, mas acabou sendo descoberto pelos guardas noturnos. Sabendo que não teria outra chance de usar a passagem, disparou pelos corredores até chegar ao gabinete de Domiciano — e o pegou desprevenido.

O alarme já tinha sido dado. Alexius só sairia de lá morto ou preso — ou gravemente ferido —, então puxou a espada e decapitou o prefeito. Recolheu a cabeça dele e se preparou para fugir, mas para tal teve de enfrentar quinze homens armados, que o atacaram impetuosamente.

Alexius falhou ao se deixar ser descoberto, mas, como Calvo previra, a morte de Domiciano poria fim à guerra no médio prazo. Aquileu não era um bom político, não estava disposto a ceder ou a se dobrar aos aristocratas egípcios.

Esses homens, como era de esperar, convergiram para a mansão de Diocleciano, que os recebeu de braços abertos.

O processo de rendição, no entanto, envolvia uma série de acordos e não se daria da noite para o dia. Como em toda guerra, alguns teriam de pagar, já que o prefeito não podia mais fazê-lo.

Nos dias seguintes à morte de Alexius, o palacete emprestado ao imperador se transformou em uma espécie de balcão de negócios, onde Diocleciano recebia os patrícios, conversava com eles e tentava agradá-los.

No começo de fevereiro, o imperador chamou Galério em seu escritório — o mesmo onde Alexius morrera — e tomou uma decisão inesperada.

— O inverno logo vai acabar — disse ele, as palmas abertas contra uma pira de fogo. — Nosso exército continua intacto, mas eu soube que Narses tem um efetivo de quarenta mil combatentes.

— É o boato que circula nas ruas — assentiu o césar das províncias centrais. — Mas deve ser exagero.

— O contingente persa, historicamente, é numeroso e bem treinado — lembrou o augusto. — Por isso, quero lhe delegar uma nova missão. Quero que volte a Sirmio e recrute quantos homens puder. Depois que eu der cabo de Aquileu, retornarei à Síria. Dependendo do que acontecer, vou decidir se permaneço em Antioquia ou se avanço na direção da Mesopotâmia.

Galério estava afastado do fogo, coberto com uma capa de pele de raposa.

— Não seria melhor que estivéssemos juntos na primavera? — questionou ele. — Para o caso de Narses…

— O que eu preciso é de tropas — o imperador o cortou —, não de generais. Leve consigo uma pequena comitiva, nada que nos faça falta. Doze cavaleiros, além dos escravos e mulas.

O césar suspirou.

— Que tipo de tropas o senhor tem em mente? — perguntou. — Infantes? Equestres? Um pelotão de artilharia?

— Todos os tipos — redarguiu. — Mercenários, inclusive. O que aconteceu nesta sala foi muito grave — comentou ele, melancólico. — Os sinais que os deuses nos enviam são tétricos.

— Por que o senhor não toma os augúrios, então? — propôs o tetrarca. — Faz tempo que não o vejo sacrificando um touro ou mesmo um carneiro.

Diocleciano abanou a cabeça, tristonho.

— É uma possibilidade. Deposito, no entanto, minhas esperanças em Georgios — admitiu. — O problema é que tanto ele quanto Erhard desapareceram. Alexius caiu. Sem eles, eu me reduzo a um traste.

Galério protestou.

— Essas não são palavras suas, senhor — disse ele. — São pensamentos negros, oriundos das profundezas do Tártaro.

— Pode ser. — O imperador sentou na cadeira diante da escrivaninha. — Este ano será decisivo. Cedo ou tarde, eu e Narses teremos de nos enfrentar. Não tenho medo dele, Galério. Não temo homem algum! Mas existem forças obscuras interferindo em nossa jornada. Infelizmente, conheço bem essas forças. Não queria ter de confrontá-las mais uma vez. Contudo, será assim, para o bem ou para o mal — disse ele antes de dispensar o genro. — É o meu destino — afirmou. — Sempre foi o meu destino.

XX

PALÁCIO DE LONA

Era a terceira vez em menos de dois meses que Georgios sobrevivia a uma emboscada.

Primeiro, em Khe. Depois, na estrada para Tebas. E, finalmente, na famigerada Jedá.

Dessa vez, porém, os deuses não seriam tão generosos — afinal, como ele mesmo concluíra ao cruzar o Mar Vermelho, a Nabateia era um reino particular, muito diferente de Roma, do Egito ou da Pérsia.

Georgios despertou com um grupo de homens retirando-lhe o equipamento. Um cavaleiro amarrou-lhe os pés, prendeu a outra extremidade da corda ao pescoço de um cavalo e os animais progrediram a galope.

Foi arrastado pelo deserto por quase uma légua, os braços nus contra a terra escaldante. Sempre que estava prestes a perder a consciência, a moça de olhos verdes dava uma ordem, o time parava, alguém lhe jogava água no rosto e o sacudia para que ele acordasse.

Os grãos de areia se agarravam aos cotovelos ralados como formigas. Georgios engoliu areia, começou a tossir e a sentir falta de ar.

Imaginou que seria seu fim, que o objetivo dos bandoleiros fosse efetivamente matá-lo. Estava convencido disso, até que escutou um alarido.

De repente, tudo ficou calmo, como no fundo do mar. Com os movimentos de uma lesma, Georgios colocou-se de bruços, cuspiu sangue e vomitou.

Perdera a capa rubra, a túnica e a cota de malha, restando só a tanga, o calçado e os braceletes.

Ele não tinha condições de reagir, mas fez o que pôde para visualizar o entorno, para se situar na confusão. Estava, ao que parecia, cercado de pessoas e tendas. Notou a presença de camelos, cães e crianças que o observavam, curiosas, como se ele fosse uma fera de circo.

Súbito, a jovem que o alvejara chegou por trás e chutou-lhe a barriga. Em seguida, um dos nabateus entregou a ela a mochila que havia roubado de Georgios mais cedo. A mulher a abriu, espalhando o conteúdo no solo.

Os nômades avançaram sobre os pertences feito abelhas no mel, recolhendo tudo o que havia de valor. Um deles examinou o ramo de salávia, tido por Mauzio como a coroa de Cristo, fez uma cara de estranhamento e o jogou fora. Ciente de que poderia precisar da relíquia, Georgios rastejou como uma serpente e apanhou o galho de espinhos.

Ninguém lhe deu atenção.

Dois cavaleiros o ergueram, soltaram-lhe os pés e o lançaram dentro de um quadrilátero sem teto, delimitado por paredes de argila.

De novo prisioneiro, ele pensou.

Por algum motivo, lembrou-se de Theodora. Sentiu saudade dela, de seus lábios macios, de seu espírito indomável.

Sem que percebesse, o céu escureceu e o frio o alcançou.

Fechou os olhos e clamou por Marte, seu protetor. Juntou as palmas para rezar, mas, de tão cansado, acabou adormecendo.

Era tudo o que ele podia fazer.

Naquelas circunstâncias, era só o que lhe restava.

Sede.

Georgios acordou ofegante, com a boca seca e o corpo dolorido.

Recuperou o fôlego.

Abriu os olhos.

Era dia.

Ofuscado pelo sol, tateou o chão procurando uma poça, mas só havia terra, pedras e areia. Um indivíduo o cutucou. Estendeu a ele um odre.

— Beba isto.

O paladino aceitou sem pestanejar — e sorveu todo o conteúdo vorazmente. Depois, estirou-se no solo, observando o céu, as nuvens e os pássaros no firmamento. O líquido — era água — agiu como um tônico, fazendo com que aos poucos ele recuperasse as forças.

O homem que o servira foi a primeira coisa que apareceu em seu campo de visão. Um sujeito alto na casa dos quarenta anos, com sobrancelhas fartas e nariz grande, parecendo um babuíno. De feições semíticas, era careca e barbudo, mas tinha a pele clara, o que o distinguia dos árabes comuns. Enquanto esses últimos trajavam mantos rústicos, o indivíduo em questão ostentava uma roupa sofisticada, embora puída, costurada com um tecido brilhante, alaranjada e ornamentada de azul. Sua presença era tão forte que Georgios pensou em evitá-lo, até perceber que ele era um prisioneiro também.

— Obrigado. — Devolveu-lhe o recipiente vazio.

O homem não respondeu. Circulava pela prisão com pegadas leves, esquadrinhando as paredes e analisando todos os seus ângulos.

Recomposto, Georgios conseguiu, enfim, discernir onde estava. O lugar parecia um casebre em ruínas, com somente uma porta, formando assim um espaço a céu aberto, mas confinado. Os bandoleiros certamente o utilizavam como carceragem improvisada.

— Obrigado — repetiu. — Desculpe ter bebido tudo. Estava sedento e não me contive.

— Sem problemas — respondeu o sujeito. Sua voz era cava e, curiosamente, sugestiva. Falava grego, com um sotaque parecido com o de Yasmir, o príncipe persa com quem Georgios tivera contato na infância. — Eles foram duros com você. Mas pelo menos o pouparam.

O paladino assumiu uma posição sentada.

— Quem é você? — perguntou. — Não parece romano. E definitivamente não é nabateu.

— Sou persa — revelou. — Meu nome é Gothar. Qual é o seu?

— Georgios — disse ele simplesmente.

— Só Georgios?

— Por que eu deveria dizer o meu sobrenome, se você não disse o seu?

— Porque você é de origem nobre, e os romanos têm três nomes. — Ele apontou para as botas do cavaleiro. — Usa acessórios típicos da cavalaria e se expressa como um homem letrado. É um oficial, portanto. O que me faz perguntar: o que o traz tão longe de casa?

Georgios encostou-se na parede da cela.

— Pode começar por você.

O homem fez uma careta, ficou cerca de um minuto em silêncio e só então retrucou:

— Sou emissário de Narses, o xá da Pérsia — explicou —, e aprendiz do mago Kartir.

— Kartir... — O nome não era estranho a Georgios. Quando criança, Ulisses, o gladiador que o havia treinado, contara-lhe que Laios havia assassinado um mágico com esse mesmo nome durante o ataque a Ctesifonte, a capital da dinastia sassânida. — Ele não está morto?

— Não! — O persa sorriu com arrogância e fervor. — Kartir é imortal.

Georgios coçou os olhos. Já se sentia melhor. Apoiou as mãos sobre os joelhos.

— Ouvi falar do seu mestre. Se é que Kartir é mesmo seu mestre.

O feiticeiro se mostrou indignado.

— Por que eu mentiria?

— Porque os nossos países estão em guerra. Para todos os efeitos, somos inimigos.

— Está errado. — Gothar parou de caminhar, encarou o companheiro de cela e acocorou-se de frente para ele. — Talvez seja precisamente o contrário. Quem me trouxe até aqui foram as estrelas. Elas nunca erram.

— As estrelas o guiaram até uma prisão no deserto? — Georgios se esforçou para não soar sarcástico, pois não era esse o objetivo. — Como isso pode ser positivo?

— Esta não é uma prisão — sustentou Gothar, com as pupilas dilatadas de entusiasmo —, é um ponto de encontro. Estamos no mesmo barco. Preciso de você para escapar desses facínoras. E você precisa de mim para conseguir a arma secreta.

De início, o paladino ficou perplexo ao saber que Gothar tinha conhecimento de sua missão. Supôs que ele fosse um mago de verdade, que pudesse ler pensamentos. Depois se lembrou de Pantaleão, que apesar de teísta o ensinara a ser cético, e concluiu que havia delirado à noite — e que o feiticeiro escutara seus clamores.

— Entendo que estamos no mesmo barco — disse Georgios, colocando-se finalmente de pé. — Mas por que eu deveria me aliar a você?

— Estamos marcados para morrer, cavaleiro — disse o mago, erguendo-se novamente. — Se trabalharmos juntos, talvez consigamos escapar.

— Não acredito que esses homens queiram nos matar. Se assim fosse, já o teriam feito. Devem ter planos para nós.

— Eles têm mesmo. — Gothar deu uma fungada no ar, como se farejasse alguma coisa. — Imagino que não saiba, mas fomos capturados pelos coraixitas, a tribo mais agressiva da região. O *sheik* deles, Razin, está doente. Se ele morrer, o clã se enfraquece. Sua filha, a princesa Safira, pretende realizar uma matança com o objetivo de impressionar as famílias rivais, e *nós* seremos os sacrificados.

— Como sabe dessas coisas?

— Eles me contaram. Pergunte aos guardas — sugeriu —, se souber falar aramaico.

— Eu sei.

— Ótimo. Então pelo menos pode tirar a história a limpo. Mas faça-o logo, porque não passaremos desta noite.

Georgios não sabia se confiava em Gothar. Era tudo muito estranho, confuso demais.

— Como chegou até aqui? — perguntou ele, em um gesto de paz. — Já que conhece essa tribo, sabe dizer onde estamos?

— Estamos a poucos metros do Panteão Negro. Ele marca o meio do caminho entre o Leste e o Oeste, segundo uma dezena de culturas antigas — disse. — Mas nada disso é relevante. O fato é que, cerca de um ano atrás, o xá recebeu a visita de um embaixador chinês. Ele queria nos oferecer uma arma capaz de derrotar os romanos. Quando Narses soube que a ideia era fazer um leilão, sentiu-se insultado, mandou prender o diplomata e o entregou aos seus inquisidores. O que resultou da sessão de tortura foi o nome de um lugar no deserto chamado Montanha do Sol, um possível santuário onde estaria escondida essa arma. De posse desses elementos, Kartir traçou um mapa estelar e me indicou o caminho até a montanha. Montei uma comitiva robusta, com mais de setenta membros, incluindo guerreiros e sábios. Dias atrás, fomos atingidos por uma tempestade de areia que acabou soterrando a caravana. Sobrevivi e vaguei sozinho pelas dunas até ser capturado. O mais curioso de tudo isso — prosseguiu o persa, sussurrante — é que, antes de partir, o meu mestre me advertiu de que os chineses deviam ter feito a mesma oferta aos romanos e que, se eu encontrasse um agente do imperador pelo caminho, deveria me unir a ele.

Georgios sacudiu a cabeça para digerir tanta informação. Segundos depois, disse:

— E eu seria esse romano, de acordo com o seu mestre?

— Bom — Gothar encolheu os ombros —, você é o único que encontrei até agora.

— Mesmo que seja verdade, não tenho nenhum truque na manga para nos tirar desta situação. E, ainda que tivesse, não o ajudaria. Digo e repito que somos inimigos. Supondo que cheguemos à tal Montanha do Sol, com quem ficaria a arma secreta? Como resolveríamos essa disputa?

— O ponto — o rosto do feiticeiro se endureceu repentinamente — é que você precisa de mim para encontrar o santuário.

— Não — acentuou o paladino. — O que eu preciso é chegar ao Panteão Negro e consultar o oráculo. Essas são as minhas instruções. Dos persas eu só quero distância.

— Rapaz, se ainda não entendeu — o mago apontou para si —, *eu* sou o oráculo.

Enquanto discutiam, um guarda abriu a porta, entrou, entregou ao feiticeiro duas tigelas de mingau e uma vasilha de água. Gothar fez uma pergunta a ele, que Georgios, pela distância, não conseguiu ouvir.

— É melhor colocarmos a cabeça para funcionar — aconselhou o enviado de Narses, entregando uma das tigelas ao paladino. — Gostando ou não de mim, juntos teremos melhores chances de nos livrarmos desses bárbaros. Se morrermos — continuou ele —, nenhum de nós completará a demanda.

Georgios provou a comida.

— Já parou para pensar que talvez fosse essa a intenção dos chineses — argumentou, a boca cheia — desde o começo?

Gothar refletiu sobre o assunto.

— Não tinha cogitado essa hipótese — admitiu. — Pensando bem, faz todo o sentido.

O equestre bebeu um pouco de água. Sua recuperação, notou o mágico, era impressionante.

— Me diga uma coisa — ele se virou para Gothar —, o seu povo acredita em milagres?

— Que tipo de milagres?

— Milagres divinos.

— Os cristãos acreditam — afirmou ele. — Os maniqueístas também. Você é cristão?

Georgios achou graça.

— Na teoria, sim — disse, recordando-se do batismo nas águas do mar. — Na prática, não. É um assunto complexo.

— Toda religião é complexa — concordou o mago, finalizando: — Por isso prefiro a magia.

Nas culturas antigas, era comum — e ainda é, em certos lugares — enterrar os ricos junto de seus escravos. O objetivo é que o servo proteja a alma do senhor a caminho do mundo dos mortos. Outras tradições preferem sacrificar não escravos, mas guerreiros valorosos, que seriam mais úteis no combate contra espíritos malignos. Naturalmente, ninguém é tolo o bastante para dispensar seus campeões, então os escolhidos são em geral soldados e oficiais estrangeiros.

No princípio da tarde, Georgios e Gothar foram transferidos do casebre para uma tenda grande e luxuosa equipada com duas tinas de água e uma toalha, sobre a qual se estendia um delicioso banquete. Durante o curto trajeto, o filho de Laios teve a oportunidade de contemplar o Panteão Negro pela primeira vez. O local lembrava de fato uma torre — como Numa havia sugerido —, tinha cerca de trinta metros de altura e era feito de blocos de pedra — provavelmente granito —, com o cume em forma de pirâmide e uma porta dupla de bronze.

— Acredita em mim agora? — perguntou Gothar assim que eles entraram no abrigo.

— Acredito que chegamos ao Panteão Negro. Mas não me parece que os nabateus queiram nos matar. — Em um canto da tenda, repousavam a cota de malha do paladino, que havia sido restaurada e polida, sua capa, espada e adaga, além de uma túnica parda nova e de qualidade impecável. — É assim que eles acabam com seus inimigos? — Georgios tornou a observar o banquete. — Envenenando-os?

— É costume entre os coraixitas oferecer uma última refeição aos condenados. — Gothar sentou-se no chão. — Precisamos estar apresentáveis ao subir na pira funerária.

Georgios andou na direção de seus pertences. Pegou a Ascalon e a testou com golpes no ar.

— Não pretendo me entregar sem luta — prometeu a si mesmo, tornando a embainhar a espada.

O feiticeiro começou a comer.

— Mesmo que você matasse todos eles, para onde iria? Como venceria o deserto? Como chegaria à Montanha do Sol?

Georgios preferiu não alimentar o diálogo. Durante seu treinamento na Nicomédia, ele aprendera que os inimigos às vezes colocavam na mesma cela um suposto aliado com o objetivo de obter informações do prisioneiro. Embora Gothar parecesse ser persa realmente, não podia confiar nele. Pelo menos ainda não.

Os dois jantaram, lavaram-se e se vestiram. Georgios colocou a túnica, a cota de malha, a capa rubra, os braceletes e o cinturão. O mago apanhou seu cajado, um bastão encimado por uma joia negra opaca com ondas brancas, do tamanho de um ovo de galinha. Em seguida, eles saíram da tenda.

O sol ainda brilhava quando foram levados à presença do chefe Razin em seu palácio de lona. Por dentro, o lugar nada devia às mansões greco-romanas. O solo estava forrado de tapetes macios, e havia até lamparinas penduradas no teto, presas às sólidas armações da barraca. Coxins de seda se amontoavam perto de biombos de cedro, atrás dos quais se escondiam mulheres cobertas por véus, fumando cachimbos de água que borbulhavam e exalavam um odor perfumado.

O *sheik* era um homem grande, com a barriga dilatada e os braços peludos. Mesmo em seu leito de morte, usava um turbante cor de laranja, colares de ouro e anéis de pedras preciosas. O corpo exibia manchas cinzentas, como se sanguessugas o consumissem. Pelo menos dez soldados o rodeavam, além dos habituais bajuladores. Sentada à direita dele encontrava-se a princesa Safira, e à esquerda notava-se um homem moreno, de nariz achatado e manto carmim, a quem os nabateus chamavam de Hashid, o Camareiro. Quando esse sujeito notou a presença deles, ficou de pé e indagou:

— Ora — deu dois passos à frente —, então são esses os veneráveis combatentes?

Safira confirmou.

— Sim — disse ela com ironia. — São nossos convidados de honra.

Hashid foi até Gothar e afagou-lhe a roupa, como se ele fosse um boneco.

— Um persa e um romano. Que dádiva!

Georgios sentiu-se ridículo na condição de adorno e replicou:

— Já que sou um convidado de honra — falou em aramaico —, gostaria de pedir a graça de um último combate.

O retruque gerou alvoroço, e os guardas apontaram para os forasteiros suas lanças. O burburinho parou quando Safira se levantou.

— Um romano que fala como um judeu — riu-se. — Romanos e judeus não são inimigos?

O paladino tomou fôlego para responder, mas as lâminas contra sua garganta o impediram. Safira, no entanto, fez um sinal e os guardas recuaram.

— Continue — ela pediu.

— Não sou judeu, tampouco inimigo deles — declarou. — É verdade, contudo, que aprendi aramaico na Palestina, onde nasci.

Nesse momento, o camareiro comentou, para que Georgios escutasse:

— O rapaz é corajoso. Perfeito para servir de escolta ao venerável chefe Razin.

— Pelo jeito — ele se virou para Hashid —, coragem é justamente o que falta a vocês. — Elevou a voz. — A todos vocês!

O clima de tensão se encrespou a ponto de o próprio camareiro dar a ordem:

— Cortem a língua dele — trovejou. — Quem precisa de língua no mundo dos mortos?

Os soldados saltaram sobre Georgios, que, em meio à confusão, em vez de tentar combatê-los, preferiu se dirigir à única pessoa que poderia salvá-los.

— Senhora! — ele gritou por sobre as cabeças. — Posso curar o seu pai.

O anúncio, que normalmente seria tomado como um blefe, comoveu a jovem arqueira, que, apesar de detestar os romanos, amava sua família acima de tudo.

— Esperem — sinalizou Safira aos guardas. — Repita o que disse, romano. — Ela o fitou com descaso. — Repita, se tem coragem!

Em vez de obedecer, o equestre estendeu à mulher o ramo de espinhos que vinha trazendo consigo e que até então ninguém percebera, por ser um objeto pequeno e absolutamente ordinário.

— Ponha este galho sobre o colchão de seu pai esta noite — instruiu. — E deixe-o ao ar livre, mas coberto, olhando para o céu. Pela manhã, ele estará melhor.

O camareiro se aproximou, indignado, e sussurrou no ouvido da moça:

— Não acredito que a senhora esteja pensando em dar atenção a esse selvagem.

Safira encarou Hashid com uma expressão de fúria contida. O homem recuou como se dragado por um furacão.

— O que é isto? — ela perguntou a Georgios, aceitando o artefato.

— Uma importante relíquia do meu povo.

— É um blefe — protestou alguém.

— Uma mentira — concordou outro. — Um truque.

— Morte aos romanos! — rosnou um terceiro. — Morte aos persas também.

— Chega! — vociferou a donzela. Esperou pelo silêncio e se voltou para Georgios com o dedo em riste. — Uma noite — ameaçou a jovem. — Eu lhes darei uma noite. Se amanhã ele estiver morto ou tiver piorado, vocês dois — olhou para Gothar — não serão apenas queimados vivos, serão esfolados e torturados.

O pacto pareceu divertir os presentes, que o aprovaram. O paladino, no entanto, não se deu por satisfeito.

— E se ele melhorar? — perguntou.

— Se o meu pai sobreviver — condicionou Safira —, ele decidirá o que fazer com vocês.

Gothar cutucou o colega e cochichou:

— Pode confiar — aconselhou. — Os árabes são tudo menos ingratos.

Georgios sinalizou em consentimento. Enquanto eram levados de volta ao casebre, o mago comentou:

— Bela manobra. Um truque digno.

Uma vez dentro da cela, o cavaleiro sentou-se na areia, as costas eretas contra a parede. Um escaravelho caminhava nas pedras. Já estava escurecendo.

— Não foi um truque.

O persa também se acomodou no solo. O encontro havia sido tenso e conflituoso, muito mais do que eles esperavam.

— Que relíquia era aquela, então?

— Parte da coroa de Jesus Cristo — explicou o equestre, sem subterfúgios.

Gothar estranhou.

— Pensei que os romanos proibissem cristãos no exército.

— Não sou cristão.

— Então — o mago alisou a barba — quer dizer que o galho é uma farsa?

— É real — garantiu Georgios.

— Como sabe?

— Fé. — Ele se lembrou das palavras de Mauzio. — É tudo uma questão de fé.

XXI

LIGAÇÕES PERIGOSAS

No dia 15 de janeiro, o mundo romano comemora a tradicional Carmentália, o feriado em honra a Carmenta — ou Carmen —, a ninfa das profecias, amante do deus Mercúrio e mãe de Evandro, um dos fundadores mitológicos de Roma.

No Chipre, assim como em grande parte do Leste, o festival havia muito perdera o verdadeiro propósito, que era o de tomar os augúrios, visitar os templos e consultar os oráculos. Em Pafos, por exemplo, os cidadãos simplesmente paravam de trabalhar ao meio-dia e afluíam aos bares para se embriagar com *calda* — vinho quente —, contar histórias e fazer apostas.

O comandante Marco Lúcio Políbio, chefe da guarnição romana na ilha, recebeu folga naquela tarde. Ele costumava ser reservado, mas aceitou o convite de dois de seus cavaleiros para acompanhá-los até a zona portuária com o intuito de "descansar e esquecer os problemas".

Os três seguiram pelas docas até a Rua da Fonte, assim chamada porque começava, justamente, onde havia uma bica de água potável sobre um pequeno tanque de pedra. Em frente a essa estrutura se prolongava uma viela repleta de bares, terminando em um largo ao redor do qual ficavam uma taverna e as latrinas públicas, além de três ou quatro prostíbulos.

Os oficiais se acomodaram em um estabelecimento discreto, longe dos bordéis, para evitar ser reconhecidos. Debruçados sobre o balcão, de rosto baixo, pediram ao atendente uma jarra de hidromel e tâmaras secas de aperitivo.

Era uma noite fria, mas o álcool fez com que eles aguentassem firme por várias horas. Quando a lua começou a descer, os cavaleiros perguntaram a Políbio se poderiam visitar o prostíbulo. Ele permitiu, mas julgou melhor não segui-los, afinal um homem em sua posição não deveria se misturar com os plebeus.

Passados alguns minutos, decidiu que voltaria para casa sozinho. Nesse momento, o rapaz que servia as bebidas lhe trouxe mais uma caneca, paga por outro cliente. Quando Políbio perguntou quem era, um homem grande de barba negra, usando roupas simples e um tapa-olho, puxou um banco e sentou-se a seu lado.

— Olá, comandante. — O sujeito cheirava a aguardente e tinha dentes de ouro. — É por minha conta — disse, apalpando a algibeira. — Faço questão.

Políbio antipatizou com o estranho logo de cara. O homem estava bêbado — ou pelo menos *havia* bebido — e se vestia de modo extremamente vulgar.

— Olá. — Levantou-se, alisando a capa. — Obrigado pela gentileza. — Engoliu tudo de uma vez. — Lamento, mas preciso ir agora.

O brutamontes o deteve, segurando-lhe o braço. Era um indivíduo forte, mas estava desarmado. Políbio poderia dar cabo dele se escolhesse sacar a adaga. Para sua surpresa, porém, o homem lhe pareceu cordial.

— Meu nome é Bufo Tauro — disse. — Sou secretário do senhor Drago, de Lida. Por que não se senta comigo?

Políbio achou a conversa um tanto suspeita.

— Estive com o secretário de Drago faz algumas semanas e o senhor não se parece com ele. Para falar a verdade — completou —, o senhor não se parece com nenhum secretário que eu tenha conhecido.

— Como todo homem poderoso, o meu patrão tem muitos secretários — explicou, risonho. — Fui eu que enviei os presentes para a mansão de Cipriota em novembro. Demetrios Sula é só um mensageiro.

Políbio notou que a história começava a ganhar consistência — e que não faria mal ouvir o que Tauro tinha a dizer.

— Pois bem — assentiu, voltando a se sentar. — Se o senhor é quem afirma ser, o que está fazendo aqui em Pafos em plena Carmentália, a esta hora da noite?

Bufo Tauro sorriu com seus dentes brilhantes.

— Supervisionando a organização do armazém que o governador nos concedeu. Logo estaremos com o estoque de azeite pronto para ser comercializado

— vangloriou-se. — Quero saber se posso mandar algumas ânforas para o senhor. Um gesto de amizade. Pode acreditar que de agora em diante nos veremos com certa frequência.

Definitivamente, o forasteiro havia conseguido captar a atenção de Políbio. Ainda eram poucos os que sabiam sobre o depósito, então as chances de Tauro ser mesmo um dos secretários de Drago, pensou, eram grandes.

— Sou um soldado. Prefiro, portanto, que seja direto — disse. — Se quer me subornar, diga o que deseja em troca.

O grandalhão pediu duas canecas de *calda*.

— Juro por Netuno, Júpiter e Minerva — pôs a mão sobre o peito, como quem faz um juramento — que desejo o melhor para todos nós. — Esperou que o atendente trouxesse as canecas, deixou que ele se afastasse e prosseguiu aos sussurros: — Sei que Cipriota anda tendo problemas com a viúva do senador Fúlvio. O que eu posso garantir é que o senhor Drago sabe como resolver a questão.

A face de Políbio se contraiu.

— O que está insinuando? — Fez menção de se levantar. — Sou o responsável pela segurança do Chipre. Seja o que for que estejam planejando, saibam que não permitirei que crimes sejam cometidos nesta ilha.

Bufo Tauro gargalhou.

— Crimes? Ora, comandante, o senhor é fraco para bebida. — Recompôs-se. — Quem falou em crime? O meu chefe é um homem respeitável. Pesquise sobre ele. Räs Drago foi um dos heróis de Palmira. É um indivíduo fiel às Doze Tábuas romanas. O que estou dizendo — voltou a sussurrar — é que podemos resolver a questão legalmente.

— Legalmente? — O oficial se ajeitou sobre o banco. — Como?

O malfeitor olhou para cima, contemplando o céu através da fresta entre os alpendres.

— Este não é o local apropriado para discutir essas coisas, mas posso adiantar que a senhora Fúlvia é filha do meu patrão. Como ela não tem marido, a lei permite que o pai a reclame de volta à família. Não é um processo simples — admitiu. — No entanto, com as devidas conexões jurídicas — continuou —, pode ser feito.

Políbio afagou o queixo.

— Interessante.

— Os seus amigos já devem estar voltando. — Tauro pagou a conta e se levantou. — Preciso voltar para o armazém. O dia amanhã será cheio. Mas não se preocupe, em breve nos veremos de novo.

— Quando?

— O tempo está a nosso favor. No momento certo, pode ter certeza de que entrarei em contato. — Tocou o ombro do comandante. — Sei que o senhor ama o seu chefe. Respeito esse tipo de fidelidade. — Bebeu o resto da *calda*. — Cipriota não sabe o homem que tem em mãos. Quando souber, as coisas serão diferentes. — Foi se afastando. — Pode apostar que serão.

Depois de quase trinta dias na estrada, foi em uma manhã fria de março, com o sol brilhando através dos pinheiros, que Galério e sua comitiva avistaram as muralhas de Sirmio, a enlameada capital da Panônia.

Situada na margem norte do Rio Sava, Sirmio era pequena se comparada às grandes cidades do Leste, mas tinha tudo o que era necessário para um cidadão romano comum, incluindo termas, teatros, templos e fontanários — com a vantagem de ser muito mais segura que Roma, Bizâncio e Atenas.

Os quinze homens cruzaram os portões e foram imediatamente reconhecidos pelos guardas, que os saudaram com vigor e alegria. O clima, entretanto, era fúnebre para os recém-chegados. Galério sabia que a tarefa que o esperava — a de recrutar um exército em tempo recorde — era ingrata e quase impossível, e foi com esse pensamento em mente que ele contornou o hipódromo, entrou na cidadela, deixou o cavalo no estábulo e seguiu direto para seu escritório.

Enquanto caminhava pelos corredores, foi informado de que uma mulher o aguardava nos jardins. Desceu as escadas, transpôs uma câmara alta com o teto em forma de abóbada, percorreu uma alameda e avistou uma idosa de estola azul coberta por um véu cor de neve, à sombra de uma castanheira. Os olhos dela eram cinzentos, iguais aos do césar, e a tez era branca, com rugas e manchas escuras.

— Minha mãe? — ele se dirigiu à anciã, visivelmente aturdido. — O que faz aqui?

Rômula, que era dácia de nascimento, tinha o rosto firme, severo e a personalidade de um tigre faminto. Galério, em suas memórias, atribuiria a ela — que havia sido, além de tudo, sacerdotisa na juventude — seu sucesso como guerreiro, pois a mãe sempre o ensinara a ser forte, inteligente e — o mais importante — impiedoso.

— Como sempre, eu apareço quando você está metido em encrenca — disse a velha, ranzinza. — Fiquei sabendo de sua derrota em Carras. Bom, a esta altura o Império inteiro sabe.

Galério resignou-se.

— Não quer entrar? — perguntou ele, apontando para o arco que levava aos salões. — Está ficando frio aqui fora.

— O frio nunca me matou, em setenta e dois invernos. Não vai matar agora. — Examinou o filho por alguns instantes, como se o avaliasse. — Com a graça dos deuses você está vivo. Quero que me conte tudo o que aconteceu. Estou aqui para recolocá-lo nos eixos.

Os dois tomaram uma trilha de seixos, que circundava as muralhas da cidadela pelo lado de dentro. Galério, nesse percurso, relatou tudo pelo qual havia passado desde o início da guerra. Rômula o escutou com atenção e concluiu que o filho havia se comportado de modo exemplar.

— Indubitavelmente, você foi brilhante — afirmou. — Na realidade, sem sua mente afiada, Diocleciano estaria morto há tempos. É lastimável que ele o trate como um mero recruta, às vezes. Episódios como aquele na casa de Pio Salônio não serão mais tolerados. Como césar, você não pode continuar se submetendo a tais absurdos.

— Que alternativa eu tenho? Diocleciano é o imperador — lembrou Galério —, além de ser o meu sogro. Não posso contrariá-lo. Seria — fez uma pausa — antiético de minha parte. Seria — pensou em um termo mais apropriado — traição.

— De todos os homens neste mundo — continuou a vigorosa matrona —, você é o único que não pode cometer erros. Entende o que digo?

— Não exatamente. Que erros eu cometi?

— O erro de se tornar como eles. Como os romanos — disse Rômula. — Depois que conheceu Valéria, você amoleceu. Passou a andar com cristãos e a escutar seus conselhos. Isso é um ultraje! Eu o criei como um dácio.

O césar parecia perdido.

— O que devo fazer?

— Para começar, torne-se mais duro. Posso apostar que ficou pensando em sua esposa durante a viagem. Ela é um instrumento, Galério. Uma mera peça no tabuleiro político. Nada mais do que isso.

— Sim. — O homem a escutava com interesse. — Já entendi, minha mãe. E o que mais?

— Em segundo lugar, livre-se dos cristãos. Começando por aquele médico de Antioquia.

— Pantaleão? — O tetrarca abanou a cabeça. — Ele é meu amigo.

Rômula deu uma cusparada na terra.

— Foram os filósofos gregos que inventaram a amizade, para seduzir seus discípulos e sodomizá-los. Entre os dácios, não existe tal coisa. Eu lhe ensinei isso, lembra? Quando era só um menino.

Galério assentiu.

— Enquanto você insistir em confraternizar com esses lunáticos — emendou a anciã —, enquanto seguir recebendo o bispo de Sirmio para jantar no palácio, os deuses continuarão a tratá-lo como um fraco e lançarão pragas sobre você. Será que não compreende? — Segurou o braço do filho e o apertou. — É um sinal claro de que algo precisa ser feito. Se Diocleciano não tem pulso para perseguir os cristãos, você deve dar o exemplo.

— Um momento. — Galério parou de caminhar. — Por que os cristãos são uma ameaça? Eles nunca nos fizeram mal. Pelo contrário.

Rômula encarou o filho por uns três segundos. Então, deu-lhe um sonoro tapa na cara.

— Seu moleque! — gritou ela. — Seu pirralho desmiolado — completou, soltando perdigotos. — Pense um pouco. Hoje, em muitas cidades, os bispos são mais influentes que os magistrados urbanos. No exército, há soldados que preferem morrer em nome de Cristo a morrer em nome de seus generais. Estou falando alguma mentira?

O tetrarca sabia que era verdade. Só não entendia como essa devoção poderia ameaçar o Império Romano.

— De fato, essas coisas têm acontecido — admitiu Galério, os braços cruzados —, mas são casos isolados.

— Grandes incêndios começam com pequenas fagulhas — ensinou a mulher. — O que era a Igreja há cinquenta anos? Uma seita de maníacos, talvez? Hoje, ela controla boa parte do Oriente. Os cristãos estão em todos os lugares. Foram entrando na administração pública e nas forças armadas sem serem vistos. Se não resolvermos o problema, eles nos destruirão de dentro para fora.

Com o rosto dolorido pela pancada, Galério refletiu sobre o discurso da mãe. Ela estava certa, apesar da histeria. Relatos de legionários cristãos surgiam a toda hora, mesmo depois de o cristianismo ser proibido nos quartéis, sob pena de morte.

— O que a senhora acha — ele perguntou — de eu obrigar os meus oficiais a realizarem sacrifícios em honra de Júpiter? Creio que pode ser um bom começo.

— Como você disse, seria um começo. — Rômula não parecia satisfeita, mas tinha se acalmado. — O importante é que você castigue os transgressores. E que seja duro!

— Sem dúvida. Nas legiões temos regras para tal. — Avultou-se. — O açoitamento é a punição mais comum.

— Açoitamento? Está louco? — A mulher investiu contra ele. Galério andou para trás como um rato acuado procurando refúgio. — Esses fanáticos têm de ser crucificados!

O césar ergueu as palmas em um gesto conciliatório.

— Mas, minha mãe, não posso crucificar um romano — argumentou. — Nossa legislação não permite.

— Claro que permite. A crucificação é reservada a escravos, piratas e inimigos do Estado — cravou ela. — O soldado que segue o Nazareno quebra o juramento que fez ao estandarte. Não é, portanto, um romano — grasnou. — É um farsante!

— Suponho que, como césar — disse ele —, eu tenha o poder de levar a cabo essas medidas.

— Não só tem como *vai* — sentenciou a idosa. — Ou você quer continuar a ser tratado como um recruta? Lembre-se, Galério, das palavras de Rômula Galéria, sua velha mãe: os cristãos foram, são e sempre serão os nossos piores inimigos. Nem os germânicos, nem os persas, nem os sármatas se comparam a eles. Entendeu agora? Ou será que eu preciso repetir?

Galério não teve alternativa a não ser concordar humildemente, como sempre fazia.

Os dois entraram no palácio para almoçar. Comeram sozinhos no pátio do edifício central.

Encerrada a refeição, Rômula se levantou, avisando que iria dormir por algumas horas.

— Esses homens não reconhecem o seu verdadeiro valor — murmurou ela, abraçando o filho. — O augusto deveria ser *você*. Daremos um jeito nisso. Juntos — ela tornou a murmurar — nós daremos um jeito.

XXII

PACTO DIVINO

— Qual é o truque? — insistiu Gothar, sentado no chão do antigo casebre.

— Como eu disse — respondeu Georgios pela segunda vez —, o truque é ter fé.

— Sou um mago, rapaz. Se alguém aqui entende de feitiçaria, sou *eu* — arvorou-se. — Portanto, não tente me enganar. Sei que existem fórmulas por trás de cada feitiço. Concordei em ser seu parceiro nesta jornada e exijo que me diga como o galho funciona.

— Nunca pedi que fosse meu parceiro — relembrou o equestre. — De todo modo, nenhum de nós está em condição de exigir nada.

Dois guardas entraram na cela trazendo um pouco de lenha e um tufo de feno. Colocaram as peças no solo e entregaram a Georgios dois fragmentos de quartzo, próprios para gerar faíscas. O frio da noite tinha apertado, e o paladino se apressou a acender a fogueira.

O calor os acolheu.

— Pode começar a rezar. — O cavaleiro retomou o diálogo. — O truque é esse. Ter fé.

Gothar se mostrou furioso.

— Certamente você me toma por um homem comum.

— Somos todos homens comuns — pontuou. — Falo sério quando lhe digo para rezar. Nossa vida agora depende disso, da fé que temos em Deus.

— Que deus?

— O Deus dos cristãos.

— Mas você me garantiu que não era cristão.

— Sou devoto de Marte e fui iniciado no culto de Mitra. Como romano, porém, posso admitir a existência de outras entidades. Se a relíquia pertence ao Deus dos cristãos — raciocinou —, nada mais justo que pedir para ele nos ajudar esta noite.

O mago o observou com negação e ironia.

— Sou um seguidor de Zoroastro — continuou o feiticeiro, irredutível. — Perderia os meus poderes se prestasse lealdade a qualquer outro deus, santo ou profeta.

— Se não o fizer — informou Georgios —, perderá sua vida.

O argumento pareceu ter convencido o mágico, que no fim das contas acabou se rendendo.

— Como se reza? — ele perguntou. — Quais são as preces certas para agradar o Deus cristão?

Georgios ensinou-lhe algumas orações que conhecia e Gothar as decorou rapidamente. Rezaram diante da fogueira e depois foram dormir.

O sol nasceu como uma esfera alaranjada, trazendo calor e aridez. Ninguém entrou na área de detenção por toda a manhã, até que, ao meio-dia, eles foram removidos da cela. Nessa terceira vez fora do cárcere, Georgios conseguiu visualizar melhor o acampamento. Entre sessenta e oitenta tendas haviam sido montadas em uma planície de areia queimada, ao redor do panteão. O solo ali era ligeiramente mais rígido, facilitando a fixação das barracas. Para cada família, devia haver pelo menos dois camelos, que eram escovados e tratados como animais sacrossantos. Sem eles — é verdade — os nômades não seriam nômades, os árabes não seriam árabes, e os nabateus talvez nem existissem.

Gothar ficou calado durante a caminhada. Estava tenso, sem saber se seria poupado ou não. Passaram pelo meio de um galinheiro, driblaram meia dúzia de mulas e avistaram um aglomerado de gente, uma reunião de pessoas em postura solene. Essa pequena multidão abriu passagem e os estrangeiros foram conduzidos até um montículo de tecidos e almofadas dispostos ao ar livre. Diante deles surgiu o leito do chefe Razin, que fora transferido para fora do palácio de lona, conforme as instruções do paladino.

O líder da tribo continuava estirado sobre os lençóis, suando muito, mas havia melhorado. Embora fraco, bebia água e degustava um pedaço de pão umedecido, dado a ele pelo camareiro Hashid. Duas mulheres o abanavam com leques de penas coloridas. O abdome tinha desinchado e as manchas cinzentas sobre a pele, secado. Na mão direita, ele apertava vigorosamente a coroa de Cristo.

Os presentes se calaram ante a chegada dos prisioneiros, agora convidados legítimos. Por alguns instantes, ninguém soube o que dizer ou como tratá-los. Safira, que permanecia à direita do pai, levantou-se e caminhou na direção de Georgios. Dada sua natureza indômita, qualquer coisa poderia acontecer, pois a donzela era conhecida, sobretudo, por seu temperamento inconstante. E o que aconteceu foi realmente inesperado.

— Ele ainda está doente. — Ela cruzou os braços como se o desafiasse. — O que você tem a dizer?

— Nada além do que disse ontem. — O equestre deu um passo para o lado e espiou o paciente. Depois, voltou a encarar a princesa. — Que a relíquia poderia curá-lo. Nunca prometi que ele ficaria bom da noite para o dia.

Safira estava contrariada. Esperava um milagre, e milagres acontecem, sim, da noite para o dia. Gothar reparou na agressividade da jovem e temeu pela vida de ambos. Depois de alguns instantes de apreensão, ela deu as costas para os homens ali reunidos, andou rumo à sua tenda e disse aos guerreiros da tribo:

— Tragam ele. Só *ele*. — A moça apontou para Georgios. — O romano.

Os soldados o agarraram pelos braços, truculentos. Safira, Georgios e mais três árabes entraram na tenda, que estava fresca, apesar do calor. Uma vez lá dentro, a donzela pediu que os guardas o soltassem e se afastassem. Em seguida começou a empurrá-lo, dando pancadas contra seu peito, protegido pela cota de malha. Georgios não entendeu o que estava acontecendo e ficou sem reação. Foi recuando a passos curtos até parar sobre uma esteira. Safira levou a mão ao quadril dele e removeu-lhe o cinto. O objeto caiu com um tilintar, ignorando a maciez do carpete. Depois, a princesa suspendeu-lhe a túnica, enfiou a mão por dentro da tanga, apertou-lhe o pênis e começou a estimulá-lo.

Era uma situação tão estranha que o cavaleiro não conseguiu ficar excitado. E se a mulher planejasse castrá-lo? E se os soldados estivessem ali com esse propósito?

Percebendo sua dificuldade, a moça gritou para os três seguranças:

— Saiam. Fora daqui. Fora!

Eles se retiraram, deixando-os a sós sob a lona. Safira despiu-se, esticou-se sobre a esteira e abriu as pernas em um gesto sugestivo. Ocorreu a Georgios, de repente, que não se deitava com uma mulher desde a Germânia. Todo aquele desejo reprimido o acometeu como uma onda, ele ficou de joelhos, mas se lembrou de que estava de armadura e começou a removê-la.

— Não. — Ela deu-lhe um tapa no rosto. — Continue. Não pare.

Georgios obedeceu, deitou-se sobre ela e os dois se amaram por vários minutos. Quando terminaram, ele percebeu que sua virilha estava ensopada de sangue. Perdeu a potência, imaginando que havia se cortado ou ferido a parceira. Um instante depois, concluiu o óbvio — Safira era virgem, afinal — e suspirou aliviado.

A moça permaneceu deitada por mais algum tempo. Súbito, como se atingida por um raio, ergueu-se, limpou-se com um pano molhado, trocou de vestido e exclamou:

— Recomponha-se. — Ela jogou-lhe a toalha. — Limpe-se. De pé.

Georgios fez conforme ordenado. Lavou-se como pôde, removendo o excesso de sangue.

— Rápido. — Ela estalou os dedos, apressada. — Venha comigo.

Os dois saíram da tenda e, suados, retornaram à presença do chefe. Safira agia — e se comportava — com naturalidade, mas era óbvio para todos o que acabara de acontecer. Os cortesãos ao redor do leito agora olhavam para o forasteiro com deferência, sinalizando positivamente com a cabeça, como se o aprovassem. Georgios, em seu íntimo, achou aquela cena grotesca. Os árabes, ele pensou, tinham hábitos muito diferentes dos seus, que ele jamais entenderia — e nunca aceitaria, apesar dos pesares.

Georgios e Safira se embrenharam na turba. Os guardas mantinham Gothar ajoelhado sob a mira das lanças. Ela se virou para o paladino e o consultou:

— O que quer que façamos com ele?

— Pensei que tivéssemos um trato — volveu o equestre. — Se o seu pai melhorasse…

— O meu trato é com *você*. Esse homem — ela apontou para Gothar — é um persa. Os persas são inimigos do seu povo, não são?

— São.

— Então, quero saber — continuou a mulher — o que faço com ele.

O mais lógico, calculou Georgios, seria ordenar a execução de Gothar. Qualquer oficial assim o faria, até por razões estratégicas. Os dois homens pertenciam a nações adversárias, estavam atrás do mesmo objetivo, e só um deles poderia completar sua demanda.

Georgios simplesmente não tinha o direito de mantê-lo vivo, pelo bem do Império, pela sobrevivência do Oeste. Contornou os guardas e ficou de frente para seu antigo companheiro de cela. O mago notou que estava condenado e implorou:

— Não me mate. Posso ser útil.

— Como?

— Sei a localização da arma secreta — respondeu ele. — Prometo diante dos deuses levá-lo até a Montanha do Sol.

O paladino, que normalmente conseguia enxergar quando alguém estava falando a verdade, teve dificuldade de perceber as reais intenções de Gothar. Resolveu submetê-lo a um teste.

— Quero que me responda uma coisa — propôs. — Se o fizer sinceramente, eu o pouparei e o levarei comigo para a Nicomédia.

— Muito bem.

— Poucos anos atrás, um espírito me contou que o meu pai, Laios Graco, herói de Palmira, oficialmente morto na Germânia, havia fugido para o Oriente. Como emissário do rei, quero saber se pode me confirmar essa história. Se o meu pai realmente está vivo.

— Então — Gothar fez uma expressão de surpresa —, você é filho de Laios Graco?

— Você o conhece?

— Na Pérsia, todos o conhecemos como o homem que comandou a invasão a Ctesifonte junto com Diócles, hoje Diocleciano, cerca de quinze anos atrás. Laios foi também o indivíduo que destruiu uma das formas humanas do meu mestre, Kartir. Bom, façamos um pacto. — O feiticeiro suspirou. — Eu lhe contarei sobre o seu pai quando chegarmos à Montanha do Sol. Esse segredo me servirá como garantia de vida.

O equestre concordou, porque no fundo não queria matá-lo.

— E que garantia *eu* tenho de que não me trairá?

— Só posso oferecer a minha palavra.

— Não ofereceu, também, a sua palavra ao xá da Pérsia?

— Quero desertar — revelou ele. — Quero fugir para o Ocidente e me tornar cristão.

— E o seu compromisso com Zoroastro?

— Desfeito depois das orações de ontem à noite. E a relíquia — olhou de soslaio para o semblante do chefe — funciona. Não é um truque. Quero ser cristão.

Georgios analisou o discurso do mago. Ele se lembrou das instruções de Numa, que o havia orientado a procurar a Torre Negra da Nabateia e consultar o oráculo, sem especificar, todavia, que oráculo era esse.

— Seria muita coincidência, de fato — reconheceu o paladino —, nós dois, um romano e um persa, com a mesma missão, termos nos encontrado neste exato local, neste exato momento. Só pode ter a ver com os deuses, ou com as estrelas sobre as quais você tanto fala. — Enfim, pediu que Safira o libertasse e completou: — Confio em você, feiticeiro — admitiu ele, hesitante. — Não sei por que, mas confio.

Georgios e Gothar passaram a noite na mesma tenda onde haviam jantado na tarde anterior.

Não eram mais prisioneiros. Os guardas começaram a tratá-los com respeito e a escoltá-los, em vez de vigiá-los. Podiam agora caminhar livremente pelo acampamento, embora Georgios tenha optado pela discrição, afinal não conhecia os nômades e não sabia do que eram capazes.

Pensou que Safira fosse procurá-lo, o que não aconteceu. A moça, no entanto, devolveu-lhe o fragmento da coroa de Cristo, após o paladino garantir que o pai dela estava curado e que se recuperaria completamente em breve. Durante a ceia, revelou ao mago que tivera relações com a princesa e perguntou se isso era normal entre os árabes. Gothar esboçou um sorriso ao mesmo tempo irônico e enigmático.

— Posso ser sincero? — perguntou ele. — Não quero ferir os seus sentimentos.

— Claro que pode. — Georgios ficou intrigado. — Já aguentei muitas coisas na vida.

— Safira o usou como um joguete e você nem percebeu. — Gothar cortou uma fatia de queijo. — Ou acha que ela o convidou para sua cama porque se encantou pelos seus olhos cor de avelã?

O paladino deu de ombros.

— Pelo jeito, vocês, magos, não entendem nada de mulheres.

— E você não entende nada de política. Safira é uma jovem ambiciosa. Como já foi deflorada, nenhum homem a aceitará como esposa. Quando Razin falecer, ela, solteira, assumirá o controle da tribo. Se um árabe a tivesse penetrado, os dois teriam de se casar, e o homem ascenderia, não *ela*. Evidentemente, Safira não pode se casar com você, um estrangeiro. Para todos os efeitos, ela foi estuprada, tornando-se o que os coraixitas chamam de *beidash*, uma dama sem honra. Nunca terá um marido, o que lhe é vantajoso nesse caso. Uma manobra inteligente, admito, embora óbvia.

— Não estuprei ninguém — protestou Georgios.

— Essa não é a questão.

E de fato não era. O que Gothar havia dito fazia todo o sentido e explicava o comportamento aparentemente impulsivo da jovem donzela — agora uma dama.

Georgios não escondeu a frustração. Em seu íntimo, alimentava a esperança de que a filha do chefe tivesse se interessado por ele, por seus "olhos cor de avelã", mas era só política.

— Já que estamos, como você comentou ontem, no mesmo barco — disse ele a Gothar, para afastar maus pensamentos —, que tal conversarmos honestamente?

O mago parou de comer por um minuto. Limpou a boca com um lenço umedecido.

— É o que tenho tentado fazer desde que nos vimos pela primeira vez, na prisão.

— Certo. — Georgios também parou de comer. — Por que não começamos a nossa aliança com você me dizendo o que conseguiram arrancar do chinês?

— Já lhe contei o que sabia — admitiu Gothar. — Ele se matou no calabouço antes que nos desse mais detalhes sobre a Montanha do Sol.

— Pois bem. Proponho, então, voltarmos ao nosso maior dilema. Se, juntos, chegarmos à arma secreta, quem vai ficar com ela? Como resolveremos esse impasse?

O feiticeiro observou o teto de lona.

— O que *você* sugere?

— Se quer mesmo saber, sugiro que cumpra o que prometeu e deserte. Eu o levarei comigo para o Ocidente e cuidarei para que seja anistiado. Farei com que fique em segurança. Que receba perdão e asilo político.

Gothar maneou negativamente a cabeça.

— Esse acordo não me satisfaz, cavaleiro.

O equestre franziu o rosto.

— Mas não foi você mesmo quem disse que queria fugir para o Oeste e se tornar cristão?

— Eu disse, e juro por todos os deuses que esse é realmente o meu plano. Contudo, não posso permitir que entregue a arma, seja ela qual for, aos seus superiores — observou o mágico. — Se ela é assim tão poderosa, seria o fim dos sassânidas e de sua corte. Estou decidido a abandonar o culto de Zoroastro e a minha pátria, mas não quero que ela seja obliterada. Nós, persas, temos uma cultura milenar. Seria uma perda para a humanidade que nossas cidades e nossos palácios fossem reduzidos a pó.

O paladino guardou silêncio. Como em um sonho, lembrou-se da menina morta no condomínio judaico, na Nicomédia, e sentiu um frio no estômago.

— Sei que os meus superiores são capazes de realizar tais massacres — murmurou ele. — Compreendo, portanto, a sua preocupação. E se — ele teve outra ideia — nos comprometermos a destruir o artefato?

— Destruir?

— Sim. Desse jeito — opinou — nenhum dos nossos líderes teria acesso ao segredo, seja ele qual for.

Gothar esticou as costas. Estavam os dois sentados de pernas cruzadas no chão fofo, de lados opostos da toalha sobre a qual fora servido o jantar.

— Estaria disposto — perguntou o mago — a contrariar uma ordem do seu imperador?

Georgios tornou a pensar no corpo da menina, das crianças mortas no incêndio.

— Se for para poupar vidas inocentes — afirmou ele, convicto —, sim.

Gothar, então, olhou no fundo de seus olhos e disse algo que ele jamais esqueceria.

— Já que está disposto a ir tão longe, Georgios Graco, eu lhe darei o maior presente que um inimigo pode conceder a outro: a lealdade. Escute-me agora, porque o que direi é de extrema importância. Sua maior fraqueza, talvez sua *única* fraqueza, é a compaixão. O seu coração é puro, cavaleiro, e será ele, precisamente, que o levará à ruína — exclamou. — Ele o conduzirá à morte.

— Não me importo. — Georgios resignou-se. — Se for esse o preço a pagar, eu aceito. — E prosseguiu: — Minha mãe deu a vida por mim. E eu retribuí fazendo coisas terríveis, que a deixariam envergonhada. Não quero ter de repetir esses atos. Eu me recuso a perseguir gente indefesa. Isso não vou fazer.

O mágico, ao escutar aquelas palavras, o fitou com admiração e respeito.

— Que seja assim, romano. — Os dois apertaram as mãos. — Em nome de Mitra, de Marte, de Jesus Cristo e de Zoroastro — enumerou o persa, então concluiu: —, nós temos um acordo.

XXIII

CAVALO DE TROIA

O CAPITÃO DA MILÍCIA DA CIDADE DE LIDA, OTÁVIO GALATAS, DEPOSITOU UM saco de moedas sobre a escrivaninha de Räs Drago, o homem que o havia empregado. Em seguida, deu um passo atrás e colocou-se em posição de sentido.

Galatas era um indivíduo de cinquenta e dois anos, de cabelos brancos e barba por fazer, com o pomo de adão proeminente e a voz rouca por causa da bebida.

Drago, sentado à mesa de seu gabinete, fez um sinal para que Demetrios Sula, que também se encontrava no recinto, começasse a contar as peças, separando denários, sestércios e dracmas, uma antiga moeda grega de prata, largamente utilizada nas províncias do Oriente.

— Esses são os impostos da semana — disse Galatas, os olhos fixos na parede do escritório. — Está tudo aí dentro.

Drago observou o ambiente que o cercava, reparando nas estantes de pergaminhos e na estátua da loba que amamentara Rômulo e Remo.

— Na verdade, estão faltando cinquenta dracmas — avisou Demetrios Sula, depois de uns cinco minutos contando.

Galatas arregalou os olhos, abriu a boca e gaguejou:

— N-Não sei o que aconteceu. Vou verificar, mas já me comprometo a cobrir a diferença. Devo ter me confundido em algum ponto. — Riu de nervoso. — Se bem que — deu um tapa na própria testa — foi o tintureiro. Um tal de Pedro Damasco. Ele disse que ia me entregar o dinheiro hoje de manhã. Esqueci. Falha minha. — Olhou para o chefe, suando. — Se o senhor me der uma ou duas horas, vou correndo até a cidade e resolvo esse problema.

Räs Drago se reclinou na cadeira. Encarou o capitão da guarda com rigidez.

— Ouvi rumores de que está cogitando se aposentar, Galatas. — Pigarreou. — É verdade?

O sujeito tremeu.

— Não vou negar que penso nisso às vezes. Mas não seria agora. Em cinco anos, talvez.

— Quando esses pensamentos surgirem, fale comigo primeiro — disse o chefe, sem deixar claro se era um pedido ou uma ordem. — Estou certo de que poderei ajudá-lo.

— Sim, patrão. — O homem estava pálido. — Pode deixar. Falarei com o senhor.

Sucedeu-se todo um minuto de absoluto silêncio, então Drago disse a Galatas:

— Está dispensado.

O capitão da milícia ficou sem saber o que fazer. Se insistisse em trazer o dinheiro, estaria confirmando sua culpa. Se nada dissesse, estaria sendo desleal a seu chefe.

Drago resolveu o impasse reforçando a ordem:

— Dispensado, capitão. Nos vemos na próxima semana. Ou quem sabe antes.

Otávio Galatas saiu da sala respirando pesadamente. Demetrios Sula deixou que ele se afastasse e perguntou ao gigante da Dácia:

— Por que o liberou? Esse homem está roubando os seus cofres. Ficou evidente pela contagem das peças. Ele nem tentou negar.

Drago apanhou algumas moedas de prata e as colocou em sua algibeira sobre a mesa.

— Se eu o desmascarasse, o caso estaria encerrado — explicou. — Nós agora sabemos que Otávio Galatas é corrupto e poderemos usar isso contra ele em ocasião oportuna. Sem mencionar o fato de que ele não roubará mais. Pelo menos — garantiu — não de mim.

Demetrios afagou a barba.

— Eu não contaria com isso — opinou. — Uma vez ladrão, sempre ladrão.

Enquanto conversavam, a jovem Macrina, filha do general Salústio, que vivia na Vila Fúlvia como refém, passou pelo corredor, e as escravas que a cortejavam a orientaram a acenar para Drago. Ela assim o fez, lançando aos dois homens um sorriso inocente.

O dono da casa acenou de volta e comentou:

— É uma menina de muitos talentos. Estou preparando-a para ser uma verdadeira dama.

Demetrios concordou.

— Sim, uma boa menina. Por quanto tempo pretende mantê-la aqui, se me permite perguntar?

— Depende. — Drago se levantou. — Prometi a Salústio conseguir um noivo à altura dela. E assim o farei.

O secretário achou estranho. Drago não costumava ser tão altruísta.

— Já tem um pretendente à vista?

— Claro. — Deu a volta na mesa. — Eu!

Demetrios engoliu em seco.

— O senhor?

— Ora, quem mais? Não acha que eu investiria na educação de Macrina para depois entregá-la a outra pessoa, acha? — Deu uma risada. — Quando ela atingir a maioridade legal, eu a tomarei como esposa.

— Quando será isso?

— Ela fará treze em breve. Ou seja, no outro ano, quando completar catorze. Quero, aliás, que você comece a pensar nos papéis de dote, contratos e tudo o mais.

O ex-sacerdote sentiu um embrulho no estômago.

— Sim, senhor.

— Faremos uma grande festa. Os nossos parceiros comerciais serão convidados.

— Entendido. Mas — ele pensou em um detalhe — o general Salústio já sabe disso?

— Não. É surpresa. — Outra risada, agora maléfica. — No fim das contas, ele vai me agradecer. Pode ter certeza de que vai.

O porto real de Alexandria — que se conectava diretamente ao palácio — recebia todas as manhãs uma grande quantidade de navios mercantes, apesar do cerco que Diocleciano impusera à cidade. Esses barcos eram, em sua maioria, enviados por Maximiano, que, além de ter o controle da frota romana no Mediterrâneo, era aliado de primeira hora de Aurélio Aquileu, o atual comandante dos revoltosos.

Quando o prefeito foi morto, em dezembro, dezenas de aristocratas egípcios se mostraram simpáticos a Diocleciano, mas nada poderia ser feito enquanto Aquileu continuasse no poder — e ele não parecia disposto a negociar uma trégua. Em outras palavras, mesmo depois de todos os esforços, as forças imperiais teriam, em algum momento, de avançar sobre as muralhas. Elas alcançariam seu objetivo cedo ou tarde, pois eram mais numerosas. No entanto, ao custo de centenas de vidas — vidas essas que seriam essenciais para a batalha contra os persas, programada para acontecer na primavera.

A situação, com efeito, era complexa e envolvia uma série de minúcias que o augusto não tinha calculado ao sair de Antioquia. A própria atuação de Maximiano ainda era uma incógnita. O que ele pretendia? Quem arrastara consigo para essa trama? Quão longe estava disposto a ir para prejudicar o governo central?

Aurélio Aquileu participara da conspiração desde o início, tendo recebido no palácio, cerca de um ano antes, o general Júlio Asclepiodoto, ex-comandante da guarda pretoriana e braço-direito de Maximiano. Asclepiodoto era um indivíduo carismático, que tinha uma aparência marcante e cujo traço principal era a ausência da mão esquerda, que ele havia perdido em batalha, restando apenas um cotoco enegrecido coberto de pele e vasos sanguíneos.

Em fins de março, um navio com a bandeira de Ravena atracou no porto real. O capitão desceu para conversar com o funcionário das docas e fez um aceno para o convés, mostrando um homem de capuz, meio torto, segurando um dos braços mutilado. Explicou que no barco havia, em vez de mantimentos, uma pequena escolta militar, e que aquele sujeito que os observava era ninguém menos que o próprio Júlio Asclepiodoto. O oficial portuário passou essa informação adiante e em poucos minutos Aquileu estava lá para recebê-los.

Júlio Asclepiodoto pisou em terra firme acompanhado de doze herculianos, membros da guarda pessoal do Inclemente, todos fortemente armados. Saudou Aquileu e o cumprimentou com a mão direita.

— Peço desculpas — disse, mantendo a cabeça baixa e a mão decepada sobre a barriga. — Fui gravemente ferido na Britânia.

— Ouvi falar. — O anfitrião chamou o convidado e seus combatentes para acompanhá-lo até os Jardins de Cleópatra. O local era de uma beleza estonteante, decorado por esfinges de bronze, palmeiras, pilastras coloridas, lagos artificiais e escadarias de mármore. O dia estava fresco, mas o sol tinha subido, refletindo sua luz sobre os vasos de planta, obeliscos, lagos e chafarizes. — Houve um incêndio na praia, certo?

— Exatamente. — O pretoriano teve uma crise de tosse. Respirou fundo e continuou: — O fato é que as Ilhas Britânicas são nossas. Maximiano me enviou porque está pronto para ajudá-lo agora.

Aquileu sentiu-se lisonjeado. Ele havia planejado ser o número dois do Egito. Com a morte do prefeito, seria o primeiro, o governador da província mais próspera do Império. Deu um sorriso e celebrou:

— Que honra! Quais são as instruções do Inclemente?

Asclepiodoto estendeu a mão saudável, como quem pede calma. Embaixo do capuz, ele parecia muito frágil e cansado.

— Existe um lugar onde possamos conversar? — perguntou. — Eu e os meus guerreiros estamos exaustos, mas certas coisas precisam ser resolvidas o mais rápido possível.

Aquileu esquadrinhou os doze herculianos que os escoltavam. Quase todos eram louros ou ruivos, e o líder deles, provavelmente germânico: um sujeito maduro, alto, com a barba dourada e os olhos azuis. Usavam capas cor de areia, escudos, cotas de malha, espadas e lanças.

— Claro. O antigo gabinete do prefeito é adequado para tratar de negócios.

Enquanto caminhavam pelos corredores, transpondo pátios e santuários internos, Júlio Asclepiodoto reparou na ausência dos guardas palacianos.

— Este lugar está tão vazio — murmurou. — Para onde enviou os seus homens?

— Para as muralhas — respondeu Aquileu. — Desloquei quase todos para lá. Não convém subestimar Diocleciano. Ele pode tentar uma invasão a qualquer momento.

— Entendo. — O visitante coçou o queixo com o cotoco. — Soube que Domiciano morreu depois que um dos paladinos invadiu este palácio. Pode me confirmar essa informação?

— Confirmo — admitiu Aquileu, envergonhado. — O imperador tomou conhecimento de uma passagem pelos esgotos. Foi um desastre, mas essas coisas acontecem em tempos de guerra. No final, evidentemente, lacramos o túnel. Posso garantir que estamos seguros agora.

Os dois homens entraram no gabinete do prefeito. No chão, ainda eram visíveis, entre os ladrilhos, as marcas vermelhas de sangue pisado.

— Não conseguimos remover — justificou-se Aquileu. — Me disseram, no entanto, que sai com o tempo.

Asclepiodoto não comentou. Sentou-se à mesa de trabalho, e o anfitrião acomodou-se do outro lado, de frente para ele. O lugar era luxuoso, claro e arejado, com uma sacada através da qual se escutava o canto dos passarinhos e de onde se enxergavam a copa das árvores, os jardins, o porto e a torre da Ilha de Pharos, que abraçava a enseada.

Os herculianos se espalharam pelo recinto. Dois fecharam a porta e se posicionaram diante dela, com as lanças em riste.

Do ângulo em que estava, Aurélio Aquileu pôde, pela primeira vez, observar o semblante de Júlio Asclepiodoto. Ele se lembrava do comandante como um sujeito de cara redonda com uma enorme cicatriz no pescoço. No entanto, quem se escondia sob o capuz, ele notou, era uma figura diferente, um homem de nariz aquilino, rosto magro e olhos pequenos.

Seu primeiro impulso foi o de se levantar e prender o suposto impostor. Sacou a adaga que trazia na cinta e ergueu-se da cadeira, mas ao dar a volta na mesa foi atingido por uma lâmina de aço.

O fio produziu um corte oblíquo em sua face, começando na testa e terminando no queixo. Aurélio Aquileu caiu de bruços no piso e, apesar do impacto, conseguiu se virar de barriga para cima. Dois combatentes o renderam, apontando lanças contra sua garganta.

Buscou a adaga. Não a encontrou. Fez um esforço para se levantar, mas escorregou no próprio sangue. O chefe dos herculianos apareceu em seu campo de visão.

— Salve, general — disse ele, apontando para o homem que se fizera passar por Júlio Asclepiodoto. — Quero que conheça Lázaro, o melhor ator da Germânia.

Aquileu balbuciou algumas palavras. Lázaro removeu o capuz e retirou o cotoco, que era na realidade um objeto cênico, confeccionado em madeira e revestido com pele de cabra.

— Sou o conde Erhard, líder dos paladinos — prosseguiu o louro. — Estes homens — ele se referia aos supostos herculianos — são legionários da Trigésima Legião de Trajano, atualmente estacionada no Reno. Sim, fui longe para buscá-los — disse. — O senhor deseja realizar uma prece antes de ser executado?

O general fez um sinal com a mão, unindo o polegar e o dedo médio. Erhard entendeu o que ele queria, puxou sua espada, a Tyrfing, e disse com respeito:

— Percebo agora que é também um mitraísta. Sinto-me privilegiado por ser o homem a executá-lo. Que a sua alma siga o caminho do Reluzente. Espero que possamos nos reencontrar no outro mundo.

Dito isso, fez um corte rápido, separando a cabeça e o corpo de Aurélio Aquileu.

Os legionários retiraram as capas cor de areia e as atiraram no chão de ladrilhos.

Lázaro, o ator, estava tremendo. Erhard apoiou a mão sobre o ombro dele.

— Falta pouco — lembrou. — Sabe o que precisa fazer, não sabe?

O artista, que era magro, de pernas finas, mas cujo nariz se assemelhava ao de Júlio César, trocou de roupa, vestindo uma cota de malha e trajes idênticos aos dos guardas palacianos. O conde entregou a ele um saiote franjado e outras insígnias que o classificariam como um dos tribunos da Segunda Legião de Trajano, a tropa comandada por Aquileu.

— Pode me dar um gole de hidromel, senhor? — perguntou Lázaro. — Para dar coragem.

Erhard estendeu a ele seu odre e o artista bebeu. Em seguida, Lázaro saiu sozinho pelos corredores, procurando por um dos oficiais de plantão. Depois de perguntar a alguns vigias — que sequer tinham escutado os sons provenientes do gabinete —, chegou a um caramanchão nos Jardins de Cleópatra sob o qual se reuniam três cavaleiros e um decano, todos sentados em cadeiras de vime, sendo abanados — e servidos — por um quinteto de escravos.

Lázaro estufou o peito e foi até eles.

— Sentido! — gritou, e os quatro imediatamente se levantaram. — Pela graça de Marte, o que estão fazendo parados? Não receberam instruções?

Um dos cavaleiros — um homem moreno, alto, de cabelos e barba escuros e crespos — fez uma saudação militar e respondeu:

— Salve, comandante. Recebemos ordem para não sair deste posto.

— Que horas foi isso?

— Segunda hora, senhor.

— Pois estão atrasados. Bando de incompetentes! — gritou, e os militares se encolheram. — Aquileu instruiu todos a se deslocarem para o pátio norte. E vocês continuam aí sentados, como se nada tivesse acontecido? Sabem qual é a punição por covardia?

— Covardia? — O segundo cavaleiro suou frio. — Não somos covardes. É que simplesmente essa ordem não chegou até nós.

— Cale-se. Ora, calem-se todos vocês — berrou o artista, o rosto corado de raiva. — O que estão esperando? Quero que avisem a seus subordinados, que transmitam a ordem que agora estou lhes passando. Fui claro?

Os quatro fizeram que sim, saudaram Lázaro, deram as costas e desapareceram pelas alamedas internas. Instantes depois, Erhard e seus legionários apareceram no jardim.

— Excelente trabalho — disse o conde a Lázaro. Depois, virou-se para seus soldados. — Vamos esperar que eles se reúnam no pátio norte, então nos movemos para lá disfarçados de escravos e fechamos todas as portas de acesso.

Em seguida, fez com que os cinco escravos sob o caramanchão tirassem a roupa. Ordenou que esses homens lhes informassem onde havia mais daquelas túnicas. Eles obedeceram, prometendo levá-los até as dependências dos serviçais.

Enquanto alguns legionários se preparavam para realizar essa tarefa, Erhard escutou a voz tremida de Lázaro.

— O que acharam? — Ele se dirigiu aos soldados também. — Será que fui bem?

O paladino repetiu:

— Excelente trabalho. — E acrescentou: — O senhor foi perfeito.

Lázaro sorriu. Um sorriso tímido, contido.

— Gostaram mesmo?

Erhard reforçou:

— Na realidade, o senhor foi estupendo!

Então, os germânicos laurearam o ator com uma efusiva salva de palmas. Lázaro, finalmente, alargou um sorriso sincero.

— Obrigado, senhores. — Curvou-se diante deles, a mão direita sobre a barriga. — Muito obrigado mesmo.

XXIV

NUVENS DE TEMPESTADE

NO ALVORECER DO QUARTO DIA COMO HÓSPEDE — ANTES PRISIONEIRO — DOS nabateus, Georgios foi convidado para uma nova audiência com o chefe da tribo, que agora conseguia respirar — e se expressar — sem dificuldade.

O homem ofereceu a ele um pequeno banquete, explicando que os nômades costumavam fazer suas refeições mais importantes à noite e antes de o sol nascer, pois o dia era quente demais. Mostrou-se encantado com o fato de o estrangeiro conhecer aramaico, ainda que ele usasse palavras e termos "tipicamente judaicos". Razin fez questão de afirmar, a propósito, que não tinha nada contra esse povo, já que muitos eram comerciantes e haviam trazido do Ocidente diversos conhecimentos úteis, inclusive os livros.

— O senhor deve pensar que somos ignorantes, não é? — perguntou o *sheik*, sentado de pernas cruzadas na outra extremidade da toalha sobre a qual fora posta a comida. Safira estava à direita dele, observando o equestre com um olhar fulminante. — Na realidade, somos guardiões do conhecimento. O deserto nada mais é que uma enorme biblioteca. Quem o senhor acha que levou as obras de Platão, Sócrates e Aristóteles para a Pérsia? Nós! O mesmo pode ser dito de Xenofonte, Cautília e Confúcio.

— Confesso que esses dois últimos eu não conheço — disse Georgios, medindo as palavras para não ofendê-los. — Confesso também que tomei os senhores como selvagens. Espero que possam me perdoar, agora que somos amigos. Mas, entendam, seus cavaleiros nos atacaram sem que tivéssemos feito absolutamente nada.

Pai e filha se entreolharam. O chefe ajeitou o turbante com seus dedos peludos.

— Os irmãos que o guiavam em Jedá eram persas — revelou o líder coraixita. — O senhor não sabia disso, imagino.

Georgios abanou a cabeça. Razin se referia, certamente, a Reija e Erete, os comandantes da expedição, homens de confiança do príncipe Ziúra, de Berenice.

— Não sabia — admitiu. — Estou surpreso.

Safira, então, falou pela primeira vez:

— Os romanos são ingênuos. Mesmo uma toupeira poderia enganá-los. São fracos, preguiçosos, tolos e prepotentes.

O chefe levantou a mão cheia de anéis, como se pedisse calma à jovem arqueira.

— Safira é impulsiva às vezes — disse Razin para Georgios. — Fui muito leniente com ela. Peço que não se sinta ofendido.

— Não estou ofendido. — Georgios bebeu um gole de leite de camelo. — Pelo contrário, mulheres enérgicas me atraem. É por isso que, com toda a cortesia — atalhou ele, tocando a testa em sinal de respeito —, gostaria de pedir ao senhor a mão dela em casamento. Sou um agente da Púrpura e posso falar em nome do imperador. Penso que poderíamos ser bons aliados.

Safira deu uma bufada e ficou de pé com um sobressalto. Mirou Georgios como se ele fosse a pior criatura do mundo, os olhos verdes soltando faíscas.

— Cão desprezível — rosnou ela, o rosto corado de ódio. — Como se atreve? Deveria mandar esfolá-lo.

— Me esfolar? — O paladino a olhou de volta. — Por quê? O que fiz de errado?

— Não tenho estômago para aguentar esse insulto — disse Safira para o pai. — Sou uma princesa dos coraixitas. Sou sua filha!

— Já fui noivo de uma princesa — interveio Georgios, recordando-se de Theodora.

Sem dizer mais nada, Safira deu as costas e saiu da tenda. O equestre permaneceu diante do *sheik*, que respirou fundo e proclamou:

— Não posso lhe dar o que pede, romano. Mas admiro a sua coragem e estou pronto para recompensá-lo. — Razin apanhou algumas azeitonas do prato. — Peça o que desejar. — Comeu e cuspiu os caroços em uma tigela. — Se estiver ao meu alcance, eu farei.

— Preciso empreender uma viagem — explicou o cavaleiro. — O feiticeiro me servirá como guia, mas o trajeto é longo e o meu tempo é curto. Seria de grande ajuda se pudesse nos fornecer camelos e provisões.

— Imaginei que me pediria isso. — Pegou mais duas ou três azeitonas. — Claro que ajudarei. Posso oferecer também alguns homens para acompanhá-lo através do deserto. Diferentemente do grupo que o trouxe até aqui, o meu será formado por sujeitos leais, que nunca o trairão.

— Obrigado. — O paladino juntou as palmas e se curvou. — Eu agradeço.

— Contudo, tenho também um pedido. — O líder dos coraixitas entrelaçou os dedos. — Gostaria que me falasse sobre a sua religião e sobre Jesus Cristo, a quem chamam de messias. Como alguém pode ser homem, espírito e deus ao mesmo tempo?

Georgios considerou que seria contraproducente, confuso e até perigoso, naquelas circunstâncias, revelar ao chefe que não era cristão. Para manter a cabeça no lugar e evitar atritos desnecessários, preferiu simplesmente contar o que sabia sobre os evangelhos, os conceitos básicos do cristianismo e sua experiência ao ser batizado.

Os guardas trouxeram mais comida e os dois conversaram por muitas horas. Já estava anoitecendo quando Razin deu a audiência por encerrada.

— Pela manhã, o senhor terá sua comitiva. Meus súditos o escoltarão — prometeu ele, referindo-se a Georgios como ninguém havia feito antes: — Desejo-lhe sorte, cristão.

— Desejo sorte ao senhor também. — O paladino se levantou e fez uma mesura. — E, caso não voltemos a nos encontrar, quero que saiba que gosto verdadeiramente de sua filha.

O chefe sorriu.

— Se o destino de vocês estiver ligado, não serei eu a me colocar no caminho — disse, para em seguida se despedir com um aceno. — Que bons ventos o acompanhem. — E repetiu: — Boa sorte.

No dia seguinte, Georgios e Gothar partiram acompanhados de quatro homens, oito camelos e sete dromedários. O líder da expedição era um árabe de trinta e sete anos chamado Fazllah, o Falcão. Usava vestes azul-escuras, tinha uma barba negra com fios grisalhos e pintas tatuadas abaixo dos olhos, as quais afirmava serem uma marca de sua família. O imediato dele, o jovem caçador Ismail, possuía um olho castanho e o outro verde e conhecia a região melhor do que ninguém. Cultivava o estranho hábito de colecionar escorpiões, guardando-os em frascos. Gostava de exibi-los a seus companheiros e de organizar combates sobre pratos de argila, às vezes valendo dinheiro.

O terceiro homem — Nadir, o Sábio — era o mais velho do grupo, ostentava um volumoso bigode cinzento e alegava ter contato com os deuses. O quarto atendia pelo nome de Nut e era escuro como os núbios, mas alegava ter nascido na Etiópia.

Os seis viajantes ganharam o deserto e vagaram sozinhos por uma semana. Na tarde do oitavo dia, a paisagem se transformou. Gradualmente, as dunas foram desaparecendo e o solo se tornando mais rígido. O horizonte era montanhoso, com colinas de rocha clara, pequenos arbustos e árvores entortadas pelo vento.

Os nabateus se aproximaram de um junípero e montaram as tendas para passar a noite. Acenderam uma fogueira, jantaram e foram dormir. Enquanto as brasas ainda crepitavam, o paladino foi até o mago e fez um pedido.

— Já lhe contei um bocado sobre o cristianismo — disse ele. — Gostaria que me falasse um pouco sobre como a magia funciona. No passado, tive a infelicidade de topar com alguns feiticeiros — confessou. — Sei que são indivíduos poderosos, e seria útil saber enfrentá-los.

Gothar considerou aquela uma troca justa. Riu de esguelha e convidou o cavaleiro a entrar em sua tenda.

— Existem muitos sistemas mágicos — explicou, após eles se sentarem no chão de lona. Um braseiro os aquecia e iluminava. — Nós, persas, recorremos aos djins sempre que precisamos. Eles são espíritos do ar, cujos poderes se manifestam na forma de vapores, gases, fumaças e odores. Cada djin serve a um propósito. Existem os que controlam o clima e as tempestades, outros que curam os enfermos, os que nos fazem ver o futuro e aqueles que entorpecem os cinco sentidos. E ainda existem os *ifrits*, que são malignos por natureza.

— Como se conjura um djin? Ou um *ifrit*?

— Geralmente, a partir da queima ou do preparo de um combinado de ingredientes, tais como ervas, raízes, cal e betume. Só para citar alguns. — Afagou a joia negra com ondas brancas fixada na ponta de seu cajado. — Já os *ifrits* são mais resistentes. O melhor é prendê-los em frascos.

Georgios pensou longamente no que Gothar acabara de dizer, recordou-se de Strabo, seu pedagogo, que era um racionalista convicto, e teve uma revelação.

— Um minuto. — Ele mostrou a palma. — Se o preparo de ingredientes serve para conjurar um espírito, e esse espírito provoca reações nas pessoas, então não seria mais lógico afirmar que o que causa tais reações são os próprios ingredientes?

— É um modo de ver as coisas — replicou o mago com serenidade. — O mesmo poderia ser dito, então, da relíquia que salvou o chefe coraixita, ou dos próprios deuses — teorizou. — Não conheço ninguém que tenha visto Marte ou Mitra em pessoa. No entanto, a imagem deles inspira os soldados.

— Aonde está querendo chegar?

— Estou apenas lhe explicando como a magia opera, conforme me pediu. Em essência, ela não é diferente de todos os processos que se verificam neste planeta. Há um método por trás de cada feitiço, e o fato de não enxergarmos espíritos ou deuses não significa que eles não existam. — Para cimentar sua tese, o mágico evocou um clássico da filosofia. — Essa é uma verdade que nem os mais céticos podem negar. Seria o mesmo que ignorar Platão, que nos mostrou que o mundo das ideias reside em um campo e o mundo dos sentidos, em outro. Existe uma realidade abstrata para além do universo palpável. Só um lunático ou um tolo refutaria tal argumento.

Georgios concordou.

— Esta conversa foi profundamente esclarecedora — celebrou, relembrando a noite em que ele e Constantino foram atacados nas ruas da Nicomédia. — Já ouviu falar dos sicários? São assassinos judeus. Um deles tentou me enfeitiçar recitando palavras que me deixaram atordoado. Sempre me perguntei como ele realizou aquele truque.

— Não conheço, mas em breve você terá a oportunidade de investigar sobre eles. Em três dias faremos uma parada no oásis de Yatreb. É a maior cidade judaica do deserto. — O persa enfiou-se em seu saco de dormir. — Se me der licença, agora preciso descansar. Logo chegaremos à Montanha do Sol. Não sei o que encontraremos lá — murmurou ele, com certo temor. — Portanto, devemos estar preparados.

No final de março, Galério mandou prender Irineu, o bispo de Sirmio, sob a alegação de que ele planejava um golpe de Estado. Dois dias depois, os diáconos locais, acompanhados de duzentos fiéis, organizaram um protesto em frente ao palácio. Foram presos também, separados por classes e confinados no hipódromo. Os plebeus foram mantidos em cativeiro, e os escravos — incluindo mulheres, idosos e até crianças — crucificados na beira da Via Gêmea, a estrada romana que margeava a cidade.

O que poderia intimidar um viajante comum serviu de estímulo para o líder gótico Stronka, que fez uma parada no recuo da pista para apreciar o que chamou de "espetáculo". Com cinquenta e três anos, Stronka, conhecido como "o Sanguinário", trazia consigo alguns dos melhores cavaleiros do Cáucaso. Ele próprio era um lutador habilidoso, apesar da idade relativamente avançada. Parcialmente calvo, com a barba castanha e um olhar muito rígido, Stronka usava uma couraça peitoral sobre a cota de malha. Ele gostava de exibir sua força capturando camponeses a esmo, escravizando-os e carregando um saco de crânios sobre o cavalo.

Stronka e Galério se encontraram em uma tarde escura de primavera, em um dos muitos salões do palácio de Sirmio. O líder gótico estava acompanhado de seu filho, Osório, o Matador de Lobos, e o césar, de sua mãe, Rômula.

Galério ordenou que os escravos acendessem os braseiros, pois havia nuvens carregadas no céu. Serviu vinho ao convidado e pediu que se sentassem cara a cara em confortáveis cadeiras de cedro.

Nascido e criado na Dácia, Galério conhecia um pouco do dialeto dos góticos. Rômula, por sua vez, era fluente e se ofereceu como intérprete caso os líderes não se entendessem.

Stronka disse que era um prazer estar entre eles e revelou, logo de início, o motivo que o trouxera à Panônia.

— Parece que uma praga está a assolar nossos povos. O nome dela é cristianismo — afirmou, os olhos vermelhos de fúria. — Estou aqui por dois motivos. Primeiro, porque desejo ser bem pago. Pago em *ouro* — exigiu. — Segundo, porque quero me tornar o líder dos godos, não apenas um chefe local. Quando eu tiver esse poder, vou usá-lo contra os padres, bispos, diáconos e missionários. Queimarei todos eles e lançarei suas cinzas ao mar.

Rômula começou a traduzir para Galério, mas ele a interrompeu explicando que havia escutado com atenção — e entendido perfeitamente.

— Nós temos aqui o mesmo problema — aquiesceu o césar. — Os cristãos são de fato um incômodo.

— Um incômodo, não — grasnou a matrona. — São uma *doença*. — E se virou para Stronka. — O senhor queira desculpar o meu filho. Ele não conhece o idioma gótico tão bem. Se me permitir, vou corrigi-lo sempre que julgar necessário.

O godo assentiu, o olhar baixo e penetrante.

— Entendo que os nossos propósitos convergem. — Bebeu a taça inteira de vinho. — De onde venho, boa parte da população já foi convertida. Os clãs estão divididos, e os chefes, desnorteados. Só o que quero é a paz, nem que para tal eu precise deflagrar um massacre.

— Estou convencida de que o senhor triunfará pelo exemplo — disse Rômula, enérgica. — Quando voltar da batalha com a cabeça de Narses sobre o cavalo, os godos saberão quem seguir e quem respeitar.

— Claro — interveio Galério — que esses detalhes terão de ser acertados oportunamente. Não nos esqueçamos — ele olhou de soslaio para a mãe — de que respondemos, todos nós, ao imperador de Roma.

Stronka torceu o semblante. Então, comentou:

— Já tenho muitas cabeças em meu cavalo. O que quero — frisou — é ouro. Não aceito prata ou qualquer outro metal.

O césar ficou de pé. Orientado por Rômula, pegou uma faca, fez um pequeno corte na palma e a estendeu ao forasteiro. Stronka seguiu as mesmas etapas e os dois apertaram as mãos.

— O pacto está selado — declarou a mulher. — Os senhores são agora irmãos de sangue.

Naquela noite, os godos ficaram hospedados no palácio e foram tratados com a maior deferência. Três dias depois, Stronka e Osório partiriam para a Mésia. De lá, contornariam o Ponto Euxino — o Mar Interior, segundo os germânicos — com o objetivo de reunir todos os homens que conseguissem, em especial cavaleiros.

Se tudo desse certo, eles se encontrariam em Satala, na fronteira entre a Capadócia e a Armênia, três meses depois.

Nesse entremeio, Galério enviou capitães às fortalezas que guarneciam o Danúbio, exigindo que cada uma delas fornecesse pelo menos metade de seu contingente para o que batizou de "esforço de guerra".

O chamado foi atendido.

Em fins de maio, Sirmio estava lotada de tropas. Da Nórica vieram os arqueiros, a Dalmácia enviou batedores, mas a infantaria pesada veio mesmo da Dácia.

— O Império é *nosso* — disse Rômula para Galério quando viu as centúrias reunidas no fórum. — Não deixe que Diocleciano o diminua. Imponha-se pelo exemplo e, se julgar necessário, use a *força*.

— Sim, minha mãe — concordou o césar.

— O próximo imperador será *você*. Não tenho dúvidas. No final, nós reinaremos — ela decretou, contraindo o rosto enrugado. — Conquistaremos o Império Romano.

XXV

BESTA DE SETE CABEÇAS

NAS GRANDES CIDADES ROMANAS — MESMO ENTRE OS MAIS ERUDITOS —, POPUlarizou-se a ideia de que a Arábia era uma vasta região desabitada, sem nada além de dunas, areia, sol e calor.

Essa percepção não era de todo infundada. Diversas porções da península se tornavam intransponíveis nas estações secas — entre maio e setembro —, eram repletas de areia movediça, poços de betume e animais peçonhentos. Quem conhecia as trilhas certas, no entanto, viajava muito rápido e só percorria áreas seguras. Essas trilhas — diferentemente do que se imaginava no Oeste — passavam ao largo de povoados, aldeias e postos de abastecimento, onde o povo criava gado, minerava e às vezes até cultivava.

Duas semanas depois de deixarem o palácio de lona do chefe Razin, Georgios, Gothar e os expedicionários chegaram ao topo de uma elevação. Daquele ponto, avistaram um vale poeirento coberto de árvores frutíferas. Observando com mais atenção, o paladino notou que aquele era na verdade um bosque de tamareiras, e a cidade ficava no centro dessa pequena floresta, guarnecida por muros de argila, com diversas casas feitas de barro. Yatreb tinha ruas largas, de terra, e dois mercados ao ar livre, onde se vendiam principalmente camelos, objetos de cerâmica e suprimentos para viagem. O lugar era salpicado de poços artesanais — dando a impressão de que cada morador podia construir o seu —, e no coração do oásis, em vez de uma fonte ou um tanque de água, localizava-se o que Georgios reconheceu como um tabernáculo judaico.

O tabernáculo, conforme ele havia aprendido com Simão, o filho de Davi, irmão de Jocasta, era um santuário que tinha como objetivo guardar itens e artefatos sagrados. Era composto por uma tenda central, uma pira de sacrifícios onde se queimavam oferendas, uma grande bacia para o banho dos sacerdotes e uma cerca de lona, envolvendo e enquadrando todo o espaço. Os primeiros tabernáculos datavam da época em que os hebreus — então escravos dos faraós — haviam escapado do cativeiro no Egito, liderados pelo profeta Moisés.

— Esta cidade é governada por três tribos israelitas — contou Gothar para Georgios do alto de seu camelo — sobreviventes das guerras judaicas, que resultaram na destruição do Templo de Jerusalém. Elas fugiram para o deserto e estabeleceram aqui seu refúgio, buscando viver como os antigos viviam.

— Pensei que o Templo de Jerusalém estivesse intrinsecamente ligado à Cidade Sagrada. Ou melhor, à Pedra de Abraão — retrucou o cavaleiro, referindo-se à rocha sobre a qual o patriarca deitara seu filho, Isaac, para sacrificá-lo a pedido de Deus. — Mas entendo o conceito.

Enquanto descia a trilha, Georgios reparou também em uma dúzia de construções semiesféricas dispostas ao redor do tabernáculo, que pareciam fornos, mas eram grandes demais para assar qualquer coisa. Ficou pensando para que elas serviriam, quem as projetara e quando.

Percorreram a plantação de tamareiras e cruzaram os portões quando o sol estava a pino. Ismail, o caçador, avisou aos colegas que já estivera no oásis e conhecia um bom lugar — um lugar "digno" — para pernoitarem.

Não havia estalagens em Yatreb. Contudo, os moradores colocavam as próprias casas à disposição para serem alugadas e iam se hospedar em residências vizinhas. O grupo se instalou em uma choupana com teto de junco muito singela, mas que tinha espaço para todos e era bem melhor que as barracas — que já estavam sujas e precisavam ser consertadas.

Georgios, ciente de que haviam sido os romanos que destruíram o templo judaico, achou melhor esconder suas armas, a armadura, a ombreira e o saiote franjado. Passou a usar apenas uma túnica parda e o manto longo dos árabes, que vinha trajando desde o começo da viagem. Procurou saber com os nômades tudo o que podia sobre a cidade e depois do almoço, com um cajado na mão, saiu em busca de informações sobre os misteriosos sicários.

Ismail se prontificou a ajudar, prometendo apresentá-lo a um dos judeus mais influentes da região. O paladino imaginou que seria levado a um homem rico, usando adornos e roupas caras, mas o guia o conduziu a uma cabana de tijolos queimados onde funcionava uma pequena sapataria. Um sujeito de pele rosada e cabelos castanhos costurava a sola de uma sandália enquanto dois meninos atendiam os clientes no balcão. O nabateu acenou para o sapateiro, que o reconheceu e pediu que ele contornasse a loja e o encontrasse nos fundos.

— Mestre Eliezer. — Ismail fez uma curta mesura. Perguntou se o homem poderia consertar seus calçados e o apresentou a Georgios. — Este cristão gostaria de conhecê-lo. Ele está viajando conosco e procura por um sábio.

O sapateiro desconfiou. Com o rosto fechado, analisou o equestre friamente.

— Cristão? De onde? O que faz aqui?

Georgios engoliu em seco. Estava diante de um dos homens mais importantes do oásis. Não podia revelar que era romano, muito menos contar-lhe seu verdadeiro propósito. No desespero, mentiu:

— Sou de Antioquia. Discípulo de Cirilo, o bispo da cidade.

Eliezer insistiu, com um sapato na mão:

— O que faz aqui?

Sob pressão, surgiu-lhe uma história mirabolante:

— Sou um teórico cristão. Fui encarregado pelos meus superiores de encontrar a origem do mal nas escrituras. Meu projeto pessoal é formular um catálogo de entes malignos. Estou aqui porque me contaram que os judeus de Yatreb possuem conhecimentos antigos, inclusive aqueles que sobreviveram à destruição do Templo de Herodes. — E foi mais a fundo na encenação: — Soube da existência de um demônio chamado Lúcifer. Queremos saber se esse Lúcifer é o Diabo descrito nos evangelhos.

Quando Georgios terminou, Eliezer o observava atentamente.

— Onde aprendeu nossa língua? — perguntou ele. — O senhor fala como judeu, não como cristão.

— Na Palestina, onde nasci. Me mudei para Antioquia aos catorze anos de idade.

O judeu estava mais calmo, mas não parecia convencido. Cruzou os braços e indagou:

— Como disse mesmo que se chamava?

— Georgios Graco.

— Graco? É grego? Não disse que era palestino?

— Nasci na Palestina — repetiu o cavaleiro, com toda a calma. — Graco é apenas um sobrenome. Suponho que meus antepassados fossem gregos. Não sei de onde.

Eliezer aquiesceu.

— Se é conhecimento que procura, veio ao lugar certo. Esteja hoje ao pôr do sol na casa do rabino Yehuda ben Tov, entre o estábulo e a tinturaria — determinou. — Eu o apresentarei a ele. Ben Tov conhece as escrituras melhor do que ninguém. Talvez ele possa ajudá-lo.

Georgios e Ismail agradeceram e a seguir foram ao mercado. Ficava no fim da rua principal, em uma área retangular ornamentada de palmeiras. As barracas tinham toldos multicolores, e por ali circulavam pessoas das mais diversas estirpes. Um homem com os olhos puxados usando uma touca de couro os abordou falando um aramaico tosco, mas compreensível. Mostrou a eles as estatuetas envernizadas de argila que expunha sobre o balcão. Eram figuras estranhas, de cobras com várias cabeças, elefantes com corpo humano e mulheres com quatro e seis braços usando colares de osso. O paladino perguntou a Ismail de onde eram aquelas imagens.

— Não sei — admitiu o caçador. — O lojista — apontou para ele — deve ser das estepes. Chegam aqui pela Rota do Incenso.

— Sou Yosuguei — afirmou o vendedor, empolgado. Ele tinha a seu lado dois cães grandes, que no entanto pareciam inofensivos. — Esses são ídolos indianos. Trazem sorte, muita sorte.

Georgios analisou as peças, mas disse que não tinha interesse. Quando já estava saindo, Yosuguei o perseguiu e lhe ofereceu uma pequena estátua de um homem sentado, os olhos baixos, serenos, e um sorriso enigmático nos lábios.

— Buda — exclamou ele. — O Iluminado. — Empurrou o objeto para as mãos do equestre. — O Desperto. Pode levar.

Georgios tornou a recusar, mas o lojista insistiu que ele ficasse com o item, dizendo que era um presente. Constrangido, o cavaleiro aceitou, e então eles foram à caça de mantimentos. Compraram cereais, frutas, carne salgada e duas barracas novas.

Retornaram à casa alugada. Fazllah se interessou pelo Buda de argila quando Georgios o colocou sobre a mesa.

— É uma estátua bonita — comentou ele, aproximando-a do rosto. — Mas tem um cheiro ruim. Deve ser do verniz — apostou. — Sai com óleo, sal e farinha.

Georgios fez suas necessidades, tomou um gole de vinho, comeu um pedaço de pão e, pouco antes de o sol se pôr, foi sozinho até a casa do rabino.

Não foi difícil encontrar o local. Embora grande, era tão simples quanto todas as construções de Yatreb. Os muros de pedra clara delimitavam uma propriedade quadrada, dividida em dois ambientes: um pátio espaçoso, com um poço no canto norte, e a casa propriamente dita, com estrebaria e chiqueiro nos fundos.

Entrando no pátio pela porta da frente, o paladino reparou em alguns homens sentados no chão de pernas cruzadas em volta de uma mesa baixa, retangular e comprida. Bebiam posca, conversavam e debatiam, mas se calavam abruptamente sempre que o indivíduo à cabeceira — um sujeito corpulento, idoso, com uma barba que tocava a barriga — começava a falar aos murmúrios.

Georgios logo foi notado e recebido por Eliezer. O sapateiro o levou até a mesa e o apresentou aos demais, que começaram a fazer perguntas. Para sua sorte, aqueles judeus não estavam interessados em sua vida pessoal, mas nos fundamentos filosóficos do cristianismo. Felizmente, Georgios conhecia os hábitos cristãos, sabia recitar orações e já tinha lido os evangelhos, então conseguiu enganá-los.

Comeu com eles e descobriu que as construções semiesféricas que vira da estrada serviam para armazenar livros, tomos e pergaminhos. Um dos presentes acrescentou que havia outros textos escondidos nas cavernas da região e explicou que o clima árido era perfeito para conservar documentos, quando bem acondicionados. Georgios se lembrou do chefe Razin dizendo que o deserto era "uma enorme biblioteca".

Finalizado o jantar, Eliezer interveio a favor do equestre, dizendo ao rabino Yehuda ben Tov — o homem à cabeceira — que o forasteiro procurava informações sobre um demônio chamado Lúcifer.

— O personagem a que se refere deve ser o Filho do Alvorecer — opinou Ben Tov. Ele falava pausadamente, era rouco e parecia cansado. — Isaías retrata a queda dele em seu livro. O nome Lúcifer deve ser uma versão latina para *hêlēl* — afirmou, citando o termo em hebraico antigo —, que em aramaico significa "brilhante".

Georgios o interpelou da forma mais educada possível, a cabeça baixa:

— Mas quem ele é, mestre? De onde vem esse Lúcifer? Foi ele que tentou Jesus Cristo?

— Não tenho certeza — admitiu o rabino. — De acordo com Isaías, porém, Lúcifer é um anjo caído. Na realidade, teria sido o maior de todos os anjos, que, pela ambição de ascender acima de Deus, foi atirado do céu para o Sheol.

— Sheol? — O paladino torceu o semblante. — Nunca ouvi essa palavra.

— Para nós, o Sheol é o abismo — respondeu o velho. — O mundo dos mortos, o inferno cristão.

— Entendo. — Georgios estava fascinado. Era como se estivesse de volta à sala de jantar de Jocasta em Antioquia, quando ela lhe contava histórias mitológicas. — E como Lúcifer caiu?

— Isaías só diz que ele foi afastado da graça divina. Uma pista sobre esse episódio nos foi dada por um dos profetas, João. No Apocalipse, ele afirma que houve uma batalha no firmamento e que o arcanjo Miguel expulsou os anjos rebeldes do paraíso.

— Me lembro dessa passagem — disse o equestre, revirando a memória. — O profeta cita um dragão, referindo-se a ele como Serpente, Demônio ou Satanás, não como Lúcifer.

Ben Tov alisou a longa barba.

— Basta juntar os pontos. Se eu tivesse de teorizar a respeito e dar uma resposta final, diria que Lúcifer e Satanás são a mesma criatura.

— Então o dragão é Satanás? Que por sua vez seria Lúcifer, o anjo caído?

— O dragão é o *mal* — sentenciou o rabino, incisivo. Estavam todos o escutando, em total e absoluto silêncio. — Esse mal pode assumir diversas formas e ter inúmeros significados. No Apocalipse, por exemplo, João fala em uma besta de sete cabeças. É um recurso conveniente, porque o profeta, assim como muitos cristãos de seu tempo, foi perseguido por Roma, conhecida como a Cidade das Sete Colinas.

Georgios ficou pálido. Não podia acreditar que o Império Romano fosse maligno por natureza, muito menos o próprio mal encarnado. Não fazia sentido para ele, embora Theodora já tivesse sugerido algo semelhante durante a viagem que haviam feito de Bizâncio até Tréveros, na Bélgica, através dos Alpes.

Eliezer notou a apatia do convidado e lhe ofereceu um copo de água.

— Deve ser algo que ele comeu — opinou um dos judeus sentados à mesa. — Aposto que foi ao mercado mais cedo.

Georgios confirmou, e os presentes começaram a falar mal da comida dos árabes e do tempero dos indianos.

— Comida precisa ser purificada — comentou alguém. — Precisa ser *kashér*.

O equestre se recuperou depressa. Bebeu dois ou três goles de seu próprio odre e perguntou ao rabino como poderia pagar-lhe pelas informações.

— Praticando a justiça — respondeu Ben Tov. — Conte aos seus amigos em Antioquia que cristãos e judeus são aliados. — Olhou para o tabernáculo, cujo fastígio podia ser visto sobre os muros do casarão. — E que nós temos um inimigo em comum.

Yehuda ben Tov não revelou quem era esse inimigo, mas, ao retornar à casa alugada, Georgios se lembrou de que o jovem comandante Bar Kokhba, protagonista da Terceira Guerra Judaica, fora cercado pelos romanos e morto em Lida, sua cidade natal.

Depois desse levante, o imperador mandara queimar aldeias, portos e vilas desde o Rio Jordão até a Galileia. Jerusalém fora destruída, e os judeus, expulsos da Palestina.

Ben Tov era descendente desses fugitivos.

Não só ele como todos no oásis de Yatreb.

XXVI

JUNTOS NO PARAÍSO

No domingo de Páscoa, os cristãos do Chipre se reuniram para celebrar uma missa na Igreja de São Barnabé, localizada sobre uma das mais belas colinas de Pafos.

O lugar havia sido originalmente construído como um templo a Afrodite. Depois que Jania, a suma sacerdotisa, foi assassinada na Colina dos Ossos, o clero se dispersou e o prédio ficou abandonado. Mediante um pedido do bispo, o governador concedeu o terreno aos cristãos, que transformaram o santuário em igreja.

Projetada pelos gregos, a construção era formada, na realidade, por um complexo de cinco edifícios dispostos ao redor de uma esplanada central. Esses prédios seguiam o modelo tradicional helênico, com frontões triangulares, escadarias largas e altas colunas de mármore. O altar fora trazido para dentro da nave e servia agora de mesa para o bispo apoiar os objetos usados na missa. Em um nicho na parede — onde anteriormente ficava a estátua —, jazia uma pequena arca contendo a pedra suja de sangue que havia ferido o apóstolo Barnabé, morto na ilha cerca de duzentos anos antes.

Tysa, vista por alguns como bruxa e por outros como salvadora — por ter planejado a morte de Jania —, fora convidada para participar da cerimônia. O interior da igreja era muito claro e arejado — e amplo o suficiente para abrigar quase quatrocentas pessoas. Zeno, o bispo de Pafos, celebrou o ritual sob o olhar atento de escravos, plebeus e patrícios, depois exibiu com orgulho a Pedra de Barnabé, que, segundo ele, tinha o poder de curar os enfermos.

Encerrada a missa, Tysa saiu para a esplanada. De lá, enxergavam-se a praia, os barcos, as oliveiras pontuando a costa e mais adiante a cidade de Pafos.

Conversou com diversos comerciantes, aristocratas, matronas e sacerdotes, mas não encontrou seu velho amigo, o governador Cipriota. Já estava regressando à liteira quando Spiridon, o diácono, a chamou de volta à igreja, que agora se encontrava vazia. Zeno esperava por eles.

— Senhora Fúlvia. — O religioso beijou as mãos dela. Era um indivíduo maduro de pele castanha, com cabelos longos e crespos e uma farta barba cor de neve. — Sua presença nesta casa sempre nos engrandece.

Tysa inclinou a cabeça, os olhos fechados.

— Nunca serei capaz de retribuir o que fez por mim no passado. Salvou minha vida.

O homem deu um sorriso.

— Já conversamos a respeito. Sou apenas um servo de Deus. — Zeno sugeriu que se sentassem lado a lado. Os dois se acomodaram, Spiridon foi embora e o bispo continuou: — Infelizmente as notícias do continente não são boas. Ouvi rumores de que uma nova perseguição aos cristãos teve início na Panônia.

Tysa já tinha visitado Sirmio, conhecia Galério pessoalmente e era amiga da esposa dele, Valéria, a filha de Diocleciano — e sabia que eram boas pessoas.

— Os persas estão avançando pelo leste, até onde eu soube — observou ela, semicerrando os olhos. — Em tempos de guerra, esses boatos são muito comuns. Galério está envolvido até o pescoço nessa campanha. A última coisa que ele iria pensar, acredito, seria em perseguir os cristãos. Além disso, não estamos mais nos tempos de Nero, quando o cristianismo era só uma seita. Hoje, vocês estão espalhados por todos os ramos da sociedade. Uma perseguição generalizada seria uma catástrofe em muitos níveis.

Zeno respirou fundo, como se estivesse muito cansado. Ele usava um hábito longo, cinzento, e o dia começava a esquentar.

— Eu sei. — Limpou a testa com um pano. — Já considerei esses fatores. No entanto, as minhas fontes são sólidas. O bispo de Sirmio foi preso. Ele será julgado como estrangeiro, mesmo tendo cidadania romana. Seu direito de defesa foi negado. É uma porta aberta para a condenação.

— Bom, precisamos considerar — pontuou a viúva — que talvez ele tenha efetivamente cometido algum crime. Um cristão é um ser humano como qualquer outro, um pecador como qualquer outro, e está sujeito a falhas.

O clérigo abanou a cabeça e fez um muxoxo.

— A senhora não entende. Irineu não foi o único. Centenas de cristãos foram detidos — afirmou. — Os plebeus seguem presos à espera de julgamento, e os escravos foram crucificados.

— Crucificados? — Tysa tomou um susto. Era a última coisa que esperava ouvir. — Não é possível. Eu vou... — ela estava prestes a dizer que escreveria uma carta para Valéria, a cesarina, mas preferiu não revelar seus planos — procurar saber mais sobre essa história.

O bispo encostou a mão no ombro dela, em um gesto amistoso e fraterno.

— Neste momento, toda ajuda é bem-vinda — disse. — Contudo, o motivo de eu estar conversando com a senhora é outro. Gostaria de reforçar o convite que lhe fiz algum tempo atrás para se juntar à nossa comunidade.

Tysa sentiu-se, mais uma vez, lisonjeada. Entretanto, não podia aceitar.

— Já disse ao senhor — prosseguiu ela — que sou muito grata e simpática aos cristãos, mas não tenho interesse em me converter.

— Só peço que pense no assunto. — O religioso observou os raios quentes de sol. — Entenda, a senhora é uma figura de autoridade na ilha. Temida por uns e amada por outros. Se a perseguição se estender até aqui, faria diferença termos pessoas poderosas do nosso lado.

— Eu não me preocuparia tanto assim — insistiu a moça. — Sirmio fica longe daqui. Se esses fatos ocorreram na Panônia, aposto que é um conflito localizado. Não acho que chegue até nós.

Zeno ergueu o indicador de modo professoral.

— Nós, cristãos, aprendemos com os judeus a ser precavidos — contou. — Considerando tudo o que sofremos, esse tipo de prevenção passou a ser necessário. Essencial, eu diria.

Tysa ficou em silêncio, pensando no que dizer. Não tinha a menor vontade de ser batizada, mas devia a vida a Zeno e não podia dar as costas para um amigo. Enquanto formulava uma resposta, o religioso adicionou:

— Esse não é o tipo de coisa que se decida da noite para o dia. Pense com calma. De minha parte, faço esse pedido não por mim, mas pelo meu povo. Os meus colegas no Oeste me contaram que até crianças foram executadas. — E repetiu, consternado: — Crianças!

Foi a vez de Tysa afagar o ombro do bispo.

— Pensarei em uma solução, meu amigo — prometeu ela. — O que eu posso garantir é que essa catástrofe não se abaterá sobre o Chipre. — E reforçou: — Não permitiremos que aconteça.

Zeno pigarreou, endireitou o corpo e disse:

— Se eu pudesse lhe dar mais um conselho... — retomou — seria para a senhora montar uma guarda pessoal. Um corpo de seguranças, que seja. Sei que é respeitada, que muitos sequer se aproximam da Colina dos Ossos, mas eu me questiono se essa reputação seria suficiente para protegê-la no caso de uma revolta em larga escala.

— É um bom conselho — volveu ela. — Como o senhor sabe, o meu primeiro marido, o senador Fúlvio, nunca teve uma escolta adequada, e eu considerava isso um erro.

Zeno apertou a mão de Tysa e a conduziu até a porta da igreja. A tarde lá fora já tinha chegado e com ela veio o calor.

Enquanto subia na liteira, auxiliada por seus escravos, a moça fez uma última pergunta:

— O senhor tem notícias do governador?

— Eu? — O bispo sorriu, constrangido. — Não. Pensei que a senhora soubesse.

Tysa não comentou. Despediu-se de Zeno e tomou o caminho do palacete. Na intimidade do palanquim, observou a estrada e se lembrou dos tempos em que era casada, quando Rasha — hoje Cipriota — era seu amigo — seu escravo — mais próximo.

O calabouço do palácio de Sirmio era um lugar assombroso. Chegava-se a ele descendo vários lances de escada, atravessando um corredor escuro povoado por ratos, para em seguida alcançar uma galeria redonda com pilares baixos e o teto em forma de abóbada. O ar era úmido e impregnado com o cheiro de urina, comida podre, suor e cera queimada.

Salvo os carcereiros, poucos eram autorizados a acessar as masmorras. Pantaleão, como médico particular de Galério, gozava de autoridade e prestígio. Não foi difícil para ele, portanto, convencer os vigias de que recebera ordens do césar para examinar Irineu, o bispo da cidade, preso em março. Assim, foi levado até um buraco no solo. A cela propriamente dita ficava dois metros abaixo do piso, e os guardas precisaram apanhar uma escada para que ele descesse até lá.

Irineu não esperava a visita de Pantaleão. Os dois haviam se conhecido em Antioquia, quando o bispo de Sirmio, então diácono, viajara à Síria para um encontro de líderes religiosos. Na ocasião, foi apresentado ao jovem médico, que trabalhava em um dos hospitais mantidos pela Igreja, e eles se tornaram amigos. Fora Irineu, a propósito, que o recomendara a Galério, afirmando que Pantaleão era um "rapaz cheio de energia", muito esperto e dedicado.

Irineu encontrava-se deitado sobre um tufo de feno. Era um sujeito esguio, de barba castanha e olheiras profundas. Trajava o tradicional hábito eclesiástico — ele fora preso durante a missa —, que agora parecia velho e encardido.

— Salve, irmão. — Irineu buscou o abraço do visitante como uma criança que busca o afago dos pais. — Como é bom ver você. É uma luz neste ambiente de trevas.

O médico fez questão de examiná-lo e constatou que, fisicamente, ele estava bem, apesar de muito magro. Depois de compartilhar com o clérigo um delicioso odre de vinho, contou a ele — sem meias palavras — o que tinha acontecido após sua prisão: o encarceramento dos diáconos e a crucificação dos manifestantes.

Irineu ficou assustado. Os dois rezaram juntos, as mãos para cima, e a seguir Pantaleão perguntou:

— Já tem um advogado? Quer que eu cuide disso?

O bispo deu de ombros.

— Ambos sabemos que é inútil. Os guardas me contaram que perdi a cidadania romana. Pensei que essa fosse a minha punição, mas agora está tudo muito claro. Eles querem me pendurar em uma cruz, como penduraram os pobres escravos. Não há nada que possamos fazer para me livrar desse destino.

— Não seja fatalista — pediu. — Eles o acusam de golpe de Estado. Sabe ao menos me explicar o porquê?

Irineu riu de frustração.

— Eles não me acusam de golpe de Estado. Eles enxergam todos os cristãos como extremistas. Não é de hoje que dentro das fileiras romanas os mais intolerantes acusam a Igreja de ser uma instituição que desafia "frontalmente" o Império. Essa é a tese deles — explicou. — O simples fato de sermos cristãos, hoje, significa que somos inimigos. Que devemos ser presos, condenados e crucificados.

Era a hora de Pantaleão ficar em choque. E isso aconteceu porque ele realmente havia escutado essa teoria diversas vezes, não só na própria Sirmio como em várias províncias em que estivera, sem no entanto dar crédito a ela.

— Um homem não pode ser acusado, muito menos julgado — protestou ele — por um crime que não cometeu.

— Dez anos atrás, eu concordaria com você. Mas a verdade é que o sistema jurídico está em frangalhos. Praticamente não existe mais. São os poderosos que mandam. O Senado acabou e a plebe está acuada. Se houver um julgamento, será um mero espetáculo circense. Eles já têm a sentença pronta. Pode apostar que têm.

— Espere. — O médico não se conformava. — Deve ter alguma coisa que possamos fazer. Falarei com o césar. Conversarei abertamente com ele. Galério é um homem razoável. Sempre me escutou.

— Ele é razoável com *você*, porque precisa dos seus serviços — acentuou Irineu. — A verdade é que Galério se sente preterido com a atenção que o imperador dá aos outros tetrarcas. Depois da derrota em Carras, fará de tudo para recuperar o prestígio que nunca teve de fato. Ele está frágil, inseguro, e é nesses momentos que o Diabo se faz presente, que todos nós somos tentados.

— Sou cristão desde criança — lembrou o clínico — e acredito no poder do demônio, mas não acho que seja esse o caso.

— Sem dúvida foram homens comuns que planejaram a minha prisão. Rômula, a mãe do césar, decerto é a arquiteta-mor dessa trama. Ela é uma mulher como todas as outras — disparou —, mas está endiabrada, e Galério lhe obedece cegamente.

Pantaleão estava arrasado. Quando descera ao calabouço, tinha esperança de conseguir, de alguma forma, livrar o religioso do cárcere ou ao menos ajudá-lo, mas era impossível, ao que parecia.

— Se eu tiver de morrer, morrerei — acrescentou o bispo. — O que nós podemos fazer é preservar os que ainda não foram descobertos. Sugiro, portanto, que fujam — sibilou ele — enquanto é tempo. Sugiro que deixem a Panônia.

— Somos muitos — pontuou o médico. — E, ademais, para onde iríamos?

— Não sei. — Irineu ficou uns segundos pensando. — Grécia, talvez. — Pensou mais um pouco. — Ou mesmo para a Germânia.

— Germânia?

— Ouvi dizer que muitos bárbaros se converteram. No Norte, as legiões são menos disciplinadas. Pode ser uma alternativa.

Pantaleão tinha muito a debater com o amigo, mas ouviu a voz do carcereiro perguntando se ele já havia terminado. Para não levantar suspeitas, achou melhor ir embora, não sem antes repetir:

— Farei o que estiver ao meu alcance para tirá-lo desta prisão. Prometo.

Irineu olhou para ele.

— Pantaleão, não os julgue — suplicou, as mãos unidas, as palmas coladas. — Eles não sabem o que fazem. — Abriu os braços. — Logo estaremos juntos de novo, irmão. Juntos no paraíso.

XXVII

ROTA DO INCENSO

O TRECHO ENTRE YATREB E A CIDADE DE DEDAN — CONHECIDA COMO A CAPITAL do Incenso — foi o mais longo de toda a viagem.

Partindo do oásis rumo ao norte, a caravana penetrou em um deserto de areia fina, que de tão inóspito afastava até os insetos. Foram dezoito dias subindo e descendo dunas, racionando água e caminhando a pé para poupar os camelos. No décimo nono dia, a paisagem mudou outra vez. O deserto deu espaço às planícies rochosas, que agora se transformavam em estéreis colinas de arenito poroso. O terreno tornou-se irregular e depois montanhoso, e no vigésimo primeiro dia eles chegaram a um desfiladeiro enrugado, com paredões de rocha esculpidos com figuras humanas. Uma dessas figuras — a maior delas — era de um homem com feições orientais, cabelos curtos e orelhas grandes, deitado de lado com o cotovelo firmado no solo, a cabeça apoiada na mão e um sorriso discreto nos lábios.

— O Buda Deitado — murmurou Gothar, puxando o camelo pelas rédeas. — O meu mestre me falou deste lugar. Estamos no caminho certo.

Georgios procurou na mochila a estatueta que havia ganhado do mercador em Yatreb. Constatou que as duas imagens eram bem diferentes e não pareciam retratar a mesma pessoa.

— Buda não é um indivíduo, é qualquer um que atingiu a iluminação — explicou o mago, didático. — O que vemos diante de nós é o Buda original, o primeiro desperto, nascido na Índia. O seu não sei de onde é. Presumo que seja chinês.

O paladino continuava sem entender.

— Qualquer um pode ser um Buda, então?

— Qualquer um, não. Só os mais sábios.

— Quem esculpiu essas figuras? — prosseguiu Georgios, contemplando o paredão. — Até onde sei, estamos longe da Índia e ainda mais distantes da China.

— Provavelmente os escultores de Alexandre. — Ele citava Alexandre, o Grande, o general macedônio que seiscentos anos antes havia conquistado um território que ia do Mar Adriático até a Pérsia, chegando a ocupar parte do subcontinente indiano. — Ele sonhava em levar a cultura helênica para o Oriente, mas acabou fazendo o contrário.

Georgios conhecia a história de Alexandre e não precisava que Gothar lhe ensinasse. Fez uma pausa e perguntou:

— Falta muito para chegarmos à Montanha do Sol?

— Não — replicou o persa, lacônico. — Sugiro acamparmos aqui. — Olhou ao redor. — As pedras nos protegerão do frio noturno.

O chefe da caravana pensava da mesma forma e apoiou a sugestão. Começaram a armar as tendas e se prepararam para alimentar os camelos. Gothar avisou que iria subir o morro à procura de ervas. Fazllah convidou Nut e Nadir para fazerem o reconhecimento da área, e Georgios permaneceu no acampamento com Ismail, recolhendo gravetos e organizando a fogueira.

Antes do declínio do sol, o mágico voltou trazendo um punhado de raízes. Guardou-as em sua tenda, saiu de lá, esfregou as palmas, foi até o paladino e o puxou para um canto, longe dos nabateus.

— Sinto como se estivéssemos sendo seguidos — confidenciou-lhe. — Já não é a primeira vez. Hoje cheguei a enxergar um vulto, que desapareceu entre as rochas ao notar a minha presença.

— Deve ser sua imaginação — minimizou o equestre. — Estamos há dias no deserto. Sabe que este tipo de viagem afeta a cabeça das pessoas, não sabe?

Gothar se irritou.

— Fui iniciado nos mistérios de Zoroastro, rapaz! — Ele fechou a cara e bateu no próprio peito. — Sei melhor do que ninguém diferenciar o real do ilusório. E posso garantir que não estou delirando.

— Saímos há pouco de uma planície de areia. Teríamos visto caso alguém estivesse nos perseguindo, a não ser que essa pessoa pudesse nos farejar por quilômetros — argumentou. — Ademais, pense bem: se é verdade que os chineses ofereceram a arma secreta a romanos e persas, quem, além de nós, teria interesse em obtê-la?

O mago tomou fôlego para se acalmar.

— Nesse ponto você está certo. — Suspirou três vezes, até se recompor. — Não existe nação que possa rivalizar conosco.

— Fique tranquilo. — Deu-lhe um tapinha no ombro. — Está tudo sob controle.

Georgios acordou com alguém o cutucando.

Era Fazllah.

— Não faça barulho, senhor. — O árabe apertou o indicador contra os lábios. — Quero lhe mostrar uma coisa.

Curioso, o paladino se levantou e saiu da tenda, sem calçar as sandálias. O dia começava a clarear, mas o sol ainda não tinha nascido. À exceção deles, estavam todos dormindo, protegidos no interior das barracas.

— Estava fazendo o meu turno de guarda quando... — Fazllah se calou, apontando para o topo do morro. — Me acompanhe, antes que seja tarde.

Os dois homens subiram a encosta. Do alto, avistaram a planície. Quase no horizonte, prolongava-se uma nuvem linear de poeira, como se uma gigantesca centopeia, com muitas patas e o dorso coberto de terra, estivesse se movendo na direção do sul.

— É um exército. — Mesmo a distância, Georgios identificou cavaleiros, soldados com lanças longas, camelos, mulas de carga, liteiras e até elefantes. — São os persas.

— Foi o que pensei — murmurou Fazllah, deitado sobre as pedras. — Por isso não fiz alarde. Não queria que o mágico descobrisse. Não antes de avisar ao senhor.

— Estão recuando — percebeu o equestre. — Devem ter ficado sem suprimentos. Narses precisa reagrupar suas forças.

— São muitos. — O nabateu estava boquiaberto. — Quantos devem ser?

— Não sou bom com números — admitiu. — Mas chutaria uns cinquenta mil.

Romano e árabe ficaram calados assistindo ao deslocamento das tropas, sem nada poder fazer a não ser observar.

— Já vai amanhecer. — Georgios se virou para o leste. De anil, o céu passara a carmim. — Vou voltar para a minha tenda. Não conte a ninguém o que vimos. — E foi incisivo: — O mago não pode saber.

Fazllah prometeu que guardaria segredo. Desceram a encosta e, ao raiar do sol, agiram como se nada tivesse acontecido.

O grupo percorreu o desfiladeiro por mais um dia, para chegar então a Dedan. Fundada no tempo dos reis babilônicos, a cidade ficava incrustada em um planalto entre morros, tinha dezenas de fontes de água e era o ponto central da Rota do Incenso, que trazia pimenta, mirra, pérolas, ouro e escravos do Oriente e os transportava até as praias do Egito. De lá, os produtos seguiam para a Grécia e a Itália, sendo comercializados por terceiros nos territórios controlados pelo Império Romano.

De Dedan, a caravana fez uma curva para o oeste, entrando em uma região pedregosa, de difícil acesso para os camelos, com gretas profundas, passagens estreitas, montes de pedras e colinas altas de rocha vermelha.

No terceiro dia após a passagem por Dedan, um dos dromedários quebrou a pata e precisou ser sacrificado. O chefe da caravana foi se queixar com Georgios, explicando que a partir daquele ponto não havia mais trilhas e que, se quisessem seguir adiante, precisariam confiar unicamente no mago.

— Já estamos chegando. — Gothar escutou a conversa deles e, ofegante, indicou o topo de uma montanha não muito longe dali. — Quem quiser, inclusive — falou alto, como se agora fosse o líder do grupo —, não precisa nos acompanhar. Podemos continuar sozinhos.

O cavaleiro foi até o colega e perguntou:

— Essa é a Montanha do Sol?

— A própria.

— Como sabe?

— Por aquele brilho no cume — mostrou o persa. — Meu mestre me falou sobre ele.

— O que é?

— Não faço ideia. Pode ser uma pedra polida ou uma estátua de ouro maciço — divagou. — Quer seguir hoje ou amanhã?

— Os homens estão exaustos, então prefiro que seja amanhã.

— O ideal é que fôssemos só nós dois. — Gothar sentou-se sobre uma rocha. — Quanto menos gente, melhor. Estamos próximos. Esses selvagens iriam nos atrasar.

O paladino observava atentamente a montanha.

— O que deu na cabeça dos chineses para esconder a arma secreta em um lugar como este? — perguntou ele, sem esperar uma resposta. — Não faz sentido para mim.

— Nada do que estamos vivendo faz qualquer sentido — praguejou o mago. — Só espero que esta epopeia nos leve a algum lugar.

— Parece que a sua fé está por um fio — estranhou o filho de Laios. — E aquela conversa de que éramos predestinados?

Gothar se levantou e esticou as costas.

— Estou com um pressentimento ruim. — Ele tossiu, ignorando a pergunta. — Encontramos a Montanha do Sol, mas alguma coisa aqui não se encaixa — afirmou. — Ainda não sei dizer o que é...

XXVIII

ZOILOS

O COMEÇO DA PRIMAVERA, EM ROMA, FOI MARCADO POR UMA SÉRIE DE ATAQUES aos armazéns na margem leste do Tibre. Brandindo paus, pedras e tochas, os manifestantes protestavam contra o alto preço dos cereais, que triplicara desde o último inverno.

O motivo do aumento era, obviamente, a escassez. Os grãos provenientes do Egito não chegavam mais à cidade, obrigando os plebeus a se deslocarem até o campo para comprá-los. Como resultado, a inflação disparou e, com ela, outros produtos ficaram mais caros, como a carne, o sal e o azeite.

O povo fez pressão contra o presidente do Senado — a autoridade mais próxima —, que publicou sua resposta na edição de 9 de abril da *Ata Diária*, uma espécie de relatório de notícias inscrito em pedra e exposto na entrada do fórum. Nessa tábua, Vírio Galo esclarecia que a crise dos alimentos estava "intimamente relacionada" ao cerco a Alexandria imposto pelo imperador em dezembro. Mas acrescentou que o augusto do Oeste, Maximiano, já havia retornado à Itália e resolveria a situação "o mais rápido possível".

O que o povo não sabia era que o Inclemente jamais tinha deixado Mediolano — não naquele período —, e que os grãos estavam chegando normalmente ao porto de Óstia.

— Essa crise não deve se prolongar por muito mais tempo — determinou Magêncio, os olhos fixos em Galo. — Ordens de meu pai.

Os dois estavam nos jardins do palacete do cônsul, sentados em divãs confortáveis em frente à estátua de Baco.

— Como queira, senhor pontífice. — Era estranho ver Galo chamando Magêncio de "senhor", considerando que o presidente do Senado tinha setenta e dois anos, e o filho de Maximiano, apenas vinte. — Se me permite opinar, eu diria que com mais um mês de crise alcançaríamos o nosso objetivo. Os populares devem associar Diocleciano à fome. Não era esse o plano desde o início?

— Não podemos arriscar. — Magêncio ajeitou os cabelos amarelos, que haviam se desmanchado com a brisa diurna. — Os cereais estão armazenados nos depósitos da minha família, em segredo. Se alguém descobrir que retivemos os grãos de propósito, a corda do arco pode estourar na nossa cara — sustentou ele. — Meu pai sairá de Mediolano no dia 17, fará uma escala no porto e realizará sua entrada triunfal na cidade a 19 de abril, último dia da Cereália, trazendo os grãos em carroças. Eles serão distribuídos de graça no hipódromo. O que acha?

Galo julgava todo aquele circo muito exagerado.

— Não levantaria suspeitas? Os cidadãos poderiam se questionar de onde veio tanta comida... e como ela surgiu tão de repente.

— O povo estará ocupado comendo e se esbaldando — apostou Magêncio. — Não vai parar para fazer perguntas.

Galo ficou de pé e caminhou até um dos cantos do jardim. De lá, avistavam-se as torres do palácio imperial e o Capitólio à frente, sob o céu azul de primavera.

— Se me permite dizer — continuou o ancião, melindrado —, a minha ideia de usar a *Ata Diária* como peça de propaganda foi um grande acerto, modéstia à parte. Conheço o funcionário responsável por escrever as notícias. O nome dele é Corvino, Mário Corvino. É um poeta de mão cheia e muito leal à minha família. Que tal se empregássemos esse recurso mais vezes?

Magêncio também se levantou. Respondeu de um jeito frio e meio afetado:

— Pode ser. Faça como quiser. — Deu tapinhas na toga para alisá-la e espanar a poeira. — O importante é que tudo esteja pronto para a chegada de meu pai e de suas tropas na data combinada. Posso contar com você?

Galo confirmou que articularia ele próprio o triunfo, incluindo no cronograma uma extensa programação de jogos.

Depois de ir às latrinas, o jovem pontífice deixou o palacete com seus seguranças.

Galo nunca fora um modelo de honradez, mas o Inclemente e seu filho, ele refletiu, eram muito piores. Ficou pensando como poderia se proteger deles, como reconquistaria nem que fosse uma fração de seu poder, antes que sua cabeça rolasse.

Como outras já tinham rolado.

No feriado de 10 de abril, Tysa resolveu descer a Colina dos Ossos e fazer uma visita surpresa a seu velho amigo, o governador Caio Núbio Cipriota, com quem já não conversava fazia alguns meses.

Foi impedida de entrar na mansão por Marco Lúcio Políbio, o capitão da guarda. Ele alegou que seu chefe se encontrava em Salamina, uma cidade próxima, e não tinha previsão de retorno.

De volta a seu palacete, Tysa foi informada de que um homem a esperava no jardim. Estava certa de que se tratava do governador, mas no lugar dele encontrou um sujeito louro, alto e forte usando uma túnica azul, com uma faca presa à bainha. Observava os peixinhos do lago com uma expressão confiante e ao mesmo tempo descontraída.

— Quem é você? — Ela se espantou. Chegou a pensar que poderia ser um dos sicários, seus aliados, mas eles não se apresentavam daquela maneira. — O que faz aqui?

O homem deu um sorriso. Ergueu os braços em rendição.

— Seus escravos são ingênuos demais — declarou o visitante. — Disse a eles que vinha em nome do governador e me deixaram entrar sem fazer perguntas. — E prosseguiu: — Sou Zoilos. Fui enviado pelo bispo. Pode acreditar que digo a verdade.

— Não me parece um clérigo. — Tysa se afastou. — O que quer comigo?

— Zeno me contou que a senhora estava procurando alguém para montar sua escolta — respondeu, cruzando os punhos nas costas. — Espero ter o privilégio de ser esse homem.

Tysa simpatizou com o entusiasmo de Zoilos. Sentou-se em uma cadeira no próprio jardim, olhou para ele e retorquiu:

— Está bem. Fale-me de você, então. Se Zeno o enviou, deve ter alguma experiência.

O visitante confirmou:

— Sim, senhora. Nasci aqui mesmo em Pafos, mas no campo. Meus pais eram agricultores e eu me tornei o caçador da família. Servi na frota romana por sete anos, quando tive a oportunidade de conhecer a Itália, a Grécia e o Egito. Pedi baixa aos vinte e três.

— Por quê? Não gostou da vida no exército?

— Na marinha, a senhora quer dizer — pontuou Zoilos. — Para ser direto, não. É a força mais sucateada do Império. Oficiais despreparados. Soldados brutos e sem disciplina. Comida horrível. Sinceramente, uma catástrofe.

— Entendo. — Tysa admirou a honestidade do homem. — E depois?

— Depois voltei para Pafos e comecei a trabalhar como segurança do bispo.

— Nunca o vi antes.

— Essa é justamente a minha função: não ser visto.

— É cristão?

— Confesso que não sou muito religioso. Falta-me paciência para assistir à missa e nunca tive ânimo para me submeter aos ritos de passagem exigidos pelos cultos romanos. No entanto, admito que já fiz mais de uma prece a Netuno em noites de mar agitado. É um terror quando o barco começa a chocalhar. Especialmente no escuro.

Zoilos, com poucas palavras, havia ganhado o respeito de Tysa. Curiosa, ela perguntou:

— Não teve medo de subir até aqui? De se aproximar da Colina dos Ossos?

— Um pouco, mas o bispo me garantiu que seria seguro.

— O senhor mencionou que o seu trabalho é não ser visto. O que significa isso, exatamente?

— Não cairia bem para um cristão caminhar pela cidade cercado de guarda-costas. Zeno tem inimigos, contudo. Meu trabalho era agir à paisana, vigiando sua retaguarda, pronto para defendê-lo. Digo "era" porque tenho esperança de ser contratado pela senhora.

— Será um prazer contratá-lo, Zoilos — replicou Tysa. — No entanto, gostaria de submetê-lo a um teste.

O caçador abriu um largo sorriso.

— Estou pronto. — Curvou-se. — Peça-me o que desejar.

— Pois bem. — Tysa ergueu-se. — O governador Cipriota. O senhor já deve ter ouvido falar que costumávamos ser grandes amigos.

— Sim — assentiu Zoilos. — Ele era seu secretário. Chamava-se Rasha na época.

— Vejo que está atento ao que acontece na ilha. — Ela se surpreendeu com a esperteza dele, apesar de que aquelas informações eram de conhecimento público. — Cipriota tem me evitado nos últimos meses. Quero descobrir o motivo.

Zoilos ficou sério de repente. Pôs a mão espalmada sobre o peito e exclamou:

— Pode deixar comigo, senhora Fúlvia.

— Se o senhor cumprir essa missão — prometeu ela —, eu o contratarei e lhe darei liberdade para montar sua equipe. Mas se falhar...

— Não falharei — jurou o caçador. — Pode contar comigo — disse. — Não falharei.

Um dia depois da morte de Aurélio Aquileu, as tropas rebeldes de Alexandria se renderam, todas ao mesmo tempo.

Cercos são um assunto complexo, que intriga — sempre intrigou — generais, filósofos e poetas ao longo dos séculos. Em certos aspectos, são piores que as batalhas campais, porque, no primeiro caso, é preciso lidar com a tensão dos civis e com a expectativa de um ataque iminente. Chega um ponto em que os cidadãos ficam confusos, e os militares, cansados de esperar.

O cerco à capital do Egito tinha ido longe demais. Quando o conde Erhard pregou a cabeça de Aquileu nos portões do palácio, os plebeus saíram às ruas para comemorar. Os patrícios, por sua vez, que já tinham fechado acordos com Diocleciano, foram recebidos na mansão em que o imperador estava hospedado, na Via Canópica, para uma festa regada a vinho, cerveja, aguardente, comidas exóticas e frutos do mar.

O ponto alto do encontro deu-se quando Lázaro, o ator, apresentou uma peça no pátio arborizado, aos pés da estátua de Poseidon. Nesse espetáculo — um monólogo —, ele traçava um paralelo entre a retomada de Alexandria e a queda de Troia, citando o cavalo oferecido pelos gregos a seus inimigos e associando os jovianos aos nobres guerreiros de Odisseu.

— Estupendo! — urrou um aristocrata obeso estirado em uma poltrona de vime.

— Fantástico — gritou uma mulher, batendo palmas e sorrindo. — Lindo. Magnífico!

— Como ainda não tinha ouvido falar desse homem? — comentou um dos políticos locais para a amante que trouxera consigo. — Ele é simplesmente incrível. Único!

Lázaro agradeceu à plateia e se recolheu a seus aposentos. Perto da meia-noite, Diocleciano concedeu o título de duque a dois oficiais da Segunda Legião de Trajano que haviam desafiado abertamente Aquileu. Deu posse também ao novo prefeito, um homem chamado Emílio Rusticiano, opositor político de Domício Domiciano, o falecido prefeito do Egito. No entanto, impôs condições.

— Sequer conheço esse tal Rusticiano — disse o imperador a seus paladinos. Os convidados já tinham ido embora, e os escravos começavam a limpar o jardim. — Libânio, você ficará na cidade como regente e acompanhará cada passo do prefeito. — Estendeu o dedo para o cunhado. — Não queria ter de deixá-lo aqui, mas é o único entre os paladinos que tem sangue nobre. Ou seja, o único que, legalmente, pode assumir esse cargo.

Libânio contraiu as sobrancelhas ruivas.

— Sinto não poder ir à guerra com os senhores — lamentou. — Mas cumprirei a minha missão. Custe o que custar.

— Georgios seria uma alternativa viável. — Diocleciano usava uma toga sobreposta por sua couraça de aço, um traje pouco confortável, porém essencial em ocasiões como aquela. — Mas ele desapareceu.

— Não creio que tenha desaparecido, augusto — opinou Erhard. — Certamente está empenhado em sua demanda. Em algum momento ele aparecerá. Não tenho dúvida.

Os três passaram ao corredor principal da mansão, quando notaram a presença de Damiano Calvo, o jovem advogado da Púrpura. Ele se aproximou do augusto e lhe entregou uma carta que tinha acabado de chegar por meio de um mensageiro.

— Notícias do Oriente, mestre. — Estendeu a ele um tubo de couro. Dentro, havia um papiro selado. O governante rompeu o lacre e leu o documento.

— É de Tirídates, o rei da Armênia — anunciou o imperador. — Ele diz que os persas recuaram para o deserto.

— Nada de novo sob o sol — avaliou Libânio com desdém. — Narses precisa restabelecer sua linha de suprimentos de modo a nos enfrentar no verão.

— Os persas são hábeis em lutar no calor — acrescentou Erhard. — Posso apostar que estão se preparando para atacar entre junho e agosto.

— Seja como for — celebrou Diocleciano —, esse recuo nos favorece. Dará tempo a Galério para nos alcançar em Satala.

Os três homens concordaram. Calvo revelou:

— Sonhei com Georgios hoje, excelências. Ele estava pelejando ao lado dos senhores sobre um cavalo branco.

O imperador teve uma ideia.

— Pégaso. — Ele se referia ao corcel do afilhado. — Presumo que tenha ficado na Dalmácia.

— Sim, senhor — confirmou Erhard. — Nós o deixamos nos estábulos do palácio.

— Pois mandem buscá-lo imediatamente — ordenou. — Quero que levem o animal para Antioquia. De lá, partiremos para a guerra.

O conde tomou para si a tarefa.

— Muito bem, augusto. Deixe isso comigo.

— Um cavalo branco é sempre um bom augúrio — divagou o soberano. — Gostaria de ter esse dom, o da previsão, que em geral é reservado às mulheres. — Pousou a mão sobre o ombro do jovem egípcio. — Que bom que o temos conosco, rapaz. É um presente divino. Um prodígio.

Na tarde de 14 de abril, Vírio Galo recebeu em seu palacete o jovem poeta Mário Corvino, editor da *Ata Diária*.

Corvino tinha vinte e sete anos, cabelos negros cortados à moda romana, olhos verdes e um nariz tipicamente grego. Era apaixonado pelos textos de Petrônio, Lucrécio e Ovídio e tentara ele próprio ser um literato, mas suas obras tiveram pouca aceitação entre o povo. Escrevera também peças de teatro, que jamais foram encenadas. O pai dele, que havia sido questor — uma espécie de cobrador de impostos — no governo de Carino, o antecessor de Diocleciano, conseguira para o filho um emprego no tabulário de Roma, onde eram mantidos os registros oficiais do Império. Corvino conhecera então magistrados, juízes e senadores, que o convidaram para editar a gazeta oficial da cidade.

O tempo tinha mudado, nuvens de chuva se avizinhavam, e o cônsul achou melhor convidá-lo para tomar um refresco em um dos aposentos internos. Os dois se dirigiram ao triclínio, uma câmara com teto alto, paredes pintadas de verde e chão de ladrilhos quadriculados. Sentados em divãs, Galo e Corvino discutiam se deveriam ou não anunciar que Alexandria havia caído.

— Se não publicarmos, a plebe saberá por outras fontes — defendeu o poeta. Corvino usava uma toga branca com uma listra vertical amarela e trazia consigo uma tabuleta de anotações, a *tabula rasa*, com uma fina camada de cera. — Melhor que saibam por nós.

O anfitrião pediu que lhe trouxessem suco de uva. Justificou-se dizendo que ultimamente o álcool lhe provocava náuseas.

— O problema — explicou Galo — é que Maximiano planeja entrar na cidade no dia 19 trazendo os grãos retidos em Óstia. Se dissermos que Diocleciano venceu a guerra no Egito, vai ficar parecendo que os cereais reapareceram em decorrência da vitória *dele*. Nesse caso, quem sai como herói é o imperador, não o augusto do Oeste, a quem queremos agradar.

Corvino pensou por alguns instantes.

— Rumores sobre o fim da guerra já estão circulando nas praças, excelência. Com a *Ata Diária*, temos a chance de publicar a nossa versão e pôr fim aos boatos.

— Fácil para você dizer. — O político riu da desgraça. — Se houver qualquer problema, o Inclemente culpará a *mim*.

— E se dissermos que Maximiano foi pessoalmente ao Egito buscar os cereais? Ele tem o controle da maior parte da frota romana estacionada em Ravena. Seria uma história plausível, ainda mais considerando que, oficialmente, o Inclemente estava fora da Itália.

Galo foi até a porta do triclínio e gritou para que duas serviçais apanhassem algumas folhas para abaná-los.

— Não se esqueça — reforçou o patrício — de que nosso propósito é difamar o imperador. Se seguirmos essa narrativa, vai ficar subentendido que Maximiano e Diocleciano continuam parceiros. E, pior, que o Inclemente atendeu a um chamado de seu soberano.

As mulheres chegaram com as folhas de palmeira. Corvino fez uma pausa para espiá-las, bebeu um gole de vinho e prosseguiu:

— Não se construirmos a tese de que Maximiano foi essencial para a reconquista do Egito.

— Como?

— Usando a imaginação. — O poeta fez algumas anotações. — Minhas fontes me contaram que o líder dos rebeldes morreu depois que um homem se fazendo passar por Júlio Asclepiodoto invadiu o palácio. Ora, em Roma todos sabem que Asclepiodoto foi comandante da guarda pretoriana. E que não só é amigo como aliado de Maximiano.

— Sim, mas... o que isso tem a ver?

— E se alegarmos que esse indivíduo era o próprio Asclepiodoto? Que o ex-comandante pretoriano e mais quinze soldados, a serviço do augusto do Oeste, entraram sozinhos nos Jardins de Cleópatra e libertaram a cidade?

— Me parece confuso — rebateu o presidente do Senado. — Quem acreditaria?

— O povo acreditará — garantiu Corvino — se os próprios populares começarem a repetir e a recontar essa tese.

— Inviável. Como obrigá-los a tal?

— Não vamos obrigá-los a nada. Tenho contatos nas ruas, entre donos de bar, comerciantes, mascates e artistas. Gente confiável — frisou ele —, que sabe guardar segredo, contanto que seja bem paga.

— Essas pessoas, só para eu entender, passariam essa informação adiante?

— Reforçariam a história — explicou o editor. — Comentariam nos becos, nas fontes, nos cortiços, nas basílicas e no fórum.

— Entendi o seu ponto. — Galo dispensou as escravas. — De quanto precisa?

Corvino semicerrou os olhos e abanou a cabeça em uma expressão de recusa.

— Eu não seria indelicado de cobrar um sestércio do senhor. É amigo de meu pai. Posso resolver essa questão sozinho.

— Se insiste, será assim. Mas se tiver algo que eu possa fazer — volveu o político — não hesite em pedir.

O poeta disse que lhe bastava a amizade de Galo e os dois mudaram de assunto. Conversaram sobre cavalos, mulheres, religião e esportes, até que o sol começou a descer. O cônsul levou Corvino até a porta, e antes de sair este tirou da bolsa um rolo de pergaminho.

— Por favor — estendeu o documento ao senador —, aceite este presente, excelência.

Galo ficou curioso.

— O que é?

— Uma peça de teatro em que venho trabalhando faz algum tempo. É diferente das outras. Uso uma linguagem popular e erudita ao mesmo tempo.

Se o senhor gostar, talvez possa patrocinar o espetáculo. Claro, se for de seu interesse.

O anfitrião deu um sorriso amarelo.

— Claro.

— Leia com carinho — pediu o jovem editor. — Sei que vai gostar. É minha obra-prima.

— Lerei.

— O senhor sempre pode contar comigo — exclamou Corvino. — Somos amigos, certo?

— Mais que amigos. — Galo o abraçou sem muita vontade. — Somos parceiros.

Menos de vinte e quatro horas após a visita de Zoilos à Colina dos Ossos, um vendedor apareceu na porta da casa dos Fúlvios. Guiava uma carroça cheia de tapetes coloridos, alegando tê-los comprado na Pérsia. Era moreno, corcunda, com cabelos longos e crespos. Vestia uma túnica comprida, evitava olhar diretamente para as pessoas e, ao andar, coxeava.

O sujeito parecia tão frágil, tão miserável que Tysa permitiu que ele entrasse no palacete. O homem escolheu uma das peças e a carregou sobre os ombros. Estendeu-a no jardim, debaixo de uma armação de parreiras.

Quando o mercador desenrolou o tapete, Tysa percebeu que havia alguém dentro dele. Um homem negro com a boca amordaçada, debatendo-se e tentando falar.

Deu um salto para trás, assustada, para logo reconhecer o governador Cipriota, que chegava à Colina dos Ossos de forma pouco usual — e contra sua vontade.

— Ele não viria se eu pedisse — murmurou o vendedor, que na realidade era Zoilos. Deitou longe a peruca crespa, esticou as costas e apanhou um pano para limpar o pó sobre a pele.

Tysa ficou sem saber se o parabenizava ou o criticava. Na dúvida, ajoelhou-se perante o amigo e o ajudou a tirar a mordaça. O governador respirou fundo. Estava tonto, revoltado e confuso.

— O que está acontecendo? — protestou ele, então apontou para Zoilos. — Pelos raios de Júpiter, quem é esse homem?

— É o meu capitão da guarda — respondeu Tysa, procurando transmitir segurança. — Não se preocupe. Você está entre amigos.

— Que tipo de amigo trata o outro dessa maneira? — reagiu ele, levantando-se. — Quero que prendam esse bandido.

Zoilos interveio:

— Sua escolta é desleixada e incompetente, senador. Entrei em sua casa vestido de soldado e ninguém me parou.

Cipriota teve medo do sujeito. Virou-se para Tysa, indignado.

— O que significa isso? Será que alguém pode me explicar?

Ela pediu que o amigo se acalmasse e o convenceu a se sentar em um banco. Os dois se afastaram de Zoilos para ter mais privacidade.

— Peço desculpas por esse infortúnio — sussurrou ela. — Não era o que eu tinha em mente, mas precisava falar com você.

— Por que não mandou uma mensagem? Ou veio à minha casa? Era só me escrever.

— Fiz isso ontem. O comandante Políbio me informou que você estava em Salamina, sem previsão de retorno.

O núbio suspirou.

— Era mentira. Mas não o culpo. A missão dele é me proteger. Políbio fez o que julgou certo.

— Proteger você de *mim*? — Ela não entendeu. — Sou sua amiga mais próxima.

— No entendimento dele, não devemos ser vistos juntos, muito menos em público.

— Por quê?

— Não soube dos grafites espalhados pela cidade? Com imagens suas montada em mim, como se eu fosse um cavalo?

Tysa nunca ouvira falar dessas gravuras. Chamou por Zoilos, que apareceu imediatamente. Perguntou se ele sabia algo sobre isso ou já tinha visto os desenhos.

— Não é verdade que estão espalhados pela cidade — esclareceu o caçador. — Havia um apenas, em um beco próximo ao porto, que foi feito na calada da noite por um artista desconhecido. Pelo que eu soube, já foi apagado.

Tysa agradeceu a Zoilos e o dispensou.

— Estão tentando fomentar a discórdia entre nós — concluiu a viúva, tocando o ombro do ex-secretário. — Posso farejar conspirações a distância. Aposto que esse grafite foi plantado de forma deliberada, para que você o visse e se virasse contra mim.

Cipriota se acalmou. Aceitou um copo de leite, depois pediu uma bebida forte.

— Se for esse o caso, quem teria interesse — questionou ele — em nos atingir?

— Quando matamos Jania, Husna e Ezana, fizemos muitos inimigos. Eles tentarão de tudo para tirar o que nós conquistamos. Entende agora por que precisamos ficar unidos? Se conseguirem nos separar, sejam eles quem forem, estaremos perdidos.

— Bom, eu tenho a minha guarda pessoal. Posso convocar até oitocentos homens com um mero estalar de dedos.

Tysa o trouxe de volta à realidade.

— Zoilos o capturou de olhos fechados. Se ele quisesse matá-lo, teria feito isso sem a menor dificuldade — lembrou. — Não, meu amigo. Nenhum de nós está seguro.

Diante das — óbvias — circunstâncias, o governador não teve saída a não ser concordar.

— Se existem conspiradores na ilha, como vamos encontrá-los? E, se os encontrarmos, o que faremos a respeito?

— Para começar, temos de fingir que não sabemos de nada — replicou a jovem. — O comandante Políbio nos deu uma grande ideia. Não devemos ser vistos juntos. Nossos inimigos precisam acreditar que estão em vantagem. E então, só então, nós agiremos.

Cipriota considerou excelente a proposta de Tysa. Mas, se eles não poderiam se encontrar, como ficariam em contato?

— Zoilos será meu mensageiro. Ele encontrará um jeito de chegar até você.

— Zoilos? — Fez uma cara azeda. — O seu capitão da guarda? Ele é um bruto.

— Talvez — assentiu a viúva. — Mas é a nossa melhor opção no momento.

Tysa e Cipriota almoçaram juntos escutando o canto dos pássaros, como nos velhos tempos. Quando acabaram de comer, subiram às muralhas, onde havia uma antiga guarita convertida em caramanchão. O convidado se lembrou do falecido senador Fúlvio, que tinha o dom de ser amável com todos a seu redor, fossem escravos, plebeus ou patrícios.

— Éramos felizes naquela época — comentou ele, observando uma cotovia que pousara sobre as ameias. — No entanto, o mundo mudou. E nós precisamos nos adaptar.

— Precisamos sobreviver — corrigiu-o a moça. — No fim das contas, é o que sempre fizemos, não é? É o que somos — refletiu. — Sobreviventes.

XXIX

MONTANHA DO SOL

COMO NÃO SABIA QUANTO TEMPO IRIA DURAR A EXPEDIÇÃO, GEORGIOS DECIDIU levar dois odres de água, um saco de lentilhas, sua panela de cobre e uma colher de madeira. Para o caso de terem de explorar uma caverna, pegou também sua lamparina, a pederneira dada a ele pelos árabes, separou a estatueta de Buda, para "dar sorte", e enfiou tudo na mochila.

Feito isso, tirou o manto e vestiu a túnica branca, a cota de malha e a capa vermelha do exército. Prendeu as armas à cintura, e ao fazê-lo desejou ter seu escudo de volta.

Por um segundo, por um curto e breve segundo, sentiu falta da civilização, das grandes cidades, das praças abarrotadas, do comércio de rua, dos templos e fóruns romanos. Queria voltar para casa, mas era um paladino, afinal, e precisava antes completar sua missão.

Calçou as botas.

Saiu da tenda.

Gothar estava lá fora com uma bolsa atravessada no peito, esperando por ele, pronto para seguir viagem.

— Ontem à noite, antes de dormir — informou Georgios ao feiticeiro —, ordenei que os nômades permanecessem no acampamento. Será melhor que eles não tenham contato com a arma secreta. — E aproveitou para perguntar: — O nosso pacto ainda está em vigor?

— Que pacto?

— De destruirmos o artefato.

— Claro. — O mago franziu a testa, indignado. — É óbvio que sim. Pensa que sou o quê? Um traidor? Sempre cumpro o que prometo.

— Não pensei nada. — O cavaleiro deu de ombros. — Só fiz uma pergunta.

Os dois partiram juntos, com Gothar na dianteira. Embora estivessem próximos da montanha, não foi fácil chegar até ela. Sem saber, eles haviam se embrenhado em um tortuoso labirinto de pedra, que os obrigou a andar em círculos por algumas horas. No começo da tarde, avistaram uma passagem estreita com uma escada trabalhada na rocha.

— Deve ser o acesso à montanha — arriscou o equestre. — O que acha? Seguimos?

Gothar não o havia escutado. Estava examinando antigas inscrições gravadas nos contrafortes, ao lado deles.

O paladino tocou-lhe o braço.

— Que língua é essa? — quis saber. — Chinês?

— Sânscrito, acredito — respondeu o persa. — É um tipo de escrita usado na Índia.

— Pensei que tinham sido os chineses que construíram este refúgio.

— Era o que eu achava também.

— E o que dizem essas marcações?

— Não sei. Nunca aprendi a ler sânscrito. É difícil demais, até para alguém como eu, mas consigo identificar os padrões — explicou, assoprando a poeira entre as ranhuras. — Só o que posso afirmar é que essas gravações são indianas. E que foram feitas séculos atrás.

Georgios dirigiu-se à escada, convidando Gothar a acompanhá-lo. Subiram por cerca de setenta metros, chegando à entrada de uma caverna. Diante dela, como se estivesse protegendo o lugar, alguém havia esculpido uma estátua em tamanho real feita de rocha vermelha, representando uma mulher de oito braços com escudo, arco e várias armas nas mãos, montada em um tigre.

Os viajantes avançaram com cautela. O ídolo era de uma perfeição impressionante, e eles se detiveram para apreciar os detalhes. Ficaram parados, como que hipnotizados pela beleza da obra.

— Este é um esconderijo mesmo? — questionou o filho de Laios, como se despertasse de um transe. — Parece mais um templo.

— Um santuário, eu diria — respondeu Gothar, finalmente tomando distância da estátua. — Perdemos muito tempo atravessando o labirinto — resmungou. — Melhor entrarmos de uma vez.

Georgios acendeu a lamparina e assumiu a vanguarda. Então, eles começaram a descer. Nas laterais, distinguiram figuras em baixo-relevo, todas retratando a mulher de oito braços que tinham visto na entrada da gruta. Montada em seu vigoroso felino, ela apoiava os pés em duas peças triangulares com a base mais larga e achatada, presas à sela por uma longa correia.

— Está ficando úmido aqui. — O paladino limpou o suor com o antebraço. — O cheiro também não é dos mais agradáveis.

Gothar abriu a boca para responder, quando Georgios pisou sobre o que, à primeira vista, parecia uma tigela, quebrando-a sem querer. Colocou-se de joelhos para investigar o objeto e percebeu que havia, na verdade, esmagado um crânio humano.

— Veja. — O mago apontou para o chão. — Está apinhado de esqueletos.

O equestre tateou o solo.

— Estão carbonizados. E cobertos com um tipo de óleo. Que coisa estranha. — Ficou de pé. — Como que...

Nesse momento, Gothar avançou por trás do ombro dele e soprou a lamparina. O fogo se apagou de repente, e tudo ficou escuro como a noite profunda.

— Não se mexa — sussurrou o mágico, antes que o cavaleiro fizesse perguntas. — Espere a lamparina esfriar. *Não* faça nenhum movimento — insistiu. — Depois, vamos voltar cautelosamente até a boca da caverna, andando de costas. O túnel está cheio de betume — explicou. — Se você tivesse encostado o fogo nas paredes ou no teto, a passagem inteira teria explodido.

Georgios deu a ele o benefício da dúvida, pois Gothar até agora não o havia traído. Chegando ao lado de fora, constatou que suas roupas estavam negras, cobertas por uma substância viscosa, brilhante e altamente inflamável.

— Somos agora como archotes humanos — avaliou o mago, removendo a capa. — Foi assim que os antigos aventureiros morreram. Sorte a nossa estarmos carregando apenas uma lamparina. Se estivéssemos com tochas, teríamos virado carvão.

— Já usei betume uma vez em batalha — recordou-se Georgios. — Sei dos perigos que esse material pode causar.

— É uma armadilha — afirmou Gothar. — O túnel é escuro, o que leva o forasteiro a acender nem que seja uma vela. E então — ele fez um gesto com a mão, fechando e abrindo os dedos — *buumm*!

— Posso tentar descer às escuras — sugeriu. — Você vem atrás de mim.

— Não precisamos descer às escuras. — O feiticeiro tirou uma algibeira da bolsa. — Me empreste sua panela — pediu. — Depois, me ajude a preparar uma fogueira. Creio que tenho a solução.

Georgios estava curioso e obedeceu. Gothar misturou na panela um pouco de água, azeite de oliva e uma série de ingredientes — folhas e musgos, ao que parecia — e começou a mexer o preparado no fogo. Passados dez minutos, esses elementos se transformaram em uma pasta escura, consistente e pegajosa. Ele então a espalhou na ponta do cajado.

— Desta vez, *eu* vou na frente — decretou. — Cuidado para não escorregar.

De início, Georgios não entendeu as motivações do colega, mas cedeu a ele a liderança. Quando voltaram ao túnel, reparou, com espanto, que a joia no bastão do mágico projetava um brilho fosco, esverdeado e sinistro. Embora fraco, era suficiente para clarear a passagem.

— Como faz isso? — perguntou ele, fascinado.

— Já lhe expliquei como a magia funciona — respondeu Gothar, sem paciência. — São os djins. Pedi a ajuda deles.

Sem saber quais outros perigos os aguardavam, os dois prosseguiram em silêncio. Percorridos mais alguns passos, sempre descendo, a galeria se ampliou em uma caverna em forma de ogiva com uma abertura no topo, por onde penetrava um pálido raio de sol. Esse raio incidia sobre um altar de pedra bem no centro da câmara, que servia de apoio para um par de objetos metálicos.

Do teto escorriam gotas de betume, e o chão era como uma grande poça de óleo, prestes a explodir à primeira faísca.

— O brilho dourado que vimos do acampamento — comentou Gothar, olhando e apontando para cima — deve ser uma chaminé.

— Eles poderiam ter lacrado esta gruta — percebeu Georgios —, mas qualquer material inflamável precisa de uma corrente de ar para dar início à combustão.

— Perfeito — assentiu Gothar. — Seja quem for que tenha construído este santuário, não queria que seu segredo ficasse perdido para sempre. Queria entregá-lo a quem realmente o merecesse.

Passada a euforia, romano e persa atravessaram o lago negro em direção ao altar. Sobre ele, encontraram duas peças triangulares de bronze com uma pequena argola na ponta, idênticas àquelas que a mulher de oito braços usava para apoiar os pés, retratadas nas imagens esculpidas no túnel.

Gothar teve uma ideia.

— São duas — observou ele. — Eu não esperava por isso. Que tal — soltou um pigarro, parecendo vacilante e indeciso — se cada um de nós ficar com uma?

Georgios pensou nas consequências.

— Não sei do que essas peças são capazes. De qualquer maneira, precisaríamos levá-las a um ferreiro para destruí-las — ponderou. — Considerando os riscos de o segredo cair em mãos erradas, talvez — pensou de novo, com bastante calma e paciência — seja melhor as guardarmos conosco. Sim, eu levo uma e você a outra. Desse jeito, nós dois cumpriremos a nossa missão e os nossos líderes ficarão satisfeitos.

Gothar estendeu a mão e Georgios a apertou, selando assim um novo pacto entre eles. Depois, apanharam os artefatos.

— O meu cajado não vai brilhar por muito mais tempo — avisou o mágico. — Precisamos dele para subir o túnel. Sugiro voltarmos antes que seja tarde.

Enquanto regressava pela passagem, Georgios ficou pensando em como a arma secreta funcionava e o que ela era, de fato. Se os embaixadores chineses haviam dito a verdade — a Narses e a Diocleciano —, então aqueles dois itens teriam o poder de mudar o rumo das guerras, bem como a história do mundo como o conhecemos. No entanto, refletiu o paladino com o artigo na mão, eram apenas peças de metal, sem travas, gatilhos ou roscas. Seriam mágicas? Místicas? Se sim, como ativá-las? Por meio de palavras? Usando gestos? Como transformá-las em armas mortais, se é que eram mesmo letais?

Foi com alívio que os inimigos — agora aliados — saíram do túnel e respiraram ar puro. Georgios bebeu um gole de seu odre e se despiu, ficando apenas de tanga.

— Deveríamos queimar estas roupas — praguejou ele. — Cheiram a óleo.

O mago permitiu-se dar uma risada.

— Pelo amor de Mitra, não faça isso. — Espiou a passagem. — Estamos ainda muito perto do túnel. Melhor não arriscar.

Georgios também riu. Depois de horas de pura tensão, eles precisavam descontrair.

Sentaram ao pé da estátua para recuperar as energias antes de voltar ao acampamento. Faltavam duas horas para o pôr do sol. Gothar fez os cálculos e disse:

— Se nos perdermos no labirinto, podemos acampar na descida da montanha, perto da escada — propôs. — De agora em diante, não tem perigo. Ninguém sabe que estamos aqui.

— Eu trouxe um saco de lentilhas — lembrou o cavaleiro. — Podemos dividir.

Beberam mais um pouco de água e se levantaram em seguida. Georgios pegou as roupas sujas. Gothar apanhou o cajado, virou-se para o colega e comentou:

— Obrigado por toda a confiança que depositou em mim, rapaz. Sua retidão me comove. Agora, preciso lhe contar sobre o seu pai.

Georgios já estava quase esquecendo que Gothar prometera lhe revelar se Laios havia ou não fugido para o Oriente assim que chegassem à Montanha do Sol.

O feiticeiro se aproximou dele. Mirou o paladino e prosseguiu:

— Bom, serei absolutamente honesto, doa a quem doer. O seu pai... — Com um esgar, Gothar se calou. Os olhos dele se arregalaram, a expressão tornou-se tensa e ele repetiu com esforço: — O seu pai...

No instante seguinte, o mágico se atirou em seus braços. Georgios o segurou e o depositou no chão.

— Gothar? O que aconteceu? Responda, homem! — O equestre o sacudiu. — Gothar?

O persa o puxou para perto, como se quisesse beijá-lo. Em vez disso, porém, sussurrou algo em seu ouvido.

O paladino ergueu o pescoço dele. Uma flecha o havia acertado na nuca.

Gothar fechou os olhos.

Estava morto.

XXX

TEMPESTADE DE AÇO

Georgios não esperou para ver de onde a flecha tinha partido. Deu um rolamento para o lado, sobre o corpo de Gothar, esquivou-se de outra seta, apanhou a espada e atacou uma criatura negra que tentava saltar sobre ele.

Escutou um ganido.

Só então entendeu o que se passava.

Havia acertado um animal — um cachorro. O bicho jazia agora a seus pés com a barriga perfurada, gemendo. Era um cão grande e peludo, mas não parecia ser agressivo. De fato, Georgios já o tinha visto em outro lugar.

— Comandante Graco! — Ele escutou uma voz masculina falando grego com um sotaque oriental, nasalado. — Não vale a pena resistir. O senhor está cercado.

O paladino olhou para a frente. Diante dele encontravam-se cinco homens "das estepes", como Ismail os chamara. Eram indivíduos pequenos, de cabelos negros e olhos puxados, todos armados de gládios. Dois deles tinham pele clara, e os outros três eram morenos, com bigode longo e cavanhaque pontudo. O sujeito que o havia abordado — e que agora o rendia com um arco na mão — era ninguém menos que o comerciante de Yatreb, o mesmo que o presenteara com a estatueta do Buda.

Georgios estava obviamente em desvantagem, então procurou ganhar tempo.

— Quem são vocês? — perguntou. — O que querem comigo? Por que nos atacam?

Nessa hora, um segundo cachorro apareceu vindo da escada esculpida na rocha, correu na direção do cavaleiro e apanhou com a boca uma das partes da arma secreta, a que pertencera a Gothar e que se encontrava no chão, debaixo do cadáver do mago. Deu meia-volta, afastou-se dele e a entregou a um dos orientais, que sacou um petisco para recompensar o mascote.

— Nossos nomes não são importantes — respondeu o arqueiro, a corda esticada, a seta apontada para ele. — O que talvez lhe interesse saber é que somos emissários do imperador Hui, o venerável soberano da China.

Georgios não esperava por aquilo.

— Ora, são chineses? — Observou o entorno, estudou a situação e um jeito de sair dela. — O que fazem aqui, então? Se o imperador queria nos impedir de encontrar a Montanha do Sol, por que mandou seus embaixadores à Pérsia e a Roma? Por que não manteve a informação em sigilo? Qual a lógica dessa estratégia?

O arqueiro gargalhou. Uma gargalhada fina, que misturava escárnio e desdém.

— Quem projetou a arma secreta foi um mestre indiano — revelou ele —, não um sábio chinês. O nosso imperador também deseja obter o artefato. Ele sabia que, se o oferecesse a romanos e persas, eles delegariam essa missão aos seus melhores homens. Desse jeito — outra risada — bastava que viéssemos atrás.

Georgios continuou alimentando a conversa.

— Por que o imperador Hui não enviou sua própria comitiva, em vez de confiar essa tarefa a terceiros? Menor seria o risco de o segredo se espalhar.

— Claro que enviamos a nossa comitiva. Na verdade, duas. — O chinês ficou sério e, com a ponta da flecha, indicou o acesso ao túnel. — Mas elas não conseguiram chegar à caverna.

— Entendi. — Era a vez de Georgios dar um riso de escárnio. — Então vocês não são exploradores. — Balançou a cabeça. — São ladrões.

— Chega dessa ladainha. — O invasor retesou o arco. — Onde está a segunda peça? Sei que são *duas*. Entregue-me — ordenou — ou eu disparo.

O paladino sabia que ele iria atirar de qualquer maneira. Depositou a espada no solo, foi até suas roupas — estavam jogadas em um canto, sujas de betume —, ficou de cócoras e começou a mexer no tecido, como se procurasse o objeto nos bolsos. Encontrou-o, ao mesmo tempo em que apanhava sorrateiramente a adaga.

— Está aqui — anunciou, erguendo o item contra a luz do poente. — Basta vir pegá-la.

Um dos chineses deu um assovio e o cão tornou a correr na direção do equestre. O outro cachorro, porém, que estava ali perto, muito ferido, soltou um segundo ganido, desviando a atenção do arqueiro. Nesse instante, o filho de Laios se levantou e arremessou o punhal contra ele.

Graças a uma mistura de desespero, sorte e talvez providência divina, a lâmina descreveu uma trajetória precisa, atingindo o alvo na testa. Com a força do impacto, o chinês caiu para trás, o arco disparou para cima e os colegas dele ficaram aturdidos, sem saber se lutavam ou fugiam.

Sentindo o sangue ferver, Georgios se aproveitou dessa brecha. Deu um passo à direita, recobrou a espada e saltou sobre o assaltante mais próximo. Enquanto o sujeito erguia seu gládio, o cavaleiro o degolou com o fio da Ascalon. O sangue espirrou para todos os lados, manchando as pedras, o chão, a estátua da mulher de oito braços e tudo mais que havia ao redor.

Rapidamente, no entanto, os sobreviventes se recuperaram do choque. Como o espaço era pequeno, não foi difícil para eles, depois de alguns minutos, encurralarem o jovem romano. Georgios recuava, avançava e se esquivava com maestria, mas ao se concentrar na defesa evidentemente negligenciava o ataque. Em outras palavras, era uma questão de tempo até que seus músculos começassem a falhar, e então os invasores o pegariam, de uma forma ou de outra, mas o paladino não se entregaria sem luta.

Em meio à tempestade de aço, ele percebeu que estava ferido e decidiu que se lançaria contra um dos ladrões, com o objetivo de morrer em combate. Foi quando avistou, do ponto onde estava, dois indivíduos emergindo da escada.

Um deles era Fazllah, e o outro, Ismail.

Quietos como serpentes, os árabes se aproximaram por trás e investiram contra os emissários da China. Georgios se precipitou para ajudá-los, mas tombou no chão, arquejante, desnorteado pela falta de ar.

Seguiu-se uma alucinada troca de golpes, com as espadas tilintando, as lâminas soltando faíscas. Não demorou, entretanto, para que os nabateus eliminassem os chineses. Perceberam então que um deles tinha sumido. E que o segundo cachorro havia escapado.

— Rato maldito! — Ismail correu até o topo da escada. Esquadrinhou o perímetro e não viu sinal do fugitivo. — Não o enxergo daqui. — Protegeu os olhos com a mão em pala. — O sol já se pôs — notou ele. — Logo será noite.

— Ele pode ter pegado qualquer trilha através do labirinto — concordou Fazllah, à medida que amparava o equestre. — Teremos de esperar até amanhã.

Georgios entendeu que era a melhor alternativa e acabou aceitando a proposta deles.

Enquanto pilhavam e organizavam os cadáveres, o líder da expedição contou que havia decidido segui-los depois que Nadir, o mais velho do grupo, tivera uma visão envolvendo "uma cruz flamejante".

— Deveria ter trazido Nut comigo — lamentou o Falcão, ajudando Georgios a se limpar. — Se tivéssemos partido mais cedo do acampamento, tudo seria diferente.

O paladino se lavou como pôde, bebeu água, comeu um pão inteiro e verificou que seus ferimentos eram superficiais, causados pelo contato do corpo contra as pedras, que por sinal eram bem afiadas. Cogitaram a hipótese de regressar imediatamente à companhia dos outros. Contudo, o filho de Laios fez questão de passar a noite ali mesmo, velando o corpo do mágico Gothar.

— Ele não me traiu. Honrou o nosso acordo até o fim — declarou Georgios. — E ainda tentou me avisar que estávamos correndo perigo. Mas eu o ignorei.

— Não consigo entender como os chineses nos encontraram — comentou Ismail, recolhendo pedras para delimitar a fogueira. — Como nos perseguiram através do deserto? Nós os teríamos visto se estivessem ao alcance dos nossos olhos.

— O ídolo! — Fazllah foi até a mochila de Georgios, tirou de lá a estatueta do Buda e a atirou vigorosamente no solo. O objeto se partiu ao meio. Dentro dele, havia um emaranhado de ervas secas. — Pode não parecer grande coisa — observou, tateando a superfície da argila —, mas foi o suficiente para os cães nos farejarem.

— Esse homem — Ismail apontou para um dos defuntos — estava à nossa espera em Yatreb. Os chineses sabiam que teríamos de passar por lá. Poderiam nos aguardar por meses, anos ou décadas.

— Os canalhas prepararam tudo de antemão — aquiesceu Georgios, frustrado. — Eles nos enganaram. — E completou: — Nós falhamos.

O caçador tentou animá-lo.

— Pode ser que ainda o encontremos amanhã. Sou bom em seguir pegadas.

— Não custa tentar — retrucou o equestre. — Mas é melhor não nutrir esperanças.

Apesar da urgência em capturar o chinês, Georgios decidiu que Gothar precisava de um funeral à altura. Enrolou o corpo dele em uma mortalha, feita com a roupa dos estrangeiros, e o levou até o acampamento. Depois de contar a Nut e Nadir sobre o incidente, ordenou que eles ficassem onde estavam, vigiando os camelos e a carcaça do mago, enquanto ele, Fazllah e Ismail iniciariam a perseguição.

Os três homens passaram dois dias explorando o labirinto de rocha, até que as pegadas os levaram à saída de um desfiladeiro, que se abria em outra planície. Lá, encontraram quatro cavalos abandonados, presos a uma árvore decrépita. Ismail investigou o solo e descobriu que originalmente havia ali cinco quadrúpedes. Identificou também marcas caninas e deduziu que o fugitivo devia ter pegado um dos equinos e desaparecido muito antes de eles chegarem.

— Como imaginei, nós o perdemos de vez — murmurou Georgios, os olhos fixos no horizonte. — Pelo menos os persas não ficaram com a arma. Cumpri minha missão, embora não da forma que eu gostaria.

Fazllah apertou-lhe o ombro por trás.

— Chineses. — Suspirou. — Nunca pensei que seriam uma ameaça.

— Não acredito que eles sejam uma ameaça maior do que os persas. Não hoje — refletiu o equestre. — Mas quem sabe um dia...

Ismail se aproximou dos demais.

— E agora? — perguntou ao jovem tribuno. — Para onde vamos? Quais são suas ordens?

O paladino examinou os cavalos. Constatou que estavam saudáveis e poderiam ser incorporados à caravana como bestas de carga ou animais de corrida.

— Primeiro, preciso saber onde estamos. Que lugar é este?

— Pelos meus cálculos — Ismail reparou na posição do sol — estamos a uma curta distância do Sinai. Se o senhor quiser — prosseguiu ele —, podemos guiá-lo até o Egito.

— O Egito… — Georgios coçou o queixo. — Não. Se estamos tão perto do Sinai, talvez possamos fazer um desvio. — Ele se lembrou de Strabo, seu pedagogo, e teve uma ideia. — Existe um lugar que há tempos eu quero visitar — afirmou. — Gostaria muito que conhecessem. Os senhores serão, por assim dizer — deu um sorriso de canto de boca —, meus hóspedes. Ou melhor — ele se corrigiu —, serão meus convidados de honra.

Sirmio, 1º de novembro, 1085 *ab urbe condita*

Caro Eusébio,

O fim do verão, confesso, me deixou um tanto melancólico. Influenciado, talvez, pela dor de Georgios ao relembrar o massacre na Nicomédia, acordei ontem pensando em Crispo e no terrível crime que cometi. É verdade que tanto ele quanto Fausta planejavam a minha morte, mas mesmo assim me arrependo de ter feito o que fiz. Se fosse hoje, eu os teria banido ou jogado os dois na prisão, embora tenha ciência de que isso não resolveria o problema — pelo contrário: apenas o agravaria.

Esse foi o motivo — você sabe — de eu ter concordado em me batizar. Esperava encontrar algum consolo em Jesus Cristo, na história dos santos e nos evangelhos. Contudo, nada mudou. De qualquer maneira, fica registrado aqui que a minha dor é sincera. Se houver mesmo um paraíso e o Deus dos cristãos for real, ele saberá que deve me julgar com doçura. Rogo, de todo modo, que Crispo, Fausta e Licínio estejam com ele, pois eu os perdoo sinceramente — de todo o meu coração.

Sobre o terceiro tomo, há vários pontos que eu gostaria de comentar. O primeiro é em relação à queda de Alexandria. O texto destaca a atuação dos paladinos, a saber: Alexius e Erhard. Sem querer desmerecer o esforço deles — em especial o de Alexius —, seria preciso, a meu ver, deixar claro também quão importante foi a articulação política de Diocleciano. Repare que, quando Aquileu foi morto no gabinete do prefeito, os oficiais do palácio se renderam incondicionalmente — e sem oferecer resistência. Isso se deu graças à elite da cidade, que, alinhada com o imperador, ajudou a convencer o povo — inclusive os militares — de que seria melhor capitularem. Como os guerreiros da Segunda Legião haviam jurado lealdade a Aquileu, não podiam traí-lo, mas a verdade é que estavam todos ávidos — *sedentos*, eu diria — pelo fim do conflito. A morte de Aurélio Aquileu deu a eles, então, a oportunidade que tanto aguardavam.

Em relação à busca pela arma secreta, mais de uma vez me perguntei se ela precisaria ser detalhada, visto que Georgios não conseguiu completá-la. Depois de meditar a respeito, porém, cheguei à conclusão de que houve, sim, diversos fatos que mais tarde seriam relevantes para a história, bem como personagens que tornariam a aparecer — às vezes da forma mais abominável possível.

O debate acerca da coroa de Cristo é outro fator crucial, pois levanta questões de fé que povoavam a cabeça do meu amigo desde o dia em que o conheci. Sem falar em Gothar, que é outra figura polêmica. Será que ele planejava trair o nosso herói? Sua intenção de se converter era real e genuína? Ele teria aberto mão da arma secreta? O que teria sussurrado a Georgios antes de ser atingido pela flecha na nuca?

Quando digo que a demanda fracassou, refiro-me unicamente às perspectivas militares de Diocleciano. Como ele próprio me contou, Georgios fez uma descrição minuciosa do objeto aos engenheiros da Púrpura, incluindo o peso e o material usado para fabricá-lo — bronze, ao que parece. Os ferreiros imperiais conseguiram reproduzi-lo, mas não foram capazes de prendê-lo satisfatoriamente à sela, como as imagens da mulher de oito braço sugeriam que se fizesse. Talvez o artefato funcionasse apenas com tigres ou com felinos gigantes — se é que eles existem no Extremo Oriente —, o que de todo modo não seria útil a nós. Que fique com os chineses, e que façam bom proveito dele!

O terceiro ponto que vale a pena esclarecer é sobre o recuo dos persas para o deserto. O que aconteceu foi que os catafractários encontraram feroz resistência dos soldados de Tirídates — "o Velho Hércules", como o chamavam à época —, bem como dos camponeses armênios, que passaram o inverno usando táticas de guerrilha contra os invasores. Em dezembro, eles sabotaram o suprimento de água de Narses, jogando ratos podres dentro dos tonéis. Em janeiro, incendiaram três depósitos de comida, ao mesmo tempo em que os batedores eram mortos ou capturados sistematicamente. Para evitar uma tragédia, o xá se retirou da Armênia com o objetivo de voltar em abril, mas acabou saindo do forno para cair na fornalha, como bem sabemos hoje em dia.

Esse tomo, notei, também retrata o início do processo que culminaria na Grande Perseguição de Diocleciano. Gostei de ver, pela primeira vez, alguém sendo honesto sobre os fatos históricos. Na maioria dos documentos, sejam leigos ou eclesiásticos, a catástrofe é atribuída singularmente ao imperador. Claro que ele teve a sua parcela de culpa, mas tudo começou com Galério, sob a influência de Rômula. Além de ela ser uma notória anticristã, era de seu interesse que o filho se tornasse augusto. Rômula enxergava os seguidores do Nazareno como bodes expiatórios perfeitos e imaginou que, ao caçá-los, atrairia a simpatia do exército. Mal sabia ela que, como mostrado no capítulo XI, havia uma quantidade substancial de legionários cristãos já naquele tempo. A cristianização do Império era um caminho sem volta, uma guerra que eles não poderiam vencer. Diocleciano sabia disso e, de certa forma, fez o possível para amenizar o impacto. Eis a razão pela qual resisto em culpá-lo — e me ressinto quando outros o fazem.

Por fim, uma última questão. Como você sabe, herdei do meu pai o amor por sabujos. Depois de velho, comecei a criá-los e hoje uso alguns em minhas caçadas. Fiquei curioso, portanto, para saber o que aconteceu com o cachorro que atacou Georgios e foi ferido por ele. O texto não deixa claro. Poderia me contar?

Seu amigo,

Constantino

Prezado augusto,

Mais uma vez, gostaria de agradecer pelos seus comentários, sobretudo no que diz respeito à queda de Alexandria. Concordo que dei muita ênfase ao ataque isolado de Alexius e Erhard, pois esse foi um acontecimento, por assim dizer, extraordinário. Como aprendi com sua mãe, a boa prosa é aquela que capta a atenção do leitor, e para tal devemos nos valer da surpresa, do suspense e do drama. O texto talvez ficasse maçante se eu descrevesse os vários encontros de Diocleciano com os aristocratas egípcios, mas o senhor tem razão — no final, o resultado foi insosso e pouco didático. Embora romanceado, este livro é também um documento histórico, portanto essas questões precisam ser sublinhadas.

No que se refere à busca pela arma secreta, permita-me discordar. Não acho que a jornada foi infrutífera — ao contrário. Mesmo que ela tenha terminado com a vitória dos chineses, o encontro de Georgios com os árabes foi essencial para que ele compreendesse — e aceitasse, em última instância — sua fé.

A audiência de Georgios com o rabino Yehuda ben Tov, em Yatreb, foi também um acontecimento notável, pelo menos do ponto de vista teológico. Sei que o senhor continua sendo cético no que se refere à bruxaria, mas eu garanto que o Diabo — tenha ele qual nome tiver — é perfeitamente real.

Quanto às perseguições, o senhor sabe que é um assunto caro para mim. Como historiador, entendo que Diocleciano não foi o único responsável pelos massacres que assolariam a Bitínia. Por outro lado, ele era o imperador e tinha o poder de cessá-los, o que não fez em um primeiro momento. Sendo assim, não acho injusto culpá-lo. A derrota de uma tropa em batalha não pode — não *deve* — ser atribuída ao seu comandante? Não é o que se verifica em todos os casos?

Dito isso, faço uma autocrítica. O que se deu com os seguidores do Nazareno só foi possível graças ao forte sentimento anticristão que se observava no Império naquela época. Os judeus sofriam — *sofrem* — com tal preconceito há séculos, e foi por isso que Yehuda ben Tov disse a Georgios que "cristãos e judeus são aliados" e que eles têm "um inimigo em comum".

Sobre o destino do sabujo, só podemos especular. Levando em conta a personalidade de Georgios, eu apostaria que ele executou o cachorro com sua adaga para não vê-lo sofrer. Recordemos a aversão que ele demonstrou, inúmeras vezes, pelos sacrifícios de animais praticados nos templos e santuários romanos. Lembro-me agora da ocasião em que o senhor quis oferecer uma pomba a Esculápio, para que ele intercedesse a favor de Bores Libertino, e a reação de Georgios foi dizer que "uma simples prece deve bastar".

Antes de terminar esta carta, imploro que acalme o seu coração. Os assassinatos de Fausta, Crispo e Licínio foram crimes terríveis — não vou negar —, mas o senhor já pagou por eles. Mais que isso, se redimiu e se redime um pouco mais a cada dia, sempre que pede perdão a Jesus Cristo. Pense que, se não fosse o senhor, muitos mais teriam morrido. Eu mesmo, provavelmente, estaria entre eles. Então, não se culpe. Não é saudável nem produtivo.

Cordialmente,

Eusébio

QUARTO TOMO

PALESTINA

XXXI

O CÓDICE

Era prática habitual entre os moradores do Chipre, naquele período específico da história, fazer uma visita a seus patronos no feriado da Cereália. O cliente se ajoelhava perante o dono da casa, beijava-lhe a mão, dizia algumas palavras e em seguida lhe oferecia um presente.

O átrio da mansão urbana do governador Cipriota ficou lotado naquele dia. Sempre agradável e solícito, ele recebeu gente de todas as partes do país — não apenas de Pafos. Um camponês de Salamina trouxe-lhe um casal de ovelhas, um pescador de Marion — na costa norte da ilha — entregou-lhe um tridente de prata, e os patrícios locais lhe doaram objetos de cerâmica, vasos de ouro, joias do Oriente, roupas de seda e escravos domésticos.

O último a se apresentar foi o bispo da cidade. Zeno não era cliente de Cipriota, mas o considerava um amigo. Por isso, apareceu no palacete acompanhado de um menino de treze anos que carregava em seus braços um códice, isto é, um conjunto de várias folhas de papiro dobradas, costuradas ao longo de uma aresta e protegidas por uma capa de couro.

Já tinha escurecido quando o religioso se apresentou ao político. Enquanto os dois se abraçavam, o comandante Marco Lúcio Políbio ordenou que os escravos acendessem as piras. O fogo realçou as colunas, os vasos de planta, as pinturas no teto e os mosaicos no chão de ladrilhos.

— O senhor teve um dia cheio — Zeno deu um sorriso —, então serei breve. Nunca esquecerei que nos cedeu o terreno que pertencia ao Templo de Afrodite. Portanto, o mínimo que posso fazer é lhe oferecer esse tomo.

O menino se aproximou da cadeira alta em que o núbio estava sentado, fez uma reverência e lhe entregou o manuscrito. Cipriota aceitou, verificando que a capa era rígida, com as bordas folheadas a ouro.

— É o Evangelho de Lucas — contou o bispo. — Esse códice tem ilustrações. É um trabalho primoroso. Sei que vai gostar.

O governador agradeceu imensamente. Pediu que trouxessem uma cadeira para Zeno, bem como uma taça de vinho.

— Por que Lucas? — perguntou ele, folheando o volume. — Por que não João? Ou Marcos?

— Lucas é o meu preferido. O que primeiro tocou o meu coração — confidenciou-lhe Zeno, aceitando o vinho e sentando-se na cadeira. — Ele era grego. Gosto muito da forma como os gregos narram suas histórias.

— Formidável. — Cipriota não tirava os olhos do livro. Era muito belo, em especial as gravuras, que retratavam anjos, santos, cálices sagrados, diagramas celestes e motivos florais. — Por que não jantamos juntos hoje?

O bispo fez menção de se levantar.

— De forma alguma — respondeu. — O senhor deve estar exausto. Em outra oportunidade, talvez.

Zeno ficou de pé. Pousou a taça sobre o braço da cadeira e fez um sinal para o menino que o acompanhava, indicando a saída.

— Lembre-se de que pode sempre contar conosco, excelência — afirmou o clérigo. — Os cristãos do Chipre o amam e o respeitam. — Fitou o governador, sorridente. — Preciso ir agora. Que o senhor passe bem esta noite, com a graça de Deus.

Cipriota o conduziu até o lado de fora. Na rua, eles tornaram a se abraçar, como bons amigos que eram. De volta ao aconchego do átrio, percebeu que Políbio estava quieto, carrancudo. Quando perguntou o motivo, ouviu o seguinte do chefe da guarda:

— O senhor deve tomar muito cuidado com esses cristãos — advertiu ele. — Não lhe parece óbvio que Zeno deseja convertê-lo?

— Já não é de hoje. — O governador se divertiu, reclinando-se em um divã. — Desde que nos conhecemos ele tenta me arrastar para a Igreja. Mas — deu uma risota agradável — eu resisto bravamente.

Políbio encrespou a face. Coçou o nariz romano, bateu na armadura e o censurou:

— Excelência, com todo o respeito. Qual é a graça? Por que está rindo?

Cipriota não entendeu a rudeza dele.

— Não ri porque achei graça — explicou. — Ri de alegria. Um homem persistente é algo a ser admirado, não acha?

— Não há nada de admirável nesses loucos — afirmou, alterado. — Eles estão destruindo o Império por dentro. Será que não vê?

— Calma. — Cipriota se levantou. — Do que está falando? Cristãos destruindo o Império? Eles nunca organizaram um só levante, nem durante a época de Nero. Sequer usam armas. Como podem estar "destruindo o Império"?

— Corações e mentes, excelência — respondeu Políbio, tentando se controlar. — Eles roubam a alma das pessoas e as enfeitiçam. Começam pelos mais fracos, que passam a obedecer-lhes cegamente.

— De onde tirou essa ideia? — Cruzou os braços. — Quem lhe contou essas coisas? Tem provas do que está falando?

Políbio puxou do cinto uma pequena cruz de madeira e a entregou a seu chefe.

— Encontrei isso no dormitório dos soldados. Como o senhor deve saber, a prática do cristianismo é proibida no exército. Isso significa que, para alguns dos meus legionários, a autoridade da Igreja está acima da autoridade do imperador. Se, no caso de um conflito, por exemplo, eles tiverem de escolher entre o bispo e o senhor, eles escolherão o bispo. Entende o perigo?

— Não exatamente. Não tenho atritos com Zeno.

— Essa não é a questão. — O oficial bateu o pé nos ladrilhos do piso, esforçando-se para se conter. — O fato é que o poder de Zeno está rivalizando com o *seu*. Não só o poder espiritual, como também o poder militar. Isso não pode ser tolerado.

O governador não acreditava na teoria de Políbio. Tinha plena consciência de que ele estava delirando, ou pelo menos exagerando, e, para provar seu ponto, mandou que a guarnição que naquele momento fazia a segurança da casa entrasse em forma no pátio traseiro, ao redor do estábulo. Dez minutos depois, trinta militares se reuniram à luz dos archotes, organizados em um bloco com seis filas e cinco colunas. Nesse grupo havia dois centuriões, quatro decanos e os demais eram soldados.

— O comandante Políbio encontrou isto no alojamento. — Projetando a voz, Cipriota ergueu o crucifixo sobre a cabeça, para que a tropa inteira o enxergasse. — Quero crer que ele tenha cometido um engano. Na verdade — prosseguiu —, posso provar que ele se enganou.

Dito isso, atirou o objeto no solo e disse ao primeiro centurião, que estava na frente do grupo:

— Cato, aproxime-se — ordenou, e o homem obedeceu. — Agora — continuou ele —, pise sobre esse amuleto.

O centurião assim o fez. Pisou com força — e com vontade — no símbolo sagrado. Políbio, que a tudo observava, esticou o braço, mandando que ele se dirigisse a um canto do pátio e lá ficasse, como se tivesse passado em um teste. Seguiram-se a ele o segundo centurião e depois os decanos. Então, vieram os legionários. Os seis primeiros cumpriram a tarefa, mas o sétimo hesitou. Cipriota foi até ele.

— O que houve, soldado? — perguntou, inquisitivo. — Não ouviu o que eu disse?

O sujeito começou a tremer. Caiu de joelhos, pegou o crucifixo sujo de terra e o beijou.

O governador reagiu.

— Levante-se! — gritou. — Sentido!

O homem continuou ajoelhado, apertou o objeto contra o peito e desatou a chorar.

— Salve, Jesus Cristo, Nosso Senhor — clamou ele. — Livre-me do mal. Oh, Cristo ressuscitado! Tenha piedade da minha alma.

Políbio sacou o gládio, pronto para reprimi-lo. Cipriota, no entanto, fez com que ele parasse.

— Espere. — Mostrou a palma, voltando-se para o guerreiro cristão. — Onde conseguiu isso, soldado? Esse talismã é seu? Responda!

Um dos centuriões — o segundo, um veterano chamado Orestes — deu um passo à frente, curvou-se e tomou a palavra, cabisbaixo.

— Peço que não o puna, excelência. É culpa minha — acusou-se. — Eu sabia que ele era cristão. E nada fiz.

— Como é? — Políbio esticou o gládio na direção do veterano. — Orestes, você?

— Fui desleixado. Pode me punir, comandante — disse. — Eu mereço.

— Mas é claro que merece. — O capitão da guarda levantou a voz. — Bom, se tem mais algum cristão aqui — falou ao grupo —, diga logo. Beije o crucifixo e entregue as armas.

Imaginando que seriam apenas expulsos do exército, sete dos trinta legionários confessaram ser seguidores do Nazareno. Retiraram as armaduras e depositaram as armas — incluindo os escudos — em uma cocheira no estábulo. Quando estavam só de túnica, Políbio ordenou que os demais militares amarrassem os punhos deles usando pedaços de rédeas. Enfileirou esses indivíduos contra um muro.

— Orestes! — Políbio chamou pelo segundo centurião, que atendeu prontamente. — Já que aceita ser punido, vamos ver como se sai desta vez.

Entregou a ele o próprio gládio. Orestes não era tolo: sabia muito bem do que se tratava, mas fingiu não entender.

— O que faço com isto, senhor?

— Essa é uma decisão *sua* — afirmou. — Digo apenas que, se esses cristãos saírem vivos deste pátio, o senhor será preso — garantiu. — Sei que tem mulher e filhos, que hoje moram em Salamina. Cuidaremos deles também.

— Não! — Orestes abanou efusivamente a cabeça. Olhou para o governador, como se pedisse ajuda, mas ele desviou o rosto. — Os meus filhos não, senhor. Suplico que sejam poupados.

— Basta que tome a decisão certa — declarou Políbio. — E tudo ficará bem.

Orestes não era cristão, mas sua esposa e filhos frequentavam a igreja. Foi com o coração amargurado que obedeceu às ordens de seu comandante. Matou os soldados com estocadas precisas, mesmo sabendo que alguns deles também eram pais de família.

O pátio ficou encharcado de sangue. Políbio delegou aos próprios combatentes a tarefa de se livrarem dos corpos, advertindo-os:

— Quando foram admitidos no exército, os senhores prestaram um juramento ao estandarte da legião. E eu posso garantir, em nome de Júpiter, de Mitra e de Marte, que permanecerão fiéis a ele até o fim de seus dias. — Contemplou as estrelas, a lua e o céu. — Já está na hora da troca da guarda. Quero que se recolham aos seus aposentos e pensem no que aconteceu hoje. Quero que pensem com calma — decretou. — Boa noite, senhores. Dispensados.

Os guerreiros saíram do estábulo carregando os cadáveres dali para a rua. De volta ao interior da mansão, Cipriota correu às latrinas e vomitou o pouco que havia comido. Políbio reparou na palidez dele e o aplaudiu.

— É preciso ter estômago forte — disse — para tomar decisões fortes. O senhor fez o certo. *Nós* fizemos o certo.

— O que vai acontecer quando Zeno souber do ocorrido? — perguntou o governador, sentando-se na latrina. — O bispo é meu amigo.

— O senhor deveria escolher melhor seus amigos — argumentou o oficial. — Os homens executados hoje eram fanáticos que poderiam matá-lo se algum líder cristão assim ordenasse. Eliminamos as maçãs podres. — Sentou-se ao lado de Cipriota. — Além disso, o senhor tem em mim um amigo. — O comandante o abraçou. — Cuidarei do senhor — prometeu. — Pode estar certo de que cuidarei.

XXXII

ÉLIA CAPITOLINA

O funeral de Gothar foi realizado três dias após sua morte. Graças à aridez do deserto, o corpo se manteve intacto até que os viajantes encontrassem um local decente para sepultá-lo. Na base das montanhas havia uma série de grutas, e uma delas — pequena, escura e profunda — pareceu adequada e bastante segura.

Depois de selar a caverna, a comitiva seguiu para o norte até Tabawa, uma cidade árabe fundada pelos gregos sob ordens de Ptolomeu I, o Salvador, um dos generais de Alexandre. Lá, trocaram os cavalos excedentes por roupas, comida, água e toda sorte de mantimentos. Georgios conseguiu uma túnica nova, comprou uma capa vermelha e contratou um ferreiro para restaurar e polir sua cota de malha, cujos anéis estavam encardidos, impregnados de terra, betume e poeira.

Nove dias depois, chegaram à margem leste do Mar Morto, onde se localizava uma imensa salina. O solo era especialmente seco e pedregoso, apesar das palmeiras que sobreviviam às águas salobras. Não havia guarnições, apenas um posto do correio administrado por três militares. Georgios apresentou-se a eles, escreveu uma carta para o comandante supremo — o legado — da Décima Legião do Estreito, estacionada em Jerusalém, anunciando sua intenção de visitar a cidade, e despachou um dos soldados como mensageiro.

De lá, a pequena caravana contornou o mar pelo norte e tomou a estrada para o sul, fazendo uma parada em Ein Gedi, um oásis de beleza indescritível, com água corrente, fauna própria e vegetação abundante. Penetrava-se nele através de uma fenda na montanha, depois se subia até um riacho que alimentava cachoeiras e poças cristalinas. Georgios não pôde deixar de pensar que, se o Jardim do Éden existisse — conforme descrito nas escrituras —, seria parecido com Ein Gedi.

Limpos e descansados, retomaram a jornada. Dois camelos haviam morrido, mas o contingente humano era o mesmo: quatro homens, cinco incluindo Georgios. Prosseguiram por uma trilha através de sinuosas colinas, pernoitando em aldeias e perto de fontes de água, cobrindo a distância de aproximadamente cem quilômetros que os separava de Jerusalém.

Foi então que, no dia 5 de maio, Georgios Graco — que era originário da Palestina, mas pouco conhecia sobre sua terra natal — teve o primeiro vislumbre da Cidade Sagrada, a partir do Monte das Oliveiras.

Era uma manhã clara, com o ar cheirando a azeite queimado. Em pé sobre um terraço de ladrilhos projetado para servir de mirante, Georgios, Fazllah, Ismail e os demais nabateus avistaram um conjunto de prédios cor de areia que compunham o núcleo urbano e os mercados centrais. Embora ninguém se referisse a ela por esse nome, Jerusalém fora rebatizada de Élia Capitolina fazia quase duzentos anos, após a conclusão da terceira revolta judaica. Para a tristeza dos cristãos e o desespero dos fariseus, o que se observava, portanto, sobre o acidentado terreno além do Vale do Cédron era uma localidade genuinamente romana — nem grega, nem hebraica, nem cristã, mas *romana*.

Onde outrora ficava o legendário Templo de Salomão — no topo do Monte Moriá —, hoje existia um santuário dedicado a Júpiter Capitolino, quase tão alto quanto o da própria Roma. O pátio dos gentios, que anteriormente dominava grande parte da esplanada, convertera-se em um campo de destroços, repleto de escombros, colunas partidas e vigas quebradas.

Naquele tempo, Jerusalém era cortada pela rua do comércio — o cardo —, que começava ao norte, no devastado sítio do Palácio de Herodes, agora ocupado pelo acampamento da Décima Legião, com suas torres de guarda e áreas de treinamento. Pelo cardo acessavam-se o fórum, os banhos públicos e, à esquerda, o Templo de Vênus, edificado sobre a colina — o Gólgota — que marcava a crucificação de Jesus.

Em outras palavras, para um entusiasta dos livros de história, a Jerusalém daquela época não tinha nada de memorável. Com efeito, era frustrante, mesmo para um mitraísta, ver todas aquelas camadas de civilização apagadas.

Subindo a colina através do Vale do Hinom, os forasteiros alcançaram o portão sul, o único que conservava o traçado original. Georgios se apresentou ao oficial responsável, que pediu que eles aguardassem. Não demorou para que se escutasse uma sequência de gritos e saudações à medida que um homem se aproximava, descendo a rua pelo lado direito.

Georgios aprumou-se. O sujeito era baixo, tinha o nariz grande, os cabelos grisalhos, curtos, e os olhos pequenos. Usava uma túnica militar, exibia as insígnias de legado, mas não estava de armadura. De bengala na mão, era escoltado por dois seguranças, sempre atentos a seus passos.

Seguindo o protocolo, o equestre o saudou:

— Salve, excelência.

— Salve. — O legado parou na frente dele, analisando-o. — É Georgios Anício Graco?

— Sim. — O paladino o fitou. — O senhor recebeu minha mensagem?

— Recebi. Meu nome é Marco Salústio. — Ofereceu-lhe a mão. — Seja bem-vindo a Jeru... — Deteve-se, verdadeiramente constrangido. — Élia Capitolina.

— Obrigado, general.

Salústio olhou torto para Fazllah e para os árabes que o acompanhavam.

— Quem são esses? — perguntou ele.

— Homens que contratei como guias. — Georgios observou o entorno. Os transeuntes olhavam para eles, curiosos, tentando entender o que se passava. — Pretendo pagá-los assim que receber o meu soldo e liberá-los em seguida.

O legado reagiu com um olhar desconfortável.

— Espero que compreenda, comandante, que não posso pagá-lo antes de ter a confirmação oficial de que o senhor é quem alega ser. — Sacou um pano e limpou o suor que escorria da testa. — Seria leviano de minha parte acreditar em sua história sem entrar em contato, antes, com minhas fontes no alto escalão do exército.

— Claro. — Georgios inclinou a cabeça. — Peço desculpas se sugeri o contrário. Estou percorrendo o deserto faz alguns meses e agradeço pela bondade de me acolher. Seria de grande ajuda se o senhor providenciasse alimentação e pouso para esses homens também.

O modo como o equestre se manifestou — sem a arrogância característica dos oficiais graduados — amaciou o coração de Salústio. O homem deu um sorriso e o convidou a acompanhá-lo.

— É uma honra tê-lo em nossa cidade — disse ele. — Seus amigos podem ficar no pátio do acampamento. Pelo que vejo, eles têm suas próprias tendas. E o senhor será meu hóspede na cidadela.

O acampamento da Décima Legião situava-se a apenas alguns metros do portão norte. Ele pode ser descrito como um amplo pátio murado, com bandeiras esvoaçantes e dezenas de pavilhões de concreto. Os alojamentos ficavam de um lado, e as oficinas, estábulos e depósitos, de outro, com uma cisterna separando-os ao meio.

Os patrícios, no entanto, alojavam-se na cidadela, uma fortaleza pentagonal que se projetava sobre um terreno elevado, guarnecida por quatro torres, sendo uma delas residencial. Georgios foi conduzido a essa construção, que, por dentro, mais parecia um palácio, não só pela opulência de seus corredores mas porque abrigava também as famílias dos oficiais, seus escravos e funcionários.

O terraço era tão espaçoso que os residentes o utilizavam para a promoção de festins. Georgios tinha acabado de entrar em seu quarto quando um garoto veio chamá-lo para a refeição vespertina. Guiado pelo menino, subiu as escadas até o cume da torre. Salústio e o tribuno Caio Rufino, um jovem imberbe de olhos claros e rosto comprido, esperavam-no em um divã, protegidos por um toldo e rodeados por cinco legionários.

— Espero que me perdoe — o general disse a Georgios, referindo-se à pesada escolta que o defendia. — Não tem nada a ver com o senhor. São ordens superiores, entende?

O equestre assentiu.

— Para um legado — ele se lembrou de seu pai, que tinha de lidar com ameaças internas —, todo cuidado é pouco.

Deu um passo na direção de Salústio. O general não se ergueu, como mandava o protocolo. Cumprimentou o convidado com um frouxo aperto de mãos e tornou a pedir desculpas para ele.

— Lamento não poder saudá-lo, comandante. Sofro de gota. — Apontou para os pés inchados. — Minhas articulações ardem nesta época do ano. Sinto como se estivesse pisando em brasa.

— Estimo sinceras melhoras — desejou. — Dizem que as crises são dolorosas.

— São terríveis. — Ergueu os calcanhares e se reclinou sobre uma almofada. — Não desejo ao meu pior inimigo.

Perto deles, havia uma mesa com pratos, talheres, taças, jarros e ânforas. O cardápio, porém, limitava-se a comida fria e grãos: pães, queijos, figos, pêssegos, uvas, mingau e tâmaras. O vinho, pelo menos, era excelente. Georgios serviu-se e acomodou-se em outro divã, ao lado do anfitrião.

— É cedo demais para jantar — continuou Salústio. — Não deu tempo de preparar as carnes. Mesmo assim, não queria deixá-lo com fome — justificou-se, prosseguindo: — Reparei que o senhor usa os emblemas de tribuno. Posso perguntar em que legião serviu?

— Na Trigésima Legião de Trajano — revelou, levando à boca um pedaço de pão recheado de nozes. — Passei três anos em Castra Vetera, às margens do Reno.

— Em nome de Júpiter! — Para os romanos do Leste, a Germânia era a imagem do caos, uma terra de duendes e bárbaros atrozes. — Como vão as coisas por lá?

O primeiro impulso de Georgios foi o de descrever as batalhas de que participara, então se lembrou de que, oficialmente, Maximiano assumira toda a glória pela destruição dos francos e pela morte do *graf*. Para evitar contradições e intrigas, preferiu responder, apenas:

— O de sempre.

— Hmmm... — Salústio gritou por seu escravo particular, que apareceu em um instante e encheu-lhe a taça de vinho. — Já escrevi para o imperador. Logo que ele me autorizar, pago-lhe o soldo.

— Sem problema. — Georgios cortou uma fatia de pêssego. — É um longo caminho até a Nicomédia.

— Nicomédia? — Salústio deu uma risada. — Onde esteve nos últimos meses?

— Como eu disse, no deserto.

— Pois saiba que o imperador se encontra em Antioquia, reunindo tropas e organizando o exército.

— Interessante. — Georgios já esperava que Diocleciano se deslocasse para a Síria. De lá, ele poderia acessar tanto a Mesopotâmia quanto a Armênia. E dali para a Pérsia. — O que mais o senhor pode me contar sobre a guerra?

O general se preparou para responder, quando uma moça chegou ao terraço, e todas as atenções se voltaram para ela. Tinha os cabelos longos e negros, a pele branca e os olhos escuros. Usava um vestido lilás de seda e algodão, que esvoaçava com a brisa da tarde. Era uma mulher linda demais, sofisticada demais para aquele ambiente tão masculino.

— Magda. — Marco Salústio se levantou, apesar do reumatismo, e a beijou no rosto. Depois, levou-a até Georgios. — Comandante, esta é minha esposa.

De início, o paladino achou que fosse uma troça, que Magda fosse filha do legado, não sua cônjuge.

— Encantado. — O oficial colocou-se de pé, cumprimentando-a com uma mesura. — Sou Georgios Graco, tribuno e cavaleiro da Púrpura.

— Sei quem o senhor é. — Ela sorriu, sedutora. — O meu marido me contou. Ele me conta tudo. É um paladino, estou certa?

— Sim, senhora.

— Sempre quis conhecer um paladino. — Magda sentou-se, e os dois homens a imitaram. — Ouvi dizer que são invencíveis.

— Ninguém é invencível — rebateu Georgios, embaraçado. — Mas agradeço o elogio.

Salústio retomou a palavra.

— Eu estava contando para o nosso amigo — disse à esposa — sobre a crise que se desenrola no norte. — Dirigiu-se ao equestre: — Galério foi derrotado em Carras; suas forças foram praticamente dizimadas. Por outro lado, para a nossa sorte, o imperador sufocou o levante no Egito e agora está pronto para defender a fronteira.

— Levante no Egito? — Georgios estava alheio a essa questão. — Que levante?

O legado fez um relato meticuloso sobre a morte de Domiciano e o cerco a Alexandria, que culminou com a retomada da cidade. O cavaleiro parou de comer, refletiu sobre o caso e disse:

— Preciso escrever para o imperador. Esse é um assunto muito sério.

Magda inclinou o corpo para a frente e tocou-lhe as costas da mão.

— Se está tão preocupado, por que não parte agora mesmo? — sugeriu ela, saboreando um cacho de uvas. — Daqui para Antioquia, as estradas são ótimas.

— Não posso partir neste momento — explicou ele. — Preciso antes pagar os homens que me escoltaram.

— Pelo que notei, são apenas um bando de árabes — comentou Salústio, indiferente. — Se quiser, mando expulsá-los da cidade. O senhor economizaria um bom dinheiro.

— Não podemos fazer isso. — Georgios mostrou-se indignado. — Eles são meus amigos. Salvaram a minha vida.

O anfitrião ensaiou uma resposta, mas sua esposa foi mais rápida:

— Está vendo, Salústio? Quanta bravura! É isso que admiro em um homem. — Ela ergueu a taça, propondo um brinde. — Lealdade. Fidelidade acima de tudo.

Os três brindaram e comeram. Georgios retornou a seus aposentos pouco antes do declínio do sol. Seus pensamentos se revezavam entre a iminência da guerra e as lisonjas de Magda, que havia sido bastante incisiva. Reclinou-se na cama e adormeceu. Sonhou que a mulher de Salústio entrava em seu quarto, tirava a roupa e se deitava com ele.

Despertou subitamente com alguém batendo à porta. Destrancou a fechadura e a abriu. Era um escravo trazendo-lhe água e comida.

— O general pede desculpas, mas o jantar de hoje foi cancelado — disse. — É a gota. Ele mal consegue se levantar.

Georgios agradeceu, deu uma moeda ao rapaz, colocou parte da ceia em um saco, desceu as escadas, saiu da fortaleza e foi até o pátio do acampamento. Lá estavam Fazllah e os árabes.

Sentado no chão, dividiu a comida com eles. Depois, contou aos homens sobre o encontro no cume da torre.

— Não precisa nos pagar nada — pontuou Ismail, mascando um favo de mel. — Conhecemos o trajeto e podemos voltar sozinhos às nossas terras. O senhor não tem nenhuma dívida conosco.

— Na verdade, gostaria de lhes propor uma nova missão. — Georgios estava encostado na parede da cisterna, e os nômades se encontravam diante dele. — Quero contratá-los como meus seguranças. Nada muito diferente do que já têm feito nos últimos meses.

Fazllah estranhou a proposta e se manifestou.

— O senhor é um paladino — lembrou — e está dentro das fronteiras romanas. Por que precisa de seguranças?

O filho de Laios observou o fastígio da torre. Era uma noite fresca e estrelada, com a lua em quarto minguante.

— Quando saímos do desfiladeiro, convidei os senhores para visitar um certo lugar. — Fez uma pausa. Observou mais uma vez o baluarte. — Este lugar é a cidade onde nasci.

Ismail e Fazllah se entreolharam, ainda sem entender. Muito embora eles tivessem passado por situações difíceis juntos, pouco sabiam sobre o passado do paladino, que fez questão de lhes contar sua história. Quando terminou, o chefe da caravana cruzou os braços, consternado.

— Um sujeito que mata uma mulher a sangue-frio não merece clemência. — Ele se referia ao modo como a mãe de Georgios tinha sido assassinada, com uma lança nas costas. — Conte comigo para essa tarefa.

Ismail também aceitou a nova missão, mas os outros dois acharam melhor regressar à sua tribo. Nadir justificou-se afirmando que tivera um sonho terrível envolvendo o chefe Razin e a princesa Safira.

— Pode ser só impressão, mas preciso verificar — disse o Sábio. — Lamento, comandante. — Ele se virou para Georgios. — Desejo-lhe toda a sorte em sua demanda.

Salústio precisou sair da cidade para tratar de negócios em Jericó. Nos doze dias em que esteve ausente, Georgios passou as noites no acampamento, dividindo espaço não só com os árabes mas também com os legionários romanos — soldados rasos e suboficiais, a maioria nascida no Leste. Comeu com eles, bebeu com eles e treinou com eles, como costumava fazer na Germânia, e aquela convivência lhe deu uma nova energia para seguir adiante.

Essa atitude não foi bem-vista pelos oficiais da torre — em especial pelo tribuno Caio Rufino —, que se sentiram enciumados pela afeição que os legionários, em tão pouco tempo, acabaram desenvolvendo pelo jovem equestre. Como Georgios era um paladino e convidado de Salústio, porém, eles nada podiam fazer, até porque, em certos aspectos, sua autoridade era maior que a do próprio legado.

Nas horas de folga — isto é, quando não estava treinando, bebendo ou confraternizando com os homens —, percorria o cardo e visitava lojas, mas sem real interesse no que estava fazendo.

No dia 18 de maio, Marco Salústio voltou de viagem e desceu ao pátio para passar em revista as tropas. Georgios manteve-se afastado, quieto, observando tudo de longe. O legado andou até ele antes de regressar à cidadela. Continuava usando a bengala, mas não parecia sentir tanta dor.

— Recebi a resposta de Antioquia, comandante — disse ele, olhando fixamente para o filho de Laios. — Parece que o senhor é mesmo quem diz ser.

— Que bom que as coisas se esclareceram. — O cavaleiro sentiu-se restaurado, já que alguns ainda o enxergavam como um farsante. — E o que mais o imperador ordenou que fizéssemos? Quais são as nossas instruções?

Salústio coçou o nariz.

— O senhor não escreveu para ele também?

— Escrevi, mas o augusto ainda não me respondeu.

— Imagino quão ocupado ele deve estar. — O general teve uma crise de tosse que durou quase um minuto. Em seguida, replicou: — Desculpe, minha saúde está péssima. — Olhou para cima, contando as nuvens. — Olhe, dentro de alguns dias comemora-se a Agonália. E o tempo estará bom, ao que parece. Que tal um passeio ao ar livre? Logo o imperador o convocará. Não quero que deixe Jerusalém sem conhecer a cidade.

Georgios estava a ponto de recusar quando se lembrou de que uma das funções dos paladinos era atuar como diplomatas — e não apenas como guerreiros.

— Claro, excelência — disse. — Será um prazer caminhar com o senhor pelas ruas.

— Sofro de gota. Esqueceu? — Deu um riso debochado. — Meu médico me proibiu de fazer caminhadas nesta época do ano, mas não se preocupe. Magda o acompanhará.

Georgios ficou encurralado, sem saber o que dizer. No final, acabou agradecendo:

— Obrigado.

— Pelo que vejo, o senhor não é muito afeiçoado a mulheres. — Elevou a voz, para que seus oficiais escutassem. — São criaturas encantadoras, garanto. — E reforçou, com um riso jocoso: — Inofensivas. Fique tranquilo que elas não mordem.

XXXIII

SALOMÃO

Cirilo, o bispo de Antioquia, celebrava a missa de domingo na Igreja de Santo Inácio, a principal congregação da cidade. Era um homem idoso, de pele branca, barba crespa e olhos azuis. Usava um hábito longo, tinha os dentes da frente separados, formando uma fenda, mas o que realmente o caracterizava era sua voz poderosa, que podia ser escutada por todos dentro — e *fora* — do grande salão.

Construída a partir de um antigo templo fenício, a Igreja de Santo Inácio fora quase que completamente reformada, ganhara piso de madeira, novas telhas e bancos de cedro. Salvo o fato de aqueles cristãos ainda usarem o antigo símbolo do peixe — e não o da cruz, como se fazia no Oeste —, o lugar era muito parecido com as igrejas tradicionais do Ocidente, com portas duplas, capelas laterais e um largo altar de concreto.

Depois do sermão, os fiéis se enfileiraram para comungar. Tirânio, o assistente do bispo, repartiu o pão e organizou os pedaços sobre uma bandeja, à medida que Cirilo se posicionava para atender o rebanho. Um missionário conhecido como Salomão circulava pela nave balançando um incensário, conversando com os devotos e lhes dando conselhos.

Embora não fosse um sacerdote, Salomão conquistara o respeito do clero por sua sabedoria na hora de tomar decisões. Era ainda mais velho que Cirilo — alguns afirmavam que tinha noventa anos de idade —, sendo às vezes chamado de "ancião". Era um indivíduo magro, calvo, de barba grisalha, que de tudo fazia para ajudar os aflitos. Não tinha apreço por dinheiro, mas era um fanático por livros, tendo lido praticamente todos os clássicos publicados em grego, desde a *Ilíada* até *A República*, passando por *Medeia*, *Hipólito* e *Antígona*.

Dotado de imenso carisma, Salomão acabava — para o bem ou para o mal — sabendo das notícias antes de todo mundo. Finalizada a cerimônia, foi até Cirilo para ter uma conversa séria com ele. Contou que escutara "de uma fonte próxima" que Irineu, o bispo de Sirmio, fora executado e compartilhou seus temores de que aquela "onda" os alcançasse mais cedo ou mais tarde.

— Antioquia é uma cidade de maioria cristã — lembrou Cirilo, enrolando os pergaminhos sobre o altar. — Os romanos não ousariam nos desafiar. Eles não poderiam crucificar tanta gente.

Como estudioso dos processos históricos, Salomão sabia que, para causar terror, não era necessário "crucificar tanta gente".

— Eles só precisam escolher alguns alvos específicos — explicou, com a voz rouca e cansada. — Quase sempre atacam os líderes. O senhor — alertou — seria um dos primeiros, do mesmo modo como foi Irineu.

Cirilo olhou para Tirânio, condescendente. Depois, afagou o ombro de Salomão.

— Meu amigo, me espanta você, um sujeito tão pragmático, dizendo essas coisas. Calcule o prejuízo para o comércio se os cristãos, ou pelo menos metade deles, fossem expulsos de Antioquia. O vigário perderia milhões. Ele jamais permitiria um expurgo do tipo.

— Com todo o respeito — o missionário prosseguiu —, é um erro achar que os seres humanos são movidos unicamente pelo dinheiro.

— E qual seria o motivo, então? Poder? Fama? Prestígio? Quem se beneficiaria com uma eventual perseguição contra nós? — O bispo cheirou o vinho que havia posto na taça durante a eucaristia. Bebeu o resto e entregou o copo para seu assistente. — Entendo que em Sirmio as antigas religiões ainda sejam fortes e dominem o cenário político, mas no Leste nós estamos em toda parte.

Tirânio recolheu o material da missa. Os dois se dirigiram para a sacristia. Salomão foi atrás deles e continuou:

— O imperador está na cidade — exclamou, o dedo rígido, apontado para cima. — É a oportunidade de eu ficar cara a cara com ele. Talvez eu possa convencê-lo a nos proteger, afinal foi Galério quem deu início a esse massacre.

— Não sei se entendi. — Cirilo parou onde estava e se virou para trás, constrangido. — Quer uma audiência com o imperador? Sabe qual é a possibilidade de ele atender um desconhecido? Ainda mais em tempos de guerra?

Salomão insistiu:

— Não sou um completo desconhecido. Já estive com ele nos meus tempos de escravo. Aposto que o augusto se lembra de mim. E estou certo de que posso persuadi-lo usando a razão, de que posso abrir os olhos dele para a catástrofe que se anuncia. Uma catástrofe que, como o senhor mesmo disse, será prejudicial para o Império Romano.

— Não enxergo nenhuma catástrofe. — Cirilo resignou-se. — Que tal esquecermos esse assunto? — propôs. — Não quero que os meus fiéis entrem em pânico. Eles já têm problemas demais.

O ancião torceu o nariz, desapontado.

— Sendo assim, terei de trabalhar sozinho. Obrigado, de qualquer maneira — disse sem rancor. — Entendo suas limitações. Darei o meu jeito — prometeu. — Pode deixar comigo.

Não muito longe dali, em Jerusalém, Georgios e Magda se preparavam para explorar a cidade. O paladino estava tão animado para conhecer os sítios históricos sobre os quais os cristãos tanto falavam que só vários dias depois viria a compreender que a "gentileza" que Salústio lhe fizera, ao delegar a própria mulher como guia, não era, de modo algum, uma forma de prestigiá-lo, mas de humilhá-lo.

Na sociedade romana — e é assim até hoje — existe um conjunto de interesses masculinos que são considerados meritórios — os negócios, por exemplo, a guerra, os jogos —, enquanto outros são tidos como indecentes. Um homem solteiro que acompanha uma mulher casada em atividades banais pode ter sua reputação comprometida, pois essa é justamente a função dos eunucos. O que de fato ocorreu foi que Salústio, uma vez informado de que Georgios conquistara o respeito das tropas, sentiu-se ameaçado e resolveu dar o troco. Como não podia repreendê-lo e muito menos puni-lo, optou por uma vingança sutil.

O plano, contudo, teve efeito contrário, porque Magda flertava com o cavaleiro enquanto andavam pelas ruas, escoltados por dez seguranças. O povo comentava aos cochichos, crianças assobiavam, mostravam a língua e faziam gestos obscenos, mas nenhum dos dois se abalou.

— Ignore a plebe — pediu a mulher, afagando o filho de Laios. — Essas pessoas não gostam de nós. Detestam o Império Romano.

— Pensei que essas pessoas fossem romanas também — reagiu ele —, afinal a Palestina é nossa faz pelo menos três séculos.

— O povo de Jerusalém é uma mistura bizarra de antigos gregos, judeus e egípcios — alegou Magda. — O senhor não confia em judeus, não é?

— Só confio no imperador e no meu capitão, o conde Erhard — esquivou-se. — Meu cargo me dá o privilégio de só receber ordens deles e de mais ninguém.

Magda concordou polidamente, para então dobrar uma esquina. O primeiro destino escolhido para o passeio foi o Monte Moriá, a grande esplanada que Georgios contemplara do alto do Monte das Oliveiras. O Templo de Júpiter, construído sobre as ruínas do Templo de Herodes, estava com as portas fechadas. Por fora, era uma belíssima construção. No entanto, quando os guardas a destrancaram, o que se revelou foram pilhas e mais pilhas de rocha. Desconfiado, o equestre procurou uma estátua do deus, mas tudo o que encontrou foi um ninho de pássaros, mais pedregulhos e muita sujeira. Inocentemente, perguntou à mulher:

— O que aconteceu aqui? Um terremoto?

— Ora — Magda achou graça da ingenuidade dele —, o que o senhor esperava?

— Mais respeito com as coisas sagradas — declarou. — Júpiter é o padroeiro de Roma. Este lugar está abandonado.

— O santuário em que estamos é meramente simbólico, comandante — ela explicou, tentando acalmá-lo. — Nunca se esperou que nenhum romano viesse praticar seus sacrifícios aqui, onde outrora existiram dois templos judaicos: primeiro o de Salomão, depois o de Herodes. O imperador Adriano mandou erigir estas paredes — ela apontou para as colunas empoeiradas — a fim de apagar o que existia da antiga cidade, como uma forma de punir não só os rebeldes como todos os israelitas.

— Entendo. — Georgios cruzou os braços, inconformado. — Bom, o imperador sabe o que faz. Adriano era um homem inteligente.

— Não fique assim. Veja, os próprios judeus são fanáticos por pedras. E ali — ela indicou um determinado ponto — ficava, supostamente, a Pedra de Abraão.

O paladino deu alguns passos adiante e observou o solo, mas não identificou nada que se parecesse com uma pedra de sacrifícios. Magda se colocou ao lado dele e indagou:

— O senhor conhece a história de Abraão?

— Um pouco. De acordo com as escrituras, Deus ordenou que o patriarca oferecesse o próprio filho em sacrifício, mas no momento final o anjo Gabriel o deteve. Era um teste. Uma prova de lealdade.

— Sádico, não?

— Frequentemente os deuses são sádicos. Jesus Cristo seria uma das exceções. Pelo menos é o que dizem.

— É o que dizem os *cristãos* — frisou a moça, descrente. — E o senhor, acredita na divindade do Nazareno?

— Quem sou eu para opinar, se nem os próprios bispos conseguiram chegar a um consenso? — Georgios foi se encaminhando para a saída. Não havia nada mais para ver além de destroços. — O debate a respeito da trindade é um dos pontos mais controversos da teologia cristã. Pelo que estudei, é algo realmente complexo. Não me atrevo a especular a respeito.

— Pois eu me atrevo. — Magda pegou-lhe a mão e o conduziu à esplanada. O céu tinha aberto e as nuvens, sumido. — Jesus de Nazaré era um louco megalomaníaco que acreditava ser filho de Deus. Leu o que os textos judaicos falavam sobre o messias e tentou fazer tudo igual, mas não deu certo. Quando percebeu que não teria o apoio do povo de Jerusalém, andou até o templo, até este lugar onde estamos agora, destruindo o que havia no caminho, provocando um escarcéu. Naturalmente, acabou preso e condenado.

Georgios refletiu sobre aquilo.

— É uma visão um tanto dura do cristianismo.

— Dura, mas verdadeira — atalhou a mulher. — Ou o senhor viu algum anjo lá dentro?

— Os anjos a que se refere — Georgios a corrigiu — fazem parte da tradição judaica, não cristã.

— É verdade — assentiu. — Mas nosso passeio ainda não terminou.

Dessa feita, Magda, Georgios e os dez seguranças desceram o Monte Moriá e seguiram até o fórum — idêntico a todos os fóruns que caracterizavam as cidades romanas. O acesso se dava através de um arco triplo em homenagem a Sexto Severo, o general que pusera fim à terceira revolta judaica. Duas basílicas — edifícios oblongos, cingidos por colunatas — ladeavam a praça, movimentada àquela hora do dia.

Os ambulantes reconheceram a esposa de Salústio e se apressaram a lhe oferecer seus produtos gratuitamente, de modo que os soldados tiveram de formar um cordão de isolamento. Não era uma atitude altruísta, como pode parecer a princípio. O que eles desejavam era ser reconhecidos, era cair nas graças da senhora de Jerusalém. Se ela gostasse do vinho, das flores, de um colar, as vendas triplicariam. Desde aquela época, as celebridades lançavam moda, ditavam costumes e divulgavam tendências. E as mulheres da corte eram — *são* — as mais influentes nesse sentido.

O fórum terminava em uma colina baixa, sobre a qual se destacava um outro templo, menor, porém conservado, conhecido como Casa de Vênus. Uma longa escadaria conduzia a esse prédio, em cujo interior um grupo de mulheres depositava suas oferendas ao pé da estátua de bronze. Georgios e Magda subiram os degraus e avançaram através do salão. O paladino reparou na imagem da deusa nua, de quadris largos e cabelos compridos, disposta sobre uma plataforma de mármore.

— Geralmente — Magda o cutucou — só mulheres são permitidas neste santuário.

— Então — ele perguntou, meio sem graça — por que me trouxe aqui?

Como resposta, a moça fez um sinal para os guardas, ordenando que esperassem lá fora. Guiou Georgios até a estátua, contornando a figura metálica. No chão, logo atrás da imagem, havia uma escada em espiral que penetrava no solo. Os dois desceram por ela, alcançando uma espécie de gruta, iluminada por lâmpadas a óleo. Era uma câmara pequena, rústica e claustrofóbica. À direita e à esquerda, notavam-se quatro aberturas, que claramente haviam servido como tumbas, mas agora se encontravam vazias. Em uma delas, havia uma inscrição gasta, ilegível.

— É o sepulcro de Cristo, segundo seus seguidores — anunciou Magda.

— Imaginei. — Georgios aproximou-se do túmulo. — Como sabem que este é o lugar exato?

— Esta gruta passou a atrair peregrinos desde o dia em que o Nazareno morreu. Nos tempos de Adriano, o santuário já existia. Os cristãos oravam sobre este jazigo. — Ela apontou para o nicho onde havia a inscrição. — O imperador construiu este templo para impedir velhas práticas, do mesmo modo que fez no Monte Moriá.

Mais por curiosidade que por respeito, Georgios se colocou de joelhos e olhou para o interior da sepultura. Esticou os braços sobre a pedra rugosa e perscrutou a escuridão. Sem que planejasse, recordou-se de sua mãe, que era provavelmente cristã. Nesse momento, uma onda de calor o envolveu, porque Polychronia — assim como Cristo — havia dado a vida para salvá-lo, havia morrido por ele.

Meu filho — ele tornou a escutar sua voz ecoando na mente —, *você não tem culpa*.

Depois de alguns minutos, Georgios se levantou, tentando disfarçar a emoção. Ele e Magda ficaram alguns instantes em silêncio. Enfim a mulher o encarou, deu um passo e o segurou pela cintura.

Sem entender o que a jovem queria, o cavaleiro procurou afastá-la. Ela o ignorou, entretanto, jogou-se para a frente e ficou na ponta dos pés, posicionando-se para beijá-lo, quando soaram pegadas no assoalho do templo, sobre eles. Os dois imediatamente se endireitaram. Uma mulher — a sacerdotisa — os chamou lá de cima, sem descer as escadas.

Subiram os degraus. Um rapaz de capa vermelha, botas de cavalaria, elmo e cota de malha aguardava-os com um rolo de pergaminho na mão. Prestou continência a Georgios, apresentou-se formalmente a ele e estendeu o documento no ar.

— Comandante Graco, trago notícias de Antioquia. — O mensageiro ficou em posição de sentido. — O divino augusto o saúda.

Georgios apanhou o pergaminho, rompeu o selo e leu a mensagem. Era uma carta do imperador ordenando que ele o encontrasse em Satala, na fronteira entre a Capadócia e a Armênia. No texto, Diocleciano pedia que o paladino trouxesse consigo a Décima Legião do Estreito e tentasse recrutar mais homens pelo caminho que pudessem servir-lhes como tropa auxiliar.

Georgios respirou fundo. Depois de passar quase duas semanas no acampamento, dormindo em tendas e conversando com os legionários, ele tinha uma boa noção do que estava acontecendo nas redondezas e teve uma ideia surpreendente.

— Lamento interromper o nosso passeio, senhora — disse para Magda. — Foi revigorante, admito. Eu agradeço por me acompanhar, mas acho que chega por hoje.

Georgios não esperou por Magda ou pelos seguranças dela. Saiu andando sozinho pela cidade, cruzou praças, percorreu avenidas e becos escuros, regressou à fortaleza, atravessou os portões, subiu as escadas e chegou ao terraço.

Salústio estava lá, na companhia de dois duques, um conde, três juízes e do jovem tribuno Caio Rufino. O grupo havia terminado de almoçar e agora bebericava licor, todos estirados em seus divãs, descansando, contando piadas e rindo como hienas.

Observaram Georgios com um certo desdém. O general sorriu e comentou, debochado:

— Comandante, ora... Mas já? Como foi o passeio? Magda o tratou bem?

O equestre, porém, não estava para conversa. Tinha a cara fechada, o rosto sisudo. Esquadrinhou os oficiais e ordenou:

— Sentido!

Eles não se mexeram, apenas o fitaram, confusos. Georgios endureceu o tom, a ponto de ser verdadeiramente severo.

— De pé — esbravejou. — Sentido! De pé, todos vocês.

Finalmente os oficiais se levantaram. Mesmo Salústio, que em tese sofria de gota, colocou-se em postura ereta.

— O mundo civilizado está à beira do caos, e os senhores aqui, comendo como porcos? — Georgios tinha os olhos rubros, como os de um tigre diante da presa. — General — ele se dirigiu ao legado —, prepare suas tropas. — A voz baixou uma oitava. — Partiremos depois de amanhã.

— Partir? — ousou Salústio. — Para onde?

— Primeiro para Lida — respondeu o paladino —, depois para a Capadócia. Iremos à guerra. Os tempos de paz acabaram.

Os oficiais se entreolharam, dando-se conta, enfim, de que ele era um cavaleiro da Púrpura e falava em nome de Diocleciano, o divino augusto de Roma.

— Lida? — balbuciou o legado. — O que faremos naquele fim de mundo, comandante?

— Um acerto de contas — respondeu o equestre, enigmático, para a seguir ordenar: — Quero o meu soldo agora, a propósito.

— Claro. — Salústio sinalizou para um de seus escravos. — Dédalo é o meu tesoureiro. Ele o levará ao cofre da torre.

Georgios dispensou os oficiais, girou nos calcanhares e saiu sem saudá-los. Passado o susto inicial, um dos magistrados — um homem gordo de toga azul, com os cabelos untados a óleo — aproximou-se de Salústio e resmungou, indignado:

— Lida? Será que esse rapaz pretende se apoderar da milícia de Drago?

— É provável — disse o general. — Mas duvido de que ele a entregue docilmente — murmurou, recordando-se de sua filha, Macrina, que era refém do magnata. — Räs Drago é um homem perigoso. — E completou, sibilando: — Perigoso demais.

Naquela noite, Cirilo deitou a cabeça no travesseiro, mas não conseguiu dormir. Desde que sua esposa falecera, ele morava sozinho no terceiro andar de uma ínsula, um prédio de apartamentos com um pátio no meio, localizado em um bairro modesto de Antioquia. Os arredores, porém, eram agradáveis, pois havia parques por perto e a rua era povoada de cristãos, o que a tornava relativamente segura.

O alerta de Salomão o deixara apreensivo. E se a perseguição que começara em Sirmio se alastrasse para o Oriente? E se aquele fosse, de fato, um movimento global?

Não conhecia Irineu, mas o imaginou sofrendo, gritando, pendurado em uma cruz. Lembrou-se do próprio Santo Inácio, que fora bispo de Antioquia duzentos anos antes e morrera em Roma, atirado aos leões.

Os romanos podiam ser razoáveis, mas às vezes — conforme ocorrera no governo de Nero — usavam os cristãos como bodes expiatórios. Se o imperador sofresse uma derrota no Leste, pensou, talvez a tal perseguição ganhasse força. Cirilo não acreditava que fosse acontecer, mas havia a possibilidade. O que já era preocupante.

De tanto rolar na cama, resolveu se levantar. Ele comera um peixe temperado com especiarias no almoço que não lhe caíra bem. Procurou o penico, mas ele havia sumido. Foi obrigado a descer as escadas e ir até as latrinas públicas — que para sua sorte ficavam logo na esquina, a uma curta distância. De posse de um só candeeiro, entrou no recinto, que ficava aberto dia e noite, e sentou-se sobre um dos buracos — havia seis, três colados à parede norte e mais três ao sul.

Depositou o candeeiro em um canto e se aliviou. Quando já estava se limpando, três homens surgiram do nada. Eram jovens, fortes e vestiam a túnica vermelha do exército, além de capas negras. No cinto, traziam gládios.

Um deles — um sujeito branco de olhos azuis e cabelos curtos cor de palha — aproximou-se de Cirilo e perguntou o nome dele. O bispo respondeu.

— Justamente quem procurávamos — volveu o soldado. — Sou Lúcio Germânico — apresentou-se —, o pretor de Antioquia. Já ouviu falar de mim?

Cirilo disse que sim. O guerreiro pediu que ele se sentasse e fez o mesmo, acomodando-se a seu lado. Era alta madrugada e não havia ninguém nas ruas.

— Estávamos à sua espreita — admitiu Germânico. — Que bom que agora podemos resolver essa questão sem alarde.

— Que questão? — O clérigo não entendia.

— Interceptamos algumas cartas que um dos seus fiéis tentou enviar para o palácio, destinadas ao imperador. Essas cartas aconselhavam o augusto a ter cuidado com Galério, o genro dele. Buscamos um especialista em caligrafia — blefou — e ele nos disse que o autor dessas mensagens poderia ser um tal de Salomão. O senhor conhece esse homem?

— Claro que conheço — contou Cirilo, com a voz trêmula. — Ele frequenta a Igreja de Santo Inácio. É um dos indivíduos mais respeitados entre nós.

— Perfeito. Era o que eu queria saber. — Lúcio Germânico acenou para os outros dois soldados, que avançaram pelo recinto. — Só quero deixar claro que não fomos nós que começamos. Foram *vocês*.

— Nós? Começamos? — O bispo gaguejou, assustado. — C-Começamos o quê?

— Fomentar intriga entre os tetrarcas é considerado incitação a golpe de Estado. Felizmente Diocleciano não tomou conhecimento dessas cartas. Mas eu, como protetor da cidade, preciso cumprir a minha função e cortar o mal pela raiz — declarou. — Será que entende?

Meio que por instinto, Cirilo ficou de pé. Nisso, o pretor sacou a adaga e o apunhalou no coração.

Foi tudo muito rápido. Em um momento o bispo estava vivo, falando, e no outro estava frio, duro, estirado no chão.

Um dos legionários perguntou:

— O que fazemos com o corpo, chefe? Quer que o atiremos no Rio Orontes?

— Não. De jeito nenhum. — Germânico jogou a arma sobre o cadáver. — Os cristãos devem saber, ou ao menos desconfiar, que fomos nós que o matamos. Que lhes sirva de aviso. Para que não voltem a desafiar o Império. Para que não ousem nos provocar.

XXXIV

O FILHO PRÓDIGO

Georgios e Marco Salústio cavalgavam na dianteira, seguidos por Caio Rufino, pela banda de música, pelos porta-estandartes e pelos legionários comuns, sobrecarregados de equipamentos. Os árabes se deslocavam pela borda da estrada, sempre atentos a qualquer perigo — um arqueiro solitário, por exemplo — que pudesse ferir ou ameaçar o equestre. Naquela época, a Décima Legião tinha quatro mil e quinhentos soldados, sem contar os oficiais especialistas, escravos e artilheiros. Era uma das maiores tropas em atividade, embora não se comparasse às antigas legiões republicanas, que chegaram a ter, em seus tempos áureos, entre seis mil e oito mil lutadores.

No início da tarde, os militares fizeram uma pausa para urinar. Georgios estava fechando a calça quando Salústio o abordou.

— Comandante — ele falava baixo, como se não quisesse chamar atenção —, posso falar com o senhor a sós?

O paladino disse que sim e perguntou o que ele queria. Salústio tentou ser discreto e o puxou para um canto, buscando abrigo sob uma palmeira.

— Comandante, devo admitir que recolhi informações a seu respeito nos dias em que estive em Jericó. Com efeito, visitei outras cidades também — confessou ele, constrangido. — Em toda parte, me contaram que é um homem sábio, apesar da pouca idade. É por isso que revelo ao senhor algo muito íntimo e pessoal. — Fez uma pausa, como que para tomar coragem. Parecia fraco, velho e cansado. — Minha única filha, Macrina, é refém de Räs

Drago. Ela vive hoje na Vila Fúlvia. Foi raptada e é mantida em cativeiro para que eu faça tudo o que Drago me pede. — Em seguida, descreveu suas atividades como comerciante de sal e contou que fora chantageado pelo magistrado de Lida, que desejava obter a licença para operar seus navios no porto de Cesareia, o maior da Palestina. — Claro, dei a ele o que queria. O senhor é moço e, acredito, não tem filhos ainda. Se um dia tiver, saberá o que sinto. Faço tudo por minha pequena. Morro por ela, se for necessário — afirmou, completando: — Se chegarmos a Lida ameaçando Räs Drago, é provável que ele faça alguma maldade com a menina. Sendo assim, imploro que reconsidere. Que deixemos aquele maldito dácio em paz. Não tenho muito a lhe oferecer em troca, comandante. Só o apelo e as lágrimas de um pai desesperado.

Georgios, ao escutar aquilo, sentiu-se tocado, pois sabia, de alguma forma, que Marco Salústio estava dizendo a verdade. Chegou a cogitar, por um momento, abrir mão de sua vingança, mas tinha uma tarefa institucional a cumprir.

— Sou sensível ao seu dilema, meu caro — disse ele, afagando o ombro do general. — A questão é que o imperador ordenou que eu incorporasse a milícia de Lida às nossas forças auxiliares. Drago foi o primeiro centurião da Legião Cirenaica. Como tal, ele entenderá as nossas necessidades.

— O senhor diz isso porque não o conhece. — Salústio abanou a cabeça. — Drago é um demônio, um dos homens mais perversos que já conheci. Ele nunca vai se desfazer de sua guarda pessoal de graça. E, se nós o forçarmos, ele descontará na minha filha.

— Eu conheço Drago muito bem, Salústio — Georgios achou graça na ironia —, mas essa é outra história. De todo modo, não pretendo tomar-lhe a milícia à força. Meu plano é indenizá-lo.

O general deu um passo atrás. Sorriu com um misto de desconfiança e alegria.

— Indenizá-lo? Dédalo o levou ao cofre da torre. O senhor viu que os nossos recursos são parcos. — E era verdade, justamente porque Drago exigia de Salústio uma generosa mesada para manter Macrina em sua casa, para sustentá-la e educá-la como uma princesa. — Só temos o suficiente para pagar os nossos soldados até chegarmos à Capadócia. O imperador, imagino, cobrirá os nossos custos dali em diante, mas não podemos, agora, indenizar quem quer que seja.

Súbito, Georgios teve uma ideia, daquelas que caem do céu feito um raio de Atena.

— Não se preocupe. Conseguirei o dinheiro — declarou. — Pegue alguns de seus cavaleiros e vá até a Vila Fúlvia. Diga que estou disposto a realizar um acordo vantajoso para ambas as partes. Conte ao magistrado sobre os perigos da guerra e, o mais importante, garanta a ele que eu, Georgios Graco, não busco vingança. Que a minha ira já foi aplacada.

Salústio observou o filho de Laios obliquamente.

— O senhor já teve algum atrito com Drago?

— Se tive, no passado, não importa mais — retrucou Georgios, e ao dizer isso se lembrou da menina morta no condomínio judaico, na Nicomédia. Não queria que o mesmo acontecesse a Macrina. Não *podia* deixar acontecer. — O importante é fecharmos esse acordo. Portanto, sugiro que parta imediatamente. Se o fizer, chegará a Lida antes do pôr do sol.

Marco Salústio o abraçou.

— Que o eterno Júpiter o abençoe, comandante. — Desfez o abraço e retrocedeu. — Muito obrigado por sua generosidade. — Juntou as palmas em um gesto de gratidão. — Prometo que não esquecerei.

Endireitou a coluna, deu meia-volta e foi até seus cavaleiros mais próximos. Depois de trocar algumas palavras com eles, partiram a galope na direção do oeste.

Georgios observou o entorno. A estrada percorria uma região seca, com poucas árvores, arbustos ocasionais e colinas baixas. Chamou Fazllah e Ismail para perto de si e deu-lhes uma nova missão.

— Estão vendo aquela carroça? — Ele apontou para um carro puxado por bois feito para transportar feridos, que naturalmente ainda estava vazio. — Peguem-na e sigam o aqueduto que termina em Cesareia. Quando chegarem ao vigésimo oitavo arco do lado leste, cavem um buraco largo e profundo. Se os deuses estiverem conosco, encontrarão um tesouro. Cubram o montante com lonas e levem-no ao campo de oliveiras nos arredores de Lida. Estaremos acampados lá, à espera dos senhores.

Os dois árabes curvaram a cabeça, em concordância singela. Depois, partiram.

Georgios tomou a frente do exército. Subiu no cavalo, deu uma ordem e a tropa voltou a se mover.

Enquanto progrediam, recordou-se de Strabo lhe dizendo, durante a fuga de Lida, que o tesouro sob o aqueduto era *dele* — isto é, do próprio Georgios. O filósofo nunca revelara, porém, a origem dessa misteriosa fortuna.

Seria uma herança deixada por Laios? Espólios da Pérsia? De Palmira? Da Germânia? Ou seriam riquezas ainda mais antigas, pertencentes ao senador Caio Valério Fúlvio, que no passado construíra a fazenda?

Entre os vários monumentos que decoravam os jardins do palácio de Antioquia, o que mais chamava atenção era um santuário pequeno, alto e de paredes cilíndricas inspirado no templo das vestais, localizado no fórum romano. Em vez de uma chama, porém, o aposento era centralizado por uma mesa redonda, sobre a qual se destacava um mapa detalhado do Oriente, incluindo a Capadócia, a Mesopotâmia e o Egito — além da própria Síria, é claro, onde o imperador instalara sua base.

O sol tinha acabado de se pôr quando um escravo acendeu as piras de fogo. Diocleciano o dispensou e em seguida se juntou ao conde Erhard para planejar os próximos passos. Geta os observava da porta, enquanto um grupo de jovianos vigiava o prédio pelo lado de fora.

— Erhard — ele se virou para o paladino —, você enviou Pégaso ao encontro de Georgios, conforme ordenei?

O saxão confirmou:

— Sim, augusto. O animal está a caminho de Lida neste momento. Despachei também a capa púrpura, bem como a armadura dourada que ele havia deixado com Zaket antes de iniciar a descida pelo Nilo.

Diocleciano sentou-se pesadamente em um banco de madeira. O conde conservou-se de pé, estudando o mapa com seus olhos azuis. Passados alguns minutos, o soberano perguntou:

— Quando você acha que Narses voltará a nos atacar? — Levantou-se do banco. — Sei que não temos como prever, mas gostaria de ouvir o seu palpite.

O germânico afagou o queixo, pensativo.

— Ele deve ter um posto de operações nas margens do Tigre, talvez na cidade de Nísibis. Se tiver, ele poderia restabelecer sua linha de suprimentos em um mês. Caso contrário, só conseguiria regressar ao Oeste no começo do outono. É perigoso cruzar o deserto no verão. O calor faria com que ele perdesse muitos homens e animais.

Diocleciano se debruçou sobre o mapa. Grilos cantavam na mata ali perto.

— E se eles tiverem descido para o sul? Para a Península Arábica, por exemplo?

— Seria uma estratégia arriscada para Narses, mas preocupante para nós — opinou Erhard. — Enquanto concentramos as nossas tropas em Satala, o xá poderia atacar Damasco, Bostra ou Jerusalém ao transpor o Rio Jordão. Confesso que nunca vi um exército invadir a Arábia impunemente. Os nabateus são invencíveis em seu território. Mesmo assim, existe o risco.

O imperador disfarçou um arroto. O vinho do almoço não lhe caíra bem.

— Não temos espiões entre eles. O que sugere que façamos?

— Para esses assuntos — respondeu o guerreiro —, o ideal seria consultar um oráculo. Eu recomendaria o de Delfos, mas como sabemos ele fica muito longe daqui. O vigário, todavia, poderá nos indicar o melhor áugure de Antioquia.

— É uma ideia — murmurou o augusto. — Contudo, prefiro confiar na minha experiência militar — disse, esticando as costas. — A Cirenaica — ele se referia à Terceira Legião Cirenaica, estacionada em Bostra — deve se espalhar ao longo da fronteira — determinou, arrastando o dedo sobre a linha que separava a Síria e a Mesopotâmia dos territórios estrangeiros —, do Mar Morto até o Rio Tigre, neste local.

Erhard permaneceu em silêncio. O imperador ficou curioso e o interpelou:

— O que foi? Considera um plano ruim?

— Não. Para falar a verdade, o plano é ótimo. O problema é que desse jeito deixaríamos a Armênia desguarnecida.

Diocleciano pensou por alguns instantes e respondeu, meio que aos sussurros:

— O objetivo é justamente oferecer a Armênia como isca, já que o combinado era as nossas tropas se reunirem em Satala.

O conde franziu a testa, desconfortável.

— Tirídates é um parceiro do Ocidente — disse, citando o rei da Armênia. — Ele não se sentiria… traído?

— Evidentemente ele não pode saber. — O augusto chegou mais perto do paladino. — Diremos que as nossas forças estavam "se deslocando" e não em patrulha. Que marchavam a passos lentos pois precisavam recrutar soldados pelo caminho. Isso se ele perguntar, lógico. Tirídates é um bom homem, mas não é muito inteligente. Posso convencê-lo.

Erhard inclinou solenemente a cabeça.

— Que assim seja, augusto.

— O mundo é testemunha de que não desejo mal a Tirídates. Somos amigos — disse ele, mais para convencer a si mesmo. — No entanto, situações extremas exigem medidas extremas.

— Concordo que Narses precisa ser detido de uma vez por todas — aquiesceu o paladino. — Já foi longe demais.

Nisso, um mensageiro entrou no santuário, escoltado por Geta. Disse ter sido enviado pelo vigário e informou que um grupo de cristãos havia tentado incendiar a basílica da cidade após o assassinato de Cirilo, o bispo de Antioquia, mas fora detido.

Diocleciano não podia se dar ao luxo de enfrentar uma revolta urbana àquela altura, então ordenou a Erhard:

— Cuide disso, capitão. Dê um jeito de apaziguar os mais inflamados. — Esperou o mensageiro sair e tornou a falar, como se desse ordens a si próprio: — Minha tarefa agora é proteger a fronteira pelo sul. Quero guarnições em Petra, Edessa e Palmira. Esses homens devem estar preparados para marchar imediatamente, assim que receberem um comando nosso. Satala continua sendo a nossa base de operações.

O conde assentiu.

— Precisa de mim para mais alguma coisa, augusto?

Em vez de responder, Diocleciano olhou para os lados, para a porta e para o teto, como se procurasse alguém.

— Onde está Georgios? — gritou, em um surto de histeria. — O que aqueles malditos fizeram com ele?

Erhard se espantou. Chegou perto do soberano, pronto para ampará-lo.

— Georgios está a caminho, augusto. Na Palestina ainda, acredito. Como eu disse mais cedo ao senhor.

Ofereceu-lhe a mão, mas o imperador não a aceitou. Escorou-se na parede, como se estivesse muito cansado.

— Claro. Onde eu estou com a cabeça? — Esfregou os olhos. — Está dispensado, capitão. Obrigado por sua ajuda.

O conde não saiu imediatamente. Perguntou:

— O senhor está bem?

— Estou ótimo. Peça para Geta entrar. Ele me entende. — Pigarreou. — Obrigado.

Erhard deixou o santuário sem compreender muito bem o que tinha acontecido. Percorreu o jardim e retornou às câmaras internas do palácio.

*

À medida que avançava pela estrada na direção de Lida, Georgios se questionava se fizera o certo ao abrir mão de sua vingança em benefício de Macrina, a jovem filha de Marco Salústio. Por toda a sua vida adulta, ele jurara retornar um dia à sua cidade natal, confrontar Drago e reconquistar suas terras. Essa promessa — que ele realizara diante de Marte, inclusive — estava pronta para ser cumprida, e agora, com uma legião inteira sob seu comando, *nada* poderia impedi-lo. Seria muito simples entrar com alguns soldados na Vila Fúlvia, capturar o ex-centurião e seu filho, Hron, e enforcá-los sumariamente. Não lhe faltavam motivos para isso, mas ao se imaginar como um carrasco, como um mero algoz e executor — e não como um guerreiro —, Georgios se recordou do que aprendera com Mauzio e sentiu um arrepio na espinha.

O ódio, segundo o bispo de Tebas, era o sentimento que nos ligava ao Diabo, àquele ente maligno que o assediava desde sua passagem por Niceia, seis anos antes. É verdade que, em diversas ocasiões, Georgios escutara tal voz em meio ao delírio da febre, das drogas, da exaustão, mas era fato que ele a ouvira, também, em momentos obscuros de sua existência, quando estava prestes a cometer atos terríveis — atos "diabólicos", como diriam os cristãos.

Enforcar Drago ou Hron, por mais justo que parecesse, não lhe despertava a menor alegria, mas eles mereciam ser presos e responder por seus crimes diante de um tribunal. O problema era que, como apontara Salústio, qualquer forma de agressão poria em risco a integridade de Macrina, e Georgios concluiu — após muito ponderar sobre o assunto — que a vida de um inocente valia mais que a morte de um criminoso.

O caminho fez uma curva para o norte, penetrando no campo de oliveiras que outrora pertencera a seu pai. Percorridos alguns metros, o equestre avistou um antigo santuário em ruínas e apeou, dando-se conta de que estava sobre o exato lugar em que Polychronia morrera, trespassada pelo dardo de Hron. Desnorteado, procurou pelo cadáver, que obviamente não estava mais lá. Permaneceu estático, revisitando aqueles momentos, revivendo, minuto a minuto, a sequência de eventos que o levaram àquele ponto, desde o recebimento do corpo de Laios à fuga de Lida, passando pela decapitação de Ulisses e a queda de Bufo Tauro.

O grito dos tribunos o tirou da inércia. Entendendo que haviam alcançado seu destino, eles ordenaram que os legionários montassem acampamento e se preparassem para o descanso noturno. O que se produziu, então, entre o crepúsculo e o começo da noite, foi um milagre da disciplina. Em menos de uma hora, os militares cavaram fossos, acenderam tochas, cercaram a área com estacas de madeira, montaram as tendas e erigiram não uma, mas duas torres de guarda. No nascer da lua, o campo pedregoso além da plantação se transformara em um quadrilátero perfeitamente seguro, onde ninguém entrava sem ser interceptado — ou reconhecido.

Os soldados — exceto os vigias — organizaram-se em filas para o jantar. Georgios acenou para os árabes, que chegavam ao local guiando o carro de boi.

Foi até eles. Fazllah apalpou a lona sobre a carroça e confirmou que eles haviam descoberto e recuperado o tesouro.

— Encontramos o dinheiro. — Ismail saltou do veículo, mostrando que haviam recolhido as moedas e posto todas elas em uma arca de bronze. — Muitas peças estavam espalhadas pelo terreno. A caixa não é grande, mas o ouro é puro como as gotas de orvalho.

Georgios agradeceu. Juntos, levaram o baú à sua tenda. O paladino o escondeu sob o leito, depois passou em revista as tropas. Conversou com os oficiais, jantou e se preparou para dormir. Estava quase pegando no sono quando Fazllah o chamou. Levantou da cama e saiu da barraca. Salústio encontrava-se na porta, apoiado na bengala, esperando por ele.

— Comandante — o legado tinha o rosto cheio de esperança —, o senhor Drago disse estar pronto para negociar um acordo. Ele o convida a visitá-lo amanhã, na terceira hora, no pátio externo da Vila Fúlvia — informou. — Drago promete recebê-lo pacificamente, caso o senhor também o respeite.

Georgios experimentou um gosto amargo na boca.

— É humilhante ver o senhor servindo como garoto de recados desse assassino, Salústio, mas entendo o seu dilema. — Fez uma pausa e concluiu: — Com a graça de Mitra, resolveremos esse impasse da melhor forma possível. Se depender de mim — avisou —, prometo que sua filha será poupada. — Pôs a mão sobre o peito. — Juro sobre a Pedra de Júpiter.

Um rouxinol pousou sobre uma macieira decrépita. De repente, começou a cantar.

— Dizem que eles vêm do Leste. Da Pérsia, às vezes da China — comentou Georgios com Fazllah, que estava a seu lado, ambos montados em seus cavalos de combate. — São criaturas afortunadas — filosofou. — Imagine viver assim, sem ninguém para perturbá-los?

— Nem todos são livres, mestre. — Era a primeira vez que o Falcão o chamava desse jeito. O paladino imaginou que fosse pelo fato de que o árabe era agora um de seus seguranças, mas a verdade é que depois da jornada pelo deserto Georgios o conquistara inteiramente. — Os homens das planícies são fascinados por rouxinóis. Costumam criá-los em gaiolas.

— Nada é perfeito. — Georgios reparou nas ondulações de calor que tremeluziam no horizonte. Era um dia quente de primavera, sem brisas no ar ou nuvens deslizando no céu. — Que horas devem ser?

— Pela inclinação do sol, eu diria que faltam alguns minutos para a terceira hora — calculou Fazllah. — Quer que façamos o reconhecimento da área?

— Não. — O equestre afrouxou as rédeas do cavalo. O animal se moveu através da plantação de oliveiras. Da sela, discerniu os pendões da Vila Fúlvia. Podia enxergar agora os portões laterais, que davam para a horta e os armazéns, bem como o muro de tijolos vermelhos. Desviou-se para a esquerda a fim de alcançar a entrada principal. — Sigam-me pela retaguarda — ele pediu aos guarda-costas. — Estejam preparados para tudo.

Fazllah desmontou e se juntou a Ismail, que pegara um arco emprestado no acampamento romano. Mais atrás marchavam cerca de cem militares, dez dos quais eram cavaleiros — sendo um deles o próprio Salústio.

Depois de cruzar um aglomerado de árvores, chegava-se ao portão dianteiro, que estava aberto, desguarnecido. Georgios decidiu que os legionários o esperariam do lado de fora e os nabateus o acompanhariam a uma curta distância, trazendo a arca de bronze. Entregou a Fazllah um apito e o orientou a soprá-lo caso fossem emboscados. Se isso acontecesse, a centúria romana, conforme instruída, deveria invadir a propriedade e se juntar a eles na luta.

Desceu para o chão e prosseguiu com cautela, alcançando o pátio central, que atravessava o jardim e terminava no pavilhão dos senhores. De longe, reconheceu a árvore sob a qual haviam depositado o caixão de seu pai, e mais além, na ala oeste da casa grande, identificou a porta fechada que levava ao antigo gabinete de Laios.

Nessa hora, um homem saiu da mansão. Era alto, forte, tinha a pele branca e os cabelos claros e curtos, quase raspados. Já passara dos cinquenta anos, mas continuava vigoroso, apesar de os músculos não serem mais tão robustos. Usando uma túnica simples, sem armas, Räs Drago andou sozinho até o equestre, que não disfarçou sua cólera. Com o rosto frisado de ódio, ordenou que os árabes posicionassem a arca entre eles. Depois, os seguranças recuaram e permaneceram alertas, prontos para reagir.

— O bom filho à casa torna. — Drago espiou rapidamente o tesouro. — Seja bem-vindo, Georgios Graco. Salústio me disse que deseja fazer um acordo. Pode começar a falar. — Cruzou os braços. — Estou escutando.

O cavaleiro contou até dez mentalmente para conseguir se acalmar. Lembrou-se de que era um paladino, um diplomata, um servo do imperador a serviço de Roma.

— Salve, magistrado — começou. — Hoje, venho em nome do divino augusto e da Púrpura romana. Recebi ordens dos meus superiores para convocar a milícia de Lida e integrá-la às nossas tropas. Precisamos de mais homens para lutar conosco no Oriente. Como veterano, o senhor deve entender que essa é uma prática comum nesses casos. Portanto — ele achou melhor ser direto —, gostaria de solicitar que me entregue os seus soldados. Nessa arca — ele apontou para o baú — há ouro o suficiente para que contrate mais homens pelo tempo que a guerra durar. Não busco retaliação ou vingança — afirmou, fazendo uma referência clara, porém discreta, ao passado deles e à morte da mãe. — Só o que desejo é cumprir o meu dever e ir embora o mais rápido possível.

Drago olhou para a arca, depois tornou a olhar para ele com um sorriso malévolo.

— Ora, mas eu não posso aceitar esse dinheiro. — Balançou a cabeça. — Esse ouro é *seu*. Foi um presente meu para você.

O paladino franziu o cenho, confuso. O magistrado se apressou em explicar:

— Quando você nasceu, enviei esse montante para a sua mãe. Era o mínimo que eu podia fazer para garantir a sua educação, mas ela me desprezou. Repudiou o tesouro, mandou que Laios se livrasse dele. Essa atitude, admito, me deixou muito frustrado.

Georgios sabia que Drago era um manipulador, um canalha, um patife, mas algo em seu interior o fez indagar:

— Do que está falando? Por que você iria querer pagar a minha educação? Nunca escutei algo tão absurdo.

O dácio voltou a sorrir. Dessa vez, em uma expressão de regozijo e vitória.

— Será que nunca desconfiou? Você é meu filho, rapaz. Eu e sua mãe nos relacionamos. Eu a desejava desde que a vi pela primeira vez em Palmira. E eu *sempre* consigo aquilo que quero.

Como era de esperar, o paladino não acreditou. Tomou as palavras de Drago como um insulto, como uma afronta à sua família, mas se conteve.

— Está delirando, magistrado. Está inventando histórias para me irritar, para que eu perca o controle. Não vai acontecer — exclamou. — Sou um paladino e venho em nome da Púrpura — repetiu. — Quero fazer um acordo. Podemos voltar a ele?

O ex-centurião o ignorou.

— O ódio que você sente, a raiva que arde em seu peito, a sede de sangue, a obsessão pela guerra, tudo isso tem uma origem. É a fúria dos Dragos, garoto — continuou, percebendo que enfim o atingira. — Strabo nunca lhe contou, não é? Claro que não! Ele se considerava culpado por ter sugerido que Laios fizesse aquela viagem para a Trácia, que por sinal não deu em nada. Foi nesse período que eu...

— Chega! — Georgios tinha agora os punhos cerrados, a face dura, as narinas dilatadas. — Cale-se, pela graça de Júpiter. Não sou seu filho — determinou. — Isso é impossível.

— Como eu expliquei a Salústio — prosseguiu Drago, sereno, mudando o rumo da conversa —, estou pronto para fazer um acordo. Eis as condições. Eu lhe cederei todos os meus soldados depois que você assinar um termo legal me entregando esta fazenda e tudo o que há dentro dela. Esse será um acordo definitivo, que transfere a Vila Fúlvia para as minhas mãos de modo irrevogável. Claro que cada um de nós deve trazer testemunhas, cidadãos romanos respeitáveis — ele olhou para os árabes —, e não essa corja estrangeira. O que me diz?

Georgios sacou a espada. Ismail, mais atrás, pôs uma flecha no arco.

— Seria muito fácil para mim matá-lo agora mesmo. — Deu uma cusparada no chão. — Como paladino, nada neste mundo me impede de fazê-lo, mas estou disposto a lhe dar uma chance. A chance que você nunca me deu — praguejou. — O que me diz de um duelo? — Ergueu o queixo. — Um julgamento germânico pelos crimes que cometeu, os quais acabou de confessar?

— No calor do momento, eu imaginei que se esqueceria da filha de Salústio, a quem eu poderia executar com a mesma facilidade com a qual você brande a sua espada — argumentou Drago. — Foi por isso que resolvi ser mais persuasivo e fui atrás de algo maior.

Räs Drago deu um assovio, e a porta do antigo gabinete de Laios se abriu. A uma distância de talvez cinquenta metros, Georgios reconheceu Bufo Tauro — que ele pensava ter matado seis anos antes — segurando uma mulher. De início, pensou ser Macrina, mas quando olhou melhor percebeu que aquela era Tysa.

Ela estava amordaçada, com os braços nas costas. O brutamontes a segurava pelo pescoço, apertando-a por trás.

— Reconhece a sua irmã? — O magnata esfregou as mãos. — Imagino que sim. Sempre quis possuí-la, não é? Sempre a amou. Ela também o ama, esteja certo. Tysa pode ser sua. — Fez um sinal e Bufo Tauro voltou para o gabinete, fechando a porta. — Ou então use a sua espada e acabe comigo. Você terá a sua propriedade de volta, mas tanto Tysa quanto Macrina serão sacrificadas. O que me diz? Não queria ser um herói? Salvar donzelas indefesas? Como nas epopeias? Diga-me, Georgios — elevou a voz, agora com energia. — Aceita o meu acordo? Ou prefere me matar?

Georgios engoliu sua ira. Recuperou o controle. Guardou a espada.

— Se prometer me entregar Tysa e Macrina — avisou ele —, eu assino o acordo.

Drago esticou a mão na direção do equestre. Mesmo hesitando, ele a apertou.

— Bom garoto. Está fazendo o certo. — O dácio se afastou lentamente. — Sabe, rapaz, se a sua mãe tivesse me aceitado, tudo poderia ser diferente. É uma pena — lamentou ele. — Os cristãos têm dessas coisas. São duros em seus princípios — murmurou. — São uns filhos da puta teimosos.

XXXV

BATISMO DE SANGUE

No dia 17 de abril — um mês antes de Georgios chegar à Vila Fúlvia —, Zeno, o bispo de Pafos, fez um discurso inflamado no fórum condenando a perseguição realizada contra seu povo, que havia começado em Sirmio, mas "parece já estar se alastrando para o Oriente", denunciou ele, em uma clara referência à morte dos legionários executados na casa do governador, após confessarem ser seguidores de Cristo.

Não demorou para que o próprio Cipriota ficasse sabendo daquelas declarações. A fim de minimizar o estrago, decidiu escrever para o chefe da igreja da cidade garantindo que, no Chipre, o cristianismo estava sendo reprimindo apenas dentro do exército, "como aliás sempre aconteceu no seio das forças armadas". "Essas punições", frisou ele, "não se estendem à população em geral."

Cipriota estava prestes a selar o papiro quando Políbio apareceu com outra ideia.

— Talvez tenha chegado a hora de o senhor se batizar, excelência — sugeriu o capitão da guarda. Ele estava de pé com os punhos cruzados nas costas, em frente à escrivaninha do chefe. — Seria uma bela manobra política.

O núbio ergueu a cabeça, perplexo.

— Como é? — Soltou a pena sobre o tampo da mesa. — Mas não era você que dizia que os cristãos são loucos e fanáticos? O que fez com que mudasse de ideia?

Políbio verificou a porta para ter certeza de que ninguém os escutava. Os dois se encontravam no gabinete de estudos de Cipriota, uma sala escura amontoada de estantes, com papéis e contratos espalhados.

— Não mudei de ideia — esclareceu o comandante. — Só disse que seria uma bela manobra política. Nós ainda precisamos dos cristãos. São eles que movimentam o comércio.

— Sejamos práticos. — Cipriota analisou a situação objetivamente. — Se eu me converter, perco a cadeira no Senado e o meu cargo de governador. O senhor é um homem letrado, Políbio. Não acredito que não saiba dessas coisas.

— É claro que sei, excelência — prosseguiu ele —, e digo que o batismo seria um ato protocolar. Um aceno para mostrar aos cristãos que não somos seus inimigos.

Cipriota esticou as pernas sob a mesa, olhando para o teto do aposento. Não conseguia entender as motivações de Políbio. Uma hora ele alegava que os cristãos estavam "destruindo o Império por dentro" e na outra queria fazer as pazes com eles. Bom, pensou, talvez ele tivesse se dado conta de que havia exagerado ao mandar executar os legionários. Talvez tivesse se arrependido, afinal.

— Como seria essa cerimônia? — perguntou. — O que tem em mente?

— Faríamos na Igreja de São Barnabé, lógico. Cobriríamos todos os custos, mas escolheríamos os convidados. Eu mesmo posso preparar a lista, se o senhor quiser.

— Claro, cuide disso — pediu, endireitando-se na cadeira. — O que escrevo para Zeno? Que desejo aprender sobre Cristo? Que ele enfim terá o que deseja?

— Não sei, excelência. Não sou poeta — ressaltou o guerreiro. — Diga apenas que gostaria de se desculpar pelas mortes e que o batismo seria uma forma de provar que seus sentimentos são genuínos.

Cipriota assentiu. Parecia uma excelente forma de apaziguar os ânimos. Recolocou a pena entre os dedos e finalizou a carta, enrolando o papel e o entregando a Políbio, que o enfiou em um tubo e o despachou. Na manhã seguinte, receberam a resposta do bispo, concordando que a conversão do "primeiro governador romano" poria fim aos boatos de que o Chipre estava sob lei marcial. Zeno acrescentou, ainda, que o batismo traria "segurança aos milhares de cristãos que vivem na ilha".

Cipriota e Políbio propuseram, em nova carta, que a solenidade fosse realizada a 25 de abril, em pleno feriado da Robigália, o festival agrícola em homenagem ao deus Robigus. Zeno concordou outra vez e o capitão da guarda começou a preparar sua lista.

No dia 20, Tysa recebeu em sua casa o convite para o batismo de Cipriota. Desconfiada — e sagaz — como era, logo identificou algo estranho naquela mensagem.

— Que proposta inusitada. — Sentou-se em um dos bancos do jardim para reler o documento com calma. — Cipriota se convertendo? Não faz sentido. Se a informação chegar a Roma, o mandato dele pode ser cassado.

Zoilos, o jovem marinheiro que agora liderava sua escolta particular, pediu para verificar o papiro e também se espantou, mas tinha um palpite.

— Deve ter a ver com a morte dos legionários cristãos — sugeriu. — Quanto ao batismo, pode ser encarado como mera formalidade e ignorado pelo Senado, se ele tiver amigos dispostos a protegê-lo.

Tysa também imaginou que poderia ser esse o caso.

— Quero que investigue os detalhes dessa cerimônia, Zoilos. Converse com o bispo e veja o que consegue descobrir. Esta caligrafia — apontou para as letras corridas — é de Cipriota, e a assinatura também. Ele foi meu secretário por anos, portanto tenho certeza. Confio em meu amigo, mas não sei que forças estão operando por trás.

— Sim, senhora. — O capitão da guarda prestou continência e saiu. No curto espaço de tempo desde o dia em que fora admitido no cargo, Zoilos conseguira contratar seis homens para servirem como guarda-costas sob seu comando. Outros viriam, mas precisavam ser confiáveis, além de bons combatentes.

Tysa se lembrou de que, mais de uma vez, Cipriota manifestara o interesse em se tornar cristão. Ele tinha uma cópia dos evangelhos escondida em sua casa e comparecia à igreja com certa frequência.

O problema não era o governador, ela sabia, mas o séquito que o assessorava. Os oficiais que defendiam a ilha se reportavam a Magêncio, o pontífice de Roma, que detestava os cristãos. Se pudesse, Tysa recusaria o convite por razões de segurança. Cipriota entenderia, mas Zeno, que a salvara da morte, talvez ficasse aborrecido.

Zoilos retornou ao palacete à noite e confirmou que a história era verdadeira, que o bispo havia convidado o governador a se batizar e o político havia aceitado. O incidente com os cristãos, aparentemente, teria sido o fator decisivo.

— Zeno também vive insistindo para que eu me converta — murmurou Tysa para Zoilos. Ela agora jantava no átrio da casa, sozinha. — Se eu faltar ao batismo de Cipriota, posso estar criando um inimigo. Sendo assim, peço que prepare tudo para o dia 25. Limpe a liteira e reúna os seus homens.

Zoilos fez uma mesura e se afastou.

Tysa terminou de comer e subiu às muralhas. Ficou algum tempo sob o caramanchão da antiga torre de guarda, observando as luzes do porto, as estrelas e a lua no horizonte.

Lembrou-se de seu falecido marido, o senador Fúlvio. Desejou tê-lo de volta. O que obviamente era impossível.

O calor tinha atingido níveis insuportáveis naquele ano em Pafos. O mês de abril estava acabando e maio prometia ser escaldante. Para a sorte dos convidados, porém, do bispo e do próprio Cipriota, a Igreja de São Barnabé contava com revestimento de mármore, o que tornava o ambiente mais fresco. O salão era amplo e os bancos ficavam a uma distância razoável uns dos outros, permitindo que o ar circulasse.

O governador foi um dos primeiros a chegar ao local, acompanhado de Políbio e de uma escolta de apenas três homens. Cipriota apertou a mão de Zeno, que já se encontrava na igreja, e trocou algumas palavras agradáveis com ele. Estavam ambos muito felizes e animados.

Políbio exigiu do bispo, "só por precaução", que o governador se sentasse no primeiro banco, ao lado de seus soldados. O clérigo concordou, como era de esperar, e em seguida foi receber Tysa, que entrava no santuário na companhia de Zoilos. Os outros seis seguranças haviam ficado do lado de fora, montando guarda na esplanada do templo.

— É uma honra contar com a sua presença, senhora Fúlvia — disse Zeno à moça, beijando-lhe a mão. — Quem sabe um dia eu a convença a se batizar, como convenci o senador.

— Quem sabe — riu a viúva. — Devo muito ao senhor. Já disse que lhe tenho em alta conta?

— Diversas vezes. O sentimento é recíproco. — O religioso se virou para a porta. — Bom, parece que os convidados estão chegando. Por favor, sente-se no primeiro banco. Está reservado para a senhora.

Tysa agradeceu e avançou pela nave. Chegando à primeira fila, encontrou Cipriota e o cumprimentou com frieza, lembrando-se de que eles haviam combinado de se tratar como meros conhecidos em eventos públicos, a fim de não dar vantagem a seus inimigos, que de tudo fariam para separá-los.

Sentou-se à esquerda do altar — enquanto Cipriota e Políbio haviam se posicionado à direita. Zoilos acomodou-se ao lado dela.

— Reparou nos convidados? — sussurrou a moça para o marinheiro. — São quase todos jovens. Militares, talvez. E as mulheres parecem tão vulgares. Sente o cheiro de perfume barato?

Zoilos voltou-se rapidamente para trás.

— Não vejo nenhum patrício — percebeu ele. — Nenhum nobre, comerciante ou lojista, mas isso é esperado, uma vez que a ideia era agradar os cristãos. Quanto às mulheres — olhou de novo —, tenho a impressão de que já as vi em algum lugar.

— Onde?

— Estou tentando lembrar. De todo modo, seis dos nossos homens estão lá fora, atentos a qualquer movimento e prontos para entrar em ação.

— Podemos confiar neles?

— Serviram comigo na marinha — contou Zoilos. — Não há por que nos preocuparmos.

Em dez minutos, a igreja estava cheia. Não lotada, mas cheia. Cerca de cem pessoas — cinquenta casais — ocupavam agora os bancos de madeira.

Com a ajuda de Spiridon, o diácono, e mais dois assistentes, Zeno deu início à cerimônia. Leu alguns trechos do Evangelho de Lucas e fez um sermão de quase uma hora falando sobre a importância de "homens e mulheres fortes" apoiarem a comunidade cristã "neste momento tão tenebroso".

Desceu do altar e pediu que Cipriota se colocasse diante dele. Spiridon trouxe a bacia de água benta. O governador foi até o bispo e inclinou a cabeça, pronto para receber o sacramento.

De repente, Zoilos se lembrou de onde conhecia aquelas mulheres. Ele as vira — algumas delas, pelo menos — nos prostíbulos da cidade, na região do porto, nas praças vazias e nas vielas escuras de Pafos.

Eram prostitutas.

Meretrizes.

O que estavam fazendo na igreja? Quem eram os homens que as haviam trazido?

Por instinto, ele se levantou.

De novo, olhou para trás. Notou que as portas da igreja estavam fechadas.

Sentiu uma ardência na espinha. O sujeito no banco de trás o havia apunhalado sem razão aparente. Então, o indivíduo à direita dele fez o mesmo. Um terceiro convidado o atacou nas costelas, perfurando-o com uma adaga do exército.

Quando deu por si, Zoilos se viu cercado por quatro homens. Um quinto avançava, sacando um gládio escondido na túnica.

Tysa logo entendeu que eles estavam sendo emboscados e tentou se afastar do perigo. Nessa hora, porém, um dos presentes apanhou um machado — ela não conseguiu ver de onde —, contornou a nave e acertou o crânio do bispo por trás.

Zeno caiu sobre a bacia de água benta, o sangue espirrando no chão ladrilhado.

Cipriota, por sua vez, estava paralisado, em choque. Recuou com as mãos levantadas, enquanto Tysa procurava uma rota de fuga. A porta principal fora bloqueada, então ela se dirigiu para uma passagem lateral, que provavelmente levava à sacristia.

Girou a maçaneta. Estava destrancada.

Abriu.

Um homem imenso saiu de dentro, feito um urso emergindo da toca.

— Bufo Tauro? — Ela se lembrou do capanga que servia a seu pai. — O que...

O malfeitor a segurou pelos braços, sorrindo com seus dentes de ouro.

— Que garota malcriada — rosnou ele. — Isso é jeito de tratar um velho amigo? Não vai me dar um abraço?

Forçada a recuar, Tysa reparou no cenário à sua volta. O bispo jazia morto, o corpo de Zoilos encontrava-se entre os bancos e os assistentes de Zeno haviam sido capturados. Os convidados — ela saberia depois — eram soldados à paisana, escolhidos a dedo para aquela tarefa.

Com o rosto manchado de sangue, o governador se virou para o chefe da guarda.

— O que está acontecendo? — perguntou ele, indignado. — Políbio, não fique aí parado. Prenda esses homens!

O cavaleiro manteve-se frio, controlado.

— Esses homens são *seus*, excelência. Nossos. — Acenou para um dos legionários disfarçados, e ele abriu a porta da igreja. — Estão empenhados em protegê-lo.

Outros militares, também em trajes civis, adentraram o templo trazendo a cabeça dos seguranças de Tysa.

— Está louco, Políbio. — Cipriota revoltou-se. — Solte a senhora Fúlvia — grasnou. — E enfrente as consequências!

— Não posso, excelência. — O comandante o desafiou. — Fiz uma promessa ao senhor Drago. Ele deseja ter a filha de volta. Como ela não tem marido, o pai tem o direito de reivindicá-la. Está na lei — declarou. — Na lei romana.

— Para o inferno com a lei. Prenda esses homens, comandante — repetiu. — Obedeça, em nome de Júpiter!

Mesmo em poder de Bufo Tauro, Tysa conseguiu ficar calma. Olhou para Cipriota e deu um recado, não só para ele.

— Está tudo bem, meu amigo. Eles pagarão — garantiu a moça, lançando a seguir uma praga. — Pagarão caro.

Bufo Tauro gargalhou.

— Se acha que pode contar com a ajuda dos sicários, é melhor esquecer — atalhou ele. — Seu pai cuidou de tudo. É você, menina, que agora deve pagar.

Dito isso, arrastou-a para fora da igreja. Com a ajuda dos homens de Políbio, enfiou-a em uma caixa de madeira — que mais parecia um caixão —, levou-a às docas e a embarcou em um dos navios de Drago com destino à Palestina.

Cipriota tornou a se sentar, as mãos e as pernas tremendo. Fitou o solo encharcado de sangue. Regurgitou.

— Parece horrível, mas foi o melhor a fazer. — Políbio o amparou. — Não tínhamos escolha. Ordens de Roma.

— De Roma? Pensei que tinha feito um pacto com Drago.

— Fiz as duas coisas. Partiu de Magêncio a ideia de nos livrarmos do bispo. O senhor conhece Magêncio, certo? O filho de Maximiano.

Cipriota se lembrou de que estivera com o jovem pontífice ao visitar a metrópole alguns anos antes.

— Sim, mas o que ele tem a ver com isso? — perguntou. — Sou eu que lhe dou ordens.

— É Magêncio que paga o meu salário. E o Senado é que paga o *seu*. Somos apenas peões, senhor — alegou, e estava dizendo a verdade. — Somente peças no tabuleiro.

XXXVI

GEORGIOS CONTRA O DRAGÃO

— JULGAMENTO GERMÂNICO. — DEMETRIOS SULA INCLINOU-SE NA CADEIRA de vime. — Ele usou esse termo? O senhor tem certeza?

— Claro que tenho. — Drago cruzou as pernas sobre a mesa. Os dois haviam se reunido no gabinete do magistrado pouco depois de Georgios ter deixado a Vila Fúlvia. — O fedelho me desafiou. Não sei de onde ele tirou tanta coragem.

— O senhor deveria ter aceitado — opinou o secretário. — Não tenho dúvidas de que acabaria com ele, afinal Georgios é só um menino.

— Ele agora é um cavaleiro da Púrpura. Foi treinado na melhor escola de oficiais do Leste. Sim, eu daria conta dele, mas aceitar o desafio seria o mesmo que assinar a minha confissão.

— É verdade. Um homem inocente não concordaria em se submeter a um julgamento, o que por si só já é uma afronta. — Demetrios apanhou uma plaqueta de cera, sacou um estilete e começou a fazer anotações. — Se Hron estivesse aqui, talvez fosse mais adequado. Mas, com ele em Antioquia, a melhor opção é a diplomacia.

— Eu não deveria ter deixado aquele moleque escapar — divagou o magnata. — Apostei que ele não fosse sobreviver, fui negligente e agora me deparo com essa surpresa. — Recolheu os pés. — Felizmente, meus espiões me escreveram logo que ele chegou a Jerusalém.

— Eu diria que o crédito é todo seu — elogiou o ancião, pusilânime. — O senhor acertou em cheio ao manter a vigilância sobre o Chipre. Conseguimos capturar Tysa sem contratempos porque já tínhamos fincado raízes na ilha. No fim das contas, deu tudo certo. Estou convencido de que os deuses o favorecem. Talvez tenham planos para o senhor.

— Prefiro não contar com eles. — Drago se levantou. Andou até a porta externa do gabinete e a abriu. Contemplou o pátio principal da Vila Fúlvia, os escravos podando as árvores e o sol que começava a descer. — Quero que envie um mensageiro até o acampamento da Décima Legião para avisar a Georgios Graco que o contrato deverá ser firmado amanhã, na terceira hora — declarou. — O que acha? Parece razoável?

Demetrios Sula marcou alguns números na plaqueta de cera.

— Perfeitamente razoável — disse ele, compenetrado. — E o local? Onde o documento será assinado?

Drago arregalou os olhos, como se tivesse sido pego de surpresa.

— Pensei em fazermos no átrio do pavilhão dos senhores, onde o corpo de Laios foi velado. Seria simbólico. Isto é, se você não tiver uma ideia melhor.

O ancião mirou o teto enquanto pensava cautelosamente no assunto.

— Seria melhor que fosse em campo aberto, para que mais pessoas pudessem assistir. O direito romano se apoia no depoimento de testemunhas — ensinou. — Um contrato, portanto, só tem força legal quando a comunidade o reconhece.

— Conheço o direito romano. — Drago fechou a porta externa do gabinete. — O que me diz de usarmos o pátio dianteiro, então?

Demetrios meneou suavemente a cabeça.

— Não acho uma ideia ruim, mas teríamos de abrir as portas para os nossos inimigos. — O velho ficou de pé. — Uma vez escutei que o comandante Graco e Tysa se conheceram em um cemitério judaico aqui perto. Seria ultrajante para ele se o acordo fosse assinado lá, com a presença dos soldados imperiais. O rapaz se sentiria... — pensou em uma palavra que descrevesse a situação — humilhado.

O rosto de Drago se alargou em um sorriso.

— Grande ideia! — exclamou. — Nem sei se o cemitério ainda existe, mas conheço o terreno. Redija o bilhete e despache o mensageiro. Depois, pode começar a preparar os papéis. Quero conferir tudo hoje ainda.

— Sem problemas. — Demetrios fechou a plaqueta. — Já tenho a minuta praticamente pronta. O senhor poderá analisá-la após o jantar.

— Perfeito. — O magistrado andou na direção da porta que levava ao corredor. — Não sabia que você podia ser tão inventivo, Demetrios. Se bem que nunca duvidei da sua inteligência. É um bom homem. Duplicarei o seu salário quando a Vila Fúlvia for minha por direito.

O ancião se curvou, em uma demonstração de humildade.

— Não precisa. Não lhe sirvo pelo dinheiro, mas porque sei que é uma pessoa capaz e que deseja o melhor para a cidade de Lida — afirmou. — Bom, se me der licença, agora tenho de ir. Ainda há muito trabalho a fazer esta tarde.

Räs Drago o dispensou. Saiu do gabinete, atravessou a propriedade e se dirigiu à casa de banho, um galpão sombrio com teto baixo, janelas altas e uma piscina larga no centro.

Despiu-se e entrou na água. Mergulhou diversas vezes. Depois, esticou o corpo para descansar.

Enquanto observava o chão de mosaico, retratando a figura de um cisne, recordou-se dos gêmeos trácios, uma dupla de malfeitores que o haviam servido fielmente até o dia em que foram enviados para investigar as atividades do príncipe Yasmir. Esse dois homens, tão leais, tão eficientes, retornaram à casa do magnata e se mataram na frente dele, como se estivessem enfeitiçados. Drago nunca se esquecera desse episódio, e por essa razão sempre temera a magia. Felizmente, pensou, Georgios não era um mago. Era um garoto. Sim, um cavaleiro, um soldado e paladino. Mas, ainda assim, um garoto.

No regresso ao acampamento, Georgios contou a verdade — ou, pelo menos, parte dela — a Salústio, explicando que as terras que Drago administrava um dia haviam pertencido a seu pai. O general confirmou que já ouvira falar de Laios "diversas vezes", mas não se dera conta de que o rapaz era filho do famoso herói capadócio.

— Se o senhor não dissesse, eu nunca teria imaginado — admitiu o legado, afastando uma mosca que pousara em seu braço. Do ponto onde estavam na trilha, já se podiam enxergar as torres da fortaleza improvisada, construída pelos soldados na noite anterior. Os árabes vinham logo atrás deles e a centúria marchava na retaguarda, com alguns cavaleiros na ponta. — Quem diria.

O destino pode ser cruel às vezes. Não queria estar na sua pele, se bem que o meu fardo não é dos melhores. Sinto-me fraco e impotente, como se os deuses estivessem zombando de mim. Deve ser a gota.

Georgios não comentou. Observou Salústio de través, com a expressão séria.

— Drago estava ciente da nossa chegada — disse. — Alguém informou a ele sobre a minha estadia em Jerusalém.

— O que está insinuando? — O general se ajeitou na sela. — Que fui eu que o delatei?

— Não estou insinuando nada — volveu o paladino. — Estou perguntando se foi o senhor.

Salústio engrossou a voz para dar mais credibilidade à resposta:

— Claro que não. Acabei de dizer que não sabia que o senhor era filho de Laios. Por que eu o denunciaria a Drago? O que ganharia com isso? Por outro lado — continuou, agora em um tom mais ameno —, sua presença em Jerusalém era pública e notória. Drago pode ter ficado sabendo por diversas fontes, inclusive por soldados comuns, mercadores ou viajantes. Ele é um homem muito rico. Possui informantes, ou espiões, se preferir, em várias cidades do Mediterrâneo.

— Essa informação não chegou a ele por acaso. Quem me delatou sabia o que estava fazendo — afirmou. — De qualquer modo, acredito no senhor. O que está feito, está feito. Recuperaremos Tysa e Macrina, colocaremos as duas em segurança, depois eu entregarei as minhas terras ao magistrado e então partiremos para o Oriente. E o assunto estará encerrado.

Mas, para Georgios, o assunto estava longe de ser encerrado. Retomar a Vila Fúlvia, agora, era o menor de seus problemas. O que realmente o perturbava era a possibilidade de ser filho de Drago. E se aquele facínora estivesse dizendo a verdade? E se ele fosse irmão de Tysa e de Hron? E se Laios não fosse seu pai verdadeiro? E se a ira que ele sentia de fato viesse dos dácios?

Meu filho querido — ele relembrou as últimas palavras da mãe —, *você não tem culpa*.

Culpa de *quê*?

Georgios tinha catorze anos quando sua fazenda fora invadida. Era apenas uma criança, que nada fizera — ativamente — para prejudicar sua família.

Era um inocente.

Então, a que culpa Polychronia se referia?

E se ela estivesse querendo dizer que o menino não deveria se culpar por ser filho de um criminoso? Que ela, com todas as adversidades, escolhera trazê-lo ao mundo, que decidira amá-lo mesmo ele sendo o produto de uma relação odiosa?

Meu filho querido, você não tem culpa.

Quieto como uma rocha, Georgios cruzou os portões do acampamento, entregou o cavalo a um legionário e seguiu direto para sua tenda. Uma vez na solidão da barraca, tirou a roupa, ficou de joelhos, acendeu algumas pedras de mirra, fechou os olhos e começou a meditar.

Respirou a fumaça.

Inspirou profundamente.

Instantes depois, como em um sonho, estava de volta à hospedaria em Cesareia Marítima, quando fizera um pacto com Marte.

— *Ofereço-lhe o corpo dos carrascos de minha mãe* — ele tinha dito à época. — *Em troca, exijo ser invencível em batalha. Se o senhor, entretanto, não for capaz de conceder o que peço, eu o abandonarei e procurarei outro deus.*

À sua própria maneira, refletiu o equestre, Marte cumprira sua parte do acordo. Fizera dele um paladino, um guerreiro forte e poderoso, e agora clamava por seu sacrifício.

O que Georgios iria fazer? Obedecer ao desígnio dos deuses? Ou libertar Tysa e Macrina, atiçando assim a ira dos céus?

Recordou-se de Mauzio, com seus discursos inflamados. De Bores Libertino, o mais leal dos cristãos. De sua mãe, que cultuava a Virgem Maria. De Pantaleão, o jovem médico de Antioquia. De Jocasta, Ida, Círio Galino.

E de tantos outros.

Uma voz o despertou.

Era Fazllah.

Ergueu-se.

Pôs a túnica e foi até a porta da tenda. Afastou as cortinas com energia. Olhou para fora. Estava quase escurecendo.

— Um mensageiro trouxe este bilhete, mestre — disse o árabe, entregando-lhe o papel. — É para o senhor.

Rompeu o selo. Era uma carta enviada em nome de Drago, mas assinada por um tal de Demetrios Sula, fixando a hora e o local para o encontro do dia seguinte.

Georgios se lembrava de Demetrios como sacerdote de Zeus. Strabo era amigo dele e o considerava virtuoso.

Como um homem feito Sula se tornara secretário de Drago?

Rasgou a carta.

Era inacreditável, pensou.

Impossível.

O cemitério sugerido por Demetrios era um dos lugares mais antigos — e mais soturnos — de Lida. Fora construído cerca de duzentos anos antes para receber os corpos dos homens e mulheres executados pelos romanos durante a Revolta de Bar Kokhba, também conhecida como Terceira Guerra Judaica. Ficava fora dos muros da cidade, em uma planície seca e poeirenta além da plantação de oliveiras. O terreno era delimitado por uma mureta baixa, carcomida pela erosão, formando um quadrilátero — ou um retângulo, era difícil precisar — cujo interior abrigava duas ou três árvores decrépitas, muitas covas e dezenas de túmulos, quase todos com a lápide quebrada.

O local, todavia, não era usado pelos israelitas havia décadas, tendo se transformado em uma necrópole para indigentes. Quem se aventurasse a explorá-lo, portanto, deveria ter cuidado para não pisar em falso, não tropeçar em um cadáver ou enfiar o pé em um formigueiro.

Georgios chegou ao cemitério pelo sul. O dia estava nublado, com manchas negras no firmamento. Ordenou a Salústio que cercasse o perímetro com seus homens — ele deslocara trezentos soldados até lá — e pediu que os árabes o acompanhassem pelo meio das lápides. Foi então que avistou três cavalos se aproximando pelo norte. Em um deles estava Räs Drago, desarmado e sem armadura. Em outro vinha um ancião de túnica azul, que Georgios supôs ser Demetrios Sula, e na retaguarda cavalgava um homem magro que o paladino nunca vira e não tinha ideia de quem fosse.

Andou até o meio do terreno, parando sob uma árvore cinzenta sem folhas. Drago e Demetrios desmontaram, mas o terceiro indivíduo permaneceu no cavalo, mantendo distância, observando tudo do alto da sela.

Um relâmpago correu pelas nuvens.

Um trovão estourou no horizonte.

Georgios sentiu os pelos de seu corpo arrepiarem. Havia alguma coisa ali, uma energia sinistra que o rodeava.

O dácio driblou as sepulturas e se posicionou na frente dele, como se o afrontasse. Georgios notou que Demetrios carregava uma pasta, uma bolsa de couro e uma algibeira na cinta.

— Demetrios Sula. — Ele se dirigiu primeiro ao sacerdote de Zeus. — Strabo falava bem de você. Nunca imaginei que estivesse metido nesta sujeira.

— Não é o que parece, meu jovem. — O ancião abriu a pasta. — Mantenha a calma — aconselhou — que tudo acabará bem.

— Percebo que trouxe os seus soldados — Drago falou diretamente a Georgios. — Pensa que pode me intimidar?

— Sua exigência era que eu reunisse testemunhas. Cidadãos romanos "respeitáveis". — Deslizou o olhar pelos guerreiros. — Só estou cumprindo a minha parte do acordo.

O magistrado o encarou com desconfiança.

— Está vendo aquele homem? — Ele apontou para o sujeito magro sobre o cavalo. — É o corredor mais rápido da Palestina. Dei a ele um apito. Se algo acontecer comigo, ele voltará em disparada para a Vila Fúlvia e soará o alarme. Então, Tysa e Macrina serão mortas.

Georgios não respondeu. Os dois ficaram quietos, encarando-se como cães de briga. O paladino não sabia se deveria atacá-lo naquele momento ou se esperava. Demetrios se colocou entre eles.

— Por favor, senhores. — O secretário tirou da pasta um pergaminho enrolado. — Fiquem calmos. — Esticou o objeto sobre uma lápide que jazia no solo, usando-a como apoio. — Este é o contrato. Comandante — mostrou o documento ao equestre —, confira se está tudo certo.

Georgios leu rapidamente as cláusulas e confirmou que estava de acordo. O ancião tirou um frasco de tinta e uma caneta de osso da bolsa, molhou a ponta e a entregou a seu chefe.

— Excelência, o senhor pode assinar aqui.

Drago se inclinou sobre o papel, e foi então que Georgios vislumbrou a possibilidade de golpeá-lo. Não seria um ato muito digno, é verdade, mas ele estava respaldado não só pelo imperador como pelos deuses, sem mencionar o fato de que Drago matara — e possivelmente estuprara — covardemente sua mãe. Ele merecia, sim, morrer como um rato, como um verme, e pensando nisso o jovem tocou o cabo da Ascalon. Quando estava prestes a sacá-la, porém, escutou uma voz:

— Muito bom, é agora! Destrua esse crápula. Cumpra a sua promessa.

Olhou ao redor. Ninguém — que estivesse ali fisicamente — tinha dito nada.

Lembrou-se de Yasmir, que certa vez o alertara:

— *Um dia ele pedirá que você sacrifique um dos seus pais em nome das forças do inferno* — afirmara o príncipe, referindo-se ao demônio. — *Recuse. Recuse sempre* — insistira. — *Jamais aceite barganhar com o Diabo.*

Em seguida, de novo, aquela voz:

— Só lhe restam alguns segundos. Sim, rapaz, eu sou Marte. Sou Mitra também. Sou Júpiter, Ísis, Serápis, Set e Atena. Eu lhe disse isso na prova do porco, esqueceu? Sou eu que moro nos velhos ídolos. Eu mesmo, Lúcifer, o Príncipe das Trevas. O pacto que você fez em Cesareia foi *comigo*! Com este belo anjo caído. Nunca o enganei. E jamais vou enganá-lo, contanto que você cumpra o seu destino. *Mate-o!* — Era como se a voz gritasse em seus tímpanos. — Prometo entregar-lhe Tysa com vida. Prometo devolver-lhe a Vila Fúlvia. Basta se curvar a mim. Vamos. Rápido!

As pernas de Georgios começaram a tremer. Pálido, ele recuou lentamente.

— Pronto. — Era agora Demetrios quem falava. — O magistrado já assinou. — Entregou a caneta para o cavaleiro da Púrpura. — Falta só o senhor, comandante.

Incapaz de atacar o magnata, Georgios assinou o documento. Fazllah percebeu que ele estava tonto, deu um passo adiante e o amparou. Demetrios recolheu o pergaminho. Drago olhou para Georgios, sorridente.

— Como imaginei, você é um covarde — praguejou. — No entanto, continua sendo meu filho, e é isso que importa. Se quiser, venha jantar comigo esta noite. Permitirei que durma com Tysa. É o presente que concedo a você, já que sua mãe recusou o ouro que enviei a ela.

Dito isso, deu as costas e se preparou para ir embora. Consumido pela euforia, entretanto, Drago não se atentou para os perigos do terreno, avançou rápido demais e acabou tropeçando em uma rocha. Demetrios se virou para ajudá-lo, percebendo então que seu chefe havia despencado em uma vala comum, um buraco profundo, escuro, repleto de galhos, espinhos e pedras afiadas.

Georgios e os árabes foram imediatamente até lá. Procuraram Drago e o encontraram de bruços, já morto, o corpo trespassado por uma viga quebrada.

Por alguns instantes, os três permaneceram calados, rígidos como estátuas, sem acreditar no que havia acontecido. Georgios não pôde evitar pensar em Marte, que talvez tivesse concedido a ele essa graça. Mas quem era

Marte, afinal? De quem era a voz que havia pouco ele escutara? Dos deuses? De Lúcifer? De Mitra? De Júpiter?

— É o sepulcro de Lídia — sussurrou Demetrios, apontando para a lápide torta. — Lídia, a mãe de Tysa. O túmulo dos fariseus — prosseguiu ele, como que mesmerizado. — É a profecia de Polychronia se cumprindo!

— Tysa. — Georgios pareceu voltar ao planeta. — Ela continua...

De repente, todos ouviram um relincho. Era o cavalo do mensageiro de Drago, que se aprumava para dar o alerta.

Ciente do perigo, Ismail atirou duas flechas contra ele. O animal se esquivou, sacudiu a cabeça e disparou rumo à plantação de oliveiras.

Recuperando o movimento das pernas, Georgios agiu de modo instintivo. Pulou a mureta, cruzou a linha de soldados, montou em seu próprio corcel e, com o apoio dos árabes, deu início à perseguição.

Um apito soou.

Era o sinal.

Se Drago tivesse dito a verdade, Tysa e Macrina seriam sacrificadas, e eles nada poderiam fazer.

Mesmo assim, precisavam tentar.

XXXVII

A MENINA E O URSO

Tysa foi removida do caixão logo ao ser embarcada em um dos navios do pai, ainda na costa do Chipre. Com receio de que ela se atirasse no mar, Bufo Tauro a manteve presa na cabine do contramestre até que eles aportassem em Cesareia Marítima. Foi então posta em uma carruagem, transportada à cidade de Lida e confinada em um dos quartos da Vila Fúlvia.

O reencontro com Drago acabou acontecendo três dias mais tarde. Embora o magistrado não tivesse tocado um dedo na filha, sua mera presença foi o bastante para despertar nela antigas lembranças, sensações que, por anos, Tysa tanto lutara para superar.

Nesse primeiro diálogo, Drago pediu informações sobre os sicários, perguntando como poderia entrar em contato com eles. Tysa explicou que, se os assassinos judeus soubessem onde ela estava, iriam aparecer para libertá-la — e acabariam com a raça de quem a havia prendido.

Drago entendeu o recado e não tocou mais no assunto. Prometeu que em breve seria solta e alegou que a havia raptado com o único objetivo de protegê-la.

— Minhas intenções foram boas — garantiu ele. — Haverá um massacre na ilha. Magêncio, o pontífice máximo de Roma, enviou quatro centúrias a Pafos, que se juntarão à guarnição local para esmagar a comunidade cristã. É algo que está sendo planejado faz certo tempo. Como você é simpática aos líderes da Igreja, poderia sofrer represálias. Por isso eu a trouxe para cá.

Claro que Tysa não acreditou — era uma mentira tosca e descarada —, mas preferiu não contrariá-lo, muito menos entrar em detalhes. Isolada no cativeiro, tentou conversar com as escravas que a atendiam e descobriu que o quarto onde estava havia pertencido a Polychronia.

— Ela era uma mulher muito triste — comentou uma das serviçais, certa vez. — O amor pelo filho era a única coisa que a mantinha viva, bem como a devoção à Virgem Maria.

Por meio dessas conversas, Tysa soube também que Hron, seu irmão, se mudara para Antioquia, adotara um nome romano e fora alçado ao posto de centurião.

No dia 17 de maio, escutou os escravos sussurrando pelos corredores. Eles falavam sobre uma tropa romana que havia montado acampamento na plantação de oliveiras. O líder desses guerreiros, segundo os rumores, era Georgios Graco, que voltara a Lida — supostamente — para recuperar suas terras. O episódio seria esclarecido na manhã seguinte, quando Bufo Tauro tornou a amordaçá-la e a levou ao antigo gabinete de Laios. Foi nessa ocasião que o malfeitor a pegou pelas costas e a exibiu aos visitantes no pátio.

Naquela mesma noite, ela ficou sabendo, também, sobre os termos do acordo firmado mais cedo. Se Georgios concordasse em entregar a Vila Fúlvia a Drago, ela seria libertada. Do contrário, Bufo Tauro a mataria.

— Pelo menos você terá companhia — disse o bandoleiro, enfiando a cabeça para dentro do quarto. — Como já deve ter notado, uma outra menina mora nesta casa, a futura noiva de seu pai — comentou ele, omitindo o nome de Macrina. — Ela é filha do comandante da divisão que está acampada lá fora. Se Georgios tentar qualquer coisa, sacrificaremos as duas. Mas fique tranquila — contraiu a face em um sorriso maléfico — que você será a primeira.

Enfim, no dia 19, perto da terceira hora diurna, o mesmo Bufo Tauro a conduziu de volta ao gabinete. Pediu que ela se sentasse à escrivaninha de Drago, diante dele, e se acomodou na cadeira do dono da casa. Depositou um punhal sobre a mesa, mas fez questão de esclarecer alguns fatos:

— Detesto lâminas. Quando tenho de matar alguém, prefiro usar minhas próprias mãos. Já estrangulei muitos escravos até a morte. Crianças, em geral. Gosto disso — reconheceu. — Me dá uma incrível sensação de poder. — Inclinou-se para a frente. — Se Orco for generoso, porém — ele aludia ao deus romano do submundo —, nada disso será necessário.

Tysa sabia que precisava se manter calma. Então, resolveu fazer algumas perguntas.

— Devo admitir que o plano que vocês traçaram foi brilhante — disse ela, com certo ar de inocência. — Pegaram todos desprevenidos. Eu, inclusive.

O malfeitor esboçou um sorriso. Não sabia lidar com elogios, isso era certo.

— Quem teve a ideia foi o pontífice — revelou ele. — Políbio e eu só executamos as ordens de Roma — contou. — Sabe quem é o pontífice?

Tysa fingiu não saber.

— O nome dele é Magêncio — continuou o bandoleiro. — O pontífice máximo tem a função de controlar os santuários e templos em todo o Império. Parece que os cristãos do Chipre se tornaram, digamos, ousados demais.

Tysa cruzou os braços, como quem se protege do frio. Sua estratégia era se passar por ignorante, dar à conversa um tom casual.

— Ousados? — reagiu ela. — O bispo de Pafos era um homem tolerante, que respeitava os princípios romanos e obedecia à lei.

— Ora, você é ingênua. — O capataz estalou a língua. — Zeno convidou o governador para se batizar. Insistiu e tentou convencê-lo diversas vezes. Pode imaginar uma afronta maior ao Império? Se o ato fosse consumado, outros senadores poderiam querer fazer o mesmo. Obviamente a resposta deveria ser exemplar.

A moça entendeu a lógica de Tauro, mas promover um massacre na ilha não lhe parecia uma saída eficaz, afinal os cristãos eram importantes para a economia do Chipre. Disse isso ao malfeitor, que respondeu com sarcasmo e desdém:

— Que exagero. Não foi um massacre. Só eliminamos meia dúzia de pessoas. Sequer matamos os acólitos do bispo.

— Meu pai me contou que haverá perseguições por todo o país — declarou ela. — Que os cristãos serão presos e crucificados, como em Sirmio.

Bufo Tauro encravou o punhal no tampo da mesa, com um golpe forte e sonoro.

— A ideia é prendê-los e catalogá-los — admitiu, soltando o cabo da arma. — Nem todos serão crucificados. Só os rebeldes e criminosos.

— Entendo. — Tysa olhou para as estantes, pensativa. — Bom, já que a minha vida está por um fio, talvez você possa me responder: o que acontecerá caso o comandante Graco concorde em abrir mão da Vila Fúlvia? Compreendi que serei entregue a ele. Mas e depois?

O brutamontes franziu a testa, como se não tivesse entendido a pergunta.

— Depois o quê?

— Depois que eu for liberta, o que acontece? Georgios é um paladino — lembrou a moça, elevando a voz suavemente. — A palavra dele, bem como sua vontade, estão acima de contratos e juramentos. Um homem nessa posição tem o direito legal de fazer o que quiser, de perseguir e matar quem bem entender.

— Para a nossa sorte — Bufo Tauro riu de modo insolente —, ele é um sujeito honrado. Essa sempre foi a fraqueza dos Gracos. Estamos convencidos de que o filho de Laios não quebrará o acordo, ainda mais se o documento for assinado diante de testemunhas, como, aliás, está acontecendo neste exato momento.

Tysa abanou a cabeça e deu um riso superior.

— Se vocês me matarem, o contrato perde a validade. Se me deixarem viva, eu me vingarei. Não se preocupe, sei como convencer Georgios. Sou uma das poucas que ele escuta; sempre foi assim. Quando a guerra acabar, se ele sobreviver, nós voltaremos a Lida. E então — a voz tornou-se sombria — todos vocês serão destroçados.

Tauro ficou sério, os olhos vítreos.

— Digo e repito — prosseguiu a mulher — que o ataque à Igreja de São Barnabé foi brilhante. Já esse novo plano é completamente atrapalhado. Quem o arquitetou? — perguntou. — O meu pai?

— Sim, ele — confessou o malfeitor, cauteloso. — Com a assessoria de Demetrios Sula, seu secretário.

Tysa se lembrava do antigo sacerdote e do modo como Drago incendiara o Templo de Zeus, seis anos antes. Para ela, estava claro que Demetrios traçara aquele plano ardilosamente, de modo a colocar o patrão em uma enrascada. O que era bom por um lado, mas ruim por outro. Se algo acontecesse ao magistrado, afinal, ela sofreria as consequências.

Nessa hora, enquanto Bufo Tauro ainda digeria as ameaças de Tysa, um apito soou no pátio lá fora. Era o sinal que ele havia combinado com Drago, e, ao entender que tinha chegado o momento, colocou-se instantaneamente de pé.

— Encoste em mim — Tysa chegou para trás, sem se levantar da cadeira — e estará morto muito antes do que imagina.

— Como você é atrevida. — O homenzarrão se aproximou da viúva. Ela agora podia sentir o cheiro de aguardente, o odor de suor e da barba suja. — Pensa que pode me manipular? Sou mais esperto do que parece.

— Se o mensageiro retornou, é porque algo aconteceu com o meu pai. Ele provavelmente está morto — salientou a jovem. — Se fizer algo comigo, os soldados de Georgios o pegarão. — E reforçou: — Pode ter certeza de que o pegarão.

O argumento, porém, em vez de frear os impulsos de Tauro, acabou por ampliá-los. Ele a agarrou pelo pescoço e a empurrou contra as estantes do gabinete. Livros e carimbos caíram no chão, prateleiras quebraram, e com a força de um urso ele a imprensou contra o piso.

— Não sou idiota — rosnou o capanga. — Preparei um plano de fuga. Escondi dinheiro em outras cidades. Agora, farei o que deve ser feito e depois acabarei com você.

Incapaz de se livrar da pegada, Tysa sentiu o ar se esvaindo. Bufo Tauro a estrangulava com uma mão, e com a outra rasgou-lhe o vestido. Ele tinha pressa em violentá-la, pois sabia que Georgios e seus legionários chegariam em breve à Vila Fúlvia. Ficou então de joelhos, abaixou a calça e em seguida montou sobre ela.

Sorriu com seus dentes de ouro. Tysa observou a cicatriz que ele tinha na cara, a língua áspera e os braços peludos e começou a se debater.

— Resista quanto quiser — comemorou o agressor. — Isso me excita.

Tauro olhou para a face de Tysa. Ela estava pálida e parecia amedrontada. Salivando de prazer, o homem abriu-lhe as coxas, lambeu o rosto da moça e quando estava prestes a penetrá-la sentiu uma ardência, um calor na região do pescoço. Gotas de sangue pingaram no assoalho, depois uma poça vermelha se alastrou pelo chão.

Bufo Tauro largou sua vítima, ficou de pé, dedilhou a garganta e percebeu que havia sido esfaqueado, mas o corte não era muito profundo. Perscrutando o recinto, encontrou a jovem Macrina acuada em um canto, com o punhal sangrento na mão.

— Sua cachorra. — O malfeitor se deslocou até ela. — Sua puta traiçoeira!

Babando feito um tigre faminto, o capataz encheu os pulmões e investiu contra a menina, mas estava tão furioso que acabou escorregando nos ladrilhos molhados. Recuperou-se rápido e se apoiou na escrivaninha, reunindo forças para se levantar. Tysa avistou, nesse instante, a famosa estátua da loba caída na soleira da porta. Sem pensar duas vezes, apanhou a imagem, girou os quadris e golpeou Tauro na nuca.

Ouviu-se um som abafado, seguido por um grito de dor. O brutamontes foi jogado para a frente, deu com a cara em um braseiro, soltou um gemido e desmaiou. Macrina saiu da penumbra, brandiu o punhal e começou a estocá--lo freneticamente — até que Tysa a fizesse parar.

— Está bom assim — murmurou a viúva. — Ele está — mostrou o cadáver — morto.

Nisso, as jovens escutaram passos vindos do pátio. Bufo Tauro, afinal, talvez não fosse o único com a missão de matá-las. Pelo que Tysa conhecia do pai, o mensageiro talvez tivesse a mesma tarefa, e para escapar do perigo elas se moveram na direção do corredor.

Chegando lá, depararam-se com um homem bonito na casa dos vinte anos, com olhos cor de avelã e cabelos acobreados. Usava uma túnica vermelha, uma armadura de cota de malha e trazia uma espada de cavalaria, a qual recolocou de volta na bainha.

— Georgios? — Tysa correu até ele. Os dois se abraçaram. — É você?

Ele fez que sim, tirou a capa e a cobriu. Tysa confirmou que o sangue não era dela, mas de Bufo Tauro. Estava tão aliviada, tão feliz em reencontrá-lo que esticou o corpo e o beijou nos lábios.

Com a expressão dolorida, o rapaz a repeliu.

— Tysa, eu a amo e sempre a amarei — declarou-se. — Mas não podemos fazer isso. Os deuses não querem — disse. — Tysa — prosseguiu ele, com a voz carregada —, eu sou... — Respirou fundo e completou: — Eu sou seu irmão.

XXXVIII

O TEMPO DOS SANTOS

MARCO SALÚSTIO ENTROU NO GABINETE PELA PORTA EXTERNA, DESVIOU-SE DO cadáver de Bufo Tauro, seguiu para o interior da mansão e reencontrou a filha no corredor. Os árabes cercaram o mensageiro no pátio e o amarraram a uma árvore, mas preferiram não tomar nenhuma outra atitude antes de consultar Georgios sobre os próximos passos.

Os guardas de Drago não se encontravam nas redondezas — nenhum deles, por sinal. O magnata estava tão confiante de que voltaria à Vila Fúlvia com o contrato assinado que não tomou providências para o caso de a fazenda ser invadida. Não fazia diferença, de qualquer maneira, pois a milícia de Lida não era páreo para a Décima Legião do Estreito. Depois do jantar, Georgios se debruçaria sobre as questões burocráticas. Por ora, achou melhor conversar com os escravos para saber quem eles eram, como estavam sendo tratados e o que seria preciso fazer em seguida.

Foi ter com Rúbia — a parteira que o trouxera ao mundo — e prometeu libertá-la. Entrevistou Macrina sobre o período em que estivera em cativeiro, deu os parabéns à garota por sua coragem e determinou que ela deveria voltar a Jerusalém, ficando a partir de então sob custódia da mãe. Ordenou que os árabes trancassem o mensageiro de Drago em um dos celeiros, para que pudesse interrogá-lo mais tarde. Inspecionou os armazéns, contou as cabeças de gado, verificou as máquinas usadas na produção de azeite e acabou no átrio do pavilhão dos senhores para um encontro vespertino com Tysa.

No lugar onde fora posicionado o caixão de Laios, os serviçais haviam posto uma mesa recheada de pães, azeitonas, figos e contendo também um pote de mel, queijos diversos, uma tigela de amêndoas e vários tipos de vinho. Georgios e Tysa se acomodaram nos divãs e conversaram alegremente por mais de uma hora, relembrando a última vez que tinham se visto: na Panônia, em uma das estâncias de Galério. Naquela época, Tysa era casada com o senador Fúlvio e Georgios estava apaixonado por Theodora. Eram tempos diferentes — que agora lhes pareciam muito distantes.

— Sinto como se essas coisas tivessem acontecido em outra vida — divagou o equestre. — É uma sensação no mínimo estranha.

— E no entanto — Tysa bebeu um gole de vinho. Cada um deles havia feito um prato e trazido para a mesa de centro —, aqui estamos nós. De volta ao princípio.

Georgios comeu algumas amêndoas. Depois, cortou um pedaço de pão. Estava faminto.

— Do pó ao pó — citou ele. — Não é o que dizem os cristãos?

Tysa percebeu que, apesar da aparente alegria, Georgios Graco tinha questões a serem resolvidas — e ela sabia perfeitamente quais eram.

— Compreendo que esteja abalado com o que o meu pai lhe contou — disse a moça. — Considere, entretanto, que Räs Drago era um mentiroso. Como ele não podia agredi-lo fisicamente, usou a memória de sua mãe para atacá-lo. Ambos sabemos que ele tinha a disposição para cometer atos terríveis — continuou a jovem —, mas daí a imaginar que somos irmãos são duas coisas bem diferentes.

— A verdade é que jamais saberemos — conformou-se o rapaz. — O único que poderia sanar essa dúvida é Strabo, mas a esta altura ele deve estar morto.

— Por que acha isso?

— Nos separamos em Antioquia faz seis anos. Strabo já era muito velho. De todo modo, eu não poderia me dar ao luxo de fazer um desvio para a capital da província neste momento. Em três dias partirei para a Capadócia. Nesse entremeio, terei de decidir sobre muitos assuntos. — Apertou as pálpebras. — É uma lista interminável.

— Georgios — Tysa insistiu na questão —, ponha uma coisa na sua cabeça: você *não* é filho de Drago — afirmou.

O paladino deu uma mordida no figo. Saboreou a iguaria, engoliu e a seguir fez um pedido:

— Convença-me, então.

— Pela lei romana, o pai é aquele que acolhe a criança e a inclui em seu testamento. — Ela se lembrou do famoso caso do imperador Augusto, que, embora fosse sobrinho-neto de Júlio César, entrou para a história como filho dele depois que o ditador o transformou em herdeiro. — Laios o tomou como filho e o amou acima de todas as coisas. Essa é uma verdade incontestável.

— Concordo que, para efeitos legais, Laios sempre será o meu pai. Mas e se for verdade? E se a minha mãe tiver mesmo sido forçada? E se eu for fruto dessa relação? E se nós...

Tysa levantou-se da cadeira, foi até o cavaleiro e encostou o dedo nos lábios dele, como que para calá-lo.

— Se for verdade, então essa é a prova de que meu pai, com toda a sua crueldade, fez pelo menos uma coisa boa na vida. — Abraçou-o. — Ele me deu *você*.

Georgios se ergueu da cadeira e a envolveu pela cintura. Nesse instante, Fazllah entrou no recinto.

— Mestre — curvou-se —, um dos prisioneiros deseja vê-lo. Alega ter informações importantes para o senhor.

— Prisioneiro? — O paladino se afastou de Tysa. — Quem? Está se referindo ao mensageiro de Drago? Se for, já disse que o interrogarei amanhã.

— Não — Fazllah prosseguiu, cauteloso. — Diz se chamar Demetrios Sula. É um dos homens que estavam presentes no cemitério.

Georgios se voltou para Tysa.

— O que acha?

— Penso que deveríamos ouvi-lo — opinou ela. — Meu pai roubou quase tudo o que Demetrios tinha, ainda no tempo em que eu morava em Lida. Ele pode ser um aliado útil para nós.

— Muito bem. — Dirigiu-se a Fazllah: — Faça-o entrar.

Um minuto depois, o ancião cruzava a porta do átrio. Demonstrou imensa satisfação ao encontrá-los, e Georgios percebeu que ele estava sendo sincero.

— Comandante — o secretário cumprimentou o paladino com uma reverência fugaz —, é um alívio ter com o senhor novamente, sem a sombra de Drago sobre meus ombros.

— O senhor se diz aliviado — replicou o equestre, austero —, mas trabalhou anos para o magnata de Lida, ajudando-o a montar seu império comercial. Por que eu deveria confiar no senhor? Por que se submeteu a uma figura tão vil?

— Que bom que me perguntou, comandante, porque estou ansioso para falar a respeito. — Sentou-se em um dos divãs, sem perguntar se podia. — É verdade que não fui forte o bastante para enfrentar o magistrado. Em minha defesa, digo que fiz o que fiz pela minha esposa e pelos meus filhos, que na época eram pequenos. Entenda — articulou o velho, com a tranquilidade de um sábio —, existem muitos homens que obedecem a ordens funestas para proteger sua família. Seriam eles covardes? Ou heróis?

Tysa interveio:

— Aonde está querendo chegar, secretário?

— Estou lhes perguntando — retrucou — o que seríamos capazes de fazer para proteger aqueles que amamos.

— Certamente eu não iria tão longe como o senhor foi — acusou o cavaleiro. — Jamais me rebaixaria a tanto.

Demetrios sorriu. Tysa entendeu o que ele pretendia, mas Georgios era ingênuo demais para perceber. O secretário tirou de dentro da túnica uma carta em papiro e a entregou ao cavaleiro da Púrpura.

— Leia isso, comandante — pediu ele. — Então entenderá o meu dilema.

Com o rosto franzido, Georgios leu a carta. Era escrita por Laios — ele tinha certeza, pela caligrafia, estilo e assinatura — e havia sido enviada a Räs Drago dez anos antes. Nesse documento, o marido de Polychronia concordava em se juntar ao gigante da Dácia em sua rebelião contra o imperador, com homens que ele recrutaria na Germânia, para onde estava se dirigindo.

— O que é isto? — reagiu ele, indignado. — Esta carta é verdadeira?

— O senhor sabe que é — rebateu Demetrios. — Mas não se assuste, excelência. Seu pai *não* era um conspirador. Ele enviou essa mensagem a Drago pois foi convocado de surpresa por Cláudio Régio ao chegar a Bostra, na Síria. Laios não teve tempo de tirar o senhor e sua mãe desta cidade. Ele sabia que vocês estavam correndo perigo, portanto não teve alternativa a não ser aceitar a proposta do odioso colega, que pretendia iniciar uma conjuração contra o augusto recém-nomeado, o que obviamente jamais aconteceu. É evidente que seu pai não se lançaria nessa aventura, mas precisou aceitar momentaneamente a proposta. Ele fez isso — repetiu — por *vocês*. Pelo senhor e por sua mãe. Pelo *seu* futuro.

Georgios estava aturdido.

— Onde encontrou este papel?

— Nos arquivos do próprio Drago — respondeu o ancião. — Como o senhor pode imaginar, essa carta, se divulgada ao público, poderia acabar com a reputação da sua família. Compreende por que a estou entregando ao senhor?

— Para mostrar que suas intenções são sinceras — arriscou. — Para provar que, se quisesse, poderia me destruir?

— Não. Para deixar claro por que eu me submeti por todos estes anos. Como Laios — insistiu ele —, fiz o que fiz por minha família.

— "Não é o que parece" — atalhou o paladino, reflexivo. — Era o que estava tentando me dizer mais cedo, no cemitério?

— Certa vez, tive um encontro secreto com sua mãe. Ela me revelou como eu poderia me livrar de Drago: fazendo com que ele pisasse "no túmulo dos fariseus".

— Já escutei essa frase antes — pontuou Tysa. — Faz parte da maldição de Zenóbia.

— Enfim, o ciclo se fecha — concluiu Demetrios. — Laios e Drago estão mortos, e vocês — ele apontou para o jovem casal — sobreviveram às intempéries da vida.

— Hron — recordou-se a viúva. — O que aconteceu com ele? Onde está meu irmão?

— Ninguém sabe ao certo. Supostamente em Antioquia. Faz anos que ele não aparece aqui — disse o secretário. — Consultarei os oráculos. É possível que ele ainda venha a ser um problema para vocês. Ou pode ser que tenha morrido.

— Pois faça isso, tire os augúrios — pediu Georgios. — Jurei me vingar dos assassinos de minha mãe. Marte arrastou Drago para as profundezas do Hades, e agora cabe a mim terminar o serviço.

Demetrios se levantou.

— Pode deixar, comandante. Farei isso. E, se me permitir, atualizarei o senhor sobre os assuntos burocráticos. Posso ajudá-lo também a entrar em contato com Otávio Galatas, o capitão da milícia de Lida.

— O que aconteceu com eles, a propósito?

— Estão escondidos, com medo. Mas é fácil encontrá-los — disse o velho. — Conte com a minha ajuda.

Georgios apertou a mão de Demetrios e o dispensou, prometendo reconvocá-lo em breve. Depois, acendeu um braseiro que havia por perto e jogou a carta dentro dele. Ficou parado, vendo o papel ser destruído.

— Eu também deveria queimar o contrato que assinei com seu pai — murmurou o equestre, ao lado de Tysa.

— Não faria diferença. O que vale são as testemunhas. Elas sabem que você transferiu a propriedade para os Dragos e teriam de falar a verdade em um tribunal. Claro que você poderia ignorar o acordo e tomar a fazenda à força. Ninguém se oporia, mas sua reputação ficaria abalada.

Georgios sabia que ela estava certa. Como paladino, ele podia ignorar qualquer lei, desde que autorizado pelo imperador, mas como membro da corte precisava, ao mesmo tempo, ser o primeiro a dar o exemplo. Os paladinos eram vistos como os sustentáculos do Império. Se eles se comportassem como foras da lei, qualquer um poderia fazê-lo — e o mundo civilizado mergulharia no caos.

— Pedirei que Demetrios encontre um meio legal de eu obter a Vila Fúlvia de volta. Deve existir um jeito — teimou ele. — Precisa existir.

— Decerto que existe. — Tysa se achegou ao rapaz, perto do fogo. — A resposta está diante de nós.

— Está? — O equestre não conseguia enxergar a saída. — Esclareça-me.

— Desde que meu marido faleceu, fui oficialmente reintegrada à minha antiga família, como acontece com todas as mulheres romanas. Se o meu pai morreu e o meu irmão está desaparecido, os bens dos Dragos agora pertencem a mim. Portanto, só existem dois caminhos legais para você reconquistar suas terras. O primeiro é me matando — afirmou ela. — E o segundo é se casando comigo.

Lúcio Germânico, o prefeito pretoriano — ou pretor — de Antioquia, conteve os distúrbios que assolavam a cidade com uma medida muito simples. Em vez de queimar igrejas ou impedir procissões, ele mandou prender Salomão, o Sábio, um dos líderes da comunidade cristã, e o trancafiou nas masmorras do pretório.

Qualquer militar de respeito teria executado o missionário na hora — sem julgamento —, mas Germânico preferiu mantê-lo vivo para usá-lo como refém. Ele sabia que, enquanto o velho estivesse em seu poder, os cristãos andariam na linha, tamanha era a admiração que tinham por ele.

Da noite para o dia, os cristãos se tornaram indivíduos pacíficos, e a paz voltou a reinar na província. O sucesso do plano foi tanto que o imperador convidou Lúcio Germânico a lhe apresentar seus relatórios pessoalmente no antigo palácio do governador — hoje residência oficial do vigário.

O encontro aconteceu nos jardins, em frente a um chafariz decorado com a figura de um cavalo de bronze. Erhard ajudou o augusto a se sentar em uma cadeira, ao passo que ele, Geta e o próprio Germânico continuaram de pé.

Era uma manhã quente e ensolarada. O pretor descreveu os detalhes da prisão, realizada na calada da noite, e suas intenções dali em diante. Diocleciano o aplaudiu, bebeu um pouco de vinho e perguntou:

— Sem querer me desviar do assunto, pretor, mas, na sua avaliação, estou correndo perigo em Antioquia?

Germânico mantinha o corpo ereto. Uma das mãos estava colada à coxa, em posição de sentido, e na outra ele trazia uma tabuleta de cera.

— Não imediato, augusto — respondeu. — Como o senhor deve imaginar, entretanto, nunca é bom que um soberano permaneça muito tempo em uma mesma cidade.

Diocleciano olhou para Erhard, que assentiu. O conde, todavia, indagou:

— Pretor, o senhor já descobriu quem assassinou o bispo Cirilo? Esse alvoroço — lembrou — jamais teria começado se ele não tivesse sido morto.

— Ainda não, excelência, mas é questão de tempo — disse Germânico para Erhard. — Com a prisão de Salomão, creio que a verdade surgirá.

O paladino não pareceu convencido.

— Salomão sabe quem matou Cirilo?

— Posso apostar que sim, excelência — mentiu o pretor. — Suspeito de que o crime tenha sido cometido por outro cristão. Por alguém que pretendia assumir seu lugar.

— Disputas internas? — O imperador se ajeitou na cadeira. — É com essa hipótese que está trabalhando?

— Sim, augusto — respondeu Germânico, sem hesitar. — As evidências apontam nessa direção.

Diocleciano ia fazer outra pergunta quando um guarda apareceu no jardim.

— Salve, augusto. — O homem fez uma saudação militar. — O senhor tem visitas.

Não era usual que um soldado comum interrompesse uma reunião entre oficiais graduados. O imperador e seus paladinos imaginaram então que o recém-chegado fosse alguém de notável prestígio. Dispensaram Lúcio Germânico e retornaram ao prédio principal do palácio. O guarda os guiou por pátios, escadas, salões e corredores até um átrio no setor leste do gigantesco complexo. No canto esquerdo do recinto, encontrava-se um homem forte, mas idoso, descansando sobre um divã. Bebia água de uma taça, saboreava um cacho de uvas e aparentemente estava muito cansado, com as canelas sujas de terra. Usava um manto de pele de leão manchado de lodo, estrume e poeira. Os cabelos eram compridos e a barba, crespa, formando uma cachoeira de pelos grisalhos.

O imperador achou que o visitante estivesse ferido e se apressou a ampará-lo.

— Tirídates. — Diocleciano reconheceu o rosto de seu velho amigo, Tirídates III, que ele próprio pusera sobre o trono da Armênia, reino vassalo dos romanos.

O homem abriu um sorriso tristonho quando o avistou. No passado, aquele indivíduo corpulento fora apelidado de Hércules, devido à sua força sobre-humana. O que restara era um sujeito largo, imponente, mas que tinha dificuldade de caminhar, com as articulações prejudicadas e os calcanhares duros.

— Diócles — Tirídates o chamou pelo nome de nascença. — Está tudo perdido, meu amigo — disse, colocando-se de pé. — Os persas voltaram. Acabaram com tudo. Queimaram tudo.

— Calma. — Diocleciano o acolheu. — Sente-se, meu amigo. — Os dois se acomodaram no mesmo divã. — Fique calmo — declarou o soberano, com um misto de energia e companheirismo. — Fez o certo em me procurar. Porque, eu posso garantir, Roma não poupará esforços para liquidar esses porcos.

— Porcos. — Tirídates bufou, concordando, os olhos fixos no chão de mosaico. — Narses. Ele é um cão maldito.

— Convocarei os meus generais esta noite — prometeu. — Não amanhã ou depois, mas *agora*.

— Meu amigo. Meu suserano. — O homenzarrão parecia muito frágil, apesar do tamanho. — Sabia que não me deixaria na mão.

— Jamais — exclamou o imperador, a voz impostada, e se virou para Erhard. — Capitão, reúna as legiões do Oriente. Já esperamos muito. Partiremos esta semana.

O paladino respondeu:

— Sim, augusto.

O conde já ia saindo quando Diocleciano acrescentou:

— Erhard. — Fitou-o. — *Todas* as legiões.

O corpo de Bufo Tauro foi recolhido por uma dupla de sacerdotes plutonianos, submetido a um ritual de exorcismo e jogado no cemitério de indigentes, na mesma cova em que Drago caíra.

Pela manhã, Georgios e Tysa ajudavam os escravos a limpar o antigo gabinete de Laios quando se depararam com a estátua da loba — a famosa *Lupa Capitolina*. O equestre se lembrou então do encontro que tivera com o senador Fúlvio exatos quatro anos antes.

Pegou a estátua como quem ergue um bebê, colocou-a de volta na estante, apanhou um pano e começou a limpá-la.

— O que está fazendo? — perguntou Tysa, reparando na dedicação com que ele realizava a tarefa.

— Cumprindo um juramento sagrado — explicou, contando à moça que prometera ao finado governador cuidar da imagem e preservá-la. — Irônico, não é? Pensar que foi com ela que você matou Bufo Tauro.

— Macrina matou Bufo Tauro. Eu apenas o desnorteei. Mas você tem razão — aquiesceu a mulher, juntando alguns papéis espalhados no chão. — É como se essa estátua estivesse aqui eternamente. E como se sempre fosse estar.

Enquanto eles dialogavam, Demetrios Sula se apresentou ao casal. Georgios perguntou se ele desejava manter o emprego de secretário, pelo menos até que o Templo de Zeus fosse reconstruído. O ancião aceitou a oferta, mas se recusou a reassumir o cargo de sacerdote.

— Eram outros tempos. Estou velho demais — justificou-se. — De todo modo, comandante, agradeço a sua consideração. É um homem muito gentil.

Georgios quis saber também se um eventual casamento entre ele e Tysa poderia, legalmente, dissolver o contrato que havia firmado com Drago.

— Dissolver, não — ensinou o idoso. — Mas para todos os efeitos a Vila Fúlvia seria sua de novo. Na realidade — olhou para Tysa —, parte sua, parte da senhora Fúlvia.

— O que seria mais do que justo — animou-se o equestre —, afinal esta casa pertenceu no passado ao senador Caio Valério Fúlvio, com quem Tysa esteve casada.

Os três se mostraram satisfeitos com a ideia. Georgios pediu que Demetrios cuidasse dos detalhes da cerimônia, o que não seria um problema, excetuando o fato de que ela teria de ser organizada em tempo recorde.

— Parto depois de amanhã para a Capadócia — disse o paladino, tanto para Tysa quanto para o próprio Demetrios. — Não temos muito tempo.

— Nesse caso — avaliou o ancião —, o único jeito é realizar um pequeno festejo; nada de pompas. Como ex-sacerdote, eu tenho autoridade para conduzir o ritual. Chamaríamos os oficiais da Décima Legião, duques, condes e cavaleiros.

— Está bem assim — anuiu o equestre, depois de consultar sua noiva. — Faça isso, Demetrios. Muito obrigado por sua ajuda.

Georgios e Tysa saíram do gabinete e andaram até o pátio externo. Sentaram-se em um antigo banco de madeira que alguém havia instalado sob uma árvore.

— Quero que os árabes permaneçam aqui, como sua escolta particular — disse o jovem, secando a testa com as costas da mão. — São homens leais e muito bravos. Entregarei a eles o ouro que estava na arca como adiantamento por seus serviços. Sei que é uma mulher pragmática e, como tal, entende que, nessas circunstâncias, eles serão mais úteis com você do que comigo.

— Faz tempo que eu estou tentando montar um corpo de guarda — admitiu a moça. — Claro que aceito, mas não pretendo permanecer em Lida por muito mais tempo. Em algum momento preciso voltar ao Chipre e recuperar o que é meu por direito.

— Retornar a Pafos agora é suicídio — alertou o equestre.

— Eu sei. Mas não se esqueça de que com a morte do meu pai todo o império comercial dele passou para as minhas mãos. Me refiro não apenas à plantação de oliveiras, mas aos navios, escravos, lojas e armazéns. Minha vingança não será como a sua — disse ela, com certo brilho de satisfação no olhar. — Será muito mais sutil. Mais discreta. E bem pior para os meus inimigos.

Ele deu um sorriso de canto de boca.

— No fim das contas, você é uma Drago — disse com ironia, mas logo depois se calou, pois se lembrou de que ele poderia ser um Drago também.

— Diga que não sente nada por mim — Tysa o desafiou de repente — e cancelamos o casamento agora.

— É óbvio que sinto — confessou ele. — E é isso que me assusta.

— Os deuses são sábios, Georgios. Se nós fôssemos irmãos de sangue, eles não permitiriam tais sentimentos.

O paladino encolheu os ombros. Ele não tinha certeza disso, mas fazia sentido. Marte respondera a todos os seus sinais até então, fizera dele um cavaleiro poderoso, atirara Drago em uma vala e salvara Tysa e Macrina da morte. Por que colocaria os dois enamorados frente a frente se não fosse para uni-los, afinal?

Espontaneamente — ou talvez tenham sido os deuses mais uma vez — Georgios e Tysa se encostaram sobre o banco. Ele sentiu o mesmo que havia sentido quando a tocara pela primeira vez, muitos anos antes. Eles se aproximaram lentamente e, quando estavam prestes a se beijar, uma corneta soou no portão.

O filho de Laios se levantou. Enxergou uma comitiva que entrava na Vila Fúlvia com o estandarte imperial. O grupo era composto por cerca de dez cavaleiros, e no meio desses homens, sem que ninguém o tivesse montado, havia um corcel.

— Pégaso. — Era notória a felicidade no rosto dele. — É Pégaso!

O cavalo branco veio a seu encontro. Não estava selado, mas mesmo assim Georgios montou nele. Deu uma volta completa no pátio. Parecia uma criança. Parecia um menino de novo.

Tysa ficou de pé para vê-lo trotar. Quando deu por si, Rúbia estava a seu lado com os olhos vermelhos, quase chorando.

— Estou feliz pela senhora — ela disse à moça. — Só lamento que esse rapaz tenha de partir tão cedo.

Tysa estranhou.

— Partir?

— Georgios Graco nasceu para nos salvar — profetizou a escrava. — Ele irá até o fim com essa demanda. Jamais desistirá de seu propósito. E a demanda o levará à morte.

Presumindo que Rúbia estivesse senil, Tysa achou melhor não fazer mais perguntas, mas também não queria ignorá-la, então comentou:

— Interessante. Georgios sempre quis ser um herói.

— Ele não será um herói. Os heróis pertencem ao passado. Ele será um santo — disse a parteira. — O tempo dos heróis terminou. O tempo dos santos começa.

XXXIX

INIMIGOS EM CASA

NA TARDE DO SEGUNDO DIA COMO SENHOR DA VILA FÚLVIA, GEORGIOS INTERROGOU o mensageiro de Drago, que se isentou de qualquer responsabilidade, alegando que não fazia ideia de que o apito era um sinal para que as moças fossem sacrificadas. Como não tinha provas contra ele, o paladino decidiu libertá-lo, seguindo a máxima de que mais valia um inocente vivo do que um criminoso executado.

Na manhã do terceiro dia, recebeu Otávio Galatas no gabinete de seu pai. Demetrios Sula fizera o contato, conforme prometido, e estava presente na audiência.

Galatas era o capitão da milícia da cidade, um indivíduo arredio, com a barba por fazer e o pomo de adão proeminente. Já passara dos cinquenta anos, era alto, magro e desengonçado, mas tinha olhos ferinos, os quais usava para intimidar sua tropa.

— Salve, capitão. — Georgios o cumprimentou gentilmente, depois se sentou. — Quero agradecer por ter se apresentado. Garanto que não tenho nada contra o senhor ou contra os homens que comandou. Para ser honesto, como já deve saber, estou convocando todos eles para lutar conosco no Oriente. Partiremos amanhã.

— Sim, excelência — concordou Galatas. — Estou a par dessas notícias.

— Prefiro que me chame de "comandante" — pediu Georgios, explicando o motivo e retomando do ponto em que parara. — Pelos registros, o senhor está em vias de se reformar. Não quero obrigá-lo a marchar conosco e a correr o risco de morrer em batalha, faltando tão pouco para que complete seu tempo de serviço. Pensei então em adiantar sua aposentadoria. — Indicou um saco de moedas sobre a mesa. — Nessa bolsa estão os valores que Drago lhe devia. Por favor, pegue o dinheiro e assine o termo de dispensa.

Otávio Galatas se lançou sobre o saco e o abriu com os olhos faiscando. Um segundo depois, o sorriso se transformou em frustração.

— São moedas de prata — protestou ele. — Não chegam a um décimo do que combinei com o magistrado. Pensei que fossem peças de ouro.

— Pensou errado. — Georgios não se abalou. — O senhor era o responsável por recolher os impostos, estou certo?

— Sim — confirmou. — Essa era de fato uma das minhas funções.

— Pois tratei de deduzir os valores que o senhor roubou dos cofres da Vila Fúlvia durante todos esses anos. Demetrios — ele apontou para o secretário, que estava sentado em uma cadeira em um canto escuro da sala — tem tudo anotado. Moeda por moeda.

Galatas sentiu como se um raio o tivesse atingido.

— Isso não é justo — elevou a voz. — Fiz serviços escusos para Drago. Ele nunca me pagou. Por isso peguei o dinheiro.

— Um ladrão sempre encontra razões para roubar — endureceu o paladino. — Capitão, o senhor é um patife. Poderia mandar prendê-lo, mas estou lhe dando esta chance. — Mostrou o papel que estava nas mãos de Demetrios. — Assine seu termo de dispensa e suma da minha frente.

— Eu me recuso! — Otávio Galatas se revoltou. — Não aceito ser tratado desse jeito. Quero lembrar que a milícia de Lida foi criada por ordens do imperador Aureliano para defender a fronteira leste do Império. Portanto, sou um oficial como o senhor. Um guerreiro a serviço de Roma.

— O senhor não passa de um capanga — retrucou Georgios, com toda a calma. — Ou aceita o que oferecemos, ou sairá desta sala de mãos vazias — determinou. — Perceba que estou sendo generoso. Se fosse a senhora Fúlvia no meu lugar...

O homem se adiantou, assinou o documento e pegou o saco. Embora irado, furioso e até aturdido, esperou a permissão de Georgios para deixar o recinto.

Uma vez a sós com Demetrios no gabinete, o paladino ficou de pé e perguntou:

— Existe o perigo de ele tentar se vingar?

— Sozinho ele é só um velho — avaliou o secretário. — Galatas tem muita influência entre os antigos guardas de Drago. Mas esses homens partirão amanhã com o senhor para a Capadócia, de modo que ele ficará sem aliados. Terá de se conformar com sua sentença.

— Nos mitos — Georgios pensou alto —, os malfeitores sempre têm o que merecem. Pena que na realidade nem sempre é assim.

— Como ex-sacerdote, entendo de mitos, comandante — Demetrios também se levantou —, e respeitosamente discordo do senhor. Quem sabe enxergar os augúrios, respeita os deuses e age com retidão e bondade sempre encontra boa fortuna. Mesmo que o final dessa história seja trágico, o objetivo é alcançado. E a pessoa — afirmou ele — consegue sua redenção.

— Queria ser tão otimista. — O equestre agora observava o pátio. — Já presenciei muitas injustiças nesta vida.

— O mundo não é justo. Nunca disse isso — pontuou o ancião, depois declarou: — Se o senhor me permitir, preciso agora cuidar dos detalhes do casamento desta noite, pois os convidados já estão chegando.

— Convidados? Pensei que chamaríamos apenas os oficiais da Décima Legião.

— Foi exatamente o que fiz. Ocorre que alguns deles mandaram vir suas esposas de Jerusalém. Salústio perguntou se elas poderiam ficar hospedadas no pavilhão dos senhores. Pelas normas militares, mulheres não são permitidas em fortalezas ou acampamentos romanos.

— Magda. — Georgios sempre sentira algo de estranho naquela mulher. — Sim. Não vejo alternativa a não ser hospedá-las aqui — concordou a contragosto. — Cuide para que sejam bem tratadas.

Demetrios o cumprimentou e saiu. Georgios se virou para dentro do gabinete e voltou a contemplar a estátua da loba.

Fechou os olhos por um breve segundo.

Meu filho querido — tornou a escutar as palavras da mãe —, *você não tem culpa.*

O casamento foi realizado no átrio, com a presença de apenas quarenta pessoas: doze casais e dezesseis homens desacompanhados. Diante da estátua de Afrodite, que ocupava o coração do recinto, Georgios e Tysa fizeram seus votos seguindo as instruções de Demetrios Sula, que coordenou a cerimônia e conduziu os rituais.

O casal passou a noite de núpcias no antigo quarto dos pais de Georgios. Foi a primeira vez que Tysa fez amor, e não sexo. O coito terminou rápido, porque os dois estavam incrivelmente sedentos — e até curiosos — para chegar ao orgasmo. Enquanto se recompunham, a moça perguntou:

— Por que você nunca se casou?

— Os deuses não permitiram. — Eles estavam na cama, nus, abraçados, os rostos colados, com uma só lamparina acesa. — Eu até que tentei, mas eles armaram um escarcéu que quase custou minha cabeça.

— Theodora — murmurou Tysa, baixinho.

— Então você se lembra dela.

— Naturalmente — a jovem assentiu. — Na Panônia, eu lhe disse que era ingenuidade sua pensar que as coisas importantes são definidas no campo de batalha.

— Me lembro disso.

— Muita coisa aconteceu de lá para cá — contou ela. — Enquanto você estava lutando na Germânia, eu me embrenhei no tecido político de Roma. Conheci muitas pessoas, escutei rumores e aprendi como funcionam as engrenagens do Império.

Georgios sentou-se na cama. Pegou uma jarra de água que repousava sobre o criado-mudo, encheu um corpo e bebeu. Uma vez saciado, comentou:

— Fúlvio era um bom homem.

— Como sabe? — perguntou a mulher com honestidade. — Só o encontrou uma vez.

— Como eu disse ontem, ele pediu que eu guardasse a estátua da loba. Olhando para ela mais cedo, pensei que talvez o senador não estivesse se referindo à estátua em si, mas aos princípios fundacionais que nos trouxeram até aqui, e que agora estão prestes a ser destruídos.

— É uma interpretação sofisticada demais — disse Tysa, sob o risco de desapontá-lo. — Fúlvio não era tão erudito.

— Posso estar exagerando — admitiu o cavaleiro. — Strabo colocou essas loucuras na minha cabeça. — Riu-se. — Me transformou em um filósofo também.

— Seria uma pena se tivesse que ganhar a vida como filósofo — ela brincou. — Porque eu lhe garanto que você tem outras qualidades — sorriu — muito melhores.

Os dois se tocaram e fizeram amor novamente. Depois, pegaram no sono. Mas dormiram pouco, porque o dia logo raiou.

Os trezentos homens que compunham a milícia de Lida — à exceção de Otávio Galatas — apresentaram-se na manhã seguinte no acampamento romano para se alistar. Uma fila gigantesca se formou desde o portão até o pretório, a tenda central onde os burocratas guardavam os registros militares e o tesouro da legião.

Conforme determinado pelo imperador, o recrutamento seria compulsório, mas não foi preciso trazer ninguém à força ou vasculhar as casas em busca de desertores. No dia anterior, Georgios mandara afixar na entrada do fórum um aviso dizendo que os guardas de Drago não só teriam completa anistia como receberiam um soldo inicial que representava o dobro do que eles ganhavam.

Os benefícios eram generosos, sem dúvida, mas o que realmente atraiu aqueles indivíduos foi o mesmo que atrai os homens para a guerra há milhares de anos: a possibilidade de obter espólios, prestígio, fama e fortuna. O confronto contra os persas seria, ao que tudo indicava, o maior daquela geração. Quem fosse à batalha correria riscos, obviamente, mas quem ficasse em casa perderia a chance de entrar para a história.

Devido ao alto índice de comparecimento, o pretor — um centurião veterano — informou a Georgios que seria impossível eles marcharem naquela tarde. Não havia alternativa, portanto, a não ser atrasar a partida para o dia seguinte.

Conformado, o paladino voltou para a Vila Fúlvia. Ele já revelara seus planos aos árabes, que haviam aceitado o ouro desenterrado sob o aqueduto para compor a escolta de Tysa. No lusco-fusco, enquanto caminhava pelos corredores do casarão, lembrou-se de que sua mãe guardava uma estátua de Ísis no quarto. Perguntou se alguém vira o objeto e acabou por encontrá-lo no pátio dos fundos de cabeça para baixo, dentro de uma ânfora quebrada, em um depósito anexo à carpintaria, um lugar soturno, de teto alto, cheirando a graxa e pó de serragem.

Espanou a poeira e olhou a imagem de perto. Media cerca de vinte centímetros e era idêntica à grande escultura de Ísis amamentando o pequeno Hórus que dominava a igreja de Tebas. Sentou-se sobre uma tora e, sozinho no armazém, ficou pensando em seus pais e na grande questão que desde o Egito o afligia: seriam Laios e Polychronia cristãos?

Cigarras começaram a cantar no jardim. Sapos coaxavam no brejo. Georgios estava tão imerso em suas memórias que não reparou na chegada de Tysa.

— Velhas lembranças? — perguntou ela.

O equestre depositou a estátua em um canto, levantou-se e beijou a esposa.

— Sim, antigas lembranças — disse ele. — Este lugar está cheio delas.

— Os oficiais acabam de despachar suas mulheres de volta a Jerusalém — avisou a moça. — Magda parece ser a porta-voz delas.

— Ela tentou flertar comigo quando fomos apresentados — contou Georgios. — Não que Salústio seja um marido perfeito, mas achei a situação um tanto bizarra.

— Georgios — Tysa encostou as mãos no rosto dele —, estamos cercados de inimigos. Muitos já tentaram e ainda tentarão nos destruir. Como membro da corte e paladino, você é um alvo em potencial.

— Receio que tenha razão.

— O que estou querendo dizer — continuou ela, praticamente didática — é que existem muitas formas de esses adversários acabarem conosco, com *você*, e a sedução é uma das armas.

— Não fui seduzido.

— Mesmo assim, tenha cuidado com essas harpias — advertiu. — Uma mulher inteligente é uma inimiga feroz, às vezes pior que cem generais.

— Concordo. Zenóbia é só um exemplo.

Já tinha escurecido quando o casal deixou o depósito. Encontraram Demetrios na porta da casa grande, esperando por eles. O ancião cumprimentou os dois e lá mesmo, no jardim, deu o aviso que viera trazer.

— Os augúrios foram tirados, comandante. Eles sugerem que Hron não será mais um problema. No entanto — prosseguiu o secretário —, o senhor deve tomar cuidado com o grande dragão.

— O grande dragão? O que seria isso?

— Oráculos — murmurou Tysa. — Eles nunca falam objetivamente. — Voltou-se para o marido. — Suponho que você terá de desvendar sozinho esse enigma.

— Farei o possível. — O cavaleiro agradeceu a gentileza do velho, reforçou que partiria no dia seguinte e que talvez os dois não tornassem a se ver tão cedo. — Obrigado, meu amigo. O senhor é um homem notável. Strabo o admirava muitíssimo. Peço, portanto, que ajude a minha esposa a administrar a propriedade. Se os deuses quiserem, eu voltarei à Palestina, e então teremos paz e prosperidade, como nos tempos de meu pai.

Ocorreu a Georgios e a Tysa, então, que Demetrios era, possivelmente, um dos únicos, além deles, que sabia sobre o estupro de Polychronia. Como se lesse seus pensamentos, o ex-sacerdote tocou o ombro do jovem de forma carinhosa e disse:

— Strabo era meu amigo. Ele me contou muitas coisas. Sua mãe cogitou interromper a gestação, pois sabia quão difícil seria criá-lo neste lugar, com seu pai sempre viajando e com Drago em seus calcanhares. No final, porém, o amor prevaleceu — afirmou o ancião, emocionado. — O que ela mais temia era que o senhor fosse assassinado pelos inimigos de Laios. Suponho que deva ter sofrido demais quando ela se foi por não poder ajudá-la. — Demetrios se afastou. — Mas o senhor era só um menino. E o senhor... — Ele completou com a convicção de quem sabia um bocado: — O senhor não teve culpa.

Em virtude do atraso da legião, Georgios e Tysa tiveram uma segunda noite de núpcias. Fizeram amor, dormiram e acordaram quando a lua estava alta no céu. O jovem ficou com os olhos abertos na escuridão, observando o brilho através da janela.

— Se eu não voltar do Oriente — sussurrou ele —, quero que saiba que fiz o melhor que pude. Que falhei muitas vezes, mas que minhas intenções foram boas.

Tysa deu-lhe um tapinha no ombro.

— Não seja dramático. — Sorriu para descontrair. — Mais cedo você disse a Demetrios que estava entusiasmado para voltar à Palestina e colocar ordem na casa. E agora fala como se fosse morrer.

— Eu não queria assustá-lo. De todo modo, não creio que ele fosse entender.

— Entender o quê?

— Esse sentimento. — Ele a beijou longamente, depois acrescentou: — Não sei explicar de onde ele vem. Apenas sinto que minha morte está chegando. Que está mais próxima a cada dia.

— Pare com isto. — Ela se sentou no colchão. — Eu o proíbo de falar essas bobagens na minha frente.

Ficaram em silêncio por vários minutos, até que Tysa não resistiu:

— De onde você tira essas ideias?

— De um lugar bem escuro. Do inferno, talvez. O fato é que eu às vezes sinto a presença *dele*. Ele chama por mim.

Por um momento, a moça achou que Georgios tivesse enlouquecido.

— Ele? Mas do que está falando?

— Do grande dragão mencionado por Demetrios. — O equestre recordou-se da conversa que tivera com o rabino Yehuda ben Tov em Yatreb. — Ele, Lúcifer, Satanás e o Diabo são a mesma figura. Sei disso agora.

— Georgios, você se impressionou ao encontrar a estátua da sua mãe. Só pode ser — apostou ela. — Logo esses temores ficarão para trás.

— Gostaria que estivesse certa. — O paladino a envolveu e os dois se deitaram de novo. — Independentemente do que acontecer, prometa que nunca se esquecerá desta noite. Que pensará em mim com carinho.

Tysa olhou fundo nos olhos dele e, ao cintilar prateado da lua, declarou:

— Isso não é problema, pois, durante todos estes anos, eu jamais me esqueci de você. — Ela tornou a beijá-lo. — Georgios Graco, saiba que eu o amo. Que *sempre* o amei. E que sempre vou amá-lo, até o fim dos meus dias.

Sirmio, 28 de fevereiro, 1086 *ab urbe condita*

Caro Eusébio,

Desculpe não fazer comentários pessoais desta vez, mas estou — admito — profundamente chocado com o que li na última parte do quarto tomo. Para ser sincero, cogitei enviar-lhe um bilhete assim que terminei o capítulo XXXIV, pois meu estômago havia embrulhado e eu ansiava por respostas. Só não o fiz porque imaginei que algumas das minhas dúvidas seriam sanadas na conclusão do próprio tomo, e elas *não* foram — não do jeito que eu gostaria. Sendo assim, peço-lhe, antes de tudo, informações detalhadas sobre o suposto estupro de Polychronia. Quais são suas fontes? Existem evidências? Provas? Georgios é mesmo filho de Drago? Ele e Tysa são irmãos?

Suponho que essa terrível agressão tenha sido descrita no primeiro volume da trilogia. Não sabe como eu me arrependo, agora, de não tê-lo lido ainda. Corrigirei esse erro o mais rápido possível — prometo —, e desde já agradeço o seu esforço para me colocar a par dos acontecimentos relativos à infância do filho de Laios — se é que ele o era, realmente.

Excetuando esse choque, este volume me satisfez. Digo isso porque ele nos traz a finalização de um arco — enquanto os tomos anteriores apenas inseriam mais elementos na trama. É bom ver algumas das grandes questões se fechando, apesar do súbito — e conveniente — desaparecimento de Hron.

A morte de Drago pode frustrar muitos leitores por seu caráter banal. No entanto, como sabemos, foi exatamente assim que aconteceu. Confesso que não me lembrava de que Zenóbia o havia amaldiçoado, mas no fundo não importa, porque não acredito — nunca acreditei — que a rainha fosse dotada de poderes divinatórios — muito menos que tivesse a capacidade de maldizer as pessoas. De todo modo, se eu tivesse de dar crédito a alguém pela queda do magistrado, o daria a Marte, afinal Georgios não clamou por ele ao se preparar para o fatídico encontro? Marte não fora sempre o seu protetor, antes mesmo de ele ser introduzido ao culto de Mitra?

O quarto tomo também mostra — com muita nitidez, a meu ver — quão atormentado era o meu amigo. Qualquer um que tenha frequentado o exército sabe que Georgios não fez nada de excepcionalmente grotesco para os padrões militares. Entretanto, alguns eventos parecem tê-lo marcado para o resto da vida. Ele não conseguia, por exemplo, conviver com o assassinato da mãe. Certa vez, na Nicomédia, entre uma e outra caneca de vinho, ele me disse que a tinha matado "por omissão". Era um exagero, ele próprio sabia, mas o álcool faz surgir pensamentos escusos, que ficam ocultos lá no fundo da mente.

Minha hipótese é que essa fraqueza — esse excesso de consciência, digamos assim — o tornou vulnerável à sugestão de certas figuras religiosas, que fizeram com que ele acreditasse que era perseguido pelo Diabo. Neste ponto, preciso deixar claro que esta não é uma crítica ao cristianismo, tampouco aos nossos valorosos líderes cristãos. Refiro-me objetivamente ao príncipe Yasmir, que foi, segundo os tomos que li, o primeiro a falar a Georgios sobre Lúcifer, e aos sacerdotes que organizavam a prova do porco. Esses últimos — eu soube mais tarde — usavam substâncias alucinógenas que eram inofensivas para uns e perigosas para outros. Será que Georgios sofreu danos cerebrais permanentes? Veja: não nego a existência do Demônio nem sua influência sobre os seres humanos, mas seria esse o caso do nosso fiel paladino?

Para finalizar, temos a questão do Chipre. A ilha, por sua localização estratégica, foi lançada — contra sua vontade, vale dizer — no turbilhão político que assolava o Império naquele período. Tanto Diocleciano quanto os tetrarcas sabiam que quem controlasse o Chipre controlaria o Mediterrâneo. Oficialmente, o governador Caio Núbio Cipriota era aliado do imperador — foi Libânio que o convidou a visitar a metrópole, conforme descrito no segundo códice. Maximiano contra-atacou enviando uma guarnição para "defender" o país, sob o comando de Marco Lúcio Políbio — que era pago por Magêncio e recebia ordens diretas dele.

Políbio, na minha opinião, fez um trabalho de mestre. Usou não só a força como o carisma para submeter Cipriota. Claro que ele teve o apoio de Bufo Tauro, bem como do próprio pontífice, mas mesmo assim merece todos os louros por montar essa conspiração. Seu único erro foi não ter prendido Spiridon imediatamente após o massacre na igreja. Se bem que nada deteria a vingança de Tysa. Em algum momento, os dois teriam de se enfrentar. O que acabou acontecendo — no caso, mais cedo do que ele esperava.

Aguardo ansiosamente sua resposta. Envie o quinto tomo também, se puder.

Seu amigo,

Constantino

Prezado augusto,

Imaginei que o quarto tomo o deixaria surpreso. Diferentemente de muitos episódios da vida de Georgios, os quais se tornariam públicos mais tarde, o estupro de Polychronia seria mantido em sigilo por décadas, talvez porque nenhuma das partes envolvidas teve o interesse — ou a ousadia — de divulgá-lo.

Seja como for, vamos aos fatos.

De acordo com o relato de sua mãe, Polychronia nasceu em Alexandria, pouco antes de o imperador Valeriano — sim, o mesmo que viria a ser capturado pelos persas — destruir a cidade. Os pais dela, comerciantes ricos, perderam tudo nesse episódio. A jovem patrícia precisou trabalhar e acabou sendo apresentada a Zenóbia, que na época estudava no Serapeu, prédio anexo à biblioteca ptolomaica. Criada no seio de uma família abastada, Polychronia se tornou uma das aias da então princesa, sendo convidada a acompanhá-la à Síria. Lá, a futura mãe de Georgios se apaixonou por Zabdas, um dos generais de Odenato, com quem se casou.

Polychronia foi capturada durante a Batalha de Palmira, ao tentar fugir para a Pérsia junto de Zenóbia e do príncipe Vabalato. O garoto seria assassinado instantes depois por Räs Drago, e ambas as mulheres, feitas reféns, sendo Polychronia entregue a Laios como espólio de guerra. Laios, por sua vez, libertou-a e casou-se com ela. Já como magistrado de Lida, Drago, que também a cobiçava, promoveu um banquete, reuniu os aristocratas locais e, no meio das festividades, sacrificou Zabdas, queimando-o em praça pública. Polychronia imaginava que o ex-marido tivesse sido morto em combate, e ao vê-lo pegando fogo diante de si, sem poder fazer nada, ficou em completo estado de choque.

Foi consolada por suas escravas domésticas, que a apresentaram à Virgem Maria. O cristianismo a salvou do desgosto, deu a ela uma nova perspectiva de vida, mas outros perigos estavam por vir. Em uma reunião do conselho municipal, Laios se opôs ao aumento dos impostos — que seria usado para a construção da muralha. Strabo sugeriu que ele pedisse dinheiro diretamente ao imperador Aureliano, que estava acampado nas planícies da Trácia. Laios partiu em viagem, e foi nesse período que se deu a tragédia.

Segundo as cozinheiras Rúbia e Gustel, em uma noite de chuva forte, Drago apareceu sozinho na Vila Fúlvia. Ninguém sabe como ele entrou na propriedade, mas não seria difícil pular o muro ou encontrar uma brecha nos portões. Seguiu até o pavilhão dos senhores e foi recebido por Strabo. Disse a ele que precisava falar com Polychronia e se desculpar pelo sacrifício de Zabdas. O filósofo tentou impedi-lo, mas não conseguiu — Drago não só tinha o dobro do seu tamanho como estava armado de gládio.

Nessa noite, devido à tempestade, os escravos haviam ficado em seus alojamentos, com exceção das duas mulheres supracitadas — e do secretário de Laios.

Drago irrompeu no quarto do casal e se aproximou de Polychronia. Em seu depoimento, Gustel — que escutara tudo através da parede — afirma que Drago usou a morte de Zabdas como abordagem inicial, pediu perdão por tê-lo matado e garantiu que estava pronto para "compensar sua perda". Foi quando começou a forçá-la. Polychronia procurou se desvencilhar, mas o dácio acertou-lhe um soco no rosto. Ela caiu sobre a cama, ele se despiu e montou sobre ela, que ainda tentou inutilmente afastá-lo.

Strabo — como será mais bem retratado no último tomo — foi tomado por um surto de covardia e se entregou à inércia. Essa atitude, desnecessário dizer, deixou-o devastado. Por outro lado, foi essa mesma vergonha — essa *dor* — que deu a ele a coragem necessária para salvar Georgios quinze anos depois, na noite em que a Vila Fúlvia foi invadida pelos capangas do magistrado.

Uma vez saciado, Drago saiu andando pelos corredores e deixou a fazenda tão misteriosamente como havia chegado. De modo a evitar uma guerra, Polychronia ordenou que as testemunhas guardassem segredo. Os três escravos fizeram um juramento e o assunto foi encerrado.

Passada uma semana, Laios retornou de viagem. Nesse mesmo dia, ele e a esposa tiveram relações sexuais. No solstício de inverno, ficaram sabendo que Polychronia estava grávida. O que nos leva à questão: de quem era o bebê, afinal?

Eu e sua mãe especulamos por meses. Rúbia foi categórica ao dizer que sua ama não se encontrava no período fértil durante o ataque — mas que estava, sim, ovulando quando Laios a penetrou. Em contrapartida, sabe-se que Georgios nasceu cerca de quinze dias antes do esperado, o que poderia sugerir, para alguns, que ele era filho de Drago.

No fim das contas, e apesar dos esforços de Helena, nunca encontramos uma resposta. Somando a opinião de Rúbia — que era também parteira — com os argumentos de Tysa, de que os deuses "não permitiriam" que eles se apaixonassem, posso atestar que Georgios é filho de Laios. Tanto é que assim o tenho tratado ao longo desta obra, não só por minha convicção, mas por orientação de sua mãe.

Concordo plenamente com o senhor em relação a Zenóbia. Não acredito que ela tinha qualquer poder sobrenatural. Dessa forma, não imputo a morte de Drago à suposta maldição conjurada por ela. Se fizesse isso, teria de considerar a praga que a monarca lançou contra Laios, condenando-o à infertilidade nos portões de Palmira, alardeando que a linhagem dele estava "fadada a desaparecer". Perceba quão nebulosa é essa afirmação, e portanto indigna de crédito: como um indivíduo infértil pode gerar uma linhagem — e ainda mais fadada a desaparecer?

Um último ponto a ser observado é a acusação, feita pelo magistrado de Lida, de que "a obsessão" de Georgios pela guerra era parte da "fúria dos Dragos", e que por isso ele seria seu filho. Esse raciocínio cai por terra quando examinamos a história de Laios, que também era obcecado pela batalha. Durante o ataque a Ctesifonte, por exemplo, Diocleciano — chamado de Diócles na ocasião — pergunta se ele gostaria de se tornar imperador, e Laios responde que não cobiça tesouros, glória ou poder, acrescentando que era um soldado e só o que lhe interessava era "o sangue". Logo, Georgios tinha a quem puxar.

Feitos esses esclarecimentos, partamos para os próximos.

Já declarei outras vezes que, na visão da Igreja — e na minha —, o Diabo realmente estava tentando se apoderar da alma do nosso herói. Não creio que as vozes que ele ouvia fossem efeito de substâncias narcóticas, muito menos de uma suposta doença. No entanto, concordo que o santo era um homem atormentado, o que é de esperar de qualquer ser humano tocado por Deus. Não chamaria as crises dele de "excesso de consciência", como o senhor escreveu. Chamaria de lucidez, retidão e bondade.

Quanto ao Chipre, estamos de acordo em todos os pontos, salvo em um. O senhor sugere que Políbio foi negligente ao não prender Spiridon, mas a verdade é que ele tentou. O caso é que a comunidade cristã já estava pronta para uma ofensiva — Zeno havia preparado seus acólitos —, o que permitiu que o diácono fugisse antes de ser capturado. Ele ressurgiria depois em Tremetousia, a leste de Pafos, e assumiria o posto de bispo. Spiridon, como sabemos, viajou a Niceia para o concílio. Orgulho-me em dizer que tive o privilégio de conhecê-lo.

Junto com o quinto tomo, Magno entregará ao senhor duas cartas, uma do bispo de Éfeso e outra do prefeito de Filadélfia. Eles desejam arrecadar fundos para a construção de uma basílica e pediram que eu intercedesse junto ao senhor, mas não se sinta de forma alguma pressionado. Informei a eles que, enquanto não fizermos as pazes com os sármatas, nada será decidido. Conte-me, a propósito, como estão os combates no Norte.

Cordialmente,

Eusébio

QUINTO TOMO

GUERRA CONTRA O OCIDENTE

XL

SATALA

O INTERIOR DA CAPADÓCIA É UMA REGIÃO MUITO BELA. GEORGIOS A VISITARA quando criança ao acompanhar a caravana judaica que o levaria à Nicomédia. Na ocasião, o grupo se desviara para o Ocidente, pernoitando em Cesareia Mázaca, e de lá para Niceia. Dessa vez a Décima Legião tomou o caminho inverso, percorrendo a margem oeste do Rio Eufrates até a chamada Esplanada dos Bodes, uma campina de relva alta pontilhada de flores lilases, com pequenas casas de palha e grandes rebanhos de ovelhas.

O esqueleto de um antigo aqueduto se prolongava ao norte, provavelmente destruído durante as incursões de Sapor, o pai de Narses, que tentara invadir o Império cerca de quarenta anos antes. O horizonte era dominado por uma cadeia de montanhas, então conhecidas como Urso Negro, e em algum lugar além delas se encontravam as forças inimigas. De acordo com as informações enviadas a Georgios pelos mensageiros do imperador, o xá havia transferido sua corte para Artaxata, na Armênia, trazendo à capital do país sua esposa, seus filhos e seu harém — uma clara mensagem de que não pretendia ir embora tão cedo, e que lutaria ferozmente para defender o que conquistara.

Para os romanos, a atitude de Narses era um desafio; para o rei Tirídates, uma humilhação. O Velho Hércules, como Diocleciano o apelidara, estava disposto a tudo para recuperar o trono, e o augusto prometera combater a seu lado. Com isso, cinco legiões convergiram para Satala: a Cirenaica, famosa por seus guerreiros implacáveis; a Sexta Legião Encouraçada, normalmente estacionada em Raphana, na Síria; a Quarta Legião da Cítia — ou *Scythia*, em latim; a Legião Fulminante, outrora comandada por Laios; além da Décima Legião do Estreito. Uma sexta tropa, a Décima Quinta Legião de Apolo, tinha como base a própria cidade de Satala, que não era exatamente uma cidade, como se podia notar a distância. De longe, mais parecia uma fortaleza romana, com muros de rocha e concreto, cercada de fossos e guarnecida por centenas de legionários. Ao contrário dos fortes germânicos, que em geral eram toscos, Satala contava com construções de pedra, torres revestidas de cimento e portões reforçados com aço.

Como o contingente era muito maior do que o local podia abrigar, os soldados estavam acampados do lado de fora, delineando um subúrbio de tendas. Para onde se olhava, viam-se estandartes, bandeiras, galhardetes e flâmulas. Um grupo de combatentes de pele clara e cabelos louros, quase brancos, destacava-se por seus elmos decorados com asas de pombo. Georgios achou que fossem gauleses, mas depois soube se tratar dos godos, sob o comando de Stronka, o Sanguinário, e de seu filho Osório, o Matador de Lobos.

À medida que se aproximava das tendas, o cavaleiro reconheceu também o odor de suor, estrume e gordura de porco tão comum nessas aglomerações militares. Ele trotava à esquerda de Salústio, usando sua armadura de escamas douradas e ostentando a capa púrpura de paladino.

Um centurião trajando cota de malha e com uma pluma vermelha no capacete veio ao encontro deles. Acenou para que a tropa interrompesse sua marcha, saudou os comandantes, fez uma série de perguntas e anotou as respostas em uma tabuleta de cera. Em seguida apontou para uma área gramada, além das barracas da Cirenaica.

— Os seus homens terão de ficar naquele local. Sei que é um pouco longe do portão, mas os senhores foram os últimos a chegar — justificou-se de modo cortês, então conferiu as anotações e avisou, logo que Georgios e Salústio apearam: — O augusto mandou informar que os aguarda no pretório, dentro da cidade. — Estalou os dedos e um legionário apareceu entre eles. — Esse rapaz os guiará. — E perguntou: — Precisam de mais alguma coisa?

Georgios respondeu que não, entregou Pégaso a um cavalariço e se preparou para encontrar seu patrono. Salústio, entretanto, torceu a cara em uma expressão de desgosto, mostrou o pé e exigiu que lhe trouxessem uma liteira, explicando que sofria de gota.

— Não temos nenhuma, senhor — lamentou o centurião. — Quer uma mula emprestada?

— Isso seria ultrajante! Quem o senhor pensa que sou? — bradou o general em tom de protesto, mas logo se conformou. — Para o Hades com sua mula. — Empinou o nariz. — Vou a cavalo mesmo.

Salústio tornou a montar. Georgios, que havia passado a manhã galopando, preferiu acompanhar o guia a pé. À exceção dos vigias sobre as muralhas e das sentinelas que guardavam o acesso aos prédios, Satala estava ocupada, majoritariamente, por oficiais de alta patente. O legionário conduziu os dois homens ao pretório, um edifício quadrado com paredes robustas e um pátio central. General e paladino, mesmo eles, tiveram de apresentar seus documentos duas vezes e passar por revistas. No final, precisaram deixar as armas em uma sala trancada.

Já na entrada, escutaram gritos trovejantes de um homem furioso repreendendo alguém com uma explosão de intempéries. Georgios imaginou que fosse um capitão a censurar seus soldados e o criticou mentalmente, pois não acreditava que um superior deveria humilhar seus comandados. Chegando ao pátio, no entanto, avistou uma grande mesa forrada de mapas, e ao redor dela encontrava-se uma dúzia de guerreiros maduros — generais, certamente — trajando couraças de aço. Entre eles, destacavam-se três indivíduos: o primeiro, que ele supunha ser Galério, tinha os olhos arregalados, cinzentos, e o rosto corado. O segundo, coberto por uma pele de leão, era sem dúvida o rei Tiridates, e o sujeito que berrava era ninguém menos que o próprio imperador.

Georgios estranhou de início, pois o augusto era como um pai para ele e sempre o tratara com amor e doçura. Diante daqueles militares, porém, transformara-se em uma fera, em uma górgona pronta para devorar quem o provocasse. Com o rosto inchado, Diocleciano apontava para os mapas, batia na mesa, insultava os presentes, cobrava-lhes respostas. Finalmente, percebeu que Georgios e Salústio haviam chegado e fez um gesto para que se aproximassem.

O paladino o saudou:

— Ave, augusto.

— Entrem. — Diocleciano tomou ar, resfolegou, bebeu água de uma caneca e olhou para Marco Salústio. — Quem é você?

— Meu nome...

— Espere. — O governante o interrompeu. — Cale-se. — Reparou na cintura de Georgios e perguntou, indignado: — Comandante, está sem suas armas?

— Foram confiscadas na portaria, augusto.

— Não acredito. — O imperador contornou a mesa, andou até o portão e deu uma bronca tão severa nas sentinelas que os generais ficaram constrangidos. Enfim, Georgios recuperou a adaga e a espada. — Estamos em pleno estado de guerra — disse ele enquanto retornava ao centro do pátio — e o sujeito quer desarmar a minha escolta pessoal? Inacreditável.

Silêncio novamente. Georgios entendeu o recado e se posicionou à direita do soberano. Só então reparou que o conde Erhard estava à esquerda. Sentiu o impulso de cumprimentá-lo, mas preferiu se conter. Não era uma boa hora para saudações amistosas.

— Está aí o contingente que você aguardava, Galério. — O imperador apontou para Marco Salústio, mas falava diretamente com o genro. — Podemos iniciar a marcha ou prefere esperar o próximo inverno?

— Suponho que possamos começar, senhor. — Galério parecia agradecido, apesar da maneira rude com que era tratado. — Juro sobre a Pedra de Júpiter que não o desapontarei desta vez.

— Quero as nossas tropas prontas para marchar em dois dias. Entendido? — Os generais concordaram em uníssono, e o divino augusto completou: — Boa sorte, senhores. — Enxugou a testa com uma toalha de feltro. — Dispensados.

Suspirando de cabeça baixa, os presentes deixaram o pretório, restando apenas Tirídates, Erhard, Georgios e o imperador, que apertou a mão do afilhado, sem no entanto abraçá-lo.

— Comandante — ele tornou a chamá-lo pelo título —, que bom que está conosco. Como pode ver, o momento é delicado.

Georgios compreendeu a situação e procurou agir de modo solene, como se esperava de um paladino.

— Sim, senhor.

— Tirídates, meu caro. — Diocleciano se voltou para o Velho Hércules. — Lembra-se de Georgios Graco?

O rei semicerrou os olhos e alisou a barba, tentando se recordar.

— É o filho de Laios? Que eu conheci criança na Nicomédia?

— Ele mesmo. — O soberano ensaiou um sorriso, mas estava preocupado demais para se divertir. — Quem diria que ele se tornaria o meu melhor soldado. — Deu uma olhada para o conde. — Isto é, depois de Erhard.

O capitão germânico nada disse. Tirídates pediu licença e regressou a seus aposentos. O imperador não perdeu tempo, segurou Georgios pelos ombros e o sacudiu.

— E então? Conseguiu a arma secreta?

— Consegui. — Ele preferiu falar a verdade. — Mas fomos roubados — confessou. — Enganados pelos chineses — disse, contando ao imperador os detalhes de sua jornada: o desembarque no Egito, a descida do Nilo, o encontro com Mauzio em Tebas, a visita a Berenice, a captura pelos nabateus, o contato com Gothar e a travessia pelo deserto, até sua chegada à Montanha do Sol. — Os chineses nos manipularam — afirmou. — Eles fizeram tanto Narses quanto o senhor enviarem seus melhores homens nessa busca. Quando pusemos as mãos no artefato, um grupo de espiões nos surpreendeu e nos atacou. Gothar morreu com uma flechada na nuca, eu e os árabes reagimos, mas um deles conseguiu fugir.

— Mas — o imperador parecia salivar — o que era esse tal artefato? Como ele era? Quero que me diga o que viu.

O paladino descreveu, então, os dois objetos que havia recolhido na caverna. Falou sobre a estátua da mulher montada no tigre e as imagens gravadas no túnel. Em seguida, fez um desenho das peças que encontrara, afirmando que continuava sem entender para que elas serviam.

— Um apoio para os pés, talvez — arriscou. — Mas, com o peso do cavaleiro, a sela desmoronaria para um dos lados.

— É o que de fato parece — concordou Diocleciano, analisando a gravura.

Erhard se pronunciou:

— Não vale a pena perdermos tempo com isso. O importante é que os persas não ficaram com a arma secreta — constatou o chefe dos paladinos, a mão apoiada sobre o cabo da espada. — É uma decepção saber que os chineses nos enganaram, mas agora temos certeza de que esta guerra será justa, que combateremos os sassânidas em igualdade de condições. Esse era o objetivo, no fim das contas.

— Tem mais uma coisa. — Georgios retomou a palavra. — Eu vi o exército de Narses recuando para o sul, a cerca de um dia da cidade de Dedan, em pleno deserto.

Os dois homens o fitaram, curiosos.

— Quando foi isso? — perguntou Diocleciano.

— Em fins de março — respondeu o jovem. — Não sei o dia exato.

— Se eles estavam rumando para o sul, então o alvo devia ser o Egito.

— O xá provavelmente desistiu de atacar Alexandria depois que soube que nós a reconquistamos — especulou Erhard. — Posso apostar que ele ordenou que seu exército voltasse para a Armênia, surpreendendo não só o rei Tirídates como a eles mesmos, afinal ninguém esperava uma invasão na primavera.

— O que sabemos — acentuou o imperador — é que esses malditos adoradores de Zoroastro estão agora em Artaxata. É nesse fato que devemos nos concentrar. — E tornou a falar com Georgios, em tom duro e formal: — Lamento que tenha nos falhado, comandante. Não esperava isso do senhor.

O conde veio em defesa de seu pupilo:

— Todo homem tem o direito de falhar ao menos uma vez, augusto. Pelo que o comandante Graco nos disse, os chineses desejavam fomentar a discórdia entre romanos e persas ao oferecer a arma às duas nações. De todo modo, se o artefato tinha a faculdade de incrementar o poder da cavalaria, então me parece claro que sua perda nos favorece.

— Nos favorece? Como assim? — Diocleciano ergueu uma das sobrancelhas, desconfiado. — Não entendi.

— Essa arma nos daria uma falsa noção de invencibilidade, nos levando a dar um peso maior às nossas tropas montadas. Nesse caso, deveríamos fazer o contrário — sugeriu o conde, ponderado. — Precisamos atrair Narses para uma luta nas colinas, onde os catafractários podem ser superados.

— Quer dizer, esmagá-los com a nossa infantaria? Uma luta à moda antiga?

— Como nos tempos áureos do Império.

Os três ficaram momentaneamente calados. Enfim, Georgios opinou:

— Pode dar certo.

O augusto afagou o maxilar. Examinou os mapas, conferiu as cidades, as aldeias, os pontos de referência e sobretudo as ondulações do relevo. Quando terminou, estava calmo de novo.

— Georgios — ele abraçou o rapaz —, desculpe ter gritado com você. São momentos difíceis. — Afastou-se. — Meu coração está ferido. Sinto que há uma nuvem negra sobre a minha cabeça — desabafou. — Escute, há uma taverna para oficiais, duas ruas distante. Sinta-se livre para comer e beber. E traga Pégaso aqui para dentro. É perigoso com os godos lá fora.

— Sim, augusto.

O imperador esperou que ele se retirasse e sussurrou para o conde Erhard:

— O que você acha?

O saxão apertou os lábios.

— Ele está mudado.

— Será que fiz o certo ao permitir que ele retornasse a Lida? Que recuperasse as terras que pertenciam a Laios?

— O problema não é esse.

— Então qual é?

— Não sei — admitiu o capitão, cruzando os braços. — Realmente não sei.

Georgios ficou alojado no pretório com os oficiais superiores. Durante a tarde, contou ao imperador como fizera para convocar a milícia de Lida, descreveu a morte de Drago e seu casamento com Tysa.

No começo da noite, com o estômago roncando, dirigiu-se à taverna. O estabelecimento ficava em um galpão retangular com piso de madeira e teto alto, parecendo um antigo refeitório. Era administrado por um veterano da Décima Quinta Legião e estava cheio de oficiais, sobretudo cavaleiros, decuriões e tribunos.

O cardápio era bode assado servido com linguiça, farinha, azeitona e romã. Para beber, posca e cerveja. Georgios pegou um prato, entrou na fila e quando chegou sua vez escutou uma voz suave, que brotava da retaguarda:

— Melhor aproveitar o quanto pode. Quando o exército começar a marchar, você não vai ver carne tão cedo.

Curioso, virou-se para trás. Deparou-se com um homem na casa dos trinta anos, esguio, de cabelos louros, olhos azuis e feições delicadas. Usava uma túnica branca e trazia uma maleta de couro, a alça apoiada no ombro.

— Pantaleão? — Georgios não podia acreditar. Seu velho amigo envelhecera um bocado, mas a expressão era a mesma, cortês, prestativa, o espírito desprovido de aversão ou rancor. — Pantaleão, é você? Como? O que está fazendo em Satala?

O médico respondeu com outra pergunta:

— Não vai se servir?

— Que se dane a carne. — Apoiou o prato em uma mesa ali do lado e deu um abraço apertado no clínico. — Pensei que nunca mais o veria.

— Pensei o mesmo. — Ele sorriu, retribuindo o afago. — O mundo dá voltas. Sou o médico particular de Galério. Imagino que não tenha ficado sabendo.

— Não.

— Pois é. Creio que iremos juntos à guerra. Quem diria, eu e você. — Ele achou engraçado. — Em uma campanha militar.

Depois de se servirem, eles se acomodaram a uma mesa vazia. O equestre cortou a linguiça com a própria adaga, misturou-a à farinha e comeu um pedaço.

— Diga-me — perguntou. — Como conseguiu esse emprego?

— Fui indicado para tratar a esposa de Galério de uma enfermidade que ela tinha na época — explicou o médico, sem entrar em detalhes. — O césar gostou de mim e acabou me contratando.

Georgios se inclinou na direção do amigo, para a seguir sussurrar:

— Ele sabe que você é cristão?

— Claro. Todo mundo sabe.

— Que bom. — Fez uma pausa para provar o bode, que a propósito estava excelente. — É que... — saboreou a carne, engoliu e retomou o assunto — escutei rumores de uma suposta perseguição que teria se iniciado em Sirmio.

— Nunca fui alvo de nenhuma perseguição — respondeu de modo lacônico. — E você? Conte-me sobre você.

Georgios narrou suas experiências na escola de oficiais, na Germânia, no Egito, no deserto e os crimes que alegava ter cometido. Pediu conselhos e orientação ao amigo, que o ajudou como pôde. Finalmente, quando estavam quase sozinhos na taverna, perguntou se ele tinha notícias de Strabo.

— Pode parecer estranho, Georgios, mas deixei Antioquia apenas dois anos depois de você — disse o clínico. — Até onde me lembro, o casamento com Jocasta ia bem. Umas três semanas antes de partir para a Panônia, vi os dois na missa, mas já faz muito tempo.

De repente, Pantaleão estapeou a própria testa, como que para dizer que se esquecera de algo.

— Deus, estou atrasado. — Bebeu o que restava da cerveja e se levantou em um rompante. — Galério deve estar indo se deitar agora. Preciso cuidar dos pés dele. Perdi a hora.

Os dois voltaram juntos para o pretório. Os aposentos se distribuíam ao redor do pátio, através das colunatas. Erhard e Geta faziam a guarda noturna. Pantaleão deu boa-noite ao paladino, bateu na porta do quarto de seu contratante e entrou a seguir.

Georgios permaneceu do lado de fora. O conde Erhard perguntou:

— São amigos de infância?

— Não exatamente — esclareceu o cavaleiro. — Nos conhecemos em Antioquia.

— Entendo. — Deslizou silenciosamente até ele. — Pode não ser uma boa ideia — apoiou a mão sobre o ombro do jovem — que sejam vistos juntos.

— Por quê? Pantaleão cometeu algum crime? O senhor sabe de alguma coisa?

— Ele é cristão — alertou Erhard.

— E também médico particular de Galério — argumentou Georgios, sem entender a reprimenda. — Se o césar pode tê-lo em sua comitiva, por que eu deveria evitá-lo?

— Não se esqueça de que você já foi julgado por cristianismo. Se eu não tivesse interferido, Magêncio e Druso o teriam enforcado. Por mais que gozemos de autoridade e respeito, as pessoas falam demais. Não podemos dar combustível para os nossos inimigos nos enfraquecerem ou nos acusarem do que quer que seja. Será que compreende?

Georgios recordou-se de que Tysa lhe dera esse mesmo conselho em Lida e fez um sinal indicando que concordava.

— Quando a guerra acabar, as coisas serão diferentes — prometeu o guerreiro germânico. — Talvez muito diferentes.

O equestre sentiu algo de estranho no modo como Erhard se expressara.

— Diferentes? Como assim?

— Georgios... — O conde o puxou para um canto. — Suspeito de que o imperador esteja doente. Quero acreditar que sejam os nervos e que as crises passarão logo, mas devemos estar preparados.

— Preparados para quê?

— O augusto me deu uma ordem — confidenciou. — A mesma que ele recebeu do imperador Caro doze anos atrás.

— Que ordem é essa?

— No momento certo, você saberá — garantiu, observando a trajetória da lua. — Fique no meu lugar. Preciso me ausentar por algumas horas. Geta — ele apontou para o Cavaleiro Vermelho — será sua dupla pelo resto da noite.

Dito isso, Erhard se afastou. Deu as costas para os colegas, cruzou a porta do pretório e ganhou as ruas da cidadela.

Georgios colocou-se ao lado de Geta.

No silêncio da madrugada, temeu pela saúde do imperador. Se ele caísse, o Império cairia junto, Maximiano assumiria o trono e Magêncio — o principal rival de Georgios — iniciaria uma caçada contra os paladinos.

Preferiu não imaginar uma Roma governada pelo Inclemente. O povo sofreria, ele pensou. Os cofres públicos seriam assaltados, os nobres, comprados, os generais, subornados, e o Ocidente mergulharia no caos.

Mas havia uma solução.

E ele sabia qual era.

XLI

REUNIÃO DE CÚPULA

NA NOITE DE 20 DE JUNHO DAQUELE ANO, UMA TROPA DE QUARENTA GUARDAS pretorianos, com suas túnicas azuis e elmos de crina negra, marchava pelas ruas de Roma.

No meio desses soldados, um grupo de escravos transportava uma liteira de carvalho maciço com capacidade para quatro pessoas. Lá dentro, encontravam-se dois homens. Um deles, o mais velho, tinha exatos quarenta e oito anos. Sua pele era branca como leite, os cabelos, alvos e os olhos, de um azul cristalino. O outro, seu filho, herdara do pai os mesmos olhos azuis. O nariz, no entanto, era adunco e o queixo, encovado, fazendo com que ele se parecesse ora com um nobre germânico, ora com um grego legítimo, daqueles nascidos no período clássico da Hélade.

Esses dois personagens — Constâncio Cloro, o césar das províncias transalpinas, e o duque Flávio Constantino, general supremo das forças do Norte — haviam sido convidados para um jantar na casa da rainha Zenóbia, no topo do Monte Célio. Ambos sabiam, entretanto, que aquele não seria um jantar como os outros. O que se daria nas próximas horas seria uma reunião entre algumas das personalidades mais importantes do Império — um encontro, pensou Constantino, que poderia mudar o destino do mundo, e ele não tinha certeza se isso era bom ou ruim.

— Seu papel hoje será o de observar e aprender — disse Cloro ao filho, com o indicador na frente do rosto. — Não me questione. Não me desobedeça.

Fique de boca fechada. Cumprimente os convidados e aja como um patrício, mas não dê nenhum palpite sem que eu peça. Para todos os efeitos, imagine-se como meu segurança. Essa é uma ordem direta — decretou. — Fui claro?

— Sim, meu pai — suspirou Constantino, desconfortável com a toga branca que fora obrigado a vestir. — Mas como posso ser seu segurança se sequer estou armado?

— Não seja irônico — ralhou o tetrarca. — Sabe que esses são os trajes próprios para eventos sociais e políticos. E lembre-se de me chamar de "césar" sempre que estivermos na presença dos outros.

— Esta situação não me agrada — admitiu o duque, agora em tom de desabafo. — Não lhe ocorre, meu pai, que estamos completamente vulneráveis? Desarmados, vestidos como burocratas, nas ruas noturnas de Roma?

Cloro fez como se não tivesse entendido:

— Estamos protegidos por meia centúria. Quem iria nos atacar?

— Eles próprios. — Constantino apontou para o lado de fora. — Quem o senhor acha que controla a guarda pretoriana?

— Existe uma linha tênue entre precaução e paranoia — retorquiu Cloro. — Já trabalhei como chefe da guarda do imperador Aureliano e entendo que esteja apreensivo, sobretudo considerando que é a sua primeira vez na Cidade Eterna. Ela nos impressiona e nos assusta, realmente. Contudo, quem teria interesse em nos matar? Maximiano? Sou casado com a filha dele. Reconquistamos as Ilhas Britânicas com a ajuda de Asclepiodoto. — Ele se referia ao legendário comandante dos pretorianos, que ainda era respeitado pelos oficiais da metrópole. — Ninguém hoje — repetiu o césar — teria qualquer interesse em nos destruir.

— Hoje não, mas quem sabe amanhã? — questionou. — Já pensou no preço que estamos pagando por nos aliarmos a Maximiano?

— Ora, isso já foi amplamente discutido — exclamou Constâncio Cloro, impaciente. — Estamos juntos contra a tirania de Diocleciano. Não vou dizer que ele tenha sido um governante ruim, mas o tempo dele passou. O canalha se isolou no poder e agora sonha em virar rei.

— Isso é retórica pura e simples, e o senhor *sabe* — frisou o duque. — Maximiano é quem deseja se isolar no poder. Quando ele subir ao trono, se subir, talvez nos ponha de escanteio. Precisamos ficar atentos.

— Enquanto eu for casado com a filha dele e enquanto você controlar as legiões do Norte, o Inclemente nada poderá fazer contra nós. E, se tentar, partiremos para a guerra como touros queimados em brasa. — Fez uma pausa e apertou o braço de Constantino. — Seu trabalho como general tem sido impecável. Os homens o adoram. Estou muito orgulhoso de suas conquistas. Lamento não ter estado por perto quando você era jovem. Mas a sua mãe dificultou as coisas.

Constantino sentiu um nó na garganta. No fundo, tudo o que ele sempre quis foi ter o carinho e o reconhecimento do pai. Por outro lado, não gostava de ouvir críticas a respeito da mãe, que o criara tão afetuosamente em Bizâncio.

— Passei quase toda a minha juventude como refém na Nicomédia — murmurou ele. — O senhor não teve culpa. Nem minha mãe. Vocês não tiveram escolha.

Nessa hora, a liteira estacionou. Os dois homens pararam de conversar e saltaram diante da mansão de Zenóbia, que, vista de fora, parecia um palacete romano tradicional. Logo na entrada, porém, notavam-se alguns elementos que a distinguiam das casas comuns. Para onde se olhava, percebiam-se gravuras, vasos, estátuas e mosaicos retratando deuses híbridos, provavelmente egípcios. Os pilares, quase todos, eram gravados com hieróglifos. O eunuco que os recebeu, a propósito, parecia combinar com o ambiente. Era alto e pálido, vestia uma túnica longa, negra, e tinha uma voz cavernosa. Guiou-os até o átrio, onde o banquete já estava servido.

— Esperem aqui, por favor — pediu ele. — Sua majestade já está quase pronta. E o senhor Maximiano está a caminho, pelo que soube. Querem beber alguma coisa?

Os convidados foram servidos e ficaram sozinhos no aposento. Constantino andou até o pátio do peristilo — o jardim aberto nos fundos da casa — e se deparou com um poço cuja boca era fechada por grades.

— Esta construção é recente — reparou ele com uma taça de vinho na mão. — Não faz parte do projeto original. O que o senhor acha que é?

Cloro deu de ombros.

— Um poço, ora.

— Um poço comum? Então por que o selaram?

— Não sei. Para proteger a água — sugeriu. — Dos ladrões, talvez.

— Ladrões no Monte Célio? — Constantino deu uma risadinha sarcástica. Aquela era uma das regiões mais seguras da cidade, perdendo apenas para o Monte Palatino, onde moravam os senadores. — Ademais, observe: a grade é fixa — mostrou. — Como os escravos recolheriam a água?

Constâncio Cloro imaginou que aquilo poderia ser uma pira de sacrifícios, considerando que Zenóbia cultuava um sem-número de entidades obscuras. Abriu a boca para retrucar quando escutou uma voz conhecida.

— Cloro! — Era Maximiano, que o chamava do átrio, os braços abertos, escandaloso. — Cloro, meu genro. Meu formidável amigo! — Foi até ele e o abraçou. — Que satisfação vê-lo na Itália, finalmente! Fez boa viagem? Sentindo o gostinho da civilização? — Gargalhou e, antes que o colega respondesse, virou-se para Constantino, apertando-lhe vigorosamente a mão. — É uma honra encontrá-lo de novo, general. Ou eu deveria chamá-lo de "excelência"?

Constantino seguiu o conselho do pai.

— Sou um mero soldado, augusto — disse, inclinando a cabeça. — Pode me chamar como quiser.

Nisso, surgiu entre eles Magêncio, o pontífice máximo de Roma. Não era novidade para ninguém que ele e Constantino haviam tido seus atritos no passado. Maximiano percebeu a tensão aumentando e tratou de desfazê-la.

— Apertem as mãos — pediu o Inclemente, mas os dois ficaram parados. O augusto do Oeste, então, reforçou: — Os senhores eram jovens na Nicomédia e agora são homens. Quero que essa desavença termine aqui. — E tornou a pedir, dessa vez com rigor: — Façam as pazes. São praticamente primos.

Enfim, Constantino e Magêncio se cumprimentaram. Os pais bateram palmas, voltaram para o átrio e fizeram um brinde à união das duas famílias. Cloro perguntou para o sogro quem mais compareceria à festa.

— Seremos só nós e a rainha — informou ele, esparramando-se em um divã. — Galo ainda é o presidente do Senado, mas sua presença é inútil. Ele fará o que *eu* ordenar. Quanto aos outros senadores, não valeria a pena convidá-los. Mandei matar vários deles. Os que sobraram estão acuados. — Deu uma risada maléfica. — É uma sensação boa esta: ser temido. Garanto que é eficaz.

Constantino lançou um olhar para o pai, como se o alertasse para o que havia dito mais cedo. Cloro sinalizou de volta, concordando com a cabeça.

— Fale-me sobre a minha filha — pediu Maximiano ao genro. — Ela o está agradando? E como vai o bebê?

Cloro não esperava essas perguntas e respondeu meio aturdido.

— Dalmácio está bem. Crescendo a cada dia — disse, recordando-se de seu filho caçula. — Theodora é ótima mãe. Estou muito feliz.

O Inclemente se virou para Constantino.

— E o senhor? Quando vai se casar?

Pego de surpresa, o duque esclareceu:

— Não tenho planos, augusto.

— É pederasta? Nada contra — riu, debochado. — Calígula, Nero e Adriano eram. Mas hoje no exército proibimos a prática, como deve saber.

— Não se trata disso. Estou apenas concentrado em nossa missão — explicou. — Depois, quem sabe, eu tenha tempo para encontrar uma esposa.

— Quero apresentá-lo a Fausta, minha filha mais nova. — Maximiano tornou a falar com o genro, tocando-lhe o ombro: — O que acha, Cloro? O que pensa desse matrimônio?

— É óbvio que tudo depende do dote — rebateu o césar com bom humor. — Quanto está disposto a me oferecer?

Os dois riram, e enquanto se recompunham o eunuco anunciou a chegada de Zenóbia. Ela apareceu primeiro como uma sombra, surgindo obliquamente por trás das pilastras. Constantino ficou petrificado ao vê-la, porque a rainha não parecia ter mais que trinta anos, embora somasse uns cinquenta. Como, ele pensou, uma pessoa poderia conservar a juventude dessa maneira? Seria uma sósia? Ou era a penumbra que mascarava seu rosto?

Os quatro homens ficaram de pé.

— Salve, excelências. Muito obrigada por atenderem ao meu chamado. — A monarca aproveitou que eles tinham se erguido e os convidou para jantar. Constantino não estava com fome, e mesmo se estivesse não conseguiria comer naquela situação. Mesmo assim, encheu um prato com fatias de carne de faisão e regressou ao centro do átrio. Zenóbia sentou-se diante deles em uma cadeira alta que mais parecia um trono. Conversaram sobre amenidades, sobre o clima da Itália naquela época do ano e sobre os jogos de gladiadores, até que a dona da casa tocou em um assunto espinhoso. — Diocleciano tem sido um problema para nós faz muitos anos. Convidei os senhores para terem comigo esta noite porque andei conversando com os deuses. E eles finalmente me mostraram a solução.

Maximiano, que tinha fama de ser o mais cruel dos patrícios, agora mirava atentamente a rainha, como um cão que venera seu dono.

— Pois diga, majestade — implorou ele. — Indique-nos o caminho.

— Não há nenhum mistério, augusto. O caminho é lógico e matemático — garantiu ela. — Os senhores jamais conseguirão alcançar a vitória enquanto houver equilíbrio entre os tetrarcas.

— De fato, hoje experimentamos o equilíbrio perfeito — assentiu o Inclemente. — Em um canto do mundo estão Diocleciano e Galério. E no outro estamos nós. Como mudar isso?

— Simples — declarou ela. — Precisamos trazer Galério para o nosso lado.

— Não é tão simples assim — Cloro a corrigiu. — Galério é casado com Valéria, a filha do imperador. Os dois governantes estão partindo juntos para a guerra. São muito próximos, em todos os sentidos.

— Minhas fontes me informaram que Galério foi humilhado pelo sogro em Alexandria — observou Zenóbia — e que continua a ser humilhado publicamente.

— Ouvi esses rumores também — admitiu Cloro. — Mas, mesmo que seja verdade, o que podemos fazer? Enviar um mensageiro nosso para tentar cooptá-lo? Seria não só arriscado como extremamente perigoso.

— O melhor jeito de enviar um recado é por meio de *ações* — sentenciou ela. Nesse ponto, todos na sala estavam como que enfeitiçados pela monarca, inclusive o jovem general Constantino. — Galério é hoje considerado o inimigo número 1 dos cristãos. Crucificou vários deles em Sirmio. Sua mãe, Rômula, odeia a Igreja e tudo o que ela representa. Os senhores devem seguir a mesma política nos territórios que administram. Faremos assim um aceno a Galério.

Ao escutar aquilo, e apesar das ordens do pai, Constantino pontuou:

— Senhores, não lhes parece exagerado? Matar milhares de pessoas para chamar a atenção de um único homem?

— O objetivo, meu caro duque, é muito maior do que se anuncia — sustentou a mulher. — Os cristãos estão hoje infiltrados em altos cargos da burocracia romana, sobretudo no Oriente. Diocleciano foi tolerante com eles, e os bispos passaram a respeitá-lo. Perseguir os cristãos seria o mesmo que minar o Império por dentro. É o que os senhores precisam fazer caso queiram derrubar um tirano. Depois que removermos os cristãos da máquina pública e trouxermos Galério para junto de nós, o imperador cairá sem que precisemos disparar uma única flecha.

— E quanto a Valéria? — Maximiano pensava em como acelerar o processo. — Devemos mandar um assassino atrás dela? Se ela morrer, os laços entre as duas famílias estarão finalmente rompidos.

— Não neste momento — avaliou Zenóbia. — Se descobrirem que fomos nós que orquestramos o ataque, todo o nosso plano ruirá como um castelo de areia.

— Sua majestade está correta. — Magêncio a apoiou. — O plano deve ser executado com atenção e paciência. Felizmente, o tempo está do nosso lado. O imperador ainda se encontra em Satala, na Capadócia. Deixemos que lute contra os persas. Mesmo se ele ganhar, estará enfraquecido.

Maximiano aproveitou enquanto seu filho falava para comer alguns figos que pegara na mesa. Esperou que ele concluísse e passou às questões militares:

— Alexandria foi retomada. Se quisermos reconquistar o Egito, precisamos nos preparar para uma batalha naval.

— Libânio, deixado como regente na cidade — revelou Zenóbia —, já está esperando um ataque marinho. Os senhores devem reunir suas tropas na Hispânia. Depois, marchar rumo ao Oriente pela costa da África. Sevílio Druso os encontrará no meio do caminho. Ele está em contato direto com Kartir, o conselheiro de Narses, e apresentará aos senhores o plano de paz dos sassânidas.

— Na guerra, tudo pode acontecer — reforçou Cloro. — Sou contra a proposta de estabelecermos um cronograma tão rígido. No entanto, parece uma excelente ideia concentrarmos nossas legiões na Hispânia, ou quem sabe na Mauritânia. De lá, podemos nos deslocar relativamente rápido para o Egito.

Maximiano, Magêncio e Zenóbia concordaram. Constantino não se manifestou.

— O senhor está muito calado — disse o Inclemente para o duque. — O que pensa sobre o que falamos?

— Não penso nada, augusto — respondeu ele. — Meu trabalho é executar ordens. Sou um guerreiro, não um político.

— A política é o caminho natural para homens como nós, general. — Maximiano bebeu o que restava do vinho. — Mas entendo que não queira se envolver neste momento.

Houve um silêncio prolongado, com os presentes se entreolhando, até que Zenóbia disse o óbvio:

— Ele já está envolvido. Todos nós estamos — manobrou ela, dirigindo-se a Maximiano. — O imperador já o perdoou antes. Ele não o fará novamente. Não podemos mais recuar. Precisamos ir até o fim desta vez.

Os quatro homens se levantaram, entendendo que a reunião terminara. Zenóbia tornou a agradecer a presença dos convidados e os guiou até a porta, prometendo que daria um jeito de manter contato com eles. Maximiano, Cloro, Constantino e Magêncio saíram para a calçada, conversaram por mais alguns minutos e se despediram sob os raios da lua.

Uma vez no interior da liteira, Constantino sentiu um gosto amargo na boca. Procurou se conter, mas por fim acabou comentando:

— Minha mãe precisa ser avisada. — Sibilou: — Ela é cristã e não quero que nada lhe aconteça.

— Justo — aquiesceu Cloro. Eles estavam sendo levados para a mansão urbana da família, no Palatino. — Eu ia mesmo ordenar que você fizesse uma visita a Bizâncio. Pedirei um navio emprestado a Maximiano. Leve consigo algumas centúrias. Sua mãe deve buscar exílio no Norte até que a situação se normalize.

— Obrigado. — Constantino se surpreendeu com a generosidade do pai. — Confesso que não imaginava que se interessasse tanto pelo bem-estar dela.

— O importante é retirá-la de Bizâncio — prosseguiu o césar, como se ignorasse as palavras do filho. — Helena é admirada por muitos bispos da região. Quando eles se virem sozinhos, ficarão desnorteados. Será o nosso primeiro sinal para Galério, conforme determinou a rainha Zenóbia.

— O senhor lutou ao lado de Aureliano contra a monarca de Palmira — replicou Constantino, meio incrédulo. — Depois, ajudou a trazê-la para Roma como prisioneira. Como pode, após estes anos, receber ordens dela?

— Não são ordens, são conselhos. Ordens eu recebo de Maximiano — explicou o tetrarca. — O que passou, passou — disse ele, conformado. — Zenóbia pode ter sido uma ameaça no passado. No entanto, ela se civilizou. Casou-se com Tácito, aprendeu latim, passou a usar trajes romanos e agora é nossa aliada. Uma aliada muito útil, eu diria. — E emendou serenamente: — Sei que está desapontado, mas lembre-se dos ensinamentos de Sêneca — murmurou Cloro para acalmá-lo. — O verdadeiro sábio deve gozar de impassibilidade absoluta, abraçar uma vida racional e rejeitar as paixões.

— Não sou um sábio. E não pretendo sê-lo.

— Em muitos aspectos, você já o é — elogiou o pai. — Saiu-se muito bem hoje. Estou orgulhoso — repetiu o que dissera mais cedo. — Projeto um grande destino para você. — E completou, com os olhos rubros de emoção: — Um destino grande e valoroso.

XLII

GOVERNANTES DO MUNDO

COM A CHEGADA DAS TROPAS DE SALÚSTIO, O EXÉRCITO IMPERIAL GANHOU SOLIDEZ, alcançando a significativa marca de trinta mil homens. Como se espera de um exército romano, a infantaria era a arma mais numerosa, seguida pela cavalaria e pelas unidades auxiliares: um bando de godos, três pelotões de arqueiros cretenses — os chamados sagitários — e um pequeno número de batedores trácios, além de quarenta jovianos e da antiga milícia de Drago. Já a artilharia acabou prejudicada. Como eles pretendiam avançar rapidamente e através de solo montanhoso, as catapultas, o betume e as torres de cerco precisaram ser deixados para trás, a fim de dar mobilidade às centúrias. O problema da logística era, de longe, a maior preocupação dos generais. Em um país ocupado pelo inimigo, o augusto e seus combatentes não poderiam contar com nenhum tipo de ajuda local, a não ser que assaltassem fazendas, aldeias e cidades, uma estratégia inadmissível considerando que o objetivo daquela empreitada era libertar o povo armênio — e não massacrá-lo.

Diocleciano teria partido antes, mas os áugures de Antioquia sugeriram que ele teria melhores chances se a guerra fosse travada em agosto. Quando soube que Georgios estava na Palestina, o imperador pareceu ter encarado o fato como um sinal dos deuses, imaginando que o filho de Laios lhe traria a arma secreta, e ao vê-lo de mãos vazias ficou profundamente decepcionado.

Pelo menos a data batia com as previsões, e assim, no dia 23 de julho, as forças romanas do Leste começaram a se deslocar na direção do Levante. Para um espectador casual, o contingente lembrava um cordão de formigas marchando em disciplina perfeita ao som de tubas, trompetes, tambores, armaduras tilintando. Os soldados entoavam cânticos militares, com o centurião gritando e os demais respondendo. "Roma Invicta" era a canção que mais se ouvia, seguida por "Espada da Luz", uma ode contra a barbárie, e "César é Grande", adaptada de um poema republicano.

Galério cavalgava na frente, no comando da Décima Quinta Legião. Diocleciano seguia atrás, ao lado de Tirídates, ambos protegidos pelos três paladinos. O grupo tomou a estrada através do Urso Negro, percorrendo um vale de encostas verdejantes. O trajeto era agradável, apesar das ladeiras, curvas e poças de lama, o que prejudicava o ritmo dos guerreiros montados.

Geta vigiava a dianteira do augusto, enquanto Georgios e o conde Erhard cobriam sua retaguarda. A certa hora, eles se afastaram alguns metros do imperador, e o equestre aproveitou para tirar uma dúvida:

— Não é perigoso, senhor? O homem mais poderoso do mundo se arriscando em território inimigo? Como seus guarda-costas, não deveríamos aconselhá-lo a permanecer em Satala?

— Nosso trabalho não é aconselhar o imperador — discordou Erhard com aquele inconfundível sotaque germânico —, e sim protegê-lo.

— Sim, senhor. — Georgios apertou firme as rédeas de Pégaso. — Só estava refletindo sobre Valeriano, que foi capturado por Sapor quarenta anos atrás. Dizem que o xá usou o corpo do imperador como escada para subir em seu cavalo por dias. Pisava nas costas dele toda manhã diante do palácio, até que o soberano enfim sucumbiu. Seu cadáver foi entregue ao Senado em pedaços, com os olhos arrancados, sem os braços e as pernas.

— Conheço a história, comandante, e o augusto também a conhece. Eis o exato motivo de ele ter vindo. Quer forçar Narses a se retratar, quer obter uma desforra completa para os homens do Oeste. Um feito dessa magnitude o consagraria como o maior governante da Terra.

— É uma aposta arriscada demais. — O equestre entendia as motivações, mas não compactuava com elas. — Além disso, ele já não está consagrado?

— Para nós, sim. Para muitos, não — explicou o conde. — Depois que derrotarmos os persas, teremos de lidar com algumas ameaças internas. Não acha estranho que Maximiano não esteja conosco? Que não tenha nos enviado um homem sequer?

— Não acho nada estranho. Pelo contrário. É típico dele.

— Esqueci que sua rixa com os Valérios é antiga. — Ele citou o nome do clã ao qual pertencia o Inclemente. — O senhor tem razão, comandante.

Georgios fez um aceno de concordância. Se o imperador desejava ir à guerra, ninguém poderia impedi-lo. Os césares de antigamente cultuavam a tradição de estar presentes no calor do combate, e o ponto fraco de Diocleciano — só agora ele começava a perceber — era justamente esse saudosismo. O augusto tinha o sonho de recuperar a glória de Roma, por isso aceitara tão facilmente a proposta de Erhard de realizar "uma luta à moda antiga". Em certo aspecto, essa ambição era positiva, pois dava fôlego e energia às tropas. Em outros, podia ser uma fraqueza, se fosse explorada por um inimigo sagaz.

Foi o que aconteceu no início da tarde do terceiro dia. O exército marchava pela estrada quando desceu até o ponto mais profundo de um vale, cujo leito era cortado por um rio de águas esverdeadas. Uma ponte de pedra construída pelo rei Cosroes, pai de Tirídates, fazia a ligação entre as duas margens. Na outra borda, três cavaleiros persas os aguardavam em postura solene. Dois eram catafractários, portavam lanças, espadas, escudos redondos e estavam protegidos por cotas de malha que lhes cobriam inclusive o rosto, delineando uma máscara de correntes metálicas. O terceiro, posicionado no meio deles, usava um chapéu de feltro cor de açafrão e segurava um estandarte de bronze. Seu cavalo, castanho, tivera a crina tingida de azul. Esse terceiro indivíduo olhou para Galério, do outro extremo da ponte, e começou a gesticular com a mão direita. O césar achou que fosse uma troça — ou, pior, uma provocação — e reagiu com furor.

— Que ousadia desses bárbaros — resmungou. — Stronka! — ele chamou o capitão dos godos com a clara intenção de anunciar um ataque, quando Diocleciano apareceu a seu lado.

— O que pensa que está fazendo?

— Esses persas precisam aprender a nos respeitar — respondeu Galério. — Vou destroçá-los e mandá-los em pedaços para Narses.

— Está louco? Não podemos fazer isso. — O imperador apontou para o portador do estandarte, do outro lado do rio. — Ele é um leão.

— Leão?

— Não reconhece os sinais?

— Que sinais?

Diocleciano mirou o genro com uma expressão de desencanto.

— Qual é o seu nível nos grandes mistérios?

— Estacionei como acólito, segundo estágio. Não tive tempo de levar adiante. Mas o que isso tem a ver?

— Desconsidere o que eu disse — bufou o soberano. — Deixe-os se aproximar.

— São catafractários! — exclamou Galério.

— São mitraístas, como eu e você. Parece que esqueceu o seu juramento.

Galério não respondeu, porque realmente tinha esquecido. Ele fora iniciado nos grandes mistérios de Mitra fazia mais de duas décadas, quando era um jovem aspirante a oficial, e de lá para cá só colocara os pés em um mitreu duas vezes. O culto, todos sabiam, havia surgido no Oriente, e muitos persas eram mitraístas também, especialmente os soldados.

— Fique aqui — ordenou Diocleciano, olhando para trás. — Erhard!

O conde apareceu em um instante, guiando o cavalo com desenvoltura notável.

— Sim, augusto.

— Escolte-me. — E deu outro grito: — Georgios?

O jovem surgiu à sua esquerda, pronto para servi-lo.

— Sempre às ordens, senhor.

— Georgios, qual é o seu estágio nos grandes mistérios?

— Corvo, senhor.

— Corvo? — Diocleciano fez um muxoxo. — Eu o nomeio mestre.

O rapaz murmurou, sem entender:

— Senhor?

— É o terceiro estágio — explicou Erhard brevemente. — Depois eu lhe conto tudo o que precisa saber.

— Sim, senhor.

Diocleciano encerrou a conversa com um comando enérgico:

— Basta! Os dois, venham comigo.

Georgios, Erhard e o imperador trotaram até o meio da ponte, onde se encontraram com os cavaleiros inimigos. O homem de chapéu açafrão tinha a pele morena, lembrando vagamente um egípcio, e um tufo de pelo sob os lábios escuros. Ele apoiou o estandarte no solo e saudou os presentes.

— Meu nome é Apharban, embaixador de Narses, filho de Sapor, neto de Artaxes, sétimo xá da dinastia sassânida, soberano da Pérsia, governante do

Oriente e do mundo civilizado — ele disse e, apesar do sotaque, falava um grego claro e erudito. — Saúdo os irmãos combatentes.

"Irmãos combatentes" era como os mitraístas se tratavam dentro da prática religiosa. Embora eles não estivessem em um templo, a forma de tratamento era oportuna em situações diplomáticas, para reforçar os votos que haviam feito ao atingir o terceiro estágio, de não atacar outro "irmão" sem lhe dar a chance de se defender.

— Nós o saudamos, Apharban. — Foi Diocleciano quem falou. — Qual é a mensagem de seu rei?

— O xá — corrigiu-o — faz um apelo para que os senhores recuem. A Mesopotâmia e a Armênia são regiões que, por direito, pertencem ao sagrado reino da Pérsia, por isso foram legalmente anexadas. Se depender de nós, a guerra termina hoje, pois eu lhes garanto que o governante do mundo promete não avançar sobre a Capadócia. O que Narses propõe é um acordo de paz. Será traçada uma linha de armistício, tendo como base o Rio Eufrates.

— Se Narses não pretende avançar — o augusto não resistiu à ironia —, como então ele pode se chamar de "governante do mundo"? Um indivíduo com esse título deveria, em tese, almejar a conquista de todo o planeta.

— Pura verdade. — Apharban sorriu com escárnio. — Sou um diplomata. Minhas palavras são leves e doces, porque eu as prefiro ao gosto do aço. No entanto, posso falar como guerreiro também. Como os senhores sabem, Artaxata localiza-se em uma colina solitária, cercada por uma vasta planície. Essa planície encontra-se tomada por nossas forças, que superam em três vezes o seu pequeno grupo. É, portanto, impossível recuperar a cidade e, por conseguinte, a província. Por favor, desistam. Ela é *nossa*. Evitemos a luta e o derramamento de sangue.

O imperador se esforçou para soar respeitoso:

— Não acredito que o seu exército seja tão numeroso como diz. Sabemos que ele sofreu perdas pesadas no começo do ano. De onde surgiu tanta gente?

O diplomata deu outro sorriso, esse com sabor de vitória.

— Posso lhes fornecer provas. Destaque um de seus homens para me acompanhar em cavalgada ligeira até a capital — sugeriu. — Ele comprovará o que estou dizendo.

Georgios sussurrou no ouvido de Diocleciano:

— É uma armadilha.

— Não é — assegurou-lhe o augusto. — Um leão jamais agiria dessa forma.

O conde Erhard se prontificou:

— Posso ir, senhor.

— Não. Você é meu melhor guarda-costas, e Geta é mudo. — O soberano olhou para o afilhado. — Georgios, terá de ser você.

O jovem baixou a cabeça.

— Como desejar.

— Seja rápido — pediu o imperador. — E mantenha os olhos abertos.

Georgios atravessou a ponte e colocou-se do lado dos persas. Apharban fez sinal para que ele o seguisse e disparou pela estrada, levantando poeira. Em menos de uma hora, os catafractários tinham ficado para trás — usavam armaduras pesadas, escudos e lanças e jamais conseguiriam acompanhá-los. Sem eles, a dupla avançou muito rápido. O diplomata ditava o ritmo da cavalgada, parando esporadicamente para urinar e beber água. Durante toda a tarde, ele e o equestre não trocaram uma palavra sequer.

Continuaram galopando noite adentro, até que a lua nasceu e Apharban se desviou para uma trilha, chegando ao topo de um despenhadeiro. Lá, havia um templo em ruínas, com as colunas jônicas tombadas e a escadaria destruída. O lugar, apesar disso, estava devidamente ocupado por uma guarnição de soldados do xá, que o haviam convertido em posto de observação permanente, erigindo três cabanas: uma de suprimentos, outra que servia de alojamento e uma terceira usada como estábulo.

Apharban reduziu o passo, alinhou-se a Georgios e estendeu a ele uma folha de trigo. O paladino ficou sem saber o que fazer e a aceitou. O persa notou sua confusão e disse:

— Pensei que todos os membros da guarda palatina fossem adoradores de Mitra.

— Eu sou um corv... — ele estava prestes a revelar seu estágio nos grandes mistérios quando se deu conta de que fora promovido naquele mesmo dia — mestre.

— Se chegou ao estágio de mestre, deveria saber que o trigo é como a bandeira branca para nós. Deixe-o à mostra e não será agredido.

Georgios prendeu o trigo junto ao broche, sobre a capa. Os soldados saudaram Apharban em sua língua nativa e cumprimentaram o visitante com um balançar de cabeça. Os dois deixaram os cavalos no estábulo e entraram no dormitório, uma casa comprida de madeira, com doze leitos e sem janelas.

— Pode ficar à vontade. Logo trago a comida — disse o enviado de Narses. — Dormiremos pouco. Partiremos antes de o dia nascer.

Apharban cumpriu o prometido e trouxe ao alojamento o que tradicionalmente era oferecido aos soldados em marcha: mingau de aveia, banha de porco e posca. Os inimigos comeram sentados em seus colchões de palha, com três lamparinas acesas.

— O senhor não me parece um mestre dos mistérios de Mitra — insistiu o diplomata. — Sou um leão e sei reconhecer todos que estão abaixo de mim na hierarquia sagrada.

Georgios não estava com a menor disposição para debater com Apharban.

— Faz diferença?

— Para certas coisas, sim. Um punhado de conhecimento a mais. — Ele apontou para a folha de trigo. — Pode significar a diferença entre o senhor ser saudado ou morto.

— O que o faz pensar que eu seria morto?

— Não deveria ser tão insolente. Está em nosso território.

— Quer me dar lição de moral, filho de Zoroastro? Conheço a sua gente. Com trigo ou sem trigo, sei que estão tramando algo. Você pode ter enganado o imperador, mas não me engana.

— Definitivamente, o senhor não é um mestre.

— Chega dessa ladainha. Nós temos um trabalho a fazer, eu e você. — O paladino terminou de comer, colocou o prato de lado e se deitou. — Boa noite, persa. Bom descanso.

No dia seguinte, eles partiram cedo. Como Georgios demonstrara na noite anterior que não tinha interesse em conversar com Apharban, os dois passaram a falar apenas o estritamente necessário.

Enquanto progredia, Georgios observava as fazendas, as aldeias, as propriedades à margem da pista, e reparou no contingente de mulheres e crianças que trabalhava na terra. Não era incomum, mesmo nas províncias romanas, que jovens ou velhas realizassem esse tipo de serviço, mas havia algo de estranho na maneira como se comportavam, como se não soubessem o que estavam fazendo, como se agissem sem a menor naturalidade.

Continuou a jornada, pernoitando em baluartes e em povoados ocupados pelos persas, à beira de lagos ou no cimo de precipícios. Nesses lugarejos, a população havia sido removida — aparentemente às pressas —, o que se verificava pelos itens que haviam sido deixados para trás: brinquedos, roupas, panelas e até animais de estimação. Era como se os pontos em que eles paravam tivessem sido preparados para recebê-los, de modo a criar uma falsa impressão ou ocultar algo que escapava à percepção do equestre.

O solo foi ficando mais árido, mais acidentado e montanhoso, até que no começo do sexto dia Georgios e Apharban alcançaram um desfiladeiro infestado de catafractários, todos fortemente armados. O paladino sentiu um frio na espinha ao notar que os paredões, dos dois lados, eram íngremes demais para que a infantaria descesse, provando que a estratégia de Erhard de empreender uma "luta à moda antiga" jamais funcionaria a contento.

Em vez de adentrar essa fenda, porém, Apharban prosseguiu por uma vereda que os levou a um mirante na encosta de uma das muitas montanhas que abraçavam a grande planície, no centro da qual se localizava a capital do país. Artaxata lembrava uma joia incrustada em uma colina rugosa, com seus prédios helênicos, tão parecidos com os edifícios de Atenas. Diferentemente de outras capitais, todavia, Artaxata não era uma metrópole, mas uma cidadela, uma fortaleza projetada para abrigar o rei e sua corte, com duas linhas de muralhas, portões estreitos, cisternas, depósitos e numerosas torres de guarda.

O palácio, no cume do outeiro, dividia espaço com dois templos — um dedicado a Zeus e outro a Héracles — e era cingido por jardins de inigualável beleza. Finalmente, acampado ao redor da cidade, encontrava-se o famigerado exército persa, com suas barracas coloridas, áreas de exercício, estábulos improvisados, fossos e valas de esgoto. Naquela manhã de sol forte, era possível enxergar cada um dos soldados, os cavaleiros, os oficiais e as coortes em treinamento. Era uma visão assustadora, sobretudo porque a infantaria superava em quase três vezes as legiões de Diocleciano, conforme advertira Apharban.

— Está satisfeito agora? — perguntou o diplomata.

— Sim — respondeu Georgios de um jeito dúbio. — Muito satisfeito.

— O senhor é um sujeito difícil de impressionar.

— Já vi muita coisa. — O horizonte, a leste, era dominado pelo Monte Ararate com seus picos nevados, onde, segundo judeus e cristãos, Noé teria deixado a arca após o Dilúvio. — Bom, suponho que agora eu precise voltar.

— Retorne em segurança. Com o ramo de trigo ninguém o atacará — prometeu Apharban. — Os guardas dos postos de vigília foram avisados de que o senhor vai pernoitar nos alojamentos e vão alimentá-lo. Eu o acompanharia, mas o xá dará um banquete e não quero perder.

— Ninguém quer perder. — O paladino apertou a mão do oponente. — Passe bem, senhor Apharban.

Girou então o corcel, quando o persa resolveu provocá-lo.

— Kartir me contou sobre o senhor. Disse que lamenta pelo seu pai. Um grande guerreiro assassinado por bárbaros. — Deu um sorriso irônico. — Sinto muito por ele.

Georgios sentiu o sangue ferver. Em outros tempos, teria sacado a espada e degolado o mensageiro de Narses, mas já não era tão jovem para os padrões militares e estava, aos poucos, aprendendo a controlar seus instintos. Preferiu usar a razão e deu o troco na mesma moeda:

— Pois diga a Kartir que eu também lamento por Gothar, seu aprendiz. Uma pena ele ter morrido do jeito que morreu. Sinto muito por ele.

Apharban ficou pálido. Depois, fez uma cara de nojo e não disse mais nada. O equestre deu meia-volta e tomou a estrada. Sozinho, cavalgou ainda mais rápido, dormiu muito pouco e comeu menos ainda. Enfim, dez dias após ter partido, ele chegou ao acampamento romano na outra margem do rio. Estava imundo, exausto e três quilos mais magro.

Os homens haviam erguido uma paliçada ao sopé de um barranco, apesar da trégua proposta por Narses. Os vigias soaram os trompetes quando avistaram Georgios e abriram a porta para recebê-lo. Diocleciano não se importou com a sujeira e deu um abraço no afilhado. Ordenou que comesse e se lavasse. No cair da noite, estavam todos — os legados, os paladinos, o césar Galério, o rei Tirídates e o imperador — reunidos na tenda do divino augusto de Roma para escutar o que Georgios Graco tinha a dizer. O clima era de total consternação, pois eles haviam, no íntimo, acreditado nas palavras de Apharban. Diocleciano estava arrasado e Tirídates parecia em permanente estado de choque, com o olhar perdido e a voz tremulante. Galério, que desejava recuperar o prestígio que perdera em Carras, tomou a iniciativa e perguntou ao equestre:

— E então, comandante? O que tem a nos revelar sobre a sua incursão?

— Confirmo que a capital está cercada — contou o oficial palestino. Estava de pé diante dos generais. — Por alto, contei setenta e cinco mil almas.

Tirídates escondeu o rosto entre as mãos. Diocleciano lamentou:

— O nosso contingente é de trinta mil. — Tocou o ombro do Velho Hércules. — Sinto muito, meu amigo. Não podemos vencer. Não contra setenta e cinco mil persas.

Era a deixa que Georgios esperava.

— Contei apenas vinte mil persas, senhor. Talvez sejam até menos.

Galério encrespou o cenho, preocupado.

— Como assim? São setenta e cinco mil ou vinte mil?

— Contei setenta e cinco mil homens — repetiu o paladino calmamente — e cerca de vinte mil persas.

Diocleciano deu um soco na mesa.

— Explique-se!

— Os agentes de Narses parecem ter percorrido cada aldeia nas redondezas em busca de homens adultos — informou o rapaz. — Conseguiram reunir cinquenta e cinco mil armênios, a maioria fazendeiros, pastores, carpinteiros, gente comum. Não creio que essas pessoas saibam lutar. Tampouco que elas *queiram* lutar. Era um embuste, um teatro para nos confundir. Quando recuarmos, eles devolverão esses camponeses às suas localidades de origem para que possam voltar ao trabalho. Ou passarão fome no próximo ano.

Era uma situação tão inusitada que os generais precisaram de tempo para digeri-la. Como patrícios, no entanto, eles sabiam que, apesar da excentricidade do plano, os persas eram capazes de tudo e usavam estratagemas desconhecidos no Oeste.

— Comandante — era Galério quem perguntava a Georgios —, o senhor tem certeza do que está dizendo?

— Com todo o respeito, césar — replicou o filho de Laios —, que tipo de certeza se pode ter em uma guerra?

O augusto interveio:

— O comandante Graco tem razão. Nada é garantido quando se entra em combate. No entanto — acrescentou, orgulhoso —, quem busca a vitória precisa arriscar.

— Essa é a boa notícia — tornou a falar o equestre. — A má é que a estrada está bem vigiada. Na minha avaliação, seria impossível chegarmos à capital com todas as nossas unidades intactas. Seríamos emboscados dia e noite. Os persas estão em alerta e conhecem a região.

Seguiu-se uma longa pausa, até que Tirídates ergueu a face, e seus olhos estavam vermelhos de ódio. Não obstante, ele falou baixo, com a voz rouca e pausada:

— Os senhores se esquecem de que estão no *meu* país, banhado com o sangue dos meus ancestrais. O meu pai foi morto por um assassino a serviço de Sapor. Passei a infância cavalgando por estas plagas — afirmou, para concluir com uma relevação formidável: — Conheço uma passagem pelas montanhas. Ela segue por ravinas e desponta na face oeste do Monte Ararate. Se conseguirmos completar a travessia, podemos surpreendê-los.

Os oficiais permaneceram calados, pensativos. Depois de um minuto inteiro, Diocleciano fez o questionamento que todos gostariam de fazer.

— Galério — ele se virou para o genro —, temos suprimentos para uma jornada dessa natureza?

O césar respondeu, pesaroso:

— O senhor sabe que não, augusto.

— Não devemos acreditar no que o persa nos disse, seja ele leão, acólito ou mestre — prosseguiu o Velho Hércules. — Depois da Armênia, Narses avançará rumo à Capadócia. — Ele ergueu a voz, enfático: — Precisamos lutar!

— Concordo — aquiesceu o imperador. — Mesmo assim é arriscado.

— Quem busca a vitória precisa arriscar! — exclamou Tirídates. — Não foi o que disse minutos atrás?

Diocleciano ficou sem saída. Embora fossem amigos, o rei o encurralara sem piedade. Tirídates não era tolo. No fundo, ele sabia que o imperador tivera conhecimento prévio do ataque dos persas e preferira nada fazer durante a primeira invasão, com medo de que o armênio acumulasse poder. Era um procedimento clássico dos imperadores romanos esperar que um determinado inimigo assaltasse um reino aliado, destruísse suas defesas e enfraquecesse o monarca, para só então entrar em ação. Em tempos de rebeliões provincianas, governadores fortes podiam ser mais perigosos do que adversários estrangeiros, então, politicamente, a estratégia era eficaz, apesar de perversa.

Georgios percebeu, naquele instante, que a amizade entre Diocleciano e Tirídates se sustentava unicamente na troca de interesses macabros. No princípio, teve pena daqueles homens, em seguida sentiu medo deles, porque pessoas assim são em geral egoístas, ardilosas e desleais.

O concílio deu-se por encerrado, e no momento em que os generais se retiraram o equestre se lembrou das palavras de Sexto.

— *Se resolver se envolver com política* — dissera o filósofo às margens do Nilo —, *você vai morrer, meu amigo.*

Naquela noite, o imperador dispensou Georgios do turno de guarda, porque ele cavalgara dezenas de quilômetros e precisava descansar. Os outros dois paladinos permaneceram na tenda cuidando da proteção do augusto. O equestre aceitou a dispensa, mas antes de sair avisou:

— Kartir continua vivo, senhor. Ele está em Artaxata agora.

Diocleciano, que já tinha se deitado, colocou-se prontamente de pé.

— Kartir, o mago?

— Sim, senhor.

— Impossível. O seu pai o matou.

Erhard, sempre frio e controlado, demonstrou preocupação.

— Quem lhe disse isso, comandante?

— Apharban — respondeu Georgios. — O diplomata.

— E se for mentira? — questionou o soberano.

— Não é — assegurou-lhe o rapaz. — Um leão jamais agiria dessa forma.

Diocleciano encarou a chama de uma lamparina, como quem se perde dentro do fogo.

— Obrigado, comandante — ele disse a Georgios, sentando-se na cama. — Pode ir agora.

Dois dias depois, Narses enviou um trio de batedores para investigar o acampamento inimigo, e Apharban estava entre eles.

O plano, ao que se pôde notar, funcionara melhor que o esperado. Diocleciano ordenara que seus homens queimassem a paliçada e se pusessem em marcha, um costume tipicamente romano. Pelos cálculos, eles já deviam estar milhas distantes, cruzando as fronteiras da Capadócia.

Apharban considerava aquela uma vitória *sua*. Enganara não só o próprio augusto como Georgios Graco, seu protegido. Uma façanha daquelas facilitaria, e muito, seu ingresso no círculo interno de sacerdotes de Zoroastro, ainda mais agora que Gothar estava morto. Ganharia a confiança do mago Kartir e poderia, quem sabe, galgar um dia a uma posição a seu lado.

— Retorne imediatamente à presença do xá — ordenou a um dos batedores mais rápidos. — Diga a Narses que Diocleciano retrocedeu, que a guerra acabou — murmurou ele, então elevou a voz — e que *nós* vencemos.

XLIII

MULHERES DE ROMA

DEPOIS DE PERCORRER MEIO MUNDO — LITERALMENTE —, LINOS FLAMÍNIO, o mensageiro contratado por Tysa para entregar uma carta à princesa Valéria, enfim cruzou os portões da Nicomédia.

Ao contrário da maioria dos mensageiros comuns, que em geral eram jovens oficiais em treinamento, Flamínio tinha cinquenta e três anos e trabalhava por conta própria. Grisalho, de estatura baixa e braços peludos, exibia um nariz proeminente que concentrava grande parte de seu charme. De fato, embora rústico na aparência, ele era conhecido por ter doze netos, quarenta e dois filhos e treze esposas, uma para cada província do Leste, mesmo a poligamia sendo malvista pelos sacerdotes da época.

Carregando uma só bolsa de ombro — e nada mais além da capa, das botas de cavalaria, de uma faca curva e da roupa do corpo —, Flamínio seguiu o aqueduto, circulou o hipódromo e trotou até o palácio imperial. Fazia anos que ele não visitava a Cidade Branca e se surpreendeu ao ver as praças reformadas, as fontes polidas, os becos limpos, os parques com árvores novas e as ruas principais tão bem vigiadas.

Levou uns dez minutos margeando as muralhas até chegar à entrada principal do palácio. O portão estava aberto e com as grades recolhidas, embora protegido por dez legionários. O que se enxergava a partir da calçada era uma alameda salpicada de seixos e ladeada por belos ciprestes italianos, que terminava nas escadarias do prédio central.

Enquanto Flamínio observava o complexo de longe, um centurião o abordou, perguntando o que ele fazia naquelas paragens.

— Procuro pela senhora Valéria — respondeu ele —, a esposa do césar, filha do divino augusto de Roma.

O centurião começou a rir. Era um indivíduo idoso, de cabeça branca, com algumas medalhas sobre a cota de malha.

— O senhor — ele disse essa palavra de modo sarcástico, mas sem soar agressivo — tem um encontro marcado?

— Receio que não. — Flamínio desceu do cavalo. O animal parecia cansado e estava sujo, com as patas cobertas de lama. — Se bem que... Olha, quem dera — brincou. — Imagine só, um sujeito como eu cortejando uma princesa. Seria um escândalo até para Júpiter. Mas não... — Riu, descontraído. — Sou apenas um mensageiro. Trago uma carta para a cesarina.

— Carta? — O centurião fechou a cara. Os correios eram um meio de comunicação essencial para o Império. Impedir um nobre, oficial ou burocrata de receber uma mensagem constituía infração grave no exército. Os transgressores costumavam ser punidos com multa e às vezes com chibatadas. — Onde estão seus documentos? De que legião você é?

— Legião? — Flamínio achou graça na pergunta. — Sou um mensageiro civil, meu amigo. Já cumpri o meu tempo de serviço — mentiu — e agora trabalho como autônomo.

Outros três soldados se aproximaram para entender o que estava acontecendo — e para dar apoio a seu chefe. Dois arqueiros os vigiavam do passadiço e mais dois das torres de guarda. Um deles, sorrateiramente, pôs uma flecha no arco.

— Quem é você? — exigiu o centurião. — Qual é o seu nome e de onde vem?

Flamínio disse quem era, mas se recusou a revelar quem o havia mandado.

— É confidencial — alegou. — Senhores — ele olhou para os guardas que o cercavam —, entendo que estejam cumprindo o seu papel, mas não compreendo, sinceramente, o motivo de tanta cautela. Sou um mero carteiro. Como arma — ele abriu a capa e mostrou a faca — possuo somente esta lâmina, que uso para caçar e para me proteger contra os salteadores de estrada. Podem me revistar se quiserem, mas eu os aconselho a não ler a mensagem que trago na bolsa. O imperador pode não gostar — ajustou o tom para torná-lo sombrio —, e ele não costuma ser muito tolerante com quem fica em seu caminho.

Os soldados se entreolharam. Deveriam dar passagem àquele indivíduo, permitindo que um completo desconhecido adentrasse o palácio? Ou deveriam barrá-lo, preservando a integridade da cesarina e de seu séquito?

O centurião, preocupado em não perder seus benefícios futuros — faltava apenas um ano para se aposentar —, olhou para o forasteiro e disse:

— Se a sua mensagem é para a cesarina, então esse assunto escapa à nossa alçada. — Girou a cintura e acenou para um dos soldados. — Horácio, corra até o palácio e chame Diógenes.

— Diógenes — perguntou o rapaz com certo receio na voz —, o paladino?

— Ele mesmo — confirmou o chefe da guarda. — Deixemos que o Minotauro decida sobre essa questão. — Estendeu o braço, indicando o prédio central do complexo. — Pode ir.

Minotauro era o apelido que Diógenes, o mais forte dos paladinos, havia ganhado enquanto lutava nas arenas de gladiadores da Trácia. Libertado pelo próprio Diocleciano após um combate em que poupara a vida de seu oponente, fora convidado a se tornar um joviano e, poucos anos depois, um paladino.

Diógenes, um gigante calvo de olhos verdes e pele bronzeada, era um dos homens mais caridosos da guarda, mas sua presença assustava. Com quase dois metros de altura, vestia uma túnica parda, capa púrpura, saiote metálico e uma proteção feita com placas sobrepostas de aço que se estendia do ombro até o punho direito. Era a famosa *manica*, acessório usado pelos gladiadores para proteger o braço com o qual manejavam a arma, sendo que no esquerdo eles normalmente traziam o escudo. Diógenes, na ocasião, portava apenas um tridente curto, preso às costas por uma tira de couro. Saltou do cavalo em frente ao portão, fez um sinal para os guardas, transpôs as muralhas e se dirigiu ao carteiro.

Linos Flamínio levantou os braços, como quem se rende em batalha. Ele sabia ler as pessoas e percebeu, pela experiência que acumulara ao longo de anos, que não estava em perigo, que o Minotauro não desejava seu mal.

— O senhor usa os trajes de um lutador de rua, mas a capa de Júpiter — comentou o emissário, com verdadeiro fascínio na face enrugada. — Que combinação interessante.

Diógenes se apresentou ao estrangeiro e explicou o que faria a seguir:

— Lamento, mas não poderá entregar a carta pessoalmente à cesarina. Está fora de questão. Mesmo que o revistássemos, não posso permitir que se aproxime da filha do imperador, ainda mais ela sendo também esposa de um dos tetrarcas — explicou o guerreiro. — Por outro lado, tenho ordens para não deixar que mensagens importantes escapem à atenção da princesa. Sendo assim, terei de pegar a correspondência à força, se você não quiser me entregá-la.

— Ora, mas foi exatamente isso que me disseram os godos em Sirmio. — O viajante olhou ao redor como se calculasse uma rota de fuga. — Os patifes tentaram me intimidar para que eu desse a carta a eles, enquanto na verdade a cesarina sequer estava na capital da província. Ocorre, porém, que eu tenho uma reputação a zelar. Fui pago, e muito bem pago, para fazer o documento alcançar seu destino. Logo, sugiro que façamos um acordo. Entrego-lhe o manuscrito, sem problemas, mas permita que eu veja a princesa recebendo-o, de uma distância segura. Digamos, do outro lado de um pátio. Só preciso ter certeza de que fiz meu serviço e que a carta chegou às mãos certas.

— E como você reconheceria a cesarina? — perguntou Diógenes, procurando falhas e incongruências na história.

— O rosto dela está estampado em bustos e estátuas por toda Sirmio. Considere que um viajante como eu precisa ter boa memória. Nunca esqueço um rosto. Se bem que — ele falou com um misto de tristeza e sarcasmo — às vezes me confundo com os meus próprios filhos.

Diógenes achou o comentário engraçado, deu um sorriso de canto de boca, e naquele momento Flamínio percebeu que o havia conquistado. O Minotauro então o revistou, tirou-lhe a faca e permitiu que ele entrasse na cidadela.

— Pode trazer o cavalo, se quiser — disse o paladino, apontando para o prédio central do palácio. — O caminho é longo até lá.

— Longo, mas deslumbrante — elogiou o carteiro, reparando no bosque que circundava o complexo. — Quantos tipos de árvores vocês têm por aqui?

— Tipos de árvores? — Diógenes franziu a testa, indiferente. — Não faço a menor ideia.

— E animais? Que animais são criados nestas matas? Parece que há espaço suficiente para uma boa caçada. O senhor gosta de caçar, paladino?

— Para ser sincero, não — retrucou Diógenes. Ele cavalgava na frente, seguido por Flamínio em um ângulo oblíquo à direita. — Um caçador precisa ser cauteloso. Nunca tive essa qualidade. Sempre preferi a ação…

Diógenes se calou de repente, ao notar que o cavalo de Flamínio havia parado. Escutou então um ruído surdo, como se um saco de farinha tivesse sido atirado ao solo.

Olhou para trás.

O mensageiro jazia no chão, de bruços, rígido, completamente apagado.

Desmontou e foi socorrê-lo. Sem muito esforço, colocou-o de barriga para cima. O sujeito não respirava. Rasgou-lhe a túnica e pressionou a têmpora contra o peito dele. Não ouviu os batimentos cardíacos.

Recolocou o corpo, enviesado, sobre a sela e o conduziu até o palácio. Lá chegando, clamou por ajuda.

Quinze minutos depois, o cadáver de Linos Flamínio repousava sobre um banco de mármore, em um dos muitos pátios internos do palácio imperial da Nicomédia.

— O coração dele parou — concluiu Zaket. O secretário de Diocleciano era também o prefeito da casa, isto é, o funcionário responsável pela administração do complexo, e precisava estar ciente de tudo o que acontecia dentro dos muros. — Simplesmente parou.

— Como sabe? — Diógenes observava o defunto. — Pensei que você fosse engenheiro, não médico.

— Não precisa ser médico para saber. Pelo que você me disse, ele era um carteiro. Esses profissionais às vezes viajam dia e noite. E este homem — o egípcio apontou para o rosto do falecido — já tinha certa idade. Esse tipo de rotina cobra o seu preço.

— Pode ser. — Diógenes olhou para o tubo de couro que havia encontrado com o emissário de Tysa. — Ele queria entregar esta carta à cesarina. O que sugere que façamos?

— Sugiro que entreguemos. Mas antes vamos investigar o conteúdo. — Estendeu a mão para o paladino. — Deixe-me verificar o objeto.

O Minotauro hesitou.

— Essas informações são supostamente confidenciais.

— Não vou ler a mensagem — prometeu Zaket. — Só quero conferir se o invólucro não está envenenado.

O egípcio apanhou o canudo e o abriu, cheirando dentro dele.

— Ouvi falar que os persas põem um tipo de pó nesses recipientes. — Retirou a mensagem, rompeu o selo, estendeu o papiro no chão e passou a mão sobre a tinta. — Ou escrevem seus textos com pigmento tóxico. — Enrolou o documento de novo e o recolocou no estojo de couro. — Pronto. Se em dez minutos eu não começar a estrebuchar — devolveu a mensagem a Diógenes —, você pode levar a carta em segurança à cesarina.

O paladino esperou o tempo sugerido.

— Como se sente? — perguntou.

— Ótimo — afirmou o egípcio. E, antes de encerrar a conversa, comentou: — Reparou que o selo não trazia um símbolo? E que o único que poderia confirmar a identidade do remetente — apontou para o cadáver — está morto diante de nós?

— Sim — assentiu o Minotauro. — Mas o que você quer dizer com isso?

— Irônico, não? O carteiro cumpriu sua promessa — divagou Zaket, observando mais uma vez o corpo de Linos Flamínio. — Levou o segredo para o túmulo. Que curioso — murmurou. — Que coisa...

Valéria Galéria — ou apenas Valéria — era uma moça magra, pequena e retraída, que parecia ser feita de madrepérola. Sua personalidade discreta contrastava com a imponência da mãe, Prisca, que mais de uma vez atuara como conselheira de Diocleciano, incentivando o marido a tolerar e a aceitar os cristãos, admitindo alguns deles como funcionários da corte.

Essas duas personagens mais o menino Candidiano, filho de criação de Valéria, tomavam sol em um longo gramado localizado na ala posterior do palácio. O garoto observava os movimentos de um falcoeiro, que lançava o pássaro ao céu e com um assovio o chamava de volta.

Diógenes se aproximou das mulheres, fez uma mesura e entregou a carta à cesarina. Prisca agradeceu e o dispensou enquanto a princesa lia a mensagem.

— É de Tysa — disse a moça para a mãe. — Esposa do falecido senador Caio Valério Fúlvio, do Chipre.

Prisca pediu para ler o documento, e seu semblante se contraiu.

— Não está assinada. — Examinou o verso do papiro, mas não encontrou marcas ou símbolos distinguíveis. — Tem certeza de que foi enviada pela senhora Fúlvia?

— Sim — respondeu Valéria. — Ficamos muito amigas quando ela esteve em Sirmio. Estabelecemos alguns sinais para que nos reconhecêssemos sem precisarmos nos identificar, como o uso e a repetição de certas palavras — contou. — Ela afirma nestas linhas temer que a perseguição promovida pelo meu marido possa se entender até o Chipre. O que a senhora acha, minha mãe?

Prisca engoliu em seco. Cruzou os braços sobre a estola e observou o neto correndo pelo gramado atrás do falcão.

— Conversei ontem com Leônidas, o bispo de Niceia, e ele acredita que essa perseguição se restringirá à Panônia. Sabemos que Rômula está por trás dos massacres, e que com Galério em campanha o poder dela se reduz enormemente. No entanto — pontuou a imperatriz —, essas catástrofes são sempre discretas no início, como uma fagulha que começa a arder sob o feno e de repente incendeia todo o celeiro. O nosso povo — agora ela se referia aos cristãos — já passou por momentos difíceis. Portanto — avaliou Prisca —, eu diria que todo cuidado é pouco.

— O que devemos fazer? — perguntou Valéria, como se pedisse ajuda. — Os nossos maridos foram para a guerra. Estamos sozinhas, sem tropas ou aliados políticos. Como podemos ajudar Tysa e os cipriotas? Como prevenir que essa perseguição se alastre?

Pela primeira vez, o falcão não obedeceu ao chamado de seu treinador. Desceu com as asas abertas, deu um rasante, apanhou um sapo e o devorou em pleno ar. Só depois retornou à luva do falcoeiro.

Prisca enxergou nisso um sinal. E subitamente teve uma ideia.

— Só existe uma pessoa que pode nos ajudar — avisou, os olhos fixos no céu —, e não é um soldado.

Antes que Valéria perguntasse quem era a pessoa, a imperatriz mandou chamar um cavaleiro de sua confiança. O nome dele era Celso Magno, um jovem oficial que, assim como ela, cultuava Jesus Cristo em segredo.

— Magno — Prisca encarou o rapaz —, prepare-se para realizar uma viagem à Trácia. Precisará ir sozinho.

O cavaleiro a fitou com seus olhos castanhos. Era magro para os padrões do exército, tinha a pele clara e os cabelos negros, curtos e lisos.

— Como desejar, augusta — disse ele. — Quando devo partir?

— Hoje à noite. É importante que saia às escuras e que aja como civil — explicou. — Levará uma carta minha à senhora Flávia Júlia Helena, cesarina de Bizâncio.

— Helena — murmurou Valéria. — Será que ela é a pessoa certa, minha mãe?

— Espero que sim — declarou Prisca, espiando o neto de través. — Com a graça de Deus, espero que sim.

XLIV

INIMIGOS ÍNTIMOS

— O SENHOR PROMETEU QUE ME ENSINARIA OS SEGREDOS DO TERCEIRO ESTÁGIO — disse Georgios ao conde Erhard. Os dois cavalgavam lado a lado através de uma depressão calcária, com o exército romano inteiro às suas costas —, para que eu me tornasse um mestre nos mistérios de Mitra.

— Eu prometi que lhe contaria tudo o que você precisasse saber, não que revelaria os segredos. Na realidade — pontuou o chefe dos paladinos —, eu já lhe ensinei tais mistérios.

Georgios ouviu um corvo grasnar, o que geralmente era tido como um péssimo agouro. Fazia dez dias que as tropas marchavam em silêncio, sem música ou canções, para evitar chamar atenção — e, dentro do possível, tinham conseguido. Eram guiadas pelo próprio rei Tirídates, que seguia na frente, acompanhado de Galério, à direita, e de Stronka, à esquerda.

— Quando? — perguntou o equestre.

— Na aldeia de Abodiacum, antes de iniciarmos a travessia pelos Alpes. Na ocasião, eu lhe contei sobre a necessidade de encarar qualquer rival como inimigo, mesmo que ele fosse seu amigo. Está lembrado?

— Estou.

— Pois esse é o segredo do terceiro estágio — cravou Erhard. — O que define um mestre nos grandes mistérios é sua capacidade de enfrentar qualquer adversário. Essa habilidade é relevante pois, sobretudo em tempos de crise, aliados se tornam oponentes e oponentes se tornam aliados.

— Compreendo. — Georgios assentiu, fingindo determinação. — Creio que posso me considerar um mestre, então, pois estou à altura dessa tarefa.

— Está mesmo? — O conde balançou a cabeça, como se duvidasse. — Se tivesse de lutar comigo, você me mataria?

— Por que eu lutaria com o senhor? Prefiro nem pensar nessa hipótese.

— Se o pensamento lhe é repulsivo, então você ainda não está pronto. Esse é o tipo de atitude inadmissível para um mestre nos mistérios de Mitra — decretou o Louro —, bem como para um soldado da Púrpura.

O comentário atingiu o filho de Laios como um soco no estômago.

— Está dizendo que devo estar preparado para enfrentar e matar inclusive as pessoas que amo?

— Dependendo da situação, sim. Georgios — ele o chamou pelo primeiro nome, como fazia sempre que desejava instigá-lo —, quando eu o vi pela primeira vez, você tinha apenas catorze anos e estava lutando contra um indivíduo ao menos uma década mais velho. O que eu nunca lhe disse é que você poderia tê-lo vencido. Só não venceu porque nutria certa simpatia por ele. Perceba que essa fraqueza o teria matado se eu não tivesse aparecido. Um verdadeiro soldado — alertou — não pode agir dessa maneira.

— Estamos discutindo situações extremas.

— Os soldados *sempre* devem estar preparados para situações extremas. É o que nos diferencia dos políticos, dos camponeses, dos sacerdotes, das pessoas comuns. Um soldado acorda toda manhã, olha profundamente no rosto da morte e a desafia para um duelo, mesmo sabendo que um dia ela vencerá a disputa. Por outro lado, não posso negar que todo paladino tem sua fraqueza — continuou ele, semicerrando os olhos para protegê-los do sol. — Geta é mudo, Alexius era impulsivo, Diógenes é de fácil persuasão, Libânio às vezes exagera na bebida, e você é benevolente demais. Suponho que tenha herdado essa característica de sua mãe.

Georgios se arrependeu de ter tocado no assunto, não deu prosseguimento à conversa e continuou cavalgando. Se os cálculos de Tirídates estivessem corretos, eles chegariam a Artaxata em setembro. O percurso transpunha regiões muito ermas, através de várzeas, colinas e passagens estreitas. Os povoados, quando eram avistados, apareciam a distância, na forma de minúsculas cabanas com línguas de fumaça subindo aos céus. Galério, que sempre se mostrara contrário ao plano de Tirídates, duvidava de que os camponeses não tivessem notado a presença romana. Para ele, era uma questão de tempo até que suas legiões fossem emboscadas, mas a verdade é que os primeiros dias transcorreram sem incidentes.

Pelo décimo quinto dia, a comida começou a escassear, como aliás ele havia previsto. Faltava ainda metade do caminho, e os generais deram início ao programa de racionamento, o que desagradou os soldados, que dormiam pouco e marchavam quase que ininterruptamente, do nascer ao pôr do sol. Ninguém, àquela altura, apostava em um motim, mas os legionários precisavam estar motivados e em plena forma, porque a luta que os aguardava prometia ser dura, cansativa e potencialmente fatal.

No vigésimo dia, os oficiais também precisaram racionar água, e o moral das tropas despencou. Um trio de batedores trácios, montados em cavalos ligeiros e protegidos por corseletes de couro, costumava fazer o reconhecimento, trotando uns cem metros à frente. O exército tinha acabado de descer um vale e agora cruzava um bosque de faias quando esses ginetes retornaram com a expressão alarmada. Dirigiram-se a Galério.

— Há uma fortaleza adiante, césar — avisou um deles. — Com quatro guardas.

Galério e Diocleciano se entreolharam. O imperador perguntou a Tirídates:

— Este não era um caminho secreto?

— Era — confirmou o rei.

Galério se virou para o batedor.

— Quem são eles? Persas?

— Não sei informar — admitiu o trácio. — Não vi bandeiras ou estandartes.

O césar agradeceu ao homem e disse:

— Eu vou.

— Não. — Diocleciano o segurou pelo braço. — Envie um destacamento.

— Negativo. — Depois da derrota na Mesopotâmia, Galério precisava provar seu valor. Não era só uma questão de honra, mas de sobrevivência política. — Eu *vou*.

Selecionou três cavaleiros godos, que eram rápidos e habilidosos com a espada. O grupo precisava ser pequeno, ou os persas — se é que eram persas — os avistariam facilmente. Diocleciano sentiu a necessidade de enviar junto alguém em quem confiasse. Georgios era o mais indicado, mas, se o escolhesse de novo, os demais paladinos se sentiriam preteridos. Por mais que detestasse, optou pelo misterioso Cavaleiro Vermelho.

— Geta — ele o chamou. — É a sua vez.

O paladino agradeceu com a cabeça.

Galério reuniu o time.

— Sigam-me, rapazes.

Os cinco guerreiros partiram debruçados sobre as selas, os elmos raspando nos galhos das árvores. O bosque não era denso, mas dispunha de vegetação suficiente para escondê-los por mais alguns metros. O chão era de terra batida, com raízes secas que brotavam do solo.

Os generais esperaram cerca de uma hora. Por volta do meio-dia, Diocleciano despachou dois trácios para sondar o terreno. Reapareceram cinco minutos depois junto de Galério, Geta e dos três auxiliares. O Cavaleiro Vermelho estava prostrado sobre o equino, os braços murchos, feito um boneco de palha. O augusto aproximou-se dele e o cutucou. Geta não reagiu.

— O que aconteceu? — ele perguntou a Galério.

— Eram seis — respondeu o césar, ofegante. Estava sujo, com a armadura salpicada de sangue e um imenso hematoma na cara. — Um deles fugiu.

— O quê?

Galério ergueu a voz:

— Um deles fugiu!

Os tetrarcas se estranharam, e os ânimos teriam se exaltado se Geta não tivesse gemido, lembrando aos companheiros que estava à beira da morte e precisava de socorro imediato.

— Coloquem-no no chão — ordenou o imperador. — Pela graça de Mitra — ele falou aos oficiais —, não fiquem aí parados. Façam alguma coisa!

Galério desmontou.

— Vou levá-lo ao meu médico — disse. — Ele ficará bem, garanto.

Dito isso, Geta foi conduzido à retaguarda das linhas para ser entregue aos cuidados de Pantaleão. Enquanto assistia a seu guarda pessoal ser carregado, Diocleciano sentiu-se a pior criatura do mundo, porque não estava preocupado com o paladino, tampouco com sua integridade física. Só conseguia pensar no persa que havia fugido e no alerta que ele daria a Narses.

O plano tinha fracassado. Eles haviam perdido o elemento surpresa. E agora o augusto começava a desconfiar de Tirídates.

Os homens armaram uma tenda para Geta e o deitaram sobre uma esteira de palha. Pantaleão limpou o ferimento e o examinou com bastante cautela.

Georgios ficou olhando para o amigo, tentando decifrar sua expressão, mas o rosto do médico era como uma máscara de cera.

— Ele perdeu muito sangue, augusto. — Pantaleão reportou-se a Diocleciano, que tinha acabado de entrar no abrigo. — Infelizmente, não há o que eu possa fazer.

— Quem pode? — quis saber o governante.

— Neste ponto, só Deus pode salvá-lo — explicou, as palmas unidas. — Ou os deuses, se preferir.

— Quanto tempo ele ainda tem de vida?

— Duvido que passe desta noite. — O médico encostou a mão na testa do Cavaleiro Vermelho, que só delirava e gemia. — Sinto muito. Sei que ele era um grande soldado e um bom amigo.

O imperador não estava com paciência para escutar condolências, deu meia-volta e deixou a barraca. No bosque, a tarde caíra e as cigarras cantavam. Georgios e Erhard o escoltavam, calados como bons guarda-costas. Enquanto o augusto contemplava a mata, Tirídates se aproximou.

— Aqui estamos nós — divagou o imperador, com a clara intenção de provocá-lo. — No extremo do mundo, testemunhando o fim do Império Romano. Era o que você queria, meu amigo? — perguntou para o monarca em tom de ironia. — Era o que tinha planejado para nós?

— O que está insinuando? — O Velho Hércules fez como se não tivesse entendido. — Não sei do que está falando.

— É claro que sabe. — Diocleciano o encarou. — É uma emboscada, não é?

— Emboscada? — O rosto de Tirídates ficou vermelho de cólera. Erhard pressentiu o perigo e se colocou entre os dois homens fortes para evitar que se agredissem. Fisicamente, conseguiu apartá-los, mas não foi capaz de evitar o confronto. — Está me chamando de traidor?

— Não sei. Você é?

— Para o Hades com suas palavras — o rei ergueu a voz. — O meu pai foi assassinado na minha frente quando eu era menino. Jamais me venderia aos persas. Já você, augusto, parece que...

— Cuidado. — Diocleciano tocou o cabo da espada, e Georgios precisou segurá-lo. — Tenha muito cuidado com o que vai dizer.

O desafio, feito diante de todos, era um teste para o rei dos armênios. Se ele recuasse, ficaria desmoralizado; se avançasse, seria trucidado pelos paladinos.

Galério, ao presenciar aquela cena dantesca, entendeu que nunca mais voltaria para casa, porque os sassânidas provavelmente já sabiam onde eles estavam e os massacrariam na primeira oportunidade. Só o que lhe restava era rezar. Fez uma prece silenciosa a Atena, a deusa grega da sabedoria em combate, e pediu que ela lhe apontasse um caminho, que lhe mostrasse um jeito — ainda que tortuoso — de afastar as trevas e alcançar a vitória.

O impasse teria terminado em sangue se uma sombra não tivesse surgido nas imediações do bosque, sorrateira como uma lebre, trazendo um saco debaixo do braço. Os sagitários, sempre alertas ao entorno, puxaram os arcos e os apontaram na direção do forasteiro. Em um ato reflexo, Diocleciano e Tirídates desembainharam suas lâminas, mas, em vez de se posicionarem um contra o outro, concentraram-se na nova ameaça.

O visitante foi chegando perto, e logo os soldados perceberam que o saco que ele segurava era na realidade uma cabeça humana. Os gregos retesaram suas cordas e estavam prestes a disparar quando Georgios ordenou que parassem.

— Ele está desarmado — reparou o paladino. — Sugiro escutarmos o que tem a dizer.

Diocleciano aquiesceu, os homens relaxaram e o intruso os alcançou. Era idoso, magro, tinha a barba branca e o nariz torto. Suas roupas eram simples, próprias de um aldeão, e a cabeça que ele trazia estava coberta por uma touca metálica.

— É o crânio de um cavaleiro persa. — O augusto gesticulou e os arqueiros recolheram suas setas. — De um catafractário.

O homem parou a uma distância segura e se ajoelhou, prestando reverência não ao imperador, mas ao rei Tirídates, que se moveu até ele, estendendo-lhe a mão.

— Majestade — disse o velho no dialeto dos armênios, uma mistura de grego, latim e aramaico. — Eu o saúdo.

Com um sinal, o Velho Hércules pediu que ele se levantasse.

— Quem é você?

— Ninguém, majestade — respondeu o aldeão. — Só um mensageiro.

— Um mensageiro? — O rei estava curioso. O clima era de expectativa mágica. — Qual é a sua mensagem?

— O povo o ama, senhor — disse ele. — O povo armênio o idolatra. Estamos prontos para servi-lo. Somos seus súditos.

O nome do aldeão era Egenor. Conforme os legados saberiam naquela noite, ele representava uma congregação de tribos insatisfeitas com o jugo estrangeiro. Os persas cobravam impostos altos, eram arrogantes, não respeitavam as mulheres, e a população, segundo ele, estava disposta a tudo para expulsá-los.

Egenor e seus homens não eram guerreiros, mas tinham provisões de sobra, tais como grãos, carne, cerveja, legumes e frutas, tudo de que os romanos precisavam para completar a jornada. Em contrapartida, só fizeram uma exigência: restabelecer Tirídates como legítimo rei da Armênia.

A última coisa que Diocleciano queria era dar mais poder ao "amigo", mas acabou aceitando. Com essa reviravolta, os dois governantes estavam novamente em pé de igualdade política. O augusto contava com seu aparato militar, com suas tropas e cavalos de guerra, mas se algo acontecesse ao Velho Hércules as legiões perderiam a linha de suprimentos e ficariam estagnadas, à mercê das forças do xá.

Geta morreu antes do anoitecer. Seu corpo foi cremado em uma aldeia para onde Egenor os levara. Galério contou ao imperador que o inimigo havia construído torres de observação em pontos afastados da estrada e que, apesar do efeito surpresa, os guardas estavam em maior número e lhes deram bastante trabalho.

— É uma tragédia — lamentou Diocleciano. Eles estavam perto de Egenor, diante da pira que consumia o corpo de Geta. — Um paladino morrer desse jeito.

— Ele lutou bravamente — contou Galério, observando a lua em quarto minguante. — Geta deu a vida para nos salvar. Morreu como um herói.

— Mesmo assim é um desastre, além de péssimo agouro. Sabe o trabalho que me deu reunir esse time? O valor de um paladino é inestimável. Primeiro Alexius — murmurou ele, rabugento — e agora Geta.

— Certamente há alguém entre os jovianos que pode ser promovido — imaginou o tetrarca —, como o senhor fez com Diógenes.

O imperador ignorou a sugestão.

— Você me garantiu que Geta ficaria bem, que seu médico cuidaria dele. E no entanto... — Diocleciano inspirou o odor de fumaça. — É a segunda vez que me falha, Galério.

— Não foi culpa minha — defendeu-se. — Nada entendo de medicina.

— Então por que prometeu que o salvaria?

O césar baixou a cabeça, como uma criança que leva uma bronca.

— Sua presença me envergonha, Galério — prosseguiu o imperador. — Sorte sua que esses plebeus apareceram. — Correu os olhos pelo povoado, como se agradecesse aos deuses pela chegada dos camponeses. — Espero que não desperdice essa chance. O destino do mundo, afinal, repousa em nossas mãos. Faça o certo desta vez, ou eu terei de ordenar que se divorcie de minha filha. Pensa que não sei que Candidiano nasceu do ventre de uma concubina? — manobrou. — Que você e Valéria não geraram herdeiros legítimos?

— Fiz o melhor que pude, augusto — justificou-se. — Lamento se não sou digno de ser seu parente.

— Em breve saberemos se é digno — decretou o soberano. — Os deuses são cruéis com os covardes e também com os incompetentes. Se você fizer um bom trabalho nos próximos dias, saberei que Mitra o favorece. Caso contrário, terei de me livrar de você.

Galério concordou, esperou que as chamas se apagassem e que um escravo recolhesse as cinzas de Geta. Declamou a prece funerária, cumprimentou o sogro e saiu.

Como sempre fazia ao cair da tarde, Pantaleão usava seu tempo vago para percorrer o acampamento oferecendo assistência aos médicos romanos. Com o tempo, acabou ficando amigo de vários deles e passou a acompanhá-los regularmente, diagnosticando doenças, realizando consultas, fazendo curativos, aplicando talas e orientando os soldados sobre o que comer e quais alimentos evitar.

Quando terminou de visitar o último paciente, um decano lhe informou que Galério queria vê-lo. Dirigiu-se então à tenda do césar, que era quase tão grande quanto a do próprio imperador. Dia após dia, um batalhão de escravos montava, desfazia e na próxima parada remontava a barraca, que contava com uma cama dupla, quatro divãs, três cadeiras, uma mesa de trabalho, dois baús de cerejeira e um armário abarrotado de túnicas, capas, sandálias e armaduras sobressalentes. O chão era revestido de tapetes macios e havia muitas lamparinas penduradas no teto, mas apenas duas permaneciam acesas.

Galério estava sentado à escrivaninha, apreciando o retrato de sua esposa estampado em uma fina placa de cedro. Pantaleão se apresentou a ele e perguntou como poderia ajudá-lo. O césar o encarou como um touro selvagem, para enfim responder com um grunhido:

— O que houve com Geta? Por que não pôde salvá-lo?

Pego de surpresa, o médico contraiu o rosto.

— O ferimento era muito grave, senhor. Ele perdeu muito sangue.

— Isso você já disse — endureceu o tetrarca. — Quero saber objetivamente por que não pôde salvá-lo, já que os cristãos o consideram o melhor médico do Oriente. Pelo menos foi o que me disseram quando nos conhecemos, em Sirmio.

— Eu nunca disse que era o melhor médico do Oriente — lembrou. — Na verdade, posso garantir que *não* sou. Mas, mesmo que fosse, nada poderia fazer. Ninguém poderia, de fato.

— Não acredito em você. — O césar se levantou. — Cinco anos atrás, eu o chamei ao meu palácio para tratar a infertilidade de Valéria. Na ocasião, você me garantiu que não havia cura ou tratamento para a doença que a afligia. Continua mantendo essa versão?

— Continuo, césar — retrucou Pantaleão. — Ela poderia morrer ao dar à luz. Foi o que constatei na época.

— Prove — exigiu o tetrarca, caminhando na direção do plebeu. — Explique-me por que não poderia curá-la.

— O aparelho reprodutor feminino — Pantaleão traçou um círculo imaginário com as mãos — é formado pelo que chamamos de útero. Nos lados direito e esquerdo, ficam os ovários. Esses ovários têm...

Pantaleão foi subitamente interrompido por um violento tapa na cara. O médico foi atirado ao chão, Galério o suspendeu pela gola e o arremessou para fora da tenda.

— Estou farto das suas explicações! — gritou. — Cansado da sua fala mansa, do seu olhar caridoso. Sei que esconde intenções perversas. Confesse. — Pegou-o pelo braço e o ergueu. — Admita que foi enviado pelos cristãos para arruinar o meu casamento.

— Arruinar? César, eu... — Pantaleão estava completamente aturdido — jamais lhe faria algum mal. Muito menos à cesarina.

— Conheço tipos como você. — Jogou-o de novo no solo. — Farei com que confesse. Farei com que me conte tudo, inclusive quem são seus comparsas.

Era noite fechada. Galério agarrou Pantaleão pelos cabelos e o arrastou pelas ruas do acampamento até chegar a uma espécie de praça, onde havia uma tora com quatro buracos redondos, usada pelos guerreiros como latrina. Pressionou a cabeça do médico contra essa estrutura, segurando-o com a mão esquerda. Com a direita, sacou a espada.

— Diga, em nome de Marte — trovejou. — Quem o enviou?

— Ninguém — retorquiu o clínico, assustado. — Ninguém, senhor. Nunca tive a intenção...

Galério o acertou com o pomo da espada. A cabeça do médico começou a sangrar. O césar chutou-lhe a barriga, fazendo com que Pantaleão rolasse na terra.

— Se não contar, eu vou acabar com a sua raça — ameaçou. — Vou esfolá-lo. Entendeu, seu cristãozinho de merda?

A essa altura, já havia pelo menos uns trinta legionários — entre oficiais e soldados — assistindo ao grotesco espetáculo. Pantaleão era um homem livre — um plebeu —, e de acordo com a lei Galério não poderia executá-lo sem um julgamento. Contudo, quem teria autoridade para desafiar um dos indivíduos mais poderosos do Império? Quem teria coragem de impedi-lo?

Quanto mais Pantaleão clamava sua inocência, mais Galério o espancava. Enfim, pisou sobre o peito dele e diante de todos proclamou a sentença.

— Morte aos cristãos — vociferou. — Morte aos conspiradores do Império. Morte aos traidores e também aos inimigos de Roma.

Sem hesitar por um minuto sequer, Galério levantou a espada e o golpeou. Pantaleão fechou os olhos, esperando que a morte o alcançasse, mas a lâmina assassina foi detida por outra. O césar retrocedeu.

— Basta. — Era Georgios que o encarava. — Já chega. — Brandiu o fio da Ascalon. — O senhor não tem o direito de sentenciar esse homem.

Galério inflou-se de ira.

— Quem é você para me contestar? — rugiu. — Quem pensa que é, seu moleque insolente?

Os militares — eram centenas deles agora — assistiam a tudo apreensivos, sem poder fazer nada.

— Sugiro que se acalme, césar — tornou a pedir o paladino. — Ou então eu serei obrigado...

— Obrigado a quê? — Galério babava de ódio. — Sua autoridade é frágil, comandante. Não passa de um garoto privilegiado.

Georgios se preparou para avançar, quando uma voz rouca o deteve:

— Que confusão é essa? — Era o imperador que chegava ao local. — Pelos raios de Zeus, o que está acontecendo?

Galério tentou explicar, mas Diocleciano estava sonolento. Fosse por uma questão de justiça ou por mera falta de paciência, acabou dando razão a Georgios.

— Deixe o médico em paz. — O augusto fez um gesto com a mão, como se espantasse uma mosca. — Agora, ordeno que façam silêncio absoluto. O dia amanhã será cheio.

Finalmente, Galério se acalmou. Recolheu a espada, olhou com raiva para o filho de Laios, deu uma cusparada no chão e retornou à sua tenda resmungando.

Georgios usou um pano para limpar o rosto do amigo e o ajudou a se levantar. Reparou que ele podia andar e que os ferimentos não eram tão profundos quanto aparentavam de início.

— É melhor você ir embora — disse o equestre. — Galério está frustrado e quer usá-lo como bode expiatório. — Levou o médico até o cercado para cavalos, acomodou-o sobre uma sela e entregou-lhe um ramo de trigo. — Ponha isto sobre a túnica. Mesmo que encontre um persa pelo caminho, ele não o atacará.

Pantaleão se inclinou para abraçar o paladino.

— Nunca me esquecerei de você — sibilou —, meu bom e querido Georgios.

— Deixemos as palavras gentis para depois. O importante é que você saia do acampamento o mais rápido possível. — Ofereceu a ele, também, uma algibeira com algumas moedas. — São peças de ouro — avisou. — Suficientes para que chegue em segurança à Capadócia. E não se preocupe, pois em breve tornaremos a nos ver. Sei disso. Tenho fé. — Deu uma palmada no lombo do cavalo, desejando: — Que Jesus Cristo o proteja, meu amigo. — Juntou as palmas, como aprendera em Antioquia. — Que Deus o acompanhe nesta jornada.

XLV

HERANÇA MACABRA

À MEDIDA QUE ESTUDAVA OS PAPÉIS DA VILA FÚLVIA E APRENDIA SOBRE OS NEGÓCIOS do pai, Tysa começou a entender que o império comercial fundado por Drago só se sustentava graças a uma série de relações incestuosas — no sentido mais amplo do termo —, que incluíam suborno, chantagem, cobrança indevida de impostos, perseguição a concorrentes e até assassinato de possíveis rivais.

Demetrios Sula, claro, contou à patroa tudo o que ela precisava saber, acrescentando que Lida e Jerusalém eram parceiras inseparáveis. Marco Salústio fornecera a concessão para que os navios de Drago operassem no porto de Cesareia. Sem essa licença, informou o secretário, a exportação de azeite terminaria e o consumo seria apenas local. Demetrios explicou também que o general só era tão prestativo com Drago porque o gigante da Dácia mantivera a filha dele — a jovem Macrina — como refém por quase um ano, confinada no pavilhão dos senhores.

— Os pais a visitavam mensalmente — disse o ex-sacerdote certa tarde no antigo gabinete de Laios. — Para nossa sorte, Macrina sempre foi fácil de lidar, uma garota de fibra. Não me surpreendi quando soube que ela enfiou o punhal em Bufo Tauro. Era esperta e corajosa.

Diante dos fatos, Tysa começou a pensar em como faria para legalizar o comércio de azeite, quando recebeu o convite de Magda para encontrá-la em Jerusalém. De início ficou receosa, afinal Georgios tinha suas ressalvas em relação a ela, mas Demetrios lembrou que aquele era um convite formal e que a filha de Drago não poderia negar.

— Magda esteve presente em seu casamento, então o protocolo a obriga a visitá-la desta vez — ensinou. — De todo modo, esse encontro teria de acontecer uma hora ou outra. Magda é uma mulher ardilosa, mas a senhora está à altura de enfrentá-la — apostou o velho.

Combinados os detalhes, Tysa se preparou para iniciar a jornada. Decidiu levar consigo quatro seguranças — sendo um deles o inestimável Fazllah —, oito escravos e três camareiras. Jerusalém ficava a cerca de quarenta quilômetros de Lida. Um mensageiro experiente poderia cobrir essa distância em cinco ou seis horas, mas uma comitiva como a de Tysa, composta por uma carruagem, três mulas e sete cavalos, levaria pelo menos dois dias para alcançar seu destino.

Como Georgios, Tysa nunca visitara Jerusalém na infância e se surpreendeu com o que encontrou. O palacete de Magda — conforme as instruções que lhe foram dadas — ficava fora da cidade, na encosta do Monte das Oliveiras. O lugar era muito bonito e lembrava um pouco as colinas do Chipre. Depois de subir a ladeira, chegava-se a uma propriedade cercada por muros de pedra calcária, com um portão que levava a uma escada sinuosa revestida de trepadeiras. Um escravo grego a recebeu com a maior deferência e permitiu que Tysa entrasse na mansão acompanhada de seus seguranças. Os degraus conduziam a um jardim de incrível beleza, não só pelas árvores e vasos de plantas como pela vista que se tinha a partir do terraço. De lá, enxergavam-se o milenar Jardim Getsêmani, à direita, o Reservatório de Siloé — uma antiga cisterna que abastecia a cidade — e o Monte do Templo através do Vale do Cédron, onde outrora ficava o Templo de Herodes e que hoje abrigava a enorme estrutura do Templo de Júpiter Capitolino.

Já passava do meio-dia. O escravo mostrou a ela parte da casa e os aposentos de hóspedes, dizendo que o almoço seria servido em breve — e que sua senhora, Magda Salústio, a receberia para uma audiência ao ar livre.

— Jerusalém em agosto é um forno — comentou o escravo, deixando escapar que não tinha a menor ideia de onde Tysa morava ou de quem era ela. — Preferimos comer a partir da oitava hora e, se possível, em campo aberto.

Tysa não respondeu, entrou em seu quarto e se lavou em uma tina de água, com ajuda das camareiras. Observando as muralhas de Jerusalém através da janela, lembrou-se de sua mãe, Lídia, que era judia e provavelmente fora violentada por Drago — como ela própria havia sido quando criança. Pensou nas coisas terríveis que sua mãe tivera de suportar e sentiu-se agradecida por ter sido amada por ela, apesar dos pesares.

Conhecendo a má fama de Magda, Tysa se dirigiu ao jardim preparada para travar um verdadeiro duelo. Estava disposta a ser objetiva — e até ríspida, se necessário —, mas seu sangue esfriou ao notar que a anfitriã carregava um filho no ventre.

— Que alegria. — Magda pegou as mãos da convidada e a beijou duplamente no rosto. — Seja bem-vinda. Como devo chamá-la, minha querida? Senhora Fúlvia? Tysa? Senhora Graco?

— Pode me chamar pelo meu primeiro nome — ela sorriu —, afinal somos amigas.

— Somos praticamente irmãs — celebrou a morena. — Por favor, me acompanhe.

Magda convidou Tysa para almoçar. O banquete fora posto sobre uma mesa de pedra, debaixo de uma tamareira que, segundo diziam os serviçais, tinha quase trezentos anos de idade. O prato principal era peixe assado ao molho de cebolas, acompanhado de tâmaras, azeitonas e alho-poró. O vinho servido era o tinto, mas havia também suco de romã, cerveja, posca e hidromel.

Elas se sentaram no terraço, em longos divãs acolchoados. Os guarda-costas de Tysa permaneciam por perto, atentos aos escravos núbios que as abanavam.

Depois de conversarem sobre "o terrível calor" da antiga Judeia, Tysa quis saber como estava Macrina.

— Sua filha é uma moça notável — disse a visitante. — Ela salvou a minha vida.

— E a senhora salvou a dela — pontuou Magda. — Sei tudo o que aconteceu naquela manhã. Pesquisei muito sobre o ocorrido. Com efeito, fiquei obcecada pelo assunto. Convenhamos que é uma situação incomum. O mesmo homem que a gerou se tornaria o seu pior inimigo. Que coisa terrível!

— Não sei se é assim tão incomum. — Tysa saiu pela tangente. — Cronos, por exemplo, foi um que devorou os próprios filhos.

Magda riu.

— Isso é mera crendice. — Outra risada, esta suave. — Não vá me dizer que acredita nessas bobagens.

— Estava apenas fazendo uma analogia. Quantos reis e nobres assassinaram os próprios parentes? Bruto não traiu Júlio César?

Com um grito, a esposa de Salústio chamou um de seus servos, ordenando rudemente que ele enchesse sua taça de vinho.

— Peço desculpas — bufou ela, voltando-se para Tysa. — É que esse homem está me tirando do sério. Demora a aprender. É um completo idiota. — Respirou fundo e se recompôs. — Bom, onde estávamos? Sim, a relação com seu pai.

— Prefiro não falar a respeito. — Comeu um pouco de peixe assado. — Drago está morto. Não há nada mais que possamos fazer por ele ou *contra* ele. Não concorda?

— Em parte — retorquiu Magda. — Não há como negar que a herança macabra de Drago ainda persiste. Lamento falar desse jeito, mas ambas sabemos que digo a verdade.

Tysa resignou-se.

— Não me entenda mal — continuou Magda. — Compreendo que, em condições normais, esses tópicos deveriam ser discutidos entre nossos maridos, mas eles foram para a guerra. Não sabemos quando vão voltar, ou mesmo *se* vão voltar. Sendo assim, teremos de lidar com essa situação. Já faz quatro meses que Marco partiu. Ou negociamos nós mesmas, ou iremos à falência. Não vejo outra saída.

— Suponho que esteja certa — assentiu Tysa, depositando o copo sobre a mesa de centro. Lentamente, o sol começava a descer. — O que sugere que façamos, então? Qual seria a sua proposta?

— Serei honesta. O estrago, tanto moral quanto financeiro, que seu pai produziu em minha família foi gigantesco. Irreparável, eu diria. Ele manteve a filha de um legado romano prisioneira. E usou a menina para chantagear meu marido, que não só lhe concedeu a licença para a operação dos navios como lhe pagava uma gorda mesada subtraída dos impostos que recolhíamos na Palestina. Esses são crimes muito graves. Por outro lado, devo admitir que Marco não é um homem tão decoroso assim. Ele também tem seus negócios ilícitos. Desse modo, não vou me arvorar em dar lição de moral. Só o que quero é recuperar o que Drago nos tirou. E uma compensação extra pelo aprisionamento de Macrina.

— Estou com medo de perguntar quanto seria esse montante — manobrou Tysa, irônica. — Eu e meu marido, naturalmente, estamos dispostos a pagar pela concessão dos navios e pelos demais impostos previstos na lei. Em relação aos crimes de meu pai, eu nada tenho a ver com isso. Como a senhora mesma disse, ele acabou se tornando meu maior inimigo. Drago está morto e suponho que, com isso, a justiça tenha sido feita. Minha proposta é esquecermos o passado e recomeçarmos nossas relações comerciais do zero. É o melhor que posso fazer pelos Salústios.

Magda deu um sorriso dissimulado. Tysa entendeu que ela tinha um trunfo e que o usaria naquele exato momento.

— A relação entre nossas famílias, sinto dizer, não terminou com a morte de Drago. — Passou a mão sobre o ventre. — Como a senhora deve ter percebido, espero um bebê para janeiro. E ele, ou ela, ouso dizer, não é filho de Marco.

— Seja específica.

— A criança é filha de Georgios Graco — alegou —, seu esposo.

Tysa ficou de pé, completamente aturdida e perplexa.

— Como é?

— Por favor, sente-se. Não desejo causar alarde ou desconforto — disse a anfitriã, com toda a calma. — Estou disposta a guardar esse segredo, se a senhora também estiver.

— Segredo? Isso é uma falácia — acusou Tysa. — Uma mentira.

— Georgios Graco me violentou no Templo de Afrodite, no santuário subterrâneo, sobre o túmulo do Nazareno. E, antes que diga que é mentira, afirmo que tenho três testemunhas, todas sacerdotisas muito conceituadas.

— Eu não digo que é mentira. Eu *garanto* que é mentira!

— Sei que é difícil aceitar — continuou a mulher. — Georgios Graco realizou grandes feitos para o Império. É um homem poderoso e importante. Mas nós sabemos que ele tem seus defeitos. Não é a primeira vez, afinal, que ele comete um ato do tipo. Fez o mesmo com Flávia Theodora, atual companheira de Constâncio Cloro. Esse episódio é vastamente conhecido.

— Georgios foi julgado — protestou Tysa com vigor — e absolvido.

— Ele foi julgado por cristianismo, não por estupro — rebateu Magda. — E foi condenado por esse crime. Escapou graças a um indulto imperial.

— Estou convencida de que meu marido não forçou mulher alguma. Mas, mesmo que o tivesse feito, o que você pretende com esse teatro? Ele é um paladino. Só o augusto pode julgá-lo.

— O povo o julgará. Se eu tornar pública essa informação, o virtuoso filho de Laios — Magda disse essas palavras com sarcasmo — será visto pelo povo como um facínora. O imperador já não tem o mesmo carisma de antes.

Será que ele o manterá em suas fileiras? Não eram os paladinos os garantidores da solidez, da moral e dos bons costumes do Império?

— Pare! — Tysa voltou a se sentar. — Entendo que está decidida a fazer uma aposta — disse ela, pragmática —, mas eu a aconselho a calcular bem os riscos. Se Georgios e o imperador voltarem da guerra, eu terei poder para acabar com a sua família, independentemente do que você diga ou faça. Se eles morrerem e Salústio sobreviver, eu perco esse jogo. — E, depois de pensar por alguns instantes, propôs: — Por que não entramos em um acordo? Um que seja vantajoso tanto para os Salústios quanto para os Gracos?

Magda a fitou com curiosidade.

— Estou escutando.

— Juntas, nossas famílias detêm o monopólio sobre dois produtos essenciais para o Império: sal e azeite. Praticamente dominamos o comércio desses artigos na Palestina — afirmou. — E se montássemos um empreendimento em conjunto? Dividindo os lucros e os custos?

— Seria o maior conglomerado mercantil do Oriente — sonhou Magda. — Mas que garantias teremos de que as partes serão respeitadas? Como a senhora mesma disse, o jogo pode pender para um lado ou para o outro, conforme o resultado da guerra.

— E se escolhêssemos uma terceira pessoa para ser a acionista majoritária? Que teria a palavra final caso eu e você entrássemos em disputa?

— Péssima ideia — opinou a morena. — A empresa deve ser controlada pelas duas famílias, não por um indivíduo de fora. Já sei. — Magda ergueu o dedo, como um adulto que flagra uma criança levada. — Quer indicar aquele seu secretário, não é? Demetrios, certo? Ele é um homem inteligente, mas sempre penderá para o seu lado. Ou seja — a anfitriã se aprumou —, nada feito!

— Não pensei em Demetrios nem por um instante — retrucou Tysa. — Na verdade, minha primeira escolha seria Macrina.

Magda se assustou. Jamais esperava ouvir o nome da filha e reagiu com negação.

— Ora, ela é só uma garota.

— Uma garota que salvou a minha vida — repetiu Tysa. — Ademais, na idade dela eu já estava prometida. Macrina é uma moça fantástica, além de ser minha amiga. Tenho certeza de que assumirá uma posição imparcial. O que me diz dessa proposta?

Magda havia sido encurralada. Não podia recusar. Macrina era sua filha, nunca encontraria um nome melhor. Não era exatamente o que ela tinha planejado, mas era a melhor opção.

— Fechado — disse, colocando-se de pé e estendendo a mão para a convidada. — Colocarei o meu secretário em contato com o seu para que eles organizem os papéis. Mas ainda tenho uma dúvida. Como garantir que os nossos maridos aceitarão esse acordo?

— Estou certa de que sabe como manipular o seu esposo — declarou Tysa, sem subterfúgios. — Quanto a Georgios, eu não preciso manipulá-lo, pois ele confia em mim. Ele simplesmente — suspirou ao se lembrar do rapaz — confia em mim.

Era muito tarde para pegar a estrada, e Tysa teve de pernoitar na casa de Magda. Não a viu no jantar, tampouco no dia seguinte. O escravo grego que a recebera ficou também responsável por cuidar de suas necessidades até que ela partisse, ao raiar do sol. Alegou que sua mestra precisara resolver assuntos urgentes em Jericó e pediu "sinceras desculpas pelo transtorno".

O cortejo desceu o Monte das Oliveiras e percorreu o Vale do Cédron, afastando-se gradualmente dos muros de Jerusalém. Como era um dia abafado, Tysa preferiu viajar a cavalo a ficar enfurnada na carruagem. Quando chegaram ao aqueduto, Fazllah, que a tratava como uma verdadeira rainha, tomou coragem e fez uma pergunta:

— Correm rumores de que a senhora tem um pacto com um temido grupo de assassinos judeus, minha senhora. Se me permite perguntar, por que não os contrata para dar cabo da esposa de Marco Salústio? — Ele havia presenciado o encontro entre as duas, conhecia o caráter de Georgios e estava indignado por Magda tê-lo acusado de estupro. — Ela é uma cobra. Muito má. Uma *hárpia*, como dizemos os gregos.

Em respeito a Georgios, que tinha o árabe em alta conta, Tysa fez questão de responder:

— O acordo, acredite ou não, me favorece. Preciso voltar para o Chipre. Demetrios ficará responsável pelos negócios em Lida. Eu o promoverei a alto funcionário do conglomerado. Quanto a Magda, não posso matá-la, Falcão. Pelo menos não ainda.

— Não compreendo. — Fazllah limpou o suor da testa. — Por que não?

— Como você deve ter notado, ela está grávida. Quatro meses, calculo. Não sei de quem é o bebê. Provavelmente de algum de seus amantes. Não importa, na verdade. O importante é que, assim como eu não posso pagar pelos crimes do meu pai, o filho de Magda não merece sofrer pelos erros da mãe. A criança é inocente. — E de repente se lembrou de algo que Georgios lhe dissera. — A criança não tem culpa.

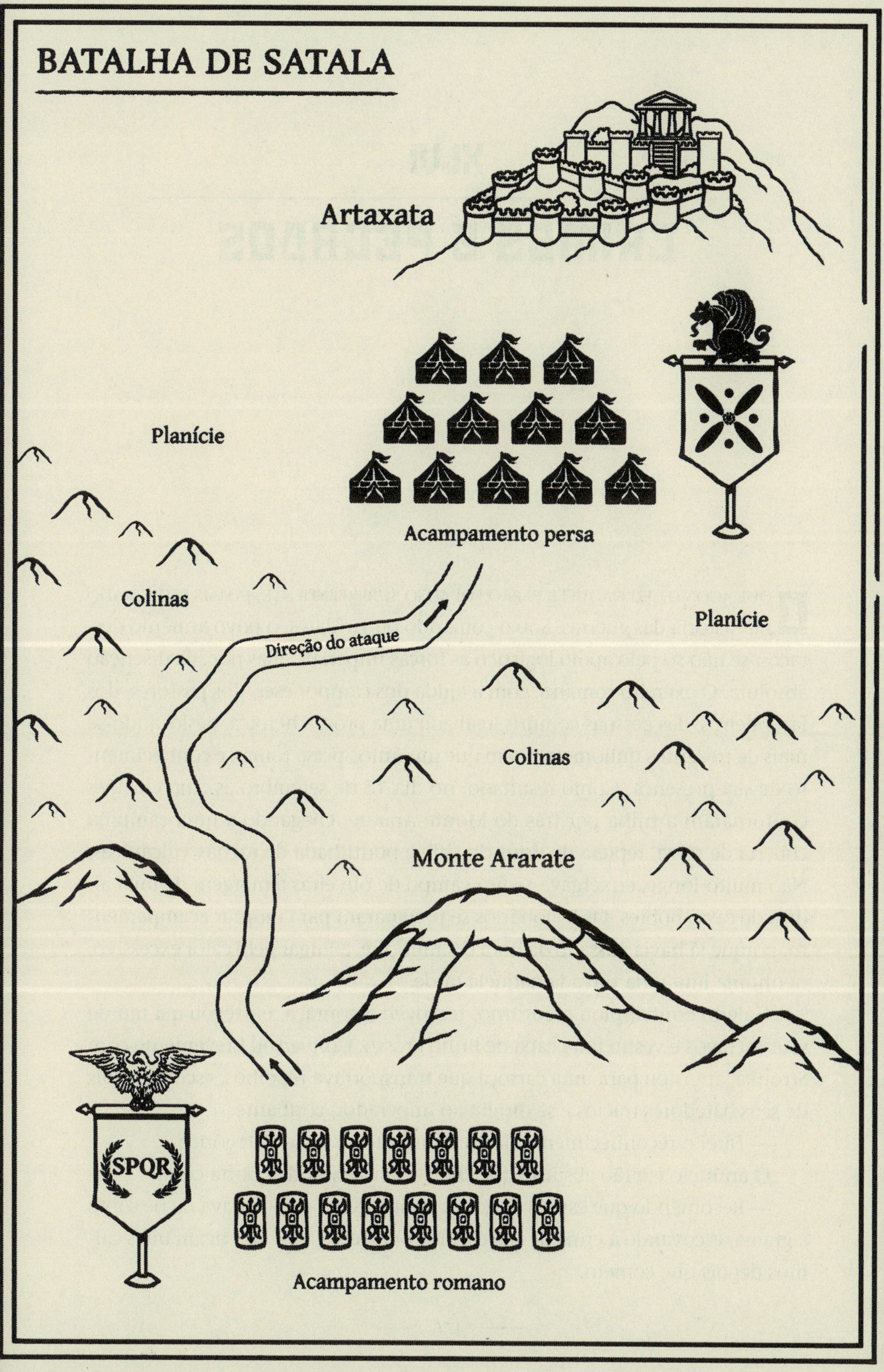
BATALHA DE SATALA
Artaxata
Planície
Acampamento persa
Colinas
Direção do ataque
Planície
Colinas
Monte Ararate
SPQR
Acampamento romano

XLVI

CRIMES E PECADOS

O QUE ACONTECEU NAQUELE VERÃO FOI ALGO SURPREENDENTE, JAMAIS REGISTRADO na história das guerras. Sob o comando de Tirídates, o povo armênio destacou-se não só pelo apoio logístico às forças imperiais, mas por sua discrição absoluta. O exército romano, com a ajuda dos camponeses, dos pastores, dos fazendeiros, das pessoas comuns, realizou uma proeza heroica, deslocando-se mais de trezentos quilômetros sem que um único persa tomasse conhecimento de sua presença. Como resultado, no dia 15 de setembro as cinco legiões contornaram a trilha por trás do Monte Ararate, chegando a uma campina coberta de relva, repleta de lírios-do-vale e pontilhada de rochas vulcânicas. Não muito longe, enxergava-se um campo de oliveiras à margem de uma aldeia de casas pobres. Os legionários se prepararam para montar acampamento, porque já havia passado da hora do almoço e, a julgar pelo calor excessivo, nenhuma luta seria travada naquela tarde.

Galério contemplou o entorno, removeu a couraça, entregou-a a um de seus escravos e vestiu uma capa de linho grosso. Conversou brevemente com Stronka, apontou para uma carroça que transportava repolhos, escolheu dois de seus batedores trácios e se dirigiu ao imperador, confiante.

— Farei o reconhecimento da área, augusto — disse, categórico.

O anúncio era tão absurdo que Diocleciano entendeu outra coisa.

— Recomendo que espere os godos almoçarem. — Ele estava de pé sobre a grama, escovando a crina de seu cavalo cor de cereja. — Eles ficam mais calmos depois que comem.

— Não, senhor. *Eu* estou indo.

O soberano ergueu os olhos contra os raios de sol e compreendeu, finalmente, que o próprio Galério estava de partida. Como não o havia impedido antes, não tinha moral para censurá-lo agora.

— Eu amo a minha filha, Galério — ele disse, acariciando o corcel. — Não quero que ela fique viúva.

— Não ficará. — O césar cobriu a cabeça com um capuz, foi até o transporte e se acomodou no assento do cocheiro. Um dos trácios posicionou-se a seu lado e o segundo se escondeu entre os repolhos. — Até breve, senhor.

Assim, Galério partiu com seus homens, desaparecendo na curvatura da trilha. Nesse meio-tempo, os legionários comeram e iniciaram um procedimento muito comum antes das grandes batalhas, formando uma fila até a tenda do estandarte. Entravam, ajoelhavam-se perante a águia da legião, faziam uma prece e saíam. Cada tropa tinha a própria insígnia, e o ritual levou quase a tarde inteira. Depois, eles deitaram sobre as pedras quentes para um momento de descanso regulamentar. O clima era seco, mas perfumado, e havia uma sensação agradável no ar.

Dada a proximidade com a capital, ninguém pôde cortar árvores ou acender fogueiras, pois a fumaça e o barulho poderiam denunciá-los. O dia correu e, antes de o sol se pôr, Galério reapareceu com a capa molhada, transpirando, esbaforido. Diocleciano estava sentado sobre um tronco, mastigando uma cenoura, conversando com Tirídates, cercados por seis seguranças.

— Boas notícias. — O césar desceu da carroça e se aproximou deles com um sorriso nos lábios. — Consegui entrar não só no acampamento como no coração da cidadela. O contingente de Narses é apenas um pouco maior que o nosso. O seu afilhado — ele se referia a Georgios — estava falando a verdade desde o princípio.

O augusto não se impressionou. Continuou comendo a cenoura.

— Essas são as boas notícias?

— Embora a corte esteja encastelada no topo do morro, o exército está acampado na planície, ao redor de Artaxata — continuou. — Pelo menos a maior parte dele. Os cavalos ficam em estábulos abertos, presos com peias para evitar que fujam. No primeiro alarme, os ginetes precisam selar os animais e vestir suas armaduras antes de montar. Um ataque surpresa seria fatal.

Diocleciano e Tirídates se encararam. O Velho Hércules, que conhecia como ninguém seu território, fez sua análise sincera:

— É impossível atacá-los de surpresa. Esta trilha termina em um aglomerado de colinas. De lá até o acampamento inimigo, são quase duas horas de marcha. Os guardas nas muralhas vão nos avistar e terão tempo suficiente para se preparar.

— Não se atacarmos à noite, majestade — propôs Galério, e o rei se calou. Entusiasmado, ele prosseguiu: — Dez esquadrões com os nossos melhores cavaleiros podem fazer um belo estrago. Os sassânidas escutarão os cascos, mas não saberão de onde vêm até que seja tarde demais. Enquanto isso, a infantaria desce a colina e inicia o combate a pé, ao raiar da alvorada.

— Um ataque noturno? — Diocleciano estava cético. — É uma manobra difícil, com um grau de risco muito alto. Quem você pensa em indicar como líder?

— Eu mesmo — exclamou Galério. — Faço questão de estar na linha de frente.

O imperador engoliu a última parte da cenoura e olhou para o céu, limpando os dentes com a ponta da língua. Em seguida, deu um pigarro e se voltou para o genro.

— O senhor — Diocleciano falou de um jeito formal — tem certeza de que suas emoções não estão interferindo em seu julgamento? Narses o derrotou em Carras e o senhor quer vingança, eu entendo. Mas é preciso ser previdente.

— É a melhor estratégia — retrucou Galério, e parecia determinado. — E quanto à vingança, bom, é direito de todo homem, não é? — Ele o instigou. — Não é também por isso que o senhor está aqui, divino augusto?

— Como?

— O mago. O senhor quer a cabeça dele, não quer?

O imperador encrespou o cenho e se levantou, as costas retas.

— Quem lhe disse isso?

— Laios Graco o salvou do *ifrit* mais de dez anos atrás. Sua filha me contou.

Diocleciano não sabia se ficava alegre ou furioso. Era um privilégio ser conhecido por suas batalhas épicas, por suas conquistas e proezas históricas, mas o tom de Galério não lhe agradava.

— Bom, se Aquiles foi movido pelo desejo de vingança — respondeu o governante —, suponho que nós, meros mortais, também possamos nos dar a esse luxo. — Estendeu a mão para o genro, que a apertou. — Prossiga. Converse com os generais. E boa sorte amanhã. Para todos nós.

*

Anos mais tarde, Diocleciano revelaria à sua esposa, Prisca, que em um primeiro momento resistiu ao plano de Galério por uma razão muito simples: fazia tempos que ele sonhava com uma "luta à moda antiga", e um ataque noturno semearia o caos entre os soldados, acabando com a possibilidade de obter um "verdadeiro triunfo", comparável aos de Júlio César, Marco Aurélio, Adriano e Caracala. Seja como for, a guerra tinha mudado, as legiões se reduzido, e para vencer o inimigo eles não teriam opção a não ser recorrer a métodos inortodoxos. Em outras palavras, teriam de se adaptar ou seriam varridos da face da Terra.

Os legionários foram avisados de que atacariam ao amanhecer e que seriam despertados duas horas antes da aurora. Os esquadrões de Galério partiriam antes, quando a lua ainda estivesse alta no céu. Stronka participaria do ataque, levando consigo diversos de seus cavaleiros e deixando tantos outros para trás, sob o comando de Osório, seu filho. Os godos, embora indisciplinados, eram perfeitos para essa tarefa, pois sabiam como ninguém fomentar a balbúrdia. Georgios sentiu vontade de acompanhá-los, mas tinha suas obrigações para com o imperador, ainda mais agora que Geta havia morrido.

Diocleciano jantou cedo e foi se deitar. Com as costas inclinadas sobre uma almofada e uma taça de vinho na mão, ele chamou pelo combatente germânico.

— Erhard, você acha que é verdade? — perguntou, fitando o teto de lona. — Que Kartir ainda pode estar vivo?

— Se estiver, nós o mataremos — garantiu o conde com firmeza. Erhard, Diocleciano e Georgios estavam sozinhos na tenda, com um par de lamparinas acesas. — Destruiremos o feiticeiro.

O imperador se virou para o afilhado, pedindo que se aproximasse.

— Georgios — sussurrou ele —, ontem sonhei com um dragão. E ele tinha o rosto de Galério.

— Os sonhos são caóticos, augusto — declarou o equestre. — O senhor deve ter se impressionado com a surra que ele deu em Pantaleão — arriscou. — Evitei me pronunciar a respeito pois todos sabem que o médico é meu amigo e eu correria o risco de ser parcial, mas afirmo que o episódio foi ultrajante. Digo, para o próprio Galério.

— Sem dúvida. Um césar não pode agir daquela maneira — assentiu o imperador, mas aproveitou para fazer uma crítica. — Contudo, não me preocupo apenas com ele. Você também está mudado. Não sei dizer em que aspecto. Sinto apenas que se transformou.

— Com todo o respeito — Georgios deu um passo atrás, ficou ereto e em posição de sentido —, rejeito essa afirmação, augusto. Sou o mesmo de sempre.

— Ninguém é o mesmo de sempre. Evoluir faz parte da vida — filosofou o soberano, insistindo: — O que se passou no deserto, comandante? O que você viu na imensidão de areia?

O filho de Laios se lembrou de sua experiência em Tebas e da menina morta no condomínio judaico.

— Os meus pecados, senhor. Os meus crimes — contou ele, sem pensar nas consequências. — Os erros que cometi. O que eu sou e o que ainda posso me tornar.

Diocleciano o encarou como se o julgasse, ficou de pé, aliviou-se em um urinol, lavou as mãos em uma bacia e voltou para a cama a passos lentos, quase que se arrastando. Sentou-se sobre o colchão e olhou para o filho de Laios.

— Pois eu vou lhe dizer. O senhor é um paladino, Georgios Graco — ele falou com formalidade, como havia se dirigido a Galério mais cedo. — O seu único pecado é questionar as minhas ordens. O seu único crime é contrariar os interesses da Púrpura. E a Púrpura sou *eu*. Enquanto o senhor continuar fiel ao divino augusto de Roma — ele se referia a si mesmo, mas em terceira pessoa, em um tom parcialmente lunático —, todos os seus erros serão perdoados. Fui claro?

— Muito claro, senhor — respondeu o jovem. — Claríssimo.

Diocleciano apagou a lamparina na cabeceira. O ambiente ficou escuro e esfumaçado. Depois, fechou os olhos e adormeceu.

Enquanto zelava pelo sono do governante, Georgios contemplou o rosto dele e pela primeira vez o enxergou como um ser humano. O imperador tinha envelhecido um bocado nos últimos meses e não era mais o guerreiro de outrora. No fim das contas, pensou, talvez ele fosse só um velho. Um velho frágil, confuso e senil, que se irritava fácil, que se perdia nas palavras e não raro tomava decisões equivocadas.

E, ao imaginar isso, recordou-se do que Erhard havia lhe dito em Satala.

— *Suspeito de que o imperador esteja doente. Quero acreditar que sejam os nervos* — dissera o conde na ocasião —, *mas devemos estar preparados.*

*

Como muitos, Georgios não dormiu naquela noite. Ficou de guarda na porta do abrigo, até que escutou uma movimentação na parte de fora e soube que os centuriões estavam acordando. Erhard, que repousava em uma esteira de palha, despertou prontamente. Diocleciano levantou-se instantes depois, comeu um pedaço de toucinho, lavou o rosto e com a ajuda do conde começou a se vestir.

Os soldados se aprontavam sob o brilho das tochas. Embora fosse verão, o terreno era alto e fazia frio na madrugada. Latrinas improvisadas, feitas com toras de madeira, foram posicionadas em diversos pontos do acampamento para que os legionários defecassem antes de colocar a armadura, porque depois seria impossível.

Quando a lua tocou o horizonte, cada centurião orientou sua companhia a realizar uma prece. A essa altura, Diocleciano estava ajoelhado em sua barraca diante de uma estatueta de Mitra, inspirando a fumaça dos incensos e fazendo gestos religiosos. Nesse momento, um decano pediu permissão para entrar. O conde Erhard permitiu.

— O senhor Marco Salústio está adoentado, senhor — anunciou o emissário. — Não consegue sair da cama.

Diocleciano indagou:

— Quem é esse?

Georgios respondeu antes do mensageiro:

— O legado da Décima Legião do Estreito. Que veio comigo da Palestina.

— E quem vai substituí-lo?

— O tribuno Caio Rufino, augusto — volveu o decano.

Erguendo a sobrancelha, Diocleciano pediu a opinião do filho de Laios.

— Conhece?

— Um pouco — respondeu o equestre. — É um jovem de dezoito anos.

— Muito bem. — O imperador não estava com paciência para discutir. Deu de ombros e se voltou para o mensageiro. — Dispensado.

Georgios não disse nada. Já esperava que Salústio fosse arrumar uma desculpa para não combater. Só temia pelo destino da tropa que ele comandava. Convivera com soldados da Décima Legião em Jerusalém e sabia que eram homens esforçados. Não queria vê-los sofrer por estratégias equivocadas.

Enfim o imperador saiu da tenda. Erhard trouxe o cavalo e ele montou à luz dos archotes. O fogo refletia em sua couraça, e os homens podiam enxergá-lo como a um deus, em tons dourados e carmesins.

Georgios subiu no lombo de Pégaso. Houve uma explosão de atividade nervosa quando o corcel do imperador pisoteou a grama orvalhada. Os generais o acompanharam, seguidos pelos tribunos, oficiais, aquilíferos, centuriões e decanos. Os godos de Osório trotavam na retaguarda, na companhia dos médicos, engenheiros, oficiais especialistas e do pelotão de suprimentos.

Guiadas por Tirídates, as tropas penetraram em uma estreita garganta à medida que o céu mudava de preto para anil. De repente, ergueram-se gritos distantes, seguidos pelo trovejar dos cavalos de guerra.

— Galério está atacando — o imperador comentou com o rei. — Já começou.

— Que Mitra o proteja — desejou o Velho Hércules. — Galério já sofreu demais. E nós também.

— Sabe o que andei pensando? Devíamos orar para Marte, não para Mitra — sugeriu o augusto. — Mitra é um deus persa. Talvez favoreça o inimigo.

Tirídates deu uma gargalhada. O relacionamento entre os dois havia melhorado. Na verdade, era como se jamais tivessem brigado.

— Que tal orarmos para os dois?

— Meu amigo — o imperador sorriu, bem-humorado —, você é um gênio.

Os dois oraram e, aos primeiros raios de sol, as cinco legiões se moveram para as colinas, de onde era possível enxergar a planície e a cidadela sobre o outeiro. O acampamento persa estava ardendo, com milhares de tendas em chamas, homens correndo, gente gritando, cavalos relinchando, completamente desgovernados. O alerta já havia soado, e no alto das muralhas centenas de arqueiros começavam a se posicionar. Georgios discerniu um grupo de cinquenta cavaleiros galopando na direção deles. Conferiu a fivela do elmo, para ter certeza de que estava bem apertada, segurou o escudo e ergueu a lança, mas antes de tomar posição defensiva reconheceu o rosto de Galério. O césar regressava ao exército com menos de um quinto de seu efetivo, sendo que a maioria estava ferida, alguns queimados, outros sangrando.

Os romanos não pararam. Continuaram avançando, até se encontrarem com ele.

— Está feito, meu imperador — exclamou Galério com os olhos rubros, inchados de emoção. — Está feito.

— Calma. — Diocleciano percebeu que ele estava alterado e fez um sinal. — Está ferido, césar?

— Não, senhor. — Galério olhou para trás, para os poucos homens que haviam sobrado. — Estou bem, pronto para voltar ao combate.

Os oficiais observaram mais atentamente o campo ao redor da cidade e notaram que, apesar do estrago que os esquadrões rápidos de Galério haviam causado, a infantaria persa era bem treinada e já começava a se recompor, organizando-se em blocos para defender Artaxata. O firmamento se convertera em uma mancha alaranjada, com ondas rosa e listras vermelhas. O sol começava a nascer em matizes escarlates, envolto por um halo translúcido.

— Está na mão dos deuses agora — murmurou o augusto com uma segurança inspiradora. — Seja qual for o resultado desta batalha — ele disse, encarando cada um dos oficiais na retaguarda —, saibam que foi uma honra trabalhar com os senhores.

Nisso, Diocleciano sacou a espada e a apontou para cima.

— Pela glória do Império, pelas luzes que se acendem no Oeste — ele gritou, e os legionários o imitaram. — Roma invicta. — E completou: — Roma eterna!

XLVII

JÚLIA DOMNA

FLÁVIO CONSTANTINO CAMINHAVA PELOS CORREDORES DO ANTIGO PALÁCIO DE Sétimo Severo, no centro histórico da ensolarada Bizâncio. Naquela manhã, ele poderia se apresentar de várias formas — como duque, por exemplo, como general ou mesmo como representante do Senado e do povo de Roma —, mas nem sempre fora assim. Na última vez que percorrera aqueles saguões, ele era um fugitivo, um jovem cavaleiro que havia escapado da Nicomédia às escondidas para evitar ser morto pelos agentes de Maximiano, o augusto do Oeste, o mesmo que agora o liderava — e que acompanhava cada um de seus passos.

Para agradar Constâncio Cloro, seu aliado, o Inclemente permitira que Constantino reunisse uma tropa com o objetivo de resgatar Flávia Júlia Helena, que era declaradamente cristã. O duque não queria que a mãe sofresse com a perseguição que varreria o Império nos próximos anos e pretendia levá-la para uma região afastada, onde ela estaria protegida até que a situação se acalmasse.

— Britânia — ele sugeriu ao encontrar a cesarina, depois dos cumprimentos habituais e de uma breve conversa sobre assuntos mundanos. — Servi em Londínio por algum tempo. O clima é terrível mas tenho amigos por lá. Homens que a protegeriam com a própria vida.

Helena fez como se não tivesse entendido. Eles estavam no gabinete de estudos da cesarina, um salão retangular com o pé-direito alto, entulhado de prateleiras. Nessas estantes repousavam tomos antigos, pergaminhos raros, tábuas de cerâmica fenícias e estatuetas de deuses havia muito esquecidos.

— Por que eu viajaria à Britânia — ela estava em pé diante do filho — se neste palácio tenho tudo de que preciso? Inclusive — apontou para dois soldados que montavam guarda na porta — homens dispostos a me proteger?

Constantino explicou — dessa vez em detalhes — o plano arquitetado por Zenóbia e a intenção de Maximiano de acabar com os cristãos, o que poderia resultar em centenas ou até em milhares de mortes.

— Não seria a primeira vez. — A anfitriã girou nos calcanhares, foi até o canto leste do gabinete e sentou-se à sua mesa de trabalho. — Os cristãos já foram perseguidos antes. Por que eu deveria fugir?

— Porque desta vez será diferente. Nero, Domiciano, Trajano, Décio e tantos outros miraram seus esforços nos pobres e nos líderes religiosos. Maximiano quer ir atrás dos poderosos, dos cristãos mais proeminentes, dos funcionários públicos e dos membros da corte. Esse é o motivo de eu ter vindo — revelou. — A senhora precisa fugir. Mesmo que o imperador vença a guerra contra os persas, não conseguirá deter a ira dos tetrarcas. Galério, seu braço-direito, é agora também um inimigo da Igreja. O que vem por aí não é nada bonito. Imploro que me escute — pediu —, que deixe o orgulho de lado e aceite a minha proposta.

— Orgulho? — Helena deu um sorriso irônico, abanando levemente a cabeça. Ela já tinha passado dos quarenta anos, mas os cabelos continuavam castanhos, sem um fio branco sequer. Os olhos eram azuis, iguais aos do filho, e o corpo era frágil, apesar de seu olhar de rapina. — O orgulho foi a primeira coisa a que renunciei ao declamar meus votos diante do altar — afirmou e fez como se mudasse de assunto. — Me diga, excelência — ela assim o chamou carinhosamente, sem formalidade ou sarcasmo —, por que está aqui? Digo, por que está lutando? Pelo *que* você luta?

Constantino sabia que era uma armadilha. Não raro, quando menino, a mãe o encurralava com questões metafísicas, acabando por convencê-lo de seu ponto de vista. Agora, porém, ele era um adulto e estava pronto para enfrentá-la.

— Como todo soldado, luto por Roma — respondeu ele, objetivo. — Sei que nem sempre somos justos. Sei que com frequência somos cruéis, reconheço que muito sangue já foi derramado, mas ainda assim o Império é nossa melhor opção. O que existe além dele? Trevas? Ignorância? — Arregalou os olhos. — Fúria? Barbárie?

Helena observou os raios de sol que penetravam através das janelas.

— Concordo com você. Devemos lutar para preservar o Império. Por essa razão — ela frisou — é que eu não posso atender ao seu pedido.

Flávio Constantino contraiu o rosto.

— Não entendo. Juro pelos raios de Júpiter — disse — que não entendo.

— Claro que não. — Helena se levantou. Foi até a porta da sala. — Está quente. — Farejou o ar. — Por favor, me acompanhe — pediu. — Quero lhe mostrar uma coisa.

Mãe e filho retornaram ao corredor, desceram vários lances de escada e chegaram aos luxuosos jardins do palácio. O lugar parecia um parque público, com bancos de mármore e trilhas de seixos ladeadas por belos ciprestes. Depois de singrar por tais alamedas, avistaram uma figueira torta cujo tronco havia caído sobre uma estátua e a despedaçado completamente. Uma dúzia de libertos — escravos que Helena havia alforriado — trabalhava para cortar os galhos, remover os destroços e limpar o terreno.

— O nome dessa figueira era Júlia Domna — disse a cesarina. — Quando chegou aqui, mais de um século atrás, Sétimo Severo a batizou em homenagem à sua esposa. A árvore, dizem, já era então centenária. Todos a consideravam indestrutível, até a semana passada, quando uma ventania a derrubou. — Helena apanhou do chão um fragmento apodrecido do caule. — Veja que a casca parece intacta, mas por dentro a planta está morta.

Constantino olhou para o céu, tentando calcular o avanço das horas. Ele adorava a companhia da mãe, mas ficava entediado quando ela começava a filosofar.

— Com todo o respeito — disse ele, limpando o suor da testa —, sou um soldado, não um jardineiro. Se quer conversar, podemos voltar ao Império Romano?

— Ele está à sua frente. — Tornou a mostrar os destroços da árvore. — Será que não vê? Roma é a figueira. — E, antes que ele retrucasse, a jovem senhora complementou: — O que nós vemos é a casca. Uma casca sólida, que por anos pareceu vigorosa. Mas por dentro... — Ela fez uma pausa dramática. — Por dentro o Império está morto.

O duque se recusava a acreditar.

— Se o Império estivesse morto — reagiu ele, empertigando-se —, eu não estaria aqui, não seria um general e não teria homens sob meu comando.

— Basta um empurrão — continuou a mulher — e toda a estrutura desmoronará. O sistema está corrompido. O Senado se tornou um sonho distante, a religião é controlada por burocratas, e os magistrados foram todos comprados. Não se lembra de Druso? O procurador-geral da Nicomédia? Que tentou prendê-lo e depois quis executar Georgios Graco?

— Druso é um caso à parte — rebateu Constantino. — O imperador já disse que se arrependeu de tê-lo nomeado.

— Magêncio é o pontífice máximo de Roma. Que tipo de opinião você tem sobre ele? — perguntou a cesarina, sabendo que os dois eram rivais e opositores na escola. — E o que dizer de Maximiano? Ele tentou acabar com você. Contratou assassinos para matá-lo.

— Maximiano é um crápula, não vou negar. Mas o mesmo se poderia dizer de Nero, de Calígula, de Cômodo e de tantos outros. Os imperadores, convenhamos, nunca foram conhecidos pela bondade, seja o que for que essa palavra signifique. Portanto, não enxergo nada de novo nesse aspecto. O Império sempre poderá ser salvo. O próprio Diocleciano o salvou no passado, mas agora os tempos são outros.

— E você acha que o Inclemente é o homem certo para essa tarefa? — perguntou ela, respondendo em seguida: — Não. Só existe um que pode nos salvar, e ele não habita mais este mundo.

Constantino fez uma careta de decepção.

— Entendo aonde está querendo chegar, minha mãe. Sabe que respeito suas crenças, mas desta vez a senhora está indo longe demais. Está se colocando em risco para proteger um bando de missionários esfarrapados. Será que eles fariam o mesmo pela senhora? Sinceramente acho que não.

— Não se trata de defender pessoas, mas princípios — replicou ela, afastando-se da figueira. — Princípios esses que os romanos já esqueceram. Luz e trevas, ordem e caos, civilização e barbárie. Esses conceitos que mais cedo você citou estão em declínio no Ocidente. Só o cristianismo poderá restaurá-los. Destrua o cristianismo e destruirá o Império — disse. — Destrua os cristãos e o Oeste será derrotado.

— Será que a Igreja tem mesmo esse poder? — duvidou Constantino, seguindo a mãe pelas veredas. — E, mesmo se tivesse, ela não é perfeita. Os bispos não são perfeitos. São homens comuns — lembrou —, como eu e você.

— Quem falou em Igreja? — Helena parou em frente a um chafariz. — Eu me referi ao cristianismo — reforçou ela — e aos princípios que norteiam a nossa cultura.

— E qual é a diferença? — contra-argumentou o duque. — Se, teoricamente, a Igreja é a detentora desses princípios?

— Uma igreja pode ser derrubada. Uma instituição pode ser destruída. Mas certos valores não podem ser apagados — alertou ela —, enquanto, claro, houver homens dispostos a defendê-los.

— É um discurso inspirador — reconheceu o duque, sem ironia. — Serve bem aos púlpitos, aos teatros e às salas de aula, mas é poesia. Pura e simples poesia — opinou. — Pois eu afirmo, como soldado, que o que sustentará o Oeste é a força das armas. Quando os tambores começam a soar, é o aço que resolve a disputa.

— Quem venceu a Batalha do Reno? — perguntou a cesarina, molhando o rosto nas águas da fonte.

— Nós, digo, os romanos — respondeu ele, sem saber precisar. — Georgios. Ele liderou o ataque principal.

— Foram guerreiros cristãos — corrigiu ela. — Um grupo de batavos e um time de legionários cristãos.

— Sim, soube que Georgios, enquanto tribuno, empregou uma unidade do tipo — admitiu. — É verdade.

— Quem desmantelou o Império das Gálias?

— Aureliano — rebateu ele. — Sim, Bores Libertino — recordou-se. — Ele e o irmão, Mauzio Vigílio, estiveram presentes nessa batalha.

— Parece que começamos a falar a mesma língua. — Helena se distanciou do chafariz e continuou caminhando. Subiram outra escada, chegando a um corredor cuja face leste dava para o mar. Dali, era possível ver o porto, as bandeiras tremulando nos barcos pesqueiros e nos numerosos navios de guerra. No final dessa passagem, um cavaleiro esperava por eles. Usava a túnica vermelha do exército e trazia um colar ao redor do pescoço, do qual pendia uma cruz de madeira. Helena cumprimentou o homem e o apresentou a Constantino. — Excelência, esse é Celso Magno, enviado especial da Nicomédia.

Então, Constantino se lembrou de algo que sua mãe lhe dissera muito tempo antes: que Prisca, a esposa de Diocleciano, não só era simpática ao cristianismo como venerava o Nazareno em segredo.

De repente, tudo começou a fazer sentido na mente do general. Ele percebeu, como em um passe de mágica, que a Igreja não apenas seria como *já era* uma força política, uma instituição que aos poucos foi tomando o espaço do Império nas lacunas em que ele era mais frágil: primeiro entre os escravos, depois entre as mulheres, penetrando então, gradual e lentamente, nas mais altas instâncias do Estado romano.

Naquele momento, como se um relâmpago o atingisse, o duque Flávio Constantino compreendeu o que sua mãe estava querendo dizer, o que significava o poder da Cruz e como ela seria importante nos próximos anos.

— Magno cuidará de suas necessidades — disse a cesarina. — Sinta-se em casa, afinal você foi criado nestes jardins. Fique o tempo que quiser, mas eu insisto que esqueça a ideia de me isolar na Britânia. Lamento tê-lo feito perder a viagem, mas não posso aceitar sua proposta.

— Infelizmente eu tenho ordens — declarou Constantino, constrangido. — Ordens de meu pai, que como a senhora sabe é um dos tetrarcas. O que direi a ele? Que me recusei a obedecer-lhe? Que falhei em cumprir minha missão?

— Dirá que as ordens dele — respondeu a mulher, com toda a calma do mundo — foram anuladas por mim.

— Legalmente é possível, excelência — interveio Magno, que parecia erudito demais para um mero guerreiro. — Dentro de sua corte, a esposa de um césar tem mais autoridade do que ele próprio. Pelo menos nos assuntos familiares.

Constantino se recordou de que estava assim escrito nas Doze Tábuas, o conjunto de normas e leis que havia séculos norteava o direito romano.

Inclinou a cabeça, como se concordasse.

— Espero que saiba o que está fazendo, minha mãe — murmurou ele. — Se o pior acontecer, eu não poderei mais protegê-la. Ninguém poderá.

— Está errado mais uma vez. — Helena acariciou o rosto do filho. — De todo modo, obrigada. Obrigada por ter vindo me resgatar, meu menino, enquanto na realidade é *você* que precisa ser resgatado.

Depois de abraçá-lo e beijá-lo, Flávia Júlia Helena o deixou aos cuidados de Magno. Desceu outro lance de escadas, dobrou à direita e tomou um corredor de volta a seus aposentos.

Constantino não podia ficar muito tempo em Bizâncio. Fora instruído a regressar à Itália o mais rápido possível. No entanto, ao observar o mar azulado, os corais verdejantes e as gaivotas circulando o farol, decidiu que passaria ao menos uma noite junto da mãe. Não por concordar com ela ou por apoiar suas ideias, mas porque o horizonte era sombrio, e ele imaginou que não a veria de novo.

XLVIII

EM NOME DE ROMA

NO ALVORECER DAQUELE 16 DE SETEMBRO, O QUADRO GERAL DA BATALHA — pelo menos inicialmente — parecia favorável ao exército romano.

O que se enxergava a partir da colina era uma longa planície de terra batida, em cujo centro se localizava Artaxata. Os altos muros de rocha se tornavam ainda maiores graças ao terreno escarpado, desencorajando qualquer tentativa de invasão. O próprio Galério revelara a Diocleciano, mais cedo, que não tinha planos de destruir as muralhas, até porque a cidade pertencia a Tirídates. O objetivo era derrotar as forças do xá frontalmente, para em seguida arrombar os portões. Se não fosse possível, ele cercaria a capital e mataria os zoroastristas de fome.

Nas imediações da encosta e ao redor da cidadela, algumas tendas ainda ardiam, lançando fumaça sobre as torres de guarda. O ataque noturno, avaliou Erhard, fora muito útil para dispersar os cavalos, mas a verdade era que a infantaria persa, quase toda, havia escapado sem arranhões, o que daria ao imperador, ironicamente ou não, a oportunidade de travar uma "luta à moda antiga", como afinal ele tanto esperava.

Na opinião de Georgios — cuja experiência como general era parca —, o perigo maior havia passado. Sem a cavalaria, os sassânidas teriam de enfrentá-los na parede de escudos, e nesse campo os romanos eram imbatíveis. Os homens do Oeste estavam motivados, bem alimentados e tinham líderes sagazes. No entanto, Narses possuía três divisões de arqueiros egípcios

— considerados os melhores do Oriente —, que poderiam fulminá-los a partir das muralhas.

Por essa razão, Galério ordenou que suas centúrias — unidades compostas por oitenta legionários — descessem a colina com os escudos em riste. Designou um grupo de veteranos das cinco legiões para ocupar a linha de frente e posicionou dez mil homens nas fileiras reserva, para que pudessem substituí-los caso eles de fato fossem alvejados.

— Georgios — gritou o imperador ao sentir o pesado cheiro de carne queimada. — Georgios! — Virou-se para trás, como quem acorda de um pesadelo. — Onde você está?

O equestre encontrava-se apenas três metros à esquerda dele. Era impossível não enxergá-lo. Estalou a língua e Pégaso avançou, emparelhando com o corcel do augusto.

— Estou aqui, senhor — falou alto, pois os cornos e as tubas já começavam a soar. — Sempre às ordens.

— Georgios. — Diocleciano tocou-lhe o ombro. Seu elmo tinha uma crina púrpura, com o sol de Mitra estampado na fronte. — Que os deuses me perdoem, rapaz. Esqueci o seu aniversário. Foi em agosto, não foi?

Georgios estranhou aquela conversa. Não era o momento para divagações amistosas.

— Sim, senhor. Dois de agosto.

— Parabéns. — Ofereceu-lhe a mão. O jovem a apertou. — Se sobrevivermos a esta batalha, me lembre de conceder-lhe um título. — Coçou o nariz e fungou. — Duque seria apropriado.

— Obrigado, augusto. — Ele procurou ser econômico nas palavras. — Se for essa sua vontade, eu me sentiria honrado.

Então, houve um instante de completo silêncio. Os dois exércitos haviam se espalhado pela planície e aguardavam o sinal para dar início ao embate. De um lado estavam os romanos, com suas armaduras de placas sobrepostas, capacetes de bronze e escudos retangulares. Do outro, os guerreiros do Leste usavam cotas de malha até os joelhos, lanças compridas, elmos ogivais e escudos redondos.

— Contemple. — O imperador fechou os olhos placidamente. — Este é o grande momento. — Sorriu. — É como se estivéssemos no olho de um furacão. No coração da tormenta — disse e se virou para o genro. — Galério, a honra é sua.

O césar se aproximou com o cavalo.

— Eu não poderia, augusto — murmurou. — Este magnífico contingente é seu.

— É verdade — ponderou Diocleciano. — Deixe-me colocar desta maneira: se nós vencermos, a glória será minha. Se perdermos, a culpa será *sua*. — Deu um riso indecifrável. — Boa sorte, césar. — E repetiu, ordenando: — O comando é seu.

Com o rosto sério, compenetrado, Galério sinalizou para um tribuno à sua direita. O homem apanhou uma bandeira, trotou morro abaixo, depois se embrenhou entre as centúrias, gritando para que os capitães progredissem.

Foi quando uma cabeça dourada surgiu no ponto mais alto das muralhas, dentro de uma das guaritas fortificadas. Tirídates supôs que fosse Narses, porque ele sempre ia à guerra ostentando a coroa. Concentrou-se nessa figura por alguns instantes, inspirando e expirando, projetando nela toda a sua frustração, toda a sua raiva, todo o seu ódio e persistência. Se o xá o vencesse de novo, seria o fim para ele, o fim de sua carreira política, de sua trajetória como general, como rei, como soberano e protetor dos armênios.

Na linha de frente, os signíferos — que portavam o estandarte da tropa — puseram-se a marchar. Os cornos tornaram a soar, apitos foram assoprados, e então sobreveio o ataque.

— *Testudo* — gritou alguém. — *Testudo!*

Os demais capitães o imitaram, e uma fração de segundo depois o céu se enegreceu de pontos cinzentos, como se tomado por um enxame de vespas. Sob o casco da tartaruga — uma formação de combate em que a centúria se fechava em uma espécie de carapaça, com escudos nas laterais, na frente, atrás e sobre as cabeças —, os legionários estavam protegidos, embora não totalmente. Um ou outro sucumbiu ao longo de três saraivadas contínuas. Os tiros disparados desde as ruas da cidade — e não aqueles lançados das muralhas — desceram com mais força, causaram maior impacto e penetraram mais fundo, trespassando a madeira, atravessando armaduras, ferindo braços e rasgando clavículas.

Fora do alcance das flechas, Galério deu outra ordem. Os sagitários correram como antílopes, estacaram na traseira das linhas e prepararam seus arcos. Era inútil mirar em quem estava sobre o passadiço, atrás do parapeito dentado, então o alvo foi a infantaria de Narses, que respondeu com a mesma tática, copiando a clássica formação dos romanos.

— Detesto projéteis — resmungou o imperador. — Matam aleatoriamente.

E realmente matavam. No total, oito salvas castigaram os soldados, tanto do Leste quanto do Oeste. Em termos gerais, porém, as perdas foram mínimas. Cada guerreiro que caía era sistematicamente substituído por outro.

Era a vez de os tribunos — oficiais montados — assumirem o protagonismo da guerra. Eles, que haviam recuado, escapando das setas, tornaram a descer a colina, de modo a comandar suas tropas.

— *Iacite pila* — gritaram em uníssono, e um deles traduziu para o grego:

— Arremessar pilos!

Os legionários, agora a trinta metros dos oponentes, atiraram seus dardos com toda a energia. Essa costumava ser uma estratégia eficaz, porque os disparos eram feitos a curta distância, com mais chance de acertar. No entanto, a poeira havia subido, formando um opaco nevoeiro de terra batida.

Ouviram-se o ruído das pontas caindo, urros e comandos em língua estrangeira. Em seguida, os blocos prosseguiram para o confronto direto.

Quem estava na dianteira pôde enxergar as hostes persas emergindo em meio às ondas de calor, e quando menos se esperava as paredes de escudos se chocaram, como dois touros enganchando seus chifres. Os primeiros segundos de uma disputa como essa são bastante monótonos. Resumem-se a um grupo de homens se empurrando, medindo forças, até que a primeira gota de sangue é derramada. É então que a peleja se acirra, que os olhos faíscam, que os militares precisam mostrar seu valor.

No alto da colina, Galério estava satisfeito. Diocleciano se virou para o genro.

— Sem a cavalaria — disse ele —, esses bastardos estão perdidos. Vamos trucidá-los.

— Sim — anuiu o césar, estudando a trajetória do sol. — Despacharei os equestres em oito minutos. Cinco esquadrões serão o bastante para destruir o flanco desses canalhas. E então terminamos por hoje.

— Boa ideia — elogiou o augusto. — Mas por que não os envia agora?

— O que me preocupa são *eles*. — Galério apontou para os arqueiros egípcios. — Quero evitar expor nossos homens.

— Envie os godos — sugeriu. — É por isso que nós lhes pagamos o dobro, certo? Para que se exponham ao perigo.

Galério pensou no que o sogro dissera. Os godos pertenciam às tropas auxiliares e, embora não tivessem um plano de carreira, ganhavam mais que os legionários comuns. Contudo, Stronka se tornara um amigo — mais que isso: um aliado. Galério precisava dele não só para lidar com uma eventual revolta de cristãos na Panônia como para caçar e punir os oficiais insurgentes.

Enquanto refletia sobre essas coisas, a legião que cobria o flanco direito começou a fraquejar, com baixas consideráveis e homens mortos às dezenas. Em uma batalha é comum que, a certa hora, as paredes de escudos se desfaçam, mas — no caso *daquela* batalha — era muito cedo para tal. Se as laterais sucumbissem, o restante da tropa entraria em colapso, prejudicando o avanço da cavalaria, que era o trunfo final de Galério.

Dessa vez, foi Tirídates quem comentou:

— Que legião é aquela?

Georgios, que estava por perto, respondeu:

— Décima Legião do Estreito, majestade.

— Por Zeus — exclamou o rei —, o tribuno está completamente perdido.

— Se eu tivesse alguém melhor, enviaria — justificou-se Galério. — Infelizmente não tenho.

Georgios sentiu o corpo esquentar, o coração bater freneticamente.

— Os centuriões são competentes — analisou Diocleciano, a mão em pala sobre os olhos. — O tribuno é que está colocando tudo a perder.

O equestre não resistiu e se expressou:

— Posso substituí-lo, augusto.

O conde Erhard o censurou.

— Sua obrigação é para com o imperador — alertou —, não para com as forças armadas.

Seguiu-se um silêncio embaraçoso. De repente, ocorreu a Diocleciano que Georgios havia treinado com a Décima Legião em Jerusalém e conhecia muitos de seus integrantes. Em termos estratégicos, seria ótimo se ele pudesse assumir o comando da tropa, mas não queria contradizer Erhard, que era seu principal guarda-costas. Em vez disso, deu uma olhadela para Galério, que captou a mensagem e perguntou:

— É verdade que serviu como tribuno na Germânia, comandante?

— Sim, césar — respondeu o filho de Laios. — Confirmo que é verdade.

— Não gosto do senhor, excelência. — Galério usou o pronome adequado para se referir a um paladino. — É presunçoso, impulsivo e arrogante, mas é o melhor homem para essa tarefa — admitiu. — Quero que segure o flanco por mais três minutos. Só preciso de três minutos. Consegue?

Georgios fez que sim com a cabeça.

— Consigo, césar.

— Então pode ir.

O cavaleiro segurou firme a lança e se preparou pára descer o aclive, quando uma voz o chamou:

— Boa sorte. — Diocleciano acenou para ele, inclinando a testa dourada. — Contamos com o senhor, comandante. Não nos decepcione agora.

O calor foi aumentando à medida que Georgios se aproximava da zona de guerra. As centúrias — ele entendeu ao visualizá-las de perto — haviam se expandido para os lados a fim de conter o avanço dos persas. Com isso, esses blocos, que inicialmente possuíam profundidade de seis homens, agora tinham só três, o que os tornava muito mais frágeis, muito mais suscetíveis à penetração do inimigo.

Georgios enfiou a lança no solo, sacou a espada e galopou até Caio Rufino. O tribuno, que mais parecia um menino, encontrava-se em um local em que a parede de escudos havia se rompido. Nesse ponto, os dois exércitos se enfrentavam em um embate absolutamente caótico. O barulho era quase ensurdecedor, uma mistura de berros, apitos, palavras de ordem, espadas tinindo e armaduras trincando.

— Recuar — trovejou o equestre, mas Caio Rufino estava apático e sequer entendeu o que ele dizia. Georgios deu-lhe um tapa na cara e repetiu, enérgico: — Recuar. Dispensado.

Enfim Rufino o escutou e retrocedeu, mas o cavaleiro agora precisava fazer com que a tropa inteira o notasse. Encurtou as rédeas de Pégaso e as puxou para si. O animal relinchou, ficou sobre as patas traseiras, e então Georgios brandiu a espada, apontando-a na direção da cidade.

— *Ciringite frontem!* — bradou. — Mantenham posições. Primeira coorte, à direita. — Ele se dirigiu ao bloco mais forte da legião, a primeira coorte, composta por veteranos. — Frente dupla. *Ciringite frontem!* Mantenham posições.

Os legionários obedeceram, reforçando as laterais. Em dois minutos, repeliram as hostes estrangeiras e, da colina, Galério despachou seus esquadrões, uma tropa mista formada por romanos e godos. O chão tremeu com o tropel dos cavalos, cuja primeira missão era contornar as linhas ocidentais e destroçar o flanco dos soldados sassânidas. Galério, de longe, tornou a sorrir, imaginando que a vitória estava ao alcance das mãos, mas Diocleciano, que vivera muitas batalhas, teve um pressentimento ruim.

— Está fácil demais — ele sussurrou para Tirídates. — Tem alguma coisa errada.

O rei tomou fôlego para responder quando os trompetes de Narses soaram, esganiçados como gralhas do inferno. Os tambores rufaram, pendões foram agitados, o vento soprou intensamente. Os militares de ambos os lados detiveram seus golpes, curiosos, tentando entender o que se passava. Então, os portões de Artaxata se abriram e deles brotaram centenas de catafractários. Esses cavaleiros pesados, que trajavam cotas de malha e carregavam lanças, constituíam a unidade de elite do xá. Galério achou que os tivesse neutralizado ao afugentar os cavalos, mas havia alguns deles — ou muitos — dentro da cidadela, esperando o momento certo para entrar em ação.

Súbito, uma nova salva de flechas caiu sobre os guerreiros do Lácio. Georgios girou Pégaso à esquerda, desviando-se de três setas que, de outro modo, o teriam acertado. Olhou para trás e viu os godos sendo abatidos como patos. Um cavalo foi atingido no olho, tentou se esquivar e acabou tropeçando. Um segundo o atropelou pelas costas, um terceiro pisoteou seu ginete.

Observando aquele escarcéu, Georgios decidiu que teria mais chance de sobreviver se enfrentasse os catafractários diretamente. Recuperou a lança que estava encravada na terra, deu meia-volta e investiu contra eles. Os adversários foram se aproximando, tornando-se maiores, mais nítidos, mais perigosos. O jovem experimentou um arrepio na nuca, depois os sons se calaram, como em um sonho. Houve um lapso de tempo, com cenas curtas e desconexas, e no próximo instante ele sentiu um tranco no braço. Percebeu, afinal, que havia passado pelo primeiro oponente, derrubando-o da sela — e possivelmente o matando.

Nisso, antigas lembranças o assaltaram. Ele se recordou do hipódromo na Nicomédia onde havia treinado para golpear as doze balizas, conforme Falco, seu instrutor, lhe ensinara. Foi então que escutou — em alto e bom som — a voz de Bores Libertino, que para ele fora o maior dos cristãos.

— *Ninguém acerta as doze balizas.*

Georgios não sabia de onde partira aquela voz, mas fez questão de responder.

— Lamento discordar, capitão — falou para si mesmo. Ninguém, a não ser, quem sabe, o próprio Libertino, podia ouvi-lo naquele momento. — Mas desta vez o senhor está errado.

De repente, uma estranha energia o envolveu. Por razões que jamais serão explicadas, Georgios se encheu de coragem, como se uma força divina — ele podia efetivamente *sentir* essa força — estivesse zelando por ele, observando seus passos e fazendo-o avançar.

O que se deu a seguir foi algo inimaginável, que poderia ser contestado pelos historiadores mais céticos se os próprios zoroastristas, anos mais tarde, não tivessem confirmado a história. Georgios Graco, o mais novo dos paladinos, o glorioso filho de Laios, prosseguiu em sua cavalgada mortal, derrubando todos em seu caminho, sem errar um único alvo, sem ser ferido ou mesmo tocado.

Repleto de ardor e bravura, ele parou diante dos portões de Artaxata.

Olhou ao redor.

No solo chamuscado pelo fogo das tendas, havia cadáveres, flechas, bandeiras, cavalos mortos e gládios partidos. A essa altura, ambas as paredes de escudos haviam se desfeito. Os soldados da infantaria lutavam corpo a corpo, trocando chutes e golpes de espada. Enquanto isso, os cavaleiros batalhavam sobre o declive, tentando impedir que os catafractários alcançassem a colina.

Confiante, o imperador reparou que em breve a contenda chegaria até eles e sugeriu uma estratégia impensável.

— Muito convém a Narses — disse, cutucando o nariz — ficar nos assistindo do alto de sua torre. Senhores, por que não damos um susto nele?

— Sim, já passou da hora — concordou Galério. — Quais são suas ordens?

— Para o senhor, césar — ele retomou o discurso formal —, nenhuma ordem. Só que continue fazendo o bom trabalho. — Então, Diocleciano se virou para Tirídates. — O que acha, meu amigo?

O rei entendeu perfeitamente o que ele estava propondo.

— De pleno acordo — assentiu o monarca. — Será como nos velhos tempos.

O imperador apanhou suas armas. Perguntou para Erhard:

— Capitão, quantos esquadrões sobraram?

— Quatro, senhor — informou o conde.

— Galério. — Ele se voltou para o genro. — Pode me emprestar um deles?

O tetrarca anuiu.

— São todos seus, augusto.

— Muito bem. — Olhou para o guerreiro germânico. — Erhard, cubra o meu flanco direito. O trajeto é perigoso, mas quem busca a vitória precisa arriscar. Se eu tiver de morrer, que seja em combate. Estou cansado dos salões frios, dos pátios e corredores estéreis. Desejo que o próximo desses salões seja o meu túmulo, e que o corredor seguinte me conduza ao Elísio. Que seja assim — determinou ele. — Em nome de Roma.

Galério fez um gesto e um dos esquadrões se uniu ao grupo avançado. Diocleciano inspirou o ar escaldante, declamou uma prece ao deus dos soldados e se preparou para descer a ladeira. O plano era aproveitar que os portões estavam abertos, entrar na cidadela a galope, perseguir Narses e, como ele prometera ao imperador Caro ao menos uma década antes, terminar o serviço que Laios Graco havia começado, dando um fim no mago Kartir.

XLIX

LADEIRA ACIMA

UM ABUTRE.

Na Germânia eles tinham corvos.

No Oriente, havia os abutres.

Os terríveis abutres.

Um desses animais pousou sobre os destroços de uma barraca. Abriu as asas e começou a saltar, ciscando o chão e procurando a carniça.

Outros foram vistos no céu. Eram aves imensas, agourentas e negras, que traziam consigo um odor nauseante.

O cheiro da morte.

Georgios ficou alguns segundos parado, observando tais criaturas. Por um momento, esqueceu-se de onde estava, até que escutou comandos em persa, seguidos pelo som de engrenagens rodando.

Os portões de Artaxata, ele pensou, apertando os olhos e sacudindo a cabeça, *estão se fechando.*

Ousou se aproximar das pesadas seções de madeira. Enxergou um grupo de catafractários puxando-as pelo lado de dentro, tentando mais uma vez isolar a cidade.

Georgios sabia que precisava agir rápido.

Saltou para o chão.

Analisou o entorno.

Descobriu um dardo romano enterrado na areia, a ponta torta, a haste quebrada. Largou o escudo e a lança, apanhou essa arma, fez pontaria e a atirou na direção do inimigo. O objeto subiu feito uma seta, desceu contra os raios de sol e acertou um dos zoroastristas no peito, perfurando a cota de malha e matando-o na hora.

Com isso, os arqueiros egípcios no alto das muralhas o notaram e se prepararam para disparar. Georgios não tinha opção a não ser avançar para o interior de Artaxata, mas havia pelo menos mais três catafractários esperando por ele.

O jeito era enfrentá-los.

Desembainhou a espada e progrediu. Esses soldados de elite do xá eram também cavaleiros e portavam lâminas longas, as quais podiam manobrar com as duas mãos, na falta de um escudo para protegê-los.

Imaginando que o combate seria breve, o trio parou o que estava fazendo e se concentrou no invasor.

O paladino, entretanto, surpreendeu esses homens, mergulhou contra o solo e deu um rolamento para a frente, passando por eles. Levantou-se com a rapidez de um gato e golpeou um dos catafractários nas costas, enfiando a Ascalon em suas costelas.

Enquanto o sujeito ainda berrava, os outros dois reagiram. Georgios se lembrou das lições que o conde Erhard lhe ensinara sobre como utilizar uma espada para se defender e aparou os ataques com a face cega da lâmina, depois investiu contra um dos adversários, despejando sobre ele um enxame de golpes, obrigando-o a recuar. O outro veio por trás, o paladino se esquivou, acertou-lhe um chute no estômago, esperou que ele se curvasse e então o liquidou com uma espadada no crânio.

O restante gritou por reforços e se lançou ao duelo. O aço tiniu com o choque das lâminas, que raspavam e soltavam faíscas. A certa hora, Georgios fez um movimento ascendente, girou o punho e o desarmou. O homem fugiu do confronto e o equestre o perseguiu, chegando a uma praça circular dominada pela estátua de Cosroes, o pai de Tirídates. Esse largo, ao que se podia notar, prolongava-se em uma ladeira cingida por construções tipicamente gregas: prédios, estábulos, colunas votivas, arcos do triunfo e oficinas, todas revestidas de mármore, sustentadas por pilastras coríntias.

De repente, o filho de Laios viu-se cercado por oito indivíduos. Eram guerreiros comuns, que ostentavam armaduras de couro, mas empunhavam lanças compridas, capazes de atingi-lo antes que ele conseguisse sequer alcançá-los. Era uma luta desigual e perigosa, que o teria vitimado se Pégaso não tivesse saltado sobre esses guardas e se colocado ao lado do paladino. Georgios — que convivia com o animal desde criança — tornou a montar, fez com que o equino pulasse adiante e pisoteasse dois soldados em seu caminho.

Uma vez rompida a formação de combate, ele fez o cavalo empinar e agrediu mais três oponentes. Contudo, era impossível derrotar a todos.

Foi quando, de uma nuvem de pó, surgiram Diocleciano, Erhard e Tirídates.

— Comandante — gritou o imperador, o rosto sujo, empoeirado —, siga-nos!

Georgios obedeceu, compreendendo que aquele reduzido grupo de campeões se dirigia ao topo da capital dos armênios, buscando, talvez, realizar uma missão impossível. Dardos e flechas despencaram do céu, sem no entanto tocá-los. Soldados tentaram detê-los de todas as formas e maneiras possíveis, mas eles eram rápidos demais e prosseguiram pelas ruas estreitas, driblando a morte constantemente. Tirídates os guiou pelos melhores atalhos, atravessou becos, transpôs ruelas, saltou sobre barricadas, para enfim despontar nos jardins do palácio.

Lá em cima, a atmosfera era tétrica. O gramado estava vazio, sem um persa para vigiá-lo. O Templo de Zeus ficava a leste, e o de Héracles, a oeste. O palácio localizava-se ao norte, imponente com seus frontões prateados.

Ofegante, o augusto apeou.

— Narses não está aqui. Continua refugiado nas muralhas — ele disse. — Tirídates, Erhard, quero que o capturem — ordenou, como se fosse uma coisa muito fácil. Depois, observou o grande palácio. — Georgios, você vem comigo.

— Senhor — o conde Erhard não se conformava com a ideia —, é muito perigoso. Permita-me ao menos acompanhá-lo.

— Não. Se nós ganharmos, Narses tentará fugir. Não podemos permitir que ele escape. Estou designando você para essa tarefa porque é o meu melhor combatente.

— Justamente por isso — argumentou —, deixe-me escoltá-lo.

— Erhard, você se lembra da Campanha da Pérsia? — Ele fez uma pergunta retórica. — Só a Ascalon pode matar o feiticeiro. Preciso de Georgios nesta empreitada.

O equestre surpreendeu-se.

— Senhor — ele desmontou e ofereceu a espada ao soberano —, pode empunhá-la, se quiser.

— Não sou digno. O seu pai era. Você é. Eu não. Será que não entende, comandante? — Diocleciano o fitou. — Foi para isso que você nasceu. Foi por isso que os deuses o pouparam.

— Que seja assim, senhor — replicou o jovem, confuso, sem realmente compreender. — Sou seu servo, augusto.

— Cumpra o seu destino, rapaz — ele disse. — E eu cumprirei o meu.

Em certos aspectos, os armênios eram mais fascinados pela cultura grega do que os próprios romanos. Isso fica evidente pelos seus santuários dedicados aos deuses olímpicos e pelo seu idioma, cuja origem, acredita-se, é a mesma daquele dos povos helênicos. Cosroes II, o pai de Tirídates, era um admirador dos antigos filósofos e inspirou-se na cidade de Atenas para construir Artaxata. No ponto mais alto da capital, portanto, havia uma espécie de acrópole composta por jardins muito amplos, os dois templos já mencionados, algumas construções menores e o palácio propriamente dito, decorado agora com os galhardetes sassânidas, em tons lilases e amarelos. Do centro do pátio brotava um chafariz solitário, que, apesar da batalha e do abandono, ainda funcionava a contento, espirrando água contra o sol vespertino. Diocleciano se aproximou do monumento, molhou o rosto e depois comentou:

— É uma sensação estranha, não é? Caminhar por uma cidade durante uma batalha ou invasão. — Ele se lembrou de Ctesifonte. — O povo se esconde, as pessoas desaparecem. É como se você fosse um titã... O senhor absoluto do céu e da terra.

Georgios escutou o que ele disse, mas não digeriu as palavras. No fundo, não tinha certeza do que estavam fazendo naquele setor. Diocleciano clamara pela cabeça do mago, mas procurá-lo sem uma escolta adequada era suicídio. Um homem como Kartir não ficaria esperando por eles sozinho, desguarnecido. Certamente tinha montado um plano para capturá-los, para matá-los e humilhá-los. O equestre não podia acreditar que o imperador fosse tão ingênuo, mas era um paladino e, como aprendera com Erhard, não lhe cabia questioná-lo, só defendê-lo.

Instintivamente, dobrou à esquerda, na direção do palácio. O imperador o cutucou e virou à direita, apontando para o Templo de Zeus.

— Kartir está lá — disse, como se contasse um segredo.

— O senhor tem certeza?

— Este cheiro... doce. Está sentindo?

— Estou.

— O mago conjurou o *ifrit*. Ele está nos desafiando para um duelo.

— Não existem *ifrits*, senhor — explicou Georgios, recordando-se de suas longas conversas com o falecido Gothar. — São substâncias narcóticas com propriedades entorpecentes. Se entrarmos lá, seremos envenenados.

— O seu pai não foi envenenado. Suponho que tenha sido por causa da espada. E você também não será. De todo modo, não posso deixar que Kartir escape outra vez. Jurei a Caro que o pegaria — revelou. — Esse terrível sacerdote de Zoroastro é a mente por trás do trono. Sempre foi e sempre será. Enquanto ele continuar vivo, os persas jamais serão derrotados.

— Esperemos reforços, então.

— É arriscado. O tempo está contra nós. Se Narses vencer, ele vai nos usar como Sapor usou Valeriano: como degrau para montar em seu cavalo. Isso seria pior que a própria morte. Se avançarmos agora, ao menos levaremos o mago conosco. É por isso que estou aqui. Foi por isso que nós viemos.

— Não sabia que esta era uma contenda pessoal.

— Para o divino augusto de Roma — explicou —, *nenhuma* contenda é pessoal.

O jovem finalmente entendeu o que ele estava querendo dizer.

— Sim, senhor.

Os dois galgaram a escadaria do Templo de Zeus, chegando ao pórtico do edifício. No chão, havia algumas oferendas — uvas, maçãs e grãos de trigo — em tigelas de cerâmica, apodrecendo. De lá, Diocleciano tentou enxergar o campo de batalha, mas o ângulo não favorecia. Não bastasse, sob as colunas, o silêncio era total — nem os passarinhos se escutavam.

O acesso ao santuário se dava por meio de uma porta dupla banhada a ouro, gravada com motivos geométricos e centralizada por argolas de ferro. Essa passagem estava livre e era separada do exterior apenas por uma cortina de linho branco. O imperador perseguiu o aroma e, cautelosamente, afastou o tecido com a ponta da espada.

O interior não era totalmente visível. Uma névoa verde, tão densa que parecia sólida, escondia a nave, parte das colunas e os nichos colaterais. Georgios espalmou a mão contra o peito do augusto.

— Espere — disse, tomando a dianteira. — Permita que eu vá na frente.

Diocleciano aceitou a ajuda sem reclamar. Os dois adentraram o salão, alertas e tensos. Os raios do sol penetravam através das altas janelas, refletindo no assoalho brilhante, produzindo uma atmosfera onírica.

— Siga pela direita — sussurrou o imperador. — Eu sigo pela esquerda. Não me perca de vista. Se encontrar o mago, ataque antes que ele possa falar.

— Sim, senhor.

— Lembre-se: ele tentará enganá-lo — avisou. — Por todos os meios e de todas as formas. Cuidado!

Georgios assentiu com um balançar de cabeça, mas era tarde. Um murmúrio os alcançou, algo que parecia um rosnado:

— *Alsi bararitium qablitum u namaritum. Eli nitum ubbiraanii. Ili-ia u Ishtari-ia.*

O equestre tentou localizar a fonte do som, mas a névoa os cegava e os confundia. Começou a girar a Ascalon ao redor do próprio corpo, porque não tinha ideia de que direção viria o ataque. Nesse momento escutou um zunido, e uma ponta metálica emergiu do vazio. Era uma lança — uma lança romana — que havia sido atirada através da fumaça.

O objeto perfurou a neblina e encontrou o busto do governante. De tão forte, o impacto atirou Diocleciano para trás com um baque surdo e poderoso. O projétil atravessou-lhe a armadura como se ela não existisse, traspassou-lhe o pulmão e despontou nas costas. Quando Georgios menos esperava, o homem que ele jurara proteger encontrava-se prostrado, o rosto pálido, os olhos se apagando.

O paladino se ajoelhou perto dele.

— Georgios — o imperador resfolegou —, não perca tempo.

— Senhor, não diga nada. — Fez menção de arrastá-lo de volta ao pátio. — Vou tirá-lo daqui.

— Pare! Por Mitra, sou apenas um homem. — O augusto se irritou, o sangue saltando da boca. — Kartir é imortal. Precisa acabar com ele. Só você pode. — Soltou um pigarro. — Faça isso por mim, pelo seu pai, pela sobrevivência do Império Romano. — Empurrou-o com o pouco de força que lhe restava. — Por todos nós.

Diante da ordem, tão clara, tão direta, Georgios não teve alternativa. Deu as costas para o soberano e desapareceu em meio à fumaça.

L

MÁSCARAS E MONSTROS

O AMBIENTE SE TORNAVA GÉLIDO E MALCHEIROSO À MEDIDA QUE GEORGIOS SE deslocava. De pouco em pouco, a estátua de Zeus ficava mais nítida, retratando um homem forte seminu, sentado em uma cadeira, com a barba comprida e um cajado na mão. Sobre sua palma direita, apoiava-se outra estátua, menor, a da deusa Nice, com suas asas de anjo. O ídolo tinha dez metros de altura e era todo esculpido em mármore com detalhes em ouro, incluindo a túnica, que lhe cobria da cintura aos pés.

Uma abertura no teto lançava brilho sobre a figura do deus. Era uma visão tão bela, tão inspiradora, que qualquer um teria sido capturado, mas Georgios estava pronto para o pior e sabia que a distração era a arma favorita dos magos.

Escutou passos, moveu-se na direção deles e se preparou para o golpe final. Seguiria o conselho do imperador e atacaria imediatamente, antes que o feiticeiro se expressasse.

Enfim um indivíduo se aproximou, e era diferente do que ele esperava. No lugar de um persa comum, segurando um bastão e vestido com o manto dos sacerdotes de Zoroastro, a imagem que se formou foi a de um homem moreno ostentando um elmo romano, armadura de escamas, usando as cores do exército e as insígnias de general. O traje estava gasto, mas pareceu familiar a Georgios, que por algum motivo não atacou. O sujeito estava desarmado aparentemente, parou a uma distância segura e tirou o capacete, jogando-o no chão.

O equestre balbuciou:

— Pai?

— Georgios — o homem começou a falar, e sua voz era idêntica à de Laios. Na verdade, à exceção dos cabelos grisalhos e da face enrugada, nada mudara no antigo legado. Os olhos continuavam castanhos, e o nariz, ligeiramente adunco, como o dos gregos. — Meu filho.

O paladino se afastou, como se tivesse visto um fantasma. Um calafrio percorreu-lhe a espinha, o estômago e os músculos se contraíram.

— Parado. — Foi só o que ele conseguiu dizer. — Se der mais um passo... — Brandiu a espada, o corpo tremendo.

— Estou parado. — O general pôs as mãos para o alto. — Não quero lutar. Na verdade, esperei anos por este momento.

— Que bruxaria é essa? Quem é você? — O jovem ofegava. — O *que* é você?

— Georgios, sou eu, Laios. — Bateu no peito e o encarou. — Seu pai.

— Em outros tempos, eu teria acreditado — retorquiu ele, abanando a cabeça —, mas já passei por muita coisa. Sei identificar uma ilusão quando vejo uma. Sei reconhecer um farsante.

— Sabe? — O oficial arqueou as sobrancelhas. — Urus — ele se referia ao almirante da frota romana atracada no Reno, com quem Georgios havia servido na Germânia — nunca lhe contou o que aconteceu comigo?

— Ele me contou. — Respirou fundo. — Ele disse... — de repente, lembrou-se das últimas palavras do marinheiro — que Laios estava... — Titubeou. — Urus não me disse nada — afirmou. — Ele morreu engasgado com o próprio sangue enquanto tentava nos salvar.

— Eu lhe conto, então. Diocleciano — ele apontou para o assoalho de mármore — sabia que eu tinha conquistado o respeito das tropas e se sentiu ameaçado. Me enviou para o Extremo Norte a fim de me isolar. Quando soube que eu havia assumido o controle da região, decidiu acabar comigo. Por meio dos cavaleiros belgas, seus agentes secretos, entrou em contato com Granmar, o príncipe dos francos. Fomos emboscados na floresta. O filho de Urus foi morto nessa batalha. Otho Pólio — ele agora citava o centurião-chefe da Trigésima Legião de Trajano — tentou me salvar. Perdi a consciência. Os francos com certeza pensaram que eu havia morrido. Eles me deixaram como presente aos corvos. Urus e seus marujos me resgataram horas mais tarde.

Georgios nunca havia entendido por que Urus, que era um homem irascível, costumava ser tão leniente com ele. Se a versão que acabara de ouvir fosse verdade, a coisa toda fazia sentido, mas havia falhas naquele discurso.

— Urus não era de se abrir com as pessoas — concordou. — No entanto, Pólio certamente teria me avisado se soubesse dessa suposta conspiração.

— Ele tentou. Mas você o prendeu.

O jovem encrespou o cenho. Depois inclinou a cabeça, envergonhado.

— É verdade que me excedi, mas eu era... eu *sou* um cavaleiro da Púrpura — declarou. — De qualquer maneira, este diálogo é impossível, pois *eu* vi o corpo do meu pai e garanto que você não é ele.

— O que você viu foi um cadáver. Eu e Urus apanhamos um dos mortos na batalha e o enviamos a Círio Galino — esse era o pretor da Trigésima Legião de Trajano, um engenheiro de formação com habilidades diversas — para que ele o embalsamasse. Diga-me, Galino lhe deu certeza de que o corpo era meu?

— Não. Em todo caso, ainda que meu pai tivesse sobrevivido, o que ele estaria fazendo aqui? Neste templo? — Afastou-se cautelosamente. — Por que nunca regressou à Vila Fúlvia? Por que não me avisou que estava vivo? Laios, o verdadeiro Laios Graco, jamais abandonaria sua família.

— Eu estava muito ferido para cavalgar — alegou. — Quando me recuperei, soube que sua mãe fora assassinada, que você tinha fugido para a Nicomédia e ingressado na Escola de Oficiais do Leste. Logo que pude, enviei Yasmina, a irmã do príncipe Yasmir, para avisar-lhe que eu não havia morrido. Não se lembra dela, Georgios? A sacerdotisa com olhos de rubi? Durante a sua iniciação no pátio da escola?

Nesse instante, o coração de Georgios acelerou. Ele realmente havia sido visitado por alguém na academia, que lhe dissera, pela primeira vez, que seu pai sobrevivera aos combates na Germânia. Na época, ele imaginou que tudo não passasse de um delírio provocado pela fome e pela perda de sangue. O mais impressionante, refletiu, é que não havia contado o episódio para ninguém, só para Sexto, então não haveria como os persas saberem.

— Eu me lembro do príncipe Yasmir. — Ele se recordou do fidalgo estrangeiro que se hospedara na cidade de Lida, o mesmo que lhe ensinara sobre Lúcifer e a natureza do mal. — Não sei quem é Yasmina.

— Essa é a questão que nos traz a este lugar — continuou o general, austero. — Depois da emboscada, eu tinha duas opções: ou desafiava o imperador abertamente, dando início a uma guerra civil, ou me ausentava por alguns anos com o objetivo de planejar minha vingança. Um confronto direto colocaria você e sua mãe em risco, portanto o que me restava era fugir. E só havia um lugar no mundo onde eu não poderia ser encontrado.

— A Pérsia — Georgios concluiu. Seu coração amainou, e agora, aos poucos, ele conseguia raciocinar com clareza. — Mas os persas nos odeiam. Como pôde procurá-los, confiar neles?

— Não me sobrou alternativa. Quando jovem, fiz um juramento de defender Roma, que agora tinha um oponente à altura. — E, antes que o paladino retrucasse, o pai explicou: — Basta analisar as ações de Diocleciano, suas intenções e movimentos. Distanciou-se da capital, reduziu o poder do Senado e construiu um trono. Um trono! — a voz elevou-se uma oitava. — Esse homem não era um imperador. Ele queria ser rei — exclamou, evocando o lema de Roma, o mote histórico da Cidade Eterna. — Roma *jamais* terá um rei.

O trono a que Laios se referia era aquele que Diocleciano tentara implantar na Nicomédia cerca de dez anos antes. O próprio Georgios testemunhara sua construção, no período em que estivera na capital. O objeto tinha chocado muitos aristocratas importantes, e o augusto achou por bem transferi-lo para Salona, onde ficava seu palácio de verão, evitando assim atritos desnecessários.

— Se o que diz é verdade — o jovem recordou-se de Strabo, que o ensinara a ser racional —, por que está aqui? — insistiu. — Qual é o seu propósito?

O nevoeiro tinha enfim se dissipado, mas o silêncio persistia. O sol agora iluminava o salão, revelando suas partes ocultas.

— O meu propósito é o mesmo que o seu: salvar o Império do caos. Os persas não querem dominar o mundo, como alguns patrícios insistem em dizer. Essa era a aspiração de Sapor, não de Narses. Eles pretendem se estabelecer como a grande potência do Leste, querem a paz com os latinos. Com a frente oriental pacificada, podemos domar os germânicos, controlar as províncias e reorganizar o Senado. Roma voltará a ser o que era, recuperará sua glória, riqueza e poder.

— Entendo. — Georgios baixou a espada. Parecia tranquilo e já não tremia. — Mas tenho uma última pergunta a fazer. O senhor falou em vingança. Disse que precisava de tempo para planejar seu retorno. Essa retórica cairia bem a indivíduos como Drago ou Magêncio, mas Laios não era assim. O meu pai era um homem bom. Ele jamais se lançaria em uma aventura do gênero. O meu pai jamais mataria o imperador.

Pela primeira vez, Laios Graco sorriu.

— Se o sangue que corre em minhas veias é o mesmo que o seu — murmurou ele —, então você compreende os meus sentimentos. Não era essa a sua demanda? Que o guiou por quase uma década? Vingar a mim, à sua mãe e recuperar as nossas terras na Palestina? E quanto a matar, bom, parece que você também é um assassino. Diga que não gosta do calor da batalha, do cheiro do aço, do aroma do sangue. Nós gostamos, meu filho. É por isso que nunca seremos cristãos.

Ao escutar essas palavras, Georgios fechou os olhos, cobriu o rosto com as mãos e caiu de joelhos. Durante toda a vida sonhara em reencontrar o pai, mas agora que estava frente a frente com ele as coisas lhe pareciam confusas. O que deveria fazer a seguir? A quem deveria obedecer, agora que o imperador estava fora do páreo? Deveria curvar-se perante o Senado? Perante o conde Erhard? Perante Galério?

Percebendo a dor que se apoderara do filho, o general se aproximou dele, apertou-lhe a cabeça contra seu peito e assim ficou por alguns instantes. Foi então que, sorrateiramente, Laios Graco deslizou a mão até a cintura e sacou um punhal escondido nas costas. Afastou o rapaz com um pontapé e — tão rápido como uma cobra — desceu a lâmina para estocá-lo.

De pescoço dobrado, olhos fixos no chão, Georgios seria um alvo fácil, não fossem os valorosos ensinamentos de Erhard. Bloqueou o golpe com o braço esquerdo, e com o direito fincou a Ascalon no coração do agressor. O que ele viu, uma vez liberto dos delírios narcóticos, foi um velho de barba cinzenta usando um manto negro bordado com fios de prata. De tez pálida e olhos vítreos, parecia um defunto recém-saído da sepultura, mas era um homem comum. O paladino compreendeu que ele tinha fraquezas, que sangrava, e achou por bem revelar:

— Gothar, o seu discípulo. Antes de morrer, ele me contou. — Ficou de pé, rasgando com a espada o tronco do mago. — Ele me disse que o meu pai estava morto, que ele nunca esteve na Pérsia. — E completou: — Gothar era meu amigo. Gothar — fez uma pausa — era cristão.

Kartir abriu a boca para responder — para talvez praguejar —, mas acabou se calando. Georgios ficou a observá-lo enquanto meditava a respeito do pai e das reais intenções de Diocleciano. O que teria acontecido com Laios, afinal? O imperador o teria traído de fato? E, agora que o augusto estava morto, quem tomaria seu lugar?

Galério? Maximiano? Constâncio Cloro? Constantino? Magêncio?

E o Senado? E a cidade de Roma? Haveria uma guerra civil? Um golpe de Estado? Um acordo político? Uma nova tetrarquia?

— Georgios. — Ele ouviu alguém o chamar. — Georgios, onde você está?

O equestre se virou para trás, atônito. Do outro lado da nave, Diocleciano tentava se levantar, apoiado em um dos pilares. Estava tonto, porém vivo. Como?

— Georgios — o imperador o chamou novamente, como quem procura um filho perdido na multidão. — Comandante? — gritou, desesperado. — Georgios?

O paladino dirigiu-se até ele.

— Georgios. — Diocleciano o abraçou. — Está vivo?

— Sim, senhor. Não fui ferido. — Apontou para o corpo do mago esparramado aos pés da estátua. — E Kartir finalmente está morto.

Com os olhos inchados pela fumaça, o soberano tocou o próprio peito.

— O que aconteceu? Eu tinha... a lança...?

— Era uma ilusão — decifrou o rapaz. — Um delírio. Uma alucinação provocada pela fumaça. Ou melhor, pelo *ifrit*.

Diocleciano aceitou o fato com impressionante naturalidade, mirou o feiticeiro e chutou o crânio dele.

— É ele mesmo. — O augusto reconheceu a face do conselheiro de Narses. — Dedico esse sacrifício a Laios. Ele me salvou na primeira vez. E você na segunda.

Os dois homens olharam em volta, aliviados, entorpecidos pela felicidade de estarem vivos. O Templo de Zeus fulgurava em todo o seu esplendor com as luzes douradas do sol vespertino.

De repente, escutaram trompas, tambores e cornos. Um sino badalou, brados se elevavam ao longe. Sons da guerra. Sons da vitória.

— Somos nós? — Georgios pensou alto. — Ou eles?

Prontos para matar ou morrer, imperador e paladino saíram do prédio. Para a alegria de ambos, lá fora, as primeiras guarnições romanas começavam a tomar a acrópole, em matizes rubras e alvejadas. Passos eram ouvidos por toda parte, em meio a apitos e palavras de ordem. Entre soldados, oficiais e legionários, eles reconheceram o conde Erhard, que carregava o corpo de um homem pardo apoiado em seu ombro direito. Galgou a escadaria do templo, cumprimentou o augusto e jogou o cadáver no chão.

— Eis o corpo de Narses. — Mostrou a coroa, o cetro preso ao cinto e a capa lilás sobre a cota de malha. — Como me pediu, senhor.

Diocleciano estava prestes a comemorar quando um quarto homem os alertou:

— Esse não é Narses. — Era Galério, que chegava ao outeiro acompanhado por um grupo de centuriões. Olhou mais de perto, enojado. — Estive cara a cara com ele na Mesopotâmia. Esse é um sósia — lamentou. — Um impostor.

Rapidamente, um círculo se formou ao redor do defunto. Georgios não sabia como o augusto estava se sentindo, mas de sua parte era como se tivesse acordado de um pesadelo. Os aromas e gases utilizados pelos magos tinham a capacidade de afetar os sentidos, o corpo e a mente, e Kartir era — até onde se acreditava — o mais poderoso dos feiticeiros. Era de espantar, portanto, que nenhuma escolta estivesse a protegê-lo, mas havia uma razão para isso, e Diocleciano a verbalizou:

— Narses fugiu. Deixou seu séquito para trás, seus guerreiros e generais. Que covarde! Fugiu quando percebeu que venceríamos.

— E colocou um sósia em seu lugar — acrescentou Galério. De todos, ele era o que teria maior prejuízo pessoal, considerando que seu objetivo de vida era superar o monarca sassânida que o havia derrotado em Carras.

Diocleciano andou para trás e escorou-se no chafariz, frustrado por ter perdido sua presa.

— Erhard — ele apontou para o capitão dos paladinos —, o senhor me falhou.

O conde assentiu, cabisbaixo. Georgios, que recebera o apoio do Louro ao aparecer em Satala sem a arma secreta, achou que era uma boa hora para retribuir a confiança.

— Todo homem — disse ele — tem o direito de falhar uma vez, augusto.

Galério retomou a palavra:

— Esse fracasso não pertence a um homem só. Nós falhamos. Somos todos responsáveis e pagaremos o preço.

Cada um daqueles patrícios sabia que haviam chegado ao fim da estrada. Os romanos tinham vencido a batalha e reconquistado a capital dos armênios, mas ao custo de milhares de vidas humanas. Estavam enfraquecidos, exaustos, sem recursos e longe da fronteira. Já os persas se encontravam perto de casa, conheciam o terreno e detinham a vantagem. O único jeito de derrotá-los seria capturando Narses, uma demanda que se mostrou infrutífera.

Foi quando Tirídates apareceu entre eles. Estava suado, tinha a face escoriada e a barba coberta de poeira após a luta no campo de batalha. Estufou o peito e declarou:

— Senhores, trago boas notícias.

— Não. — Diocleciano mostrou-lhe a palma aberta, fazendo sinal para que ele parasse. — Chega de notícias por hoje. Boas ou más.

O Velho Hércules deu um tapinha nas costas do amigo.

— Por que este clima de velório? — perguntou, mas ninguém respondeu. — Bom, eu sou o rei e esta é a minha cidade. São meus hóspedes. Convido os senhores a me acompanhar.

O tom de mistério instigou os presentes, que o seguiram. Tirídates os levou até o palácio, que estava supostamente vazio. Diocleciano deixou Georgios de guarda na porta e percorreu os suntuosos salões, parando em frente a uma câmara fechada por folhas de cobre. Com seus braços fortes, Tirídates as abriu. O lugar era grande, iluminado por piras, acarpetado, cheio de almofadas, vasos de planta e estátuas de deuses e deusas. Em seu interior, encontravam-se cerca de cem mulheres, todas muito bonitas, algumas jovens, outras nem tanto. O imperador observou aquilo e reagiu com um suspiro.

— Eu agradeço a boa intenção — ele bateu no ombro de Tirídates —, mas este não é o melhor momento para promover uma orgia.

— Quem falou em orgia? — O monarca o conduziu salão adentro. Erhard reparou que, além das mulheres, havia crianças, meninos e meninas pequenos. — Olhe com mais atenção.

Mas foi Galério quem matou a charada:

— Este é o harém de Narses.

— Sim — confirmou o Velho Hércules. — E aquele — apontou para um determinado bebê no colo de uma moça de olhos verdes — é um dos filhos dele. O herdeiro do trono. O príncipe.

O prêmio, no fim das contas, era mais precioso que a cabeça do xá. Os persas davam muito valor à linhagem; era uma questão sagrada para eles. Com a família real como refém, os romanos poderiam barganhar qualquer coisa.

Diocleciano sabia disso e abriu um largo sorriso.

— Um harém. Que ideia fabulosa.

Um oficial percorreu o corredor e foi ao encontro deles. Fez uma saudação ante o augusto e deu outra notícia:

— Encontramos o tesouro, senhor. São centenas de peças de ouro e prata, pérolas, rubis, esmeraldas, toda sorte de preciosidades.

— Ouro, mulheres... — O imperador se esbaldou. — É melhor do que eu esperava.

Nisso, ele abraçou o genro e deu-lhe dois beijos na face. Apertou a mão de Tirídates e retratou-se com o conde Erhard:

— Capitão, sinto muito. Falei coisas sem pensar.

Sempre muito sério e formal, o germânico aquiesceu.

— Não há do que se desculpar, senhor.

— Pois bem. — Diocleciano esfregou as palmas. — Esses reféns são de sua responsabilidade. Está encarregado da guarda deles.

Erhard fez que sim com a cabeça e o imperador regressou às escadarias do palácio. Lá, encontrou Georgios.

— Devo cumprir a minha promessa e proclamá-lo duque, comandante. Creio que precisará de algumas terras, de um palacete na capital e de um time de escravos domésticos.

— Já tenho tudo isso, senhor. Minha esposa é muito rica. Mas aceito o palacete. Sempre gostei da Cidade Branca. Seria bom ter uma casa por lá.

— Que seja assim.

O séquito foi aos poucos se separando e assumindo suas funções, conforme o protocolo de ocupação. Naquela noite, houve um grande banquete. Os prisioneiros foram executados, Tirídates bebeu até cair e Diocleciano sacrificou três touros brancos em agradecimento aos deuses olímpicos.

Os espólios recolhidos no confronto se revelariam muito maiores do que se imaginava a princípio. Narses não esperava ser atacado, sinal de que os camponeses armênios haviam honrado o acordo e acobertado o exército romano, assaltando postos de observação persas por seus próprios meios. De fato, muitos desses camponeses se alistaram nas fileiras de Galério, que, com os recursos recentemente obtidos, iniciou uma nova marcha para o Leste, terminando, alguns meses mais tarde, por assaltar e invadir Ctesifonte.

Do terraço do palácio de Narses, Galério, segundo conta-se, teria avistado as ruínas da Babilônia e se dado por satisfeito. No verão seguinte, ele faria sua entrada triunfal na Nicomédia, sendo aclamado como um deus.

Diocleciano, por sua vez, estava cansado de batalhar. Uma semana após ter retomado Artaxata, pegou sua comitiva e voltou para o Oeste. Erhard e Georgios o acompanharam.

O corpo de Kartir foi levado para longe da cidade e cremado. Suas cinzas foram espalhadas ao longo da estrada e o último pote, atirado no Rio Eufrates, que então marcava a fronteira oriental do Império Romano. O próprio augusto entrou nas águas até os joelhos e se desfez do objeto, dizendo:

— Sonhei com este dia por décadas. — Sussurrou para Georgios: — E, agora que ele chegou, eu me sinto... — Deu uma fungada, pegou ar e murmurou, taciturno: — Georgios, eu me sinto... velho.

Tessalônica, 5 de janeiro, 1087 *ab urbe condita*

Caro Eusébio,

Em primeiro lugar — e antes de tudo —, peço desculpas pela demora para responder. Logo depois da nossa última troca de cartas, fui informado de que os sármatas estavam se reagrupado nas florestas da Mésia. No começo da primavera, deslocamos uma quantidade substancial de homens para a frente de batalha, surpreendemos os líderes tribais e capturamos vários deles. Foi uma vitória, modéstia à parte, arrebatadora, como não se via há muito tempo.

Dois ou três esquadrões se refugiaram na mata, e eu tomei a decisão de dar continuidade à guerra até que todos eles fossem localizados. Passamos o verão e grande parte do outono lutando nos bosques, planícies e colinas da região, terminando por estrangular o último foco de resistência em meados de outubro. No dia 10 de novembro, promovi um banquete ao estilo gaulês e reincorporei ao Império a província da Dácia, reconquistando as terras ao sul da Germânia — desde os Cárpatos até o Rio Danúbio.

A esta altura, é provável você já saiba de tudo isso. Fiz questão de escrever para — admito — me sentir menos culpado por não ter-lhe dado atenção por quase um ano. A boa notícia é que agora tenho tempo de sobra. Regressei a Sirmio em dezembro e neste momento estou na Macedônia. Ficarei aqui por duas semanas e finalmente retornarei a Constantinopla.

Li o quinto tomo na estrada. Gostei do modo como os personagens, em especial os persas, foram construídos, achei a narrativa envolvente, mas tenho diversos comentários a fazer.

Como sempre, minhas contribuições são essencialmente militares. O que mais me causou agonia, com o perdão da sinceridade, foi o fato de você não ter descrito a segunda parte da batalha nas planícies de Artaxata. Entendo que o objetivo dessa obra é esmiuçar a biografia de Georgios, e compreendo também que o foco deve estar nele. No entanto, não podemos negligenciar os acontecimentos históricos.

O embate entre os cavaleiros romanos — liderados pelo próprio imperador — e os catafractários persas é considerado por muitos um marco da civilização ocidental. Notei que você foi bastante preciso ao mostrar que

Diocleciano, Erhard e Tirídates foram os únicos a alcançar os portões da cidade. Logicamente isso tem uma razão.

Apesar de a infantaria ter feito a sua parte, foi o choque entre os guerreiros montados que definiu os rumos daquela disputa. E assim seria com todas as grandes disputas dali por diante. Hoje, como já mencionei em cartas anteriores, é a cavalaria que comanda o espetáculo. Por esse motivo, sugiro que reescreva esse trecho incluindo o confronto supracitado. Penso que só vai acrescentar brilho à trama — e certamente agradará os leitores.

Sobre a disposição geral da campanha, o que observamos foi o seguinte. Depois da Batalha de Carras, Narses recuou para o sul. O objetivo era atacar a Palestina pelo leste, mas ao penetrar nos desertos da Arábia eles se depararam com os nabateus. Houve uma luta feroz. O xá derrotou os coraixitas, perdendo, entretanto, todos os seus elefantes. Retornou a Nísibis, na Mesopotâmia, recrutou um time de reservistas e atacou Artaxata de surpresa. Tirídates estava completamente despreparado, porque o exército persa costumava se mover lentamente devido aos paquidermes. O efetivo de Narses, embora pequeno, cumpriu com louvor sua função.

Fiquei satisfeito ao descobrir, finalmente, o segredo envolvendo a morte de Gothar. No fim das contas, ele traiu o seu mestre, revelando a Georgios que Laios jamais estivera na Pérsia. Essa atitude sugere que as intenções do feiticeiro de se converter ao cristianismo eram sinceras, o que provavelmente fez com que ele desse as costas ao zoroastrismo, aos ídolos pagãos e ao próprio Kartir.

Outro tema que posso comentar diz respeito à minha mãe. O capítulo em que eu e ela nos encontramos é extraordinariamente preciso. As críticas que fiz em relação à batalha converto aqui em elogios. O que me impressiona, ao ler esse fragmento hoje em dia, é notar quão certa ela estava. Da sua pequena escrivaninha em Bizâncio ela enxergava tudo, sabia de tudo, estudava o passado e previa o futuro.

Mas não era difícil antever a vitória do cristianismo. Conforme ela mesma me disse uma vez, não era o Império que estava em declínio, era o Ocidente que aos poucos começava a entrar em colapso. O povo não tinha uma ideologia a seguir, pois os antigos valores haviam sido desmantelados. O cristianismo veio preencher essa lacuna, veio oferecer a plebeus e patrícios uma nova perspectiva de vida. E acabou triunfando. Era óbvio. Era claro e evidente.

Suponho que o próximo tomo — serão seis, imagino — abordará não só o martírio de Georgios como o duelo final entre o Senado e a Púrpura. Fui testemunha ocular desses eventos, por isso estou ansioso para ver como serão retratados.

Para finalizar, gostei de ler sobre Magno. Enfim ele, que tanto se dedicou à minha mãe, foi homenageado como um personagem do livro. Seria curioso vê-lo de novo, se, claro, isso servir aos propósitos da narrativa.

Se for possível, me envie o sexto tomo? Estou em Tessalônica, no palácio de Clemente.

Seu amigo,

Constantino

Post scriptum: Os pedidos feitos pelo bispo de Éfeso e pelo prefeito de Filadélfia me parecem razoáveis. Me lembre de discutirmos isso antes da Terminália?

Prezado augusto,

Recebi com muita alegria — já em novembro, acredito — a notícia de que a campanha contra os sármatas havia chegado ao fim. Apesar de me considerar um pacifista, eu sabia que o término das hostilidades o traria de volta para casa. E fiquei, claro, entusiasmado com a perspectiva de reencontrar o senhor.

Não há do que se desculpar quanto à demora para me responder. Na verdade, esse hiato me deu tempo não só de terminar o sexto tomo — sim, serão seis — como de começar um novo projeto, que desejo apresentar ao senhor.

Sobre as críticas, obrigado por elas. Sua mãe era especialista em cenas de batalhas; eu não sou tão bom assim. Imaginei que cansaria os leitores ao descrever o combate nas colinas — o qual considero exaustivo —, mas o senhor está certo. Este é um documento factual e deve, portanto, ser fiel aos relatos históricos. Prometo estudar sobre o assunto e refazer esse trecho na próxima edição.

No que diz respeito a Gothar, é essa a minha impressão, também. Embora ele nunca tenha sido batizado, penso que se converteu ao cristianismo por conta própria no instante em que viu o chefe Razin ser curado pela coroa de Cristo — o que é irônico, se considerarmos que a relíquia era falsa. De qualquer maneira, ele se redimiu de seus pecados ao rejeitar o zoroastrismo, abandonar a magia e contar ao nosso herói — ainda que no último momento — a verdade sobre o destino de Laios.

Em relação à sua mãe, o senhor foi cirúrgico. Ela era uma visionária, e arrisco dizer que foi por esse motivo que se negou a partir para o exílio quando o senhor veio ter com ela em Bizâncio. Helena estava sempre dois passos à frente de seus inimigos, o que observaremos com bastante clareza neste tomo que agora envio ao senhor. Infelizmente, ela cometeu um erro. Georgios pagou o preço, e o resto é história.

Contei a Magno que ele foi homenageado no livro, o que o deixou radiante. O que acha de permitirmos que ele leia apenas o capítulo XLIII? Creio ser justo, mas deixo a decisão com o senhor.

Já anotei na minha agenda para conversarmos sobre os fundos das duas igrejas antes da Terminália. Suponho, então, que a comitiva imperial esteja de volta a Constantinopla em meados de fevereiro, certo?

Cordialmente,

Eusébio

SEXTO TOMO

O MARTÍRIO

LI

O FIM DO MUNDO

PARA GEORGIOS, VOLTAR À NICOMÉDIA ERA COMO RETROCEDER NO TEMPO. Ele deixara a cidade meia década antes junto de Constantino, que havia sofrido uma tentativa de assassinato e, portanto, precisava ser transferido para outras paragens. A solução foi enviá-lo à Bélgica, então governada por Constâncio Cloro, o césar das províncias transalpinas. Georgios o acompanhou não só porque eram amigos, mas porque queria desvendar o mistério acerca da morte de seu pai, segredo esse que só viria a ser revelado — como agora sabemos — em Artaxata, muitos anos depois.

Após tantas aventuras, galopar pelas ruas da Cidade Branca era uma experiência gratificante. Quando entrou na Nicomédia pela primeira vez, era uma capital em construção, e agora estava pronta, com seus fóruns amplos, avenidas largas e o aqueduto que cortava a paisagem. Para Diocleciano, era uma questão de honra — e de sobrevivência — mostrar aos senadores que podia governar a partir do Leste, daí os investimentos massivos em infraestrutura, transporte, jogos e saneamento público. Por outro lado, considerando que muitos distritos haviam sido erigidos em áreas novas ou regiões afastadas, a densidade populacional da Nicomédia era baixa. Os críticos do imperador — que aumentavam a olhos vistos — gostavam de comentar que a cidade era como uma escultura oca de mármore — "gloriosa por fora e vazia por dentro" —, o que não correspondia exatamente à verdade, mas servia para desmoralizar o augusto.

Quem, no entanto, parecia "glorioso por fora e vazio por dentro" era o próprio Diocleciano. Desde o triunfo sobre Narses, seu humor havia piorado. Os generais especulavam que ele havia sofrido um baque ao perder dois de seus paladinos — Geta e Alexius —, mas Georgios sabia que a morte que mais o abalara fora a do mago Kartir, por razões que só os filósofos saberiam explicar. Talvez o feiticeiro representasse um objetivo, uma meta, e possivelmente sua partida significasse, para o imperador, o fim de uma jornada de décadas.

Georgios foi sagrado duque em uma tarde chuvosa de outono, no interior de um dos muitos salões do palácio. Estavam presentes, além dele, apenas Erhard e Diocleciano. Esse último chegou ao recinto enrolado em um cobertor, arrastando os pés descalços, uma visão deprimente para alguém que havia sido — e ainda era — o homem mais importante da Terra. O imperador fez algumas perguntas ensaiadas a Georgios, ordenou que ele jurasse lealdade à Púrpura, deu-lhe três beijos na face e pediu licença para se retirar. O equestre o escoltou até seu quarto e, no corredor, enquanto a porta se fechava, comentou com o conde germânico:

— Ele precisa de um médico. O que acha de procurarmos Pantaleão? Galério está do outro lado do mundo. Não há risco de os dois se cruzarem.

Erhard apertou os lábios, pensativo.

— Essa doença não é física — explicou ele —, mas espiritual.

— Como assim?

— O meu povo a chama de flagelo de Wōdan. É comum nos combatentes idosos.

Se fosse qualquer outro a dizer aquilo, Georgios teria desconfiado. Erhard, no entanto, era sempre preciso em seus julgamentos.

— Como se cura essa doença?

— Neste ponto — prosseguiu o conde —, só Marte pode ajudá-lo.

— Marte? Pensei que o senhor fosse devoto de Mitra, não de Marte.

— Refiro-me a Marte como uma ideia. Como um símbolo. Compreende?

Georgios foi sincero:

— Não.

— Logo entenderá. Ou assim espero. — O Louro deu uma olhada para a porta do quarto e preparou-se para se retirar. — Se tudo der certo, creio que poderá voltar a Lida em breve. Já escreveu para sua esposa?

— Enviei um recado, mas não escrevi uma carta.

— Por que não?

— Não sei. — O cavaleiro deixou aflorar seus sentimentos. — Por algum motivo, sinto que o meu trabalho ainda não terminou.

— O trabalho de um paladino nunca termina.

O jovem tomou posição de guarda.

— Sim, senhor.

— Parabéns pelo título. — Erhard ofereceu-lhe a mão. Georgios a apertou.

— Obrigado.

— Seu pai ficaria orgulhoso — comentou, como se pedisse desculpas, e em seguida se despediu. — Boa noite.

O desânimo do imperador — feliz ou infelizmente — durou pouco. No dia 10 de novembro, Georgios acordou em seu quarto, na ala leste do palácio, com uma gritaria proveniente de um dos pátios centrais. Equipou-se e desceu as escadas o mais rápido que pôde.

O pátio tinha um jardim repleto de tamareiras-anãs e era orlado por uma sebe que servia como muro, tornando-o particularmente reservado. Um lago retangular o cortava de norte a sul, com uma ponte estreita feita de mármore. Diocleciano percorria os caminhos ladrilhados de um lado para o outro com um rolo de pergaminho na mão, despejando insultos e batendo os pés como uma criança malcriada. Mais magro, sujo e com os olhos inchados, parecia ter enlouquecido, e Georgios por um momento cogitou essa hipótese, até perceber que ele dizia frases lógicas, citando Maximiano, Constâncio Cloro e algo relativo aos gauleses. Estavam presentes no local Erhard, Diógenes, Zaket — o secretário do augusto — e mais meia dúzia de jovianos, que observavam tudo a distância.

— Georgios. — O imperador se aproximou dele, dispensando as formalidades. — Quero que resolva isto para mim. — Estendeu-lhe o pergaminho e gritou aos céus: — Traidores! Eu podia ter enforcado esses malditos canalhas quando eles eram apenas legados. E agora... isto.

O equestre esticou o rolo e começou a ler o conteúdo. O conde Erhard, no entanto, antecipou as notícias:

— Maximiano e Constâncio Cloro exigem autonomia sobre seus territórios. Querem deixar de prestar contas à Púrpura, em todos os sentidos legais. Nada de receber ordens — disse —, nada de impostos.

— Eu já esperava que eles fossem tentar alguma coisa, mas não imaginava que iriam tão longe — refletiu Georgios enquanto lia o texto em latim. — O nome disso é rebelião.

O comentário fez com que Diocleciano ficasse ainda mais furioso.

— Sabe o que isso significa? — vociferou, escarrando no lago. — Desintegração das nossas fronteiras. É o fim de mais de mil anos de história. O que eles pensam que são? Deuses? É um insulto à memória dos nossos antepassados. É um ultraje! — rugiu. — Bando de covardes.

Como o imperador estava fora de si, o cavaleiro se esforçou para ser pragmático. Pela sua experiência, o desespero era sempre prejudicial, tanto na política quanto na guerra.

— Entendo. — Georgios enrolou o pergaminho. — O senhor pediu que eu resolvesse a questão, certo?

Diocleciano não respondeu. Ele de fato havia lhe pedido ajuda, mas eram apenas palavras retóricas, pronunciadas em meio aos impulsos de um homem descontrolado. Ele tinha plena consciência de que ninguém poderia ajudá-lo. Era um beco sem saída.

— Na minha opinião, esse assunto deveria ser discutido cara a cara — manifestou-se o equestre. — Sugiro um encontro entre os tetrarcas.

— É precisamente o que eles querem — interveio o musculoso Diógenes, os olhos verdes arregalados. — Atrair o nosso mestre para uma armadilha. Onde ele poderia ser capturado… e morto.

— Não acho que chegariam a tanto. — Georgios entregou o rolo a Zaket. — O povo ficaria contra eles. Uma atitude dessas poderia dar início a uma guerra civil.

— Uma guerra que não poderíamos vencer — avaliou Erhard, igualmente pragmático. — Galério encontra-se na Pérsia neste momento. Nossas forças estão divididas. Já as tropas do Inclemente tiveram tempo de sobra para se recompor após reconquistarem a Britânia. — E informou, com a mentalidade estratégica: — Não temos homens o bastante para enfrentar Maximiano e Cloro.

— Se aceitarmos as condições deles, perderemos o Leste também — ponderou o oficial palestino. — Os governadores das províncias orientais entenderão o nosso recuo como uma fraqueza, e o que teremos em mãos será uma série de rebeliões, como nos tempos de Aureliano. O senhor — ele olhou para o soberano — terá sorte se conseguir manter o controle da Dalmácia.

Zaket, que nada havia dito até então, arriscou um palpite:

— O comandante Graco está certo.

Seguiu-se um longo silêncio. Uma cotovia piou dentro da sebe.

— Guerra, então? — perguntou o augusto para seus três paladinos. — Uma luta até a morte? Um duelo final? Para que a história se lembre de nós como os soldados de Leônidas defendendo as Termópilas?

— Sim, um duelo final — confirmou Georgios —, mas desta vez nós venceremos. Sugiro que o senhor convide Maximiano e Constâncio Cloro para uma reunião no princípio de junho.

— Junho? Galério só deve retornar da Pérsia no meio do verão — advertiu o imperador. — Sozinhos, seremos esmagados.

— É isso que queremos que eles pensem — replicou o cavaleiro. — Desse jeito, aceitarão nossa oferta.

— Mesmo que seja um engodo? Digo, é positivamente impossível que Galério esteja conosco antes do solstício.

— Não é um engodo — Georgios garantiu com determinação e firmeza.

Diocleciano olhou para ele e, pela primeira vez, enxergou-o não como um rapaz, mas como um homem, um indivíduo pleno e talentoso, que de seu protegido passara a ser seu protetor.

— Onde? — perguntou o governante. — Onde seria essa reunião?

— Útica — tornou a sugerir o equestre. — Fica no meio do caminho entre o Leste e o Oeste. Os senhores devem reunir um grande exército em Antioquia e permanecer na cidade até maio. De lá, poderão se transferir para Alexandria, ter com Libânio e iniciar a marcha logo em seguida.

Útica, lembrou Zaket, ficava ao sul de Cartago, sendo uma das cidades africanas mais prósperas. Em seus arredores haviam sido travadas diversas batalhas antigas, entre elas uma luta entre as forças de Pompeu Magno e Júlio César, cerca de trezentos anos antes.

— Qual é o sentido de tudo isso? — indagou o imperador. — De onde está tirando esses cálculos, comandante? Quero que me conte em detalhes a natureza desse seu plano. Preciso, ordeno e exijo saber.

— O plano só terá êxito — continuou o cavaleiro — se suas excelências confiarem em mim. Se eu lhes contar o que planejo, seremos derrotados, vencidos. No entanto, se os senhores permitirem que eu faça o meu trabalho, garanto-lhes a absoluta vitória.

Diocleciano, Erhard e Diógenes se entreolharam. O Louro concordou com a cabeça, e de repente as feições do augusto haviam mudado. O rosto crespo de cólera se convertera em uma máscara de esperança e jovialidade. Como o conde havia previsto, apenas a centelha da guerra poderia salvá-lo.

O resto do dia foi um tanto corrido. Zaket passou a manhã, a tarde e a noite redigindo cartas aos generais e vigários fiéis ao imperador, solicitando tropas e pedindo que ficassem atentos às próximas correspondências. Naturalmente, havia um limite para o número de homens que poderia ser deslocado, tanto para Diocleciano quanto para Maximiano, afinal nenhum dos tetrarcas estava disposto a deixar suas províncias desguarnecidas. O rei Tirídates, por exemplo, recebeu ordens para permanecer em solo armênio, de olho em qualquer movimento dos persas. Galério, por sua vez, estava às portas de Ctesifonte quando soube do acontecido e — como era de esperar — ficou agoniado por não poder ajudá-los.

Como Georgios imaginara, Maximiano concordou em comparecer à conferência. Do topo de sua arrogância, ele assegurou, em carta enviada por pombo-correio, que "o senhor Diocleciano" — e não "o augusto" — estaria "perfeitamente seguro" sob sua custódia, como se pudesse ditar normas ao soberano do mundo.

Com o tabuleiro armado e as peças posicionadas, Georgios Graco pediu permissão para se ausentar do palácio, garantindo, entretanto, que estaria em Útica a tempo para o encontro. O conde Erhard não resistiu e perguntou ao subordinado:

— O que está tramando, comandante?

— Já disse que não posso contar, senhor — ele respondeu. Os dois estavam parados frente a frente em um dos corredores do palácio.

— Prefiro que me conte.

— É um pedido — quis saber Georgios — ou uma ordem?

Erhard pensou por alguns instantes.

— Um pedido.

— O que eu posso dizer é que o que estou fazendo, faço pelos senhores. Para protegê-los e preservá-los. Para poupá-los. — Prestou continência e rodou nos calcanhares. — Nos vemos em março.

Recolheu todo o equipamento necessário para a viagem, montou em Pégaso, seu companheiro de quase uma década, e, sem se apresentar diretamente ao augusto, partiu da Cidade Branca.

*

Os assessores de Diocleciano levaram quinze dias para organizar a comitiva e convocar os soldados que marchariam com eles até Antioquia.

Na véspera da partida, o imperador deitou-se com sua mulher, Prisca. Os dois tinham o hábito de dormir juntos — e não em camas separadas, como era o costume da época — em um quarto que mantinham na ala leste do palácio. O aposento tinha janelas altas gradeadas, e a porta dava para um pátio reservado à família, com uma piscina rasa decorada de ladrilhos multicolores e uma fonte no centro. Era um ambiente fantástico, ornamentado por colunas jônicas e estátuas de deusas gregas. Silenciosamente, Prisca se levantou da cama e deixou o recinto enquanto o esposo ainda dormia. Contemplou a lua, as estrelas no firmamento e então escutou passos que se aproximavam pelo corredor.

— Como se sente? — ela perguntou, sem se virar para trás.

— Um pouco cansado — admitiu o augusto, abraçando-a pelas costas. — Pensei que, ao derrotar os persas, meus problemas tinham acabado. Mal sabia eu que estavam só começando.

— Nada entendo de guerra — confessou a imperatriz. — Entretanto, conheço as escrituras. Elas previram tudo o que está acontecendo. Portanto, devo alertá-lo, meu amor, para que não se coloque contra os cristãos.

— Eu jamais a exporia ao perigo — prometeu ele, virando-a pelos quadris e a encarando. — Mesmo que eu precise matar ou morrer, mesmo que eu perca tudo o que tenho. Jamais a abandonarei.

Prisca o beijou carinhosamente.

— Eu sei. — Ela sorriu. — Mas não estou falando de mim. Refiro-me a *você* e também ao Império. Está claro nos evangelhos que o cordeiro vencerá o grande dragão. A besta de sete cabeças, identificada como a cidade de Roma.

— Farei o que for possível — prometeu o marido, sem muita convicção. — O fato é que agora eu dependo mais de Galério do que ele depende de mim. O nosso genro, posso apostar, voltará da Pérsia com sangue nos olhos. Farei o que puder para acalmá-lo. Contudo...

— Se vocês insistirem nessa luta — Prisca o cortou —, perderão o controle do Oeste. O mundo entrará em colapso — declarou. — E o Ocidente inteiro arderá.

— Sempre me esforcei para ser amigo dos cristãos. E continuarei me esforçando. De todo modo, não creio que eles tenham esse poder de incendiar o planeta. O cetro pertence a *mim* — exclamou ele. — Eu o conquistei com muito trabalho, com muito sangue. E ninguém vai me destronar — prometeu. — Sejam judeus, cristãos ou pagãos.

Prisca limitou-se a beijá-lo. Em seguida, fez uma oração pedindo que o marido voltasse para casa em segurança. Diocleciano, ao ouvir as palavras dela, sentiu-se mal por ter se exaltado, por não ter dado ouvidos — e sequer atenção — aos valiosos conselhos da esposa. Suspeitou de que, talvez, tivesse sido embriagado pelo poder, mas não fora assim desde o início? Ele não tinha sentido a mesma coisa, o mesmo desejo, ao avistar o trono de Sapor — o antigo xá da Pérsia — pela primeira vez, em Ctesifonte, vinte anos antes? Não se afastara de Roma para governar absolutamente? Não fundara a guarda palatina e organizara os jovianos com esse exato objetivo?

Quando o dia nasceu, o augusto saiu de seus aposentos e dirigiu-se a Diógenes, que o esperava do lado de fora do pátio. O mais forte dos paladinos o fitou e disse, entusiasmado:

— Zaket me informou que está tudo pronto para a viagem, mestre. Não vejo a hora de voltar à frente de batalha, se é que vamos combater realmente.

— Lamento decepcioná-lo, mas você deverá permanecer aqui na Nicomédia — ordenou o soberano. — Sua missão será proteger a augusta, minha esposa, e também a cesarina, minha filha, bem como o menino Candidiano.

— Já fiz isso — respondeu o Minotauro, frustrado, mas obediente. — E posso fazer de novo.

— Quero que entenda que, de todos os paladinos, é você que está recebendo a tarefa mais importante. E a mais difícil também.

— Por quê? — Diógenes sentiu-se na obrigação de perguntar. — Maximiano contratou assassinos? Sicários? Algo que o senhor possa me revelar?

— O que eu quero é que jure que vai proteger minha família — insistiu o augusto, o olhar vacilante. — De qualquer inimigo. — Fez uma pausa. — Mesmo que esse inimigo seja *eu*.

O ex-gladiador encarou seu líder sem entender a natureza daquele pedido. Diocleciano repetiu as mesmas palavras com mais vigor, então o gigante trácio se ajoelhou e fez o juramento diante de Júpiter.

— Quero que se lembre deste dia e desta promessa. Quero que saiba que a você, Diógenes, foi delegada — repetiu o governante — a mais árdua de todas as demandas. Que os deuses o ajudem. Não apenas os deuses do Lácio, mas os deuses antigos também. Os deuses das nações estrangeiras e também o poderoso Yahweh. Se é que ele existe. — Suspirou e saiu. — Se é que ele nos ouve...

LII

CIPRIANO DE ANTIOQUIA

NO INÍCIO DE FEVEREIRO, SOLDADOS DE DIVERSAS PARTES DO LESTE COMEÇARAM a chegar à velha cidade de Antioquia. Muitos haviam sido recrutados na Síria, outros no Egito e alguns na Capadócia, com o objetivo de reforçar as fileiras imperiais. Foram incorporados às três legiões estacionadas ao redor da metrópole e passaram a ser treinados nos campos da região. Somando esses homens com as tropas regulares, o augusto conseguiu reunir um efetivo bastante robusto. O problema era que esse efetivo carecia de veteranos, considerando que os melhores oficiais, bem como os centuriões experientes, encontravam-se na Pérsia, sob a autoridade do césar Galério.

Certa noite, Diocleciano acordou com uma crise de pânico. Ele de repente se deu conta de que Georgios, em quem ele depositara toda a sua confiança, havia falhado em encontrar a arma secreta. Levantou-se da cama apavorado, sentiu o coração disparar e pensou que estivesse morrendo. Gritou pelo conde Erhard, que montava guarda do lado de fora do quarto e que, portanto, o atendeu prontamente, oferecendo-lhe um copo de água e acendendo a lamparina na cabeceira.

Os dois estavam hospedados no palácio de Floriano, o vigário do Oriente, e haviam sido recebidos com toda a pompa pelo homenzinho com cara de sátiro. Os generais disponíveis haviam atendido ao seu chamado e tudo corria conforme os planos. No entanto, o augusto confessou ao paladino estar receoso e "com medo".

— O medo deriva da incerteza — disse o Louro, sentando-se na cama. — Nesses casos, como já recomendei ao senhor, o ideal é tomar os augúrios. Os deuses fornecerão as respostas que procuramos. Ou pelo menos indicarão um caminho.

Diocleciano levou a sério aquele conselho e, no dia seguinte, solicitou a Floriano que trouxesse à sua presença os melhores áugures do Oriente. O vigário informou que tais profetas poderiam ser rapidamente encontrados, pois viviam ali mesmo, em Antioquia.

Sete dias depois, um grupo de videntes realizou uma série de sacrifícios nos jardins do palácio. Não conseguiram, porém, enxergar nada nas entranhas dos touros mortos. O imperador ficou furioso e cogitou mandar prender esses homens, mas o vigário o acalmou, sugerindo que devia haver uma explicação espiritual para o caso. Recomendou que consultasse um indivíduo chamado Cipriano, que era, segundo ele, um místico de renome, especialista em astrologia e versado nas "ciências ocultas". Curioso para conhecer essa figura, o augusto aceitou.

O encontro deu-se em um templo obscuro construído na base do Monte Sílpio, que naquela época ocupava uma parte considerável da antiga cidade. O edifício era pequeno, sombrio e dispunha de três portas fechadas por placas de ferro. O imperador e seu séquito — composto pelo conde Erhard e por duas centúrias, lideradas por Lúcio Germânico — foram recebidos por uma mulher incrivelmente pálida vestida de branco, com um véu que lhe cobria a cabeça. Disse chamar-se Célia e convidou os oficiais a entrarem.

O santuário cheirava a incenso e fezes de morcego. O salão principal era iluminado por pequenas lâmpadas a óleo — pois não havia janelas ou aberturas no teto — e contava com um buraco no centro. A mulher explicou que do orifício emanavam "forças extraterrestres, desconhecidas neste planeta".

— Os deuses que conhecemos são apenas reflexos — sibilou ela. — Os deuses verdadeiros vivem além das estrelas. Poucos são os que já os viram. O meu mestre é uma dessas pessoas.

Dito isso, embrenhou-se nas trevas. Diocleciano e Erhard a seguiram, chegando a um estreito corredor de pedras chamuscadas. Atravessaram essa passagem, que terminava em uma gruta minúscula com velas apoiadas nas reentrâncias da parede. Lá, avistaram um homem de barba negra e nariz grosso sentado no chão com as pernas cruzadas, sujo como um mendigo.

A mulher pediu que o conde a seguisse e deixasse o imperador a sós com seu mestre. O augusto concordou com os termos e ordenou que o paladino retornasse ao salão.

Cipriano — o mago — fez um gesto convidando o imperador a se sentar. Ficaram, assim, cara a cara, entreolhando-se através da fumaça.

— O senhor parece constrangido. Envergonhado, talvez — avaliou o místico, falando um grego cantado, típico do Leste —, por ter de vir até esta parte da cidade consultar-se comigo.

— O que eu posso dizer — respondeu o augusto — é que o senhor foi muito bem recomendado.

— Sim, pelo vigário. — Cipriano abriu um pote feito de osso, apanhou um tipo de unguento e começou a esfregar a substância nas mãos. — Ele sabe que sou um estudante das artes ocultas. Que aprendi a enxergar além das fronteiras deste universo.

Diocleciano não retorquiu. Ele nada entendia de mágica. Preferiu ir direto ao ponto, deu um suspiro e começou:

— Floriano deve ter lhe contado o que aconteceu no palácio. Os áugures foram incapazes de prever o futuro. Eles mencionaram uma "pavorosa ausência dos deuses". Quer dizer que essas forças me abandonaram? Que Júpiter, Marte e Mitra viraram as costas para mim?

— Não posso falar em nome dos deuses. — O mago colocou o potinho no lugar. — No entanto, posso diagnosticar o problema. Quantos cristãos o senhor calcula que tenham acompanhado o sacrifício? — Estalou os dedos na frente do rosto. — Seja sincero.

— Cristãos? — O augusto foi pego de surpresa por aquela pergunta. — Bom, todos os funcionários do palácio foram convidados. Era uma cerimônia interna, mas aberta aos servidores. Suponho que havia umas duzentas pessoas presentes. Quantas eram cristãs? Não sei dizer. Algumas, imagino.

Cipriano fechou os olhos por um segundo.

— O deus dos cristãos é forte demais — declarou. — O sinal da cruz, quando feito por um homem de fé, pode anular qualquer sortilégio. No ocultismo, é o que chamamos de "contramagia". Não me surpreendo em saber que seus adivinhos não conseguiram predizer o futuro. Eles tiveram suas visões embaçadas pela presença desses indivíduos.

Diocleciano sentiu um frio na barriga.

— Eles oferecem algum risco para o meu reinado? Digo, esses fiéis?

— Não sei. — O feiticeiro apoiou as mãos sobre os joelhos. — Não sou vidente. Mas observo que os bispos estão se tornando cada vez mais poderosos. O senhor deve ter cuidado.

— *Eu* devo ter cuidado? — Diocleciano elevou a voz. — Sou o imperador. Eles é que devem ter cuidado.

Cipriano ergueu a mão, pedindo calma ao governante. Fez uma pausa e prosseguiu:

— Entenda, augusto. O que o senhor possui é apenas um cargo. O poder não se resume a postos, documentos, medalhas ou títulos. É, em última instância, a faculdade que um sujeito tem de fazer com que as pessoas lhe obedeçam — explicou o mago, coçando a barba fétida. — Se os seus súditos estão mais dispostos a morrer por Cristo do que pelo senhor, então esse é um indício de que a sua autoridade está se esvaindo — teorizou. — De que o seu controle sobre eles está por um fio.

Diocleciano se recordou de que tivera uma conversa idêntica com Georgios na Nicomédia alguns anos antes.

O fato era que, por mais que negasse, ele entendia perfeitamente o que o mágico estava tentando dizer, e pior: concordava. Os cristãos, que ele tanto se esforçara para agradar, eram agora seus inimigos — querendo eles *ou* não. No fim das contas, Galério estava certo em temê-los. Por outro lado, o imperador conhecia muitos seguidores do Nazareno — bispos, inclusive — e resistia a persegui-los. Sem falar, é claro, de Prisca, sua esposa, e de Flávia Júlia Helena, cesarina de Bizâncio, que no passado secretamente o ajudara.

Enfiou a mão na algibeira e tirou cinco moedas de ouro. Depositou-as no chão e a seguir se levantou.

— Sei que é pouco, mas não vim preparado — justificou-se. — De todo modo, agradeço por sua ajuda — disse ele, embora não estivesse tão impressionado. Esperava mais de alguém que era tido como um "mestre nas ciências ocultas". — Pensarei bastante em suas palavras.

Diocleciano virou as costas, quando Cipriano tornou a chamá-lo.

— O senhor deve se atentar ao homem de preto — avisou, a voz sussurrante. — Ele sim é uma ameaça real. Está conspirando com seus inimigos.

— Que homem? — O augusto girou nos calcanhares. — De quem está falando?

— O homem de sobrancelhas peludas. Suponho que tenha sido seu funcionário. Ele é o elo que liga seus adversários aos clérigos de Zoroastro.

— Druso? Refere-se a Sevílio Druso?

— Não sei o nome vulgar dele. No submundo — revelou —, usamos alcunhas não pronunciáveis neste planeta.

O imperador se aprumou.

— Como descobriu sobre Druso? Instantes atrás afirmou não ser áugure. Disse não ter a capacidade de prever o futuro. Como obteve essas informações?

— Não é uma previsão — rebateu o ocultista. — Ocorre que certos espíritos que conheço o avistaram no plano astral. Alguns conversaram com ele.

— Planos astral?

— O senhor fechará os olhos — determinou o mago — e no momento seguinte estará do lado de fora deste santuário.

Cipriano estalou os dedos de novo. O augusto sentiu como se as luzes tivessem se apagado e de repente estava na rua, de pé, à direita de Erhard, escoltado por seus seguranças. Não tinha a menor ideia de como havia chegado até lá e preferiu não perguntar.

— De volta ao palácio, augusto? — indagou Lúcio Germânico. — Ou deseja visitar outras partes da cidade antes que escureça?

O imperador respondeu que estava cansado e com fome e que tinha, ainda, assuntos burocráticos a tratar. Regressaram então à ilha sobre o Rio Orontes, à residência oficial do vigário.

Floriano os aguardava para a ceia. Depois de um banho de água morna, os dois se reuniram em um dos átrios da construção, um belo pátio interno separado do corredor por cortinas de seda. Diocleciano encheu um prato com carne de ganso, nozes, pinhões e amêndoas, despejou azeite sobre a comida, apanhou uma taça de vinho e se acomodou em um dos divãs.

O vigário optou por uma sopa de alcaparras, alegando — como fazia de tempos em tempos — que não podia comer carne no jantar, pois lhe doía o estômago.

Erhard estava presente fazendo a segurança, mas a esposa de Floriano — uma bela jovem germânica — não havia aparecido.

— Pedi que ela ficasse no quarto para que possamos conversar reservadamente — justificou-se o vigário, alisando a barbicha. — E então? O que achou de Cipriano?

O imperador mirou as estrelas através da abertura no teto. Era uma noite escura, com muitas constelações aparentes.

— Fui até o mago buscando uma solução — resmungou o augusto após um gole de vinho — e ele me trouxe outro problema.

Floriano espantou-se.

— Cipriano não soube dizer o que aconteceu com os áugures? Que estranho. Ele costuma entender desses assuntos.

— Ele entende, sim. — O governante apoiou o prato na mesa de centro. — Contou-me que os cristãos prejudicaram os videntes. Com seus rituais e orações.

— Malditos sejam. — O vigário deu um salto da cadeira. — Se não fosse o pretor, esses fanáticos já teriam se rebelado. Felizmente demos um jeito na situação. Prendemos o líder deles, e desde então estão calmos. Sabem que nós o mataremos se tentarem qualquer coisa.

— Bom, eles não só tentaram como fizeram — protestou o soberano. — Obscureceram os nossos oráculos!

— E se nós promovêssemos uma matança? Podemos usar os legionários que estão acampados nos arredores da cidade. O glorioso exército imperial.

— É muito arriscado — opinou Diocleciano. — Estamos quase partindo para a guerra. Se houver baixas, e provavelmente haverá, ainda que poucas, isso pode abalar o moral dos soldados.

Floriano ergueu-se e começou a andar de um lado para o outro do átrio. Passado algum tempo, deu um berro chamando um de seus escravos particulares. Sem consultar o augusto, ordenou que ele enviasse um mensageiro à casa de Lúcio Germânico.

— Mas a esta hora, excelência? — perguntou o serviçal. — A lua já vai alta no céu.

O vigário estapeou a cabeça do homem, mandando que ele sumisse da sua frente e só voltasse trazendo o pretor.

Duas horas depois, Germânico adentrava o palácio. Apresentou-se totalmente paramentado, com a armadura polida e o gládio na cintura.

— Salve, augusto — ele cumprimentou o imperador. — Salve, excelência — saudou o vigário. — Os senhores me chamaram. Como posso ajudar?

— Lamento tirá-lo da cama, pretor — disse Diocleciano. — Mas o assunto é urgente.

— Não estava na cama, augusto. Estava em uma taverna, bebendo e jogando. Eu é que peço desculpas pela demora.

Floriano circulou o pretor, como se o analisasse.

— Capitão, o senhor conhece os cristãos e seus truques. — Não era uma pergunta. — Como faz para controlá-los?

— Uso a força, é lógico — volveu Germânico, sem titubear. — Prendo-os. Mato-os. Intimido-os.

— Podemos usar o exército para cumprir essas tarefas — pontuou o augusto. — Mas como controlar o exército?

Lúcio Germânico fez como se não tivesse entendido. Instantes depois, respondeu:

— O senhor me faz essa pergunta, acredito, porque deve ter ouvido rumores sobre soldados cristãos. Eu já tentei persegui-los, mas eles são discretos. Cultivam uma espécie de irmandade. É difícil identificá-los.

Erhard, que nada havia dito durante todo o jantar, contra-argumentou:

— Não é difícil. — Virou-se para Diocleciano. — Basta exigir que eles façam sacrifícios a Júpiter ou a qualquer outro deus de origem romana. Ou grega, se preferirem. Quem for cristão deve renegar sua fé. Os que se recusarem serão expulsos das nossas fileiras.

— Parece-me uma ideia excelente — aplaudiu Floriano. — Podemos começar pelos oficiais superiores. Pelos generais, tribunos e cavaleiros.

— Levará tempo para identificar todos eles, mas é uma boa solução — elogiou o imperador, tornando a falar com o vigário. — Floriano, poderia se encarregar de escrever esse édito? É um indivíduo esperto e letrado. Revisarei o documento amanhã e o assinarei.

O homenzinho não cabia em si de felicidade.

— Fabuloso, augusto. Fabuloso. — Palmas. — Obrigado por me conceder essa honra. Redigirei o texto agora mesmo.

O pretor foi dispensado, fez uma saudação e saiu. Erhard o acompanhou até a porta do átrio e o deteve na soleira.

— Pensa que não sei quem você é, rapaz? — disse o conde em tom de ameaça. — Sua sorte é que o imperador lhe tem em alta conta. Entretanto, advirto: mantenha-se afastado.

Germânico encarou o paladino com arrogância.

— Não tenho medo de você, velho. Seu tempo já passou — murmurou ele. — Os paladinos estão acabados.

Erhard retribuiu o olhar, furioso.

— O que vai fazer? — desafiou-o o pretor. — Sacar sua espada? A famosa Tyrfing, forjada pelos anões no coração das montanhas? Acha que eu acredito nessa baboseira?

O conde respirou fundo e se acalmou.

— Está dispensado, pretor. — Deu um passo atrás. — Obrigado por ter atendido ao chamado da Púrpura. Pode ir agora.

Germânico andou de costas por alguns metros e, quando percebeu que estava seguro, arrastou a cortina e desapareceu.

Erhard olhou para as próprias mãos.

Estava tremendo.

LIII

O MENSAGEIRO

O MELHOR PERÍODO PARA VISITAR A PALESTINA É INDISCUTIVELMENTE A PRIMAVERA. Em abril, os lírios começam a brotar e os trevos florescem na encosta dos morros. Essa é também a temporada de acasalamento, quando as raposas saem das tocas e os zangões invadem os canteiros.

Na véspera da Páscoa judaica, Tysa reuniu-se com seu assessor, Demetrios Sula, que fora promovido a secretário-geral da companhia exportadora de azeite. Para todos os efeitos, era ele quem controlava a burocracia, e para tal contratara dezoito funcionários, entre patrícios, plebeus e escravos. Montaram a sede comercial na antiga mansão urbana de Drago, no centro de Lida, e com isso os negócios prosperaram.

O fim da guerra selou a paz entre Tysa e Magda. Essa última, percebendo que o marido estava doente, decidiu assumir a liderança da empresa. Já a primeira esperava o retorno de Georgios, que permanecia na Nicomédia zelando pela integridade do Império. Pelo menos era o que ela achava — era o que *todos* achavam —, até o dia em que Fazllah entrou no antigo gabinete de Laios avisando que um homem com sotaque egípcio acabara de chegar à Vila Fúlvia e solicitava uma audiência com a dona da casa.

— Um homem? Que homem? — Tysa ergueu os olhos da mesa e encarou o guarda-costas. — Qual é o nome dele?

— Recusou-se a dizer — respondeu Fazllah. — Fiz a revista e constatei que está desarmado. Parece ser um indivíduo de alguma cultura. Um acadêmico, talvez. E ele — o árabe puxou um rolo de papiro e o estendeu à sua senhora — me entregou isto.

Tysa desenrolou o papiro. Era a carta que ela enviara a Valéria, a filha do imperador, muitos meses antes denunciando a perseguição aos cristãos. Passou a mensagem para Demetrios, que estava sentado à sua frente fazendo anotações em uma tabuleta de cera. O ancião já conhecia os pormenores da história, leu a correspondência e comentou, sem se abalar.

— O homem na porta deve ser um emissário da cesarina ou do marido dela — arriscou. — Penso que devemos recebê-lo.

— Se é um emissário, por que não se anunciou como tal? — retrucou Tysa. — Por que todo esse mistério?

— Só existe um jeito de descobrir. — Demetrios Sula insistiu em seu ponto: — Deixe-o entrar.

Tysa voltou-se para Fazllah.

— Reviste-o de novo, Falcão. Verifique se, além de armas, ele não traz frascos, dedais ou agulhas de veneno. Ofereça-lhe um copo de posca e então traga-o à nossa presença.

O segurança saiu e dez minutos depois reapareceu escoltando um homem magro, moreno, de cavanhaque agudo e cabelos grisalhos untados a óleo. Embora não tivesse muitas rugas, notava-se que já tinha idade avançada — um sexagenário, talvez. Usava uma túnica longa bordada com fios amarelos, sendo difícil identificá-lo como patrício ou plebeu.

Enquanto Tysa o analisava, Demetrios ergueu-se da cadeira, espantado.

— Zaket! — exclamou ele. — Não acredito. O famoso engenheiro de Mênfis?

Em vez de estender a mão, o egípcio curvou-se em demonstração de respeito. Olhou para Tysa e fez uma generosa mesura, apresentando-se à jovem:

— Como já sabem, sou Zaket. — Deu um sorriso. — Obrigado por me receberem.

Demetrios Sula contou à patroa que Zaket trabalhara para os magistrados de Lida muitos anos antes, planejando uma muralha que nunca fora finalizada, por diversas razões.

— É uma história admirável, sem dúvida — concordou a moça —, mas o que eu quero saber é como o senhor conseguiu esta carta. — Apontou para o papiro. — E o que estava fazendo com ela.

Zaket juntou as palmas.

— Por favor, peço que não me chame de "senhor" — rogou ele, sereno. — Sou um escravo. Um servo do imperador.

Demetrios não sabia se ficava mais surpreso por Zaket — que costumava ser um homem de posses — ter se tornado escravo ou por ele estar a serviço do divino augusto de Roma.

— Pode provar? — indagou Tysa. — Longe de mim ofender um convidado, mas essa história está muito estranha.

— Claro que posso. — O egípcio cruzou as mãos nas costas. — Se me der a oportunidade, contarei tudo o que sei. Garanto que a senhora terá grandes surpresas.

A anfitriã pediu que trouxessem uma cadeira para Zaket. Dispensou Fazllah e se preparou para escutar o que o visitante tinha a dizer.

— Começo pedindo desculpas por dar início a esta narrativa contando a minha história de vida. Não a considero interessante, mas preciso esclarecer alguns pontos antes de entrar no assunto principal — disse Zaket, sentando-se na cadeira. — É verdade que nasci em Mênfis, há setenta e duas primaveras. Naquela época, o Império vivia um período de guerras internas e externas. Meu pai, um sacerdote de Serápis, foi convidado pelo prefeito do Egito a se estabelecer em Alexandria, pois a comunidade cristã estava crescendo e conquistando os corações populares. Estacionada na velha cidade de Alexandre, minha família enriqueceu, apesar da crise, e eu me tornei aprendiz de meu tio, que era um engenheiro conhecido na região. Um dia, minha mãe ficou doente e, enquanto a tratávamos, descobrimos que diversos cidadãos, ricos e pobres, haviam sido vítimas da mesma enfermidade.

— A peste — apostou Demetrios Sula. — Perdi um primo e dois irmãos nesse período, todos menores de idade.

— Em Alexandria a praga chegou de forma devastadora — continuou Zaket. — Grande parte da cidade sucumbiu. Minha família foi dizimada e eu tive de pedir ajuda aos missionários da Igreja. Um teólogo chamado Herculano me adotou e meses depois me trouxe para Jerusalém. Apesar de conviver entre cristãos, não me converti. O meu batismo viria a acontecer posteriormente, quando fui contratado para ajudar na reforma do fórum de Bizâncio. Já aos quarenta e seis anos, conheci a jovem Flávia Júlia Helena, então esposa do general Constâncio Cloro, que me explicou as virtudes do cristianismo e me convidou a fazer parte de seu rebanho. Ela depois viria a me indicar a Itzchak Baruch ben Moses, um dos judeus mais proeminentes de Lida, que me chamou para construir as muralhas da cidade, no tempo em que Laios Graco e Räs Drago eram magistrados. Por razões que não valem a pena detalhar, o dinheiro acabou e eu, decidido a terminar o serviço, gastei tudo o que tinha, de meu próprio bolso. O general Graco foi morto em batalha, Drago tomou o controle de Lida e passou a perseguir judeus e cristãos. Com medo de ser descoberto, fugi para Bizâncio. Helena me convenceu a trabalhar para ela como espião na corte do imperador. Sem muitas opções e acreditando na boa-fé da cesarina, aceitei.

— Espere. — Tysa ergueu a mão. — Então você é espião da senhora Flávia Júlia Helena? Ou escravo do imperador?

— Para me infiltrar na corte, me vendi como escravo do palácio. Rapidamente me tornei prefeito da casa e, depois, secretário particular de Diocleciano. Minha lealdade, todavia, está com a cristandade, na figura da senhora Helena — explicou. — Não achem, porém, que sou um espião à moda antiga. Dediquei muitos anos de minha vida ao divino augusto de Roma. Eu o venero e o admiro. Diocleciano e Helena, em verdade, são aliados. O fato é que a cesarina montou uma rede de informantes. Ela sabe praticamente tudo o que acontece no Império, e esse é o motivo, a propósito, de eu estar aqui diante dos senhores.

— Como obteve esta carta? — insistiu a moça. — Ainda não me respondeu.

— O mensageiro que a senhora contratou, um tal de Linos Flamínio, foi até Sirmio à procura de Valéria Galéria, mas ela tinha sido transferida para a Nicomédia. O carteiro conseguiu entrar no palácio e entregar a correspondência antes de ter um ataque cardíaco. Como secretário do imperador, tive acesso ao documento e o trouxe para cá com o único objetivo de provar quem eu sou, mas minha real missão é completamente diferente — declarou. — Antes, porém, permita-me falar sobre seu marido. O comandante Graco partiu da capital em dezembro em missão secreta. Eu revelaria o destino dele se soubesse. Infelizmente não sei. Ele garantiu, no entanto, que regressará à presença do imperador no começo de junho. Os dois vão se reencontrar em Útica, na África.

— Útica? — estranhou Demetrios Sula. — O que há de tão importante em Útica?

— Zaket é espião de Helena, não nosso. — Tysa interrompeu seu secretário mais para testar o visitante, que esclareceu então o ocorrido:

— Será um concílio entre os tetrarcas — disse ele, acrescentando que aquelas informações eram públicas. — Eles se encontrarão antes do solstício. O resultado dessa conferência determinará se o Império encontrará a paz ou a guerra. Helena deseja a paz. E para tal — o egípcio olhou para Tysa — pede a ajuda da senhora. Claro, ela está disposta a pagar.

Tysa sentiu-se ao mesmo tempo surpresa e ultrajada.

— Pagar? — indagou, na defensiva. — Sou uma mulher muito rica. O que a faz pensar que estou à venda?

— Não se trata de dinheiro — prosseguiu Zaket. — Ela sabe que a senhora deseja retomar suas terras no Chipre e quer ajudá-la. Em troca, pede um favor especial, que pode salvar o mundo romano da ruína.

Tysa avaliou a situação. A história de Zaket não tinha falhas ou furos, ele fora reconhecido por Demetrios Sula e trouxera consigo uma carta de autoria dela, que só poderia estar em poder da jovem Valéria na Nicomédia. Não bastasse, sabia sobre Georgios e parecia estar sendo sincero.

Se aceitasse a proposta do egípcio — de Helena, na verdade —, não teria como recuar. Tornar-se-ia parte da trama política que envolvia o Império em toda a sua extensão — mas será que ela já não integrava essa teia? Desde os tempos do senador Fúlvio, Tysa participara de decisões importantes, atuara como conselheira dele e agora era casada com um paladino. Querendo ou não, ela já estava envolvida.

— Demetrios — ela se dirigiu ao ancião. — Se me permite, gostaria de conversar a sós com Zaket. Espero que compreenda.

O secretário não se mostrou ofendido. Levantou-se da cadeira, recolheu seus papéis e saiu do gabinete.

Então, o visitante explicou à dona da casa o que Flávia Júlia Helena tinha em mente. Tysa concordou com todos os pontos, achou o plano formidável, mas fez uma exigência.

— Quero conhecer sua ama — disse. — Quando podemos agendar um encontro?

— Quando a senhora estiver a caminho de Roma, claro — sugeriu o egípcio. — Ela terá o maior prazer em recebê-la em Bizâncio — afirmou ele com um sorriso. — Posso garantir que terá.

*

O governador Caio Núbio Cipriota dormia ao lado do comandante Marco Lúcio Políbio em uma cama espaçosa coberta com lençóis de seda e adornada por um dossel ricamente bordado.

Já havia amanhecido. Na cozinha, os escravos preparavam o desjejum, apesar de que os dois não tinham o hábito de acordar cedo, pois costumavam se deitar muito tarde. Por essa razão, os mesmos escravos se surpreenderam ao escutar uma forte batida na porta dianteira da mansão urbana de Cipriota. Imaginando que nenhum ladrão os atacaria àquela hora do dia, um dos serviçais foi até o corredor, retirou a tranca e abriu a passagem.

Uma tropa composta por quinze legionários romanos irrompeu casa adentro. O chefe deles, um centurião chamado Orestes, que por sinal era o mais antigo soldado da guarnição, perguntou a um jovem copeiro onde estava o comandante Marco Lúcio Políbio.

— No quarto do governador — gemeu o garoto. — Eles sempre dormem juntos.

Orestes deu meia-volta, marchou adiante e arrombou a porta do aposento. Cipriota e Políbio enfim despertaram. Estavam nus e, como era de esperar, totalmente desnorteados.

— O que é isso? — Políbio sentou-se no colchão. — Orestes? — elevou a voz. — O que está acontecendo?

— Recebemos uma denúncia. — O centurião fez um gesto para outros três soldados. — Podem começar, rapazes.

Cipriota coçou os olhos e se virou para o amante, achando tudo normal.

— Políbio, quanta insensibilidade da sua parte! Por que não me avisou que eles viriam?

O comandante não deu ouvidos ao governador. Ficou de pé e enfrentou o centurião.

— Chega desta baderna — gritou. — Orestes, ordeno que me diga o que está acontecendo. Com que autoridade invade esta casa? Quem pensa que é? Planeja um motim? Responda!

— Com a autoridade outorgada pelo imperador. — Orestes sacou um pergaminho e o entregou a Políbio. — De acordo com este decreto, todos os militares cristãos devem ser detidos para prestar esclarecimentos. Se não resistirem à prisão, terão o direito de realizar um sacrifício e renegar sua fé.

Enquanto Políbio lia o papel, os soldados de Orestes revistavam o quarto, abrindo armários, revirando baús e olhando dentro das gavetas. Cipriota vestiu sua túnica, levantou-se da cama e argumentou em defesa do companheiro:

— Posso garantir que não há nenhum cristão neste recinto. Sendo assim, os senhores podem se retirar.

— Não interfira em nosso trabalho, governador — pediu o centurião. — O édito diz respeito aos militares e somente a eles. O senhor é civil. Recebemos uma denúncia e precisamos averiguar.

— De qualquer forma, esta busca é inútil — insistiu o núbio. — Pura perda de tempo. Por que não se juntam a nós para a refeição diurna? — convidou. — Devem estar famintos.

Nisso, um dos soldados virou uma pequena arca de cabeça para baixo, derrubando no chão um livro com capa de couro.

— Isso não é meu — exclamou Políbio, nervoso. — Esse códice pertence ao governador. Foi um presente de Zeno, o antigo bispo de Pafos.

Orestes apanhou o livro e avaliou o conteúdo com toda a calma.

— Está me parecendo um daqueles tais evangelhos — presumiu o centurião. — Um texto sagrado. — Olhou para o comandante. — Como o senhor conseguiu este tomo? E o que ele está fazendo no quarto em que dorme?

— Ele já disse! — berrou Cipriota. — O livro é *meu*. Foi um presente.

Orestes perguntou para o governador:

— O senhor é cristão?

— Não.

— Então por que guarda um objeto como este entre seus pertences? E ainda mais escondido dentro de uma arca?

Cipriota encolheu os ombros.

— Julguei-o bonito — alegou. — Os códices são verdadeiras obras de arte. Achei que seria uma pena destruí-lo.

— Bom, nesse caso terei de detê-los.

Políbio protestou:

— Nos deter? Está louco? — vociferou, os olhos vermelhos. — Sabe com quem está falando? Sou seu superior.

— Ninguém é superior a um decreto imperial — disse o centurião, fazendo outro sinal para que os guardas interrompessem as buscas. — Peço que se vistam e me acompanhem. Um burocrata tomará o depoimento dos senhores e em seguida serão liberados. Se não são cristãos, bastará realizar um sacrifício em nome de Júpiter — repetiu. — Portanto, não há nada com que se preocupar.

Humilhados, porém conformados, Políbio e Cipriota se vestiram e acompanharam a tropa até o porto de Pafos. Quando estavam prestes a indagar o que faziam ali, notaram que havia uma imensa galé ancorada na baía, a poucos metros da costa.

— Eis o navio imperial — mostrou Orestes. — Tomaremos um escaler até ele. Um oficial os aguarda a bordo. Se tudo der certo, a situação se resolve antes de o sol se pôr. Fiquem calmos — pediu ele, reforçando: — Não há motivo para alarde.

O navio em questão era uma quinquerreme, uma das belonaves mais poderosas da marinha romana, equipada com dois mastros, uma torre de comando e nada menos que cinco fileiras de remos. As quinquerremes haviam ganhado destaque durante as Guerras Púnicas — o épico duelo entre Roma e Cartago — e continuavam a ser usadas, tamanha era sua versatilidade, podendo servir tanto para o transporte de tropas quanto para o confronto direto. Sua proa contava com uma espécie de aríete feito de bronze, projetado para esmagar — e perfurar — as embarcações inimigas. Os porões podiam carregar toneladas de suprimentos, e as cabines inferiores comportavam cerca de quatrocentos soldados, além dos pilotos e oficiais especialistas, tais como médicos, tecelões e carpinteiros.

Em outras palavras, aquelas eram fortalezas em movimento e impressionavam sobretudo quando os tambores começavam a rufar. A bordo do escaler, o comandante Políbio e o governador Cipriota escutaram esse batuque e ficaram apreensivos, mas Orestes os acalmou, repetindo:

— Não há motivo para alarde. O oficial só quer fazer algumas perguntas.

Enfim o barquinho emparelhou com a gigantesca galé. Os três homens — e mais dois soldados que estavam com eles — subiram ao convés. De lá, enxergava-se a cidade de Pafos a partir do sul: as docas, os armazéns, os templos marinhos e a solitária Colina dos Ossos, que ainda abrigava o antigo — e agora abandonado — palacete de Tysa.

Era uma manhã de sol forte. Cipriota pediu água a um marinheiro, mas ele o ignorou. Foram logo cercados por seis militares, todos usando cotas de malha e armados de gládio. Com os instintos à flor da pele, Políbio se preparou para enfrentá-los quando notou a presença de um homem idoso, de toga branca e cabelos cinzentos.

— Salve! — O sujeito apertou a mão de Cipriota. — O senhor se lembra de mim? Sou Númio Tusco, ex-cônsul de Roma. Eu o nomeei senador quando esteve na Itália, faz alguns anos.

Cipriota sacudiu a cabeça para reavivar a memória.

— Claro que lembro. — Forçou um sorriso. — É uma honra. Mas o que... — Pigarreou. — O que o senhor faz aqui?

— É uma longa história. Digamos que a metrópole anda enfrentando alguns problemas de ordem política — atalhou. — Muitos senadores pertencentes a famílias tradicionais foram mortos por Maximiano. De pouco em pouco, os sobreviventes começaram a pensar em um jeito de se proteger. Para tal, tivemos a ajuda inesperada de uma velha amiga sua.

Nessa hora, Cipriota e Políbio avistaram uma jovem caminhando na direção deles. O governador sentiu a ponta dos dedos gelar ao perceber que estava olhando para Tysa, que julgava estar presa ou morta.

— Com a graça de Ísis! — Ele se atirou aos pés da moça. — Por todos os deuses, não acredito que está bem.

Tysa tocou-lhe o ombro, como que pedindo para ele se levantar. Mas não foi preciso, porque Orestes o ergueu do solo à força.

— Desta vez — começou ela — não venho como amiga, apesar das gentis palavras do senador Tusco. — Apontou para Políbio. — Comandante, o senhor é um indivíduo esperto. Imagino que deduza o que está acontecendo.

Políbio torceu a face. Cuspiu no chão.

— Não direi nada. Podem me torturar. Façam o que quiserem comigo — rosnou ele, o queixo erguido. — Não arrancarão uma palavra de minha boca.

— E nem seria preciso — volveu Tysa. — Já recolhemos as informações que desejávamos. Além disso, não somos torturadores — declarou. — Escolha como prefere morrer. Eu lhe darei esse privilégio, embora o senhor não o tenha dado aos soldados cristãos que executou.

Cipriota, ao ouvir esse discurso, ficou completamente desesperado. Caiu de joelhos, implorou que Tysa poupasse o amante e perguntou o que poderia fazer para ser perdoado, mas o próprio Políbio o censurou:

— Recomponha-se. — Sacudiu Cipriota e deu-lhe um tapa na cara. — Não percebe que nosso destino está selado? Aja feito homem pelo menos uma vez na vida.

Em seguida, informou a Tysa e a Númio Tusco que preferia ser enforcado. Uma dupla de soldados preparou uma corda para ele, lançou-a sobre uma das hastes do mastro e improvisou um cadafalso usando um balde vazio virado ao contrário. Políbio subiu no recipiente e amarrou a forca no próprio pescoço. Antes de se atirar, porém, resolveu falar sinceramente; olhou para Cipriota e confessou:

— Nunca foi por você. Foi pelo dinheiro. Pelo poder também — admitiu —, mas sobretudo pelo dinheiro.

Em seguida, jogou-se. Seu corpo balançou algumas vezes, ele urinou nas calças e depois simplesmente parou.

O núbio agarrou as pernas dele e chorou como criança. Tysa esperou que ele enxugasse as lágrimas e ordenou que os guardas o levassem para uma cabine.

— O que vai fazer comigo? — perguntou Cipriota. — Não quero morrer — implorou. — Pelos deuses, não me mate.

— Não é minha intenção. — Tysa sinalizou para Númio Tusco, que veio ao encontro deles. — Sua excelência poderá explicar melhor o que planejamos.

— O motivo de eu ter vindo — disse Tusco — é para exonerá-lo do cargo de senador. Seu mandato será cassado.

Cipriota respirou fundo, aliviado.

— Só isso? Obrigado. Por Ísis, muito obrigado. Nossa Senhora seja louvada.

— Perdendo o cargo, o senhor retorna à sua antiga posição — completou Tusco, impassível — de escravo.

— Escravo? — Cipriota virou-se para Tysa. — É verdade isso? Não. Escravo, não! Sou um homem livre. Escravo, não.

— Rasha — ela o chamou por seu nome original —, você me traiu. Me entregou aos meus inimigos. Bons homens, como Zeno e Zoilos, foram mortos por causa da sua covardia. Sei que não planejou essas coisas, porém compactuou com elas. Mas não se aflija. Será vendido para uma família que fará bom uso de suas habilidades. E terá uma vida tranquila. Longe da política. Longe do poder.

Uma brisa suave deslizou sobre a superfície do mar. O capitão do navio avisou aos tripulantes que era uma boa hora para eles zarparem. Tysa precisava desembarcar, recuperar suas terras e seu palacete, mas antes disse a Númio Tusco:

— A caixa que eu trouxe de Roma deverá ser entregue ao meu marido, e apenas a ele, no palácio real de Cleópatra, em Alexandria.

— Como desejar, senhora — concordou Tusco, beijando-lhe a mão. — Mas o comandante Graco está no Egito? Pensei que ninguém soubesse seu paradeiro.

— Neste momento, talvez não. Mas ele vai aparecer cedo ou tarde. Alexandria é o caminho natural para Útica.

— Quer dizer — o ex-cônsul ficou curioso — que a senhora sabe onde ele está?

— Suspeito. Não posso dizer com certeza — admitiu, misteriosa —, mas suspeito.

LIV

ÚTICA

Na última quinzena de maio, a frota romana no Mediterrâneo — composta por centenas de navios de guerra — zarpou de Ravena, contornou a Península Itálica e convergiu para os portos de Útica, localizada a poucos quilômetros da histórica Cartago. Quase ao mesmo tempo, tropas e mais tropas de guerreiros do Leste marcharam através da costa da África e começavam a montar acampamento sobre as colinas ao sul da cidade. Enquanto seus líderes não apareciam, combatentes do Oriente e do Ocidente se esbarravam nas ruas, dividiam espaço nos mercados, nos prostíbulos, e alguns até bebiam juntos nas tavernas lotadas.

O festim, contudo, terminaria abruptamente no dia 12 de junho, quando Maximiano, o augusto do Oeste, desembarcou de sua galé acompanhado do general Júlio Asclepiodoto, antigo chefe da guarda pretoriana, e do jurista Sevílio Druso, ex-procurador-geral da Nicomédia.

Constâncio Cloro — o césar das províncias transalpinas e principal aliado do Inclemente — recebera ordens de permanecer em Roma com a missão de proteger a metrópole, mas enviou seus melhores homens para a África sob a liderança do duque Flávio Constantino, que desde a libertação da Britânia era também o comandante supremo das forças do Norte.

De sua parte, o jovem duque estava convencido de que, se uma guerra estourasse, o imperador seria esmagado. Uma contagem a olho nu indicava que seus adversários orientais dispunham de três legiões, contra quatro de Maximiano. Naquele período, uma legião tinha três mil combatentes, portanto Constantino possuía três mil soldados a mais, o que em tese o tornava invencível.

Diocleciano, Erhard e Libânio — que até duas semanas antes ocupava o cargo de regente do Egito — apareceram um dia antes do encontro. O terreno nas proximidades de Útica é acidentado, sem montanhas, mas com morros altos que dificultam a percepção do horizonte. Uma delegação mista de engenheiros ergueu uma tenda no centro de um vale arenoso e a preparou para receber os tetrarcas. Cada um dos exércitos se posicionou de um lado, com os guerreiros organizados em centúrias, prontos para entrar em combate.

Não muito longe dali, havia um pequeno forte da época dos fenícios, composto por muralhas de pedra em ruínas e uma única torre de guarda, que apesar da erosão ainda se mantinha em pé. Maximiano mandou hastear sua bandeira no topo dessa estrutura, mas o imperador não se abalou. No alvorecer de 13 de junho, Diocleciano e seus paladinos sentaram-se à mesa diante de Maximiano, Júlio Asclepiodoto e Sevílio Druso, esse último munido de uma pilha de documentos, mapas, carimbos e utensílios para anotação e escrita.

O interior da tenda era amplo e luxuoso. O chão fora coberto por duas camadas de tapetes e, como o sol recém tinha nascido, havia pelo menos dez lamparinas acesas. Os dois augustos apertaram as mãos, como homens civilizados que se orgulhavam de ser. Diocleciano mostrou-se confiante — bem-humorado, inclusive —, o que surpreendeu seus oponentes, que esperavam encontrar um indivíduo devastado ou minimamente indignado com a situação em que se encontrava.

— Saudações, meus amigos. — O imperador sorriu, estalando a junta dos dedos. — Estava ansioso por este reencontro. — Cumprimentou Asclepiodoto com outro aperto de mãos e dirigiu-se a Druso. — Como vai, procurador? Fiquei sabendo de suas aventuras. Parecem fantásticas, sem dúvida. Gostaria de escutar mais sobre elas, se no futuro não se importar de contá-las.

A segurança do augusto provocou calafrios no ardiloso jurista. Maximiano, ao vê-lo hesitar, inclinou-se para a frente e tomou as rédeas da discussão.

— Salve, augusto — começou ele. — O prazer é todo nosso. Parabéns pela vitória sobre Narses. — Bateu palmas em um gesto teatral. — Ouvi dizer que Galério fez um excelente trabalho na Pérsia. Uma pena que ele não tenha chegado a tempo para esta audiência — provocou. — Considero-o um homem brilhante.

— Lamento também pela ausência de Cloro — rebateu o imperador, afiado. — Meus oficiais me informaram que ele permaneceu em Roma para evitar um suposto ataque arquitetado por mim. Que disparate! Como alguém poderia acreditar nessa sandice? — Deu uma risada. — Ademais, por que eu precisaria atacar a metrópole se ela já é minha, afinal?

Druso e Asclepiodoto se entreolharam, aliviados. Estava claro agora, para eles, que o excesso de confiança do imperador era um sintoma de sua demência. Mais de um espião já relatara que Diocleciano tinha ataques esporádicos de loucura, seguidos por longas crises de melancolia e tristeza. Estava senil, apostara o jurista, o que tornaria seu trabalho muito mais simples — e deveras mais prazeroso.

— Excelências, somos homens sérios e pragmáticos — interveio Asclepiodoto, erguendo o cotoco do braço queimado. — Por que não vamos direto ao assunto?

— Excelente ideia — exclamou Druso, esticando sobre a mesa um mapa do Império. O documento era incrivelmente preciso, exibindo os países, regiões e fronteiras traçados com cores distintas, para melhor destacá-los. — Bizâncio é uma cidade simbólica — manobrou o jurista. — O augusto — ele agora se referia a Maximiano — não está disposto a abrir mão dela. No entanto — apanhou um pedaço de carvão e traçou uma linha sobre o Estreito de Bósforo, que cortava o mapa de norte a sul —, tudo a leste será seu — apontou o dedo para Diocleciano —, com exceção do Egito.

— É essa a nossa proposta — complementou Asclepiodoto. — O Nilo e todas as terras a oeste devem fazer parte do Império do Ocidente, como sempre fizeram, aliás. É a tradição.

Libânio, que ao morar em Alexandria entendera — e vivenciara — muitos problemas da região, reagiu dando um tapa na mesa.

— O Egito? Parte do Ocidente? — esbravejou. — Estão loucos?

Com a mesma calma e segurança de antes, Diocleciano deu um longo suspiro e tranquilizou o cunhado:

— Nada mais justo. Sem os grãos produzidos no Egito, a cidade de Roma será devastada pela fome. O povo se revoltará. O senhor Asclepiodoto, que vive na metrópole e a conhece como ninguém, não deseja ter um problema desse nas mãos. — Olhou para o ex-comandante pretoriano. — Estou certo, general?

Júlio Asclepiodoto se impressionou com o calculismo.

— Sim — volveu ele, retraído.

— Muito bem. — O soberano se levantou e começou a andar pela tenda. O dia lá fora já tinha raiado. O sol iluminava as paredes e o teto de lona, tornando o recinto um pouco mais quente. Quando enfim voltou a falar, parecia distante, contemplativo. — Sempre achei que a maior qualidade de um bom estadista fosse saber delegar. Quem deseja se aventurar nessa área precisa conhecer as forças e as fraquezas de seus subordinados, de modo a mantê-los sob controle.

O conde Erhard, que nada dissera até então, virou-se para trás na cadeira a fim de observar seu líder. Maximiano, por sua vez, imaginou que o augusto faria um de seus longos discursos, justificando assim sua derrota. Se esse era o preço a pagar pelas províncias ocidentais, ele não se oporia. Ficou quieto e permitiu que continuasse. De certa forma, estava até curioso para saber qual seria a narrativa que Diocleciano iria inventar para não ser visto como covarde perante suas tropas.

— O meu primeiro grande desafio foi comandar a escolta pessoal do imperador Caro — prosseguiu o governante. — Os senhores podem imaginar como eram as coisas naquela época. Roma tinha praticamente um imperador por ano. Quem ascendia à Púrpura estava marcado para morrer. Eram tempos difíceis. Foi nessas condições que fui admitido no exército. Era... — ele arriscou um sorriso nostálgico — como nadar em um mar de tubarões.

Desconfortável, Júlio Asclepiodoto soltou um pigarro.

— Senhor — ele mirou o chão, constrangido —, isso não é necessário.

— Silêncio. — Maximiano estava interessado em escutar o discurso até o fim e repreendeu o general com um brado: — Deixe-o falar!

— Obrigado. — Diocleciano agradeceu, no maior cinismo, e retomou sua fala: — Graças a esse emprego, me tornei cauteloso, por vezes até paranoico. Sei que tenho as minhas falhas, todos têm. Ninguém é perfeito. Contudo, se há uma coisa de que eu me orgulho é a minha habilidade de ler as pessoas, de entendê-las perfeitamente. Quando olho para alguém, decifro tudo. Foi assim que conquistei o mundo. Foi assim que me tornei imperador. Essa é a minha principal qualidade — avultou-se. — E o maior dos meus defeitos.

Diocleciano parou de falar, deixando uma atmosfera de expectativa crescente. Os patrícios esperaram alguns segundos, e, como o imperador não disse mais nada, Maximiano o instigou:

— Prossiga. — Seus olhos faiscavam. — Por favor, continue.

— Já terminei. — O soberano fungou, coçou o nariz e tornou a se afundar na cadeira. — Nada tenho a acrescentar.

O desdém com o qual ele respondeu enfureceu o Inclemente. Quem era aquele homem para menosprezá-lo, pensou, ainda mais agora, que estava a um passo de ser destronado?

— Os tubarões que citou. Quem são eles? — exigiu Maximiano. — Estava se referindo a nós? Seja objetivo!

Diocleciano se moveu no assento, buscando uma posição confortável. Parecia deter o controle completo da situação.

— Ora, meu caro. — O imperador estalou a língua, maneando levemente a cabeça. — Quando *eu* o admiti em minhas fileiras, acha que eu não sabia com quem estava lidando?

Enraivecido, Maximiano bateu com a sola no chão atapetado.

— O quê? Em suas fileiras? — trovejou. — Como se atreve? Quem pensa que é?

Erhard se levantou, tocou o punho da espada, mas não chegou a sacá-la, pois foi interrompido por um evento improvável. Dentro da tenda, os homens sentiram o chão tremer e ficaram imediatamente de pé, alarmados, certos de que se encontravam no epicentro de um terremoto. Deles, só Diocleciano permaneceu sentado. Oferecendo aos outros um sorriso amistoso, ele disse, com a serenidade de sempre:

— Calma, senhores. Não tenham medo. — Então riu e indicou os assentos. — Fiquem à vontade — pediu. — O melhor vem agora.

Momentos antes, Flávio Constantino passava em revista suas tropas no lado norte da estreita campina. Com o estandarte da cidade de Roma na mão — exibindo as letras SPQR, um acrônimo para a frase "O Senado e o Povo Romano", envoltas por uma coroa de louros —, observou os tribunos, centuriões, decanos e legionários que aguardavam pacientemente suas próximas ordens.

O exército do Oeste contava com uma força notável, embora fosse composto quase que inteiramente por soldados de infantaria. Como o transporte se dera por via marítima desde Ravena, os cavalos precisaram ser deixados para trás, salvo um ou outro obtido em Cartago. Nas batalhas tradicionais, a cavalaria tinha papel secundário, sendo usada para proteger os flancos, criando assim um "corredor de combate". Dessa vez, porém, a encosta dos morros, à esquerda e à direita, serviria para limitar o espaço de luta, dispensando o uso das tropas montadas.

Retornou ao topo da colina, onde estavam reunidos seus oficiais e escravos. O sol nascera pálido, filtrado pelas gotas de maresia. Constantino tomou fôlego, apertou as rédeas e se endireitou sobre a sela. Estava no auge da forma física e mental. Os olhos eram os mesmos, grandes e azuis, os músculos haviam crescido e a confiança só aumentara. Por sorte ou competência — ou talvez pelos dois —, ele nunca perdera uma batalha, e ao se lembrar disso o duque se entristeceu, porque, se a peleja realmente estalasse, teria de ceifar a vida de romanos legítimos. Seria um dia negro para o Senado e a Púrpura.

Um dia negro para a história de Roma.

Seus pensamentos foram abruptamente interrompidos quando um batedor o abordou. Era um jovem magro de pele morena montado sobre um cavalo leve, sem armadura.

— Excelência — ele o saudou, esbaforido —, um viajante se aproxima pelo norte.

Constantino não entendeu o motivo do alarde.

— Um viajante?

— Ele veste a capa púrpura, senhor — informou. — Deve ser um paladino.

O general ajustou-se na sela, deu meia-volta e desceu o monte pelo outro lado, acompanhado por doze soldados, incluindo quatro sagitários gregos, com arcos longos e flechas na mão. No caminho entre dois vales surgiu, então, um cavaleiro sujo de terra, coberto por uma armadura dourada e guiando um corcel, o elmo de bronze ocultando sua face.

Os arqueiros prepararam suas setas. Com o punho cerrado, Constantino impediu que atirassem. O forasteiro parou a dez metros dele. Estava com as roupas puídas, como se viajasse pelo deserto havia semanas. O cavalo não lhe era estranho. O duque empinou o queixo e perguntou:

— Salve. Sou Flávio Constantino, comandante das forças do Norte. Quem vem lá? Ordeno que se apresente.

O recém-chegado tirou o elmo e Constantino reconheceu o semblante de Georgios Graco. Com a barba crescida e a tez bronzeada, quase poderia ser confundido com outra pessoa, mas era o mesmo Georgios que estudara com ele na Nicomédia, que fugira junto dele para Bizâncio, que o salvara dos sicários, que combatera ao seu lado na ponte sobre o Rio Sava, que libertara a Batávia do jugo franco sem nunca receber os louros por isso. O duque se alegrou ao rever o amigo, mas lamentou estarem de lados opostos agora.

— Georgios Anício Graco. — Percebeu que o jovem portava as mesmas insígnias que ele, além da já conhecida capa de paladino. — Quanto tempo.

— Sim, general — recordou-se o filho de Laios. — Desde a Bélgica, se bem me lembro.

— Soube de sua nomeação como paladino, mas não sabia que também era duque.

— Esta conversa é inútil. Peço que abra a passagem. — Georgios preferiu ser direto, pois não tinha tempo a perder. — Preciso ter com o divino augusto. São assuntos urgentes.

— Não posso fazer isso — endureceu o general. — Recebi ordens expressas para não incomodar os tetrarcas.

— Excelência — Georgios o chamou pelo título —, acho que não me fiz entender. Se o senhor insistir no bloqueio, seus homens serão trucidados. Sei que não deseja uma carnificina do gênero.

Um clima tenso se instalou. Se Constantino permitisse que Georgios passasse, estaria desobedecendo a um comando direto de Maximiano. Se não permitisse, estaria dando início a uma guerra civil.

— Senhor Graco — ele também se expressou formalmente —, não vê que seus homens estão em clara desvantagem numérica? Entendo que um paladino possa falar em nome da Púrpura, mas eu não respondo ao imperador. — E acrescentou: — Muito menos aos seus subalternos.

— Quem não responde ao imperador é inimigo de Roma — decretou. — Ou seja, meu inimigo também.

Dito isso, Georgios assoprou um apito e a terra começou a tremer. No vale, os capitães pediram calma a seus combatentes, gritando palavras de ordem, e as centúrias se mantiveram estáticas. Felizmente, o tremor durou poucos segundos. Não era um terremoto, como muitos imaginaram a princípio. No topo das colinas que os circundavam, apareceram, como que em um passe de mágica, milhares de homens montados, envergando lanças, escudos, espadas e armaduras brilhantes. Eram tantos que obscureceram os raios do sol, trazendo sombras ao campo de guerra.

Sem entender o que se passava, os dois exércitos ficaram imóveis, como que paralisados pelo olhar da Medusa. Quem eram aqueles cavaleiros? De onde haviam surgido? Como chegaram tão rápido? E, o mais importante: para *quem* trabalhavam?

Seja como for, uma coisa era certa: se resolvessem descer a encosta, não sobraria ninguém para contar a história.

Georgios tornou a assoprar o apito. Imediatamente, dois homens se desligaram dos demais e trotaram até eles, contornando o outeiro pelo lado direito. Ostentavam couraças formadas por pequenas placas de aço costuradas sobre um colete de couro rígido, o que lhes dava proteção e mobilidade. Um desses indivíduos, que parecia ser o legado, tinha nariz fino, olhos castanhos e usava um capacete de crina branca. O outro era um verdadeiro gigante de ébano e portava um machado de lâmina dupla.

Os dois se dirigiram a Georgios, que os apresentou a Constantino:

— Este é o bispo Mauzio Vigílio, irmão de Bores Libertino, que salvou a nossa vida — apontou para o homem de crina branca. Depois, indicou o grandalhão. — E este é Cândido, o Kushita.

Constantino deu uma segunda olhada para a multidão de guerreiros e disse, perplexo:

— Uma legião de cavalaria. — Ele não acreditava. Eram muitos. Uns seis mil, pelo menos. — De onde saiu tanta gente?

Ignorando a pergunta, Georgios ameaçou:

— Os seus homens estão cercados, excelência. Se eu levantar o braço direito, eles avançarão em carga e acabarão com as suas "forças do Norte". Em respeito à nossa amizade, porém, e munido da autoridade que me foi conferida pelo único e legítimo augusto de Roma, pedirei pela última vez que libere a passagem. Se não o fizer, serei obrigado a abri-la à força.

Sem opções, Constantino sinalizou para que seus arqueiros recolhessem as setas. Georgios, Mauzio e Cândido cruzaram o campo de batalha tranquilamente, sem ser incomodados ou insultados, e apearam na entrada da tenda.

O gigante kushita trazia uma caixa de madeira consigo.

Quando reparou nos homens que invadiam o abrigo, Maximiano deu um salto da cadeira, inflou o peito como um galo de briga, aprumou-se e, com o dedo em riste, abriu a boca para expulsá-los, mas engoliu toda a sua raiva ao notar a presença de Cândido, que atravessava a porta com o machado na mão.

Cândido era um homem realmente impressionante, que provocava medo não só pelo tamanho, mas por sua expressão sanguinária. Georgios, que tinha entrado primeiro, se lembraria daquela cena para o resto da vida. Quem fala muito age pouco, diz o ditado, e Maximiano não era exceção. Com as pernas bambas e os olhos tremendo, ele se encolheu feito um cachorro assustado.

Manteve-se assim, mudo, enquanto os invasores se posicionavam na face oposta da mesa, de pé.

No aposento de lona, encontravam-se agora Mauzio, Georgios, Cândido, Diocleciano, Erhard e Libânio de um lado, e Maximiano, Júlio Asclepiodoto e Sevílio Druso de outro. Constantino foi o último a se juntar a eles e permaneceu ereto, defendendo os aliados ocidentais, para quem, afinal, trabalhava.

O ambiente se tornara pesado, com os homens se encarando, sisudos, prontos para sacar suas lâminas. Um movimento em falso, uma palavra mal colocada, um erro de interpretação e o encontro terminaria em um banho de sangue, que se estenderia ao campo de batalha. Diante das circunstâncias, coube a Diocleciano reiniciar o diálogo.

— O que foi? — Ele olhou para Maximiano. — O tigre comeu sua língua?

Constantino achou que era uma boa hora para explicar a situação, antes que o Inclemente colocasse tudo a perder.

— Senhor, esse é Mauzio Vigílio — disse, apresentando-o ao bispo. — Ele é o comandante dos seis mil cavaleiros que agora ocupam as colinas.

— Seis mil cavaleiros? Então o tremor que sentimos... — Maximiano se engasgou com a própria saliva. — Como? De onde saíram? Quem são essas pessoas?

O imperador aproveitou para tirar de dentro da túnica o pergaminho que recebera na Nicomédia.

— Senhores, no último dia 10 de novembro, esta carta chegou às minhas mãos. — Colocou o documento sobre a mesa, provocando o desejado efeito dramático. — Não tenho nada contra ela nem contra seu conteúdo, tampouco contra seus autores — mentiu —, mas, depois que a li, fui atacado por dores no estômago. Sou um homem supersticioso e temente aos deuses. Portanto — ele olhou para o teto, divertindo-se com o pânico dos inimigos — aceitei a sugestão de sua excelência, o duque Georgios Graco, de convocar este concílio. Só para ter certeza de suas verdadeiras intenções.

O pio de uma gaivota que por acaso sobrevoava a barraca foi a única coisa que se ouviu. Maximiano, Júlio Asclepiodoto e Sevílio Druso não disseram nada. Estavam hirtos, absolutamente chocados.

Diocleciano os pressionou.

— Maximiano — apontou para ele —, por que não começamos pelo senhor?

Ele se fez de desentendido.

— Por mim?

— Comece a falar — rugiu o soberano. — Como seu superior, eu ordeno.

— Divino augusto, o senhor... — Ele tentou pensar em uma desculpa de última hora, uma que fosse boa o suficiente para salvar sua cabeça. — Não foi culpa minha. Toda esta confusão... é uma catástrofe. Nós apenas... — balbuciou. — Bom, eu, nós somente...

Nesse instante, Georgios o interrompeu.

— Talvez eu possa explicar. — O jovem deu um passo à frente e curvou brevemente a cabeça. — Se me permitir, augusto.

O imperador fez que sim. O paladino agradeceu e continuou:

— Serei claro e objetivo. O augusto Maximiano e o césar Constâncio Cloro planejaram um golpe contra o senhor. Não há como negar.

— Absurdo! — Druso levantou a voz. — Essas acusações são infundadas.

— Não são infundadas. — Georgios sacou a adaga solar e a encravou sobre o mapa rasurado. — Está diante de nossos olhos. Que tipo de vassalo move suas tropas para enfrentar as de seu suserano? Os senhores — ele se referia aos inimigos da Púrpura — praticaram traição contra o Estado romano. Esse é um crime muito grave, cuja punição é a morte.

O termo "morte" pareceu ter desmontado Maximiano de vez. Juntando as palmas, colocou-se de joelhos perante o imperador e implorou que ele o perdoasse.

Ninguém esperava que o Inclemente capitulasse tão rápido, nem Diocleciano, que enfrentava agora um novo dilema. Munido das provas e com a superioridade bélica garantida, ele tinha a obrigação moral de executar seus opositores. No entanto, Maximiano era um general inigualável, que não poderia ser dispensado em um momento tão crítico, com os bárbaros devastando a Germânia. Além disso, se matasse Maximiano, teria de fazer o mesmo com Constâncio Cloro, o que o levaria à guerra civil.

De novo, foi Georgios a resolver o problema.

— É verdade, insisto, que Maximiano e Cloro planejaram uma rebelião — intercedeu o rapaz —, mas eles não tiveram culpa. Foram induzidos a tal.

Nisso, os condenados franziram a testa — estavam mais surpresos que seus próprios algozes. O equestre fez um sinal para Cândido, que trouxe lá de fora a caixa de madeira e a colocou sobre a mesa. Diocleciano, que já não se mostrava tão amistoso, ordenou que Maximiano a abrisse.

O augusto do Oeste ergueu a tampa. O interior estava cheio de cristais de sal, substância normalmente usada para conservar comida por longos períodos, sobretudo carne de boi ou de porco. Olhou mais de perto e descobriu, entre os cristais, uma esfera escura cheia de pelos. Inclinou-se lentamente sobre a caixa e quase urinou nas calças ao reconhecer o rosto que o fitava.

— Zenóbia — gemeu.

Sereno, Diocleciano deu uma olhada na cabeça decepada.

— É... parece ser ela — comentou, insensível. — Bom, quando chega a nossa hora, não tem jeito.

Enquanto os aliados ocidentais se recuperavam do choque, Georgios explicou:

— Marco Aurélio Maximiano e Constâncio Cloro estavam fora de si quando escreveram esta carta — ele disse ao imperador, rasgando o pergaminho diante de todos. — Estavam enfeitiçados e não tinham controle sobre suas ações.

Diocleciano não acreditou na história, mas aplaudiu a manobra. Usar Zenóbia, que no passado fora uma das maiores inimigas de Roma, como bode expiatório era uma saída de gênio.

— Comandante — o imperador falou com satisfação —, parece-me óbvio que somos apenas peças no tabuleiro dos deuses. O seu pai capturou Zenóbia. E agora o senhor me traz a cabeça dela.

O equestre não tinha pensado sob aquele ângulo, até porque — como logo será explicado — fora Tysa a desvendar o conluio, mas havia algo de profético no que ele dissera. Se Laios tivesse executado a rainha em vez de capturá-la, tudo seria diferente, embora não necessariamente melhor. O próprio Georgios, por exemplo, jamais teria nascido, afinal sua mãe, Polychronia, era uma serva da poderosa monarca. Em outras palavras, os destinos de Zenóbia e Georgios estavam ligados, para o bem ou para o mal.

— Impossível prever o que as divindades nos reservam — afirmou o paladino com humildade. — O senhor tem razão.

— O importante é que resolvemos as nossas desavenças. — Diocleciano se levantou, foi até Maximiano, deu-lhe dois beijos na face e fez o mesmo com Júlio Asclepiodoto.

Finalmente, o imperador se aproximou de Druso para abraçá-lo, mas Georgios se interpôs entre os dois. Quando todos achavam que o conflito tinha terminado, que a cizânia havia sido desfeita, o equestre anunciou, deslizando a mão até o punho da espada:

— Tenho uma última informação relevante. — Ele tornou a pedir a palavra. — Se me permite. Serei breve.

— Claro, comandante — concordou Diocleciano. — O senhor é a grande estrela do dia. Diga ou peça o que quiser.

Georgios agradeceu mais uma vez e estendeu seu discurso:

— Os senhores devem ter se perguntado, em algum momento, por que os persas são tão aguerridos, como conseguiram nos dar tanto trabalho e nos impor tantas baixas. Devem ter suspeitado, naturalmente, de que eles dispõem de espiões infiltrados nos altos círculos romanos.

— Sem dúvida. — O imperador esfregou as mãos, curioso para saber aonde Georgios queria chegar. — Espiões sempre são um problema para qualquer nação civilizada.

— Certo. — O paladino apontou para o jurista. — Pois temos um entre nós.

Os presentes convergiram seus olhares para o ex-procurador, que protestou:

— Mentira! — Druso pôs as mãos para o alto. — Esse garoto me acusa porque tomei parte em seu julgamento na Bélgica. Quer se vingar de mim. Só isso.

O equestre observou Diocleciano. Em seguida, analisou os demais.

— Não sou eu que o estou acusando — justificou-se o rapaz. — Vírio Galo, o presidente do Senado romano, assinou um termo em que afirma que o senhor era o contato de Zenóbia entre os persas. Ele aparentemente esteve em uma reunião em que esses assuntos foram tratados.

— O místico de Antioquia me alertou de sua traição — acrescentou o imperador, encarando seu ex-advogado. — Como você já tinha me traído antes, e considerando essas evidências, subscrevo as acusações feitas por Galo.

— Subscrevo-as também — exclamou o Inclemente. — Esse homem nos manipulou. Disse que conhecia o mago Kartir, sumo sacerdote de Zoroastro. Nos ameaçou com sortilégios!

— Parece que sua situação não é das melhores, Druso — constatou o imperador, olhando diretamente para o jurista. — Penso que o mais sensato nesse caso seria condená-lo à morte.

Ordenou então que Georgios o levasse para fora da tenda e o executasse. O filho de Laios obedeceu com prazer. Fez com que Druso se ajoelhasse na areia quente e perguntou se ele queria fazer uma última prece. Com os homens fortes de Roma diante de si, Sevílio Druso avistou a torre da fortaleza em ruínas, afagou a toga negra, contraiu as sobrancelhas e murmurou:

— Hoje será noite de lua cheia. Permita que eu me lance do alto da torre ao nascer do crepúsculo. Os senhores verão algo extraordinário. Sei que posso me transportar pelas nuvens e alçar voo até as estrelas. O feitiço do vento — sibilou. — Ainda me resta energia para executá-lo uma última vez.

— O imperador já pronunciou sua sentença. — Georgios encostou a lâmina no pescoço de Druso. — Prepare-se!

— Espere. — Diocleciano focou o jurista. — Se esse é o seu último desejo, permitirei que a execução seja adiada por algumas horas.

Georgios não se conteve.

— É um truque — alertou ele. — Esse homem já nos causou diversos problemas. Não podemos deixá-lo escapar.

— Erhard — o imperador chamou pelo chefe dos paladinos. — Pelas próximas doze horas, o senhor ficará responsável pela guarda desse prisioneiro. Mantenha os olhos colados nele. Fui claro?

— Ele *não* escapará — garantiu o conde, com a confiança que lhe era característica.

— Quando a lua nascer, conduza-o até o fastígio da torre. O condenado terá a oportunidade de demonstrar suas supostas habilidades mágicas. — E, para não desagradar Georgios, perguntou-lhe: — Comandante, o senhor me disse em Artaxata que não acredita em magia, que os feiticeiros e magos usam venenos e substâncias alucinógenas para ludibriar suas vítimas, correto?

— Correto, senhor — respondeu o equestre.

— Então não temos nada a temer. — Fez um gesto para Georgios, ordenando que ele embainhasse a espada. Depois, pediu que o conde amarrasse as mãos de Druso e o levasse para a fortaleza, onde ficaria detido até o começo da noite. Enfim se virou para os outros patrícios, em especial Maximiano. — Senhores, meu estômago está roncando. Devemos almoçar juntos em Útica para celebrarmos a paz. — Em seguida voltou-se para Georgios, sussurrando: — E quanto ao senhor, comandante, quero que me conte o que aconteceu com Zenóbia. Quero saber como se deu sua captura... e sua morte.

Georgios assentiu e, ainda contrariado, respondeu a seu soberano:

— Sim, augusto. Se esse é o seu desejo — concluiu —, assim será.

LV

O ESCOLHIDO

Um mês antes do histórico encontro nos arredores de Útica, houve um incêndio na cidade de Roma que consumiu grande parte dos armazéns do porto do Tibre, destruindo ao menos cinco mil sacas de trigo. Na Itália, as semanas que antecedem o verão são quentes e insuportavelmente secas, favorecendo a combustão de materiais inflamáveis, sobretudo nos centros urbanos, onde as pessoas vivem aglomeradas em prédios de apartamentos — as ínsulas —, dormindo sobre montes de feno e estendendo roupas em varais improvisados.

O fogo que ardia naquela noite, entretanto, não era mera obra do acaso, mas o resultado de uma ação coordenada, que tinha por objetivo desmoralizar o imperador e as instituições controladas por ele.

Da sacada de sua mansão no alto do Monte Célio, Zenóbia assistia ao alastrar das chamas, o gosto da vitória acalentando sua alma. Quando entrara em Roma pela primeira vez, ela era uma prisioneira, uma inimiga pública, e estava com os dias contados. Logo, porém, os senadores começaram a cortejá-la, ela se casou com Cláudio Tácito, que depois se tornaria imperador, e passou a ser reconhecida como a primeira-dama da Cidade Eterna. Uma vez aceita como cidadã, iniciou os esforços para consumar sua vingança e, como não tinha um exército à sua disposição, precisou recorrer à intriga, à sedução, aos conluios secretos, aos pactos e acordos políticos.

Uma vida inteira de ódio estalava agora junto às chispas do incêndio. O ataque aos armazéns era a primeira ação de sabotagem direta, que, segundo se esperava, culminaria com a queda do governo central. Satisfeita — e cansada de ficar em pé —, Zenóbia percorreu os jardins e tornou a entrar na mansão. O átrio, centro nervoso da casa, era sustentado por colunas revestidas de cobre gravadas com hieróglifos. O mosaico do piso exibia o perfil da deusa Ísis em sua versão egípcia, com as asas abertas e uma coroa em forma de U. Os móveis estavam posicionados ao redor do aposento, que se encontrava sombrio àquela hora, com apenas dois candeeiros tremulando. Zenóbia chamou um de seus secretários para acender as piras de fogo, mas ele não apareceu.

Chamou de novo.

Nenhuma resposta.

De repente, uma lamparina foi acionada. Uma segunda mulher, de olhos azuis e cabelos louros presos em trança, surgiu como um fantasma sentada em um dos divãs. Sua beleza era clássica, mais germânica que latina, e ela poderia ser comparada a uma das esculturas do palacete. Apoiou o candeeiro sobre uma das mesinhas de ébano e observou a dona da casa, como se a examinasse. O primeiro instinto de Zenóbia foi o de gritar por Ânzu, seu mordomo, mas ela já o tinha feito, sem resultado.

— Não se preocupe — começou a loura. — Seus escravos estão seguros. Com exceção do eunuco. Ele parece ter um passado de crimes. Achamos melhor entregá-lo à Justiça.

Zenóbia deu um passo à frente, semicerrou os olhos e reconheceu a intrusa. Só podia ser ela. Tysa Drago, ex-mulher de Caio Valério Fúlvio e atual esposa de Georgios Graco. Tysa e Zenóbia haviam se encontrado uma única vez, naquele mesmo lugar, quando Fúlvio ainda vivia. O evento reunira, na ocasião, o senador Afrânio Hanibaliano, que buscava uma posição como cônsul, e o então chefe da guarda pretoriana, Júlio Asclepiodoto.

— Senhora Fúlvia. — Passado o choque inicial, a rainha se restabeleceu mentalmente, compreendendo que Bel, o Senhor do Fogo, havia atendido a suas demandas. Era ela própria, Zenóbia, que precisaria fazer o sacrifício final, que precisaria se entregar ao vazio como a derradeira oferenda aos deuses. Tysa era apenas uma emissária, uma peça que a ajudaria a completar seu intento. Ciente disso, a monarca se sentou em uma cadeira de frente para a visitante. — Eu esperava pela senhora. Sempre quis saber quem se movia nas trevas, trabalhando para frustrar os meus planos. Que bom que enfim se revelou. — Zenóbia observou as sombras e reconheceu nelas figuras amorfas, que se escondiam atrás das pilastras. Concluiu que aqueles eram os sicários, famosos assassinos judeus sobre os quais Druso tanto falava. — Estou feliz e aliviada — cruzou as pernas —, pois este suplício chegará ao fim.

Tysa guardou silêncio. Ela sabia — por experiência própria — que Zenóbia era uma mulher muito esperta, que tinha plena noção de como manipular as pessoas. Diziam que ela podia, inclusive, enfeitiçar os homens com quem conversava. Mas Tysa não era um homem, afinal.

— Minha intenção não é fazê-la sofrer, majestade — garantiu a invasora. — Por outro lado, peço que não tente me enganar. Não há meios de a senhora sair viva deste encontro. Nada que faça ou diga vai mudar essa realidade.

— Não tenho a menor intenção de sair viva deste encontro — retrucou a soberana. — Este é o ápice de tudo o que vivi e de todas as coisas que profetizei — revelou, prosseguindo: — Quando a senhora fala em me poupar do sofrimento, imagino que esteja me oferecendo uma morte indolor. Mas as dores físicas nada significam para mim, que perdi o meu único filho nos portões de Palmira. Desde então, todas as maldições que lancei se tornaram reais. E, agora, a mais importante está prestes a se confirmar. Georgios Graco, seu marido, vai destruir o Império Romano.

Em seu íntimo, Tysa tinha certeza de que Zenóbia estava errada, de que Georgios jamais teria a intenção — e muito menos a capacidade — de acabar com o Império. Mesmo assim, sentiu-se impelida a retrucar:

— Meu marido é um paladino. É um homem justo e fiel ao augusto, e nunca se rebelaria contra os princípios do Estado.

— É o Estado que irá contra ele — anunciou a monarca, ajustando a voz para torná-la trevosa. — Por anos acreditei que deveria acabar com o filho de Laios. Em uma de suas visões, Sevílio Druso, de quem a senhora já deve ter ouvido falar, enxergou a morte de Georgios Graco como necessária para a nossa vitória. Ele estava certo, mas eu não sabia, até agora, que seria o próprio Diocleciano a matá-lo. É impressionante como os deuses são poderosos. E como eles agem sem que nós percebamos.

— O imperador vai matar Georgios? — Tysa chegou a achar engraçado. — Por acaso está delirando?

— Concordo que é uma trama complexa demais para nós, meros seres humanos — pontuou a rainha, e a seguir tentou explicar: — Certamente a senhora está a par da caçada aos cristãos promovida pelo césar Galério. Essas perseguições vão se intensificar nos próximos meses. Georgios será capturado e morto pelos agentes da Púrpura.

Tysa respondeu o óbvio.

— Georgios não é cristão — afirmou ela. — Se fosse, teria me contado.

— Está errada, minha cara. — Zenóbia sorriu, triunfante. — O filho de Laios e Polychronia *é* e sempre foi cristão. Desde o dia em que nasceu, quando realizou o seu primeiro milagre, estancando a hemorragia da mãe e trazendo-a de volta da morte. Quando criança, Georgios queria ser um herói, como Teseu ou Ulisses, mas acabará se tornando um santo. Um ícone da Igreja — disse. — Um mártir da cristandade.

— Posso lhe assegurar — insistiu Tysa — que o meu marido é devoto de Marte, além de ter sido iniciado no culto de Mitra. É verdade que ele sempre foi interessado por religiões, desde que teve o primeiro encontro com um príncipe persa. Leu os evangelhos em Antioquia e os textos judaicos antes de entrar para o exército. Mas nunca se submeteu aos líderes da Igreja, como fazem os seguidores do Nazareno.

— Não é preciso se submeter à Igreja para ser cristão. Essa é uma exigência dos homens, não do próprio Nazareno. O que um cristão precisa fazer, antes de tudo, é agir segundo os princípios sagrados. Nesse aspecto, Georgios é mais cristão do que muitos cristãos. Pois eu lhe digo agora, Tysa Drago, com a certeza de quem percorreu este mundo, de quem estudou com os grandes filósofos do Egito e conheceu muitos outros posteriormente, que o seu marido defenderá esses nobres princípios até o fim — suspirou — e será martirizado por isso.

Tysa refletiu sobre o assunto e chegou à conclusão de que os argumentos de Zenóbia faziam sentido, embora não fossem necessariamente reais. Era típico de Georgios se sacrificar por uma causa e defender o que julgava correto. Restava saber se ele faria isso na prática — e quais seriam as consequências de uma ação como essa.

— Suponhamos que o que diz seja verdade — arriscou a intrusa. — Que ele em breve seja capturado. O que eu poderia fazer para salvá-lo?

— Deixar que a história siga seu curso — sugeriu a monarca. — Livrá-lo da morte seria condená-lo à desgraça eterna. O único jeito de efetivamente salvá-lo é permitir que a profecia se cumpra. Georgios Graco, então, se tornará imortal, como ele sempre desejou ser, aliás, a exemplo de Aquiles, Jasão e Orfeu. Milhares de anos no futuro, em lugares distantes do globo, as pessoas continuarão a falar sobre ele e a adorar sua imagem, mesmo sem nunca ter sabido quem ele foi realmente. Será assim — determinou ela. — Está escrito.

— E depois? — perguntou a moça. — O que acontecerá quando o Império estiver em ruínas? O que será de nós, romanos? O que será da cidade de Roma?

— Fiz a mesma pergunta aos deuses — confessou a dona da casa —, mas eles não responderam. Talvez não saibam. Talvez não queiram dizer. Ou talvez... — Zenóbia sentiu uma dor aguda no peito e Tysa percebeu, pela primeira vez, que ela estava sendo absolutamente sincera. — Talvez os deuses estejam... morrendo.

Tysa nunca soube se Zenóbia estava se referindo às religiões politeístas ou se acreditava que as entidades antigas estivessem regressando às entranhas do cosmo, pois nesse momento Tepheret, o líder dos sicários, saiu das sombras e a degolou. O que se deu, então, foi surpreendente. À medida que o sangue fluía através do pescoço, a face de Zenóbia se enrugava. Seus cabelos negros se tornaram grisalhos e seu corpo moreno se contraiu.

Nisso, um relâmpago clareou os céus, iluminando as ruas escuras. Sobreveio a seguir um trovão e começou a chover torrencialmente.

— Constâncio Cloro — murmurou Tysa. — Ele está hospedado no Monte Palatino. É uma oportunidade única de nos livrarmos do principal aliado de Maximiano. Mas — deteve-se — eu não posso matá-lo. Cloro é ex-marido de Helena, que nos mandou aqui, e pai de Flávio Constantino, um dos melhores amigos de Georgios. — E repetiu, agora mais para si: — Simplesmente não posso.

Tepheret não se manifestou. Como assassino, ele não tinha fortes princípios morais. Tysa concentrou-se então em outra tarefa, que lhe parecia muito mais importante.

— Se Zenóbia estiver certa em relação à profecia, nós precisamos nos mover para salvar Georgios de seus captores. Dedicarei todo o meu tempo a partir de agora a descobrir quem pretende matá-lo. E quando minha investigação for concluída — ela se virou para o assassino judeu — precisarei da sua ajuda.

Um novo relâmpago estourou no horizonte. Tepheret tocou os ombros de Tysa e a mirou com seus olhos pintados.

— Peça-nos qualquer coisa — replicou ele. — Menos isso.

A jovem não entendeu. Achou que tivesse ouvido errado.

— Posso pagar, é claro — exclamou ela. — Basta dizer o seu preço.

— Não se trata de dinheiro — atalhou Tepheret. — Georgios Graco tomou parte no massacre que culminou com a morte do rabino Yeshua ben Hana, quando era um aspirante a oficial, na Nicomédia. Foi um episódio doloroso para o nosso povo, que jamais será esquecido.

— Estou certa de que ele se arrepende do que fez — argumentou Tysa, em tom de súplica. — Não podem perdoá-lo?

— Somos judeus, não cristãos — lembrou o sicário. — Não nos cabe perdoar qualquer ser humano. Só o próprio Deus pode fazê-lo. Yahweh cuidará do destino dele.

— E se Georgios estiver disposto a pagar? Digo, espiritualmente — insistiu a moça — pelos erros que cometeu.

— Ele pagará, sem dúvida. E o preço é a morte — avisou Tepheret. — O que Zenóbia disse é em parte verdade. O martírio dos santos está descrito nos evangelhos. O antigo mundo precisa queimar para que um novo ressurja das cinzas. Não se pode nadar contra o rio do tempo. É inevitável — afirmou ele. — É impossível.

— Então Zenóbia venceu — resignou-se. — No fim das contas, mesmo morta, ela conseguiu destruir o Império.

— É provável que consiga, e ao fazer isso nós, os sicários, também morreremos. O nosso grupo — lembrou ele — surgiu após a demolição do Templo de Jerusalém promovida pelos romanos. Quando o Império cair, a nossa missão estará concluída. Eu e meus acólitos nos recolheremos às sombras, levando conosco os segredos do Tabernáculo e as fórmulas mágicas do rei Salomão.

Gradualmente, o temporal foi minguando, até que a chuva parou e o sol começou a nascer. Tysa dirigiu-se ao jardim, subiu na sacada do palacete e de lá avistou os escombros dos armazéns e os depósitos que haviam sobrevivido ao incêndio. Ficou algum tempo parada pensando na trajetória que a levara até aquele ponto: a infância em Lida, a adolescência no Chipre, o casamento na Vila Fúlvia. Era jovem ainda, mas, assim como Georgios, sentia como se tivesse vivido muitas vidas, que não necessariamente eram *suas*.

Olhou para trás.

Os sicários haviam sumido.

No centro do átrio, sobre o corpo atrofiado da fabulosa rainha, descansava uma caixa de madeira.

Tysa chamou por Tepheret, mas ele não apareceu.

E naquele instante ela soube que nunca mais o veria.

LVI

LUA NEGRA

CERCA DE MEIO-DIA, OS MESMOS HOMENS QUE HAVIAM SE REUNIDO NO DESERTO — à exceção de Erhard, que ficara responsável pela guarda de Druso — dirigiram-se ao pretório de Útica para fazerem juntos a refeição vespertina.

Útica era famosa por seus portos marinhos, mas o centro urbano propriamente dito ficava a três quilômetros da costa, na foz de um rio que serpenteava através de um vale margeado por fazendas e pequenas propriedades rurais. No terreno elevado ao norte, projetava-se uma gigantesca fortaleza de pedra povoada por uma centena de casas, incluindo armazéns, oficinas e instalações militares. Erguida sobre as ruínas de uma cidade cartaginesa, Útica não tinha um fórum, muito menos uma avenida tradicional de comércio, mas contava com um pequeno palácio de estilo romano — o tal pretório, anteriormente citado — onde residia o prefeito.

O lugar possuía um pátio grande, central, e outros dois menores, além de três átrios. Como o dia estava muito quente, o almoço foi servido no triclínio, uma sala interna decorada com mesinhas redondas e vários divãs dispostos em círculo.

Maximiano e o imperador se comportavam como melhores amigos. O Inclemente, assessorado por Júlio Asclepiodoto e por Constantino, fez um relato espetacular da reconquista da Britânia, o qual deixou o augusto muito impressionado. O único que não parecia satisfeito era Libânio. Ele, que tanto se esforçara para administrar o Egito, sentira-se pessoalmente insultado com a proposta que seus antigos rivais haviam feito mais cedo de manter o país sob o controle do Ocidente. Diocleciano percebeu seu desconforto e fez questão de trazê-lo para perto, anunciando que pretendia promovê-lo a vigário da Diocese da Itália, o que lhe daria a chance, nas palavras do augusto, de exercitar seus dotes políticos.

— Já mostrou seu valor como regente — elogiou o imperador, deitado lateralmente sobre o divã. — Seus serviços como paladino são exemplares, a propósito, mas um homem não pode permanecer a vida inteira como guarda-costas. Já é hora de elevá-lo a uma posição de maior destaque.

Libânio coçou os cabelos ruivos, sem saber se aceitava o convite. Então, compreendeu que sua verdadeira função como vigário seria a de vigiar Maximiano e controlar suas ações, o que lhe daria a oportunidade de continuar atuando como agente da Púrpura.

— Será uma honra, senhor — anunciou ele, batendo no peito. — Posso escolher onde morar ou prefere que eu fixe residência em Roma?

— Como vigário — respondeu Diocleciano —, o senhor tem o direito de viver em qualquer parte. — E se voltou para o Inclemente. — Meu caro amigo, seria um gesto nobre recebê-lo em sua corte em Mediolano. O que me diz?

— Se for a vontade dele — assentiu Maximiano, acuado —, será um prazer para mim — mentiu. — Um privilégio.

Georgios, Mauzio e Cândido apenas observavam o diálogo e comiam, calados. Quando o almoço terminou, o imperador avisou aos presentes que iria se recolher para um breve cochilo e os dispensou, solicitando, contudo, uma audiência privada com o filho de Laios. Esperou que todos se retirassem e pediu que o jovem lhe contasse sobre a morte de Zenóbia. Georgios descreveu o que Tysa havia lhe relatado por meio de uma carta entregue a ele em Alexandria, junto com a caixa de madeira. Detalhou a invasão do palacete em Roma, mas omitiu — a pedido da própria Tysa — o trecho em que a rainha alegava que ele iria "destruir o Império Romano".

— Sua esposa é uma mulher especial — comentou o augusto ao ouvir a história. — Não sabia que ela tinha tanto poder sobre os sicários.

— Pelo que entendi, ela sabe como contatá-los — afirmou o paladino. — Trata-se de uma herança deixada a ela pelo senador Caio Valério Fúlvio. No entanto, compreendi também que esse seria o último trabalho deles.

— Uma pena. — O soberano deu de ombros, conformado. — Poderíamos nos beneficiar um bocado se tivéssemos a chance de contratar esses assassinos judeus.

— Maximiano fez isso uma vez — lembrou Georgios. — Contratou-os por intermédio de Fúlvio para matar Constantino. Eles falharam, portanto não são invencíveis, como dizem as lendas.

O imperador aquiesceu e, após se aliviar em um urinol, concordou em receber Mauzio e Cândido, que aguardavam ansiosamente aquele momento. Graças à sua sensibilidade política, Diocleciano sabia muito bem o que desejavam os tebanos e tratou de resolver a questão naquela mesma tarde.

— Os senhores procuram legitimidade? — proferiu ele quando os oficiais se acomodaram em um assento à sua frente. — É isso que querem?

— Sim, augusto — confirmou Mauzio. — Queremos ser incorporados ao exército romano. E lutar pelo senhor.

— Pois bem. — Diocleciano, então, pediu que Georgios e Cândido saíssem da sala, ficando a sós com o bispo. Tocou o ombro dele, chegou mais perto e disse: — Quero lhe contar uma coisa. Juro por Mitra e por Marte que é verdade. Gostaria de pedir que guardasse segredo.

O clérigo assentiu.

— Em nome de Deus — beijou o pomo da espada —, juro guardar segredo.

— Minha esposa é cristã.

Mauzio se sobressaltou, os olhos arregalados, absolutamente surpreso.

— Senhor?

— Prisca, minha esposa — ele se reclinou na cadeira —, é devota do Nazareno.

Mauzio contraiu a face, sem entender o motivo de Diocleciano estar se abrindo daquela forma. Seria uma manobra política? Uma estratégia de persuasão? Um truque? E, mesmo que fosse verdade, por que o imperador revelaria esse segredo a uma pessoa que mal conhecia? Não fazia sentido. Não era lógico nem racional.

Diocleciano apanhou uma garrafa na mesa de centro, cheirou o gargalo e bebeu o resto de vinho que havia sobrado do almoço. Em seguida, indagou:

— Entende aonde quero chegar?

— Sinceramente? — Mauzio encolheu os ombros. — Não, meu senhor.

— Então vou explicar. — Diocleciano foi até a porta para ter certeza de que ninguém estava escutando. Fechou a pesada cortina de lã que a separava do corredor. — Relações humanas são baseadas em confiança. Sempre foram e sempre serão. — Ele se voltou para o legado tebano. — Quero confiar no senhor e quero que o senhor confie em mim. Como prova de minha boa intenção, estou lhe dando uma arma com a qual poderá me destruir.

— E — entendeu o bispo, finalmente — espera em troca a mesma confiança.

— Se essa notícia se espalhar, eu serei destronado. Os generais e sacerdotes romanos não aceitariam seguir um homem cuja esposa é cristã. Eles até admitem que centuriões e soldados o façam, mas o imperador deve ser um modelo, um indivíduo que encarne todas as virtudes do Estado. Por essa razão — continuou ele —, não posso incorporá-lo ao Império. Há muita resistência ainda, principalmente na Itália.

Mauzio sentiu o corpo ferver.

— Nós o salvamos. — Ele foi duro. — Só o que pedimos é legitimidade, um lugar onde não precisemos nos esconder, onde não sejamos caçados, onde os meus homens possam se sentir verdadeiros guerreiros, ter um soldo e viver em paz.

— Isso eu posso lhe dar — esclareceu o soberano. — É o que vou fazer.

— Pode? Mas o senhor acabou de dizer que não nos aceitaria em suas fileiras.

— Conhece a Armênia? — o imperador perguntou, mas prosseguiu sem esperar a resposta. — É um país magnífico. Lindo para morar, bom para criar os filhos. Nem quente, nem frio, com montanhas, florestas e vegetação abundante. E o povo... Que gente aguerrida. Georgios lhe contou que sem os camponeses armênios estaríamos agora sob jugo persa?

— Contou sim, augusto.

— Pois bem. O rei Tirídates é como um irmão para mim. O país dele está desguarnecido após a longa dominação dos sassânidas. — Diocleciano impostou a voz e se aproximou do sacerdote, mirando-o com seus penetrantes olhos azuis. — Não vejo ninguém melhor que o senhor para assumir o posto mais alto do exército armênio.

Mauzio ficou paralisado, sem reação. Não era exatamente o que ele esperava, mas ainda assim era uma proposta que atingia em cheio suas exigências. O imperador, ao reparar que ele ainda hesitava, continuou a falar.

— General supremo — sublinhou —, com poder absoluto sobre suas tropas. Seus homens terão liberdade total para cultuar Jesus Cristo e para construir suas igrejas sem serem perturbados ou perseguidos.

— Parece bom — o bispo limitou-se a dizer. — O que o rei Tirídates pensa disso?

— Ele ainda não sabe. Mas fará o que eu ordenar — assegurou. — No momento, a Armênia é um Estado cliente. Está sob minha jurisdição, mas não faz parte do Império. Minha solução atende ao interesse de todos sem provocar uma crise. Compreendendo que não é a saída perfeita, mas nada é perfeito. — E disse ao bispo, com sincera humildade: — Estamos tentando salvar vidas aqui. Por favor, aceite.

Depois de uma longa pausa, Mauzio declarou:

— Eu aceito. Em nome dos meus homens, nós aceitamos a oferta.

Para selar o acordo, os dois se levantaram, se abraçaram e se beijaram. Depois, tornaram a se sentar, fizeram um brinde e o bispo foi dispensado. Quando ele estava saindo, Diocleciano o chamou:

— General, espere! Quero lhe fazer um último pedido.

— Pois não. — Mauzio se deteve na soleira. — Como posso ajudá-lo, augusto?

— A cabeça de Zenóbia. Quero que se livre dela. Que a esconjure. Imagino que, como bispo, o senhor tenha esse poder.

— Quem tem o poder é o Senhor Jesus Cristo — explicou. — Sou apenas um mensageiro, um servo dele e do Espírito Santo. De todo modo, farei conforme ordena. Existem muitas lendas associadas à antiga rainha de Palmira, algumas delas profanas — lembrou. — Farei o que estiver ao meu alcance para exorcizar qualquer espírito que porventura tente resgatar sua alma. Pode contar comigo. — Fez uma saudação militar e se afastou. — O senhor tem a minha palavra.

Durante todo aquele dia, Sevílio Druso permaneceu encarcerado em uma das celas da torre fenícia. O aposento tinha portas gradeadas, de modo que Erhard pôde vigiá-lo de perto, conforme prometera ao augusto.

Situada no subsolo, a prisão não possuía janelas, sendo iluminada por fracas lâmpadas a óleo. O jurista manteve-se sentado por horas, balbuciando palavras estranhas. Em dado momento, levantou-se para urinar. O conde, intrigado, aproveitou para atiçá-lo:

— Crê mesmo que pode escapar usando magia? — Ele não se esquecera do modo como Druso havia tratado Georgios na Bélgica, como tentara matá-los, enviando Oxion, seu segurança, para enfrentá-los na ponte de Tréveros. — Depois de tudo o que fez?

— Eu *já* escapei, capitão — respondeu o magistrado, recolhendo o pênis e ajeitando a toga negra. — Se o feitiço do vento não funcionar, minha consciência será transferida para outro corpo. O ritual acaba de ser concluído.

— Era o que você estava fazendo? — perguntou o conde. — Um ritual mágico?

— Diabólico, por assim dizer — confessou Druso. — Não vou negar que superestimei Kartir. Ele era poderoso, mas os encantamentos que aprendi com os espíritos do submundo são muito mais eficazes. Posso até arriscar dizer que, em alguns pontos, me tornei mais hábil que o sumo sacerdote de Zoroastro. Prova de que a magia judaica é forte demais.

— Judaica? — Erhard não entendia. — O que você tem a ver com os judeus?

— Obtive um livro com eles — revelou. — No condomínio incendiado na Nicomédia. Foi por essa razão que ordenei que os jovens oficiais atacassem a ínsula. Provém desse compêndio grande parte do meu conhecimento, o qual utilizo hoje para salvar a minha cabeça. Ou, melhor dizendo — ele deu uma risota —, a minha alma.

— E onde está esse livro agora?

Sevílio Druso gargalhou.

— O senhor certamente me toma por um mágico de quinta categoria. — Estalou a língua. — O que posso dizer é que está em lugar seguro. Sem saber — regozijou-se —, eu abri a caixa de Pandora. Dela sairão muitos demônios, que povoarão a Terra com sua maldade. O líder deles foi o primeiro a escapar. Ele tem planos para todos, inclusive para o senhor.

Um centurião apareceu de repente, avisando que o sol acabara de se pôr. Logo a lua cheia nasceria no leste.

— Me dei conta agora que hoje é 13 de junho, dia de Vênus — sibilou Druso. — Uma data propícia para as forças das trevas. Meus poderes serão ampliados ao cair da noite. Estou absolutamente certo de que posso voar. — Outra risada. — Cruzarei o mar e voltarei para Roma. Será algo extraordinário de se ver — orgulhou-se. — O senhor se surpreenderá.

Diocleciano cochilou por algumas horas. Foi desperto no fim da tarde por Georgios, que recebera a incumbência de guardar o sono tanto do imperador quanto de Libânio.

Saíram de Útica ao crepúsculo, acompanhados de Maximiano, Júlio Asclepiodoto e Constantino, seguidos também por Mauzio e Cândido. O grosso dos soldados, bem como os cavaleiros provenientes de Tebas, haviam permanecido no deserto, em tendas montadas ao redor da torre fenícia.

Os dois augustos chegaram ao acampamento transportados em uma biga dourada, com uma enorme águia esculpida na fronte. De mãos dadas e braços estendidos, saudaram os legionários, em uma clara demonstração de que eram amigos de novo e de que a paz reinaria entre eles. Os guerreiros gritaram louvores a seus líderes supremos, acenderam fogueiras e se reuniram para celebrar.

O imperador subiu em um palanque improvisado, concedeu títulos de nobreza a três cavaleiros, promoveu alguns de seus oficiais e depois todos se aproximaram da torre para assistir à execução de Druso, que os soldados comuns acusavam de promover a cizânia entre as tropas do Leste e do Oeste.

Embora houvesse centenas de tochas ardendo, a lua brilhava tão intensamente que era possível enxergar o deserto em quase toda a sua extensão. Diocleciano deu a ordem para que conduzissem Druso ao fastígio, e cerca de dez minutos depois todos puderam vê-lo em pé sobre o parapeito da torre, com o conde Erhard logo atrás, de espada na mão.

Sobreveio um silêncio fantasmagórico. A construção, em suas faces leste, norte e sul, era rodeada pelos escombros da antiga muralha, o que tornaria a queda de Druso — caso seus poderes falhassem — muito mais dolorosa.

O jurista parecia ter entendido que captara a atenção dos espectadores, porque abriu os braços, saudou o público — como normalmente fazem os atores — e recitou algumas palavras mágicas, que foram ouvidas apesar da distância. No instante seguinte, saltou para o vazio.

Seu corpo coruscou sob os raios da lua. Georgios teve a impressão de que ele adquirira asas e fez uma prece silenciosa a Jesus Cristo, que era, em seu entendimento, o deus adequado para anular sortilégios. Então, virou-se para o lado e percebeu que Mauzio e Cândido também rezavam, as palmas unidas, declamando a oração da Virgem Maria.

No fim das contas, as asas eram provavelmente parte da toga, pois o jurista despencou como uma fruta podre, espatifando-se no solo em ruínas. Diocleciano e seus homens galoparam imediatamente ao seu encontro. Cândido apeou, subiu nos escombros e trouxe o cadáver para perto do imperador, que não o reconheceu à primeira vista. O crânio de Sevílio Druso havia se chocado contra um pedregulho. O que restara era uma pasta confusa de sangue, salpicada de pelos e massa cinzenta.

— Quero que o esquartejem — ordenou o augusto, delegando essa tarefa a um time de jovianos. — Depois, incinerem as partes. Metade das cinzas deve ser jogada no Rio Eufrates, e a outra, no Mar Mediterrâneo.

Georgios mostrou-se aliviado. Era como se tirasse um pesado fardo das costas.

Súbito, plebeus e patrícios escutaram o som de um corcel solitário se aproximando pela colina. O cavaleiro, vestido com a túnica vermelha do exército, logo notou a presença do imperador e se dirigiu aos paladinos, entregando a eles uma carta que alegava ser de Galério.

Libânio abriu o estojo de couro, sacando o documento. Levou-o a Diocleciano, que o leu à luz dos archotes.

— É de Galério mesmo. Conheço a letra e a assinatura — confirmou o soberano. — Ele diz que Narses aceitou participar da conferência de paz. As negociações começarão na primavera, na cidade de Nísibis, na Mesopotâmia. Para todos os efeitos, isso significa que a guerra acabou — elevou a voz, anunciando para os homens à sua volta: — E que a vitória é *nossa*.

Houve um grande clamor, que contagiou as tropas com intensidade nunca vista. Georgios aproveitou-se da euforia para apanhar o fragmento da coroa de Cristo — que vinha trazendo sob o cavalo — e devolvê-lo a Mauzio.

— Não sei se isso é real — ele disse ao bispo —, mas posso garantir que salvou a minha vida.

O clérigo aceitou a relíquia de volta. Lembrou ao paladino que, em Tebas, havia previsto que ele tinha um propósito.

— Acredita agora no que eu disse, comandante? — perguntou, os braços abertos para celebrar o momento. — Como pôde duvidar?

— Eu acredito que todo homem tem um propósito. Se o meu era esse — ele tornou a olhar para o fastígio da torre —, não sei. Talvez sim — divagou e, pensando na maldição de Zenóbia, completou: — Espero que sim.

LVII

A COMISSÃO

Dois dias após a morte de Druso, os homens fortes de Roma partiram de Útica levando suas tropas, navios e cavalos de guerra. Enquanto o Inclemente regressava à base naval de Ravena, Diocleciano tomou o caminho do leste. O imperador passaria os próximos dois meses em Alexandria e os seguintes em Antioquia, onde reencontraria Galério. De lá, eles rumariam para a Mesopotâmia, ocasião em que ficariam cara a cara com Narses.

Libânio foi enviado à Itália e Georgios desviou-se para Lida. Depois de se certificar de que a Vila Fúlvia prosperava sob a gerência de Demetrios Sula, mandou uma carta para o augusto pedindo-lhe permissão para visitar sua esposa no Chipre. Diocleciano não só consentiu como delegou a ele a tarefa de passar algum tempo na ilha como representante da Púrpura, já que o país, agora, não teria mais um governador, sendo controlado a partir da Síria por Marco Emílio Floriano, o vigário da Diocese do Oriente. Tysa e Georgios atuariam, portanto, até segunda ordem, como administradores e regentes locais.

Foi assim que, no dia 10 de novembro, Georgios Graco desembarcou no porto de Pafos. Ele nunca estivera no Chipre e se surpreendeu com o clima ensolarado, que tanto lembrava sua terra natal, sendo porém menos seco que a Palestina — portanto, muito mais agradável. O mar era de um azul fulgurante, com golfinhos saltando ao redor do navio. Georgios sentiu a brisa quente a agitar seus cabelos, experimentou o cheiro salgado das praias e se maravilhou com as gaivotas sublinhando os rochedos. Desceu no atracadouro e logo se tornou o centro das atenções, porque se esquecera de tirar sua capa. Na verdade, continuava usando a armadura de ouro, o uniforme do exército e as insígnias de duque, o que fazia dele uma figura vistosa.

— Não é todo dia que recebemos a visita de um paladino — disse Tysa, que o esperava do outro lado da plataforma. Estava linda como nunca estivera, na opinião de Georgios, com os cabelos soltos e os olhos que refletiam o brilho do céu. — Seja bem-vindo.

Os dois se abraçaram e se beijaram. Fazllah e Ismail vigiavam a retaguarda da moça e havia mais dez soldados em posição recuada, atentos a tudo e prontos para defendê-los.

Georgios cumprimentou os árabes, conversando brevemente com eles. Depois, foi conduzido à Colina dos Ossos, surpreendendo-se de novo com o esplendor do palacete. O lugar não se resumia a uma mansão romana tradicional — contava com jardins externos, muralhas e torres de guarda, de onde se podia contemplar a cidade.

Tysa explicou ao marido que Fúlvio gostava de "coisas boas", mas admitiu que tivera de fazer uma ampla reforma na propriedade, que ficara abandonada após sua captura por Bufo Tauro. Os populares, segundo ela, só não invadiram o local porque acreditavam que a colina era "assombrada".

— E ela é? — perguntou Georgios, bem-humorado. — Conte-me a verdade.

— Se eu dissesse que sim, teria de considerar a presença do sobrenatural — respondeu Tysa. Eles caminhavam agora através de um pátio sombreado por uma armação de parreiras. No coração do recinto, havia um lago retangular decorado com estátuas de bronze. — O que me levaria a endossar as profecias de Zenóbia, nas quais nunca acreditei. E nem poderia. No fim das contas, você voltou para mim, são e salvo. E eu não deixarei mais que me escape — brincou.

Os dois se banharam em um tanque de água morna, almoçaram e fizeram amor. Durante a tarde, receberam um alfaiate que veio tirar as medidas de Georgios, porque ele quase não tinha roupas civis. No jantar, o filho de Laios experimentou uma túnica branca e, ao vesti-la, lembrou-se de Pantaleão. Comentando sobre o amigo com Tysa, ficou sabendo que ela o havia conhecido em Sirmio, quando Fúlvio ainda vivia. Georgios contou que o médico fora expulso do exército por Galério, que o culpara por sua péssima fortuna à época.

— Galério retornará da Pérsia com poder e prestígio — apostou o equestre. — Como ele é casado com a filha do imperador, duvido que tente um golpe de Estado. Mas sua fúria descontrolada pode se manifestar de outras formas.

— Como? — perguntou Tysa. Eles saboreavam um prato de ostras, bebiam vinho e admiravam as estrelas.

— O césar das províncias centrais desenvolveu uma súbita ojeriza pelos cristãos — explicou o paladino. — Suponho que por influência dos godos. Pode ser que ele use a perseguição para exibir sua força.

— Conheci Galério na Panônia, como você sabe — pontuou a mulher. — Ele me pareceu ser uma pessoa tão calma.

— Ele foi humilhado publicamente por Diocleciano, mais de uma vez — lembrou Georgios. Depois das ostras, experimentou algumas azeitonas. Enfiou-as na boca, cuspiu os caroços em um pote e completou: — Indivíduos frustrados são perigosos. Eles se transformam completamente se não estiverem em paz consigo mesmos. E paz é algo difícil de obter, sobretudo para um soldado.

Tysa assentiu, afirmando que sua relação com os cristãos sempre fora excelente. Citou Zeno, o bispo de Pafos, que salvara sua vida, falou sobre Zoilos, morto pelos capangas de Drago, e recordou-se de Spiridon, que tivera de fugir para não ser preso pelo comandante Lúcio Políbio.

— Sou simpático aos cristãos também. Mas nem todos são tão puros quanto alegam ser — emendou o rapaz. — Conheci um diácono em Antioquia que ficava tentando me dar lição de moral. Um falastrão. Julgava-se maior que o próprio Cristo.

— Os evangelhos falam da necessidade de separar o joio do trigo — observou a moça. — Por outro lado, penso que as pessoas são multifacetadas. Não somos totalmente bons nem completamente maus.

— É verdade, mas o certo e o errado existem. São claros e cristalinos — discordou o cavaleiro, reproduzindo a seguir as palavras do príncipe Yasmir, conforme ele as pronunciara em Lida havia muitos anos. — O bem sempre será o bem, e o mal sempre será o mal. Entende o que eu digo — olhou para a esposa —, meu amor?

Tysa fez que sim, levantou-se da cadeira onde estava sentada e o abraçou. Sentiu um calafrio ao se recordar das previsões de Zenóbia, então se concentrou no momento. Naquele único, breve e eterno momento.

Na primavera, romanos e persas se encontraram na cidade de Nísibis para a conferência de paz. De acordo com o plano apresentado por Galério, as forças imperiais ampliariam seu território até o Rio Tigre, além de ganhar o privilégio de ocupar cinco províncias inimigas — chamadas de satrapias pelos filhos de Zoroastro. Um posto avançado seria montado a norte de Ctesifonte, de onde os agentes da Púrpura poderiam vigiar — e controlar — toda a movimentação militar dos sassânidas.

O imperador concordou em devolver aos adversários o principal herdeiro do trono, que na época era só um bebê, mas manteve a mãe dele — uma princesa árabe — como prisioneira na Nicomédia. Apharban — o mesmo que havia conduzido Georgios a Artaxata durante a guerra — tentou persuadir Galério a libertar a mulher. Nessa hora, Diocleciano tomou a palavra e fez um discurso diante da corte:

— Preciso refrescar a memória dos senhores e lembrar que Sapor, pai de sua majestade — disse ele, olhando nos olhos de Narses —, capturou o imperador Valeriano há exatos quarenta anos. O corpo do césar foi usado como apoio para o xá subir em seu cavalo e, depois de morto, atirado em uma vala comum. Um homem sensato poderia sugerir que fizéssemos o mesmo com os nossos desafetos. Contudo, jamais foi costume do meu povo pisotear um oponente caído. Desse modo, peço que aceitem as condições apresentadas no documento. Elas serão respeitadas — garantiu —, afinal um romano sempre cumpre o que promete.

Confrontado com a verdade, Narses não teve opção a não ser concordar.

Nos meses que antecederam o concílio — e nas semanas que o sucederam —, Georgios empreendeu quatro viagens a Lida, duas delas acompanhado de Tysa. Passaram parte do verão navegando pelas águas claras do Mar Egeu, pernoitando em locais como Rodes, Corinto e Atenas. De volta a Pafos, foram informados de que uma comitiva de burocratas a serviço de Floriano, o vigário do Oriente, encontrava-se na cidade fazendo perguntas. Eles haviam intimado a guarnição local a escoltá-los, o que deixou Georgios profundamente irritado.

Montou em um cavalo cinzento — Pégaso havia ficado na Palestina, dada a dificuldade de transportá-lo pelo mar — e desceu a colina seguido por Fazllah. Os burocratas, disseram os transeuntes, tinham alugado a antiga mansão urbana de Cipriota, que ficava no centro da cidade, perto do porto. Georgios pediu que o Falcão o aguardasse do lado de fora, bateu à porta e foi atendido por um escravo que o levou ao átrio da casa. Lá estavam reunidos sete homens trajando roupas civis, sendo que dois deles usavam togas brancas, sugerindo que pertenciam a um grupo social elevado. Um desses homens atentou para a presença de Georgios e veio cumprimentá-lo. Disse chamar-se Lélio Tito

Terêncio e se anunciou como advogado, juiz e magistrado a serviço de Floriano. Era um sujeito magro de olhos verdes e cabelos castanhos, com uma pequena barba bifurcada e o nariz grande, adunco. Ostentava um par de braceletes de ouro e uma quantidade razoável de anéis.

— Finalmente o encontramos, comandante — comemorou Terêncio, apresentando-o a seus colegas. — Procuramos o senhor por toda parte. Como não o localizei, tive de solicitar eu mesmo a proteção dos soldados estacionados na ilha — justificou-se. — Espero que não tenha ficado aborrecido.

Em vez de responder diretamente, o paladino perguntou a Lélio Terêncio qual era a natureza da missão e quem a delegara.

— Como eu disse, fui enviado por Floriano, o vigário, mas estamos cumprindo ordens de Galério — reforçou o juiz. — Nosso objetivo é recolher informações sobre a comunidade cristã de Pafos, Salamina e outras cidades. O césar nos deu autoridade para conduzir investigações e abrir sindicâncias. — Levou-o então ao pátio nos fundos da propriedade. O canteiro fora destruído para dar lugar a uma espécie de tribunal, com uma mesa em forma de U para acomodar os magistrados e uma cadeira solitária no centro. — Como o senhor pode notar, estamos nos esforçando para cumprir essa missão da melhor forma possível.

Georgios não gostou nada do que viu, mas a verdade era que, pela lei, Floriano tinha de fato o poder de autorizar diligências. De todo modo, como regente, ele não permitiria que a população sofresse ameaças.

— Como o senhor sabe, excelência — disse o equestre —, sou um paladino e posso falar em nome do imperador. Afirmo, portanto, que os cristãos do Chipre são pacíficos e não merecem ser caçados, tampouco presos.

— Presos? — Terêncio achou graça. — Não temos a intenção de prender ninguém. Sequer possuímos força militar para isso. Esta é uma comissão estritamente civil — explicou. — Se melhor lhe convier, o senhor pode nos enxergar como meros recenseadores. Nosso trabalho, insisto, é fazer perguntas. E *só* — enfatizou.

— Certo. — Georgios cruzou os braços, em postura defensiva. — Então por que intimou os meus homens a servi-los?

— Ora, comandante, com todo o respeito, os homens não são *seus* — disse ele à medida que voltavam para o átrio. — Esta guarnição foi, no passado, oferecida ao governador Caio Núbio Cipriota pelo Senado romano. E continua sendo paga pelo mesmo Senado.

Georgios não replicou, porque sabia que Terêncio estava dizendo a verdade. Em vez disso, pediu para olhar a carta rogatória e constatou que Galério realmente havia autorizado o envio da comissão, com o apoio de Floriano e a permissão do augusto.

— Muito bem. — Devolveu a papelada para Terêncio. — Direi a Orestes, o centurião que comanda o corpo de guarda, que dê aos senhores todo o apoio necessário. Mas quero ser mantido informado — exigiu — do progresso das investigações.

— É claro que sim. — O juiz o acompanhou até a saída. — Quanto a Orestes, já o conheço. Um homem bom, um admirável legalista. Soube que foi ele quem prendeu o antigo comandante militar da ilha, um indivíduo chamado Marco Lúcio Políbio. Conta-se que o canalha escondia os evangelhos debaixo da cama — torceu o semblante em desprezo — e que cultuava o Nazareno secretamente, mesmo sendo um cavaleiro romano. Consegue imaginar uma traição maior do que essa?

Os dois estavam agora na soleira da porta que dava para a rua. Como a movimentação era intensa àquela hora, Georgios fingiu não ter escutado e apertou a mão de Terêncio.

— Boa sorte, excelência — desejou. — Espero que conclua o seu trabalho o mais rápido possível, e que logo o senhor e seus homens possam voltar para casa.

— Não tenho pressa, comandante. — O magistrado deu um sorriso dissimulado. — Para falar a verdade, estou começando a gostar do Chipre. — E completou, em tom de brincadeira: — O senhor não vai se livrar de mim tão fácil.

O trabalho da comissão liderada por Lélio Tito Terêncio começou tímido, mas no final de agosto já havia interpelado aproximadamente duzentas pessoas, entre patrícios, plebeus e escravos.

Georgios recebera queixas de indivíduos graúdos, como o chefe da guilda de pescadores, que alegava ter sido humilhado pelos burocratas de Antioquia. O paladino se compadeceu do caso, mas explicou que os magistrados tinham o direito de fazer perguntas e que, portanto, estavam agindo dentro da lei.

Em setembro, um soldado foi preso, acusado de se exaltar durante o interrogatório. Georgios pediu explicações aos juízes, que alegaram ser aquela uma "detenção pedagógica". O soldado, segundo eles, cometera crime de desacato e cumpriria a pena mínima, para servir de exemplo.

Tysa também foi procurada por dois ou três missionários cristãos. Segundo eles, os enviados de Galério estavam atrás de alguns líderes religiosos específicos, em especial Spiridon, que havia escapado do ataque à Igreja de São Barnabé. Mais uma vez, Georgios entrou em ação exigindo um parecer "honesto" de Lélio Terêncio, que acabou convidando-o para depor, ocasião em que ele poderia, inclusive, apresentar suas demandas e fazer críticas à atuação dos magistrados. Como não tinha nada a perder — muito menos a esconder —, o paladino aceitou.

O depoimento foi marcado para a manhã de 21 de setembro. Georgios vestiu a capa púrpura, prendeu a espada na cinta, mas, como se tratava de uma audiência civil, achou melhor dispensar a armadura. Chegando à antiga mansão de Cipriota, deparou-se com Orestes logo na entrada. O centurião estava totalmente paramentado, como se fosse para a guerra, usando cota de malha e segurando um escudo. Outros seis guerreiros o acompanhavam, nas mesmas condições.

Georgios, ao notá-los, sentiu-se seguro. Imaginou que poderia contar com eles para qualquer eventualidade, mas ao entrar na casa reparou que Orestes seguia à risca as ordens de Terêncio. O grupo todo — soldados, Georgios e os sete juízes — moveu-se então para o pátio nos fundos da propriedade.

De início, Lélio Terêncio foi educado, atencioso e simpático. Perguntou se Georgios queria beber alguma coisa ou se desejava que um escravo o abanasse. O paladino disse que não e se acomodou na cadeira. Quanto antes começasse a sessão, pensou, mais cedo terminaria.

Entendendo que o hóspede estava confortável, Terêncio sentou-se à mesa ao lado dos colegas. Juntou alguns papéis, soltou um pigarro e indagou:

— Comandante, mais uma vez agradeço por colaborar com esta comissão. O senhor tem sido um homem de fibra, alguém que nos inspira e nos energiza — disse. — Minha primeira pergunta serve para fins de registro apenas. O senhor está ciente do decreto imperial que proíbe e pune a presença de cristãos no exército?

— Sim — anuiu Georgios. E, depois de uma pausa, reforçou: — Sim, estou ciente.

— Obrigado pela resposta. — Terêncio fez uma rápida anotação. — Como o senhor se definiria em termos religiosos? — E, antes que o equestre protestasse, esclareceu: — É uma pergunta padrão — e repetiu: —, para fins de registro.

— Marte é meu patrono. Já me livrou de diversas enrascadas. Devo muito a ele — reconheceu. — No entanto, pertenço também ao culto de Mitra, como muitos de meus companheiros de armas.

— Sua esposa lhe contou sobre o ataque à Igreja de São Barnabé?

— Claro que sim — assentiu Georgios, apertando os lábios. Ele admitia ser interrogado, mas não permitiria que aqueles homens intimidassem ou coagissem sua mulher. Sendo assim, revidou: — Aonde exatamente o senhor está querendo chegar, excelência?

Terêncio entregou os papéis para um de seus assistentes e se levantou.

— Gostaria de saber qual é a opinião do senhor sobre esse episódio.

— Ora, que opinião eu poderia ter? Foi um massacre. Uma atrocidade sem precedentes — acentuou. — Oito homens foram mortos. Uma das pessoas mais ilustres desta ilha foi capturada por uma organização criminosa. Existe alguma opinião diferente dessa?

— Suponho que o senhor saiba — prosseguiu Terêncio, em pé, circulando o equestre — que a Igreja de São Barnabé foi erguida no exato local onde havia, no passado, um templo dedicado a Afrodite.

— Naturalmente.

— O senhor apoiaria, então, a desapropriação do terreno e a devolução dele às sacerdotisas gregas?

— Nem sabia que o culto ainda existia na ilha — admitiu, sinceramente. — De todo modo, não apoiaria.

— Não? — Terêncio olhou para seus companheiros com uma expressão de espanto. Depois se voltou para Georgios. — Por que não, comandante? É defensor dos cristãos?

— Sou defensor da harmonia social — rebateu. — Hoje, os bispos do Chipre são muito mais influentes que os sacerdotes romanos e gregos. Eu não mexeria nesse vespeiro. No ano passado, o imperador evitou uma guerra civil e, na primavera, fez as pazes com os persas. Não precisamos de mais turbulências.

— O senhor é pragmático. Mas qual seria a posição de sua esposa sobre esses assuntos? Corre à boca pequena que ela se envolveu em uma disputa sangrenta que culminaria com o assassinato de três figuras locais, após a morte do senador Fúlvio. Ela também estava presente na igreja no momento do ataque — disse —, como o senhor mesmo apontou.

Georgios respirou fundo. Contou até dez mentalmente para se acalmar. Lembrou-se de que uma de suas funções na condição de paladino era agir como diplomata. Precisava ser cordial com aqueles homens, mas sua paciência estava acabando.

— Não vejo qualquer relevância em sua pergunta, excelência — retorquiu —, afinal o entrevistado sou eu, não minha esposa.

— Somos romanos, comandante. O senhor é o chefe da família e deve responder por ela. Jamais intimaríamos uma mulher decente para ser entrevistada — manobrou ele, com ar de superioridade. — Portanto, insisto que responda à pergunta.

Depois de outra pausa para tomar ar, Georgios declarou:

— Já o fiz, excelência. Considere a minha resposta a posição oficial da família dos Gracos.

Terêncio pareceu ter se dado por satisfeito, porque mudou de assunto, atendo-se porém ao mesmo tema:

— O senhor conhece um missionário cristão chamado Spiridon?

— Conheço o nome — admitiu. — Mas nunca o encontrei.

— O senhor sabe onde ele está escondido?

— Nem sabia que ele estava escondido. — E completou: — Não. Não conheço o paradeiro desse homem.

— Imagino que sua esposa saiba. Eles eram amigos. Na verdade, ela era muito ligada ao bispo Zeno antes do ataque que o senhor classificou como "uma atrocidade sem precedentes" — sublinhou essas palavras, para que um dos juízes registrasse em ata. — Será que sua mulher poderia nos fornecer a localização desse missionário?

— Suponho que não, excelência.

— Por quê, comandante?

— Ela — Georgios partiu para a ironia; era sua única arma, seu único escudo — esquece as coisas rápido.

Os magistrados se entreolharam, perplexos e indignados.

— O senhor diz que é um defensor da paz. No entanto, está protegendo um delinquente — advertiu Terêncio. — Temos provas de que Spiridon está envolvido em uma rede de conspiradores cristãos cujo objetivo é derrubar o Império.

— Posso ver essas provas?

O interrogador ficou sem palavras. Georgios sabia que ele estava mentindo. Todos sabiam, de fato.

— Talvez o senhor concordasse que interrogássemos a sua esposa — retrucou o juiz, os olhos vermelhos de raiva. — Repito que jamais faríamos isso com uma mulher decente. Mas alguém que dá guarida a traidores, bandidos e criminosos não pode ser qualificado dessa forma.

— Já chega.

Demonstrando serenidade, Georgios se levantou da cadeira. Terêncio, ao entender que ele estava se preparando para sair, vociferou:

— Minhas perguntas — gritou ele — ainda não terminaram, comandante.

— Isto é um circo, um espetáculo ensaiado — acusou o paladino. — Sua excelência se esquece de que o propósito da justiça é proteger os cidadãos e não persegui-los — ensinou, mirando os outros juízes. — Já participei de audiências como esta e não permitirei que elas aconteçam nesta ilha. Não enquanto eu estiver no comando — determinou. — Esta comissão está encerrada. Os senhores serão transportados de volta para o continente. Obrigado pelo esforço de todos — agradeceu, respeitoso. — Desejo-lhes boa viagem.

Ao ouvir isso, Terêncio ficou furioso. Ergueu a voz e disparou uma ordem direta ao chefe da guarda, Orestes:

— Centurião, detenha o comandante Graco e o traga de volta à cadeira para ser interrogado.

Orestes, que estava na saída do pátio acompanhado de outros dois soldados, bloqueou a porta. Em outros tempos, Georgios teria sacado a espada e partido para o combate. Agora, porém, com a experiência de ter percorrido o mundo e lutado muitas guerras, encarou o militar seriamente e disse:

— Suas ordens são para escoltar os juízes e embarcá-los no próximo navio para Antioquia. — E, ao sentir que Orestes hesitava, completou: — Seja homem e faça a sua escolha, centurião.

Passados dois segundos — que pareciam ter sido uma eternidade —, Orestes liberou a passagem. Então avisou aos juízes, aproximando-se deles:

— Senhores, por favor façam as malas. E depois — pediu o veterano, a voz rouca, vacilante —, venham comigo.

LVIII

"LEMBRE-SE DE MIM"

DEPOIS DE QUASE DOIS ANOS, O POETA MÁRIO CORVINO, EDITOR DA *ATA DIÁRIA* — a principal gazeta de Roma —, conseguiu os recursos necessários para montar sua peça. Parte do dinheiro veio de Maximiano, e outra, do próprio imperador.

Vírio Galo, cujo mandato de cônsul terminara meses antes, foi um dos convidados de honra. Ele havia sugerido o nome de Corvino ao Inclemente, que gostou da ideia da peça mas exigiu do dramaturgo a inclusão de certos temas, bem como a contratação de determinados atores. No final, a obra, inspirada nas tragédias de Sêneca, foi transformada em um panfleto de propaganda política mostrando como os dois augustos haviam sido enganados por um feiticeiro de toga negra, identificado no roteiro pelo nome de Yeshua Moses.

O espetáculo entrou em cartaz no Teatro de Pompeu, localizado na entrada do Campo de Marte, entre o Rio Tibre e o Capitólio. Estavam presentes as figuras mais importantes da Itália, entre elas Lúcio Mário Libânio, recém-nomeado vigário, e Marco Aurélio Magêncio, o pontífice máximo da cidade de Roma. Esses homens, juntamente com Maximiano, Vírio Galo e suas respectivas esposas, foram encaminhados à bancada superior, uma espécie de camarote de luxo um nível acima das tradicionais arquibancadas em meia-lua.

Uma companhia inteira de artistas — incluindo músicos, cantores, dançarinos e figurantes — deu um ar grandioso à produção, que culminava com a morte de Yeshua Moses. O homem que representava o feiticeiro, preso por cordas, atirava-se de uma torre cenográfica e abria um par de asas pretas, voando por algum tempo ao redor da estrutura. Diocleciano e Maximiano — interpretados por uma dupla de atores gregos — sacavam seus arcos e disparavam a partir de uma biga, abatendo o inimigo como se ele fosse um abutre. Depois apertavam as mãos, selando a paz entre o Leste e o Oeste.

Galo acordou com os aplausos finais. Ele havia cochilado na cena em que Yeshua Moses assassinava Zenóbia com a ajuda de sombras conjuradas do Hades. O trecho não só lhe soava fantástico demais como era uma brutal distorção da realidade, mas o público aparentemente tinha gostado.

— Me encantei pelos personagens — celebrou Maximiano, sentado ao lado do filho, Magêncio, e da esposa, Eutrópia. — Galo — ele cutucou o político —, quanto acha que gastaríamos para realizar uma turnê mundial?

— Mundial? — O senador se virou para trás, tentando disfarçar o embaraço. — Não sei, augusto. Teríamos de orçar os custos de viagem, montagem, transporte de equipamento e aluguel de espaços. Pode ser que saia caro.

— Não me importo — exclamou o Inclemente à medida que se punha de pé. — Tudo pela arte! — Era uma noite estrelada, com a lua em quarto minguante. — Libânio — ele se dirigiu ao vigário —, se o senhor for dormir hoje em Roma, sugiro que fique conosco no Palácio Imperial, no Monte Palatino. Esta cidade costuma ser perigosa às vezes.

— Claro que ficarei no palácio — respondeu Libânio, dando a entender que já havia cuidado de tudo. Mas, ao perceber que Maximiano não recebera bem essas palavras, baixou o tom e se esforçou para ser amistoso. — Será uma bela oportunidade de conversarmos reservadamente. O senhor gosta de jogar latrúnculo?

O Inclemente disse que era supersticioso e que só jogava à luz do dia. No entanto, concordou em jantar com Libânio, mas explicou que teria de visitar alguns políticos antes.

— Não é tarde para isso? — ponderou o vigário. — O senhor mesmo disse que esta cidade costuma ser perigosa.

— Certos acordos só podem ser feitos à noite. — E ao dizer isso ficou sério. Deu um abraço no ex-paladino e sussurrou-lhe: — Libânio, não sou tolo. Sei que está na Itália para defender os interesses da Púrpura. Sendo assim, sinto-me na obrigação de informá-lo que a maior ameaça a Diocleciano, hoje, é o genro dele, Galério.

Galo, que havia ouvido a conversa, corroborou o discurso de Maximiano. Não gostava dele, considerava-o um ser deplorável, mas reconheceu que o augusto do Oeste tinha razão.

— Cedo ou tarde — confirmou o senador —, Galério tentará um golpe frio.

— Golpe frio? — Libânio não estava familiarizado com o termo. — O que viria a ser isso?

— Um golpe sutil, sem o emprego de violência — interveio Magêncio. O rapaz usava uma toga azul, cinto de ouro e braceletes de prata. — Galério já começou a aparelhar a máquina pública com funcionários da confiança dele. A prefeitura de Sirmio é administrada por dácios, germânicos e godos. A perseguição aos cristãos, acredite, faz parte dessa estratégia. Quando se sentir seguro, ele vai sugerir que o augusto se aposente ou renuncie ao cargo. Ou que abdique a seu favor.

Libânio nunca tinha pensado por aquele ângulo, mas fazia sentido — e batia com o que ele havia escutado nos círculos militares. O que realmente o preocupava, entretanto, era o fato de sua irmã, Prisca, ser cristã. Se o poder de Galério se ampliasse, a imperatriz estaria em perigo.

— Os senhores sabem muito bem — avisou o vigário para os três homens que o rodeavam — que sou cunhado do imperador, além de ter servido por anos na guarda palatina. Então, preciso ser honesto e adverti-los de que contarei a ele tudo o que for dito aqui.

— Nada do que acabamos de falar é segredo — retomou Maximiano. — Em Útica, fiz um pacto de lealdade com o augusto. Se quiser escrever para ele, pode dizer que o próximo passo de Galério será exterminar os paladinos, para que o imperador fique mais vulnerável.

Libânio estava prestes a perguntar ao Inclemente como ele obtivera aquelas informações, quando o poeta Mário Corvino adentrou o camarote acompanhado de um grupo de atores. Com os braços abertos, cumprimentou os patrícios, ofereceu flores a eles e os abraçou calorosamente.

Entusiasmado, Maximiano falou ao dramaturgo sobre a turnê mundial e sugeriu outras mudanças no enredo, para dar à peça "um sentido heroico, mágico e grandioso".

Libânio não teve estômago para aguentar tanta bajulação. Despediu-se dos colegas e desceu as escadas para encontrar sua comitiva na rua.

No momento em que entrava na liteira, lembrou-se do ataque de cólera que Diocleciano tivera em Antioquia ao acusar os paladinos de serem "um bando de imprestáveis" por não terem previsto o atentado contra ele, levado a cabo por Silas, o matador da Cilícia. Na ocasião, o imperador chutara — e quebrara — algumas peças do escritório, parecendo estar completamente transtornado. Mas isso não era tudo. O conde Erhard, por mais de uma vez, demonstrara preocupação com o estado de saúde do soberano. Um mensageiro do exército e pelo menos dois escravos o tinham visto falar sozinho, ter rompantes de fúria e cumprimentar as paredes.

E se o imperador estivesse mesmo ficando senil?, questionou-se Libânio. Quem iria substituí-lo? Maximiano, que mandara fechar o Senado? Galério, que tanto odiava os cristãos? Ou Constâncio Cloro, acastelado em sua fortaleza na Bélgica?

Depois de cruzar o aqueduto, a comitiva contornou o hipódromo e subiu a vereda que levava ao palácio. Percorrendo o gigantesco complexo, Libânio deteve-se em um pátio vazio. Perscrutou as trevas, suspeitando de que alguém o vigiava das sombras.

Entendeu, enfim, por que Diocleciano abandonara a metrópole. Roma era — como ele próprio dissera uma vez — um ninho de cobras, um antro de ladrões e políticos corruptos.

Libânio agora, como vigário, precisaria aprender a lidar com essas feras. Precisaria saber controlá-las — ou então seria devorado por elas.

Georgios tinha plena consciência de que, ao expulsar os magistrados do Chipre, estaria comprando uma briga pessoal com Galério. Não seria a primeira vez. Os dois já haviam se enfrentado fisicamente na Armênia, quando o paladino saíra em defesa de Pantaleão, que o césar queria matar. O duelo, que poderia ter terminado em sangue, fora apaziguado após a intervenção do augusto, que não podia perder mais nenhum de seus homens.

Por longos meses, nada aconteceu. No princípio de janeiro, então, Georgios recebeu uma carta do imperador ordenando que ele viajasse até Antioquia para arbitrar o julgamento de um missionário cristão.

Como não poderei estar presente, envio o senhor em meu lugar — escrevera o soberano em tom formal. — *O nome do réu é Salomão. Ele foi detido por perturbar a ordem pública, não por pregar o cristianismo* — sublinhou. — *Sua tarefa é supervisionar os trabalhos da corte e assegurar a lisura do processo. Muitos patrícios o enxergam, comandante, como simpático aos cristãos, apesar de eu insistir que o senhor é um mestre nos mistérios de Mitra. Eis o motivo de eu tê-lo escolhido. Sua presença vai garantir que seja feita a justiça. Pelo menos aos olhos do povo.*

O paladino mostrou a carta para Tysa, que a leu com notável desprezo.

— Agora você é apoiador dos cristãos? — ironizou ela.

— Ele disse "simpático" — corrigiu Georgios, dando as costas para a esposa. Os dois estavam nos jardins externos do palacete, diante do lago, observando os peixes à luz do poente.

— O sentido é o mesmo. — Tysa enrolou o documento. — Você é tão simpático aos cristãos quanto o próprio imperador — protestou. — Quando os patrícios começaram a vê-lo dessa maneira?

— Suponho que depois dos eventos de Útica — especulou ele, tornando a se virar para a mulher. — Fui eu, afinal, que convoquei os cavaleiros egípcios. Seria fácil para eles me associarem a Mauzio e à Legião Tebana. Desse jeito, os generais se isentam de qualquer ligação com a Igreja e mantêm a imagem do imperador preservada.

— O que está me dizendo é que esses generais o estão usando como bode expiatório? E que você está disposto a ir a Antioquia mesmo assim?

— Bom... — O equestre não entendeu o motivo do alarde. — Por que eu não iria? O imperador me deu uma ordem.

— É uma armadilha, Georgios — reagiu Tysa, indignada. — Os magistrados que você expulsou desta ilha certamente o denunciaram a Galério. Estão armando uma cilada para você.

— Talvez Diocleciano esteja ciente dessa armadilha. Provavelmente ele está me enviando nessa missão para que eu descubra e prenda os inimigos da Púrpura.

— Sozinho? — duvidou a moça. — Sei que os paladinos são famosos por suas proezas em combate, mas nenhum homem é capaz de enfrentar um exército.

— Qualquer um que tente me agredir terá um enorme problema nas mãos — contra-argumentou o cavaleiro. — Sou um diplomata, antes de tudo. Se algo acontecer comigo, o augusto saberá. E o responsável será punido.

— Georgios — Tysa buscou abrigo sob as colunatas do pátio —, você parece ignorar o fato de que o imperador não é mais o homem que era. Não tem nem um terço do poder que já teve. Galério acumulou muito prestígio depois do acordo de Nísibis, como *você* mesmo previu meses atrás, neste exato jardim.

Depois de uma longa pausa, Georgios perguntou:

— Sua tese é de que Floriano, Galério e aqueles malditos juízes convenceram o imperador a me enviar para Antioquia a fim de me apunhalar na calada da noite? — estranhou. — Eu não valho tanto assim, Tysa — riu-se. — Se me querem fora do páreo, seria melhor me deixarem quieto no Chipre.

— Não acho que vão tentar matá-lo. Eles tentarão sujar sua imagem — apostou — para enfraquecer o imperador.

— Sim, eles podem tentar — concordou o paladino, considerando seriamente aquelas palavras. — Cabe a mim ser esperto e não deixar que aconteça.

— Como?

— Dando o exemplo. Agindo dentro da lei. Sendo justo e me comportando como se espera de um duque. Talvez por isso o imperador tenha me escolhido, afinal. Erhard é germânico, Diógenes não conhece os hábitos da corte e Libânio foi exonerado para servir na Itália.

— Sua inocência me encanta, meu amor — disse Tysa, abraçando o marido. — Esses homens são vigaristas notórios. São víboras escorregadias. Um mero guerreiro como você — advertiu ela — não terá a menor chance.

Georgios abanou a cabeça, contrariado.

— Eu tenho uma chance, sim — discordou ele. — Mas não posso cometer nenhum erro. Se eu deslizar, eles me pegarão.

Tysa acariciou-lhe o rosto. Ela sabia que não poderia deter o esposo, mas poderia ao menos orientá-lo, prepará-lo para enfrentar certas artimanhas políticas.

— Georgios, não quero perdê-lo — admitiu ela. — Como perdi o senador Fúlvio.

— Você não vai.

— Se algo lhe acontecer — completou a jovem —, eu não poderei ajudá-lo. Meu poder sobre os sicários se foi.

O equestre refletiu por alguns segundos. Depois respondeu, cabisbaixo:

— Compreendo.

— Eles vão tentá-lo — alertou a jovem. — Vão provocá-lo e incitá-lo de todas as formas. Não se dobre a eles — pediu. — Lembre-se dos seus valores. Lembre-se do seu pai e das grandes virtudes. Lembre-se da sua mãe, que deu a vida para salvá-lo. Lembre-se de mim — disse ela —, que o amo acima de tudo.

— Eu vou — proferiu o rapaz. — E voltarei — jurou ele, beijando-a. — Prometo.

*

Duas semanas depois, Georgios desembarcava em Selêucia, o porto marítimo de Antioquia. No instante em que enxergou os barcos pesqueiros e as construções romanas ao redor do farol, foi transportado de volta no tempo, para o dia em que avistara a cidade pela primeira vez, a bordo do *Shalmut*, o navio que ele e Strabo haviam tomado em Cesareia após escaparem dos capangas de Drago. O objetivo, na ocasião, era alcançar a Nicomédia, mas uma tempestade avariara a embarcação, obrigando-os a fazer uma escala na Síria. Menino e filósofo resolveram caminhar até a metrópole para ter com Cláudio Régio, o então governador da província, que os ignorou por completo. Foram furtados nas ruas e teriam dormido ao relento não fossem os missionários cristãos, que os acolheram e lhes deram comida. Naquela noite, Strabo conheceu Jocasta, que os convidou a morar com ela até que Georgios conseguisse dinheiro para completar a viagem.

Para chegar a Selêucia, Georgios usara um dos navios comerciais da esposa. Como conhecia os tripulantes — e sobretudo o capitão, um fenício chamado Palmet —, ordenou que eles dessem a volta na enseada e atracassem lateralmente diante de um determinado armazém, onde a comitiva de Floriano o aguardava.

Era uma tarde ensolarada, mas fria. O cortejo era formado por um homem de pele branca vestindo uma túnica cor de rosa e um arco de bronze na cabeça, oito soldados e seis escravos negros, que se aglomeravam ao redor de uma liteira. O sujeito de rosa reconheceu Georgios de longe, pela capa púrpura, e acenou efusivamente para ele. O paladino desceu do barco e o abordou.

— Sou Zenta, o camareiro-chefe do vigário — disse o homem depois de o equestre se apresentar. Era um indivíduo de mãos delicadas, braços finos e corpo flácido, embora magro. — Sua excelência, o senhor Marco Emílio Floriano, está muito animado em recebê-lo. Seja bem-vindo.

Georgios agradeceu e perguntou para que servia a liteira. Perplexo, Zenta respondeu que o transporte era para o próprio paladino, "afinal o trajeto até Antioquia é um pouco longo", disse ele, "e repleto de indigentes".

— Conheço o caminho — informou o duque. — Floriano deveria ter me fornecido um cavalo. Sou um militar, não um político — disse em tom de crítica. — O seu amo não conhece o protocolo?

O camareiro se assustou.

— O erro deve ter sido meu, então. — Desculpou-se, curvando a cabeça. — Mas não se preocupe. Conseguiremos um cavalo para o senhor.

Fez um sinal para o chefe dos soldados — um decurião armado de lança —, que entrou em um dos depósitos portuários acompanhado de dois homens. Houve uma discussão lá dentro, até que o guerreiro saiu trazendo um animal selado de qualidade aceitável. Um velho, que devia trabalhar no estabelecimento ou ser o dono, permaneceu na porta praguejando contra os legionários, gesticulando e proferindo impropérios.

— Pronto. — O camareiro sorriu. — O que acha desse espécime, comandante?

— Acho que ele foi roubado — ralhou.

Dito isso, tomou as rédeas das mãos do decurião e devolveu o equino para o velho, que ficou paralisado, sem saber se agradecia ou se saía correndo.

— Posso caminhar — Georgios avisou ao camareiro. Nisso, o capitão do navio de Tysa fez descer a plataforma e lhe entregou uma mochila. O equestre a pôs nas costas, como nos tempos de recruta, e sussurrou para o comandante da embarcação sem que o tal Zenta escutasse: — Quero que permaneçam aqui em Selêucia até segunda ordem. Pode ser que eu ainda precise dos senhores. Espero que não — deu-lhe um tapinha no ombro —, mas não custa me prevenir.

— Entendido, comandante — assentiu Palmet. — Pode deixar conosco.

LIX

BANQUETE NOTURNO

Na primeira vez que estivera em Antioquia, Georgios tentara entrar no palácio pela porta dos fundos — e fora barrado por um grupo de seguranças. Agora, ele cruzava os muros pelo portão principal, sendo recebido pelo próprio vigário, que o aguardava com um ramo de flores na mão.

O semblante de Marco Emílio Floriano mudou, porém, ao ver o paladino a pé, suado e com uma mochila nas costas. Correu até a comitiva e deu uma bronca nos serviçais, prometendo chicoteá-los. Georgios, entretanto, esclareceu o caso, afirmando que fora escolha *sua* vir caminhando. Revelou que havia passado parte da infância naquelas bandas e conhecia o trajeto, mas chamou a atenção do vigário por não ter lhe enviado um cavalo.

Floriano botou a culpa em Zenta, pediu desculpas e prometeu compensá-lo. Depois de conduzir o equestre pessoalmente ao quarto em que ele ficaria hospedado, convidou-o a visitar o estábulo. Mostrou-lhe sua coleção de puros-sangues, insistindo que Georgios escolhesse qualquer um dos cavalos. O filho de Laios agradeceu, disse que já tinha o seu próprio, mas aceitou pegar emprestado um corcel de pelos brancos muito parecido com Pégaso, o qual usaria, segundo ele, para circular pela cidade. Enquanto trotava pelo pátio para testar a montaria, escutou Floriano dizer:

— Comandante, devo lhe pedir desculpas pelos meus juízes. Não é a primeira vez que Lélio Terêncio me causa embaraços. — Ele se referia ao chefe dos magistrados expulsos do Chipre. — Eu jamais o teria selecionado para essa missão, mas Galério fez questão de enviá-lo. Como vigário, coube-me aceitar.

Georgios apeou. Já havia passado do meio-dia e seu estômago estaria roncando, não fossem as castanhas que ele comprara de um ambulante na estrada.

— Desculpas aceitas — respondeu, sem dar muita atenção aos lamentos de Floriano. — Este cavalo parece bom. — Mudou de assunto. — Notei que ele não foi treinado para o combate, mas deve servir, afinal eu não pretendo entrar em combate.

O vigário pensou que ele tivesse feito uma piada e deu um riso de canto de boca. O paladino ficou sério, entregou o animal a um cavalariço e perguntou:

— Quando terá início o julgamento de Salomão?

— Estávamos só esperando o senhor — respondeu o político. — Quando quer começar? Em dois, três dias?

— Preciso ler o processo antes. — Georgios limpou o suor da testa. Era um dia frio, mas ele havia cavalgado um bocado. — Pode encaminhá-lo a mim esta tarde?

— Esse caso se baseia em testemunhos orais — alegou Floriano à medida que eles retornavam à via principal do palácio. — No jantar de hoje explico melhor, mas antes gostaria de apresentá-lo a alguns patrícios locais.

Georgios detestava ter de bancar o diplomata, mas tornou a se lembrar de que essa era uma de suas funções.

— Está bem — concordou, subindo as escadas que levavam aos aposentos superiores. — De qualquer maneira, precisaremos de um processo escrito. Esse julgamento tem de ser regular — lembrou. — O imperador foi categórico nesse sentido.

— Sim, eu sei — assentiu o vigário.

Quando Georgios abriu a porta do quarto, o homenzinho com cara de sátiro apontou para uma mesa redonda sobre a qual haviam servido o almoço. O prato principal era faisão assado, acompanhado de ovos cozidos, uvas, azeite, três tipos de pães e vinho tinto.

— Pedi que trouxessem essa refeição para o senhor — avisou Floriano. — Um tanto tímida, mas jantaremos logo ao anoitecer. Imaginei que gostaria de um pouco de privacidade.

O paladino agradeceu e prometeu que se juntaria a ele logo mais, no banquete. Desabou na cama, exausto, com as costas doendo, comeu algumas uvas mas não conseguiu descansar. Enquanto observava o teto de pedra, lembrou-se de algo que Sexto lhe dissera em Alexandria, às margens do Nilo.

— *Continue sendo um guerreiro, pois nesse campo sempre será invencível. Mas, se resolver se envolver com política* — afirmara ele, sombrio —, *você vai morrer, meu amigo.*

Pouco depois do pôr do sol, um eunuco bateu à porta de Georgios, curvou-se perante ele e o guiou até uma ampla sacada com vista para o rio e a cidade além, um espaço repleto de mesas, divãs e almofadas, onde o jantar seria servido. O piso tinha revestimento de mármore negro, polido, que brilhava à luz dos candeeiros. Os arcos das janelas eram sustentados por colunas estilizadas imitando o tronco das tamareiras, um trabalho tão sofisticado que Georgios supôs ser egípcio.

Floriano o apresentou à sua mulher, Calista, uma loura de busto cheio que falava grego com sotaque germânico. Depois o levou aos comensais, aristocratas de meia-idade acompanhados de suas esposas. Devia haver uns quinze homens presentes, desde o sacerdote de Zeus até o chefe da guilda dos padeiros.

Um engolidor de fogo fez uma apresentação na sacada, cuspindo chamas enquanto dançava. Em seguida, um anão com o cabelo pintado de azul recitou poemas que ridicularizavam os persas, Narses e suas mulheres. Georgios, logo ele, que enfrentara os sassânidas cara a cara, não achou a menor graça nos comentários. Para não parecer desagradável, manteve-se afastado, escondendo o rosto com uma taça de vinho.

Só quando começaram a trazer a comida, deu-se conta de que era o único de armadura, e o único armado também. Os demais vestiam togas lisas, completamente alvejadas. Pediu desculpas a Floriano por seus "hábitos rudes", ao que o vigário respondeu:

— Não é uma armadura, é uma relíquia. — Ele se referia às escamas banhadas a ouro. — Onde o senhor a comprou?

— Espólio de guerra — disse Georgios. — Subtraí de um príncipe germânico. Nos meus tempos de tribuno.

— É verdade. Já estava quase esquecendo. — Ele tinha um prato de alcaparras em uma das mãos e um cálice de licor na outra. — O senhor serviu na Germânia.

O cavaleiro fez que sim e quis saber mais sobre Salomão. Floriano sorriu e sustentou que aquele seria um ótimo momento para tratarem do assunto, pois tudo não passava, segundo ele, de "mera política".

— Julgamentos são um transtorno. Públicos então, nem se fala. Sei que o imperador teme uma revolta popular, mas esse problema pode ser contornado se obtivermos o apoio de alguns diáconos importantes.

— Não entendi. — Georgios cruzou os braços. — Apoio para quê?

— Podemos comprá-los com ouro — afirmou. — Em troca, eles garantirão que o povo não se rebele, mesmo após a morte de Salomão.

— Não sabia que os cristãos de Antioquia podiam ser tão corruptos. — Os sacerdotes que ele havia conhecido na metrópole quando garoto, a exemplo do bispo Cirilo, costumavam seguir rígidos padrões de conduta. — Além disso, recebi ordens do imperador para conduzir um julgamento justo.

— Estou perfeitamente convencido — aprumou-se o vigário — de que o augusto ficará satisfeito se mantivermos os cristãos na linha. No fundo, isso é tudo o que importa.

— Bom, se o senhor já tem a solução — rebateu o duque —, por que precisa de mim?

— Porque estamos quebrados.

— Quebrados?

— Falidos. Precisamos de ajuda.

— Que tipo de ajuda?

— Um fundo extraordinário seria perfeito — disse um terceiro homem, que se aproximava arrastando os pés. Floriano o apresentou como Cláudio Marcelo Quinto Máximo, mercador de carne e um dos membros do conselho municipal. Era um indivíduo obeso de pele rosada, cabelos brancos e olhos profundos, como os de uma coruja. — Dois mil talentos de ouro cobririam todas as despesas.

— Dois mil talentos? — Georgios não disfarçou o espanto. — Para uma dúzia de clérigos maltrapilhos?

— Os intermediários é que são o problema — pontuou Floriano. — Jamais poderíamos negociar com esses fanáticos. — Bebeu o resto do licor do copo. — Dependemos de certos operadores. Eles cobram caro pela discrição, mas sobretudo pelo grau de risco envolvido.

O paladino sugeriu uma alternativa:

— E se libertássemos esse Salomão? Pelo que entendi, não há provas contra ele.

— Inaceitável — coaxou Cláudio Máximo, com uma gargalhada nervosa. — Seria uma demonstração de fraqueza. Os cristãos partiriam para cima de nós com os ânimos renovados.

Georgios estranhou.

— Estou confuso, admito — prosseguiu o equestre. — O que eles reivindicam, afinal?

O conselheiro municipal fingiu não ter escutado. Bebeu um gole de vinho e simplificou o debate.

— O que eles querem é dinheiro — acusou. — Se forem bem pagos, podem ser controlados, mas não podemos perder muito tempo. Hoje mesmo houve um protesto no setor grego. Os canalhas são incansáveis.

— Protesto contra quê?

Floriano olhou para Georgios.

— Contra a *sua* chegada, ao que parece. — Tossiu. — Mas dei uma lição neles. Mandei cercar o templo e...

— Igreja — corrigiu o equestre.

— Sim, mandei cercar uma das igrejas da cidade e incendiá-la. O pretor Lúcio Germânico comandou a operação. Quer conhecê-lo, comandante? Ele é um homem de fibra, um grande guerreiro, como o senhor.

Georgios estava em choque, mas não deixou transparecer.

— Melhor jantarmos antes — esquivou-se. — Estou faminto e ainda não toquei na comida.

Os três se dispersaram. O paladino andou pela sacada conversando com outras pessoas, tentando ser cordial. A certa hora, olhou através da janela para ver se encontrava a Torre Escarlate, mas não a localizou nas trevas noturnas. Floriano tornou a abordá-lo cerca de meia hora depois, murmurando:

— Comandante — ele apontou para sua esposa, Calista —, quero lhe perguntar algo e peço que seja honesto. Minha mulher é bonita?

— Sim — respondeu Georgios, constrangido. — Claro. Muito bonita.

— É germânica — ele exclamou, contemplando-a a distância.

— Imaginei. De que tribo?

— Quem se importa? — Deu de ombros e insistiu na conversa. — Ela o agrada?

— Não tivemos a chance de conversar.

— Digo, sexualmente.

Encabulado, Georgios soltou um pigarro. Demorou alguns segundos para entender o que estava acontecendo. O vigário percebeu a confusão e declarou:

— Comandante, os homens aqui presentes esperam muito uma resposta do imperador, isto é, uma resposta sua. O montante sugerido por Cláudio Máximo seria de enorme ajuda para nós. Resolveria todos os nossos problemas sem a necessidade de derramamento de sangue. Não é o que o augusto deseja, evitar uma carnificina?

— É.

— Depois da sobremesa, então, seria apropriado que fizesse um discurso. Estamos — acrescentou aos sussurros, escondendo a boca com a mão em concha — dispostos a compensá-lo. Se Calista não for de seu agrado, minha filha talvez o satisfaça. Ela tem treze anos, tão pura quanto as virgens vestais. O senhor prefere meninas, mulheres ou rapazes?

O paladino teve o ímpeto de esmurrá-lo e, em outros tempos, o teria feito. Dessa vez, porém, manteve a calma e disse:

— Não se preocupe, excelência. Direi algumas palavras. Depois da sobremesa.

O jantar foi encerrado com a apresentação de um harpista musculoso, que devia passar os dias se exercitando com pesos. Era uma visão um tanto grotesca um homem daquele tamanho dedilhando um instrumento tão delicado, e só após alguns minutos, ao reparar na coroa de louros, Georgios entendeu que ele estava fantasiado de Apolo, o deus grego da luz, patrono das artes, da beleza e da cura.

Enquanto a música tocava, o equestre só conseguia pensar em como escaparia daquela situação. O vigário o pressionara para anunciar o fundo imperial naquela mesma noite, mas, se o fizesse publicamente, não teria como voltar atrás, e ele não concordava — nunca havia concordado — com nenhum tipo de suborno, embora essas coisas fossem comuns no Império. Se estivesse negociando ou tratando com outro soldado, simplesmente diria não, mas a política era um campo ardiloso, que ele ainda não dominava.

O harpista terminou o espetáculo. O coração de Georgios acelerou quando os aristocratas se viraram para ele. Deu um passo à frente e tomou fôlego para começar o discurso — mesmo sem saber o que iria dizer — quando percebeu uma movimentação na passagem que dava acesso ao corredor. Os convivas também notaram, e o ambiente ficou pesado de uma hora para outra.

O vigário se apressou a investigar o ocorrido. Um oficial, acompanhado por três soldados, esperava Floriano na porta. Um dos legionários sangrava. Os demais estavam escoriados.

O burburinho se espalhou rapidamente. Uns apostavam em uma revolta cristã, outros cogitaram que o palácio estivesse sendo invadido.

Georgios se dirigiu aos militares. O oficial, um rapaz de olhos claros, cara redonda e barba negra, usava uma armadura de escamas de aço sobre a túnica e estava armado de espada. Floriano ordenou que se calassem quando o paladino se aproximou, e deu ele mesmo a notícia:

— Comandante, os cristãos tentaram invadir o pretório de Antioquia.

— Perguntarei pela última vez — disse Georgios, severo. — Qual é a reivindicação deles?

Foi o jovem oficial que respondeu:

— Estavam clamando pela soltura de um dos nossos prisioneiros, comandante, a quem chamam de Salomão.

— Onde esse homem está preso?

— No mesmo pretório, senhor. Os invasores tentaram forçar os portões — relatou —, mas foram repelidos e acabaram fugindo.

— Muito bem. — Georgios estava determinado a resolver logo o assunto e exclamou: — Quero ter com esse sujeito agora.

O vigário tocou-lhe o ombro e delicadamente tentou afastá-lo da porta.

— O tumulto já foi controlado. O senhor poderá entrevistá-lo amanhã. — E reforçou: — Já está tarde. Esta cidade pode ser perigosa à noite. Ademais, Calista gostou do senhor.

— Conheço bem a cidade, excelência — retrucou o paladino, censurando-o com um olhar fulminante. — Possivelmente, melhor que o senhor.

Dito isso, ordenou que os soldados o levassem até o pretório. Desceu aos estábulos, montou no cavalo branco, apertou o cinturão e ganhou as ruas de Antioquia.

Os cinco militares saíram do palácio, cruzaram a ponte sobre o Rio Orontes e prosseguiram pela avenida principal da metrópole. Georgios e o oficial — cujo nome era Péricles — estavam montados em seus cavalos. Os legionários seguiam a pé na frente, iluminando o caminho com tochas embebidas em óleo. Era uma noite escura, cheia de estrelas, mas sem lua.

— Conte-me mais sobre essa tentativa de invasão — pediu Georgios. — Que horas começou? Quantos homens estavam presentes? Estavam armados?

Péricles hesitou de início, até se dar conta de que estava conversando com um emissário do imperador.

— Creio que começou perto da segunda hora noturna — descreveu o rapaz. — Contei uns cinquenta homens, todos armados de clava. Jogaram pedras contra os guardas do portão, que foram pegos desprevenidos, se reagruparam e saíram para a rua. Então os invasores fugiram. — Deu um peteleco no ar. — Desapareceram como ratos de esgoto.

— Mais cedo — continuou o equestre, tentando raciocinar enquanto trotava —, você disse que eles haviam exigido a soltura de Salomão.

— Sim, mas acredito que o confronto de hoje tenha sido uma resposta ao ataque que o pretor realizou contra uma das igrejas da cidade. Calculo que tenhamos matado uns quinze deles. Os demais conseguiram escapar. Os cristãos são espertos, comandante — alertou. — Conhecem os becos e praticam magia negra. Confesso — fez uma saudação às estrelas, pedindo a proteção de Júpiter — que tenho medo deles.

Passados uns vinte minutos, avistaram as torres de uma fortaleza que ocupava todo um quarteirão duas ruas a oeste do fórum. Os muros eram altos, com o parapeito dentado, e o portão estava fechado por grades e seções de madeira. Guardas os observavam das guaritas, armados de arcos, empunhando tochas, mas pouco se via na noite cerrada. Péricles assoprou um apito, fez um sinal com o braço e as sentinelas suspenderam as barras de ferro.

O prédio era centralizado em seu interior por um pátio amplo com piso de terra batida. Os cômodos, salas e gabinetes se dispunham nas laterais, ao redor do pátio, com exceção da carceragem, localizada no subsolo.

Georgios amarrou o cavalo a uma estaca e seguiu o oficial através de um corredor obscuro. Depois, desceu uma escada em espiral, com as paredes imundas, cobertas de limo. Uma vez nas masmorras, Péricles o apresentou ao carcereiro, que tinha um molho de chaves preso à cintura. Os três foram até a cela de Salomão. O paladino pediu que o guarda a destrancasse.

Na hora, Péricles deu um passo atrás.

— O senhor tem certeza de que quer entrar aí? — perguntou ele. — Esse homem é perigoso. Pode tentar enfeitiçá-lo.

— Não se preocupe. — Georgios o acalmou, recordando-se do confronto contra Isgerd na Batávia. — Já lidei com feiticeiros antes.

O carcereiro abriu a cela. Georgios entrou e pediu que Péricles a fechasse, pois queria ter uma conversa franca com o missionário para descobrir quem ele era, afinal — e o que desejava.

Enfiou a tocha em um suporte na parede. O lugar era úmido e malcheiroso, como o porão de um navio. Não havia mobília — sequer uma cama —, apenas um buraco aberto no chão que servia como latrina.

Georgios reparou em um velho encolhido, deitado sobre um monte de feno. Parecia ser muito idoso, com barba e cabelos longos, brancos, mas encardidos. O corpo estava sujo também, com as unhas pretas e os pés enegrecidos. Era magro e usava uma túnica comprida, rasgada.

Chegou mais perto. O ancião começou a se mover lentamente. O paladino ficou de joelhos para enxergá-lo melhor. De repente, escutou uma voz conhecida.

— Georgios? — murmurou o velho.

O duque se aproximou de Salomão. Engoliu em seco. Começou a tremer.

— Georgios — tornou a perguntar o velho —, é você?

O filho de Laios balançou a cabeça afirmativamente. Sentiu as pernas bambas, o coração disparado.

— Georgios. — O ancião esboçou um sorriso. — Ora, é você mesmo. — Olhou para o teto, os braços abertos. — Sabia que não iria me abandonar.

Georgios abraçou o cativo, respirou profundamente e só então conseguiu responder.

— Eu nunca o abandonaria, meu amigo — disse ele, tomado pela culpa de tê-lo de fato abandonado. — Fiquei sabendo de sua captura. E estou aqui — coçou o nariz, a voz embargada — para salvá-lo.

Dito isso, encarou novamente o prisioneiro, os olhos rubros, a face corada.

— Eu nunca o abandonaria — repetiu. — Os cristãos, fiquei sabendo, o chamam de Salomão. Mas, para mim, você é e sempre será Strabo — disse. — Meu professor. Meu amigo. Meu mestre. — E mais uma vez: — Estou aqui para salvá-lo.

LX

O FILHO DO DRAGÃO

Enquanto tentava entender o que estava de fato acontecendo, Georgios tirou a capa e envolveu Strabo com ela. O velho reparou na cor do tecido e sentiu orgulho de seu antigo pupilo, que curvou a cabeça e declarou:

— Peço que me perdoe, meu amigo, por não tê-lo procurado antes. É verdade que diversos fatores me atrasaram, mas eu fui egoísta — confessou. — Egoísta, prepotente e covarde. Eu quis esquecê-lo, como se pudesse esquecer o meu próprio passado, como se pudesse apagar a vergonha de não ter reagido, de não ter lutado para salvar minha mãe. Eu tive *medo*. — Georgios uniu as palmas, como se suplicasse. — Por favor, me perdoe.

O ancião não parecia ressentido, muito menos surpreso. Deu um sorriso paterno e afagou o ombro do aprendiz.

— O destino trata de nos consertar — apaziguou o velho. — Pensa que eu não tenho os meus próprios pecados? Que sou casto e virtuoso?

E, ao dizer isso, Strabo contou — em tom de desabafo — o que o paladino já sabia: que cerca de vinte anos antes Räs Drago invadira a Vila Fúlvia e atacara Polychronia, ressaltando que partira *dele* a sugestão de que Laios viajasse naquele período do ano. Logo, se não fosse por Strabo, a moça jamais teria sido forçada, mas em contrapartida talvez Georgios não tivesse nascido.

— Quer dizer — balbuciou o rapaz — que eu sou filho de Drago, afinal?

— Laios é o seu verdadeiro pai — confirmou o ancião. — No entanto, foi a dor de ter sido humilhada por Drago, seguidamente, que fez com que Polychronia se tornasse cristã. Sem isso, ela o teria liquidado no ventre.

Refletindo sobre o que acabara de ouvir, Georgios se recordou de suas aulas de filosofia e se deu conta, de repente, de que Strabo jamais seria cristão. O velho, portanto, fora preso por engano — era óbvio —, o que tornaria mais fácil sua soltura.

— O que aconteceu com você? — perguntou, pois precisava conhecer a história se quisesse defendê-lo perante o vigário. — Por que o trouxeram para cá? Por que o chamam de Salomão?

— Jocasta assim me nomeou quando fui batizado — explicou. — Ela nos deixou faz três anos. O funeral aconteceu na igreja em que nos conhecemos, construída sobre o Templo de Dagon. Eu disse algumas palavras sinceras e o povo me escutou. E continua me escutando desde então.

Georgios, que se batizara no Egito por razões meramente políticas, estava convencido de que esse era também o caso de Strabo. Mas por que os cristãos o consideravam um líder, se ele era um materialista convicto, que abominava a fé e idolatrava a razão?

— Os romanos me trouxeram para cá — prosseguiu o idoso — porque me tornei alguém influente. Nunca quis ser profeta, clérigo ou missionário, mas é assim que os fiéis me enxergam. Sou um deles agora, Georgios — disse. — Sou cristão.

— Cristão, você? — O equestre deu um riso de descrença. — Impossível. Não era um cético por natureza?

— Um cético? Sim. — Ele coçou o queixo, pensativo. — E continuo sendo.

— Um cético cristão?

— Minha devoção ao cristianismo é sincera — garantiu ele —, assim como meu apego à civilização. Nunca escondi isso de você. Seu pai, como eu, entendia que o Império é a última fronteira contra a barbárie. Ele era um soldado e depositava sua confiança no exército, enquanto eu a depositava nos livros. Romanos e gregos contribuíram para chegarmos até este ponto, mas agora os primeiros estão decadentes. Quando Roma cair, só haverá uma força capaz de nos salvar, e essa força é a Igreja. — Ele disse isso sem o menor fanatismo. Era como se, para Strabo, aquele fosse um fato, um caminho inevitável para as próximas décadas. — No futuro, todos seremos cristãos, mesmo aqueles que, como eu, não acreditam na divindade de Cristo.

São os valores, Georgios. — Ele agora parecia emocionado. — Os grandes valores que o Império nunca teve. Os grandes valores que seu pai defendia, que sua mãe aprendeu a cultuar e que — fez uma pausa dramática — tanto se esforçou para transmitir a você.

O discurso do velho filósofo — que era um mestre da oratória — levou Georgios a se questionar se ele próprio não seria cristão. Lembrou-se dos encontros que tivera com Lúcifer e das ameaças que o Diabo lhe fizera. E se essas ameaças fossem reais? E se o Príncipe das Trevas realmente existisse e desejasse obter sua alma — conforme sugerira o príncipe Yasmir?

Súbito, a porta da cela se abriu. Sem se aproximar ou entrar no recinto, Péricles perguntou se Georgios estava bem, pois já haviam se passado vários minutos. O paladino pediu mais tempo para interrogar o cativo e ordenou ao oficial que os deixasse a sós. Em seguida, virou-se para Strabo, decidido a libertá-lo.

— O vigário está disposto a executá-lo e a lucrar com sua morte. O julgamento será uma farsa — revelou, colocando-se de pé. — O único jeito de nos livrarmos desta situação é saindo deste calabouço agora.

Strabo abanou a cabeça, desconsolado.

— E para onde iríamos?

— Um dos meus navios está atracado em Selêucia — informou o duque, apanhando o archote. — De lá, podemos fugir para o Chipre ou buscar abrigo entre os cristãos de Bizâncio.

— Fugir? — O velho acariciou o manto púrpura, deu outro sorriso e murmurou: — Estou acabado, rapaz. Por outro lado, você, pelo que vejo, tem uma gloriosa carreira pela frente. Pelas suas insígnias, suponho que seja um cavaleiro, um duque, um paladino. Eu sou apenas um velho. Não vale a pena — objetou. — Por que se arriscar por mim?

Então, Georgios ergueu Strabo pela cintura, tornou a fitá-lo e disse:

— Porque é isso que meu pai faria.

Confrontado com a memória de Laios, o ancião começou a chorar. Georgios recordou-se da mãe, deitada no campo de oliveiras com uma lança encravada nas costas. Ele fora um covarde naquele dia, mas não o seria de novo.

Não mais.

Nunca mais.

Foi até a saída e bateu na porta. Péricles a abriu com uma tocha na mão.

— Suba na frente — ele ordenou ao oficial. — Prepare o meu cavalo. Levarei este homem para o palácio. Ele é um feiticeiro e deve ser executado — alegou — ainda esta noite.

Era improvável que os guardas da cidade abrissem os portões para Georgios àquela hora, mesmo sendo ele um paladino. Contudo, havia uma trilha pelo sul que ele costumava usar quando trabalhava com Pantaleão no Templo de Hórus. Portanto, só o que professor e aluno precisavam fazer era montar no cavalo, sair do pretório, percorrer as ruas escuras e chegar à margem do Rio Orontes. De lá, poderiam alugar um barco de pesca, velejar até Selêucia e embarcar no navio de Tysa. Então estariam livres.

O que aconteceria depois era um assunto para ser tratado posteriormente. Galério com certeza tentaria se vingar, mas a verdade era que Georgios recebera ordens expressas de conduzir um julgamento justo, e para tal precisava tirar Strabo de Antioquia — o mais rápido possível.

Subiram sozinhos as escadas, chegando ao corredor obscuro. No pátio, trinta metros à frente, Péricles os aguardava, segurando o cavalo. Georgios foi até ele, mas, ao pisar no chão de terra, teve um pressentimento ruim. O oficial entregou-lhe as rédeas, deu meia-volta e correu para o outro lado da fortaleza, como se esperasse por algo.

Georgios depositou a tocha no solo e pôs o ancião sobre a sela. Em seguida, recuperou a tocha e montou também.

O portão do pretório estava aberto, sem obstáculos ou barricadas. O duque fez um movimento com o quadril, direcionando o animal à saída. O corcel obedeceu, mas ao erguer a pata da frente foi atingido por uma flecha no olho. O equino deu um relincho, empinou, Strabo caiu de costas e foi alvo de uma chuva de setas.

Sem saber de onde vinha o ataque, Georgios saltou sobre seu mestre e o cobriu com o próprio corpo. O portão continuava aberto, então ele gritou para que os guardas o fechassem — pois imaginou que a ofensiva viesse de fora —, até que avistou Péricles parado em um canto observando o passadiço. Finalmente, percebeu que tinham sido os próprios legionários — e não um grupo de invasores — que, a partir das muralhas, haviam efetuado os disparos.

Furioso e ao mesmo tempo confuso, arrastou Strabo para uma das galerias laterais e sacou a espada, pronto para defendê-lo, mas o pátio continuava deserto, à exceção deles e do oficial, que tentava acalmar o cavalo ferido.

— Georgios — gemeu Strabo, cuspindo sangue e arfando. — Rapaz, você terá... — Engasgou. — Preciso que me absolva dos meus pecados.

— Eu? — O equestre perscrutou o entorno. Ainda estavam sozinhos sob as colunatas. Strabo tinha duas flechas espetadas no abdome, e mais uma lhe trespassava o pulmão. — Mas você não disse que não acreditava na divindade de Cristo?

— Não custa me precaver. Quem sabe eu não tenha a chance de ver Jocasta de novo? — O velho arriscou um sorriso. — Por favor, Georgios. Me dê a extrema-unção.

Na Germânia, o equestre tinha visto Ida, a diaconisa de Úlpia Trajana, oferecer o sacramento final a alguns soldados à beira da morte. O processo levava alguns minutos, pois o fiel deveria listar seus crimes e pedir perdão a Deus. Strabo não tinha todo esse tempo, então Georgios simplesmente perguntou:

— Strabo, hoje Salomão, nascido em Atenas, você se arrepende de seus pecados?

— Eu me arrependo — disse o filósofo. — De todo o coração, eu me arrependo.

— Então, eu o absolvo. — Georgios beijou-lhe a testa. — Em nome do Pai, do Filho e do Espírito Santo.

Strabo completou a frase com um sonoro "amém", e essa foi a última coisa que ele disse. Os olhos ficaram pálidos, os lábios começaram a secar e Georgios teve a clara impressão de que alguma coisa — uma força invisível, talvez — estava deixando o corpo dele.

Ficou imóvel por alguns instantes, relembrando a noite em que o ancião o salvara, e como ele — com todo o poder que o imperador lhe dera — fora incapaz de retribuir esse favor.

De que adiantava ser um paladino, refletiu, se não podia fazer o que era certo, se não podia proteger os mais fracos ou sequer ajudar seus amigos?

Súbito, o cavalo parou de relinchar. O pretório ficou em silêncio.

Do portão, surgiu um guerreiro musculoso trajando uma armadura de cota de malha. Lúcio Germânico, o pretor de Antioquia, entrava na fortaleza com um escudo oblongo, o elmo de centurião coroando a cabeça. Os homens do passadiço recolheram seus arcos e respeitosamente o saudaram. Germânico acenou para Péricles, que havia acabado de sacrificar o cavalo, indicando que ele fizera um bom trabalho e que já podia se retirar.

Parou no centro do pátio e viu Georgios ajoelhado sob as colunatas velando o corpo de seu ex-pedagogo. Desembainhou o gládio e exclamou:

— Comandante — ele empostou a voz, sorridente —, parece que os nossos destinos estão fadados a se cruzar. Mas desta vez não foi o destino. Confesso que armei esta cilada. — Deu um riso de escárnio. — Ninguém pode dizer que eu não sou criativo.

Georgios ainda chorava a morte de Strabo quando escutou as palavras do pretor. Não sabia do que se tratava, até se levantar e olhar para ele.

— Hron? — Com a face corada de ódio, o paladino reconheceu o filho de Drago. Os cabelos, que costumavam ser cheios, pareciam agora curtos sob o elmo, mas de resto era o mesmo menino perverso que tentara estuprá-lo no cemitério judaico, em Lida. — Você?

— O senhor está enfeitiçado. — Lúcio Germânico, que Georgios agora sabia ser o nome romano de Hron, falou alto, para que todos na fortaleza o escutassem. — Em nome de Marte, peço que largue a espada e se entregue.

O recado era simples, claro e direto: ou o cavaleiro se rendia — e se humilhava — perante o homem que assassinara sua mãe, ou Germânico teria a desculpa perfeita para atacá-lo — e para matá-lo de acordo com a lei.

Com o cadáver de Strabo a seus pés, ele nem cogitou a primeira opção. Ergueu-se do solo, apertou a Ascalon com as duas mãos e avançou como um touro contra o pretor da cidade.

Lúcio Germânico deu um assovio, e a seu comando cerca de trinta arqueiros dispararam contra Georgios, que ainda se encontrava a certa distância do centurião. Foi nesse momento que algo extraordinário aconteceu.

Das dezenas de flechas atiradas, nenhuma acertou o alvo. Em vez disso, caíram enviesadas na terra, como que traçando um círculo ao redor dos combatentes.

Germânico, que era o mais alto dos duelistas, dobrou os joelhos, esperou que o paladino o alcançasse, ficou de pé e o ergueu com o próprio escudo. Georgios, menor e mais ágil, foi lançado para trás sobre a cabeça do centurião, mas deu um rolamento suave e se restabeleceu prontamente, brandindo a espada em posição de ataque.

— Muito bem. — Lúcio Germânico o provocou. — Esta é a fúria dos Dragos. Parabéns, Georgios, por conseguir aquilo que todo dácio almeja: matar o próprio pai. Soube que acabou com ele em Lida. E agora *eu* vou acabar com você.

— Sou filho de Laios Anício Graco — ele gritou, os olhos rubros. — E de Polychronia, a quem você assassinou.

— Serei eu a matá-lo, comandante — repetiu a ameaça. — E depois me casarei com Tysa. Já que você se deitou com ela — cuspiu na areia —, talvez eu também possa agradá-la.

Então este era o plano de Galério: atrair Georgios para Antioquia e obrigá-lo a enfrentar o pretor da cidade, que no fim das contas só estava cumprindo seu dever. Se o filho de Laios fosse morto em combate naquela noite, trinta ou quarenta testemunhas romanas poderiam alegar, diante de um tribunal, que ele fora enfeitiçado por um missionário cristão — e que Germânico agira em legítima defesa. O plano serviria não só para se livrar de Georgios, mas para denegrir, também, a imagem do imperador, que — ao que parecia — tinha nomeado um cristão como cavaleiro da Púrpura.

— Eu não matei o seu pai — contou o duque para Germânico. — Ele caiu em uma das covas do cemitério. Mas não importa — disse —, pois esta noite um de nós morrerá.

E assim os dois lutadores retomaram o duelo. Os arqueiros já não podiam atirar, sob pena de atingir seu líder. Dessa feita, ficaram parados assistindo ao espetáculo.

Quem venceria? O mais arrojado dos centuriões ou o mais virtuoso dos paladinos?

— Muito bom, garotinho — alguém sussurrou para Georgios. — Eu não queria ter aparecido, mas você me chamou. É o *ódio* — continuou a voz sinuosa. — Sabe como é — sibilou —, essas coisas me atraem...

LXI

"NADA SERÁ COMO ANTES"

GEORGIOS IGNOROU A VOZ QUE MURMURAVA EM SEU OUVIDO — MESMO SABENDO de onde ela vinha — e partiu para cima de Lúcio Germânico. Estava tão alterado, com o corpo tão quente, que se esqueceu de que era um paladino e que, se quisesse, poderia simplesmente mandar prender o filho de Drago. Só o que lhe interessava, agora, era se vingar do homem que matara sua mãe, era provar — sobretudo para *ele mesmo* — que não era um covarde, que poderia vencer o pretor e restaurar a honra de Polychronia.

Brandindo a Ascalon diante do rosto — como o conde Erhard lhe ensinara —, efetuou uma série de ataques laterais com o objetivo de fazer com que Germânico recuasse, mas ele era habilidoso e escapava para a direita e para a esquerda, circulando o equestre como se ele fosse um pião. Georgios reconheceu a tática e tentou um golpe frontal, buscando a cabeça do malfeitor. Germânico, então, protegeu-se com o escudo, ajoelhou-se de novo e estocou-lhe a barriga.

Georgios retrocedeu, olhou rapidamente para o próprio abdome e descobriu que a armadura de escamas o havia salvado. Experimentou um gosto amargo na boca, pois entendeu que Germânico poderia derrotá-lo, como o derrotara no cemitério judaico. Mas era justo?, perguntou-se. Onde estavam os deuses para ajudá-lo, já que *ele* defendia a causa mais nobre? Onde estava Marte, com quem fizera um pacto mais de oito anos antes? Onde estava Mitra para inspirá-lo e iluminar seu caminho?

— Ora, eu estou aqui — tornou a sussurrar a voz em sua mente. — Não, rapaz, eu não sou Marte, nem Mitra, nem Júpiter. Mas posso ajudá-lo. Oh, e como posso! Basta que me aceite — ciciou. — É mais simples do que imagina. Olha, pensando bem — gargalhou —, você *já* está me aceitando.

Georgios coçou um dos ouvidos para se livrar do falatório. Germânico se aproveitou dessa distração e investiu contra ele, acertando-o no nariz com o umbo, a semiesfera no centro do escudo. Com o paladino desnorteado, bastava o centurião se aproximar mais e decepar-lhe o pescoço — e esse seria o fim de Georgios Graco. Germânico assim procedeu, mas o rapaz se agachou e abraçou-lhe as pernas, como costumava fazer na luta grega, levando o oponente ao solo.

Na queda, ambos largaram as armas. Lúcio Germânico, que caíra por baixo, soltou o escudo para se proteger dos murros, obrigando o duque a socar-lhe os ouvidos. O elmo, porém, amortecia os golpes, tornando-os estéreis. Notando a ineficácia dessa estratégia, o filho de Laios sacou a adaga que trazia no cinto e se empertigou para apunhalar o rival. Ao pressentir a ameaça, Germânico o afastou com uma joelhada no peito, deu uma cambalhota e colocou-se de pé.

Georgios levantou-se também. Sem querer perder a vantagem — ele estava armado e Germânico, não —, arriscou um ataque penetrante mirando a garganta do inimigo, que se esquivou e depois acometeu, agredindo o equestre com um chute no ventre.

Enquanto o cavaleiro arfava, o pretor correu em linha reta e recuperou o escudo. Segurou-o como se ele fosse uma tábua — ou uma dessas cadeiras de bar — e golpeou as costas do oficial palestino, que cambaleou e caiu outra vez.

Georgios estava agora deitado na areia, à mercê do perigoso assassino. Este poderia tê-lo matado, mas preferiu acenar para os legionários pedindo que o aclamassem, o aplaudissem e gritassem seu nome.

Do outro lado das montanhas de Antioquia, o dia começava a raiar. No chão do pretório, Georgios tinha poucas chances de sobreviver — ou nenhuma. Fora superado por Lúcio Germânico, e ao entender que não lhe restava saída o ódio cresceu em seu coração. Ódio agora não apenas por Hron, mas pelas Moiras — as irmãs fiandeiras —, que o haviam colocado naquela enrascada. Era assim que terminava, então? Com sua mãe desonrada? Com a memória de Laios lançada aos porcos, para ser comida e eternamente apagada?

— Segure a minha mão. — De novo a voz sibilante. — Eu lhe mostrarei a direção da vitória. Junte-se a mim e nunca mais precisará sofrer. Nunca mais será vencido — prometeu, ao som dos soldados que clamavam por sangue. — Não é o que deseja? Ser invencível? Pois então me aceite. Será meu servo, neste mundo e no próximo.

Georgios rolou na terra até alcançar o cabo da Ascalon. Lúcio Germânico percebeu seu esforço e zombou dele, incitando os espectadores a insultá-lo.

O cavaleiro da Púrpura, apesar das vaias, agarrou a espada e se recompôs. Germânico aceitou reiniciar o duelo, pois, de acordo com a lei, só assim poderia matá-lo. Caminhando com dificuldade, Georgios desferiu golpes fracos e vagarosos, que foram aparados pelo pretor da cidade. Este contra-atacou com movimentos curtos, forçando o jovem a recuar. Os dois acabaram se deslocando para fora do círculo de flechas que marcava a zona de combate, até que Georgios deu de encontro com uma das pilastras que sustentavam o prédio. Encurralado, saltou para a frente tentando perfurar o tronco de Lúcio Germânico, mas, no desespero, estendeu o braço mais do que deveria, permitindo que o centurião o desarmasse.

A Ascalon — que pertencera a Laios e, segundo a lenda, fora forjada "nas profundezas do Monte Etna" — encontrava-se agora a dois metros dele e poderia ser recuperada, se Germânico não o tivesse rendido com a ponta do gládio.

— Eu lhe agradeço por ter matado o nosso pai — disse ele, insistindo na tese de que eram irmãos. — Poupou-me um bocado de trabalho. Agora, tudo o que era dele e o que era seu será *meu*. Tysa será minha — celebrou, vitorioso. — E o imperador, de quem salvei a vida, me agradecerá pelos serviços prestados. Quem sabe — achou graça — ele até me transforme em um paladino.

Com isso, o pretor preparou o ataque final. Georgios teve tempo de olhar para o chão e ver que estava ao lado do corpo de Strabo, ainda coberto pelas cores de Júpiter. Nesse momento — nesse único, curto e exato momento — ele sentiu como se estivesse de volta ao campo de oliveiras, naquela fatídica noite de inverno.

— *Meu filho querido* — dissera Polychronia antes de morrer —, *você não tem culpa*.

Então, pela primeira vez em todos aqueles anos, Georgios compreendeu — finalmente — o que a mãe estava querendo dizer. Ela sabia que, no futuro, ele se sentiria culpado por não tê-la ajudado, por não ter lutado para protegê-la.

Polychronia também sabia, entretanto, que Georgios — assim como ela — havia feito o melhor para ajudar a família. Portanto, ele não era um covarde.

Ele era um menino.

Só um menino.

E ao perceber essas coisas, ao se livrar desses antigos fantasmas, todo o ódio que ele sentia de repente se esvaiu.

Os sussurros desapareceram, e em meio ao silêncio ele se recordou das lições do conde Erhard, que lhe dissera, certa vez, que ele poderia vencer qualquer oponente se pusesse de lado as questões pessoais.

Como um gato, Georgios mergulhou na areia, escapando do gládio de Hron. No trajeto, recolheu a espada, girou nos calcanhares e a seguir assaltou o pretor, como se nada mais importasse. Concentrado na luta, apenas na luta, ele se tornou virtualmente imbatível. Movendo-se com velocidade espantosa — sobrenatural, diriam alguns —, cortou o peito de Germânico e na sequência o acertou na cabeça.

O elmo absorveu o impacto, mas agora era o filho de Drago que estava no solo, desnorteado e completamente exaurido. Georgios se aprumou para executá-lo — não por ódio ou vingança, mas porque aquele era um indivíduo perverso, que traíra o augusto em favor de Galério.

Ergueu a Ascalon contra os raios da aurora.

Desceu a lâmina.

Então, alguém lhe deu uma bordoada na nuca. Georgios ficou tonto.

Cego.

E depois desmaiou.

Quando o sol iluminou o pretório, os legionários no passadiço viram Péricles, o oficial que sacrificara o cavalo, atrás do paladino com um cabo de lança na mão. Por um minuto, eles ficaram parados, quietos, observando os lutadores desfalecidos, até que escutaram um burburinho vindo da rua. Rapidamente prepararam seus arcos, mas era tarde para atirar. Das esquinas e becos adjacentes começaram a brotar centenas de pessoas — homens e mulheres comuns — armadas de paus e pedras, que gritavam o nome de Salomão.

O oficial logo entendeu que a turba acabaria invadindo a fortaleza — pois o portão estava aberto —, segurou Lúcio Germânico pelos punhos e o arrastou até as galerias. Chamou pelo carcereiro, que os conduziu ao calabouço, enquanto os soldados sobre as muralhas também tentavam fugir. Para a sorte deles, a plebe estava mais preocupada em resgatar seu líder do que em linchá-los, o que lhes deu tempo para escapar.

Não muito longe dali, Floriano contemplava o nascer do sol da sacada do palácio de Antioquia. Os convidados já haviam deixado o recinto, e agora ele estava sozinho com os escravos domésticos, que recolhiam a comida, varriam o chão e escovavam as paredes.

Um desses escravos trouxe mais lenha e alimentou o braseiro, enquanto o vigário observava o Rio Orontes, à esquerda, e o hipódromo da cidade, à direita. Não conseguia parar de pensar que aquele seria um dia glorioso para ele. Com Georgios Graco morto, Floriano cairia nas graças de Galério, que era quem de fato controlava o Império — e seria o próximo augusto. Diocleciano estava acabado, divagou. Era um homem idoso, doente, carecia do apoio das tropas e perdera dois — agora *três* — de seus paladinos. Sendo Floriano um homem jovem — tinha apenas trinta e quatro anos à época —, quem sabe não poderia se tornar imperador no futuro? Já era o governante da mais importante diocese do Leste — o que o impediria de ascender mais um pouco? Era o caminho lógico, sonhou. Era certamente seu destino.

Andou até a mesa do banquete e encheu uma taça de vinho. Notou uma movimentação no corredor e imediatamente deslizou até lá. Dois soldados rasos, escoltados por guardas do palácio, aguardavam por ele, mas pareciam assustados. Floriano deu um sorriso — ele esperava boas notícias — e decidiu escutá-los com atenção. Antes, porém, ergueu o indicador e gracejou:

— Já sei. Deixem-me adivinhar. Houve um confronto no pretório. O comandante Graco tentou libertar Salomão e acabou morto pelo pretor. Estou certo?

Os soldados se entreolharam, suados. Um deles tomou coragem e respondeu:

— Não exatamente, excelência. — O sujeito tremia. — Os c-cristãos invadiram o pretório — gaguejou. — E o incendiaram.

Floriano não acreditou. Correu até a sacada e olhou para a área leste da cidade, onde ficava a fortaleza urbana. Avistou uma coluna de fumaça negra subindo aos céus e uma movimentação anormal na avenida do comércio.

— Onde estão os vigias? — falou consigo mesmo. — Os bombeiros? Os legionários?

Regressou ao corredor e foi consultar os jovens militares.

— O pretor havia deslocado o grosso das tropas para as muralhas da cidade — explicou o segundo deles, que ainda não tinha falado. — Ele disse, ontem, que queria manter no pretório apenas seus homens mais leais. Houve um combate entre ele e o comandante Graco. O paladino o derrotou.

— Como?! — O vigário atirou a taça de vinho no chão. — Germânico foi derrotado?

— Suponho — o primeiro soldado corrigiu o segundo — que tenha sido empate. De qualquer maneira, os cristãos tomaram a fortaleza e desceram às masmorras. Libertaram os prisioneiros.

— Empate? — aliviou-se o homenzinho. — Então Germânico está vivo?

— Possivelmente, senhor. Um oficial o resgatou. Não sei onde ele está agora.

— Pois então encontrem-no — trovejou, depois se deu conta de que aqueles eram meros soldados e dirigiu-se aos guardas do palácio. — Convoquem os cavaleiros. Os centuriões. Chamem os generais. Quero todos eles aqui o mais rápido possível — deu um berro. — Sumam da minha frente. Me tragam esses homens. Agora!

Na mesma hora em que Floriano tinha sua crise de nervos, em outro lugar da cidade Georgios Graco despertava.

Estava deitado, ao que parecia, em uma superfície plana, muito diferente do chão do pretório. Tateou ao redor e não encontrou a espada, mas escutou um vozerio abafado que fez com que se lembrasse da infância.

Tentou abrir os olhos, mas a luz o feriu. Colocou-se de lado, quando alguém o amparou, impedindo que se virasse.

— Não se mexa — disse uma voz conhecida. — Precisa repousar por pelo menos um dia. Os ferimentos não são graves. Escoriações em sua maioria, mas você tem de descansar um pouco.

Lentamente, Georgios abriu os olhos. Diante dele estava seu velho amigo Pantaleão, vestindo uma túnica branca. Só pôde supor que tinha morrido — e que fora enviado ao paraíso cristão.

— Onde estou? — perguntou.

— No hospital — respondeu o médico, observando-o. — No Templo de Hórus.

— Como cheguei aqui? O que *você* está fazendo neste lugar? Estou vivo? Ou morto?

— Por enquanto está vivo — disse Pantaleão. — Falarei sobre mim mais tarde. Escute, não temos muito tempo. Os romanos podem invadir este prédio a qualquer instante. Houve um combate no pretório depois que os reforços de Floriano chegaram e eu preciso cuidar dos feridos. Quero que me obedeça e descanse. Os enfermeiros lhe trarão água e comida. Quando eu terminar de atender a todos, volto aqui para examiná-lo e então conversaremos. Estamos combinados?

Georgios gemeu, dizendo que sim, mas não resistiu e fez uma última pergunta:

— Isto é real? Estamos realmente no Templo de Hórus? Como nos velhos tempos?

— Não é como nos velhos tempos, Georgios. Parece que você não entendeu — disse Pantaleão, sério. — Não é como antes. — E finalizou: — *Nada* será como antes.

LXII

MONTE SÍLPIO

O ATAQUE AO PRETÓRIO FOI BEM-SUCEDIDO NO INÍCIO. OS CRISTÃOS TOMARAM O pátio sem qualquer resistência, mas o que era para ser uma operação de resgate se transformou em balbúrdia quando os invasores encontraram o corpo de Strabo nas galerias. O diácono que os liderava — um homem chamado Romão — citou uma passagem das escrituras e comparou o vigário à grande besta do Apocalipse, com "dez chifres e sete cabeças", encorajando os fiéis a incendiarem o local. O processo foi lento, pois a fortaleza tinha vigorosas colunas de pedra, o que deu tempo para os reforços de Floriano chegarem. Houve confronto nas ruas, que terminou com um saldo de quatro mortos e dezessete feridos — alguns graves e outros nem tanto.

Os sobreviventes foram levados para o Templo de Hórus, um dos maiores hospitais cristãos da cidade, onde, ironicamente, Georgios trabalhara anos antes, exercendo o cargo de enfermeiro.

De lá para cá, o templo mudara muito pouco. Ele fora originalmente construído às margens do Rio Orontes, com as portas abertas para o lado externo das muralhas. O prédio era quadrado, tinha a fachada reta, uma longa rampa de acesso e dois obeliscos vigiando a entrada. Já o interior havia sido reformado e ampliado. O salão possuía, agora, além dos leitos enfileirados, uma área dedicada aos pacientes críticos, separada das outras por biombos de palha. O painel com a figura de Hórus fora sobreposto por uma enorme cruz de madeira, e em um canto da nave os clérigos haviam instalado uma pia de água benta, normalmente usada para ungir os enfermos — e para batizá-los, se eles assim desejassem.

Georgios cumpriu as ordens de Pantaleão e permaneceu deitado o dia todo. No final da tarde, o médico foi até ele e lhe contou como sobrevivera após ser expulso do exército de Galério. Explicou que percorrera a estrada a galope, da Armênia até a Capadócia. Em Satala, os oficiais romanos o reconheceram como médico do césar e concordaram em escoltá-lo até Antioquia, acreditando que ele levava uma importante mensagem para o vigário. Chegando à cidade, porém, Pantaleão desapareceu da vista dos guardas. Enfiou-se em um beco, retornou ao hospital e pediu para ser reincorporado à equipe. Com o apoio de Strabo — agora Salomão —, ele conseguiu recuperar sua vaga, prometendo que não mais abandonaria seu posto.

— E como *eu* cheguei aqui? — perguntou Georgios. Ele e o médico haviam saído da nave por uma porta secundária, ingressando em um pátio murado onde os enfermeiros depositavam os cadáveres. — Por que os cristãos não me mataram? — Olhou para o céu. O sol começava a se pôr. — Por que me trouxeram para cá?

— Romão o identificou, ao que parece — disse o clínico. — Sei que vocês tiveram suas desavenças no passado, mas ele era, acredite, muito amigo de Salomão. Os dois travavam discussões filosóficas que varavam a madrugada. E ele sabia que o missionário o amava. Deduziu que você fora abatido ao tentar libertá-lo. Foi o que aconteceu — concluiu Pantaleão —, imagino.

Georgios respondeu que sim e contou ao amigo que caíra em uma armadilha engendrada — supostamente — por Galério, com a participação de Floriano e Lúcio Germânico. Revelou também que o pretor da cidade era ninguém menos que o indivíduo que matara sua mãe — e filho do homem que roubara suas terras.

— Germânico não foi encontrado — informou Pantaleão. — Pode ter escapado por alguma saída secreta.

O paladino não gostou do que ouviu.

— Então ele precisa ser localizado — determinou, aprumando-se. — Se Galério de fato conspirou para me matar, significa que é um traidor, assim como seus comparsas. Um ataque contra mim é um ataque contra o augusto de Roma. O césar está querendo enfraquecer o imperador para tomar seu lugar.

— É bem possível. Mas o que você vai fazer a respeito? Invadir o palácio sozinho e pôr o vigário sob custódia?

— Era precisamente o que eu deveria fazer — retrucou o duque, fechando a cara —, mas Floriano tem agora os argumentos de que precisa para mandar seus homens acabarem comigo. Sempre poderá dizer que eu tentei libertar um criminoso e que portanto sou *eu* o traidor. Logo, não vejo opção a não ser deixar a cidade em segredo, tomar uma rota alternativa até Selêucia e embarcar rumo à Nicomédia.

— E você acha que Diocleciano vai perdoá-lo? — Pantaleão foi até um cesto, apanhou alguns cristais de mirra e os colocou dentro de um incensário. — Depois do que aconteceu na noite passada?

— O que eu posso dizer é que a minha consciência está limpa. Só fiz o que o augusto me ordenou — defendeu-se Georgios, ajudando o médico a acender o incenso. — Ele me pediu que Strabo tivesse um julgamento justo. Em Antioquia isso seria impossível.

Os dois caminharam até o corpo do velho filósofo, que continuava envolto pela capa púrpura. Georgios se lembrou de como a havia conseguido, de que anteriormente ela pertencera a Magêncio, o perverso filho de Maximiano.

— Os homens do vigário podem invadir este hospital a qualquer momento — insistiu Pantaleão, pousando o incensário no centro do pátio, entre os corpos. — Precisamos deslocar os doentes para outro lugar.

— Duvido que as tropas de Floriano nos alcancem tão rápido. Primeiro eles vão cercar a cidade — ensinou o cavaleiro. — É o procedimento padrão do exército romano. Isso levará algum tempo. Uns dois dias, talvez. O problema é que nenhum de nós conseguirá, a partir de agora, deixar a metrópole. Todas as saídas devem estar bloqueadas. Não vale a pena tentar transportar os feridos ou removê-los daqui. Pelo menos por enquanto.

— Estamos encurralados, então — concluiu o clínico, desanimado. — Se conseguíssemos chegar às catacumbas do Monte Sílpio, estaríamos protegidos. Mas nessas condições...

— Existe uma alternativa — disse uma voz rouca que entrara sorrateiramente no pátio. Georgios se virou para trás e se deparou com um homem maduro de barba negra e nariz grosso, vestindo um manto encardido. Ele trazia consigo um cajado de azevinho e fedia a urina de morcego, cinzas e podridão. — Posso ajudá-los — virou-se para Pantaleão, amistoso — se assim desejarem.

O médico se afastou com os braços esticados para a frente.

— Como entrou aqui? — ele perguntou ao intruso.

— Pela porta — respondeu o sujeito. — Por onde mais eu entraria?

— Georgios, tenha cuidado — advertiu Pantaleão, recuando. — Estamos diante de um mago que cultua as forças das trevas.

— Cultuava — o homem o corrigiu. — Larguei a bruxaria. — E se virou para o paladino, apresentando-se: — Meu nome é Cipriano e hoje venho em paz. Deus sabe que venho em paz. Quero ajudá-los.

Georgios calculou o grau de risco e deu um conselho sincero ao amigo.

— Não temos nada a perder — opinou. — Não nos custa ouvi-lo.

Pantaleão se aproximou de Cipriano.

— Se é verdade que rejeitou a bruxaria — o clínico tirou um crucifixo de madeira de dentro da túnica e o estendeu ao feiticeiro —, então beije esta cruz.

Cipriano não só a beijou como curvou a cabeça em demonstração de respeito. Pantaleão respirou aliviado, recolheu o objeto e tornou a perguntar:

— O que pode fazer por nós — outro suspiro —, Cipriano de Antioquia?

— Existe uma passagem — murmurou o visitante à luz das estrelas que nasciam no céu — que desce aos subterrâneos e termina no Monte Sílpio. Esta cidade, como devem saber, é muito antiga. Está repleta de túneis escavados milhares de anos atrás. Por sorte, conheço alguns deles.

Georgios notou a desconfiança no rosto do amigo e interveio.

— O que o mago diz é verdade — cravou. — Já estive nesses túneis. Confirmo que eles efetivamente existem.

— Esteve? — O médico franziu a testa, descrente. — Quando?

— Quando visitei a Torre Escarlate, nos meus tempos de menino. Na ocasião, a sacerdotisa de Astarte me guiou através de uma galeria que começava no *souq* — ele se referia ao grande bazar da cidade, um labirinto de lojas situado ao sul da metrópole — e culminava no topo da torre.

— Uma dessas passagens — reforçou Cipriano — conduz às catacumbas. Uma vez lá, vocês podem dar um final digno — abriu os braços, como se louvasse os cadáveres que os rodeavam — a esses mortos.

Georgios considerou que Strabo precisava, realmente, de um funeral à altura.

— Onde fica a entrada para esses túneis? — quis saber Pantaleão. — Na prática, estamos confinados neste prédio — lembrou. — O mero ato de andar pelas ruas nos é perigoso.

— Não se preocupem com esse detalhe, pois não sairemos às ruas. — O místico os tranquilizou. — Lançarei o meu último feitiço para abrir o portal, queimarei os livros que escrevi e a partir de então jamais tornarei a conjurar minha mágica — prometeu. — Dedicarei minha vida à contemplação do divino e a buscar a graça do Nosso Senhor Jesus Cristo.

Pantaleão enxergou a verdade no rosto do mago, foi até ele e perguntou:

— O que precisa de mim, Cipriano? O que quer que façamos?

— O ritual deve levar a noite toda — explicou. — Deixem-me a sós neste pátio. Uma hora antes do alvorecer, preparem os doentes. Estejam aqui ao raiar do sol. Precisarei que me tragam uma vassoura e duas picaretas. O percurso pelos túneis é longo — avisou —, mas tenho fé de que conseguiremos. Na verdade — corrigiu-se — garanto que conseguiremos. — E completou: — Em nome de Deus.

Georgios não acreditava que Cipriano tivesse poderes extraordinários, mas, como ele mesmo dissera, os cristãos nada tinham a perder.

Saíram do pátio e voltaram à nave do templo. Pantaleão visitou os pacientes, escutou o que eles tinham a dizer, orientou os enfermeiros e depois foi jantar. Georgios se juntou a ele no refeitório do hospital, uma sala abafada e escura localizada no subsolo do prédio.

Sentaram-se a uma longa mesa de ébano. A refeição era simples, mas nutritiva: mingau de aveia, toucinho, queijo de cabra, peras e maçãs. Para beber, água e posca.

— A Torre Escarlate — começou Georgios, lembrando-se da conversa que eles haviam tido minutos antes no pátio do necrotério. — Ela ainda existe?

— Não sei — respondeu o médico, recolhendo o mingau com uma colher. — Faz anos que não vou até aquela parte da cidade. Na verdade, quase não saio deste hospital. De todo modo, o culto de Astarte, se ainda existe, é hoje o menor dos nossos problemas. A repressão contra os cristãos cresceu desde que Floriano assumiu. Ele e o pretor — comeu o mingau — são uma dupla terrível.

— Quando visitei a torre, tive a oportunidade de conversar com uma espécie de oráculo — comentou o duque, pensativo. — Eu lhe contei essa experiência na época e você retrucou dizendo que tudo não passava de charlatanismo. O fato é que desde então tenho escutado vozes estranhas. Começou durante a minha iniciação aos mistérios de Mitra, na Escola de Oficiais do Leste. Sou um homem cético, na medida do possível. Procuro usar a razão, mas não sei o que pode estar acontecendo comigo. — E fez uma pergunta crucial: — Você acha que estou ficando maluco?

Pantaleão parou de comer e o olhou não como amigo, mas como médico.

— Os loucos não perguntam a si próprios ou a terceiros se são loucos. Eles não têm esse discernimento. Portanto, não acho que você seja um lunático. No entanto — ponderou —, é possível que tenha sofrido algum dano cerebral. Pode acontecer com qualquer um. Nessa prova de iniciação, você chegou a inalar ou a ingerir alguma substância narcótica?

— Não posso falar sobre a cerimônia — esquivou-se. — É um culto de mistérios. Fiz um juramento a Mitra.

Pantaleão tomou a resposta como afirmativa.

— De quem são essas vozes? — prosseguiu. — O que elas dizem?

Georgios desejou ter à mão uma taça de vinho forte, mas não havia álcool por perto.

— Ele se apresenta como Lúcifer — respondeu o paladino. — Alega ser Satanás, o Diabo cristão.

O médico fez o sinal da cruz. Depois, beijou o crucifixo de madeira.

— Esse nome é agourento — afirmou. — Quanto ao Diabo, não creio que esteja atrás da sua alma, ou da minha. Não somos santos e não levamos jeito para tal.

— O que eu quero saber é como posso me livrar dessas vozes. O que você diria se eu fosse seu paciente?

— Mas você *é* meu paciente — riu Pantaleão, apontando para as escoriações no rosto do amigo. — Olha, se um sujeito está ou pensa estar sendo assediado por um demônio, o melhor que ele pode fazer é se batizar. — O médico ergueu os braços em sinal de isenção. — Escute, eu nunca quis catequizá-lo. Sempre respeitei suas crenças, assim como você sempre respeitou as minhas. Mas, se o seu problema é com Satanás, Jesus Cristo é o caminho, afinal ele venceu o Diabo e sabe como combatê-lo.

— Já me batizei — revelou Georgios. — No Egito, faz alguns anos. E não senti a menor diferença.

Pantaleão o fitou, incrédulo.

— Quer dizer que é cristão, afinal?

— Foi um ato político, pouco sincero, admito — desviou-se o equestre. — De qualquer maneira, quem me batizaria se eu quisesse me converter sinceramente? Os clérigos? Eles são tão pecadores como nós.

— Mas é claro que são. — O médico riu da obviedade do argumento. — Se não confia nos clérigos, eu mesmo posso batizá-lo. Você confia em mim, não confia?

Georgios ficou sem graça e abriu a boca para replicar, quando um enfermeiro veio chamar Pantaleão avisando que um dos doentes sofrera um ataque cardíaco. O médico parou o que estava fazendo e subiu as escadas em disparada.

Georgios ficou sozinho no refeitório. Comeu o restante do jantar calmamente e regressou ao grande salão. Deitou-se para dormir, quando se lembrou de Cipriano, o mago. Será que ele poderia lhe responder sobre Lúcifer? Será que o feiticeiro poderia ajudá-lo?

Pensou em ir ao necrotério, mas ainda estava exausto pelos ferimentos — e acabou pegando no sono.

Duas horas antes da aurora, Georgios e Pantaleão acordaram os enfermos, reuniram os funcionários e explicaram a situação. Dois socorristas e quatro pacientes decidiram permanecer no Templo de Hórus, mesmo sabendo que os romanos provavelmente chegariam até eles. Os demais — quarenta e duas pessoas no total — concordaram em segui-los através da passagem secreta.

Os doentes graves seriam transportados em macas. Depois de deliberar por alguns minutos, preferiram deixar os cadáveres para trás, pois a prioridade eram os vivos. Georgios, no entanto, fez questão de levar o corpo de Strabo consigo, sobre os ombros. Ele sabia que não seria uma tarefa fácil, mas devia isso a seu pedagogo.

Recolheram mantimentos e saíram para o necrotério levando os itens que Cipriano havia pedido. O mago estava sentado no meio do pátio, de pernas cruzadas e com os olhos fechados. Despertou quando Pantaleão se aproximou dele. Ficou de pé, apanhou a vassoura e varreu o chão, que estava coberto de terra e sujeira. Gradualmente, o piso original de concreto começou a aparecer. Cipriano desenhou um grande quadrado no solo usando um fragmento de carvão que trazia no bolso. Depois, recitou algumas palavras em uma língua estrangeira.

— Onde estão as picaretas? — ele perguntou para o médico, que liderava o grupo. — Preciso de duas.

Georgios deu um passo à frente e levou as ferramentas até ele. Cipriano se recusou a recebê-las, afirmando que era muito velho para manuseá-las. Em seguida, pediu a ajuda de dois "homens jovens" para quebrar o chão com elas.

Georgios e um dos enfermeiros foram voluntários para a tarefa. Golpearam o piso com toda a força, e após quatro ou cinco pancadas o pavimento finalmente cedeu. Em instantes, havia um buraco profundo no solo, seguindo os exatos limites que Cipriano havia traçado.

Pantaleão olhou para o interior da passagem. Discerniu uma escada de pedra, que descia e se perdia nas trevas.

— Incrível — murmurou ele. — Trabalho neste hospital há anos e nunca soube que aqui havia um túnel.

— Porque *não* havia — declarou o mago, espiando as nuvens que se moviam no céu. — Precisamos nos apressar — alertou. — O portal só fica aberto por alguns instantes.

Sem dar muita importância ao discurso de Cipriano, os cristãos desceram as escadas e chegaram ao túnel. Era mais amplo do que Georgios imaginara, com aproximadamente três metros de largura, construído com blocos retangulares de pedra. Os médicos iam na frente, empunhando tochas e lamparinas. Os enfermeiros levavam os feridos, e o paladino vinha na retaguarda carregando o corpo de seu professor.

Caminharam por algumas horas e, quando menos esperavam, estavam em outro corredor, mais espaçoso e de teto arqueado — semelhante às galerias de esgoto. Georgios identificou nichos escavados nas paredes, contendo o que parecia ser esqueletos humanos. Olhou para cima e mesmo com pouca luz avistou algumas pinturas sacras com a imagem do menino Jesus sendo recebido pelos reis magos.

— Conheço este lugar — disse Pantaleão, estacando. — Estamos no coração do Monte Sílpio, nas catacumbas.

Os cristãos comemoraram. Mas faltavam alguns metros, ainda, para vislumbrarem a luz do dia. De todo modo, estavam em segurança. Isto é, se os homens de Floriano não invadissem o templo e encontrassem a passagem aberta no pátio.

— O portal já se fechou — garantiu Cipriano, como se pudesse ler a mente dos fugitivos. — Estão salvos.

Fosse a passagem mágica ou não, pensou Georgios, o fato é que eles haviam obtido uma grande vantagem e poderiam escapar facilmente dos soldados romanos, pois as catacumbas ficavam nas montanhas, fora dos muros de Antioquia.

Enfim alcançaram uma gruta, que se abria para a encosta do monte. Era alta, e lá de cima eles podiam contemplar a cidade, o palácio do vigário e o porto do Rio Orontes.

Os fiéis se abraçaram. Georgios colocou o corpo de Strabo no chão. Estava exausto, com as costas doendo e os músculos tensos pelo esforço.

Coçou os olhos e visualizou a ágora — a praça grega de Antioquia — com a estátua dourada de Alexandre. Lembrou-se, mais uma vez, de seus tempos de menino, do dia em que conhecera Davi, o irmão de Jocasta, que concordara em incorporá-lo à sua caravana, guiando-o até a Nicomédia. Imediatamente se recordou dos filhos dele, dois garotos judeus chamados Judá e Simão.

De repente, sentiu o toque gélido de Cipriano.

— Comandante Graco — disse o mago. — Um último alerta; é importante. O feiticeiro que vocês executaram em Útica, conhecido pelo nome vulgar de Sevílio Druso. O espírito dele segue vivo no plano astral.

— Como? — Georgios pensou ter ouvido errado. — Druso? Como sabe sobre ele?

— O livro precisa ser destruído — recomendou Cipriano, sombrio. — Sabe do que estou falando, não sabe? O livro dos judeus.

— Que livro? — O paladino apertou os lábios. — Não sei do que está falando.

— Encontre o grimório e o atire ao fogo — ordenou. — Faça isso, comandante. Destrua o livro.

Um raio de sol cegou o filho de Laios. Quando ele se recompôs, Cipriano havia regressado furtivamente aos túneis.

Georgios achou melhor não procurá-lo. Pegou seu odre, bebeu um gole de água e se juntou aos cristãos na refeição matutina.

No início da tarde, o paladino retirou de Strabo a capa púrpura e o envolveu em uma mortalha de linho, conforme mandava o costume cristão. Isso feito, sepultou o filósofo em um dos nichos das catacumbas. O funeral contou com a presença dos fugitivos — médicos, pacientes e enfermeiros —, que cantaram louvores, fizeram discursos e oraram pela alma do missionário.

— É a segunda vez que me despeço de Strabo — comentou Georgios com Pantaleão após a cerimônia. — E a terceira que me despeço de você.

O médico sentiu-se emocionado.

— O seu plano continua de pé? — perguntou ele. — Zarpará para a Nicomédia?

— Tysa jamais vai me perdoar, mas preciso ter com o imperador o quanto antes — disse o paladino enfaticamente. — Se Galério estiver mesmo envolvido em uma conspiração, o augusto deve ser notificado o mais rápido possível.

— Cuidado, meu amigo. — Pantaleão tocou-lhe o ombro com candura. — Você está singrando agora pelas turbulentas águas da política. Não há terreno mais perigoso.

— Eu sei. — Georgios recordou-se de Sexto, que lhe dera o mesmo conselho. — De todo modo, não tenho alternativa.

Pantaleão esperou que o amigo recolhesse suas coisas e o acompanhou até a boca da gruta. Havia uma trilha que descia a encosta, serpenteava pelas fazendas da região e terminava em Selêucia, onde seu navio estava atracado.

— Boa sorte. — O médico abraçou Georgios. — Quanto ao Diabo — retomou ao assunto, constrangido —, lamento não poder ajudar.

— Não se preocupe. — O equestre vestiu um manto de camponês para esconder a armadura. — Já sei como lidar com ele.

— Sabe?

— Sim, tive uma ideia. — O paladino sorriu. — Eu o chamarei para um duelo e ele terá o que merece.

Pantaleão não sabia se Georgios estava brincando ou se falava sério.

— Está zombando de mim?

— Eu jamais zombaria de você.

— Nos vemos de novo?

— Sem dúvida — o filho de Laios respondeu com uma convicção impressionante. — Logo estaremos juntos novamente. Sei que estaremos. Dou-lhe a minha palavra.

LXIII

CREPÚSCULO DOS DEUSES

O PLANO DE GEORGIOS FUNCIONOU CONFORME O ESPERADO. DEPOIS DE DESCER o Monte Sílpio e enveredar por uma estrada alternativa, ele alcançou Selêucia sem contratempos, embarcou no navio de Tysa e desapareceu na imensidão do horizonte.

Fez apenas duas escalas: uma no porto de Tarso e outra na cidade de Éfeso, para comprar mantimentos e se banhar em água corrente. Aportou na Nicomédia em uma manhã gelada de fevereiro. Antes de desembarcar, escreveu uma carta para a esposa e ordenou ao capitão Palmet que entregasse o documento a ela pessoalmente. Depois, foi até um posto do correio perto das docas, pegou um cavalo emprestado e atravessou a capital a galope, alcançando o palácio no início da tarde.

Uma vez no interior do complexo, dirigiu-se ao edifício central. Prendeu a montaria a um poste sob um telheiro e subiu as longas escadas de pedra, dando de cara com Diógenes, o mais forte dos paladinos, que montava guarda na entrada do prédio. Ele liderava um pelotão de jovianos, que se apresentaram a Georgios e o saudaram.

— Comandante! — O gigante de bronze se espantou com a presença dele. — O que faz aqui? Pensei que estivesse em Antioquia, em missão oficial.

— Que os deuses o guardem, Minotauro. — O jovem chamou Diógenes pelo apelido que ele recebera em seus tempos de gladiador, pelo qual ainda era lembrado. — Sim, estou de volta, como pode ver. É uma longa história. Deixe-me entrar — pediu. — Preciso ter com o augusto agora.

— O imperador está descansando — disse uma outra voz, com forte sotaque germânico. — Na ausência dele, o senhor pode se reportar a mim.

Era o conde Erhard, que surgira em meio às pilastras. Georgios se sentiu aliviado, pois o conde não apenas atuava como capitão dos paladinos, mas era também como um pai para ele.

Erhard e Georgios deixaram Diógenes em seu posto e prosseguiram até a ala sul do palácio. Enquanto caminhavam pelos pátios arborizados e salões revestidos de mármore, o equestre contou a seu chefe o que se sucedera em Antioquia, descrevendo o jantar com Floriano, o incidente no pretório e o duelo contra Lúcio Germânico.

Erhard parou em uma galeria que dava vista para o golfo. Virou-se de lado e olhou para o mar, contemplativo.

— Como o senhor está envolvido nesse episódio, suponho que eu deva levar a notícia ao augusto primeiro — atalhou — para que ele avalie a situação.

— Não entendo. — Georgios também parou de caminhar. — O que estou dizendo é que Galério, o genro dele, pode estar envolvido em uma conspiração para derrubá-lo. Um assunto como esse requer a máxima urgência.

— O imperador está muito doente, Georgios — disse Erhard, agora em tom menos formal. — Nessas circunstâncias, ele pode tomar decisões precipitadas. Nós, como paladinos, no entanto, juramos obedecer-lhe. Esse é o motivo pelo qual eu prefiro conversar com ele antes, e reservadamente. Uma palavra errada ou uma informação mal formulada pode conduzir o Império à tragédia.

— Não sabia que a doença dele tinha avançado. — O cavaleiro se lembrou de que o conde o alertara sobre o frágil estado de saúde do soberano, ainda em Satala, antes da guerra. — É uma notícia terrível.

— Eis o segredo da ousadia de Galério. O imperador está ciente das atitudes dele, mas não aposta em uma conspiração. Crê que o genro o está protegendo ao assumir as rédeas do Império. O assunto é delicado. — Erhard mostrou a mão espalmada para Georgios, como se pedisse calma ao oficial palestino. — Eles são da mesma família. Galério é pai de Candidiano, o neto que o augusto tanto ama.

— Montaram uma emboscada para mim em Antioquia — repetiu o equestre. — O senhor chama isso de proteção?

— É possível que a emboscada tenha sido arquitetada por Floriano. Ou mesmo por Lúcio Germânico, para vingar a morte de Drago. Faria sentido.

Mas é verdade, também, que Galério está obcecado em acabar com os cristãos. Ele acredita que persegui-los é a melhor propaganda que pode fazer para conquistar o exército e angariar o apoio dos sacerdotes romanos — relatou. — É o caminho que encontrou para ascender ao trono após a morte do augusto.

— Bom, falta ele convencer Maximiano disso. — Georgios deu um riso de deboche. — O Inclemente não é do tipo que divide poder. Quando o imperador for embora deste mundo, haverá uma guerra. É inevitável.

— Decerto que haverá. — Erhard tornou a caminhar, mas vagarosamente, os punhos cruzados nas costas. — Já parou para pensar de que lado o senhor ficaria, comandante?

— Prefiro morrer, capitão — respondeu Georgios —, a servir a qualquer um desses canalhas.

O conde tornou a parar, tocou-lhe os ombros, encarou o jovem e disse:

— É como eu penso, comandante. — E frisou: — É exatamente como eu penso.

No final de fevereiro, uma onda de calor atingiu a Nicomédia, tornando as tardes amenas e as noites, bem mais agradáveis. Depois de três longos dias, Erhard disse a Georgios que o imperador gostaria de recebê-lo para jantar, não como suserano, mas como amigo. Ele deveria, então, dispensar a armadura, as armas e as insígnias de duque.

O banquete foi servido no mesmo pátio em que eles — Georgios e Diocleciano — tinham se encontrado pela primeira vez, onde havia três tanques: um de água fria, outro contendo água morna e um terceiro preenchido com água quente. Os escravos acenderam as piras e distribuíram a comida sobre as mesas ao redor desse pátio.

Como sempre, a refeição era farta. O prato principal era carneiro assado ao molho de nozes. Os cálices eram de vidro e os talheres, de prata. Georgios chegou ao recinto primeiro e imaginou que Diocleciano o convidaria para dar um mergulho no tanque aquecido — chamado em latim de *caldarium* — assim que aparecesse, mas não foi o caso. O imperador adentrou o pátio amparado pelo conde Erhard e auxiliado por dois escravos domésticos. Georgios se surpreendeu ao ver como ele tinha envelhecido. Sua barba e seus cabelos estavam agora totalmente brancos, e as rugas haviam se multiplicado na face corada. O semblante era de um indivíduo cansado, apesar de ainda ser um homem forte, de ombros largos e braços potentes.

Diocleciano usava uma túnica branca, dois braceletes de cobre e um anel de ouro maciço. Depois de ser acomodado em um divã, olhou para o filho de Laios, que o cumprimentou com uma saudação militar. O augusto pediu então que o jovem se aproximasse e deu-lhe um abraço afetuoso. Em seguida, ordenou que os escravos separassem alguns pratos e taças de vinho, pusessem tudo em uma mesa de centro e os deixassem a sós.

O próprio Erhard foi dispensado. Deitando-se lateralmente sobre o divã, Diocleciano justificou a ausência de Prisca, afirmando que a imperatriz se sentia indisposta, e aproveitou para perguntar a Georgios como ia o casamento com Tysa. Os dois passaram quase uma hora conversando sobre assuntos triviais, comendo e bebendo. Saborearam o carneiro, experimentaram algumas frutas típicas da estação e degustaram oito tipos de vinho. O imperador mais ouvia que falava, como se analisasse — com a maior atenção — o comportamento do afilhado. Só quando estavam partindo para a sobremesa, ele perguntou sobre os eventos de Antioquia. Georgios repetiu o que havia dito a Erhard, salientando que Lúcio Germânico era filho de Drago.

— Júpiter quis que Germânico salvasse a minha vida — declarou o augusto, revelando que o centurião impedira um atentado contra ele na própria Antioquia. — Foi assim que eu o nomeei pretor da cidade. Entendo que Germânico assassinou sua mãe, mas não posso denunciá-lo por esse crime.

— Eu nem pediria isso, augusto — respondeu Georgios. — Só estou explicando o motivo de eu tê-lo atacado. Minha hipótese é de que Floriano sabia de tudo. O vigário me chamou até Antioquia com o intuito de me matar. E, com isso, enfraquecer o senhor politicamente.

Diocleciano coçou o queixo. Ele ainda estava deitado no mesmo divã, com um copo de vinho em uma das mãos e um prato de tâmaras na outra.

— Floriano não teria coragem de montar essa armadilha sozinho — avaliou o augusto. — Galério precisaria estar envolvido, e eu acho isso bastante improvável. Sei que ele almeja o meu cargo, sei que é ambicioso, mas não acredito que me trairia. Somos parentes. Sou o sogro dele, afinal.

— Conhecemos o ódio de Galério pelos cristãos — pontuou Georgios, tomando cuidado para não criticar o césar das províncias centrais. — Ele pode ter planejado essa cilada não para prejudicar o senhor, mas para justificar a perseguição contra os líderes da Igreja.

— Com que objetivo? O que Galério ganha perseguindo os cristãos?

— O respeito dos godos — opinou o equestre. — Stronka é hoje seu capitão da guarda. Sirmio está repleta de bárbaros desde a crucificação de Irineu. Com o apoio dos godos, dos sacerdotes romanos e do exército, ele seria mais forte que Maximiano. Se um dia o senhor falecer...

Diocleciano o interrompeu, pragmático:

— Sei que o meu fim está próximo, Georgios. Não precisa usar meias palavras comigo. — Colocou o prato de lado e bebeu o resto do vinho. — Sei também que fui muito rígido com Galério, mas essa rigidez fez com que ele se superasse. Não fosse por minha firmeza, estaríamos hoje presos em Ctesifonte, ou mortos. Portanto, não me arrependo de nada — afirmou. — Em relação aos cristãos, eles de fato se tornaram um problema. Mitra é testemunha de que sempre fui tolerante com eles, mas a lealdade de um soldado romano deve estar com o augusto, não com a Igreja. Se um dia o contrário acontecer — pigarreou —, será o fim do Império. Entende o que eu digo, Georgios?

O oficial concordou. O ponto de vista era lógico. Não era possível existir exército romano sem um imperador, tampouco o Império sem um exército.

— O que o senhor vai fazer comigo, então? — perguntou o rapaz, sem rodeios. — A notícia que se espalha é que sou um paladino cristão. Se eu permanecer como seu guarda-costas, o senhor ficará desmoralizado ante seus pares, entre os césares e generais. Me expulsar, por outro lado, transmitirá uma imagem de fraqueza, pois os paladinos são tidos como seus servos mais próximos. Entendo que Galério jamais o trairia — disse o equestre, sem convicção —, mas o mesmo não pode ser dito de Maximiano. Ele já o traiu duas vezes, e não duvido de que tente de novo.

— Não pretendo expulsá-lo, muito menos abandoná-lo, Georgios. Não conseguiria viver com esse peso — confessou, apoiando a taça sobre a mesa de centro. — Não depois do que fiz com o seu pai. Eu o enviei para a morte na Germânia. Surgiram na época boatos de que eu o temia, de que queria me livrar dele, mas nada disso é verdade. Quero lhe dizer como imperador, como patrono e como amigo que eu amava o seu pai. Nunca o temi, pois o havia testado em Ctesifonte. Diante do trono do xá, eu o convidei a tomar o controle do Império e ele se recusou. Laios era um soldado que venerava o sangue, o aço e a guerra, e abominava a política. Portanto, a ideia de que eu quisesse matá-lo é absurda — garantiu com os olhos marejados, a mão sobre o peito, como quem faz um juramento. — Precisava lhe contar isso antes de descer às profundezas do Hades. — E reforçou, afável: — Eu *não* traí o seu pai.

Georgios inclinou a cabeça, agradecido.

— Obrigado por me contar, augusto. É muito importante para mim.

— Quanto ao impasse em que nos encontramos, existe uma solução. — O imperador endireitou a coluna, como se recobrasse a antiga forma. — Você deve reafirmar o seu apoio a mim e demonstrar publicamente que não é cristão.

— Claro. — Ele não podia acreditar que seria tão fácil. — Como? O que devo fazer?

— Estamos em fevereiro. Na primeira quinzena de março acontece a Equíria, o grande Festival dos Corcéis — lembrou Diocleciano, agora com os olhos brilhando. — Oferecerei um banquete à plebe e organizarei uma parada militar, com a presença de soldados, cavaleiros e alunos da Escola de Oficiais do Leste. No fórum, você deve realizar um sacrifício a Júpiter.

— Um sacrifício? — Georgios não gostou da ideia. Ele detestava esse tipo de prática, mas, se era o preço, aceitaria. — O animal será depois oferecido como alimento aos plebeus? — perguntou. — Eu mesmo gostaria de prová-lo.

— Minha ideia é outra — manobrou o augusto. — Desde a República, é comum que certos inimigos públicos sejam executados durante festivais militares, como Júlio César executou o último gaulês durante o triunfo na cidade de Roma. Considerando a gravidade do que se sucedeu em Antioquia, seria justo que você sacrificasse um dos prisioneiros que fizemos ao capturar a corte de Narses em Artaxata. Uma atitude como essa poria fim às especulações de que você seria cristão, além de ser uma demonstração clara de apoio a mim.

— Um sacrifício humano? — Georgios sentiu o coração disparar. — Pensei que sacrifícios humanos fossem proibidos.

— Como toda lei sancionada pelo Senado — explicou o imperador com a voz firme —, ela vale para cidadãos romanos. O indivíduo a ser executado é um inimigo do Estado — sublinhou —, um estrangeiro.

O duque estava tremendo. Nunca matara a sangue-frio. E não estava disposto a cometer esse crime. Sem opções, contou seus temores ao augusto, que o censurou.

— O senhor não hesitou — lembrou ele — quando teve a oportunidade de executar Sevílio Druso em Útica, se bem me recordo.

— É verdade — admitiu o equestre. — Mas Druso era um crápula.

— E o que dizer do círculo interno de Narses? — O imperador levantou a voz. — Não são crápulas também?

— Suponho que sim — murmurou Georgios. — Creio que sim, augusto.

Diocleciano fez um sinal para Erhard, que saiu das sombras e veio ajudá-lo a se levantar. Outros dois escravos também apareceram, ágeis como gazelas, surgindo do nada.

— Está acertado, então. Se quiser, convide sua esposa para o festival — sugeriu. — Ela será bem-vinda a este palácio. Prisca quer conhecê-la — disse, erguendo-se do divã. — E não quero mais escutar lamentos. O senhor é um soldado, um guerreiro nato, um lutador. Um assassino. Um cavaleiro da morte — disse o augusto —, como um dia foi seu pai.

Naquela noite, Georgios se deitou na cama de seu quarto tentando imaginar quem seria o prisioneiro que Diocleciano planejava executar. Logo chegou à conclusão de que se tratava do detestável Apharban, que se apresentara a eles na Armênia no início da guerra. Na ocasião, Apharban tentara convencer Georgios — que seguira com ele até Artaxata — de que o exército do xá tinha três vezes o tamanho do que possuía de fato. Em disputas bélicas, sabia o equestre, esses estratagemas eram comuns; o problema era que o diplomata de Narses alegava pertencer ao culto de Mitra, cujo código de honra obrigava os antagonistas a serem honestos uns com os outros. Apharban, portanto, traíra seus irmãos mitraístas e precisava ser punido exemplarmente. Esse seria o motivo, presumiu, de o imperador tê-lo escolhido para essa tarefa. Com a execução de Apharban, o augusto não só daria um fim ao suposto cultista como provaria ao povo — no fórum e diante de todos — que Georgios permanecia fiel aos interesses da Púrpura.

Nos quinze dias que os separavam do festival, Diocleciano dispensou Georgios de suas obrigações para que ele se preparasse "espiritualmente". O duque obedeceu às ordens do soberano e em uma tarde nublada pegou um cavalo no estábulo, cobriu-se com um manto cinzento e saiu do palácio sem chamar atenção.

Cruzou os portões da cidade e cavalgou por uma estradinha de terra, chegando a uma colina arborizada de onde se podiam enxergar o golfo, os barcos de pesca e os navios mercantes.

No topo dessa colina, meio escondida entre os arbustos, havia uma estátua de Marte que lhe fora revelada por Constantino quando eles ainda eram alunos na Escola de Oficiais do Leste. Georgios desceu da sela e ficou de joelhos diante da imagem, como se quisesse fazer uma prece.

O mármore, reparou ele, que já era antigo em seus tempos de estudante, estava sujo e desgastado, com as extremidades encardidas. Georgios notou também que havia uma grande rachadura na cabeça do ídolo e que alguns de seus dedos estavam faltando.

— Marte — ele começou a falar. — Uma vez eu lhe ofereci o corpo dos assassinos de minha mãe. Parte do serviço foi completada. Se o senhor me der mais uma chance, eu juro destruir Hron e oferecê-lo ao senhor.

Silêncio.

Uma brisa fraca sacudiu as folhagens.

E *nada*.

Mais nada.

Georgios repetiu a promessa, lembrando que fizera um pacto com Marte oito anos antes e que na ocasião o deus o ajudara.

Onde ele estava agora?

Onde estava Mitra, a propósito?

E Júpiter?

— Lamento não ter matado Hron no pretório — murmurou o equestre, deduzindo que o deus estivesse furioso com ele. — De qualquer maneira, eu tentei. E o *venci*. Mas não pude matá-lo. Fui emboscado. O senhor sabe a história.

Nenhuma resposta, sequer um sinal.

Por alguma razão, Georgios sentiu-se ignorado, posto de lado injustamente, afinal quantas vidas ele oferecera a Marte? Quanto sangue entregara ao deus romano da guerra? Quantos homens matara na esperança de agradar seu protetor?

— Talvez Lúcifer esteja certo — conjecturou ele em voz alta. — Talvez os velhos deuses sejam uma farsa. Talvez tenham morrido. Ou talvez nunca tenham existido.

Ergueu-se do chão com um profundo sentimento de melancolia. Era como se parte de seu mundo tivesse ruído, como se ele, com apenas vinte e dois anos de idade, fosse um ancião, um sobrevivente de eras passadas.

— Então é isso. — Georgios deu meia-volta e observou o poente. — Os senhores do Lácio me deram as costas, assim como Mitra e todos os titãs. Strabo — ele desviou o olhar para o céu —, como eu queria tê-lo ao meu lado. Oh, como eu queria. Mas não sou mais um garoto. Sou um homem agora. E estou sozinho — concluiu. — Pela primeira vez estou sozinho, como estiveram todos os homens antes de mim, e como estarão os que vão me suceder. Obrigado por essa lição, meu amigo. — Em sua mente, ele formou a imagem do velho filósofo. — Obrigado por salvar minha vida e por resgatar minha alma. Neste momento, desejo ser cristão — confessou aos sussurros. — Desejo ardentemente que exista um paraíso cristão, e que você esteja nele. Com Jocasta. Com Ulisses. — Ele se referia ao escravo de seu pai, um ex-gladiador que o ensinara a lutar. — Com Laios, meu pai. — E completou, recordando-se da estátua de Ísis na igreja de Tebas: — E com Polychronia, minha mãe.

LXIV

SANTO GUERREIRO

O Festival dos Corcéis — chamado por alguns de Equírria — era uma das festas mais populares da Nicomédia. Inicialmente idealizado como um tributo a Marte, o evento apresentava ao público diversas atrações relacionadas aos equinos, incluindo corridas de biga e as famosas competições a cavalo. O festival perdera força após a morte de Caracala e fora ressuscitado por Diocleciano, que pretendia transformar a cidade em uma nova Roma, título que, entretanto, só seria atribuído mais tarde a outra metrópole: Constantinopla.

O desfile começou cedo. Logo que o dia nasceu, o Décimo Corpo Imperial de Cavalaria — responsável pelas defesas urbanas — iniciou sua cavalgada, seguido por milhares de legionários que marchavam empunhando estandartes. Acompanhados pela banda de música, pelos aspirantes a oficiais, por uma tropa de jovianos e por sete aurigas guiando charretes, esses homens adentraram a cidade ao som de tubas, flautas e cornos, chamando a atenção dos moradores. Em uma dessas charretes — controlada por ninguém menos que Marco Júnio Falco, o *ductor* que instruíra Georgios quando garoto —, notava-se a presença de um indivíduo com o rosto coberto, as mãos amarradas nas costas, vestido com uma túnica longa. Esse era, ao que parecia, o último prisioneiro da corte de Narses, o misterioso personagem que desfrutava do amor e da confiança do xá.

Pouco antes do meio-dia, o cortejo transpôs um arco do triunfo e chegou ao fórum da Nicomédia. O lugar era parecido com os fóruns romanos tradicionais, com a diferença de ter sido reformado havia dez anos. O mármore dos prédios era de um branco leitoso, as colunas tinham detalhes de ouro e as estátuas de bronze estavam brilhando. Por toda parte, avistavam-se flâmulas e galhardetes vermelhos, bordados com o símbolo das legiões do Oriente.

Os militares se aglomeraram em frente ao Templo do Sol Invicto, diante do qual havia um palco de madeira montado para o sacrifício dos touros, que seriam depois assados e servidos à população. Nesse mesmo palanque, segundo os rumores, Georgios Graco, "o paladino cristão", executaria um importante prisioneiro de guerra e o ofereceria ao imperador Diocleciano, reafirmando seu compromisso com o Estado e a Púrpura.

Os legionários foram liberados e a turba se dispersou. Alguns permaneceram no fórum esperando o banquete, outros afluíram para o hipódromo e o restante se espalhou pelas ruas. No palácio da Nicomédia, a comitiva imperial se preparava para escoltar o augusto. O plano era eles entrarem no Templo do Sol Invicto pelos fundos e se apresentarem ao público do alto das escadarias, quando todos já estivessem servidos — e saciados. O conde Erhard foi ter com Georgios pela manhã para explicar os detalhes da cerimônia.

— O prisioneiro será amarrado a um poste sobre o cadafalso. Só o que você precisa fazer é ir até ele, remover o capuz e degolá-lo com a adaga solar — informou, perguntando logo depois: — Sabe como degolar uma pessoa, comandante?

— Sim, capitão — respondeu o equestre. Eles estavam nos jardins da cidadela, em frente a um chafariz de águas paradas. — É uma das primeiras coisas que aprendemos na escola.

Erhard deu de ombros.

— É uma morte rápida e indolor. Quando chegar o momento, não pense — aconselhou —, apenas *faça*.

Georgios assentiu. Os dois se separaram e, passadas algumas horas, voltaram a se encontrar na via principal do palácio. Diocleciano, vestido com uma toga púrpura e usando uma farta coroa de louros, seria transportado em uma liteira sob a proteção de duzentos homens, incluindo os três paladinos.

Pelo meio da tarde, eles chegaram aos arredores do Templo do Sol Invicto, que estava cercado de jovianos. Erhard, Diógenes, Georgios e o imperador subiram por uma escada lateral, alcançando a plataforma superior. Sob as colunas externas do santuário, os curadores da festa haviam posicionado um trono para o augusto e outros assentos — menores — para as autoridades locais.

O palco de madeira, reparou o equestre, estava ensopado com o sangue dos touros que haviam sido abatidos mais cedo. Um trio de escravos tentava limpar a sujeira, recolhendo as vísceras e atirando-as aos cachorros.

Enquanto Diocleciano conversava com os políticos e suas esposas, um sacerdote de Júpiter foi até o tablado para anunciar o ponto alto do festival. Georgios não sabia do que se tratava, até escutar seu nome.

— Eu e Diógenes estaremos o tempo todo ao seu lado — sussurrou Erhard no ouvido do cavaleiro. — Seja rápido — sugeriu. — Mantenha o foco. Não hesite. Não pare. Não vacile. — Deu-lhe um tapinha nas costas. — Contamos com o senhor.

Georgios se virou para trás e viu Diocleciano acenando para ele, como se o encorajasse. Sob fervorosos aplausos do público, o jovem andou até o palanque à medida que Marco Júnio Falco retirava o prisioneiro da charrete e o amarrava ao poste de carvalho. Quando os dois se cruzaram, o *ductor* — que costumava humilhá-lo na escola — curvou a cabeça e respeitosamente o saudou.

De repente, os brados cessaram e o filho de Laios se sentiu completamente sozinho, ainda que cercado por milhares de seres humanos. Reuniu forças ao se recordar do tempo que passara com Apharban na Armênia e de como ele era ardiloso. Não só ele, mas todos os asseclas do xá mereciam ser punidos por terem iniciado uma guerra sem motivo ou provocação aparente. Quantas pessoas, ele se questionou, deviam ter morrido, direta ou indiretamente, em decorrência daquele confronto? Não fosse por Narses, Geta e Alexius estariam vivos. Não fosse por Narses, ele jamais precisaria ter ido ao Egito, e Opélio Cassiano — um jovem encantador, com a vida inteira pela frente — ainda estaria entre eles.

Sacou a adaga e o povo vibrou. Em seguida, deu uma olhada para o fórum, observando os prédios que o rodeavam, como a basílica, uma espécie de praça coberta onde se desenrolavam os trâmites jurídicos, o tabulário, que abrigava os registros e contratos do Império, e a cúria, um edifício alto e redondo em que se reuniam os magistrados e oficiais da cidade. Olhou mais uma vez para Erhard, que o escoltava pelo lado direito, e para Diógenes, que o vigiava pela esquerda, os braços tesos, as pernas fixas sobre o assoalho poroso.

Encostou a mão na fronte do prisioneiro e removeu-lhe o capuz, a lâmina erguida, pronta para traçar seu curso. O rosto que se revelou, porém, não foi o de Apharban ou de qualquer indivíduo parecido com ele.

Sequer era um rosto masculino.

O condenado era uma mulher.

Uma jovem.

Uma princesa.

— Safira? — Tremeu o equestre, reconhecendo a face da intrépida filha do chefe Razin. — Safira? — repetiu ele, sem acreditar. — O que… O que faz aqui?

Mas a princesa não respondeu — nem poderia, pois sua língua fora cortada. Os lábios dela, percebeu o carrasco, estavam sangrando, e os olhos de esmeralda haviam sido queimados.

— Safira — ele tornou a balbuciar. — Princesa, eu não posso…

Diante daquela cena dantesca, digna dos povos mais primitivos da Terra, Georgios se lembrou de uma certa manhã no deserto, quando Fazllah o despertara para assistir à passagem do exército persa. Os homens do xá estavam, na ocasião, avançando pela Península Arábica quando se depararam com os nabateus. Esse embate, Georgios saberia depois, obrigara-os a regressar precocemente à Armênia, mas com as forças desfalcadas — daí o esforço de Apharban para tentar enganá-los. O confronto contra os coraixitas custaria a Narses seus elefantes, mas daria a ele mais uma esposa: Safira, que seria incorporada ao harém dos sassânidas.

Georgios estava petrificado. O que faria a seguir? Safira estava praticamente morta. Nessas condições, cortar-lhe o pescoço seria uma dádiva, mas ele simplesmente não podia matá-la. Não depois de ter se deitado com ela. Não depois de tê-la amado — e de tê-la desejado como mulher.

— *Hierarquia e disciplina são importantes* — ele se recordou dos ensinamentos de Mauzio —, *mas não podem estar à frente dos princípios morais.* — E, depois, do discurso do príncipe Yasmir: — *O bem sempre será o bem, e o mal sempre será o mal. Entende o que eu digo?*

— Sim — respondeu Georgios, como se estivesse de volta à infância, como se pudesse enxergar, pela primeira vez, as linhas do tempo e do espaço se cruzando. Era como se ele estivesse no topo de uma montanha e o universo inteiro repousasse a seus pés. — Sim, Yasmir. Eu entendo.

Soltou a adaga. Então, foi até Safira e beijou-lhe a testa.

— Safira, filha de Razin, princesa dos coraixitas, eu a absolvo dos seus pecados — murmurou. — Sei que se arrepende deles, assim como eu me arrependo dos meus — declarou o paladino, acrescentando: — Em nome do Pai, do Filho e do Espírito Santo — outro beijo —, eu a absolvo.

Ditas essas palavras, Georgios retrocedeu e pôs as mãos para o alto, negando-se — publicamente e diante de todos — a cumprir a tarefa que lhe fora ordenada.

Primeiro, os espectadores se revoltaram e reagiram com uma onda de vaias, cuspindo e insultando o audacioso verdugo, até que alguém começou a aplaudir. Um sujeito na multidão protestou, desejando vida longa ao "santo guerreiro".

Esse clamor foi acompanhado de outros, e subitamente o fórum inteiro estava agitado, ovacionando o paladino cristão.

O conde Erhard, experiente em confrontos urbanos, pressentiu a tragédia. Se o público subisse ao palco o imperador estaria em perigo, então ele precisava agir rápido. Saltou sobre o duque e deu-lhe um forte soco no estômago. Na mesma hora, Diógenes veio por trás, agarrou o cavaleiro pela cintura e o arrastou para longe da plebe.

Georgios poderia ter resistido e lutado, mas não resistiu.

Não valia a pena.

Sua contenda — ele agora entendia — não era contra os paladinos, contra o augusto e muito menos contra o Império Romano.

Era maior.

Muito maior.

Como não trazia algemas ou cordas, Diógenes alçou Georgios nos ombros, contornou a bancada dos nobres, entrou no templo e atirou o colega no chão. O equestre rolou sobre o piso e parou suavemente, sem se ferir.

O Minotauro fechou então as portas do santuário, pois entendeu que deveria prendê-lo, enquanto o conde Erhard, do lado de fora, encarregava-se da segurança do augusto. Feito isso, sacou seu famoso tridente, que carregava nas costas preso por um cinto enviesado de couro, e o apontou na direção do rapaz.

— Maldito seja, comandante — exclamou ele, a voz trêmula, os olhos abertos, arregalados. — Nunca poderia imaginar que seria um traidor. O missionário de Antioquia o enfeitiçou? É o que dizem à boca pequena.

Georgios se levantou e espanou a poeira. Estavam apenas eles dois no salão, enquanto o burburinho no fórum aumentava.

— O que estou fazendo é proteger o augusto — retorquiu. — Será que não percebe?

O gigante deu um sorriso nervoso.

— Pensa que pode me enfeitiçar? — Estendeu o tridente. — Não, comandante. Sou fiel ao soberano de Roma — clamou. — E não pretendo me voltar contra ele.

— Galério é o verdadeiro inimigo — resumiu o duque. — Ele quer remover Diocleciano do trono e por isso está perseguindo os cristãos.

Ouviu-se uma gritaria no estrado do templo. Depois, sons e palavras de ordem, seguidos pelo tilintar de metal. Eram os jovianos, que pegavam em armas para dispersar os plebeus.

— O que o imperador tem a ver com os cristãos? — perguntou Diógenes, como se já soubesse a resposta. — De que forma a perseguição de Galério pode prejudicar o nosso mestre? Não entendo aonde está querendo chegar.

— Mas é claro que entende. — Georgios fez uma pausa e mirou a face do Minotauro. — Sabe do que estou falando, não sabe? Conviveu por meses com a imperatriz. Dos paladinos, é o que melhor a conhece. — E afirmou: — Sabe muito bem do que estou falando.

E Diógenes realmente sabia. Ele, que fora designado como segurança de Prisca, não tinha dúvidas de que ela era cristã. Se a perseguição de Galério se alastrasse para o Leste, o césar teria o argumento perfeito para tirar Diocleciano do páreo.

— Entende agora? — perguntou Georgios. — Não sou um traidor — insistiu. — Só existe um jeito de salvarmos o augusto: convencendo-o a aceitar o cristianismo como religião oficial do Império. Se isso não acontecer, Galério tomará o seu lugar. E nós teremos mil anos de trevas.

— De onde... — Diógenes estava abismado, porque concordava com cada palavra, mas temia ser ele próprio um rebelde. — Como sabe disso, comandante? Quem lhe contou?

— Eu *vi* — confessou. — Eu sei. Ou nós restauramos o Império agora, ou ele cairá em desgraça. Será tomado por homens como Magêncio, Galério, ou pior: pelo Inclemente.

De pouco em pouco, o barulho exterior começou a cessar. Pelo que se escutava, os soldados haviam afastado a multidão e bloqueado os acessos ao fórum. O imperador, a essa altura, já devia estar no palácio, são e salvo, sob os cuidados de Erhard.

— Precisamos voltar — comentou o equestre, dirigindo-se para a porta. — O augusto precisa de nós.

Diógenes a bloqueou.

— Antes, quero que saiba que está preso, comandante — disse ele, guardando o tridente. — Entendo os seus argumentos, mas deixaremos que o imperador decida o seu destino. Até lá, o senhor está sob minha custódia.

Georgios tirou o cinto, apanhou a espada e a entregou ao gigante de bronze. Ele a aceitou como prova de rendição. E, compreendendo que o cavaleiro não desejava fugir, deixou que ele seguisse na frente.

Os dois abriram a porta do templo. O estrado superior estava preservado, mas no palanque havia dois ou três corpos, aparentemente de pessoas comuns que haviam tentado invadir o santuário — e foram mortas pelos jovianos. O resto do fórum era pura desordem, com cadeiras tombadas, sandálias perdidas e manchas de sangue na escada dos prédios.

Georgios foi até o cadafalso, onde Safira continuava amarrada. Fez conforme Pantaleão lhe ensinara anos atrás e testou seus batimentos cardíacos.

— Está morta — concluiu. — Deve ter perecido na confusão.

— Quem era ela? — perguntou Diógenes. — Ouvi falar que era a principal esposa de Narses.

— Seja quem for, não merecia morrer dessa maneira — confirmou o equestre. — Ninguém merece, Minotauro. Muito menos uma princesa.

Georgios recolheu algumas peças de roupa rasgadas, juntou pedaços de madeira e os espalhou na base do poste. Depois, retornou ao Templo do Sol Invicto, pegou um braseiro e o usou para incendiar o palanque.

O palco se transformou em uma pira funerária e, ao cair da noite, só o que sobrara eram cinzas. Georgios e Diógenes julgaram que seria uma boa hora para voltar ao palácio.

— O senhor tem certeza de que o imperador vai perdoá-lo? — perguntou o Minotauro enquanto eles caminhavam pelas ruas escuras da Nicomédia. — E se ele não acreditar no que tem a dizer?

— Serei julgado e morto — previu o rapaz. — É uma possibilidade. E eu estou preparado para ela.

— Seria lastimável perdê-lo, comandante — admitiu Diógenes, de coração aberto. — O senhor é um bom homem e espero que não cheguemos a esse ponto. Mas é uma possibilidade — concordou. — Uma possibilidade terrível.

LXV

ESTRATÉGIAS DE DEFESA

O escarcéu que começou em frente ao Templo do Sol Invicto não se limitou ao fórum romano. Durante a noite, um grupo de supostos cristãos percorreu a avenida do comércio quebrando lojas e pilhando tavernas. Os vigias locais, entretanto, juntaram-se aos legionários comuns e cercaram os arruaceiros, prendendo vários deles. Quando o dia raiou, a capital estava em paz outra vez, mas nas vias públicas não se falava de outro assunto: Georgios Graco, o paladino cristão.

Georgios e Diógenes haviam chegado ao palácio antes da quarta hora noturna e se apresentado ao conde Erhard. O capitão dos paladinos confirmou que o imperador estava em segurança e que, "para que assim se mantivesse", precisava prender o oficial palestino. Georgios foi então conduzido a uma das torres de guarda e colocado em uma cela espaçosa com duas janelas, de onde podia enxergar as muralhas, o bosque imperial e o Golfo da Nicomédia. O lugar, como ele suspeitava, era destinado a criminosos de guerra, geralmente oficiais ou nobres estrangeiros. Tinha uma cama pequena, mas confortável, um armário alto e robusto e uma mesa com duas cadeiras.

Em seu primeiro dia como prisioneiro, um escravo apareceu pela manhã trazendo um farto desjejum, que incluía pães, ovos, queijos, azeite de oliva e leite de cabra. Outro o visitou no início da tarde para limpar o chão e servir o almoço. No princípio da noite, enfim, ele recebeu a visita de Zaket, o secretário do imperador.

— Não foi Diocleciano que me enviou — disse o egípcio logo na entrada. — Estou a serviço de outra pessoa.

Georgios ficou intrigado. Ele ainda vestia a túnica militar, embora sua armadura tivesse sido confiscada.

— Que pessoa? — perguntou, mas logo se lembrou de algo que Tysa lhe dissera depois que ele voltara da guerra. — Sim, você também é servo de Flávia Júlia Helena, cesarina de Bizâncio. Minha esposa me contou.

— Imaginei que o senhor soubesse. — O secretário sentou-se em uma das cadeiras. — Me surpreende nunca ter me delatado ao augusto. Não que eu tenha cometido crimes graves. No fundo, tudo o que fiz foi pelo bem do Império.

— Se nunca o delatei — admitiu o equestre, sentando-se também —, foi porque simplesmente esqueci. Desculpe, mas essa é a verdade.

— Irônico, não? — Zaket deu um sorriso. — Agora, somos ambos traidores. Minha identidade como espião de Helena, porém, permanece secreta. Já o senhor está em maus lençóis. Eis o motivo de minha visita.

— Eu agradeço a preocupação, mas não preciso que ninguém me ajude. Não quero envolver terceiros nesta empreitada. Fui eu que comecei e sou eu que tenho de terminar. Quando o imperador me receber — fantasiou ele —, vou contar o que penso sobre Galério. Diocleciano saberá que digo a verdade.

— Comandante, lamento dizer, mas desta vez o senhor mexeu com quem não devia — sustentou o egípcio. — A emboscada que Floriano montou em Antioquia foi engendrada por Rômula, a mãe de Galério. É ela que está por trás desta conspiração. Desnecessário dizer que o césar já está a caminho da Nicomédia. Chegará ao palácio dentro de três ou quatro dias.

— Como? — espantou-se. — Ele não está em Sirmio, além do Rio Danúbio?

— Não, ele estava na Trácia — revelou Zaket —, como se já soubesse o que ia acontecer. Como se estivesse esperando para entrar em ação.

— Bom — ponderou o paladino —, três ou quatro dias são suficientes para eu ter uma bela conversa com o imperador. Serei enfático desta vez, como não fui no jantar.

— Comandante — Zaket abanou a cabeça —, o imperador não vai recebê-lo. Está decidido a ignorá-lo, pelo menos até ter com Galério, por quem passou a nutrir uma forte amizade. Os dois terão um encontro e decidirão o que fazer com o senhor. Diante dessas circunstâncias — completou o secretário —, podemos esperar pelo pior.

Georgios se levantou e andou até a janela. Depois de uma pausa, indagou:

— O que quer comigo, então? Qual é a mensagem da cesarina?

Zaket ergueu-se. Foi até ele.

— Anos atrás, em Bizâncio, o senhor pediu que ela o ajudasse a se livrar de um certo demônio — respondeu o secretário, cruzando os braços. — Pois ela parece ter a solução. Uma, claro, que se encaixa nos padrões do senhor.

— Nos meus padrões? — O cavaleiro achou engraçado. — E quais seriam eles?

O egípcio encolheu os ombros.

— Isso só ela pode dizer.

— Sem problemas — reagiu Georgios com naturalidade. — Seria um prazer revê-la, mas quando?

— Pelo que pude apurar, o senhor irá a julgamento. Nesse caso, o tribunal levará meses para reunir provas, registros e testemunhas.

— Será um julgamento justo desta vez? — perguntou ele, sem ter a esperança de que Zaket respondesse. — Minha experiência na Bélgica não foi das melhores.

— O senhor pode esperar um julgamento justo — cravou o escravo. — Pois, de acordo com a lei, só o imperador pode sentenciá-lo. Ele será, portanto, o juiz.

Georgios recordou-se de que, quinze dias antes, Erhard lhe dissera que o augusto estava doente.

— Avise à sua senhora, então, que ela é bem-vinda para me encontrar. Quanto ao demônio, já sei como lidar com ele, mas aceito a ajuda da cesarina. Helena é uma mulher corajosa. E o filho dela é meu amigo. — Regressou à mesa e completou, meio nostálgico: — Um bom amigo.

No início da primavera, um temporal de proporções nunca vistas atingiu a Nicomédia. O vento arrancou toldos e destruiu o telhado das casas, causando prejuízos e danificando armazéns. As principais vias de acesso à capital foram interditadas, o que obrigou Galério a deixar sua comitiva para trás e seguir sozinho até o palácio. Foi recebido pelo conde Erhard, que o levou aos aposentos de Diocleciano. O quarto obedecia à típica arquitetura romana, com janelas altas e gradeadas, paredes pintadas de vermelho e chão de ladrilhos coberto por um tapete felpudo.

O imperador estava deitado na cama e, ao ver Galério, pediu que ele se aproximasse. Ordenou que os escravos acendessem as lamparinas — era uma tarde escura e fria — e depois quis ficar sozinho na presença do genro.

— Soube o que aconteceu, augusto — começou Galério, inclinando-se sobre o leito e beijando o sogro na testa. — Sei que Georgios Graco era seu protegido e imagino a dor pela qual deve estar passando. Por esse motivo estou aqui. Não como césar, mas como amigo. Como irmão de armas. Para prestar-lhe toda a minha solidariedade e para tentar, junto com o senhor, resolver o problema.

Diocleciano se virou sobre o colchão. Parecia cansado e muito doente.

— Estou acabado, Galério — gemeu o soberano, o rosto pálido, as olheiras profundas. — Logo eu, que dei o sangue pela glória de Roma. Logo eu, que a salvei da barbárie e do caos.

Galério apenas escutou, sem comentar. Depois de alguns minutos, apanhou uma cadeira de vime e a posicionou ao lado da cama. Esperou o augusto se recompor, pegou-lhe a mão e disse:

— O senhor é e sempre será o maior dos imperadores. Só o que precisa é de pulso firme contra os seus inimigos — opinou. — E hoje eles são os cristãos.

Diocleciano não respondeu imediatamente. Ficou observando a chuva através da janela, fechou os olhos e de repente falou:

— Creio que esteja certo. — Deu um longo suspiro, seguido por uma crise de tosse. — Pensei que expurgá-los do exército seria suficiente, mas sei agora que devemos afastá-los também do funcionalismo público. São os burocratas que fazem mover a grande roda do Império. Sem eles para nos boicotar, restauraremos a ordem e teremos paz novamente.

O césar se levantou. Ficou de costas para o augusto, pensativo. Instantes depois, tornou a se virar para ele e disparou:

— Não é o bastante, senhor. Se os cristãos forem atacados dessa forma, tentarão se vingar. O único jeito é acabarmos com eles. Precisamos tratar esse bando de fanáticos como tratamos os nossos inimigos de guerra. Devemos exterminá-los sem piedade.

— Exterminá-los? Quer dizer, matá-los? Seria impossível.

— Não é impossível — volveu Galério, cheio de razão. — Em Sirmio, selecionei alvos específicos, indivíduos influentes e supostamente intocáveis. O medo se espalhou como uma doença. Desse jeito, limpamos a cidade e toda a província.

— Muitos bispos são meus parceiros comerciais — ponderou, afagando a barba. — Quero evitar o derramamento de sangue. O que podemos fazer é começar exonerando os servidores públicos. Se não funcionar, prometo assinar um édito com medidas mais duras.

Galério apertou os lábios, visivelmente contrariado. Bateu um pé no chão e agiu como um militar agiria em tempos de guerra:

— Permissão para falar, augusto.

— Concedida.

— Sou irredutível nesse ponto — exclamou o césar, o corpo rígido, em posição de sentido. — Expurgar os burocratas seria como dar um alerta ao inimigo, permitindo que eles se reagrupem. Precisamos realizar um ataque direto e pegá-los de surpresa. Se não for assim — manobrou ele —, eu dificilmente poderei ajudar.

Diocleciano sabia que uma medida do tipo abriria espaço para que Prisca fosse exposta — e talvez até perseguida. Por outro lado, não podia perder o apoio de Galério, então sugeriu o seguinte:

— Faremos como os antigos faziam — decidiu ele, sentando-se na cama. — Tomaremos os augúrios.

Galério torceu o nariz. Os profetas da Nicomédia, ele sabia, eram muito próximos do imperador, portanto suspeitos.

— Que seja assim, senhor — concordou —, mas que áugure consultaremos? Um evento dessa magnitude não pode ser entregue a meros videntes.

— Delfos — murmurou o augusto. — O oráculo de Apolo em Delfos. Só ele pode nos orientar. Só o deus pode nos responder.

Galério julgou a solução razoável. O Oráculo de Delfos servira a muitos reis e imperadores ao longo da história. Se Apolo não tivesse a resposta, ninguém mais teria.

— E em relação ao comandante Graco? — retomou Diocleciano, tornando a se deitar. — O que sugere que façamos com ele?

— Ele merece um julgamento justo — avaliou o césar. — É um paladino. Não podemos executá-lo sumariamente.

Em um primeiro momento, Diocleciano desconfiou do altruísmo do genro, depois entendeu que o que ele queria era montar um espetáculo para humilhar o filho de Laios, como Sevílio Druso fizera em Tréveros, mas agora em escala global.

— Nesse caso — ele foi firme —, eu deveria ser o juiz.

— De acordo — anuiu Galério —, se o senhor permitir que eu indique os promotores.

— Concedida — permitiu o governante —, e eu indicarei um advogado. Afinal, Georgios Graco é meu afilhado. Por mais que ele tenha me traído, salvou minha vida em Artaxata. E por isso eu lhe sou muito grato.

No mesmo dia em que recebeu a carta de Georgios, no Chipre, Tysa tomou a decisão de partir ao encontro do marido. Reuniu guarda-costas e embarcou em um de seus navios mercantes, mas algo — um pressentimento, talvez — fez com que ela aportasse em Bizâncio em vez de seguir direto para a Nicomédia.

Para todos os efeitos, Tysa e Helena eram aliadas. Elas haviam se conhecido por intermédio de Zaket, meses antes, e firmado um pacto por meio do qual a primeira deveria usar os sicários para assassinar a rainha Zenóbia. Em troca, a cesarina a ajudaria a retomar não só a cidade de Pafos como toda a ilha do Chipre — controlada por Marco Lúcio Políbio, então amante do governador Cipriota.

Tysa sabia que Helena era simpática a Georgios e achou que deveria se aconselhar com ela antes de encarar o imperador frente a frente. Chegando a Bizâncio, porém, descobriu que a situação do marido era muito pior do que imaginava. Ela tomara conhecimento, pela carta, que Georgios tentara libertar Strabo em Antioquia, mas não estava ciente dos eventos posteriores, tampouco da recusa dele em sacrificar a esposa de Narses no fórum. Celso Magno, o jovem cavaleiro cristão que a recebeu, contou tudo o que sabia e garantiu que sua senhora estava fazendo o melhor para salvar o filho de Laios. Para isso — ele comentou com certa ironia — contava com a ajuda do próprio imperador.

— Diocleciano não deseja matá-lo — afirmou o oficial enquanto a guiava pelos corredores do antigo palácio de Sétimo Severo. — Pelo menos é o que revelam os nossos espiões.

— Então por que o prendeu? Meu marido é inocente — protestou.

— Concordo com a senhora — replicou Celso Magno. — O fato é que o augusto não governa sozinho. Ele está doente, enfraquecido, e precisa do apoio de Galério, que pretende acabar com os cristãos. O que aconteceu com o comandante Graco, portanto — prosseguiu o oficial, subindo algumas escadas —, não diz respeito a apenas uma pessoa, mas a toda a comunidade cristã.

Chegaram a um pátio pequeno, ensolarado, cercado por colunas e decorado com vasos de samambaia, com várias portas que se abriam ao redor. No centro desse pátio havia duas cadeiras e um divã, além de uma mesinha com água e tigelas de azeitonas. No divã estava sentada Helena, vestida com uma estola azul. Diante dela encontrava-se um rapaz moreno, esguio e careca, com os olhos pintados ao estilo egípcio, usando uma túnica ricamente adornada. Pararam de conversar quando notaram a presença de Tysa. Helena se levantou, foi até ela e a abraçou.

— Magno deve ter lhe contado tudo no caminho — disse a cesarina, convidando a moça a se sentar. — Quero que conheça o senhor Damiano Calvo — apontou para o rapaz à sua frente —, o advogado do imperador, que será responsável por defender seu esposo.

Tysa apertou a mão de Calvo, mas não disfarçou a surpresa. O sujeito não devia ter mais de vinte anos. Como alguém com tão pouca experiência fora escolhido para uma tarefa tão importante?

— Quais são suas qualificações, senhor Calvo? — perguntou ela. — E, com todo o respeito, sendo advogado pessoal do augusto, como pode me garantir que representará com vigor o meu marido? Afinal, o seu principal cliente o trancou em uma torre.

Damiano Calvo deu um sorriso, como se esperasse aquela pergunta. Encarou Tysa com genuína candura e contou a ela como Georgios o protegera quando ele era apenas uma criança, durante uma viagem entre Antioquia e a Nicomédia. Fora o mesmo Georgios, a propósito, que o apresentara ao imperador. O augusto percebera o potencial do garoto e permitira que ele estudasse com alguns dos principais juristas do Império.

— Georgios salvou minha vida — acrescentou o advogado. — E estou disposto a retribuir. Na verdade — disse ele —, já tenho um plano que garantirá sua absolvição.

— O senhor Calvo — interveio Helena — nos trouxe a informação de que Lúcio Germânico se recuperou dos ferimentos sofridos no pretório de Antioquia. E que deseja uma revanche.

— É típico dele — disse Tysa, reconhecendo a personalidade do irmão. — Mas como isso pode nos ajudar?

— O objetivo de Galério é realizar um julgamento público — continuou o rapaz. — Para tal, ele contará com a ajuda de Magêncio, o pontífice de Roma, que será o promotor do caso. Eles marcaram a primeira audiência para abril do próximo ano, para que tenham tempo de reunir testemunhas, colher provas e montar uma estratégia eficaz. Com todo esse aparato, será impossível convencer o júri de que Georgios é inocente.

— Não entendi. — Tysa contraiu a testa. — Pensei que o senhor nos traria boas notícias.

— Não podemos deixar que aconteça, desta vez, o mesmo que aconteceu na Bélgica — declarou o jovem egípcio. — Depois que a promotoria se manifestar e ouvir as testemunhas, devemos solicitar que o comandante Graco seja julgado por combate.

— Um julgamento germânico — murmurou Tysa. — Claro. Faz sentido.

— O meu mestre — Damiano Calvo reduziu o tom de voz — me confirmou que aceitará o pedido. Como juiz, ele tem esse poder. E Georgios tem esse direito.

— O julgamento germânico anula o júri — explicou Helena. — Se o comandante Graco vencer o duelo, será declarado inocente.

— Mas há um porém — disse Calvo. — Precisamos estar cientes de que é a promotoria, e não nós ou mesmo o juiz, que escolherá o oponente. Magêncio, estou absolutamente certo, indicará Lúcio Germânico, que já solicitou a revanche a Floriano. — E se virou para Tysa. — A senhora acha que seu esposo é capaz de vencer o pretor de Antioquia em um novo confronto?

Tysa, que havia lido a carta de Georgios, respondeu, convicta:

— Sim, estou convencida de que sim. Será a grande batalha entre dois antigos rivais, há tanto tempo vaticinada. Será que Zenóbia previu isso? — perguntou, mais para si. — Será que ela sabia que tudo isso iria acontecer?

Helena tocou o ombro da moça.

— Zenóbia está morta, e nós, vivas. É só isso que importa — declarou. — Juntas, vamos salvar Georgios Graco, e com ele salvaremos o Império. Mais uma vez — disse, como quem faz um juramento. — E para sempre.

LXVI

OS JUSTOS NA TERRA

NO COMEÇO DA PRIMAVERA, O CONDE ERHARD E STRONKA, O ANTIGO LÍDER DOS godos, foram enviados à Grécia para consultar o Oráculo de Delfos. O objetivo, tanto de Galério quanto de Diocleciano, era saber se eles teriam o apoio dos deuses para perseguir e exterminar os cristãos.

Em fins de março, os dois homens fortes chegaram ao sopé do Monte Parnaso com três arcas recheadas de ouro, trazidas por um grupo de jovianos. Seguiram por uma estrada de seixos que se prolongava em uma ladeira arborizada, terminando nos portões do santuário de Delfos. O complexo, cercado por altos muros de pedra, contava com uma série de construções secundárias, incluindo um teatro para cinco mil pessoas e um pequeno estádio em formato de elipse, além do impressionante Templo de Apolo no ponto mais elevado da grande montanha.

Já na entrada da cidadela, os visitantes se depararam com pessoas comuns que rezavam ajoelhadas nas fontes. O local era construído em níveis, como os lances de uma escada. Em um desses níveis, Erhard identificou um conjunto de edifícios baixos, onde os acólitos da pitonisa — a suma sacerdotisa de Apolo — assistiam e orientavam os fiéis.

Foi até eles e se apresentou. O homem que o recebeu — um sujeito moreno vestindo uma toga de linho, com o cabelo e a barba raspados —, entendendo que aqueles eram indivíduos importantes e que estavam dispostos a pagar pelo serviço, levou-os até o Templo de Apolo, garantindo que seriam atendidos "o mais rápido possível".

Nas primeiras horas do crepúsculo, o acólito os conduziu à nave central. O ambiente era esfumaçado e trevoso, culminando na estátua de Apolo, que retratava o deus em postura de luta, envolto por uma serpente dourada. Aos pés da imagem, sobre um tablado de rocha, uma mulher se contorcia, fazendo gestos e sacudindo a cabeça.

Pelo que se podia discernir na penumbra, a pitonisa era jovem, o que surpreendeu os dois emissários. Sua pele lembrava a dos núbios, parecendo mais egípcia que grega. Uma vez ciente da presença deles, a mulher parou de se contrair, fechou os olhos, sentou-se de pernas cruzadas e começou a gemer.

Erhard e Stronka se detiveram na base do estrado. Enfim, a sacerdotisa esticou o pescoço e respirou fundo.

— Sei que vieram de muito longe, mas não posso ajudá-los — disse ela, a voz rouca e arrastada. — Os justos na terra impediram Apolo de falar. Os senhores podem pegar de volta o seu ouro. Pois o filho de Zeus está em silêncio. Leto está triste — boquejou — e Atena, doente.

Dito isso, a jovem se calou. Stronka avançou de punho em riste, mas foi detido pelos guardas do templo.

— É o bastante por hoje — avisou o acólito. — Precisam sair agora — pediu ele, tentando ser educado. — Por favor, me acompanhem.

Já era noite lá fora. Erhard se juntou a seus homens, ao passo que Stronka, inconformado, foi tirar satisfação com o noviço, afirmando que a pitonisa tinha sido obtusa.

— Já temos a resposta. — Erhard tranquilizou o colega, puxando-o para um canto afastado. — "Os justos na terra", ela disse. É a mensagem que procurávamos.

— Essa mensagem não quer dizer nada — protestou o líder gótico. — Acredita mesmo nessa mulher?

— Claro que sim.

— Por quê?

— Ela dispensou o pagamento — argumentou o paladino. — Um impostor teria ficado com o dinheiro. Posso apostar que a sacerdotisa disse a verdade. Ou pelo menos o que julga ser a verdade.

— Malditos sejam os gregos — clamou Stronka. — Eu sabia. Sempre soube que os deuses deles são fracos.

— Não acho que sejam fracos — retorquiu Erhard, preparando-se para descer a montanha. — Acho que *estão* fracos. Acho que estão morrendo.

— Devíamos ter consultado os deuses do Norte. — Stronka apertou seu machado. — Eles certamente nos dariam uma resposta satisfatória.

— Eu os consultei — revelou Erhard. — Costumava falar com eles quando era jovem. E digo que estão calados também.

— Se está zombando de mim, devo adverti-lo de que não tenho medo do senhor, capitão. — O godo fechou a cara. — Dizem que é o melhor espadachim do Império, mas eu não acredito. Gostaria de vê-lo em ação.

— Logo terá essa chance — retrucou o conde de um jeito enigmático. — Portanto, sugiro que aguarde. Se é uma luta que deseja — completou —, é uma luta que terá.

Quando soube que Tysa e Helena estavam a caminho da Nicomédia, Diocleciano, com medo de encará-las, pediu que Galério o escoltasse até Antioquia. Ele, Prisca, Diógenes e o próprio Galério partiram então para o Leste, avisando aos membros da corte que precisavam resolver assuntos urgentes na Síria — sem no entanto informar que assuntos eram esses.

Sem Diocleciano e sua esposa, o palácio ficou soturno e vazio. Damiano Calvo, contudo, acompanhado de Zaket, que era também o prefeito da casa, isto é, o funcionário responsável por gerenciar os escravos, ofereceu às visitantes tratamento exclusivo. Zaket as recepcionou com um verdadeiro banquete, mas Tysa comeu muito pouco, afirmando que precisava ter com o marido imediatamente.

Na condição de esposa, Tysa tinha o direito de encontrá-lo primeiro. Foi então levada à torre de guarda e se surpreendeu — como o marido antes dela — ao ver como a cela era limpa e arejada. O único inconveniente era a cama, que lhe pareceu pequena demais.

Os dois conversaram por alguns minutos e depois fizeram amor. Quando a noite caiu, Georgios se levantou para receber o jantar. O casal comeu à luz das lamparinas. Durante a refeição, o paladino confidenciou à esposa que reconhecera a princesa Safira e que havia se deitado com ela na Nabateia enquanto buscava a arma secreta.

— Não lhe contei porque queria manter Safira no passado — disse Georgios, como se pedisse desculpas. — Mas a verdade é que me apaixonei por ela.

Só consegui esquecê-la depois que eu e você nos reencontramos em Lida. De todo modo, não fui eu que a escolhi; foi o contrário. Safira me usou para afastar seus pretendentes. Ela estava decidida a não se submeter a homem algum. Que ironia — ele murmurou enquanto bebia um gole de vinho — ter se casado com Narses.

— Eu também não lhe contei tudo sobre o meu passado — retrucou Tysa, resignada. — O que interessa a um casal é o que eles constroem juntos. Pensando nisso, vejo como fui afortunada em comparação a Safira. Ela foi forçada a um casamento brutal, depois presa e torturada.

— Zaket me disse que a ideia de fazer com que eu a sacrificasse no fórum foi de Galério — comentou o equestre, parando de comer por um instante. — Por isso Diocleciano demorou para me receber, porque preferiu antes consultar o genro, por meio de cartas. O augusto imaginou que eu hesitaria e achou melhor torturar a princesa para deixá-la às portas da morte, facilitando assim o meu trabalho. O que aconteceu com Safira, em outras palavras, é também culpa minha.

— Não diga isso. — Tysa foi dura com ele. — Você não tinha como saber o que estava por vir. Fez o melhor que pôde, tenho certeza.

— Pode parecer estranho — divagou ele —, mas através de Safira enxerguei o sofrimento de toda a humanidade. Entendi o que os cristãos querem dizer quando falam que Cristo morreu pelos seres humanos, porque eu enxerguei a dor daqueles que caíram sob a minha espada. — Cortou uma linguiça de porco, pôs na boca, mastigou e comeu. — É verdade que alguns mereceram e outros eu matei em legítima defesa, mas e quanto aos que pereceram no condomínio judaico? E o pequeno escravo que eu vi ser linchado no meu primeiro dia na Escola de Oficiais do Leste? E os francos já rendidos que eu deixei morrer em Lugduno? E tantos e tantos outros...

— Pare — Tysa o cortou. — Sei o que está pensando, mas quantas vidas você também não salvou? Nós somos sobreviventes, Georgios — disse ela, com energia. — É isso que você precisa entender.

Eles terminaram de comer e tornaram a se deitar. O casal já havia debatido, ainda que brevemente, a estratégia proposta por Calvo. Quando perguntado, então, por que não se convertia ao cristianismo, Georgios respondeu:

— Não posso fazer isso ainda. Preciso cumprir uma promessa que fiz a Marte. Existindo ele ou não — sustentou —, fiz um pacto e um juramento sagrado.

— E qual seria esse pacto?

— Hron. Devo acabar com ele e restaurar a honra da minha família. Se eu sobreviver a esse duelo, renunciarei ao cargo de paladino e começarei uma nova vida, longe da guerra. Para mim, chega de sangue. Estou exausto de tanta matança.

— O seu pai, pelo que me lembro, tentou viver em paz e falhou — pontuou a moça. — Por que acha que vai conseguir?

— Porque eu tenho você ao meu lado — retornou o cavaleiro, beijando-a calorosamente nos lábios. — E você tem a mim.

O reencontro entre Georgios e Damiano Calvo — anteriormente chamado de Ábaco — foi emocionante para ambas as partes. Por ter convivido durante meses com o imperador — na jornada até Artaxata —, Georgios sabia que Calvo assumira o posto que antes pertencera a Druso, mas não tivera, ainda, a oportunidade de estar cara a cara com ele. Os dois passaram, então, algumas horas relembrando aqueles tempos sombrios da caravana, que apesar de todos os problemas agora lhes pareciam nostálgicos.

No almoço, Georgios, Calvo, Tysa e Helena debateram como o réu deveria se comportar no julgamento. Calvo era da opinião de que Georgios deveria ficar calado, enquanto Helena sugeriu que ele fizesse um discurso em defesa da liberdade religiosa. O próprio Georgios, contudo, admitiu não ser bom orador. O melhor, declarou ele, era deixar a promotoria se manifestar e depois solicitar o julgamento germânico, já que Diocleciano estava ciente do caso — e pronto para aceitar o duelo.

Helena, entretanto, estava decidida a tomar ela própria a palavra, se necessário, e perguntou se o paladino poderia lhe contar um pouco sobre sua história de vida. Os dois conversaram por horas — depois, ao longo de *meses* —, e foi assim que a cesarina teve, mais tarde, a ideia de escrever este livro.

No dia seguinte, Helena apresentou ao filho de Laios o plano que elaborara para livrá-lo da influência satânica. O cavaleiro achou engraçado, porque planejara a mesma coisa, mas o destino mostraria a eles que tudo pode mudar — como mudara para a princesa Safira.

Enquanto isso, em Antioquia, Diocleciano se esforçava para convencer seus súditos de que o Império vivia um momento de ascensão, enquanto era claro para plebeus e patrícios que o mundo romano começava a entrar em declínio. No ano anterior, o governo emitira um decreto por meio do qual tabelava os preços. O objetivo era controlar a inflação, mas o resultado foi a escassez de alimentos. O tabelamento foi tão impopular que o imperador passou a ser visto como uma espécie de inimigo do povo. Nas ruas, grafites o retratavam como um gigante magro e sem dentes, que mastigava os cidadãos como Cronos devorara seus filhos.

Em junho, Erhard e Stronka aportaram na Nicomédia. Ao saber, todavia, que Diocleciano estava na Síria, partiram para lá imediatamente. Depois de semanas de deliberação, o augusto acatou o argumento de Galério de que "os justos na terra" eram os cristãos e que eles precisavam ser eliminados para que os antigos deuses voltassem a falar. No início do outono, o imperador redigiu um édito de perseguição, que, no entanto, só seria publicado em fevereiro do próximo ano, quando eles retornassem à capital. Diocleciano convenceu o genro a esperar cinco meses alegando que medidas drásticas "precisam ser planejadas com muita cautela". O exército teria de ser notificado e deveria estar pronto para entrar em ação.

Secretamente, porém, aconselhado por Prisca, o augusto trabalhava a favor de Georgios. Quando descobriu que Lúcio Germânico estava treinando com gladiadores, ordenou que o conde Erhard voltasse à Nicomédia com a curiosa missão de instruir seu pupilo.

— Os senhores terão permissão de circular pelo palácio, embora o comandante Graco deva passar a noite em sua cela na torre — decretou o soberano para o chefe dos paladinos, antes de embarcá-lo em um navio em Selêucia. — Sua tarefa é transmitir a ele todas as suas técnicas, das mais simples às mais complicadas. Sei que Georgios me traiu — murmurou o augusto, cabisbaixo —, mas devo isso ao pai dele.

Erhard escutou as ordens placidamente. Chegou à Nicomédia um mês depois e permitiu que Helena e Tysa continuassem hospedadas na cidadela, com a condição de que se retirassem uma semana antes do feriado da Terminália — comemorado a 23 de fevereiro, data em que o augusto regressaria à corte.

Na última semana de janeiro, elas alugaram uma mansão perto do fórum, onde pretendiam ficar até que Georgios fosse libertado. Na véspera da Terminália, entretanto, tiveram a notícia de que a igreja da Nicomédia — recentemente construída pelo próprio imperador, que até pouco tempo era amigo dos cristãos — fora incendiada. Centenas de membros do clero haviam sido presos, e alguns, executados em praça pública.

Ao nascer do sol, Diocleciano mandou afixar na porta da cúria uma cópia do primeiro édito contra os cristãos. O documento previa que as escrituras e os livros litúrgicos fossem encontrados e destruídos. Os locais de culto em todo o Império deveriam ser demolidos, e seus tesouros, entregues a oficiais do Estado. Os cristãos, dizia o papel, teriam seus bens confiscados e perderiam parte de seus direitos jurídicos, o que os tornava alvo de coerção e tortura.

Tysa trancou a mansão e mandou que seus seguranças a cercassem. Depois, ela e Helena escreveram uma carta e a confiaram a Fazllah.

— Essa mensagem — disse a cesarina — deve ser entregue ao duque Flávio Constantino, meu filho. De acordo com os meus espiões, ele se encontra neste momento no palacete do senador Vírio Galo, na cidade de Roma.

Fazllah ficou de joelhos e jurou que entregaria a mensagem — ou morreria tentando —, mas solicitou a ajuda de um guia, pois não sabia como chegar à metrópole.

— Basta seguir as placas e se orientar pelos marcos. Nunca saia da estrada — explicou Tysa para o Falcão. — Se é leal ao meu marido, faça com que essa carta chegue ao destino. O futuro de Georgios depende disso — afirmou ela, acrescentando: — E o nosso também.

LXVII

O CERCO SE FECHA

Com a emissão do édito por Diocleciano, tudo mudava para Georgios Graco. Em tese, ele agora poderia ser condenado à morte sumariamente — esse era, aliás, um dos objetivos de Galério ao sugerir o decreto. O imperador, contudo, lembrou aos promotores que o paladino nunca havia se declarado cristão, apesar de o povo enxergá-lo dessa maneira. O julgamento, portanto, estava mantido, mas foi-lhe tirado o direito de uma decisão final por combate.

Como Damiano Calvo previra, seria impossível, depois do episódio no fórum, convencer o júri de que Georgios era inocente, então só o que lhes restava era confiar em Fazllah e esperar que Constantino viesse acudi-los. Helena sabia que esse tipo de atitude poderia dar início a uma guerra civil — a mesma guerra que ela tanto trabalhara para evitar. No entanto, Diocleciano estava perto da morte, e essa poderia ser a chance de a cesarina instalar o filho no trono — que até segunda ordem estava prometido a Galério.

Magêncio e sua comitiva chegaram à Nicomédia a 9 de abril. O pontífice máximo de Roma estava acompanhado de Lúcio Germânico e Lélio Terêncio, o magistrado que Georgios expulsara do Chipre. O cortejo, que era integrado por políticos, juristas, advogados auxiliares e escravos de todos os tipos, ficou hospedado na cidadela imperial. Nos três primeiros dias, acusação e defesa tiveram encontros preliminares com o augusto, que desejava saber se as teses e argumentos estavam de acordo com as Doze Tábuas, o mais importante código de leis do Império. Em um desses encontros, Diocleciano, conhecendo a personalidade de Tysa e temendo encará-la, determinou que apenas indivíduos do sexo masculino poderiam assistir ao espetáculo, pois os supostos crimes "perpetrados pelo comandante Graco podem corromper as mulheres de boa família", sendo o cristianismo, de acordo com ele, uma ideologia essencialmente feminina, que "emascula os homens e os afasta da guerra".

Um dos preceitos mais importantes do julgamento romano é a presença de espectadores, que no final de três dias votariam para decidir se o réu era culpado ou inocente. Para que a sentença fosse validada, a corte deveria ter um juiz imparcial e uma plateia mista, formada por plebeus e patrícios. Dado o apelo popular, esperava-se o comparecimento de centenas ou até de milhares de cidadãos, então Diocleciano resolveu usar a basílica da cidade, uma espécie de praça coberta, de teto alto sustentado por colunas dóricas. Comumente, as basílicas romanas serviam para a realização de assembleias, sobretudo no inverno, em dias chuvosos ou em manhãs de sol escaldante.

Para garantir a segurança dos membros da corte — e do próprio acusado —, o imperador mandou cercar o edifício e posicionou, no canto norte do prédio, um tablado com três cadeiras: uma para ele e outras duas para Calvo e Magêncio. O réu, conforme mandava a lei, ficaria no meio deles, acorrentado e preso em uma gaiola de ferro. Uma quarta cadeira, disposta em frente ao palco, era destinada às testemunhas.

Na manhã de 16 de abril, as pessoas chegaram cedo ao fórum para tentar entrar na basílica. Georgios foi trazido em uma carroça fechada e transferido para a jaula sobre o tablado.

Magêncio e Damiano Calvo surgiram logo depois. Finalmente, sob forte escolta, Diocleciano apareceu apoiado em um cajado. Sentou-se em seu lugar e observou a multidão, tentando entender o que o povo queria. O povo era o júri, a quem ele, agora mais do que nunca, precisava agradar. Mas não poderia se opor aos fatos. Se Magêncio apresentasse provas contundentes, teria de condenar o paladino à morte.

Georgios, que tudo via, mesmo enjaulado, reparou na ausência de Galério. Calvo lhe contaria mais tarde que Lélio Terêncio sugerira que o césar voltasse para Sirmio, pois a presença dele poderia enfraquecer — ou deslegitimar — o julgamento, já que Galério era considerado o maior inimigo dos cristãos.

A sessão começou com Magêncio descrevendo uma série de acontecimentos que pesavam contra o equestre. Sustentou que Georgios era "reincidente" e que fora preso na Bélgica por professar a fé cristã.

— Mais de uma vez — alegou o pontífice — o comandante Graco lutou ao lado e à frente da cruz.

Quando escutou essas verdades, o povo ficou estarrecido. Calvo, no entanto, tomou a palavra e defendeu seu cliente.

— Não nego que Georgios Graco lutou ao lado de cristãos, assim como lutou ao lado de germânicos, batavos, armênios e sírios. O uso de tropas auxiliares — lembrou ele, virando-se para o juiz — é uma prática comum desde a fundação da República. Empregar estrangeiros ou soldados de culturas e religiões diferentes não é crime. Se assim fosse, Júlio César seria um criminoso — disse. — Insisto que meu cliente não é cristão.

O público aplaudiu. Magêncio pediu para interrogar o prisioneiro, mas Diocleciano o impediu, afirmando que o réu tinha o direito de ficar calado e de ser representado por um advogado. O promotor voltou então ao ponto inicial e fez um minucioso relato sobre a invasão da Batávia, questionando quais seriam os reais objetivos de Georgios ao se associar aos cristãos.

— Salvar o Império e seus aliados — rebateu Calvo. — Se o meu cliente não tivesse agido como agiu, a fronteira do Reno já teria caído.

O argumento foi especialmente cirúrgico, porque os homens do Leste tinham verdadeiro pavor dos bárbaros germânicos. As histórias que lhes chegavam eram de indivíduos grotescos, que bebiam sangue de virgens e comiam a carne de seus inimigos.

O julgamento prosseguiu por mais algumas horas, com Magêncio traçando um panorama obscuro para o Império caso ele caísse ante a Igreja. Essa seria, de acordo com o promotor, a batalha mais importante de Roma, sobretudo porque, agora, "esses terríveis fanáticos penetraram nas instâncias mais altas do Estado, sendo o comandante Graco um exemplo óbvio dessa ameaça", assinalou.

Pelo meio da tarde, estavam todos exaustos e famintos. Diocleciano decidiu que a corte entraria em recesso até o dia seguinte.

O imperador deixou a basílica primeiro, e só depois o povo saiu. Calvo se ajoelhou perto de Georgios e comemorou o fato de que Magêncio não havia mencionado os eventos de Útica.

— Sua relação com Mauzio não será explorada — concluiu o egípcio. — Isso é ótimo para nós.

— Maximiano certamente prefere esquecer esse episódio, que foi uma grande humilhação para ele — suspeitou o equestre. — Deve ter instruído o filho a não tocar no assunto.

Calvo concordou que devia ser esse o caso e, ao sair do tribunal, perguntou ao juiz se Tysa poderia visitar o marido no cárcere. O augusto autorizou, e pouco antes do anoitecer a moça foi admitida na cidadela imperial. Percorreu diversos salões, chegando a um pátio secundário, onde se localizava a torre de guarda. No lusco-fusco, avistou Lúcio Germânico, que andou até ela e a abordou.

— Olá, irmãzinha — começou o pretor. Ele estava usando a armadura, as armas e o uniforme de centurião. — Como você cresceu. — Ele a olhou, cobiçoso. — É uma mulher agora.

Os guarda-costas de Tysa — eram três, bem armados — interpuseram-se entre eles. A moça, porém, pediu que se afastassem. Ergueu a cabeça e desafiou o irmão.

— Senhor Germânico — ela o tratou como se não o conhecesse —, soube que foi derrotado por meu marido em Antioquia. Que teria morrido, não fosse a interferência de um de seus subalternos. Esperava mais do senhor.

Lúcio Germânico não se conteve e avançou sobre ela, mas agora não só os seguranças o detiveram como também os soldados que montavam guarda no pátio.

— Soltem-me! — O pretor recuou, os braços levantados. Respirou fundo e, depois de prometer que nenhum mal faria à mulher, voltou-se para ela: — Georgios será condenado à morte, não importa o que vocês digam ou façam. Aproveite o tempo que ainda tem com ele. — Saiu da frente e indicou a entrada da torre. — Porque, com a queda dos Gracos, os bens que pertenciam ao meu pai tornarão a ser meus por direito. E eu a tomarei como esposa. — Olhou para os seguranças da moça e disse, jocoso: — Os senhores já podem se preparar para ter um novo senhor. — Sorriu e abriu passagem. — Boa noite.

Tysa não prolongou a conversa. Com o sangue fervendo, subiu as escadas, acenou para o carcereiro e entrou na cela. O marido percebeu seu estado de nervos e perguntou o que tinha acontecido.

— Já que você não será julgado por combate, preciso dar um jeito de acabar com Hron — disse ela, transtornada. — Como pretor de Antioquia e amigo de Floriano, ele pode roubar nossas terras, como meu pai roubou as suas.

— Não se preocupe. — Georgios a abraçou. — Constantino virá nos resgatar. Ele nunca perdeu uma batalha. — O paladino se lembrou de como o conhecera, em um bosque ali perto. Desde que o vira pela primeira vez sobre um cavalo, Georgios teve certeza de que Constantino estava fadado a se tornar o maior imperador que Roma já teve. — Confio nele — disse, com convicção absoluta. — O duque não faltará.

Naquele momento, um homem chegava à mansão que Tysa e Helena haviam alugado no centro da Nicomédia.

O sujeito saltou do cavalo e bateu na pesada porta de madeira. Um dos seguranças que vigiavam a propriedade dobrou a esquina e sacou a espada, mas tornou a embainhá-la ao reconhecer Fazllah.

Dez minutos depois, o Falcão estava na sala de jantar, em pé diante da cesarina. Helena explicou que Tysa fora ao palácio visitar Georgios e que ainda não tinha voltado.

— A mensagem que trago é para a senhora — anunciou ele. — O seu filho já saiu de Roma, mas teve alguns contratempos. Por isso ele me mandou na frente para avisá-la — contou, as mãos cruzadas nas costas. — Parece que Maximiano montou um bloqueio na descida dos Alpes, impedindo que as tropas gaulesas alcançassem a Itália. O duque está a caminho — repetiu —, mas com apenas sete coortes.

Helena fez os cálculos. Naquele período da história, cada coorte tinha aproximadamente quatrocentos homens. Em tempos de paz, a Nicomédia era defendida pelo Décimo Corpo Imperial de Cavalaria e por um grupo de soldados urbanos que totalizavam dois mil combatentes. O problema era que o imperador podia, a qualquer momento, convocar as legiões estacionadas na Síria — e com isso triplicar seu efetivo.

— Quando eles chegam? — perguntou a cesarina. — Onde estão agora?

— Neste momento, na Macedônia. O grupo tem se deslocado rápido — informou Fazllah. — É a vantagem de ter um time relativamente pequeno. Em dez dias estarão conosco.

— Dez dias? — Helena se levantou. — O julgamento terminará depois de amanhã.

— O senhor Constantino lembra que ainda terá de fazer a travessia pelo Bósforo — acrescentou o Falcão. — Embora ele tenha amigos em Bizâncio, precisará de alguns navios.

Helena deixou a sala de jantar e andou até o átrio. Olhou para as estrelas através da abertura no teto.

— Talvez Calvo consiga adiar a execução, mas nada é garantido — lamentou a matrona. — Tudo vai depender dos votos do júri. Se o povo condenar Georgios por uma larga margem, nada poderemos fazer.

Fazllah assentiu e foi dispensado. Helena continuou onde estava, olhando para cima, mas se colocou de joelhos, as palmas unidas.

— Se o Senhor acha que Georgios precisa morrer, então leve-o. Já fiz tudo o que podia — disse ela em postura de oração. — Só o que lhe peço é um final digno. O rapaz já sofreu muito. Por favor — a mulher pediu com afinco —, não o deixe sofrer mais. E cuide dele. Pois, como o Senhor sabe melhor do que eu, o inimigo está à espreita. Ele é determinado — murmurou Helena — e poderoso.

LXVIII

TESTEMUNHAS SECRETAS

O SEGUNDO DIA DE JULGAMENTO COMEÇOU COM O INTERROGATÓRIO DE LÚCIO Germânico. Sentado no banco das testemunhas, ele respondeu às perguntas do promotor e contou ao público como Georgios Graco tentara libertar Salomão do pretório — o mesmo pretório que fora depois invadido e incendiado por uma turba enfurecida, que "pegou de surpresa os militares e os perseguiu pelas ruas".

Magêncio tomou a palavra e acrescentou que o nome real do prisioneiro era Strabo, revelando que ele fora um dos tutores do réu. Isso mostrava, segundo o pontífice, que "o comandante Graco estava disposto a colocar seus interesses pessoais à frente da Púrpura", nem que para tal precisasse matar outros soldados romanos.

O relato gerou comoção entre os presentes. Chegou, então, a vez de Calvo entrevistar o pretor. Ele começou dizendo que Georgios estivera o tempo todo obedecendo às ordens de Diocleciano, que lhe pedira que o missionário tivesse um julgamento justo, o que seria impossível em Antioquia.

— O senhor acha, sinceramente, que Salomão seria julgado com lisura por Floriano e seus comparsas? — perguntou o advogado para Germânico. — Lembre-se de que fez um juramento sagrado de só falar a verdade.

O centurião hesitou. Nunca fora um sujeito particularmente religioso, mas sabia que desafiar os deuses não era uma atitude muito saudável.

— Se quer minha opinião honesta, acredito que os seguidores de Cristo são criminosos — devolveu Lúcio Germânico. — O édito de 23 de fevereiro os classifica como inimigos do Estado. Portanto, respondendo à sua pergunta — prosseguiu o interrogado após alguns segundos —, não. Não acredito que Salomão teria um julgamento justo, pois ele não merecia tal privilégio.

O burburinho se espalhou pelo salão da basílica, com os espectadores conversando entre si, discutindo e dando palpites.

Calvo pediu silêncio.

— O senhor admite, então — manobrou o egípcio —, que atuou no sentido de impedir que meu cliente executasse uma ordem imperial?

— Protesto! — Magêncio se levantou da cadeira. — Não cabe ao pretor especular a respeito. Ele é uma testemunha que está meramente relatando os fatos.

Diocleciano ergueu o braço.

— Protesto negado. — Apontou para Germânico. — Capitão, o senhor ocupa um cargo de comando e é capaz de fazer essa avaliação. Mas antes — voltou-se para Calvo — a defesa deve reformular a pergunta.

O egípcio agradeceu e retomou:

— Capitão, o senhor estava ciente de que o comandante Graco é um paladino e que ele pode falar e agir em nome do divino augusto de Roma?

— Claro que sim — declarou Germânico. — No entanto, eu também estava cumprindo ordens. Bastava o senhor Graco ter me explicado a situação. Em vez disso, ao me ver, ele simplesmente me atacou. Sem motivo.

Georgios, dentro da jaula, teve vontade de dobrar as barras e estrangular o filho de Drago. Sem motivo? Aquele crápula havia perseguido e assassinado sua mãe.

Diocleciano perguntou a Damiano Calvo se era verdade que o réu atacara o pretor antes de ser atacado. O egípcio disse que sim, mas revelou que Germânico havia confessado, na ocasião, que armara uma "cilada" para o cavaleiro da Púrpura. Então, perguntou à testemunha que cilada era essa.

— Se eu disse isso, foi no calor do momento — esquivou-se o pretor. Ele tinha consciência de que os deuses poderiam ficar aborrecidos, mas fizera um pacto com Galério e Floriano de nunca contar a terceiros sobre a emboscada que haviam montado. — Não era a minha intenção ir contra a ordem do imperador, a quem muito amo — mentiu — e admiro.

A resposta não convenceu ninguém, mas de uma forma ou de outra encerrava a questão. Como Magêncio nada comentara sobre a antiga rivalidade entre Georgios e Germânico, Calvo achou melhor esquecer esse tópico, pois sabia que a mãe do réu era cristã e temia que o assunto viesse à tona — e que pudesse prejudicar seu cliente.

Observando o pretor de dentro da jaula, Georgios refletiu sobre como aquele julgamento era partidário — mesmo que o juiz não quisesse matá-lo. Na primeira conversa que tiveram, no palácio, Damiano Calvo manifestara a vontade de convocar testemunhas de defesa, mas ou elas eram cristãs, ou eram cidadãos romanos que não desejavam ser associados ao cristianismo — ainda mais agora, com o édito em pleno vigor. O jeito era escutar os depoentes apresentados pela promotoria e tentar desmenti-los ou desacreditá-los. Calvo fizera um bom trabalho com Hron, que afinal era apenas um soldado, mas teria sérios problemas nos minutos seguintes.

Já era quase meio-dia quando Magêncio chamou ao palco Lélio Terêncio, um dos principais magistrados da Síria. Ele fez um discurso eloquente, descrevendo, ao longo de quase uma hora, como o filho de Laios o expulsara do Chipre.

— Meu propósito na ilha — disse o magistrado, cofiando a pequena barba bifurcada — era fazer valer o decreto imperial que proíbe cristãos no exército. O comandante Graco ordenou que encerrássemos a comissão e fez com que embarcássemos à força em um navio de volta a Antioquia. O nosso trabalho, vale lembrar, foi autorizado pelos tetrarcas — alegou ele, mas era mentira, pois somente Galério e Diocleciano haviam assinado a petição. — Em outras palavras, o senhor Graco protegeu, de forma ativa e sistemática, a comunidade cristã do Chipre. Essa história pode ser confirmada por um grande número de pessoas, incluindo os marinheiros que nos trouxeram para o continente. Está tudo registrado.

E realmente estava. O paladino sabia que a comissão de Terêncio era legal, embora fosse imoral.

Dessa vez, Damiano Calvo teve dificuldade para defender seu cliente, não só porque Lélio Terêncio era um orador habilidoso como pelo fato de que já havia passado da hora do almoço. O público estava cansado demais para prestar atenção, então Diocleciano estabeleceu um recesso de duas horas.

Georgios permaneceu confinado na jaula. Um escravo lhe entregou um prato de mingau de cevada, acompanhado de uma jarra de posca. Enquanto descia as escadas do tablado, Magêncio olhou para ele, deu um riso e sussurrou:

— Não se preocupe, Graco. A essa altura, não faria sentido para nós envenenarmos sua comida. Em poucos dias estará morto.

Os dois ainda não tinham se falado diretamente. O paladino, que em nenhum momento hesitara ao comer, olhou de volta para o promotor e retrucou:

— Perdeu uma chance histórica de acabar comigo, Cabeça de Ovo. — Ele usou o apelido pelo qual Magêncio era chamado na escola. — Pois eu sobreviverei a este julgamento. Não importa o que aconteça, sairei vitorioso desta disputa. E você acabará sob uma ponte — vaticinou, sem saber ao certo o que dizia —, crivado de flechas.

O pontífice não entendeu muito bem o que Georgios pretendia com aquelas ameaças, mas ficou intimidado e saiu da basílica escoltado por seus seguranças. Calvo andou até seu cliente e pediu desculpas por não ter conseguido defendê-lo como deveria.

— Pelo jeito, o julgamento vai continuar à tarde — comentou o equestre, saboreando o mingau. — Já chamaram Germânico e Terêncio. Quem será a próxima testemunha?

— Não faço ideia — admitiu o advogado. — Ouvi rumores de que a promotoria vai se valer de dois depoentes secretos. Que não estão listados nos autos do processo.

— Eles podem fazer isso?

— Se comunicarem ao juiz, sim — respondeu. — Diocleciano, portanto, sabe quem são eles. Devem estar hospedados no palácio.

— Consegue descobrir seus nomes?

— Para esta tarde, impossível. Mas Helena pode descobrir por meio de Zaket. Irei até ela hoje — prometeu Calvo — e amanhã saberei os detalhes.

O primeiro dos "depoentes secretos" se apresentou após o recesso. Era um indivíduo alto e barrigudo, com a pele escura como o carvão. Usava uma túnica branca com listras amarelas e ostentava brincos e braceletes dourados. Estava acompanhado por uma escolta de lanceiros núbios, que foram admitidos no interior da basílica. Georgios teve dificuldade de identificá-lo, até o momento em que ele subiu ao palanque.

— O homem que está diante dos senhores — disse Magêncio para a plateia — é Ziúra, às vezes chamado de Príncipe Negro. Nascido no antigo reino de Kush, ao sul do Egito, governa a cidade de Berenice. Sua alteza — apontou para a testemunha — tem algo a falar para os cidadãos aqui presentes.

Depois de autorizado pelo juiz, Ziúra fez uma longa exposição afirmando que Georgios estivera com ele três anos antes e concordara em se batizar no Mar Vermelho. Quando perguntado pelo promotor como ficara sabendo daquelas coisas, o monarca confessou que era cristão na época e exigira do paladino o sacramento para que pudesse ajudá-lo em sua demanda. Imediatamente após dizer isso, alegou que havia se "libertado" do cristianismo, o qual classificava como uma "doença", e se prontificou a realizar sacrifícios em honra de Júpiter para provar que sua conversão ao paganismo era sincera.

O que mais chocou Georgios, ao escutar o depoimento, foi a desenvoltura com a qual Ziúra falava. Em Berenice, ele simulara um forte sotaque aramaico, mas agora seu grego era perfeito, como se ele tivesse nascido ou estudado em Atenas.

Damiano Calvo, felizmente, estava preparado para esses percalços e mais uma vez retorquiu garantindo que Georgios se batizara, como o próprio Ziúra dissera, por razões estritamente políticas.

— O comandante Graco faria qualquer coisa para completar sua missão — pontuou o egípcio. — O relato de sua alteza só prova o que eu disse mais cedo: que ele estava comprometido com as ordens do augusto.

Magêncio colocou-se na frente de Calvo.

— Ora, mas isso tudo é muito estranho — protestou ele, com os braços abertos. — O senhor Graco luta ao lado de cristãos, protege abertamente a Igreja do Chipre, coloca cidadãos romanos em risco para salvar um missionário, é batizado e entretanto não é cristão. — Deu uma risada para desmoralizar o advogado. — Pela graça de Júpiter, a que ponto chegamos?

O povo se manifestou com efusivos gritos de concordância, seguidos por insultos ao réu. Calvo abriu a boca para falar, mas era impossível se sobrepor aos clamores da turba. Pediu então que o juiz ordenasse silêncio, e Diocleciano acatou. Não sem antes, contudo, permitir que Magêncio fizesse uma última pergunta à testemunha.

— Obrigado, senhor. — O pontífice tornou a olhar para Ziúra, triunfante. — Agora que já sabemos que Georgios Graco é cristão, sua alteza poderia nos falar o que ele estava fazendo em Berenice? Digo, qual era a natureza de sua demanda? O que ele desejava e o que fazia no Egito?

Magêncio — isso era inegável — havia aprendido bastante com Druso. Ele certamente ficara sabendo que Georgios partira em uma missão a serviço do imperador e que essa missão era secreta. O resultado, portanto, não podia ser outro. Ao ouvir a pergunta, Diocleciano brandiu o cajado, observou a inclinação do sol — que já estava se pondo — e avisou aos espectadores:

— Essas e outras questões serão esmiuçadas amanhã — determinou. — Logo vai escurecer e não se devem realizar julgamentos à luz dos archotes. Desagrada os deuses — inventou. — E nós somos, todos, tementes a eles.

Mesmo ávido por continuar assistindo ao espetáculo, o público concordou com o juiz e foi aos poucos deixando a basílica. Os populares, todavia, seguiram debatendo do lado de fora, no espaço aberto do fórum, agora certos de que Georgios era cristão e que deveria ser sentenciado à fogueira.

O filho de Laios foi levado outra vez para o palácio e, chegando à sua cela, teve uma notícia ruim. O imperador, talvez irritado com a audiência daquela tarde, proibira visitas íntimas ao réu.

Tysa permaneceu na casa alugada, ao lado de Helena. Calvo esteve com elas logo ao anoitecer, fez um relato completo do que acontecera no tribunal e pediu que a cesarina acionasse Zaket para saber quem seria a segunda testemunha secreta, que iria depor no terceiro e último dia.

Antes da meia-noite, chegou a resposta. O próprio Zaket, disfarçado e coberto com um capuz, apareceu na mansão e foi recebido pelas anfitriãs no átrio.

— O nome da testemunha é Magda — disse ele diante das duas damas, de Fazllah, Ismail e Damiano Calvo. — Esposa de Marco Salústio, legado da Décima Legião do Estreito. Foi convocada por Magêncio.

Tysa nunca havia sentido tanto ódio na vida. Ficou de pé e gritou:

— Para o inferno com aquela megera! — E, depois de se acalmar um pouco, esclareceu: — Magda é minha sócia. Ela quer me destruir e tomar a minha parte na empresa.

Helena, que passara meses entrevistando Georgios na torre, baixou a cabeça e concluiu o que parecia ser lógico:

— Ela presenciou o momento em que seu marido se ajoelhou no túmulo de Cristo. Sendo uma pessoa ligada a você — afagou o ombro de Tysa — e esposa de um importante general romano, o depoimento dela tem um peso enorme. Os indícios não são bons — admitiu a cesarina —, mas vamos conservar a esperança. Rezarei a noite inteira para que Deus ilumine o coração de

Magda. — E pediu a todos que ali estavam: — Mantenham a fé. Acreditem no poder dele.

Mas Tysa estava furiosa demais para orar.

— Eu devia ter acabado com aquela mulher quando tive a chance. — Bufou. — Como fui tola!

Helena tentou consolá-la, mas a moça deu-lhe as costas e saiu.

— O príncipe Ziúra, eu esqueci de dizer — retomou Zaket de repente —, jantou hoje com o imperador. O augusto ofereceu-lhe o posto de prefeito do Egito em troca de seu silêncio no tocante à arma secreta. Suspeito, entretanto, de que Magêncio já conheça a história toda.

— Está tudo armado, então, para a condenação do comandante Graco — deduziu Helena. — Senhor Calvo, conseguimos adiar a execução até a chegada de Constantino, meu filho?

— Se o júri for unânime, acho difícil. De todo modo — ele se lembrou de como Georgios o acolhera na caravana judaica —, farei o que estiver ao meu alcance.

LXIX

O VEREDICTO

O SOL TINHA ACABADO DE NASCER E AS ESCADAS DA BASÍLICA JÁ ESTAVAM LOTADAS. Na noite anterior, Magêncio, por meio de seus auxiliares, havia pagado alguns meninos de rua para espalhar a notícia de que a próxima testemunha a ser entrevistada seria a mulher mais bonita do Leste, sem no entanto revelar quem era ela. Os espectadores ficaram curiosos e chegaram ao fórum logo cedo, na expectativa de conhecer a beldade.

Magda estava longe de ser uma Helena de Troia, mas ainda assim era uma mulher deslumbrante. Damiano Calvo passara a madrugada estudando sobre ela, para que pudesse refutar seus argumentos. No entanto, havia pouca esperança para Georgios Graco. O objetivo do advogado era, agora, que seu cliente fosse condenado por uma curta margem, de modo que ele pudesse pedir ao juiz alguns dias para as penitências finais — permitindo assim que Constantino alcançasse a metrópole.

Depois de um breve resumo dos dias anteriores, feito por Zaket, Magêncio chamou Magda ao palco. Ela chegou sozinha, aparentemente sem seguranças. O público se surpreendeu ao ver aquela mulher de pele branca como a neve e cabelos longos e negros subindo ao tablado e observando-os como se eles fossem formigas. Magda tinha um carisma particular e era sedutora, embora não tivesse conseguido seduzir o filho de Laios, fato que à época a deixara frustrada.

Georgios fora informado sobre a identidade da testemunha por Calvo minutos antes. Sussurrando de dentro da jaula, ele pediu que o advogado, ao contestá-la, não se esquecesse de dizer que Salústio se recusara a participar da batalha contra os persas nos campos de Artaxata, alegando estar doente. O próprio juiz, acrescentou o paladino, poderia confirmar esse episódio.

O que aconteceu, porém, foi algo completamente inusitado. Magda, ao ser perguntada por Magêncio sobre as semanas em que convivera com o réu, passou a elogiá-lo — ao invés de criticá-lo.

— O comandante Graco demonstrou ser um homem de ação desde o primeiro momento — afirmou ela. — Durante todo o tempo em que esteve conosco, sua única preocupação era regressar à presença do augusto e se apresentar diante dele. Quando soube que a guerra tinha estourado, usou os poderes que lhe foram outorgados para colocar a Décima Legião na estrada. — E, depois de uma pausa, foi ainda mais categórica: — Ele se recusou a ficar hospedado com os oficiais na fortaleza. Preferiu dormir no acampamento, junto dos soldados. Parece que estava prevendo que teria de comandá-los na Batalha de Salona, que marcou a derrota de Narses e de seu conselheiro, o perverso Kartir. Sei que muitos o acusam de ser cristão. De minha parte, nada posso dizer a esse respeito. Mas ainda que ele fosse, penso que deveria ser poupado. O banimento seria uma pena aceitável. Morte? Jamais! — opinou. — Considero um absurdo que uma mulher como eu precise subir em um palanque e lembrar a centenas de homens que Georgios Anício Graco foi o responsável por destruir os piratas francos, salvando por conseguinte as Ilhas Britânicas. Foi ele também que promoveu a paz entre os tetrarcas, ameaçada após a macabra intervenção de Sevílio Druso, um cruel feiticeiro. Se não fosse pelo réu, garanto aos senhores, todos nós poderíamos estar mortos — olhou para o juiz —, ou seríamos vassalos do Império Sassânida.

Quando Magda acabou de falar, a basílica estava em silêncio. Georgios chegou a escutar uma revoada de pássaros no frontão do edifício e o som de crianças brincando no fórum.

— De acordo com as Doze Tábuas — interveio Magêncio —, é o juiz que escolhe a pena. Cabe ao júri, apenas, decidir se o réu é culpado ou inocente — lembrou o promotor, emendando: — Portanto, gostaria de voltar à questão inicial. — Ele se virou para Magda e a encarou como se a fulminasse.

— A senhora alega que não sabe se o comandante Graco é cristão. Conte-nos, por favor, como foi o passeio que fizeram pelas ruas de Jerusalém. É verdade que o acusado visitou o suposto túmulo de Cristo? E como reagiu diante da lápide?

Magda deu de ombros.

— Sim, estivemos no Templo de Afrodite, local onde os cristãos afirmam estar enterrado o "messias" — assentiu ela. — Que fique bem claro: sou devota de Vênus. Como tal, não acredito que exista corpo algum sob as fundações do santuário. E, não havendo, nada tenho a falar nesse sentido, exceto que o comandante Graco se mostrou muito zeloso com a nossa cultura e com a nossa cidade. Reforço que ele é um homem de grande caráter e de imensa força moral. — E completou, sem deixar claro de quem estava falando: — Diferentemente de muitos...

O silêncio deu lugar a um vozerio incessante, que foi crescendo à medida que as discussões na plateia se tornavam mais acaloradas. Uns pareciam ter mudado de ideia e agora defendiam o jovem duque, enquanto outros insistiam que ele era — que continuava sendo — um perigo para a sociedade romana.

Magêncio, reparou Damiano Calvo, estava desconcertado. Já havia ficado claro que Georgios lutara na Germânia para preservar os interesses de Roma, o que acabava com uma de suas teses. Quanto à pacificação entre os tetrarcas, era um assunto proibido para ele, então o pontífice, na prática, estava de mãos atadas. Mas por que Magda decidira blindar o acusado? O que estava por trás daquele estranho comportamento — e o que a esposa de Marco Salústio pretendia com ele?

Com as mãos tremendo de raiva, Magêncio aproveitou que o povo estava agitado para se ajoelhar ao lado da testemunha — e ameaçá-la enquanto era tempo.

— Ou você retira o que disse e cumpre o que combinamos, ou meu pai enviará suas tropas para a Palestina. Salústio será exonerado, preso e enforcado. E quanto a você, sua vaca... — Ele se engasgou de tanto ódio. — Eu a tomarei como escrava. É o que quer?

— E como as tropas de seu pai chegarão ao Levante? — perguntou ela. — Sem sal e azeite os soldados passariam fome, e é a minha empresa que fornece esses produtos a toda a costa do Mediterrâneo. Sei que existem fontes alternativas no Oeste, mas o estoque de Maximiano é suficiente para uma marcha contínua? Pela sua cara — ela sorriu, como se o desdenhasse — aposto que não.

Nisso, houve um pequeno tumulto, com dois homens se estapeando. Para evitar que a confusão se alastrasse, o imperador bateu com o cajado no piso e pediu silêncio, à medida que os guardas expulsavam os brigões da basílica.

Enfim o público se acalmou. O juiz, então, perguntou se acusação e defesa desejavam fazer um último discurso. Magêncio, transtornado, recusou-se a falar.

— É consenso entre nós — disse Calvo, aceitando o convite — que os cristãos são hoje os principais inimigos da Púrpura. Mas o comandante Graco, como já foi provado, de tudo fez pelo bem do Estado. — O advogado citou o depoimento de Magda e adicionou: — Não bastasse, ele é filho de Laios Graco, o Libertador do Leste. Os mais velhos se recordarão de que foi esse homem que capturou a rainha Zenóbia, nos livrando de um destino cruel. Se os senhores ainda suspeitam do meu cliente, respeitem ao menos a sua linhagem — pediu, as mãos cruzadas sobre o peito. — Laios Graco era um fiel defensor dos princípios romanos. Seu filho nunca seria um traidor — sustentou ele. — Os deuses jamais permitiriam tal coisa.

Para evitar que o julgamento se prolongasse, o augusto se levantou da cadeira, agradeceu aos presentes e deu a sessão por encerrada. Zaket subiu ao estrado e explicou que, agora, todos precisavam votar. Um grupo de funcionários do palácio entrou na basílica por uma porta lateral. Dois deles traziam um grande cântaro de argila, e outros três, baús contendo pedras brancas, de mármore, e cinzentas, de basalto. Quem julgasse Georgios culpado deveria apanhar uma pedra escura e depositar no vaso. Os que quisessem absolvê-lo optariam pelo fragmento de mármore — ou poderiam anular o voto, lançando ambas as pedras na urna.

Duas longas filas se formaram, uma de plebeus e outra, menor, de patrícios. O processo levou o restante da manhã e terminou no começo da tarde. Diocleciano determinou um recesso de uma hora, mas muitos permaneceram onde estavam para acompanhar os próximos passos. Erhard e Diógenes, uma vez retomada a audiência, posicionaram-se ao lado do imperador, enquanto Zaket fazia a contagem sob os olhos atentos tanto de Magêncio e de Calvo quanto do público que os vigiava.

Estava quase escurecendo quando a apuração terminou, e o que se verificou foi mais um desses prodígios que só acontecem uma vez em milhares de anos.

Dos mil trezentos e quatro votos, seiscentos e cinquenta e dois eram de pedras escuras — e um igual número de pedrinhas brancas.

— Um empate — murmurou Magêncio, embasbacado. — Não pode ser. Isso nunca aconteceu. Sequer existe legislação que o preveja.

— Incrível — concordou Damiano Calvo. — De fato, não há nada parecido nos registros. Nem na República. Nem mesmo na Grécia...

— Nesse caso — Diocleciano se aproximou deles, austero —, é o juiz quem decide. Como tal, darei aos senhores as seguintes alternativas: ou um novo julgamento daqui a seis meses, ou um julgamento por combate em três dias. Peço que decidam agora, honestamente e diante do povo.

— Que o comandante Graco seja julgado por combate — rogou Magêncio. — Considero a melhor opção.

— E o senhor, Damiano Calvo? — perguntou o juiz em voz alta. — Como se pronuncia a defesa?

Seis meses seriam o bastante para que Constantino chegasse à Nicomédia, mas a ideia inicial era que Georgios enfrentasse Lúcio Germânico — a quem poderia e certamente *iria* vencer. Se optasse pelo duelo, o jovem egípcio não teria apenas conseguido o que planejara como evitaria uma guerra civil, então disse:

— Concordo com o promotor. O meu cliente deverá ser submetido a um julgamento germânico.

— Muito bem. — O augusto tornou a falar com Magêncio. — Quem a promotoria indica para enfrentar o réu nessa disputa?

Já tinha anoitecido. O salão era iluminado por um conjunto de piras e alguns candeeiros pendurados no teto. O pontífice máximo de Roma deu uma olhada para Georgios dentro da jaula, e naquele momento o paladino entendeu o que o príncipe Yasmir lhe dissera em Lida: que o mal existe e que certas coisas não são relativas, como os sofistas às vezes nos fazem pensar.

— Escolho *ele*. — Magêncio apontou para o conde Erhard. — Sei que Erhard, o Louro, é o mais fiel dos paladinos. Se ele vencer, estará provado o meu ponto. Se perder, todavia, prometo renunciar ao meu cargo e doar todos os meus bens ao Estado.

Agora, era a vez de Damiano Calvo ficar sem palavras. Cometera o maior erro de sua vida e não tinha como voltar atrás.

— Está decidido — finalizou o soberano. — O combate acontecerá no dia 21 de abril e será conduzido a portas fechadas no palácio da Nicomédia, com a presença dos magistrados, incluindo advogados e promotores. Eu assim determino — disse ele, batendo três vezes com o cajado no chão. — Eu assim — refraseou — *ordeno*.

LXX

JULGAMENTO GERMÂNICO

O PRIMEIRO A VISITAR GEORGIOS NA PRISÃO, NO DIA SEGUINTE AO JULGAMENTO, não foi Damiano Calvo, seu advogado, mas o conde Erhard. Eles se encontraram após o desjejum no terraço da torre de guarda.

Era uma manhã de céu encoberto, com o ar fresco e perfumado. Georgios observou as nuvens brancas sublinhando o horizonte, as galés atracadas no porto, os navios e as pequenas jangadas. Divisou o hipódromo da Nicomédia, o fórum, com seus arcos e monumentos, e o conjunto de ínsulas que ele ajudara a incendiar quando era um jovem cavaleiro da Púrpura.

— Eles nos encurralaram — comentou o rapaz apoiado nas ameias da torre. — Não tivemos a menor chance. Sexto e Tysa haviam me alertado. Estava nos planos de Magêncio nos colocar cara a cara desde o princípio. Assim ele eliminaria pelo menos um dos paladinos, enfraquecendo o imperador e fortalecendo o Inclemente.

Erhard manteve-se calado por alguns minutos. Quando falou, foi de um jeito objetivo, sem melancolia ou frustração:

— Comandante, vim aqui para lembrá-lo de que fiz um pacto com Mitra. Uma vez que me lanço ao combate, luto com todas as minhas forças. Sei que o senhor é jovem e que em tese eu deveria poupá-lo, pois poderia servir por mais tempo ao Império, mas não posso ir contra o meu juramento.

Georgios escutou aquilo com dor no coração. Foi só nesse instante que ele se deu conta de que teria de enfrentar o homem que tanto lhe ensinara, que salvara sua vida e lhe apresentara ao augusto.

— Do mesmo modo que o senhor fez um juramento a Mitra, eu fiz uma promessa à minha esposa de voltar para casa inteiro — retorquiu o equestre. — Portanto, farei de tudo para sair vivo dessa disputa. Nem que para isso — engoliu em seco — precise acabar com o senhor.

Erhard, em vez de ficar aborrecido, pareceu ter gostado do que acabara de ouvir. Girou o corpo na direção de Georgios e ofereceu-lhe a mão.

— Foi um prazer lutar ao seu lado, comandante — murmurou o guerreiro germânico. — Quem perecer no duelo terá se libertado deste ambiente carnal. O mundo não é mais um lugar para homens como nós. Intrigas, sujeira, conspirações... O Império está corrompido. Quem sobreviver terá de aprender a navegar nessas águas. Saiba disso, comandante, para o caso de sair vencedor.

— Talvez essas coisas sempre tenham existido — retrucou o duque. — E possivelmente — especulou — sempre existirão.

Os dois se afastaram. Georgios resolveu permanecer no terraço. Erhard andou até uma escada.

— Uma última coisa — o saxão falou obliquamente. — Devo lembrar-lhe que a Tyrfing — ele se referia à própria espada — é mágica. O senhor em breve terá seus equipamentos de volta, mas a armadura de Dalferin não o protegerá.

— Obrigado, capitão. — Georgios curvou a cabeça. — Prometo que terei cuidado. — E repetiu, sem ter mais o que dizer: — Obrigado.

O segundo a ter com Georgios, naquela tarde, foi Damiano Calvo. O encontro se deu na cela da prisão, e não no alto da torre.

De cabeça baixa, com a mão direita sobre o peito, o advogado pediu desculpas ao amigo por não ter conseguido sua absolvição. Georgios o confortou, afirmando que o jogo ainda não tinha acabado.

— Estou certo de que sairei vitorioso, de uma forma ou de outra — disse o cavaleiro, sentado à pequena mesa de frente para Calvo, com uma garrafa de posca e dois copos entre eles. — O que precisamos ter em mente é que esse julgamento não foi meu, mas do augusto. Galério usará o que foi dito no tribunal para atingi-lo através de Prisca.

— Não entendi. — O advogado enrugou a face. — O que a imperatriz tem a ver com isso?

— Eles a acusarão — disse Georgios, sem revelar a verdade — de professar a fé cristã.

Calvo coçou o nariz, como se já suspeitasse de algo.

— Impossível — retrucou ele, sem convicção. — Seria arriscado demais. Quem ousaria acusar a augusta?

Os dois se entreolharam em silêncio, como se compartilhassem um perigoso segredo. O advogado mudou de assunto, então, e explicou que, pela lei romana, um condenado à morte não podia ter contato com seus familiares, para evitar que essas pessoas lhe trouxessem substâncias ou objetos que o levassem a cometer suicídio — o que anularia a sentença e desmoralizaria o trabalho da corte. Para todos os efeitos, Georgios não fora condenado ainda, mas Diocleciano acatara o pedido da promotoria de impedir que ele recebesse Tysa em seus aposentos.

— Já era esperado. Sei de coisas que podem prejudicar a Púrpura — disse o réu. — De todo modo, não as revelaria a ninguém. Não sou delator. Se eu for derrotado, porém, diga a Tysa que lamento muito por não cumprir o juramento de voltar para o Chipre. Fico triste por ela, pois, de minha parte, estou pronto para completar meu destino. Sempre estive. Fiquei face a face com a morte muitas vezes e a desafiei frontalmente. Claro que um dia ela cobraria o seu preço.

— Existe ainda a chance de Constantino chegar a tempo — lembrou Calvo. — É uma chance pequena, mas real.

— Parece que as nossas opções estão se esgotando — raciocinou Georgios. — Será que você poderia redigir o meu testamento? — perguntou, sem querer alarmar o amigo. — Só por precaução?

Calvo solicitou papel e tinta ao carcereiro e começou a preparar o documento na hora. Os bens que eram de Georgios obviamente iriam para a esposa, mas o paladino pediu que Pégaso, seu cavalo, fosse entregue a Círio Galino, o bispo de Úlpia Trajana, na Germânia Inferior. Para finalizar, fez uma nota específica:

— A estátua da *Lupa Capitolina*, a loba que amamentou Rômulo e Remo, deve permanecer na Vila Fúlvia. Fiz essa promessa ao senador Caio Valério Fúlvio, o ex-marido de Tysa, muito tempo atrás.

— Que curioso — comentou Calvo. — Não sabia que vocês tinham se encontrado. Quando foi isso?

— Na Panônia. Eu devia ter uns dezessete anos.

— Então só faz uns seis anos. — Ele esboçou um sorriso. — Não foi há tanto tempo assim.

— Pois é — aquiesceu o equestre, nostálgico. — Mas para mim parece uma eternidade.

No dia 19 de abril, o imperador sentiu-se mal durante o jantar, bateu a cabeça na quina de uma mesa e precisou ser atendido às pressas. Depois de estabilizado, o médico do palácio lembrou ao augusto que ele estava com a saúde debilitada desde que voltara da guerra e não poderia ter passado três longos dias no tribunal, exposto ao público e respirando o ar viciado da basílica. Diocleciano se recuperaria plenamente, garantiu o clínico, mas a recomendação era que ele ficasse de repouso por quarenta e oito horas, ingerisse muito líquido e evitasse alimentos gordurosos.

O duelo foi, então, postergado para a manhã de 23 de abril, o que reacendeu as esperanças de Tysa. No dia 22, ela e Helena ficaram sabendo que Constantino chegara a Bizâncio, localizada a apenas cem quilômetros da capital. Essa distância poderia ser coberta em menos de um dia, o problema era fazer com que as tropas cruzassem o Bósforo. Uma vez superado esse entrave, o comandante supremo das forças do Norte ainda teria de pensar em como entraria na Nicomédia, que tinha muros altos, guaritas robustas e oficiais bem treinados no passadiço.

Como fora anunciado ao público, o combate se daria em um dos pátios internos do palácio. O imperador ordenou que seus engenheiros removessem as estátuas chumbadas do piso e cobrissem o chão de areia. Os assentos dos espectadores foram posicionados sob as colunas que circulavam o recinto, no canto oposto à porta de entrada. Foram convidados para o evento Magêncio e Lúcio Germânico, que dividiriam o espaço com Damiano Calvo e com o príncipe Ziúra. Diocleciano e Prisca ficariam nas cadeiras centrais, ao lado de Zaket e Diógenes.

Um pelotão de jovianos faria a segurança dentro e fora do pátio, impedindo que o julgamento fosse interrompido ou que os combatentes tentassem fugir.

Georgios entrou por uma das portas laterais — havia duas, nas paredes norte e sul —, já de armadura, mas sem as armas. O próprio Erhard, após beijar a mão do imperador, foi até o réu e lhe entregou a Ascalon, a espada que pertencera a Laios. Diógenes desceu à arena e se colocou entre eles.

— Em nome do divino augusto de Roma — declarou o Minotauro —, eu assumo o posto de juiz desta prova. Esta é uma luta de vida ou morte. Se um dos senhores desistir ou se, por quaisquer razões, não conseguirem mais combater, estou autorizado a realizar a imediata execução do mortiço. Entenderam as regras?

Georgios e Erhard responderam que sim, olho no olho. Diógenes os fitou e emendou a pergunta:

— Algum dos senhores deseja um escudo?

Os antagonistas recusaram. O conde havia ensinado ao pupilo, durante os meses em que o treinara, como lutar com a "espada germânica", uma técnica que consistia em utilizar a espada de cavalaria com ambas as mãos. Erhard apostava que desse jeito Georgios poderia vencer o filho de Drago — a quem ele supostamente deveria enfrentar — e lhe mostrara todos os movimentos, estratagemas e golpes secretos.

— Muito bem. — O Minotauro apontou para a bancada. — Cumprimentem o imperador. — Os dois assim fizeram. — Agora se afastem.

Enquanto os competidores tomavam distância, Magêncio sussurrou para Lúcio Germânico:

— Sei que o senhor gostaria de estar lá enfrentando o comandante Graco, mas veja pelo lado positivo: esta noite estaremos sãos e salvos, sem ferimentos ou arranhões, jantando com o imperador. Estou certo de que ele lhe entregará a posse das propriedades em Lida. Depois, tomaremos a parte de Magda e daremos um jeito de acabar com Salústio. O senhor será mais rico do que seu pai um dia sonhou em ser.

Mas o pretor não estava em um de seus melhores dias. Virou-se para o pontífice e disparou:

— Nunca mais toque no nome de meu pai — advertiu. — E nunca mais fale sobre minha família — rosnou. — O senhor entendeu?

Magêncio se calou e tornou a olhar para a arena. Diógenes fez um gesto com a mão e saiu do pátio.

Conde e duque se encararam.

E assim teve início o duelo.

*

Nessa hora, duas mulheres chegavam aos portões do palácio. Estavam sozinhas e a pé, o que chamou a atenção dos guardas.

Dirigiram-se ao pórtico. O chefe do turno — um centurião de cabeça branca, olhos claros e trajando cota de malha — abordou-as, perguntando o que desejavam.

— Salve, capitão. Sou Tysa Graco, esposa do duque Georgios Graco — apresentou-se a visitante —, e essa é Flávia Júlia Helena, cesarina de Bizâncio. Estamos aqui para assistir ao julgamento do meu marido.

O centurião achou aquilo muito estranho. Embora as duas mulheres estivessem bem-vestidas e se comportassem como patrícias, não traziam consigo escravos ou seguranças. Se fossem mesmo quem alegavam ser, deveriam estar sendo transportadas em uma liteira — ou em *duas* — e escoltadas por um séquito de funcionários.

— Não fui informado — ele deu a resposta padrão. — Preciso verificar com o prefeito da casa.

O chefe do turno entrou por uma porta e chamou um mensageiro. Disse algumas palavras ao rapaz, que apanhou um cavalo e saiu a galope pela estrada que levava ao prédio central.

— Peço que aguardem um pouco, senhoras — pediu ele ao voltar. — Logo teremos a resposta.

No pátio arenoso, Georgios e Erhard se estudavam. Eles sabiam que um erro — um único e mísero erro — poderia levá-los à morte.

O silêncio na bancada era ensurdecedor. De repente, Diocleciano ouviu o canto de um rouxinol e se lembrou de Laios, seu velho amigo. Recordou-se da Campanha da Pérsia e do trono do xá, cravejado de diamantes.

Onde foi que ele havia falhado? Como chegara àquele ponto, tendo de condenar à morte dois de seus mais leais combatentes? O que o levara àquilo? Que tipo de criatura ele se tornara, ao pôr em risco sua esposa, sua família e o próprio Império Romano?

Foi tirado da inércia ao escutar o primeiro tilintar de metal. Georgios havia feito um movimento perfurante, só para testar o adversário, que se esquivou com maestria. Então, subitamente, Erhard saltou sobre ele como se fosse um leão, efetuando uma sequência de ataques tão rápidos que o equestre teve de recuar vários metros até conseguir escapar pela direita, esticando a arma para mantê-lo afastado.

Os antagonistas, apesar da aparente superioridade de Erhard, lutavam em pé de igualdade. Georgios permitiu que o conde chegasse mais perto, desviou-se para a esquerda, rodou o corpo e acertou-lhe um chute nos quadris. O Louro cambaleou, girou nos calcanhares e contra-atacou com um golpe lateral cortante. O filho de Laios conseguiu apará-lo, mas sentiu uma forte dor no pulmão.

— O punhal de Saul ben Zomá — gemeu Damiano Calvo para si. — O antigo ferimento que nunca sarou.

Na arena, Erhard aproveitou a oportunidade para realizar mais um ataque. Dessa vez, a Tyrfing desceu sobre o ombro do paladino, que pulou para o lado, mas não conseguiu evitá-la. O fio rasgou a armadura dourada, produzindo um corte superficial em seu braço. Como sempre acontecia em situações como essa, a visão — e sobretudo o *cheiro* — do sangue fez Georgios se entregar ao duelo. Ele encontrou uma abertura e avançou na direção de seu mestre, agredindo-o com uma série de estocadas velozes. O conde se defendeu com elegância, mas no final estava ofegante, tomando fôlego, transpirando.

Prisca fechou os olhos e orou em silêncio, rogando para que Deus abençoasse os duelistas. Nesse momento, um joviano entrou no pátio, acenou para a bancada e Zaket foi imediatamente atendê-lo. O homem disse que um mensageiro estava do lado de fora perguntando se o imperador autorizava o ingresso de duas mulheres no complexo, e deu a descrição de Tysa e Helena. Zaket sabia que Diocleciano tinha medo de encará-las, mas não podia dar as costas para sua senhora. Pensou um pouco e encontrou uma solução.

— Permita que elas entrem no palácio — sibilou ele —, mas mantenha as duas aguardando fora do pátio até que o duelo termine.

O joviano saiu e avisou ao mensageiro. De volta a seu assento, Zaket sussurrou para o augusto:

— Parece que as senhoras Tysa e Helena conseguiram entrar no palácio. Dei ordens expressas para que elas sejam barradas na porta do pátio. Sugiro sairmos pela porta lateral quando o combate terminar. Assim não corremos o risco de encontrá-las.

— Silêncio. — Diocleciano estava totalmente focado na luta. — Os próximos momentos serão decisivos — ele disse, pressionando o indicador contra os lábios. — Não quero ouvir mais nenhum pio. Nem seu — olhou ao redor —, nem de ninguém.

LXXI

O PLANO SECRETO

No pátio de julgamento, o duelo seguia equilibrado. Erhard era o mais experiente dos competidores, mas Georgios tinha a juventude a seu favor e poderia resistir por mais tempo sem se cansar.

Os antagonistas agora caminhavam em círculos, trocando violentos golpes de espada. O som do aço se chocando podia ser ouvido além dos muros do prédio, nos salões adjacentes, nos jardins e nas torres de guarda.

Diocleciano acompanhava a disputa como se ele próprio estivesse lutando. Conhecia Georgios havia anos e reparou que ele hesitava ao atacar, como se no fundo não quisesse ferir seu mestre — que a propósito já o havia ferido. Era essa a grande fraqueza dos Gracos, divagou, chamada às vezes de altruísmo.

— *O que define um mestre nos grandes mistérios é sua capacidade de enfrentar qualquer adversário* — dissera Erhard para Georgios na Armênia, enquanto lhe ensinava sobre o mitraísmo. — *Precisa se desligar desses pensamentos* — afirmara ele certa vez — *e me encarar como seu inimigo.*

Mas o jovem não conseguia. Por mais que tentasse, por mais que tivesse prometido acabar com o conde, ele não conseguia efetivamente acertá-lo.

Súbito, escutou uma voz conhecida. Um burburinho vindo da porta.

Era Tysa, que protestava do lado de fora, tentando convencer os guardas a deixá-la entrar. Nesse momento, Georgios imaginou a esposa ajoelhada, velando seu corpo e chorando por ele. Decidido a poupá-la dessa terrível amargura, esqueceu a amizade por Erhard e se deslocou da esquerda para a direita, buscando o pescoço do guerreiro germânico. O conde recuou na hora certa, moveu a Tyrfing em um arco ascendente e cortou o queixo do oficial palestino, que aproveitou a curta distância e se atirou sobre ele, abraçando-lhe as pernas e o levando ao chão.

Os dois caíram engalfinhados e, sem suas adagas, passaram a se esmurrar. Georgios estava por cima, desferindo socos e cotoveladas, então Erhard o suspendeu pela cintura, deu-lhe um chute no ventre e o arremessou para trás. O cavaleiro rolou sobre o solo, e no próximo segundo — como panteras — ambos já estavam de pé.

Recuperaram as espadas e se afastaram. O conde sentia o peso da idade, mas Georgios, ainda que jovem, fora duas vezes ferido e começava a arquejar, com o sangue escorrendo e gotejando na areia.

Na segurança da bancada, protegido por Lúcio Germânico e escoltado por um pelotão de soldados, Magêncio experimentava o doce gosto da vingança. Erhard o havia humilhado na Bélgica e Georgios o superara na escola. Seus inimigos, pensou ele, estavam agora pagando o preço por tê-lo ultrajado, mas uma coisa ainda o intrigava: o que o filho de Laios estava querendo dizer quando afirmou, na basílica, que ele acabaria "sob uma ponte, crivado de flechas"? Seria um delírio ou uma previsão? Será que Georgios Graco tinha — ou *adquirira*, tão perto da morte — a capacidade de enxergar o futuro? Ou estava meramente querendo assustá-lo?

Enquanto isso, no corredor externo, Tysa e Helena falavam aos jovianos, tentando persuadi-los a abrir a passagem.

— Os senhores estão cometendo um erro — advertiu a cesarina aos guardas. — O meu filho, o duque Flávio Constantino, logo estará conosco e vai prendê-los. Enfrentarão as consequências.

Mas aqueles eram guerreiros de elite e sabiam que, para invadir o palácio, seria preciso não só cruzar os portões da cidade como transpor os altos muros do gigantesco complexo. Não era uma tarefa fácil, mesmo para um general consagrado.

— Recebi ordens de não interromper o duelo — disse o militar, obediente. — Ordens do augusto — frisou. — Sinto muito, senhoras.

No pátio interno, os dois homens tornaram a se enfrentar. Naquele ponto, estavam ambos exaustos, respirando pesadamente. Erhard sabia que

Georgios lutaria até a última gota de sangue, então baixou a espada e falou para ele, sem que os espectadores pudessem ouvir:

— Comandante, esta batalha é inútil. Nossas habilidades são equivalentes. Proponho que deixemos os deuses resolverem esta contenda. — E explicou: — O senhor se lembra do treinamento que tivemos na pequena aldeia na base dos Alpes? Recorda-se de como nos engajamos na luta, permitindo que as entidades se apoderassem de nós? — Georgios assentiu e o Louro emendou: — Já que somos praticamente iguais, vejamos qual espada é mais forte: a Tyrfing, forjada pelos *twerg* nas montanhas do Norte, ou a Ascalon, criada por Hefesto nas profundezas do Etna. Deixemos que eles decidam, comandante. É a única saída possível.

Georgios atendeu à vontade de seu instrutor. Os dois fecharam os olhos placidamente, como se meditassem.

— O que está acontecendo? — Magêncio parecia confuso. — Que truque é este? O que estão fazendo?

— Cale-se! — ralhou o imperador. — Respeite a honra dos combatentes.

O que aconteceu a seguir foi estupendo. Daquele minuto em diante, era como se Erhard e Georgios não fossem mais seres humanos: eles agora eram símbolos, como duas faces da mesma moeda. O primeiro representava o passado, o antigo, as divindades pagãs, e o segundo era o novo, o jovem, que defendia tão fielmente os princípios cristãos.

Quem esteve presente no julgamento relataria depois que, ao despertar, os duelistas lutaram com vigor impressionante. Enfim as duas armas se encontraram, com a Tyrfing estraçalhando a Ascalon e a destruindo em um clarão de fagulhas.

Com a graça de um lince, Erhard rodou a lâmina sobre a cabeça e a encravou no coração do pupilo — mas quando a puxou de volta percebeu que uma lasca da espada de Laios havia saltado no ar, penetrado sua armadura e lhe trespassado o pulmão.

Os espectadores se levantaram — alguns aflitos, outros contentes. Prisca olhou para a porta. Helena precisava entrar no recinto *agora* — ou tudo estaria perdido.

— Georgios — balbuciou o chefe dos paladinos, o rosto pálido, os olhos injetados de sangue. — Meu rapaz, foi uma honra.

*

Professor e aluno tombaram juntos. Georgios caiu sobre seu mestre, rolou para o lado e só entendeu que estava morrendo quando avistou um indivíduo de cabelos dourados, corpo esguio e olhos azuis observando-o com especial interesse. Esse personagem usava uma túnica branca, tinha a pele clara e macia, mas um par de chifres lhe coroava a cabeça.

— Olá, garoto. Eu avisei que nos veríamos de novo — ele falou, e o paladino reconheceu sua voz. — Desculpe não ter me revelado antes, mas só posso aparecer em condições como esta. Sabe como é... — fez uma expressão infantil, os beiços saltados — regras são regras.

— Lúcifer... — Georgios se lembrou de tê-lo visto no afresco desenhado pelo príncipe Yasmir em Lida. Ocorreu-lhe de repente que o fidalgo havia lhe contado, na ocasião, que um dia o demônio "pedirá que você sacrifique um dos seus pais em nome das forças do inferno". Georgios, então, olhou para Erhard, que jazia morto a seu lado. — Era isso? Era o que você queria de mim? Que eu matasse o meu...

Parou de falar, engasgado com o próprio sangue. O anjo caído aproveitou o ensejo e replicou:

— Não seria cordial de minha parte recusar seu sacrifício. Não sou do tipo ingrato, mas o que realmente me interessa é o conjunto da obra — afirmou, dissimulado. — Sua lista de pecados é extensa. Quer que eu comece ou você ainda se lembra deles? Pode ser sincero comigo, afinal somos velhos amigos.

— Não vou negar... — O equestre teve uma crise de tosse, deu um suspiro e retomou: — ... que fiz coisas erradas, mas na medida do possível tentei consertá-las.

— Sabe o que dizem no submundo? — Lúcifer ficou de cócoras e montou sobre ele. — Que a estrada para o inferno é pavimentada de boas intenções. — Deu uma gargalhada histérica. — Olha, não se trata apenas de assassinato, mas de crueldade e tortura. Já se esqueceu de quando mandou costurar os lábios de Osric, o Castanho? Se não fosse por Ida, você teria permitido que Otho Pólio executasse sumariamente dezenas de batavos às margens do Reno. E o que dizer do ataque ao condomínio judaico? Bom, aquilo foi uma proeza. Uma coisa maravilhosa! — Aplaudiu. — Eu não teria feito melhor. Gente inocente sendo morta nas chamas. Rapaz, você é *meu* — gritou. — É meu com todas as forças. Mas vamos com calma. Sei que é normal ficar assustado. No começo é um pouco indigesto mesmo, mas depois você se acostuma.

— Eu não... — Outra vez, Georgios se engasgou. Estava quase sem ar. — Eu não posso, eu tenho...

Da bancada, Damiano Calvo assistia a tudo, consternado. Magêncio se deliciava com a cena, mas começava a perder a paciência. Por que Georgios não morria? O que faltava para ele partir?

— Ele está delirando, augusto — disse o pontífice. — Não seria melhor — apontou para Diógenes, que recebera a tarefa de executar o competidor moribundo — acabar com o sofrimento dele?

— Parados! — Prisca elevou a voz e todos se espantaram, porque ela era conhecida por ser uma mulher ponderada, que nunca perdia o controle. — Ordeno que permaneçam em seus lugares. O comandante Graco está fazendo suas últimas preces — explicou, imperativa. — Respeitemos este momento. Proíbo-os de se aproximarem dele.

Os homens no pátio — Diocleciano inclusive — obedeceram. Lá fora, um soldado veio em disparada pelo corredor, a armadura tilintando, e se dirigiu aos jovianos que montavam guarda na porta. Parou para tomar fôlego e deu a notícia, alarmado:

— Senhores, o palácio acaba de ser invadido. — Ele tinha o rosto vermelho, suava e tremia. — São muitos.

Um dos guerreiros de elite do imperador perguntou, sem deixar seu posto:

— Como? Não escutei os sons da batalha. Como eles fizeram para transpor as muralhas?

— Vieram pelo mar, senhor. Usaram navios comerciais — explicou o soldado. — Atracaram no porto imperial, dentro da área do palácio. Estão desembarcando. Cerca de dois mil homens.

— Foi a mesma estratégia usada pelo conde Erhard em Alexandria — comentou Helena, orgulhosa do filho. — Que bela homenagem. — E se voltou para os jovianos, renovada: — Eu os adverti. Agora, abram esta maldita porta — exigiu —, antes que sejam presos.

Mas o guerreiro se manteve firme.

— Estamos prontos para morrer — alegou. — Entendo a angústia e a tristeza das senhoras, mas, enquanto Diocleciano for imperador, nós seguiremos as ordens dele. Fizemos um pacto — declarou. — Um juramento sagrado.

*

Na arena, deitado de braços abertos, Georgios teve a impressão de estar flutuando. Diante dele se descortinou uma vasta planície de fogo e negrume, com o chão repleto de corpos humanos, que gritavam e se contorciam. Criaturas híbridas, misturas bizarras de homem e bicho, pulavam sobre os cadáveres, mordendo e devorando-lhes a carne. Era tudo muito esquisito — e macabro também —, mas o pior foi quando Lúcifer apontou para uma certa menina, que era — ou parecia ser — a mesma que o paladino quase pisoteara na entrada da ínsula, durante o atentado aos apartamentos judaicos. Georgios agora podia sentir o calor das chamas, o cheiro de betume, carvão e enxofre.

— Não se empolgue tanto. Isto é só uma amostra — continuou o anjo caído. Ele se virou para apresentar a planície, e Georgios notou que ele tinha asas de morcego, como no afresco do príncipe Yasmir. — Espere para ver o reino de Moloch, cheio de criancinhas. Sua mãe quase caiu nessa, mas ela era esperta. Mais esperta que você, com certeza. E quanto ao seu pai, escapou por um triz. Isso quer dizer que seremos só nós. Eu, você e os rapazes. Livres como pássaros. — Ficou de pé. — O próximo milênio é nosso, Georgios. O próximo milênio é *meu*.

— Preciso confessar — resfolegou o oficial palestino, reunindo as parcas forças que lhe restavam — que esperava mais do Príncipe das Trevas. É isso que me oferece? Uma eternidade de fogo e torturas? Serei eu o algoz ou a vítima?

Quando ele disse isso, Prisca olhou para a porta, ainda fechada. Depois, tornou a olhar para Georgios. Observou os homens à sua volta, que continuavam paralisados como estátuas. Então, desceu da cadeira, cruzou as pilastras e entrou na arena. Sem que Diógenes pudesse impedi-la, a imperatriz sentou-se no solo banhado de sangue e pôs a cabeça do cavaleiro em seu colo. Nessa hora, o rapaz encarou o Diabo, que o fitava.

— Sabe, Strabo me ensinou muitas coisas — disse ele, sorrindo na cara do malfeitor. — Mas sua última lição foi a mais valiosa.

Nisso, Prisca o abraçou ainda mais forte e sussurrou no ouvido dele:

— Georgios Anício Graco, filho de Laios e Polychronia, nascido em Lida, na Palestina, neto de Gerontios da Capadócia, você se arrepende de seus pecados?

O jovem olhou bem fundo no rosto do Diabo e respondeu, triunfante:

— Sim, eu me arrependo. Em nome de Deus — murmurou — eu me arrependo.

— Então, eu o absolvo. — Fez o sinal da cruz e deu-lhe um beijo na testa. — Em nome do Pai, do Filho e do Espírito Santo.

Lúcifer, ao escutar essas palavras, retrocedeu de asas abertas e as chamas do inferno o alcançaram. Com um berro estridente, ele sacudiu os braços em agonia, rasgou a túnica e a jogou longe. Georgios reparou que ele tinha uma cauda afunilada e a pele coberta de escamas, como as da serpente do Éden — ou as da besta do Apocalipse, conforme dissera o rabino em Yatreb.

— Não! — grasnou o Demônio. — Não — esgoelou-se, desesperado, à medida que sua voz ia sumindo, sua imagem ficando menor. — Agora não. Mil vezes não! Malditos sejam os filósofos — praguejou, a boca aberta, cheia de dentes. — Malditos sejam os mestres, os sábios e os cavaleiros cristãos.

Gradualmente, a satânica figura foi se esvaindo, se desfazendo em pó. Georgios enxergou o próprio corpo do alto, como se estivesse no topo de uma torre, visualizando tudo: o pátio, a bancada dos espectadores e o corredor além dele.

Pela primeira vez, sentia-se livre. Ele havia expurgado o mal.

Derrotado o Diabo.

Era seu plano desde o início. O plano secreto de Georgios e Helena.

Mas Lúcifer não iria desistir. Ele voltaria com sua horda.

Helena sabia. Georgios sabia.

E Prisca sabia também.

O tropel de homens marchando ecoou pelos ensolarados corredores do palácio da Nicomédia. Logo o chão começou a tremer, e em poucos minutos uma multidão de soldados se encontrava em frente à entrada do pátio de julgamento. Na dianteira dessa tropa — trajando uma couraça de bronze característica dos generais e envergando uma esvoaçante capa vermelha — vinha o duque Flávio Constantino, comandante supremo das forças do Norte. Ele acenou para a mãe, cumprimentou Tysa com a cabeça e sem perder tempo se dirigiu aos jovianos, que bloqueavam a passagem.

— Percebo em seus olhos que são homens honrados — declamou ele. — Sei que juraram lealdade ao augusto. Pois eu lhes ordeno, como seu futuro senhor, o que tenho fé de que serei em breve, que recolham as armas e abram a porta. Para que chegássemos a este ponto, muito sangue já foi derramado. Que nenhuma outra gota seja desperdiçada hoje — desejou ele, imponente. — Agora, peço que saiam.

O discurso de Constantino, ainda que curto, seria uma espécie de teste para o que viria depois. Nos anos subsequentes, ele teria de usar seu carisma, mais que a força das armas, para pacificar o Império, coisa que os tetrarcas — seu pai, inclusive — jamais conseguiram fazer.

Os jovianos, surpreendentemente, puseram as lanças no solo. Um deles abriu a porta e Tysa saltou para dentro do pátio, seguida por Helena e seu filho.

Os soldados do duque estavam preparados para o combate, mas encontraram a bancada vazia. Junto de seus seguranças, Diocleciano, Prisca, Zaket, Magêncio, Lúcio Germânico e o príncipe Ziúra tinham fugido por uma das portas laterais, deixando Damiano Calvo sozinho na arena, abraçado ao corpo do falecido Georgios.

Tysa correu para velar o marido, enquanto Helena foi ampará-la. Um dos capitães invasores reparou na ausência do imperador e perguntou a Constantino se deveria persegui-lo.

— O que está feito, está feito — declarou o general. — O augusto não tem para onde fugir, e os demais serão encontrados. Portanto, basta de mortes por hoje. — Ele observou não só o cadáver de Georgios, mas também o do conde Erhard, que jazia a seu lado, encharcado de sangue. — Que o céu os receba em festa. — Retirou a espada e outros legionários o imitaram. — Em nome das forças olímpicas, das entidades do Lácio — clamou, erguendo a lâmina e celebrando — e com a graça do deus Yahweh.

Tysa fechou os olhos vítreos do esposo. Então, como em um sonho, lembrou-se de quando o vira pela primeira vez na arena de Lida, havia tantos anos. Sentiu uma profunda alegria, pois teve certeza, naquele momento, que Georgios cumprira seu propósito na terra.

— Ele sempre sonhou em se tornar um herói — ela disse em voz alta, enxugando as lágrimas. — Pois eu lhes digo, senhores, com a certeza de quem verdadeiramente o amou — olhou para Helena, Calvo e Constantino —, que é assim que morrem os heróis.

LXXII

"NEGÓCIOS SÃO NEGÓCIOS"

CONSTANTINO ERA UM HOMEM BRILHANTE, MAS DIOCLECIANO TINHA TAMBÉM suas qualidades, apesar da doença que o afligia.

Enquanto os soldados do duque tomavam o porto imperial, o augusto e sua esposa, acompanhados de Magêncio e Lúcio Germânico, disfarçaram-se de marinheiros e embarcaram no navio do príncipe Ziúra sem ser vistos. Partiram em segredo para a Dalmácia e lá chegaram em segurança. O imperador, entretanto, que não desejava provocar Constantino, ordenou que Zaket permanecesse no palácio para atuar como seu porta-voz. O prefeito da casa, cuja lealdade pendia ora para Diocleciano, ora para Helena, contou aos invasores que o augusto jamais se perdoaria por ter condenado o próprio afilhado à morte e pretendia abdicar, mas precisava de pelo menos um ano para organizar a burocracia, remanejar cargos e escolher seu sucessor.

Depois de ser embalsamado, o corpo de Georgios foi posto em um sarcófago e transportado para a cidade de Lida. Tysa queria que ele tivesse um funeral digno e decidiu realizar uma grande cerimônia no dia 2 de agosto, quando seu marido completaria vinte e quatro anos de idade, pois gostaria de contar com a presença não só de Constantino e Helena como de Círio Galino, o bispo de Úlpia Trajana, incluído no testamento.

Diocleciano não retornaria tão cedo à capital, mas o édito de 23 de fevereiro seria aplicado desde a Palestina até a Grécia. Em maio, ao ficar sabendo da morte de Georgios, Romão foi até o fórum de Antioquia acompanhado de seu acólito, um menino chamado Barulas, e leu um texto sobre o martírio do paladino. Nesse texto, o diácono afirmava que o "santo guerreiro" fora torturado pelo imperador por "reafirmar seguidamente sua fé" e então "decapitado" por se manter firme "ao lado de Cristo".

Floriano se irritou com a ousadia de Romão, mandou prendê-lo e queimá-lo em praça pública, junto do menino que o assistia. Esse ato gerou tanta revolta que os cristãos de Niceia, na figura do bispo Leônidas IV, ofereceram ajuda, enviando à Síria um grupo de mercenários que se juntou aos fiéis para depredar uma série de prédios estatais, incluindo a basílica, a cúria, o Templo de Zeus e o tabulário.

Desesperado, Floriano escreveu para o imperador pedindo que ele mandasse Lúcio Germânico de volta, pois precisava do pretor em seu posto "agora mais do que nunca".

Em junho, Germânico foi recebido no palácio de Antioquia pelo vigário e sua esposa, Calista, e convidado para jantar com eles na sacada com vista para o rio. O lugar era suntuoso, tinha colunas estilizadas e piso de mármore negro. De início, o pretor estranhou o tratamento, afinal ele era um mero plebeu. Depois, concluiu que fora convocado porque Floriano precisava acabar com os insurgentes, mas o que ele ganharia com isso?

— Soube que Diocleciano se negou a lhe entregar as terras que um dia pertenceram ao seu pai — disse o vigário, espalhado em um divã ao lado da esposa, com uma taça de vinho na mão. — Que fique só entre nós, mas essa é uma traição sem tamanho. Logo o senhor, que salvou a vida dele.

Lúcio Germânico demorou alguns segundos para comentar. Estava sentado também em um divã, de frente para Floriano, bebendo hidromel.

— Sim — disse apenas. — É verdade.

— O senhor sabe que o imperador está morrendo, não sabe? — continuou o vigário, à luz dos candeeiros. — E que Galério assumirá seu lugar.

— O imperador está morrendo faz anos — retrucou o pretor, amargo. — E nada garante que Galério ascenderá ao trono. Passei dois meses em Salona — ele se referia à cidade natal de Diocleciano na Dalmácia, onde ficava seu palácio de verão — e constatei que a posição do augusto é muito frágil. Ele deve se aposentar em breve e entregar o cargo nas mãos do genro, mas e os outros tetrarcas? Maximiano e Cloro vão aceitar essa decisão pacificamente?

— Eis o motivo de eu tê-lo chamado, capitão. É possível que haja uma guerra quando Diocleciano deixar o poder. Quero contar com o senhor. Uma vez que se torne imperador, Galério está disposto a lhe conceder o posto de legado da Décima Legião do Estreito, baseada em Jerusalém. — Ele apontou para uma mesa mais afastada, sobre a qual repousavam alguns papéis. — Os documentos já estão prontos e revisados. Como general dessa tropa, será *sua* a tarefa de se apoderar do conglomerado que hoje pertence à esposa de Marco Salústio e à viúva de Georgios Graco. Sei que parece uma proposta tentadora, mas não vou mentir: em contrapartida, queremos que prenda e execute os rebeldes. Esse levante está sendo um problema. Meus soldados estão com medo. Estamos perdendo muito dinheiro. Preciso pôr um fim nessa revolta, custe o que custar.

O pretor assentiu com a cabeça.

— Quero tomar a viúva do comandante Graco como esposa — atalhou ele. — Alguma objeção?

Floriano encolheu os ombros.

— Por que eu teria?

— Legalmente, ela é minha irmã. O que o direito tradicional romano diz a respeito?

— Não sou advogado — manobrou o vigário. — Mas, pelo que sei, o senhor mudou de nome ao entrar para o exército, cortando os laços com a família dos Dragos. Não bastasse, o tabulário foi destruído. Sendo assim, posso garantir que os sacerdotes não vão se opor, até porque eles deverão muito ao senhor. Quando contivermos a rebelião — acentuou —, tudo será diferente.

Lúcio Germânico sorriu com a possibilidade de recuperar as terras de Räs Drago e de ter Tysa em sua cama. Nesse momento, curiosamente, Calista, a bela esposa de Floriano, foi até ele, encheu-lhe a taça de hidromel e sentou-se a seu lado.

— Capitão — prosseguiu o homenzinho com cara de sátiro —, nesta casa temos uma regra. Sempre que fechamos um acordo satisfatório, oferecemos ao convidado uma gratificação especial. — Sorriu maliciosamente, apontando para a própria mulher. — Calista vai entretê-lo esta noite. Se o senhor concordar, claro.

Germânico experimentou o toque macio da jovem e um inesperado calor o envolveu. Para celebrar, Floriano sugeriu que eles fizessem um brinde.

— Em nome de Roma. — O anfitrião ergueu a taça contra a luz. — Em nome do Império.

Os dois beberam e festejaram. De repente, o pretor sentiu a garganta apertar. Cuspiu no piso de mármore, depois começou a tossir.

Floriano e Calista trocaram olhares cúmplices. Colocaram-se imediatamente de pé e se afastaram do convidado.

— Lamento, capitão — disse o vigário, apanhando um apito que trazia no bolso. — O senhor sabe, sou um político, não um soldado. Detesto violência. Sempre prefiro o caminho da paz.

Germânico já não escutava o que Floriano dizia. Estava de quatro, quase sem ar, tentando vomitar o que havia bebido.

— O senhor deveria se sentir prestigiado — continuou. — Contratamos um especialista em venenos para encontrar uma mistura adequada. Ele me garantiu que uma dose de arsênico e três de cicuta teriam efeito imediato. Pelo jeito, falou a verdade. — Olhou para a esposa, sorrindo. — Bom, valeu cada moeda. Parece que está dando certo. — E, depois de uma pausa: — É inútil bater de frente com os cristãos. Um interlocutor sugeriu que, se eu entregasse o senhor ao bispo, eles aceitariam uma trégua. Quero que entenda, portanto, que não é nada pessoal. Só negócios, certo?

Lúcio Germânico deitou no pavimento gelado com os lábios roxos, contorcendo-se feito uma serpente com a cabeça cortada. O que era para ser uma morte rápida, porém, transformou-se em um suplício, pois o pretor era um homem forte e não sucumbiria tão facilmente.

Calista tomou a iniciativa. Foi até a mesa, pegou uma faca de pão e o apunhalou várias vezes nas costas. O centurião abriu a boca para praguejar, tentou dizer alguma coisa, mas não conseguiu. Quinze minutos depois de beber o veneno, estava de bruços no mármore, esparramado em uma poça de sangue.

Floriano assoprou o apito e seus soldados entraram na sala. Envolveram Germânico em uma mortalha, arrastaram o cadáver para o corredor e o puseram dentro de um esquife.

— Ele era bonito — murmurou a voluptuosa germânica. — Não precisávamos tê-lo matado.

— Ele sabia do plano de Rômula. Poderia incriminar Galério e a mim. Foi melhor desse jeito — concluiu o vigário, andando na direção da sacada. — Na política acontecem essas coisas. Uns dias você ganha, outros você perde.

– Bebeu o resto do vinho, observando e contemplando a cidade. — Que bom que ganhamos desta vez.

O corpo de Lúcio Germânico foi entregue a Tirânio, o então bispo de Antioquia. O que era para ser um gesto de paz, contudo, acabou dando mais combustível aos revoltosos, que viam o pretor como o único capaz de detê-los. Protestos — muitos deles violentos — foram registrados em toda a metrópole. Para conter tais distúrbios, Diocleciano emitiu um segundo édito, autorizando a prisão de clérigos e missionários em todas as províncias do Leste. Os calabouços ficaram lotados, e muitos cristãos acabaram morrendo no cárcere, como foi o caso tanto de Pantaleão quanto do misterioso Cipriano, ambos capturados quando os romanos invadiram as cavernas do Monte Sílpio, em uma tarde cinzenta de julho.

O segundo édito, conforme seria revelado depois, foi uma exigência de Galério ao sogro. A essa altura, ele já sabia que Prisca era cristã e que dera a extrema-unção a Georgios. Não só o príncipe Ziúra como Magêncio poderiam, agora, depor publicamente e condená-la por traição. No intuito de proteger a esposa, o augusto cedeu às exigências que lhe foram impostas, mas essa matança descontrolada teria consequências — para os tetrarcas e seus sectários.

O sarcófago de Georgios foi depositado no átrio do pavilhão dos senhores, na Vila Fúlvia. Tysa o velou por mais de três meses, durante os quais recebeu a visita de muitas personalidades locais, entre elas Magda, que desafiara Magêncio e defendera o paladino no tribunal da Nicomédia diante de centenas de espectadores.

Tysa não sabia o que esperar dela, pois as duas ainda não tinham se falado após os eventos de abril. Julgou por bem oferecer um almoço à mulher de Salústio, que a propósito era também sua sócia. Magda aceitou e as duas comeram no triclínio, servidas por escravos e serviçais. Quando já estavam na sobremesa — saboreando bolinhos de vinho doce —, Tysa não resistiu e agradeceu à convidada por ter se colocado em risco para proteger seu esposo.

— Não me agradeça. — Magda fez uma expressão de tédio. — Foi Macrina que me obrigou a tal.

— Mas a senhora aceitou — realçou a viúva. — Então eu lhe agradeço outra vez.

— Sou uma pessoa detestável, mas justa — admitiu. — A senhora salvou a vida da minha filha. — Ela apontou para um corredor que levava ao antigo gabinete de Laios, onde Tysa e Macrina haviam matado Bufo Tauro. — Agora, estamos quites. — Deu um sorriso breve, praticamente imperceptível. — Existem vários tipos de mulheres neste mundo, mas todas elas, sejam boas ou más, desejam o melhor para sua prole — afirmou. — Eu tive a oportunidade de ser mãe duas vezes, e a senhora, nenhuma. Por isso, gostaria que adotasse o pequeno Gregório. Ele está agora com um ano de idade. Meu marido não o suporta, então acho que ele será mais bem tratado aqui e terá melhores oportunidades de vida.

— Gregório? — Tysa achou que Magda estivesse tecendo algum tipo de alegoria. — Quem seria ele?

— O filho de Georgios, seu marido. Eu já havia lhe falado sobre ele quando a senhora veio me visitar no Monte das Oliveiras. — E, antes que Tysa levantasse a voz, ela explicou: — No dia em que o comandante Graco chegou a Jerusalém, eu o embriaguei com um preparado especial. Ele dormiu a tarde toda, eu entrei em seu quarto e me deitei com ele. Seu esposo, eu lhe garanto, nunca soube do ocorrido. Meu objetivo na época era me casar com um paladino, pois um oráculo havia me dito que Salústio morreria na guerra. O destino acabou trazendo os dois de volta e o menino ficou sem pai — revelou ela diante do olhar perplexo de Tysa. — Por favor, peço que não me odeie. No fim das contas, os frutos foram positivos. Os cristãos costumam dizer que o deus deles escreve certo por linhas tortas. Quem sabe não é esse o caso? Quem sabe a senhora não estava destinada a se tornar mãe e a criar o filho do homem com quem se casou?

Tysa — que não era muito afeita ao álcool — precisou beber um gole de vinho forte para digerir aquelas informações. Em seguida, perguntou:

— Não estou com ódio nem aborrecida. Mas sejamos práticas: como saberei que esse menino pertence mesmo à linhagem dos Gracos?

— A senhora saberá quando tiver a criança em seus braços, pois a semelhança é inegável. Claro, eu me comprometo a não contar esse segredo para ninguém. Direi que o garoto faleceu e ordenarei que uma das minhas escravas o traga até esta casa. — Finalizado o almoço, Magda esfregou as mãos. — Bom, preciso voltar para Jerusalém antes que escureça. Aguardarei sua resposta — disse ela, o nariz empinado. — Em relação às finanças, meu secretário poderá conversar com Demetrios Sula. O comércio de sal e azeite está prosperando. Quando o imperador morrer, haverá guerra no Oeste. E nós sempre lucramos com as guerras.

Magda se levantou. Tysa estendeu-lhe a mão.

— Muito obrigada — disse a moça. — Obrigada por tudo o que fez.

— Como eu disse, não me agradeça — insistiu Magda, cumprimentando a viúva —, afinal — completou ela de um jeito frio — negócios são negócios.

LXXIII

PAIS E FILHOS

O PEQUENO GREGÓRIO FOI LEVADO À VILA FÚLVIA DOIS DIAS DEPOIS. NO MOMENTO em que o recebeu, Tysa teve duas certezas: a primeira, de que ele era filho de Georgios — o menino tinha os cabelos acobreados, iguais aos do pai — e a segunda, de que era seu filho também, ainda que Magda o tivesse gerado. Em uma conversa com Helena anos mais tarde, a jovem tentaria, sem sucesso, descrever esse sentimento tão estranho — e ao mesmo tempo tão arrebatador. De uma hora para a outra, ela ingressara no misterioso universo materno e passara a entender coisas que só as mães entendem de fato. Uma certa manhã, por exemplo, enquanto dava de comer ao garoto, teve uma crise histérica de choro. Perguntada por Rúbia, uma das escravas domésticas, o que tinha acontecido, Tysa respondeu:

— De repente, entendi como Zenóbia se sentiu ao ver seu filho ser assassinado. Ela era uma mulher terrível, cometeu muitos crimes, alguns imperdoáveis, mas nenhuma mãe deveria passar pelo que ela passou. Nem as boas — recordou-se do que Magda havia lhe dito —, nem as más.

No começo de agosto, o pátio dianteiro da Vila Fúlvia começou a ser preparado para o funeral de Georgios. O primeiro a chegar foi Constantino. Ele, Magda, Salústio e Tysa se reuniram para tratar de negócios. Após um longo jantar, firmaram um acordo por meio do qual pelo menos metade do sal e do azeite produzidos na Palestina seria entregue diretamente na Gália, para as forças de Constâncio Cloro. Sem dar detalhes, Constantino afirmou que uma guerra se aproximava e que ele e seu pai lutariam lado a lado, mais uma vez, para preservar o povo e os interesses de Roma.

Helena chegou logo depois, seguida pelo bispo Círio Galino e pela comitiva germânica.

Contrariando o costume romano de cremar os cadáveres, Tysa decidiu que o corpo do marido seria enterrado no pátio central da propriedade, sob uma árvore. No entardecer de 2 de agosto — era um dia quente, característico do verão palestino —, ela e seus hóspedes se colocaram ao redor da cova aberta no solo para escutar o discurso de Demetrios Sula, um dos homens mais velhos de Lida, que conhecera Strabo, Laios, Polychronia e o próprio Georgios. Ele destacou o altruísmo dos Gracos, enquanto Círio Galino falou sobre a retidão de seu antigo tribuno. Constantino, por sua vez, optou por um discurso mais duro, prometendo aos presentes que, se um dia fosse imperador, iria revogar os éditos e permitir que os cristãos professassem sua fé.

— Sou fiel aos deuses do Lácio, mas o que se verifica hoje é inaceitável — afirmou ele, trocando olhares com a mãe. — Cidadãos romanos legítimos condenados sem julgamento, homens e mulheres sendo presos e mortos por questões meramente políticas — disse, fazendo uma clara referência a Galério, que usara o decreto de Diocleciano a seu favor. — Se depender de mim, essa perseguição terminará em breve. Farei a minha parte e buscarei anistia para os encarcerados — prometeu —, nem que para isso precise mobilizar meu exército. É o juramento que faço aos senhores — encostou a mão sobre o peito —, como filho e soldado de Roma.

Tysa agradeceu, tomou a palavra e repetiu o que havia dito na Nicomédia: que seu marido tivera o privilégio de viver como herói — e de morrer como um santo.

— Poucos têm essa chance — lamentou ela, acariciando o caixão. — Georgios sempre lutou pelo que acreditava — declarou. — E por isso nós o saudamos.

Constantino e seus homens resolveram partir no dia seguinte. O imperador convocara os tetrarcas para se reunirem com ele em Salona, e Constâncio Cloro exigira a presença do filho, uma vez que Magêncio, herdeiro político de Maximiano, também estaria presente.

Tysa e Helena foram até o portão principal da Vila Fúlvia, que se abria para o campo de oliveiras, para se despedir dele. O general revelou às duas mulheres que Diocleciano, preocupado com a possibilidade de Georgios se tornar uma espécie de mártir, ordenara a seus burocratas que apagassem dos registros toda menção ao paladino e a seus feitos, uma prática chamada em latim de *damnatio memoriae*, ou "condenação da memória" em grego.

— Esqueçamos os registros oficiais — propôs a cesarina. — Cuidarei para que ele seja lembrado. Contarei a história de Georgios Graco tal como ela aconteceu, para que o mundo a conheça. Será a obra de minha vida.

Tysa se comprometeu a ajudar Helena nessa tarefa.

— O esperado é que Diocleciano abdique — informou Constantino. — Maximiano concordou em se aposentar também. Galério e meu pai se tornarão augustos e o mundo será dividido. Eu e Magêncio provavelmente seremos nomeados césares. E, quando isso acontecer — fez uma pausa prolongada, como se estivesse refletindo —, vou reivindicar o trono e reunificar o Império.

Helena afagou o rosto do filho.

— O seu pai o apoiará, sem dúvida — disse ela —, mas o Inclemente tentará detê-lo de todas as formas. Diante disso, eu me pergunto se vale a pena. Será que precisamos de mais um confronto? Já não houve guerras demais?

— Georgios temia que a praga de Zenóbia se concretizasse — lembrou o duque. — Abominava a ideia de ser o homem que iria destruir o Império Romano. Pois eu garantirei o contrário. Reunirei cristãos e pagãos e reconstruirei o que foi perdido. — Repetiu o gesto que fizera mais cedo, encostando a mão sobre o peito. — Devo isso a ele. Pelos velhos tempos — murmurou, recordando-se dos anos que passaram juntos na escola. — Pelos bons e velhos tempos.

O discurso que Constantino fez no funeral de Georgios chegou aos ouvidos do imperador e teve consequências quase imediatas — para o bem e para o mal.

Em novembro, Diocleciano atendeu aos apelos populares e decretou anistia geral por meio do terceiro édito. O documento previa que todos que realizassem sacrifícios a Júpiter seriam libertos. Convencida pela filha, Prisca concordou em se submeter, livrando o marido do assédio de Galério, que se dizia disposto a denunciar a própria sogra caso ela não se dobrasse aos deuses romanos.

Um ano depois, Diocleciano voltou à Nicomédia. Em uma cerimônia pública, ele e Maximiano renunciaram, proclamando Galério e Constâncio

Cloro augustos, conforme Constantino havia previsto. Contudo, tanto Magêncio como o filho de Helena foram preteridos, e dois oficiais de origem plebeia — Valério Severo e Maximino Daia, ambos indicados por Galério — receberam o título de césar.

Constantino nada podia fazer contra seu pai, que jurara diante dos deuses proteger os novos césares. No inverno, porém, o augusto e seu filho partiram para a Britânia. Durante uma luta contra os pictos, um povo que habitava o norte da ilha, Constâncio Cloro foi gravemente ferido. Antes de morrer, com o abdome sangrando, pediu para ser colocado à frente das tropas e declarou Constantino seu sucessor.

Logo que soube do ocorrido, Magêncio forjou uma aliança com Maximino Daia. Ele e Constantino se enfrentariam anos depois na épica Batalha da Ponte Mílvia, nos arredores de Roma, que terminaria com a morte do primeiro — "crivado de flechas", como Georgios vaticinara — e a consagração do segundo.

Com o fim da guerra civil, Constantino assumiu a Púrpura na cidade de Mediolano, na Itália. Sua primeira medida foi assinar um decreto — o Édito de Mediolano — encerrando a perseguição aos cristãos e restabelecendo a liberdade religiosa em todo o Império.

Galério havia morrido meses antes de uma doença terrível, que fez com que sua carne apodrecesse, mas Diocleciano continuava vivo. Constantino — agora como imperador — foi visitá-lo em seu leito de morte. Quando o viu entrando pela porta do quarto, Diocleciano, consumido pela demência, confundiu-o com seu ex-paladino. Com os olhos turvos pela catarata, pediu para abraçá-lo e sussurrou:

— Georgios, sabia que você não ia me abandonar. — Beijou a testa do jovem augusto. — Que bom que veio — murmurou ele, os olhos lacrimejantes, rubros de emoção —, meu filho.

LXXIV

O PORÃO

COM A MORTE DE MAGÊNCIO, AS PROPRIEDADES DA FAMÍLIA DE MAXIMIANO — QUE cometera suicídio no verão anterior, por ordem de Constantino — foram confiscadas e entregues ao Estado. Em Roma, o palacete na descida do Monte Esquilino, que havia sido emprestado a Sevílio Druso, parecia abandonado quando um oficial de justiça, acompanhado de dois seguranças, bateu à porta da construção.

O oficial — um homem jovem de cabelos pretos, usando toga branca e sandálias de couro polido — esperou alguns minutos e, como não obteve resposta, pediu que os guerreiros destruíssem a fechadura. Enquanto eles se preparavam, porém, uma mulher enrugada e banguela, toda vestida de preto, abriu a porta e os recebeu.

— Boa tarde, senhores — disse ela. — Como posso ajudá-los?

O oficial se assustou com a aparência da velha. Ela tinha o nariz proeminente, era corcunda e cheirava a pelo queimado, mas falava com uma eloquência impressionante.

— Quem é você? — exigiu o homem. — Quero falar com o dono da casa.

— Ora, *eu* sou o dono da casa — exclamou a mulher, expressando-se como se fosse um homem. Deu uma gargalhada estridente e se corrigiu logo depois. — Meu nome é Famígela. Meu mestre está no porão. Queiram me acompanhar.

Um dos soldados de repente se lembrou de que aquela mansão, segundo diziam, era assombrada. Permaneceu do lado de fora e lá teria ficado se o oficial não tivesse ordenado que descesse com ele.

Os três penetraram no palacete. O corredor de entrada contava com pinturas de seres demoníacos, a piscina do átrio fora convertida em pira de sacrifícios, e no pátio dos fundos havia a estátua de um monstro peludo, de olhos saltados e dentes caninos.

Os visitantes estavam quase recuando — o oficial de justiça inclusive — quando Famígela surgiu no umbral de uma escada incentivando-os a segui-la.

Desceram os degraus até chegar ao porão. Para a surpresa deles, o lugar estava vazio. Só o que encontraram foi o que parecia ser um pedestal para livros feito de bronze e uma lamparina solitária em um dos cantos da sala.

— Para onde ela foi? — perguntou-se um dos soldados, tremendo.

O homem de toga olhou ao redor. Não havia outras portas ou passagens externas.

— Ela quem? — O oficial se fez de desentendido. — Esta propriedade pertence agora ao imperador Constantino — determinou, subindo as escadas. — Estava desocupada quando a encontramos. Eu não vi ninguém. E vocês — apontou para os guerreiros, orgulhoso — também não viram.

Filipópolis, 12 de fevereiro, 1087 *ab urbe condita*

Caro Eusébio,

Estava prestes a lhe enviar um bilhete — para tratar das questões relativas à Terminália — quando me dei conta de que já estava quase terminando o sexto e último tomo. Sim, acredite, li esse trecho em apenas seis dias, no palácio de Clemente, em Tessalônica, e na viagem até Filipópolis, onde me encontro neste momento.

É normal, penso eu, sermos arrebatados ao final de uma narrativa, mas devo confessar que nesse caso foi a vaidade que me impulsionou adiante. Estava ansioso para saber como a minha mãe — através do belo texto que você redigiu — abordaria a minha participação nos mais diversos eventos retratados na obra, e posso garantir que ela fez jus aos acontecimentos históricos, apesar de ter ocultado muitos detalhes.

Ela se esqueceu de dizer, por exemplo, que Diocleciano havia prometido, na primeira reunião dos tetrarcas — ocorrida em Salona, não na Nicomédia —, conceder a mim e a Magêncio o posto de césares. Ao nomear Valério Severo e Maximino Daia, ele cometeu uma traição muito séria, que acabou levando à guerra civil que por anos ele próprio tentara evitar. Mas não o culpo, sinceramente. Embora não existam registros nesse sentido, estou certo de que Galério estava usando Prisca para chantageá-lo, conforme você descreveu no capítulo LXXII.

Estranhei, também, a falta de menções a Mauzio e à sua tropa após o tratado de Útica. Da maneira como a trama se desenrola, fica parecendo que o antigo bispo de Tebas deu as costas para Georgios quando ele mais precisava — o que não é verdade. O que aconteceu foi que grande parte dos cavaleiros tebanos — que agora compunham o grosso do exército de Tiridates — foi deslocada para o Leste, para ocupar as cinco províncias persas — as satrapias — cedidas por Narses como parte dos acordos de Nísibis. Mauzio assumiu a vanguarda dessa ocupação, na esperança de levar o cristianismo para o Extremo Oriente, e conseguiu, mas só viria a saber da prisão de Georgios em março — um mês antes do julgamento. O rei da Armênia, a propósito, foi um dos que ajudaram a aumentar a pressão sobre Diocleciano, que cedeu e emitiu o édito de anistia. O próprio Galério — é importante dizer — foi obrigado a encerrar a perseguição oito anos depois da assinatura do primeiro decreto. Esse documento, chamado de Paz de Galério, foi deveras humilhante. Ele teve de fazer um pronunciamento público no fórum de Roma pedindo desculpas pelos seus crimes. Eu planejava levá-lo aos tribunais, mas ele acabou morrendo na primavera seguinte, consumido pela gangrena.

Em relação às minhas atitudes, me envergonho de muitas delas. Como já admiti em cartas anteriores, nunca me perdoarei por não ter antevisto a condenação de Georgios. Com um pouco mais de cautela, eu poderia ter chegado a tempo de salvá-lo. Se o fizesse, contudo, teria de entrar em guerra com Diocleciano antecipadamente — e seria derrotado. Eu ainda precisava de efetivo e experiência para encarar um confronto mundial, e foi o que se sucedeu quando acampei às margens do Tibre para lutar contra Magêncio. Naquela ocasião eu era imbatível, e ao vencê-lo pude reunificar o Império, atendendo ao último desejo de Georgios Graco — e encerrando de vez a maldição de Zenóbia.

Duas curiosidades que, imagino, valem ser mencionadas. Nos meses em que o corpo de Georgios estava sendo velado na Vila Fúlvia, Tysa pensou em construir um mausoléu para os Gracos, mas os restos mortais de Laios e Polychronia nunca foram achados. Bufo Tauro os teria queimado no deserto — ninguém sabe onde —, o que impossibilitou sua localização.

Outro fato interessante diz respeito aos fragmentos da Ascalon. Eles foram entregues a Círio Galino junto com o cavalo de Georgios, Pégaso. O que sobrou da espada pode ser hoje encontrado na paróquia de Úlpia Trajana, na Germânia Inferior. O bispo o usa como uma espécie de relíquia que, segundo os locais, já realizou diversos milagres.

Sobre o final, entendi que minha mãe (ou você) tentou dar um tom de mistério à aparição de Famígela. Ela trabalhava como criada de Druso, e a sugestão, pelo que percebi, é a de que o feiticeiro teria possuído seu corpo. Bom, já disse que não acredito nessas coisas. De todo modo, o trecho diverte.

Agora, uma última questão. Fui testemunha de como minha mãe se dedicou a esse livro e confio nas informações que ela obteve. Seria impossível, entretanto, para qualquer ser humano, saber o que Georgios teria visto ou experimentado no instante da morte. Minha pergunta, então, é de onde Helena tirou essa conclusão. Como soube que o filho de Laios — hipoteticamente — se encontrou com o Diabo e — supostamente — o derrotou, livrando sua alma da influência satânica.

Sairei de Filipópolis dentro de sete dias. Chego a Constantinopla entre 23 e 27 de fevereiro. Quando nos reunirmos no palácio, vou recompensá-lo por tudo o que fez, mas desde já quero agradecer, do fundo do meu coração, por ter terminado esse projeto. Minha mãe ficaria orgulhosa, e Georgios, mais ainda.

Seu amigo,

Constantino

Prezado augusto,

Estou surpreso em saber que leu o sexto tomo em tão pouco tempo. Pelos meus cálculos, é o mais longo dos fragmentos — e talvez o mais denso de todos eles.

Começando pelo final, quero registrar que sou *eu* que agradeço pelo privilégio de ter trabalhado nesse projeto. Não vou negar que foi uma jornada turbulenta, cheia de altos e baixos. Em determinado momento, tive dúvidas se conseguiria completá-la, mas meu entusiasmo voltava à carga sempre que eu me lembrava de sua mãe e principalmente de Georgios, considerando tudo o que ele passou.

Sou grato, também, por poder transmitir, por meio da história do comandante Graco, algumas verdades que devem — ou deveriam — servir de alerta para os cidadãos do Império, sejam eles pobres ou ricos. O principal desses alertas se refere à perseguição religiosa. Por anos assistimos aos judeus serem massacrados e nada fizemos para ajudá-los. Para muita gente, eles eram indivíduos de segunda classe, que faziam questão de se manter à margem da sociedade romana. Quem diria que muitos desses romanos se tornariam cristãos e seriam presos e mortos às centenas, sem ter cometido nenhum tipo de crime. A lição que fica é aquela que o senhor publicou no Édito de Mediolano, reconhecendo que a liberdade de culto não só é saudável como necessária a qualquer ser humano. Me entristece, porém, observar que ainda há muito preconceito contra os adoradores de Cristo, que eles ainda são tratados como um "bando de fanáticos", como diria Galério. Claro que em todo grupo há pessoas inflamadas — vejamos o exemplo de Romão —, mas precisamos reconhecer que o cristianismo, como destacou sua mãe, se tornaria a única instituição capaz de salvar o Ocidente da ruína. Já está salvando, a propósito.

Sobre a traição de Diocleciano, posso incluir um parágrafo nas edições posteriores, mas acho desnecessário. No decorrer da história, fica claro que o imperador era um homem de caráter duvidoso, que fez coisas horrendas — e coisas maravilhosas. De todo modo, como já disse antes, não o isento de responsabilidade por ter dado início à perseguição. O curioso é pensar que, apesar de seu faro político, Diocleciano cometeu um erro crasso — como se diz na Itália — ao emitir o primeiro édito, pois foi justamente a pressão de funcionários e até de soldados cristãos que o levou a abdicar — e o resto é história.

Em relação ao final, devo dizer que não tive intenção nenhuma de dar um tom de mistério à aparição de Famígela. Tampouco quis sugerir que ela estivesse possuída por qualquer entidade. Eu meramente relatei os fatos conforme me foram passados. No quinto ano de seu reinado, Helena foi a Roma para visitar o palacete de Magêncio — que fora ocupado por Druso. Ela conseguiu entrevistar o oficial de justiça descrito no capítulo LXXIV, que admitiu, após muita insistência, ter mentido ao anotar nos registros que a mansão estava abandonada. Ele contou à cesarina que "na realidade" fora recebido por "uma idosa vestida de preto", que "desceu ao porão e desapareceu". Se o fenômeno foi real, não sei, mas fica uma última dúvida, que nem sua mãe conseguiu responder: o que aconteceu com o tomo de Druso, aquele que Cipriano pediu que Georgios destruísse? Qual era seu conteúdo? Onde será que ele foi parar — e nas mãos de quem — após a execução do feiticeiro?

Quanto à luta de Georgios contra Lúcifer, devo afirmar que é possível, sim, saber o que um cristão sente no instante da morte. Prefiro, no entanto, discutir esses assuntos pessoalmente.

Magno está em contato com Lactâncio para preparar a sua chegada. Será muito bom reencontrá-lo e apresentar-lhe o meu novo projeto. O que posso adiantar é que se trata de uma nova biografia — dessa vez, toda idealizada e escrita por mim —, em que o senhor é a figura central.

O livro já tem até título: *Vida de Constantino.*

O que acha?

Cordialmente,

Eusébio

NOTA DO AUTOR

Não existe melhor maneira de começar este texto do que agradecendo, da forma mais profunda, carinhosa e honesta possível, àqueles que dedicaram tempo e energia para acompanhar os livros da série *Santo Guerreiro*. Dezoito anos após o lançamento do meu primeiro romance, continua sendo, para mim, um privilégio único ter pessoas interessadas nas minhas obras, que curtem e valorizam o meu trabalho. Eu me sinto lisonjeado e verdadeiramente honrado por você estar lendo estas linhas agora, e espero jamais me acostumar com essa sensação magnífica de encontrar os leitores nas tardes de autógrafos ou de conversar com eles pela internet.

Em troca, me esforço para retribuir à altura. A trilogia *Santo Guerreiro* é o resultado de um árduo processo de pesquisa e de seis anos de dedicação ao ofício diário de colocar uma palavra após a outra para trazer ao público uma imersão total na história de Georgios Graco. Costumo dizer que é direito sagrado de qualquer ser humano ter opinião própria sobre os títulos que lê, então é natural que alguns gostem e outros não gostem do que foi apresentado. No entanto, assim como disse Eusébio de Cesareia na última carta ao imperador Constantino, devo confessar que fico orgulhoso de ter chegado ao final deste projeto, de ter podido oferecer aos leitores, ao longo de mais de mil e quinhentas páginas, uma viagem completa pelas entranhas do Império Romano, desde o Reno até o Eufrates, desde o Danúbio até o Nilo. Quem se aventurou nesta jornada — ou quem *vier* a se aventurar — teve a oportunidade de conhecer, junto comigo, as terras geladas da Germânia, os desertos da Síria, as grandes cidades do Leste, as ruas escuras de Roma e as enevoadas praias da costa britânica.

Mas nada disso tem valor sem o elemento humano, expresso por meio dos personagens — sendo o principal deles o famoso São Jorge. O curioso é que agora, sempre que vejo uma imagem do santo, me sinto mais próximo dele, como se, de alguma forma, conhecesse os meandros de sua vida, apesar de ter eu próprio criado a maioria das situações retratadas nos livros.

Em termos históricos, vale dizer, o que se sabe sobre o mártir é muito pouco. Na verdade, sequer existem provas de que ele existiu. A fonte mais segura — que na realidade é uma lenda grega — data do século IV. Ela sustenta que São Jorge pertencia ao ramo helênico da família (romana) dos Anícios. De acordo com essa versão, o menino teria nascido na Capadócia (hoje parte da Turquia) e se mudado para a Palestina após a morte do pai. Na contramão dessa teoria, decidi seguir a hipótese do acadêmico inglês Edward Gibbon (1737-1794), que especulou que o santo era palestino e que a confusão acerca de seu nascimento se deve a um bispo homônimo, Jorge de Laodiceia (morto em 361), chamado também de Jorge da Capadócia.

A lenda grega afirma ainda que São Jorge, aos catorze anos, viajou até a Nicomédia para ter com Diocleciano, que fez dele um cavaleiro, depois tribuno militar e, finalmente, duque. Jorge, porém, teria se convertido ao cristianismo e se recusado a realizar sacrifícios em honra aos deuses romanos, sendo, portanto, martirizado em 303, durante a última e maior perseguição aos cristãos.

Muitas das peripécias de Georgios Graco — apresentadas em *Roma Invicta*, *Ventos do Norte* e aqui, em *O Império do Leste* — são fictícias, mas o contexto histórico é perigosamente real. Domício Domiciano, que governou o Egito no final do século III, de fato se aproveitou da invasão persa à Armênia para iniciar uma revolta em larga escala. Narses havia atacado o reino de Tirídates em 296, sendo enfim derrotado na Batalha de Satala, em 298. Em *Declínio e Queda do Império Romano*, Gibbon descreve as negociações de paz em Nísibis, na Mesopotâmia, e como Galério foi severo ao lembrar ao xá que apenas quarenta anos antes o então imperador Valeriano fora capturado por Sapor (o pai de Narses), que o torturou e o matou, expondo seu corpo diante do palácio em Ctesifonte.

A grande perseguição de Diocleciano é também amplamente documentada. Como mencionado nos três livros, outros césares, a exemplo de Nero, haviam massacrado os cristãos em seu tempo. No início do quarto século, porém, os seguidores de Cristo não só eram muito mais numerosos como ocupavam cargos de destaque no exército e nos altos setores da administração estatal. Ao persegui-los, a situação do imperador tornou-se insustentável, o que o levou a abdicar em 305.

Se considerarmos que São Jorge existiu (como eu disse, não há provas, mas é possível), ele teria sido, sem sombra de dúvida, uma peça-chave para o fim do período clássico e o início da Antiguidade tardia. Durante seu reinado, Constantino mandou construir uma igreja na cidade de Lida, dedicando-a a "um homem da mais alta distinção". Hoje nos parece óbvio que esse indivíduo era Georgios, e a declaração do jovem augusto — trazida a nós por Eusébio de Cesareia — sugere que os dois se conheciam e que talvez tenham sido amigos. Se foi esse o caso, o santo, que tanto inspirou os fiéis nos anos seguintes, pode ter sido, conforme vaticinou a rainha Zenóbia, um dos responsáveis pela queda de Roma, que seria finalmente conquistada em 476 por Odoacro, tido como o primeiro rei da Itália.

No fim das contas, o trabalho do escritor, na ficção histórica, é (ou talvez seja) exatamente este: pegar os fatos e romanceá-los, fazendo com que o público não apenas conheça como *participe* da história. É imaginar os acontecimentos tais como eles se sucederam, criar diálogos convincentes, reconstruir os personagens e dar vida a eles.

Espero que tenham gostado da trilogia *Santo Guerreiro*. Estou ansioso para retomar os eventos pelo país e poder estar cara a cara com vocês em um futuro próximo. Enquanto isso não acontece, fiquem à vontade para conversar comigo por e-mail ou pelas redes sociais. Todas as mensagens são bem-vindas — inclusive as críticas, claro.

Até o próximo livro — até a próxima aventura.

EDUARDO SPOHR, *verão de 2025*

Santo Guerreiro: O Império do Leste também está na internet.

Acesse o site:
www.santoguerreiro.com

Fale com o autor pelo Twitter:
twitter.com/eduardospohr

Curta a página no Facebook:
facebook.com/eduardospohr

Siga o perfil no Instagram:
instagram.com/duduspohr

Acompanhe os vídeos no YouTube:
youtube.com/duduspohr

Escute os áudios no Telegram:
t.me/eduardospohr

Assista aos vídeos no TikTok:
tiktok.com/@duduspohr

Confira o website oficial:
www.eduardospohr.com.br

Ou escreva por e-mail:
eduardospohr@gmail.com

Impresso no Brasil pelo Sistema Cameron da Divisão Gráfica da
DISTRIBUIDORA RECORD DE SERVIÇOS DE IMPRENSA S.A.